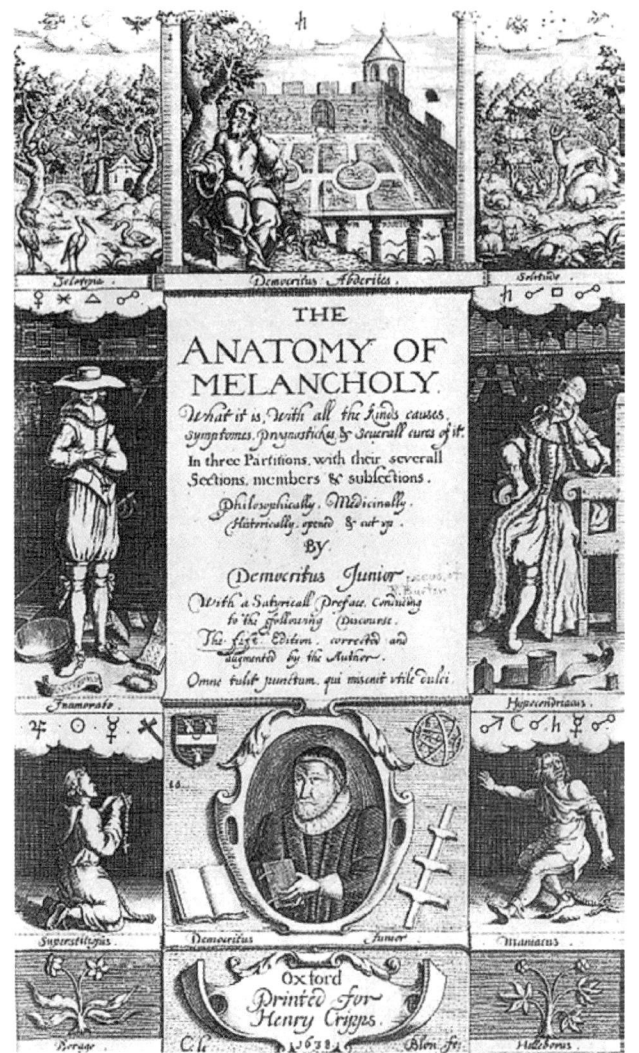

忧郁的解剖

The Anatomy of Melancholy

● 增补本

［英］
罗伯特·伯顿
著

冯环
译

金城出版社
GOLD WALL PRESS

西苑出版社
XIYUAN PUBLISHING HOUSE

中国·北京

图书在版编目（CIP）数据

忧郁的解剖 /（英）罗伯特·伯顿（Robert Burton）著；冯环译. -- 北京：金城出版社有限公司，2025.3
书名原文：The Anatomy of Melancholy
ISBN 978-7-5155-2439-9

Ⅰ. ①忧… Ⅱ. ①罗… ②冯… Ⅲ. ①散文—英国—近代 Ⅳ. ①I561.64

中国版本图书馆CIP数据核字(2022)第251398号

忧郁的解剖

作　　者	［英］罗伯特·伯顿
译　　者	冯　环
责任编辑	杨　超
责任校对	郝俊伟
责任印制	李仕杰
开　　本	710毫米×1000毫米　1/16
印　　张	30
字　　数	430千字
版　　次	2025年3月第1版
印　　次	2025年3月第1次印刷
印　　刷	天津旭丰源印刷有限公司
书　　号	ISBN 978-7-5155-2439-9
定　　价	88.00元

出版发行　金城出版社有限公司　西苑出版社有限公司
　　　　　北京市朝阳区利泽东二路3号　邮政编码　100102
发 行 部　(010)84254364
编 辑 部　(010)64210080
总 编 室　(010)88636419
电子邮箱　jinchengchuban@163.com
法律顾问　北京植德律师事务所　(电话)18911105819

目 录

1932 年版导言 – 霍尔布鲁克·杰克逊　001

第一部分

德谟克利特二世致读者

第二部分

忧郁的成因与症状

一　何谓忧郁　　　　　　　　　　　077
二　忧郁的内因　　　　　　　　　　081
三　好学或过度研习，附论学者之苦　140
四　忧郁的偶然成因　　　　　　　　155
五　忧郁之症状　　　　　　　　　　206

第三部分

忧郁之疗法

一	闲话空气	229
二	锻炼	251
三	对治各种不满之良方	292
四	对治忧郁本身	329
五	药物疗法	332

第四部分

爱之忧郁

一	前言	369
二	爱的定义及爱之忧郁的成因	380
三	爱之忧郁的症状	399
四	爱之忧郁的疗法	417

《忧郁的解剖》原著目录　443

增译本·译后记　451

增补本·后记　457

1932年版 导言

——霍尔布鲁克·杰克逊[1]

  一部论述忧郁症的专著，竟成了英文作品里的一大消遣读物，这真是出人意料。然而此一反讽却得自于机缘巧合。因为即便写《忧郁的解剖》的人不完全属于马可·塔普雷[2]一脉，他也称不上是忧郁症患者，亦未有过编写一部感伤之作的念头。罗伯特·伯顿可谓乐观的悲观者，若非他亲口道来，我们怎也不会猜到他竟忧郁成性。忧郁，之于他是大不幸，之于我们却是万幸——须知此乃促成他写下这部闲书的首要原因。而倘要一证伯顿那骨子里的好性情，我们就得援引肯内特主教[3]所讲的故事了。据其言，伯顿在不堪忧郁之重负的时候，便会离开他在牛津基督堂的书房，漫步至佛里桥，去听船夫们卖劲儿地打嘴仗，好借此来给自己找点乐子。不过，伯顿又坦言他写《忧郁的解剖》是为了排遣自身的忧郁。我们虽无法确知这法子是否灵验，但可以肯定的是，三百多年来他的作品已然成了忧郁的"预防剂"。他那虽怒气冲冲却又悲悯仁慈的灵魂依旧在其大作的后续版本中行进着，为无缘受惠于其生前风采的后代开辟了一条条快乐的新路径。

  有关伯顿生平的细节是极少的，然而，过多的细节也无甚必要。不是有

---

[1] 霍尔布鲁克·杰克逊（Holbrook Jackson, 1874—1948），英国记者、作家、出版家。他的《藏书癖的解剖》风格上完全仿照《忧郁的解剖》，也是极有趣的一部奇书。
[2] 马可·塔普雷（Mark Tapley），狄更斯小说《马丁·瞿述伟》中的人物，是个十足的乐天派。
[3] 肯内特主教（Bishop Kennett, 1660—1728），全名怀特·肯内特，英国主教、珍本古书藏家。

"书如其人,人如其书"的说法吗?罗伯特·伯顿就是这样的作者,《忧郁的解剖》也正是这样的书[①]。伯顿仅有的生平资料如下:1577年2月8日,生于莱斯特郡林德利府,在全家九个孩子中排行第四;先是就读于萨顿科尔德菲尔德的私立学校,而后转入纳尼顿文法学校;1593年进铜鼻学院,1599年又进基督堂学院,1614年获神学士,两年后任牛津圣托玛斯教堂牧师;1630年受恩主伯克利爵士乔治之助,得享莱斯特郡西格雷夫教区圣职。他擅作拉丁文和英文诗,参写过数部学术选集,并在31岁那年,还创作了名为《冒牌哲学家》的拉丁韵文讽刺喜剧。这是他流传下来的第一部作品,于1615年经他改写一遍,并于1617年在基督堂由学生搬上舞台。《忧郁的解剖》(以下简称"解剖")则出版于1621年,在作者生前共刊行过五版。伯顿亲见印行的最后一版是1638年那版,也就是在这之后的一年,他去世了,享年63岁,被葬在了大学的主教堂里。其兄威廉,即《莱斯特郡纪》(1622)的作者,在此为他立了座半身纪念像,并涂以颜色使之栩栩如生,这遵循的是当时的旧俗。

伯顿一生无甚波澜。"在大学里,"他说,"我过着一种安谧沉寂、一成不变、退隐遁世的生活,独自一人仅有诸位缪斯做伴,其时日之长久恐与雅典的色诺克拉底相差无几,竟至垂垂老矣。如他那样为了求知求识,我亦是夜以继日地枯坐在我的书斋里面。"这话我们信,因为职务可托人代理,也可撒下不管,无论怎样他都是匀得出时间来的——尽管他身为牧师,而且有几年还供职数地,担任了不少职务。然而,若因此就断定创作《解剖》这类庞杂的大作必然会成了其全部的事业,则又属推演过当。须知勤奋加上以苦为乐是足以让人在忙碌的生活之余暇中创造出奇迹的。伯顿说来虽已离群索居了,但也绝不是什么隐士。除了担任教堂神职外,他还做了些别的工作,比如自己学院的图书馆长、牛津市场的检察官(至少供职了一年)。不过总起来看,伯顿本质上还是学者、书痴。他总是惬意地幽居在自家堆满书籍的屋里,或待在所谓"欧

---

① 大意是读《解剖》就等于读伯顿其人,除此之外也无多少其他资料,关于这一点后文还有更详细的论述。

洲最辉煌的学院"那宏伟的图书馆（即博德利图书馆）中，研究忧郁的成因与疗法，力求不当"寄生虫"或"如此高贵的学术团体中无用又不相称的一员"，亦不写"任何有损于这般恢宏的皇家学院之荣誉的文字"。

通常而言，像伯顿这样的人往往会流于学究气。然实际上，伯顿写书的风格虽属学究式，其观点却远非如此，他的身上也鲜有学者的坏毛病。此外，他的牧师身份亦未见诸其文风，因为《解剖》一书实在不大像是牧师所写的：他连训诫也显得温文有礼，说话也说得活活泼泼，饶有趣味，尽管按托马斯·赫恩[①]的说法有那么几分"不谙世故"——不过，诸如此类的细节，我们却知之甚少。因为说来也怪，尽管伯顿当初在学院里无人不晓，其作品也颇受欢迎，可他竟落得跟莎士比亚一个下场——在当年的街谈巷议中几乎没有听人提到过。除了关于他任职情况的文档资料和零星散见于其书中的生平片段外，在与他同代的文献中还未曾出现任何涉及他的有用信息。而要待伯顿长眠五十余年后，才会有安东尼·阿·乌德[②]在《牛津名人传》中为其写下一篇性格特写。不过，乌德本身并没有见过伯顿，他只是同见过伯顿的人谈过话而已，所以这位牛津史家的文字也仅为老调重弹。其实，乌德所写的那些，我们只消看看伯顿自己书里相关的只言片语，就能知道个八九不离十了。

安东尼·阿·乌德写道："他是个严谨的数学家、精准的算命师、博览群书的学者、研究古典的专家，且还对地理勘测颇为精通。有不少人将他称作了严肃的学人、噬书的饕餮，性情上忧郁而不失幽默；另有一些相熟的人还说他为人老实、坦诚又敦厚。我自己亦常常听一些基督堂的前辈说，有他在就会有乐子——他诙谐幽默，童心未泯。虽按当时学院里流行的做法，他也爱在寻常对话中夹带诗人的诗句或古典作家的话语，不过他于此的敏捷和机巧却是无人能及的，这也就使得他越发地受人喜爱了。"

至于伯顿的样貌，我们则能据其肖像推知。他的肖像共有三种，即藏于铜

---

① 托马斯·赫恩（Thomas Hearne，1678—1735），英国古籍藏家。
② 安东尼·阿·乌德（Anthony à Wood，1632—1695），英国作家，以编纂《牛津名人传》闻名。

鼻学院里的油画,《解剖》一书卷首由拉·伯隆[①]刻制的雕版小画像,以及牛津主教堂中的彩绘半身像。借此我们便可勾勒出这样一幅图景来——我们这位英国的德谟克利特正置身于书本堆中,其所在之地恰是彼时那座著名的、业已显赫的学院。他身形壮实,且略有点发胖,深棕色的胡子修得很是规整,大大的眼睛里还闪着一缕讥讽的光,而硕大的额头则显出了睿智和好记性。他的鼻子神采奕奕,那嘴就如同所有见识不凡的人一样,也是又利又尖(但还好下嘴唇是较为宽厚的)。这看起来是一张才华横溢、若有所思、怡然自得的脸,略微地带着点儿羞涩,仿佛是在暗示此人爱幽居胜过了冒险——当然,于群书中探胜又该另论。其实,这种面相在当时的英格兰可谓比比皆是,即便到了现在也仍未绝迹。而靠了上述拼合而成的形象,我们还可进一步做出如此的推断——伯顿其人虽亲切却孤僻,虽谦虚却固执,为人友善但不至热心过头,宽厚而又易怒,不笑人傻,只悲悯傻人。

至此,关于伯顿我们已谈了这么多,也细细地听了安东尼·阿·乌德的说法,但我们还远未触及伯顿的灵魂,亦未摸到伯顿之为伯顿的本质。这位解剖大师真是个矛盾体。他同其他怪人一样,也断不会始终如一。他宣讲中庸之道却不践行。他写书总是连篇累牍,笔下的每句话都词富义繁。他这书虽说是世上引语用得最多的,但读来却又如小说一般轻快。他往书里面塞的文字,也是至理名言与胡言乱语相杂糅。在书中,他总不忘抱歉自己啰里吧嗦,可刚道完歉转身又开始喋喋不休起来。他生怕会把爱之忧郁讲过头,但之后他还真讲过了头。他没有结婚,然婚姻之于他也不是什么秘密。他嘲笑世人,但同时也悲叹世人的不幸和愚蠢。他既信科学,也崇迷信。他有时粗言糙语就像个写淫书的,有时又扭扭捏捏,活脱脱一个假正经。他把插科打诨与神学宗教相提并论了起来。他虽不故作幽默,但却远要比专业的小丑还好笑。他最郑重的时候显得最轻浮,而他随口说说的时候又最为意味深长。与惠特曼一样,

---

① 拉·伯隆(Le Blon, 1667—1741),德国雕版画家。

Democritus Junior

上图 《忧郁的解剖》一书卷首由拉·伯隆刻制的雕版小画像
左下 藏于铜鼻学院里的油画
右下 牛津主教堂中的彩绘半身像

他也是浩瀚无垠、包罗万象的。他把自己连同整个古代的学问都倾注进了他的书里，然后又巧妙地将这团大杂烩变成了一部条理分明的专著。这本大部头的书，读起来可能会把读者累到，但写起来他却是不厌其烦。

罗伯特·伯顿实乃一个彻头彻尾的书痴，他成天活在书堆里，嗜书如命，并且还用大半辈子写了本将古往今来的所有书籍都熔于一炉的精粹之作。这部论著出自嗜书者的手笔也属情理之中，它即便只是各类著作的集萃，然仍不失为一部原创作品。——诚然，《解剖》看上去颇似一册东鳞西爪的引语集，也的确大幅地征引了他人之观点和看法，但浮现于每页书上的并非被征引的人而是伯顿那个"劫掠者"，躲在每句引语后面不时窥探两眼的也唯有伯顿罢了。这个中的缘由显而易见，即伯顿堪称精通文字马赛克的艺术家，擅于把从他人著作中扯下的碎屑纸片拼接成一幅个性鲜明的画作。所以书本也就成了他的原材料。其他的艺术家拿泥来塑像，取石头来做花样和造型，将文字、声韵或颜色调配和谐，而伯顿则是在用引语塑造"宇宙"。他劫掠古时的著作（大多早已湮没或毁损），并将搜刮到的东西都囊括到了自己的构架内，这就好比文艺复兴时期的建筑师取法古罗马遗迹，将个中所获运用到了文明新纪元的教堂和宫殿里。

对于该书的奇谲构架，伯顿会经常地为之辩解不休，这让人感到颇有点多此一举。不过，他的辩解却既非源自假谦虚，亦非出于他的自卑。伯顿可是从来都不缺那份自负的。他深信自己能写完这部大作，也从不怀疑自己的睿智。通常而言，肯去创作近五十万言大部头的作者，哪会不坚信其书是值得一写的呢？所以，伯顿的辩解也只是遵从旧俗罢了——17世纪作品的正文前都得要有一篇作者的辩白。伯顿曾为他的主题辩解，为他呈现主题的方式辩解，甚至还为书名辩解。从这些辩解来看，伯顿的去写忧郁，实非仅仅如其在某处所坚称的，是为了让自己摆脱忧郁。他还有另一方面的理由，即忧郁诚为"一门必要、合宜的科目，且还不似神学那般司空见惯，争议纷纷——虽然我也承认神学是众学科之女王"。而该书的书名，如今看来则是再明晰不过的了，他实在没有必要去援引先例,因为那时候解剖类的书和现今的各种文选一样是随处可见的。至于书名的略微古怪,伯顿却放任之,因为"如今给待售的书籍加上个新异的书名已成了一种策略,正如云雀飞落捕鸟网,不少喜欢猎奇的读者也会受书名吸引而留步——好似痴愚的过客驻足凝视着画店里某副哗众取宠之作,而那真正高明的画,他是连瞧也不会去瞧一眼的。"此外,伯顿也用相似的理由来辩解他为何主要用英文来写此书,他说"我本无意用英文写书来把自己的思想糟践",但若用拉丁文来写呢,则在当时又没人肯承印。"我们唯利是图的出版商只对英文的论战小册子来者不拒,统统付梓,但凡是拉丁文的,他们便不肯接手。"我们还是不要跟着伯顿一道去痛斥那些贪财的出版商了,若是他们不以自身利益为计的话,我们哪能得见伯顿的英文大作,恐怕伯顿早就如许多饱学之士那样湮没于无闻了吧。

  伯顿文风之独特多得自于其写法上引经据典之铺张。他实可谓此类技法的大师,他那引语的庞杂、奇崛和机巧总能令读者的心为之一振,眼为之一亮。所以在那个不乏精于此道者的时代里,伯顿才能够轻易地脱颖而出,达到在警句箴言之编排上无人能及的地步。而如果把这些独特、有趣的赘词冗言都统统剔除掉的话,或许伯顿的散文就要反倒流于直白和寡淡了。伯顿的文字,正是多亏了有一种轻快、如断奏般的风格,才能使得他那漫漫长卷总是流畅可读。我又常听人言伯顿为文古怪,然他距我们年代已远,觉其古怪也在所难免,故这种批评是站不住脚的。伯顿虽则自觉地征引并创制了一组组的绝妙好辞,但他却并不仅仅着眼于文辞的创造。伯顿从不循文辞至上的做法,不似布朗[1]和多恩[2]那样会让人觉得他们在写就一句之后还要往后退几步欣赏一番。伯顿的文风太过口语化了,不适合那样去雕琢,其文读来真仿佛是闲谈一般。你能听得到他声音的抑扬顿挫,那声音好辩而又亲切,总在不厌其烦地给建议,作说明。——然即便是这样,他也总能以一个巧妙的转折或突如其来的翻转令你不

---

[1] 托马斯·布朗(Thomas Branne,1605—1682),英国作家。
[2] 约翰·多恩(John Donne,1572—1631),英国诗人。

致落入单调乏味中，而就算这法子失了效，他还能拿出窖藏的奇闻逸事，引人入胜地向你一一道来。

《解剖》一书部头大，范围广，可谓搜罗古今，穷极八荒，潜于过往，浸入未来，并以嘲讽之态扫视当下。尽管伯顿所选的主题乃忧郁，但他却靠了插话和题外话，近乎谈遍了人类的每一种趣味或活动。因此，这部著作实可算作对人类之生活与习好的一篇评述。而且，它还是横跨在中古思想与当代思想之间的桥梁——一方面唱响了专制的经院哲学的挽歌（全是格兰维尔[①]在其《教条之虚妄》里所谴责的），另一方面又预示了观测实验法的到来。在书的结构上，伯顿取的是当时传统的纲要构架。《解剖》一书共分三大"部"，往下又细分出许多的"章""节"和"小节"，而书中大、小标题则以纲要形式分置于各部卷首。全书内容，除三大部和相应的章节外，还收录了伯顿自认的种种"离题话"——篇幅大多堪比论文，以及那"便于引入正题的讽刺性前言"——在对开本的定版中足足填满了78页纸。

威廉·奥斯勒爵士[②]曾将《解剖》誉为"外行人写得最好的医学专著"。不过，书之主题虽属医学一类，但书里也有貌合神离，实可单独成篇的章节——其中有些甚至还具有开创性。例如，题为"闲话空气"的一章，娓娓不休，趣味盎然，乃第一篇谈论气候学的专文；而"宗教忧郁症"一节，则可说是对该题的首次探讨。伯顿对性心理学的研究实要早于霭理士[③]，他对罗曼蒂克爱情的拒斥又要先于萧伯纳[④]。他的论"妒忌"数章涵盖了所有战后问题小说的要素，而藏在那篇有名的前言中的"乌托邦"则还能让人想到威尔斯[⑤]。在书中，伯顿向我们展现出了多种面孔，他既是个地地道道的政治经济学家，也是

---

① 格兰维尔（Glanvill，1636—1680），英国作家、哲学家、牧师。
② 威廉·奥斯勒爵士（Sir William Osler，1849—1919），加拿大医师、医学教育家，改革临床教学方法，著有《医学原理和实践》等。
③ 霭理士（Havelock Ellis，1859—1939），英国散文家、编辑和医生，著有《性心理研究》。
④ 萧伯纳（Bernard Shaw，1856—1950），爱尔兰剧作家，戏剧上主张摈弃罗曼蒂克。
⑤ 威尔斯（Wells，1866—1946），英国作家，主要作品有科幻小说《时间机器》和《星际战争》，社会问题小说《基普斯》《托诺-邦盖》及历史著作《世界史纲》等。

个英格兰本土主义者、贸易保护主义者。此外，他还是垄断的抵制者、战争的抗议者，而对于改善公路、拓展内陆航道、开垦沼泽地、兴建花园式村庄和发放养老金，他则予以了赞同。

《解剖》仿佛就是那种具有人性和人格的书，这类书似乎是生长发育而成的。像《解剖》这样能与作者如此显明而又如此精微地融为一体的书，真是世间少有。《解剖》就是伯顿，伯顿也就是《解剖》。读《解剖》即在读伯顿，所谓读伯顿便是与之相谈，他读来就像是小说中的主角一般。换句话说，伯顿是那类少有的作者，他们能将自己完全投射到作品中去，从而跟小说和剧作巨匠创造其故事和戏剧中人物一样，以相类的才能塑造出自己的鲜明形象。伯顿与蒙田、皮普斯①、兰姆②相仿，已将自己小说化了，变得与真人相异，但却又更加有趣。

《解剖》一书于1621年面世，那一年伯顿正好45岁。当时的版本采用的是小四开本，全书近900页，已然部头过大。不过在接下来的17年中，它的内容还将继续增加和受到修订。——于此期间，《解剖》共计再推出了四版，分别印行于1624年、1628年、1632年和1638年，各版均用的是小对开本。然而，待到作者去世后，也就是在1639至1640年间，《解剖》一书的出版便始现颓势了。比如1651年版，其印刷和纸张就皆堪称低劣——此版乃《解剖》在作者身后的第一次重印，收录了作者生前所作的修订，往后当再无修订一说。而在1660年，《解剖》又有新版面世，但那质量却是更加地不堪。经过诸多版本后，该书在17世纪的最后一版，竟成了1676年那册细长的对开本，原书的精彩和风貌早已荡然无存。此后的124年间，《解剖》就再没有新版本问世了。若仅就出版于17世纪的书而言，实在还未曾见到有哪一本能比此书更清楚地展现作者对印刷商所施加的个人影响。在《解剖》1638年前的所有

---

① 皮普斯（Pepys，1633—1703），英国海军高官，以其日记闻名。
② 兰姆（Lamb，1775—1834），英国散文家、评论家，以伊利亚为笔名发表的随笔触及社会矛盾，与胞姐玛丽合编《莎士比亚故事集》，著有《伊利亚随笔集》等。

版本中，是均能见到伯顿经手其事的痕迹的，那种种的改动真是数不胜数——大多是些小的，甚或心血来潮的改动，然偶尔亦有大刀阔斧的删改。由此，便也彰显了个人之口味与偏好，实有别于当时牛津这等印刷局正在刊行之物的风格。此外，《解剖》的作者虽说是个道地的读书人，但也免不了与他的出版商亨利·克里普斯和伦纳德·利奇菲尔德（"那座著名大学的印刷商"）展开一次次激烈的交锋。然据我猜想，伯顿应该总是胜利而归的，因为他还设法在这呕心沥血之作的版式上留下了自己的印记。

其实，能否欣赏得来伯顿，很可考验一个人的嗜书程度。虽然伯顿从来就不缺读者，即便在1677至1799年间无一版《解剖》面市的"黑暗时代"都有人读他，但贬低和歪曲他的，也从来不乏其人。此刻就算有必要，我也不想为他做什么辩驳，况且根本就没有这个必要，因为读不读伯顿全是自愿的，不必强求——伯顿是专属于"伯顿徒"的。不过，我还是有必要提一下那些古往今来歪曲过他的人，因为他们的歪曲多数是信口雌黄。所谓的批评家和评论家往往不肯花功夫去读此书，当然也就更别提理解此书了。由此，才涌现出了那些流传甚广的胡说八道。比如，哈勒姆[①]的称《解剖》作"对博德利图书馆各种文献的一次清扫"，或洛威尔[②]之言

> 精心的杂乱如烂泥深及踝部，
> 　里面全是东拼西凑的老典故。

就皆是典型的例子。

无知的学问人对伯顿的明褒实贬总要多过直白的嘲讽。那种快人快语的贬抑者，我本人也仅知一个，即马恩岛诗人托马斯·爱德华·布朗[③]。1895年，

[①] 哈勒姆（Hallam，1777—1859），英国历史学家，著有《中世纪的欧洲》《欧洲文学引论》等。
[②] 洛威尔（Lowell，1819—1891），美国诗人、文学评论家、外交家，主要诗作有《比格罗诗篇》、长诗《大教堂》等，著有评论但丁、莎士比亚等的论文，曾任美国驻西班牙公使、驻英大使。
[③] 托马斯·爱德华·布朗（T.E.Brown，1830—1897），马恩岛诗人，学者、神学家。

在一篇写给《新评论》的言辞激烈又毫无幽默感可言的文章中，这位业余作诗的教书匠竟为我们的好伯顿写不出一句好话来。据他所言，伯顿的学问只是种"炫耀"，实乃"在过度虚荣心的支撑和驱使下博杂地吞书噬卷后的产物"。而伯顿对其书的编排也无外乎"表面上的分类"，仅是"虚假的条理和次序"。不过，布朗亦承认伯顿有"骂人的才能……乱哄哄闹得出奇的一片痛骂"。此评断显出了布朗对伯顿怀有的一种隐约的敬重——尽管带着点自命不凡的味道。与查尔斯·兰姆一样，布朗也是反对重印《解剖》的。兰姆曾言："我真找不出有比重印《忧郁的解剖》更惨不忍睹的景象了，有必要把那位老怪杰的尸骨挖出来，裹上时新的寿衣，任由现代人评头论足吗？又有哪个没眼力的书商竟会痴想伯顿破天荒地走红呢？"①布朗当然不会这般地宽厚，或这般地富于浪漫气息。他虽承认老伯顿固有其魅力，但却又说那也仅存于"老图书馆中。积年的灰尘将之封藏，且又为古旧的回忆所萦绕，只可在此寻个究竟"——他认为就只该在这种地方展读其书。"湮没、朽败，"布朗提醒道，"乃此类冗长乏味之怪书的宿命。而去把它们打扮一番，使之变得整洁利落，光鲜亮丽，并纳入文学之林中，这样的做法，就真不知是何居心了。它们是只应藏于地窖中的，学者才是其天生的朋友和看护人。就把这些书交给学者去研读吧。"布朗的说法缪则谬矣，但至少看得出来他是读过其手里的伯顿的。

而伯顿的褒扬者，则从他生前到现在都未有缺断。他得到过安东尼·阿·乌德的嘉奖，连素来毒辣的托马斯·赫恩亦对他有过赞誉，并且后者还无意间透露出18世纪上半叶《解剖》的不再走俏。"历来没有什么书能比伯顿的《忧郁的解剖》更为畅销，"赫恩在其日记（1734）中写道，"由于书里包罗着各种学问，所以也成了剽窃者的摘引簿。该书之印量极大，那书商还由此而立了业。不过现今它却受尽冷落，一册善本（虽是第七印）只

---

① 兰姆把伯顿视作古代的珍宝、陈年的佳酿，认为伯顿的书只能以页边堆满原注的笨重的对开本来呈现，那些现代的新版设计和装帧是对其书的亵渎。不过，说来也讽刺，正是因了兰姆及其友人，伯顿的书才又获热销，以时新的样貌重现于19世纪的书肆中。

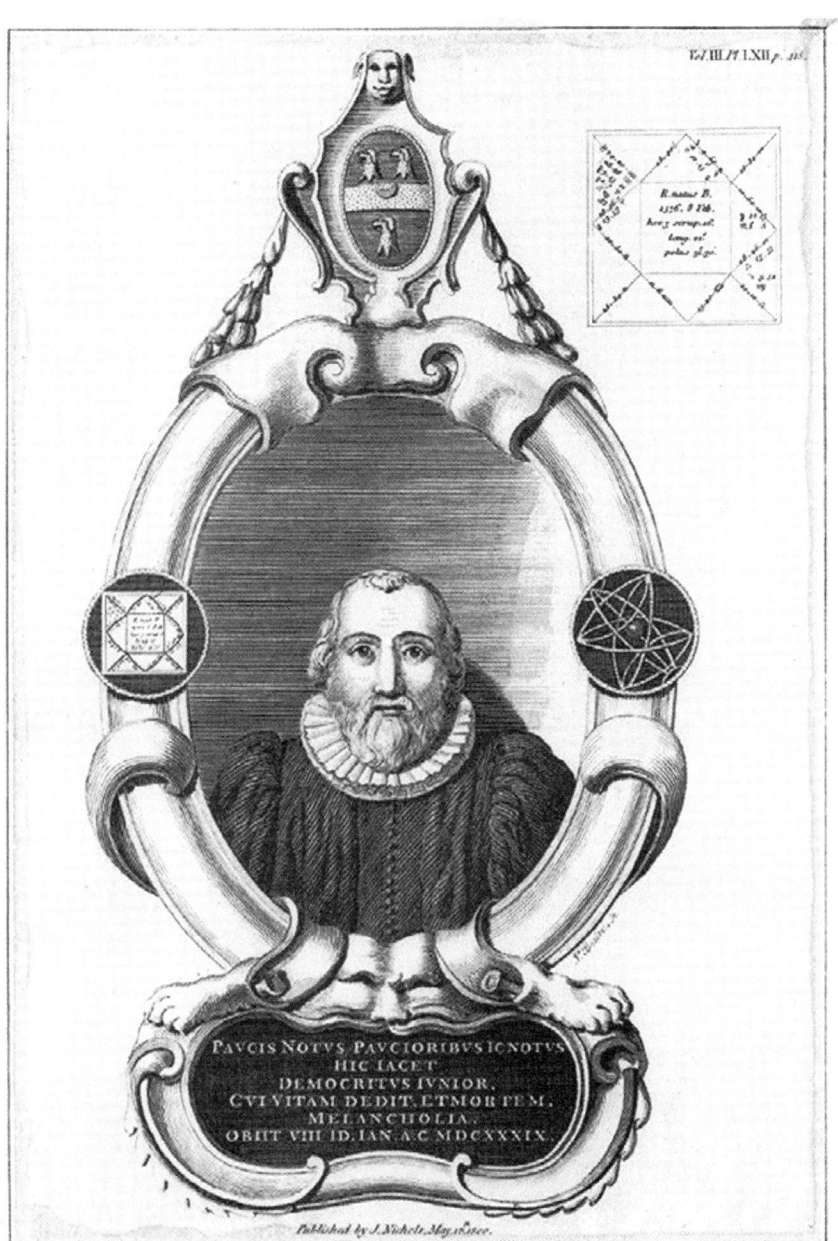

詹姆斯·巴塞尔制作的线雕版画
詹姆斯·巴塞尔（1730 — 1802），英国著名雕版画师，大诗人威廉·布莱克曾在他门下做了七年学徒。

消一先令就能购得，且还装帧精良……"20年后，又有坎特伯雷大主教托马斯·赫林[1]劝朋友"读一读"《解剖》，因为伯顿属于"最有趣、最有学问、也最有绝佳见识的人……安妮女王的治国之道、乔治一世的开创新朝，受惠于伯顿处均不可说少"。

伯顿堪称剽窃者的粮仓、借鉴者的矿山，这种说法是世所公认的。《解剖》就好比一只百宝袋，从中取宝的人既可以是抄袭者、正当的掠取者，也可以是约翰逊博士这样的猎奇的读者——这书"能令他早起两个小时"。许多才子作家都靠劫掠伯顿为我们的文学宝库添了彩。约翰·费瑞尔[2]在其《解读斯特恩》中，即指责劳伦斯·斯特恩[3]的《项狄传》混入了太多《解剖》的内容——"一度是学问人和才子的最爱、许多人的枕中秘宝"。沃顿[4]亦发现弥尔顿在创作《沉思者》时不免向伯顿取经，他于是借此为《解剖》写了一段妙评："作者那博杂的学问，从稀世奇书中搜罗来的妙语，闪着粗朴之智慧与诡谲之文雅的炫学，五花八门的素材，趣味故事与说理相杂糅的写法，以及至关重要的一点——裹在古怪文风中的奇情奇感，使得该书即便对当代读者来说也都是趣味与知识的无价宝库。"

以上种种均表明，在无缘得见伯顿本尊，只能靠其书的新版一窥其貌的时代，人们对他的兴趣依旧未消。而当转入19世纪后，《解剖》再度成了热门。拜伦即曾告诉穆尔[5]此书是最有用的，"对那些想获得博学之声誉但又不愿为此大下功夫的人而言"。不过使《解剖》声名鹊起的人恐还要数兰姆，该书也正好合乎兰姆研究与品鉴的口味。兰姆就曾按照《解剖》的风格创作了一篇妙趣横生的仿作，而济慈及其友人无疑也正是通过兰姆才听闻了此书。据载，1819

---

[1] 托马斯·赫林（Thomas Herring, 1693—1757），1747至1757年任坎特伯雷大主教。
[2] 约翰·费瑞尔（John Ferriar, 1761—1815），苏格兰医生、诗人。
[3] 劳伦斯·斯特恩（Laurence Sterne, 1713—1768），英国小说家，主要作品有小说《项狄传》《感伤旅行》，前者全书无情节，写法奇特怪诞，被认为是小说的意识流手法之先驱。
[4] 托马斯·沃顿（Wharton, 1728—1790），英国文学史家、评论家、诗人，曾荣获1785年至1790年的"桂冠诗人"。
[5] 托马斯·穆尔（Moore, 1779—1852），爱尔兰诗人。

年,查尔斯·布朗[1]曾赠给大诗人济慈一本1813年版的《解剖》。济慈通读了全卷,他"细细品鉴,执笔在手,不时地在页边做记号",写评注,还在卷末的扉页上编了特别篇章的索引。而就在获赠该书的这一年,济慈写下了《拉弥亚》,其内容即源于《解剖》中的一篇名文。自此至今,人们对《解剖》的兴趣便增而无减了。例如,迪布丁[2]就藏有"1621年方形四开本、1678年锥形对开本(原文如此)以及其间的所有版本",并且"这些藏本是均由福克纳取上等俄罗斯软革装订的——因为当时查尔斯·刘易斯[3]还未得名"。"这真可谓旷古奇书,"迪布丁惊叹道,"其中'爱之忧郁'一章实在是精彩至极!我很欣慰此书能以八开本的形式重印,并已刊行了两版——但遗憾的是,伯顿仍未能披上理应包裹其双肩的那件与之相称的编辑装帧之外衣。"百年已逝,此书陆续出了逾40版,迪布丁的心愿依旧没能实现。不过即便身处我们这忙忙碌碌的时代,伯顿也在大放其彩,因为现如今他的读者恐怕较以往还更多了。就在最近的十年中,弗朗西斯·梅内尔[4]先生便将伯顿选进了名社"绝品出版社"的出版名单里。而在已出版的各类版本中,还有一种美国版的"全英文本"[5],是由弗洛伊德·戴尔[6]先生与保罗·乔丹·史密斯[7]先生共同编辑推出的。现在《解剖》又作为大众经典被列入了"人人文库"的典藏系列里,其荣誉实可称登峰造极了。

---

[1] 查尔斯·布朗(Charles Brown,1787—1842),大诗人济慈的密友。
[2] 查尔斯·迪布丁(Charles Dibdin,1745—1847),生于戏剧世家,与兰姆有书信往来,其父为18世纪英国最受欢迎的作曲家。
[3] 福克纳与刘易斯似为英国著名书籍装订家。
[4] 弗朗西斯·梅内尔(Francis Meynell,1891—1975),英国诗人,创立"典范出版社"。
[5] 译者所用"原版"即为此版,这也是目前最易于通读的《解剖》版本。
[6] 弗洛伊德·戴尔(Floyd Dell,1887—1969),美国小说家、剧作家、诗人、文学评论家。
[7] 保罗·乔丹·史密斯(Paul Jordan-Smith,1885—1971),美国记者、编辑、作家。

第一部分

德谟克利特二世[①]
致读者

① 德谟克利特 (Democritus, 460B. C.—370B. C.) 古希腊唯物主义哲学家、原子论创始人之一，政治上属奴隶制民主派，在伦理学上认为幸福是人生的目的，真正的幸福在于心神宁静。由于常以人类的弱点自我揶揄，故被称为"笑的哲学家"。
＊伯顿惯于引经据典，本书将其直接引用的文字多以楷体标示。
＊＊全书公元元年之后的世纪数字小于10的、具体年份数字小于100的，均添加"公元"，以避混淆。如"公元5世纪""公元69年"。编者注。

读者诸君，想必你很想知道这滑稽的丑角、这假扮他人的演员到底是谁。他竟敢打着别人的名号，肆无忌惮地闯入公众之舞台，现于世人面前。他从何处来？为何要登台？又有何话要说？虽如他①所言，首先，要是我根本就不想作答，谁能奈我何？我生来就是个自由人儿，说与不说全由我来定，谁可逼迫我？但若真有人来逼我，我便要学普鲁塔克笔下的埃及人②那般作答——曾有个爱打听的家伙问他篮中所装为何物，答曰：你既见有盖，为何还要问那盖下所掩之物？他把篮子盖着，其意就在不想让人看到里面的东西。所以，凡是掩盖着的，就不要再追问了。如果此书内容还令你满意，又于你有用，那就请把月中人③或随便什么人视为作者吧。我是不愿身份被人知晓的。不过话虽如此，我还是想多少满足一点你的好奇心（本可不必这样做），略陈这窃用的名姓以及书名和主题的由来。

　　先谈德谟克利特这个名字，以免有人因见着这名，而误认为我所写的会是什么嘲讽之文、讽刺之作、某种荒唐的专著（我自己恐怕也会这样认为）、奇异的学说或怪论——如地球的运转、如渺漠大荒中的无数星球，均是由阳

---

① 出自塞内加讽刺克劳迪乌斯·凯撒之死的文字。塞内加（Seneca, 4B. C.—65A. D.），古罗马哲学家、政治家和剧作家，尼禄的老师，因受谋杀尼禄案的牵连而自杀。哲学著作有《论天命》《论愤怒》《论幸福》等，悲剧有《美狄亚》《奥狄浦斯》等9部。
② 出自普鲁塔克的《论好奇心》。普鲁塔克（Plutarch, 46？A. D.—120？），古希腊传记作家、散文家。一生写有大量作品，其中最著名者为《希腊罗马名人比较列传》。
③ 不可能存在或不可知的幻想中的人。

光下微粒的偶然碰撞造成。这种种观点皆为德谟克利特所持有，伊壁鸠鲁[①]以及他们的祖师，即古时的留基伯[②]，也同样主张，而最近又有哥白尼、布鲁诺等人重新提出。此外，世间早已形成一种时流惯例，正如葛琉斯[③]所言，后世的作者和冒名的骗子总要以德谟克利特这类大哲的名义，来杜撰出许多荒诞粗俗的文字，好借此获取声望，从而变得更为世人所敬重。这就好比雕刻匠经常做的那样，会把普拉克西泰勒斯[④]之名加在他们新造的大理石雕像上。而我却并不如此。

> 这里没有人马怪，也见不着蛇发女，
> 我的主题仅限人和人类这个范畴里。[⑤]

你正是我所述及的主题。

> 人的一切行止，立誓、畏惧、发怒、玩闹、
> 享乐、闲荡，便构成了我这份报告。[⑥]

我取德谟克利特之名，其用意与《墨丘利·高卢比利时》[⑦]、墨丘利·不

---

① 伊壁鸠鲁（Epicurus，341B. C.—270B. C.），希腊哲学家，发展德谟克利特的原子说和流射说，强调感性认识的作用，最先提出社会契约说，主张人生目的是追求幸福。
② 留基伯（Leucippus，500？B. C.—440？B. C.），古希腊唯物主义哲学家，原子论的奠基人之一，同时也是德谟克利特的老师。
③ 葛琉斯（Gellius），公元2世纪罗马文法学家，著有《阿提卡之夜》。
④ 普拉克西泰勒斯（Praxitiles），公元前4世纪希腊雕塑家，其作品以神话为题材作人性化的表现。
⑤ 出自马提雅尔。马提雅尔（Martial，40？A. D.—104？），古罗马诗人，生于西班牙，主要作品为警句诗1,500余首，其作品常为后人引用和模仿，成为现代警句诗的鼻祖。
⑥ 出自尤维纳利斯。尤维纳利斯（Juvenal，60？A. D.—140？）或译"玉外纳"，古罗马讽刺诗人，传世讽刺诗16首，抨击皇帝的暴政，讽刺贵族的荒淫和道德败坏。
⑦ 报刊名，属于记载异域新闻的一种年报，乃现代报纸之先驱，先于1588—1635年以拉丁文发行于科隆，后有名罗伯特·布斯者于1614年效仿发行英文版。

DEMOCRITVS IVNIOR
TO THE READER.

Entle Reader, I presume thou wilt be very inquisitiue to know what Anticke or Personate Actor this is, that so insolently intrudes vpon this common Theater, to the worlds view, arrogating another mans name, whence hee is, why he doth it, and what he hath to say? Although, as [a] he said, *Primum si nolucro, non respondebo, quis coacturus est?* I am a free man borne, and may chuse whether I will tell, who can compell me? If I be vrged I will as readily reply as that *Ægyptian* in [b] *Plutarch*, when a curious fellow would needs know what he had in his Basket, *Quum vides velatam, quid inquiris in rem absconditam?* It was therefore couered, because he should not know what was in it. Seeke not after that which is hid, if the contents please thee, [c] *and be for thy vse, suppose* the Man in the Moone, *or whom thou wilt to be the Author*; I would not willingly be knowne. Yet in some sort to giue thee satisfaction, which is more then I need, I will shew a reason, both of this vsurped Name, Title, and Subiect. And first of the name of *Democritus*; lest any man by reason of it, should be deceiued, expecting a Pasquill, a Satyre, some ridiculous Treatise (as I my selfe should haue done)some prodigious Tenent, or Paradox of the Earths motion, of infinite Worlds *in infinito vacuo, ex fortuita atomorum collisione*, in an infinit wast, so caused by an accidentall collision of Motes in the Sunne, all which *Democritus* held, *Epicurus* and their Maister *Leucippus* of old maintained, and are lately reuiued by *Copernicus, Brunus*, and some others. Besides it hath beene alwaies an ordinary custome, as [d] *Gellius* obserues, *For later Writers and impostors, to broach many absurd and insolent fictions, vnder the name of so noble a Philosopher as Democritus, to get themselues credit, and by that meanes the more to be respected*, as artificers vsually doe, *Novo qui marmori ascribunt Praxitelem suo*. Tis not so with me.

*Non hic Centauros, non Gorgonas, Harpyásq́,
inuenies, hominem pagina nostra sapit.*

《忧郁的解剖》(1632)"德谟克利特致读者"首页书影。

列颠①借用"墨丘利"②或诸如《德谟克利特·克里斯汀纳》③之类并无二致——虽则确有另外一些情况,也还有些许特殊的原因,让我套上了这个假面具。而对于这些,得先用一篇生平梗概弄清楚我们这位德谟克利特先生的大致性情、他是何许人之后,我才能够讲明白。

  据希波克拉底④和拉尔修⑤的描述,德谟克利特是个弱小干瘪的老头,生性极为忧郁,晚年杜门谢客,长期过着离群索居的日子。他是其时著名的哲学家,与苏格拉底同辈;风烛残年的他,潜心治学,深居简出,写下了不少杰作佳构。他也是伟大的神学家——若以彼时的神学为尺度的话。此外,他还称得上是专业的自然哲学家、政治理论家、出色的数学家。他的《宇宙系》等种种著作便皆可为证。又据科鲁梅拉⑥的说法,他对农学研究亦抱有浓厚的兴趣,而我就时常见到康斯坦丁⑦这些作者在论及农学时都有引用过他。德谟克利特通晓一切兽类、植物、鱼鸟的特性及其间的殊异,甚至有人还说他能听懂它们的音调语言。总之,他无所不通,无所不晓,堪称渊博通达的学者、学问上的大师。我曾见有人记载,他为能更加专注地思索,竟自剜双目。德谟克利特虽在迟暮之年自求失明,但其眼界却远远超出了整个希腊,其著述真可谓包罗万象,无所不有——天地间万事万物,未有逃过其笔端者。德谟克利特,聪慧过人,悟性极高,年轻时为求深造,还曾游学埃及和雅典,与饱学之士谈学论艺,有人敬他,也有人轻他。待过了一段四处

---

① 一部名为《另一个大同小异之世界》(1605)的讽刺之作作者的笔名,据云此作对斯威夫特创作《格列佛游记》有所启发,其作者之真名或为约瑟夫·霍尔(Joseph Hall, 1574—1656),此人乃英国主教、讽刺作家。
② 罗马神话中墨丘利乃众神的信使,其名常被用于报刊名称中,可直接译为"报"。
③ 书名,据伯顿自注,此书乃法国主教、作家皮埃尔·德·贝塞(Pierre de Besse)著。
④ 希波克拉底(Hippocrates, 460B.C.—377B.C.)古希腊医师,被称为"医学之父",生平不详,现存《希波克拉底文集》,内容涉及解剖、临床、妇儿疾病、预后等,但经研究,该文集并非一人一时之作。
⑤ 拉尔修(Laertius),公元3世纪古希腊哲学史家,编著有《名哲言行录》。
⑥ 科鲁梅拉(Columella),公元1世纪罗马农学家。
⑦ 康斯坦丁(Constantinus),《康斯坦丁之农学》一书据传为康斯坦丁·普菲洛杰尼图斯(Constantine Porphyrogenitus),所著。

游学的生活后,他才在色雷斯的阿夫季拉镇定居下来。有人说他是被派到这里来当立法员、司法官或镇文书的;也有人说这是其老家,他生于斯,长于斯。不管怎么说,他最后就住在了该镇近郊的一个园子里,从此醉心学问研究,避世离俗,孤独度日,只是偶尔才会漫步到港口去,遇见各类荒唐可笑之事,便纵情大笑一番。这就是德谟克利特其人。

不过话说回来,这与我有何相干?我又凭什么强行套用他的名义来写书?我得承认仅凭刚才所说的那几点就拿自己与他相比,无疑是种既狂妄又自大的表现。我绝不敢将自己跟他相提并论,他遥遥领先我三百英里,我只是个微不足道之人、无名的小辈,胸无大志,前景渺茫。虽说如此,但我还是想多少谈一谈自己,唯愿不致引人疑心是出于我的骄傲或自负。在大学里,我过着一种安谧沉寂、一成不变、退隐遁世的生活,独自一人仅有诸位缪斯做伴,经年累月,恐与色诺克拉底住在雅典的时日[1] 相差无几,竟至垂垂老矣。如他那样为了求知求识,我亦是夜以继日地枯坐在我的书斋里面。由于我是欧洲最辉煌的学院[2] 里培养出来的学生,而且大可像约维斯[3] 那样夸耀——在我所居之地梵蒂冈的光辉中,在这世间最负盛名的地方,我度过了整整37个年头,习得了大量有用的知识[4]——将近三十年来,我也须臾未变,始终是名治学之人(为我所用的图书馆同他的不分轩轾)。因而我既不愿活得像只寄生虫,成了如此博学显赫的学术团体中无用又不相称的一员,也不愿去写任何有损于这般高贵恢宏的皇家学院之荣誉的文字。虽然我的本职乃一名牧师,但也做过某些不相干的事,亦要受那无常多变之性情的摆布——如他[5] 所言,因了头脑的飘忽不定,思想的变动不居,才会一心想着什么都去

---

[1] 色诺克拉底(Xenocrates, 395B. C.—314B. C.),一译"克赛诺格拉底",古希腊哲学家,柏拉图的学生,被选为柏拉图学园主持人,其学说将存在分成三个领域:可感的、可知的以及两者的混合。
[2] 据伯顿自注,指牛津基督堂学院。
[3] 约维斯(Jovius, 1483—1552),16世纪意大利历史学家,著有《当代史》。
[4] 指他在梵蒂冈的图书馆中潜心治学。
[5] 斯卡利杰(Julius Caesar Scaliger, 1484—1558),意大利古典学者、医生,Joseph Justus Scaliger 之父,从事植物学、语法研究和文学批评,于1525年移居法国,主要著作有《植物论》《论拉丁语》《诗论》等。

学上一点（每样连皮毛也学不到），变得百事皆晓，无一能通。而这正是柏拉图所赞赏的，利普休斯①亦从之，并敷衍道，此应铭刻于一切求知若渴之人的脑内，不要从众去当某一种学问的奴隶，或完全浸淫在一门学科之中，而要去云游四方，做百艺之僮，每人的船都去摇上一浆，每道菜都尝一口，每杯酒都抿一嘴。据蒙田所言，亚里士多德乃精于此道者，而他的同乡学人阿德里安·屠尔涅布②亦然。其实这类游移的性情我一向也有，只是并未取得上述二人那样的成就。我犹如一只四处寻猎的西班牙犬——见到鸟儿就吠，反倒把猎物撇到一旁——什么都去追着学，就是不专自己的本行。所以我大可诉一番苦，而这绝非信口胡诌，因为哪儿都去过的人就等于哪儿都没有去（格斯纳③曾也这样谦虚地哀叹过）：诚然，我读书颇多，但却因方法不佳而收效甚微；我虽在学院的图书馆里胡打乱撞地翻阅过各类作家的著作，然终因读书没技巧，无顺序，不善记忆，不做辨识而近于徒劳无获。我从不远游，只是对着地图或海图，任无羁的思想自由驰骋，我对宇宙志④的研究便向来有所倾心。什么土星⑤是我出生时的主星，彼时正升至中天之类，还有火星这颗品行的主要守护星与我的命宫正好相合，而两星所在各宫又属吉利……我不穷，也不富，可说一无所有，却也一无所缺，两手空空，但自足无求：我的财富全都在密涅瓦⑥之塔中。更高的职位，我因无望得到，便不会为此而欠下了债；此外我还能从我那些尊贵而慷慨的恩主手中领到一份收入（赞美上帝），但也仅够解决温饱而已，故我仍与深居园中的德谟克利特没什么两样，依旧是学院中人，过的是一种修道士般的生活。而这之于我就如同身临

---

① 利普休斯（Lipsius, 1547—1606），16 至 17 世纪比利时学者，著有《论政文集》。
② 阿德里安·屠尔涅布（Adrian Turnebus, 1512—1565），16 世纪法国古典学者，被蒙田多次言及，故伯顿称他为蒙田的同胞。
③ 格斯纳（Gesner, 1516—1565），瑞士医师、博物学家，现代动物学、目录学、植物学及登山运动的先驱，著有《通用目录学》《康拉德·格斯纳氏图书总览》《动物志》等。
④ 宇宙志，描述天宇和大地的科学或天宇和大地的图。
⑤ 土星是他的主星、司命星，象征阴郁，其影响被象征激情与活力的火星所缓和，而这两颗星所在各宫又预示着幸运。
⑥ 密涅瓦（Minerva），罗马神话中司智慧、艺术、发明和武艺的女神，相当于希腊神话中的雅典娜。

剧院，远离了尘世的纷纷扰扰。如他①所言，我站在了一个高于尔等的地方，就像那聪慧的斯多葛哲人，仿佛一眼就能扫遍古往今来各朝各代。我能够耳闻目睹外面发生的事情，知道有人在奔跑，骑马，骚动，在朝野间自寻烦扰。我远离了那些争辩不休的官司，面对宫廷里的浮华、广场中的奉承，我习惯于暗自嘲笑：我嘲笑一切，唯独我自己不必担心官司打输，商船沉没，谷物牲口运丢，生意衰颓。我无妻亦无子，是好是坏，都无需供养。我只是他人命运和遭际的看客，看他们如何扮演自己的角色。在我眼前，各种角色纷至沓来，仿佛来自公众剧院或舞台。我每天都能听到新闻，听到那些司空见惯的谣传，比如关于战争、瘟疫、火灾、洪水的，关于偷窃、谋害、屠杀的，或是有关流星、彗星、鬼怪、异兆、幽灵的，有关法国、德国、土耳其、波斯、波兰等国里城镇被攻占、城市遭包围之类的，什么每日集结备战、打仗、杀戮、决斗、船难、海盗、海战、缔合、联盟、奇袭和新一轮的动员，一切皆为这些动荡时代所特有。纷纷攘攘的起誓、请求、诉讼、法令、请愿、官司、辩护、律条、声明、抱怨、申诉，每天都会流入我们的耳朵里。每天都会冒出新的书本、小册子、新闻信札、故事，各种各样成套的多卷本书籍，新的怪论、观点、宗派、异教，以及哲学和宗教等等上的论争，真是不一而足。才传来结婚、假面剧、哑剧、游艺会、欢庆、外使来访、马上比武、颁奖、胜利庆典、狂欢、运动会、戏剧的消息，跟着却像是换了一台戏，听到的是叛国、欺诈、抢劫，各种穷凶极恶、葬礼、入土、君王驾崩，地理新发现、远征。这些事儿真是一会儿让人乐，一会儿使人愁。今天我们听闻有人新当了贵族、官员，明天就传来了大人物垮台的消息，然后又听到有新的头衔被授予。有人得到释放，有人却入狱；有人买进，有人蚀本；有人兴旺发达，其邻居却破了产；眼前还丰衣足食，转眼就穷困饥馑；有人跑腿，有人骑马，还有吵架、大笑、哭泣等等。就这样，我每日里听着这些公也好、私

---

① 海因修（Heinsius，1580—1655），荷兰著名学者、诗人，曾任莱顿大学图书馆馆长。

也好的消息。在人间的繁华与悲凉之中——欢快、骄傲、困惑和忧虑，单纯和凶恶、诡诈、无赖、真诚和正直，相互交杂，接踵而至——我孑然一身，艰难地活着。我以前怎样过的，现在还得继续下去，如同起初那样，过孤独的生活，在家中品尝自个儿的不满。只是偶尔（不可说谎遮掩），就像第欧根尼进城或德谟克利特到港口去看世风时尚那样，我也会权作消遣，时不时地到外边走走，仔细瞧一瞧这个尘世，也难免不会做点评论——算不得什么真知灼见，不过略陈自己的观察罢了。我是不会同他俩一道或讥讽或嘲笑一切的，我心怀的是一种交杂的情感。

> 你们的骚动吵嚷引得我发笑，又经常使我怒气直冒。[1]

我有时的确会如卢奇安[2]那样嘲笑讥讽，如梅尼普斯[3]那样尖刻地批评，如赫拉克利特[4]那样悲痛哀叹；我有时亦会苦中作笑，之后又怒火中烧。眼看世人劣迹斑斑，自己却爱莫能助，心里真是难受。然而，不管我与德谟克利特或以上诸位在何种情感上有相通之处，这都不是我披上德谟克利特之名写书的缘由。真正的原因有二，其一是隐姓埋名，以便能更加自由无拘一些地说话；其二，若你非要探个究竟，便唯有那个原因、那方面的考虑了——对此希波克拉底在致达玛吉都的信[5]中有过详尽的描述。如信中所载，某日希波克拉底前去拜访德谟克利特，只见他在阿夫季拉郊外自己的园子里，坐在树荫下面，膝头上摊着一本书，正埋首于研究之中。他时而写上几笔，时

---

[1] 贺拉斯语。贺拉斯（Horace，65B. C.—8B. C.），古罗马诗人，从倾向共和转而拥护帝制，作品有《讽刺诗集》《歌集》《书札》等，《书札》中的《诗艺》对西方诗歌有过很大影响。
[2] 卢奇安（Lucian，120—180），又译琉善，古希腊修辞学家和讽刺作家，其作品多采用戏剧性对话体裁，讽刺谴责各派哲学的欺骗性及宗教迷信、道德堕落等，著有《神的对话》《冥间的对话》等。
[3] 梅尼普斯（Menippus），公元前3世纪古希腊奴隶出身的犬儒学派哲学家，以嘲讽世情著称，"梅尼普斯式讥讽文学"就是以他的名字命名。
[4] 赫拉克利特（Heraclitus，540B. C.—470B. C.），古希腊唯物主义哲学家，以忧郁著称，被称为"哭的哲学家"。作为辩证法奠基人之一，他认为一切都在流动变化中，"人不能两次走进同一条河流"。
[5] 达玛吉都（Damagetus），希波克拉底致他的信件现多疑为伪造。

而又起来走几步。其书之主题乃忧郁症和疯病,而在他身旁还堆放着各类动物的尸体,都是才被他切开解剖过的。不过,正如他告诉希波克拉底的那样,他这样做并非是出于对上帝造物的不敬,而是为了找到黑胆汁亦即"忧郁"所在的部位,看一看忧郁从何而起,又如何在人的体内生成。此中用意即在寻得疗法以使自己的忧郁症有所好转,并通过个人的记述和观察所得教他人也学会如何防范、避免此症。对于他的这番行善救人的心意,希波克拉底是大加赞赏的。故而德谟克利特二世也想斗胆仿效。既然德谟克利特著书未完,今又不传,我便要如同德谟克利特的替身那样,在如今这部专著中重拾此题,续写残篇,好使其完备。

你现已得到了我对德谟克利特之名所做的一番解释了。但如果本书的书名和献词失之典雅,碍了你的眼,而你又以为凭着这点就可以名正言顺地指责他人的话,那我则能举出许多严肃正经的专著来,甚至还有布道书,其前页上所印的书名可要比我的新奇怪诞得多。反正如今给待售的书籍加上个新异的书名已成了一种"策略"。因为正如云雀飞落捕鸟网,不少喜欢猎奇的读者也会受书名吸引而留步,——好似痴愚的过客驻足凝视着画店里某副哗众取宠之作,而那真正高明的画,他是连瞧也不会去瞧一眼的。诚如斯卡利杰[1]所言,没有什么会比内容闻所未闻、见所未见的书更吸引读者,也没有什么会比言辞激烈的小册子卖得更好,若其新奇之感刺激到了味蕾,那就更是如此了。有不少人,葛琉斯也说,总要在献词上面翻出许多新花样,都到了(普林尼[2]引自塞内加)足以让急着前去为即将分娩的女儿请接生婆的父亲顺道逗留一番的地步。就我而言,我这样做是有典范在前的。我仅举一例以代全部,即安东尼·扎拉[3]的那部《才华的解剖》。该书共分四部、四

---

[1] 斯卡利杰(Scaliger, 1540—1609),法国古典学者、语言学家,Julius Caesar Scaliger 之子,出生于意大利,曾在荷兰莱顿大学任教,主要著作为《时间校正篇》。
[2] (老)普林尼(Pliny the Elder, 23—79),古罗马作家,共写作品 7 部,现仅存百科全书式著作《博物志》37 卷。
[3] 安东尼·扎拉(Anthony Zara),17 世纪佩蒂纳主教。

章、四节……可得览于我校图书馆内。

如果又有人要质疑我以忧郁为题的选择或处理此题的方式,硬要我给出个理由的话,那我所能给的可就不止一个了。我写忧郁是想借此让自己忙活起来以避开忧郁。忧郁的种种成因中,当以闲散为最,而最佳的疗法则莫过于忙活——拉齐① 如此认为。即便忙于消遣玩乐是没有多大意义的,然圣人塞内加却有言,行徒劳之事总胜过无事可做。我之写书也正在此,即让自己忙于干这桩有趣的活儿,但愿借着这份悠闲的工作我能逃脱无所事事带来的慵懒散漫,并与马克拉比② 书中的维克修③ 一道,使消遣也变成有益的事业。

>所言之事需有趣亦有益,
>
>同时给读者乐趣和教益。④

正是为此我才动的笔——卢奇安说道,就如同有些人,由于没有听众,便会对着树木吟诵,对着柱子演说。保卢斯·艾吉勒塔⑤ 也语带妙理地坦言,并非有何未被知晓或注意之新事要说,不过锻炼自己罢了。若有人择此道而行,依我之见则于其躯体有益,于其灵魂更有益。或者,倘如另一些人的做法,是为了名声而炫耀自己(你的学问若不现于人前便等于无学),那么我就会持修昔底德⑥ 的观点:知而不言,与无知何异。而我着手做此事,则如他所说,乃天性使然。我打算用写书来安神,因为我有一颗负重的心、鼓胀的头,脑内似有脓肿⑦,我极欲将其除去,而消解之法却也想不出比这更合适的了。再说,我也忍不住不去写,毕竟哪儿发痒就得往哪儿挠挠。我被

---

① 拉齐(Rhasis/Rhazes,865? —925?),阿拉伯医学家,著有《医学集成》《曼苏尔医书》。
② 马克拉比(Macrobius),公元 5 世纪罗马语法学家,著有《农神节》。
③ 维克修(Vectius/Vettius Praetextatus,315—384),罗马富裕的异教贵族,马克拉比《农神节》一书之主角。
④ 语出贺拉斯。
⑤ 保卢斯·艾吉勒塔(Paulus Aegineta),公元 7 世纪拜占庭外科医师,著有《医学纲要》。
⑥ 修昔底德(Thucydides,455? B.C.—400? B.C.),古希腊历史学家,著有《伯罗奔尼撒战争史》。
⑦ 此处恐在呼应雅典娜是从宙斯脑中诞生的这一传说。如此看来,忧郁还能予人以灵感和才气,故也难怪伯顿紧接着会把忧郁比作伊吉丽亚。

这个疾病折磨得可不轻，真不知该把它叫作我的"忧郁"夫人、我的伊吉丽亚[①]，还是我那作恶的守护神？因此，就像被毒蝎蜇过的人那样，我要以毒攻毒，用悲伤来安抚悲伤，靠闲散来驱逐闲散。好比是从蛇毒中提炼解毒剂，我也要从我这病的主要成因里取得解药。此外我亦与他颇为相似——菲利克斯·普拉特[②]曾言及此人，说他疑心腹中藏有阿里斯托芬[③]的蛙，觉其鸣叫不休，布喏瑟瑟瑟嗑唑、叩嗑唑、叩嗑唑、呜嘆、呜嘆，便去学医七年，游走大半个欧洲，以解个中痛苦。我为求己之康健，也翻遍了各家医书，但凡我校图书馆里有的，或是可靠的朋友们能给的，均在其内，所下功夫不可谓不深。而这又有何不可？卡丹[④]坦言丧子之后他写书谈论慰藉实乃宽慰自己。塔利[⑤]在失去女儿后也以此为意图写过同样的题目；当然那文字得是出自他的手笔才算，其实，有可能是某位冒名者以其名义出版的——利普修斯不无根据地猜测到。至于我，则大概会认同萨卢斯特[⑥]书中的马略[⑦]，他人或听或读之事，我则亲感亲历，他人通过书本获取知识，我则经受忧郁才有所体认。相信罗伯特吧，他经验丰富。有些事我能据经验谈之，痛苦的经验已授我以教训，与诗人笔下的她一样，饱经了苦难，我已学会救助那受苦之人。[⑧]我出于同情愿意帮助他人，就如同古时候的那位夫人那样，自己身患

---

① 伊吉丽亚（Egeria），罗马传说中的仙女，曾以预言指示罗马第二代王 Numa Pompilius。该词现可泛指守护神、女庇护人、女顾问、女伴。
② 菲利克斯·普拉特（Felix Plater, 1536—1614）瑞士医学家，著有关于精神异常方面的论著。
③ 阿里斯托芬（Aristophanes, 450？ B. C.—385？ B. C.），古希腊诗人、喜剧作家，有"喜剧之父"之称，相传写过44部喜剧，现存《阿卡奈人》《骑士》《蛙》等11部。
④ 卡丹（Hierome Cardan/Girolamo Cardano, 1501—1576），16世纪意大利数学家、医学家、博物学家、哲学家和占星家，意大利文艺复兴时期百科全书式学者。
⑤ 塔利（Tully），乃西塞罗的英语名。西塞罗（Marcus Tullius Cicero, 106B. C.—43B. C.），古罗马政治家、演说家和哲学家，任执政官时挫败喀提林阴谋，力图恢复共和政体，发表反安东尼演说，被杀，著有《论善与恶之定义》《论法律》《论国家》等。
⑥ 萨卢斯特（Sallust, 86B. C.—34B. C.），古罗马历史学家和政治家，曾任财务官、保民官等职，后投奔尤利乌斯·凯撒，任努米底亚总督，主要历史著作有《喀提林战争》《朱古达战争》等。
⑦ 马略（Marius, 157B. C.—86B. C.）古罗马统帅，7次任执政官，击败朱古达人和日耳曼人的入侵，实行军事改革，与贵族派苏拉进行激烈的权力斗争。
⑧ 语出维吉尔。维吉尔（Virgil, 70B. C.—19B. C.），古罗马诗人，作品有《牧歌》10首、《农事诗》4卷，代表作为史诗《埃涅阿斯纪》，其诗作对欧洲文艺复兴和古典主义文学产生巨大影响。

麻风，也要倾其所有为麻风病人修建医院。我亦将献出我的时间与知识（这是我最大的财富），来为了天下人的公共利益。

虽是这样，可你又会指出这是在干别人已干过的事，这是一件无甚必要的工作，无异于端上了一道重新加热的卷心菜，是在用别样的语言来反反复复地说那同样的东西。这有何用呢？值得一说的，皆未被遗漏，卢奇安在谈及类似话题时曾如此认为。试问，有多少优秀的医师曾就这一主题写过整卷整卷的著作以及详尽的论著？这里面根本就没有新知新闻，我所有的不过是从别人那里偷来的，而我的书页则在对我喊道："你就是个贼"。如果当真有过辛尼修[①]所说的那条严厉的法令，即偷窃死者的劳动成果相较于偷窃死者的衣物是更为严重的罪行，那么，大多数的作家会变成什么样子呢？我将在法庭上和其他人一起举手认罪，我真的是犯下了此类重罪，你将见到一名供认不讳的被告，我甘愿同其余的人一起被起诉。然而又毋庸置疑的是，许多人的确被一种无可救药的写作欲望给攫住了，并且正如那古时的大哲所观察到的，写书真是无尽无休，而在这个胡写乱抹的时代就尤其如此了。这个时代里的书已多到不计其数（正如一尊者所言），印书坊已不堪重负，此外，出于一种心痒难耐的气性，每个人又都非要去展露自己，渴求那名声和荣光（我们全都在写啊写，不管是有学识的，还是没学识的），总之是无论如何都要写，要把不知从哪儿劫掠来的素材全都拼凑成文。他们被这种对名声的渴望所迷后，即便是在重病之中，即便有损健康，即便几乎不能握笔，也必定要说点儿什么，将之发布出来，并如斯卡利所言，要为自己谋取个名声，哪怕这将给许多其他的人带来陨落和毁灭。为了被称为作家，为了被看作、认作硕学鸿儒，能以一种虚浮之艺在那无知的庸众间显声扬名，为了得到一个纸上的王国——在这样一个心浮气躁、野心勃勃的时代，虽无望获利，却能声名赫赫，而于此时代，那些连听众

---

① 辛尼修（Synesius），约公元 4 至 5 世纪新柏拉图派哲学家。

也远远算不上的人,在还未成为擅听且合格的听者前,就非要当师傅和老师了(此乃斯卡利杰之批评)——他们将冲进所有的学问里,去涉猎谈文的、论武的、写神学的、写人文的作者的著作,将翻检各类索引和小册子以便做些笔记,就如同我们的商人为了贸易买卖而去寻陌生的港口那样,并且他们还将写出厚厚的大部头来,然而他们却并不会因此而成为更优异的学者,他们只会成为更啰唆唠叨的空谈者。他们通常假装自己写书是为了公共利益,但正如格斯纳所观察到的,其实是自负和虚荣在驱使着他们,书里根本就没有新知或任何值得注意之事,不过就是换了套言辞来书写重复相同的内容。可他们却必须去写,好让那些印书商不至于关门歇业,也好让自己能有点儿东西证明自己曾来过这世上。 就像那药剂师,我们每日都在调制新的混合药剂,将其从一个容器倒入另一个容器;也像那些古时候的罗马人,他们靠着劫掠世上所有的城市,来装点他们那位置不佳的罗马城,而我们则是挖取了别人智慧的精华,从其耕种的花园里摘走了上等的花朵,将之用来装点我们自己那贫瘠的地块。约维斯曾痛斥道,这样的人是在用他人著作的肥肉来填塞自己瘦小的书本,何异于蠢笨无知的窃贼。这一毛病,每位作家都善于去挑,就像我现在所做的那样,不过挑毛病者自身也有此毛病,"三字母"[①]的文人啊,全都是小偷。他们从过去的作家那里零星地偷点儿东西来填充自己新写的评论,他们在刮恩尼乌斯[②]的粪堆,掏德谟克利特的地穴,就像我所做过的那样。而如此一来,就不仅是在图书馆和商店里充满了我们所写的腐臭文章,而且在每间带便桶的私室以及户外的厕所里都有大量供拉屎时阅读的诗篇。 这些书页将被用来垫馅饼,包香料,或裹烤肉以防肉被烤焦。 斯卡利杰曾说,在他们法国,人人

---

① 原文为拉丁语 trium litterarum homines,即"三字母之人",而拉丁语中"盗贼"一词 fur 是由 f、u、r 三个字母组成的,因此这是"窃贼"的委婉说法。
② 恩尼乌斯(Ennius, 239B.C.—169B.C.),古罗马诗人、戏剧家,一生致力于向罗马人介绍希腊文学和哲学,作品包括戏剧、史诗、哲学等,主要诗作为《编年纪》,全书18卷,现仅存残篇。

都有写作的自由,但绝少人有写作的能力。以前的学问都有识见卓绝的学者为之增色添彩,而现如今各门各类高贵的知识却被低贱无知的蹩脚文人玷污贬损,他们或是为了虚荣、需求,为了得财而写作,或是身为寄生虫,为了奉承和讨好一些大人物,而不惜炮制出毫无意义的文字、一堆垃圾和废物。在如此之多数以千计的作家中,你鲜能找出一个作家,可以通过阅读他让你自己稍稍变得优秀一点,而不是变得越发糟糕。看来阅读者就只会受到不良侵染而不会获得任何提升改善。

　　研读这样的著作,能学到些什么?
　　除了无用的幻梦,能知道个什么?[1]

　　因此,经常会有这样的情况出现(古时卡利马科斯[2]就曾批评过):一部大书竟成了一大祸害。卡丹指责法国人和德国人,是因为他们在漫无目的地乱写,但他却不禁止他们写作,以便他们自己终能有些新的创造。可我们总是在织同样一张网,反复拧同一条绳子,而即便创作出了新东西,那也只是闲人写下的某类无用之作或游戏文章。既然是拿给闲人去读的,谁还写不出点儿这样的新东西?在这个草草写作的时代,一个人倘若什么也炮制不出来,那他必定才智空空。君王在炫耀他们的军队,富人在吹嘘他们的华宅,士兵在显摆他们的男子气概,学者在兜售他们的游戏之作,人们必须阅读,人们必须倾听,无论愿意与否。

　　一旦说过和写下了什么,所有人都必须知道。
　　老妇和孩童,来来去去,无一能逃掉。[3]

---

[1]　语出帕林吉纽。帕林吉纽(Palingenius, 1500？—1543？),意大利新拉丁语诗人。
[2]　卡利马科斯(Callimachus, 305？B.C.—240？B.C.),古希腊学者、诗人,以阐释风俗、节庆、名称等传说起源的长诗《起源》最为著名,但作品大多失传。
[3]　语出贺拉斯。

今年又推出了数量多么庞大的一群诗人啊！普林尼①曾在信中向索修·西尼修抱怨道，今年这个四月每天都有这样或那样的一些人在朗诵！而我们的法兰克福书市、我们英国国内的书市，这一年来，甚至，在这整个时代，又带给了我们多么浩大的一册新书目录啊？我们每年都要把我们的智识拉长撑大个两轮，好将之拿去售卖，可我们大费一番心力后却一无所获。因此，格斯纳才非常希望能有所变革——如果不仰仗君王的一些法令以及严苛的监官来迅速推行改革，以限制这种写书的自由，那它就将无休无止地蔓延下去了。试问，谁能当得了那样贪读书本的饕餮？谁又能读得了如此多的书？就像我们现在已经遇到的那样，我们将会有好似混沌一般的大堆杂乱不清的书本，我们将被书本压迫，我们的眼睛会因了阅读而疼痛，我们的手指则会因了翻书而疼痛。就我个人来说，我也是写书者中的一员，是众中之一，对此我并不否认。而我也只有拿马克拉比的那句话来为我自己辩解了，书中所写全都是我的，又无一是我的。正如一位能干的家庭妇女可以用各种羊毛来织成一匹布，一只蜜蜂可以从许多花朵中采出蜡和蜜，由此而翻陈出新，

蜜蜂在那开满鲜花的林地里遍尝每一株植物。

我则是劳心劳力地在不同作家的作品里寻章摘句，集成了这样一部拼凑之作。可我并未造成任何伤害，没有对不起任何作家，我是让每位被援引的作家都登台露面了的。而这正是哲罗姆②在致尼波提亚的书信中所大加赞赏的做法。他没有像现在的有些人那样窃取了整节、整页、整篇的内容，最后却把原作者的名字给隐去。他还是言明了的——这出自西普里

---

① （小）普林尼（Pliny the Younger, 61—112？），老普林尼（Pliny the Elder）的养子，罗马作家，曾任执政官、比希尼亚总督，以其9卷描述罗马帝国社会生活和私人生活的信札著称。
② 哲罗姆（Hierom, 347？—420），早期西方教会教父，《圣经》学家，通俗拉丁文本《圣经》的译者。

安①，那出自拉克坦休②，那又出自奚拉里③，米努修·菲利克斯④如此说道，维克托利努斯⑤又这样说道，直至阿诺比乌⑥如何如何说。而我也是举出和列出了我所引用的作者的，哪怕有些胸无点墨的蹩脚文人认为这是在卖弄学问，是在披起斗篷掩盖无知，与他们那装模作样的雅致风格南辕北辙，我也必须和将要遵循此法。我只是借用了，而不是窃用了。就像瓦罗⑦说蜜蜂那样，它们绝无恶意，因为它们从未伤害被它们采蜜之物。我也可以这样说我自己，我何曾伤害过谁？书中文字大多都是他们的，但同时也是我的，这些文字取自何处一目了然（此为塞内加所赞许），可看起来却又与原文有所不同。大自然亦是让我们的身体如此处理食物的，需要摄取、消化、吸收，而我也的确对我所取用的文字进行过处理。我让它们效忠进贡，装点填充了我的这部杂烩之作，然那行文之法则是我独有的。此处我必须将维克尔⑧的那句话据为己有，即我们已说不出什么未曾被说过的东西了，唯有谋篇布局和行文之法才是我们独有的，才能彰显学者本色。奥里巴修斯⑨、埃提乌斯⑩、阿维森纳⑪都从盖仑⑫那里取材，却又都按各自的方式行文；风格相异，而依据相同。我们的那些大诗人则剽窃了荷马；他一呕吐，

---

① 西普里安（Cyprian, 200？—258），早期非洲基督教神学家、迦太基主教，主张因受迫害叛教的一般信徒可以得到宽恕，后在基督教受迫害时被罗马皇帝瓦莱里安（Valerian）斩首。
② 拉克坦休（Lactantius），约公元4世纪基督教护教士。
③ 奚拉里（Hilarius，即Saint Hilary of Poitiers, 315？—367？），（普瓦蒂埃的）圣奚拉里，高卢人，基督教教义师，曾任普瓦蒂埃主教，著有《论三位一体》《论各界宗教会议》等。
④ 米努修·菲利克斯（Minucius Felix,？—250？），早期基督教护教士。
⑤ 维克托利努斯（Victorinus），约公元4世纪基督教神学作家、殉道者、圣经评注家。
⑥ 阿诺比乌（Arnobius），约公元3世纪基督教护教士。
⑦ 瓦罗（Varro, 116B.C.—27B.C.），古罗马学者、讽刺作家，有涉及各学科著作620多卷，今仅存较完整的《论农业》以及《论拉丁语》和《梅尼普斯式讽刺诗》的残篇。
⑧ 维克尔（Johann Jacob Wecker, 1528—1586），瑞士医师。
⑨ 奥里巴修斯（Oribasius, 320？—403？），罗马皇帝"叛教者"尤里安（Julian the Apostate, 331—363）的御用医师，曾为尤里安编纂医学百科全书。
⑩ 埃提乌斯（Aetius, 502—575），拜占庭帝国御医。
⑪ 阿维森纳（Avicenna, 980—1037），伊斯兰医学家、哲学家，波斯人，著有《治疗论》《医典》等学术名著。
⑫ 盖仑（Galen, 129—199），古希腊医师、生理学家和哲学家，从动物解剖推论人体构造，用亚里士多德目的论阐述其功能。

他们就来舔光,伊利安①曾如此说道。而神学作家们还仍然在逐字照搬着奥古斯丁②的字句,至于我们那些编写逸闻趣事的作家,其所做的也并无二致,往往最后一个编的人是编得最好的。

等到更晚的时代、更好的运势,
产生出情节更宏大华丽的故事。

虽然古代在医学和哲学领域有着许多的巨人,但我要学迪达库斯·斯特拉③说一句:站在巨人肩膀上的侏儒可能比巨人自己看得还要远。我是在前人的基础上进行添补、修改,最后我也可能比前人看得更远。对我来说,跟随别人的步子做文章是无伤大雅的,这就类似于那位著名医师伊利安·蒙塔图斯④步贾森·普拉腾瑟斯⑤、赫尔纽斯⑥、赫尔德闲⑦等人后尘去写关于头部疾病的著作,而他们则像是许多匹马在那赛马会中奔驰,一个逻辑学家、一个修辞学家,一个追着一个。那么接下来,你想反对什么,就都任由你了,

哪怕你将永远冲着我咆哮,
绝不停息你那恶毒的吠叫。

我也仅做如此回应。至于其他种种的缺点不足,比如内容粗俗、言辞不雅、风格随意,多见冗言赘语,总在亦步亦趋地模仿,仿佛是从几个粪堆、从不同作家的粪便中搜集而来的残渣碎片的大杂烩,是乱糟糟炮制出来的游戏

---

① 伊利安(AElian,175—235),即 Claudius AElianus,罗马作家、修辞学导师。
② 奥古斯丁(Augustine,354—430),基督教哲学家,拉丁教父的主要代表,罗马帝国北非领地希波教区主教,著有《忏悔录》《上帝之城》。
③ 斯特拉(Didacus Stella,1524—1578),西班牙神秘主义者、神学家。其名言"站在巨人肩膀上"后被伯顿、牛顿等人引用。
④ 伊利安·蒙塔图斯(Aelian Montaltus),葡萄牙医师,著有《主要病理学》。
⑤ 贾森·普拉腾瑟斯(Jason Pratensis),约 16 世纪荷兰医学家。
⑥ 赫尔纽斯(Johannes Heurnius,1543—1601),荷兰医师、自然哲学家,著有关于脑部疾病的专著。
⑦ 赫尔德闲(Hildesheim),忧郁与疯癫方面的医学作家。

文章和愚蠢文字，毫无艺术、新意、识断、智慧、学识可言，毛糙、原始且粗陋，荒诞、荒唐且怪异，草草写成、粗制滥造、杂乱无章，虚浮空幻，满篇污言秽语，无趣、沉闷又枯燥——这一切我都承认（这多少有点装模作样了），而你眼中的我定然不会比我眼中的自己还要糟糕。我这书根本就不值一读，对此我无可否认，我希望你不要浪费时间去研读这样一部空洞浮泛的专题著作，我或许自己也会厌恶去读他或你如此写就的作品，哪里值得为之费时费力呢。我所能说的也就只是，我这样做有先例在前，而此话则被伊索克拉底①称作犯事之人的庇护所，反正其他人也是一样的荒唐、虚浮、无趣、无知……其他人也是这样做的，可能还更甚于此，或许你自己也做过。总之，我们都有各自的缺点不足，我们都心里清楚，我们也都在自我捍卫如此写书的自由。你指责我，我也指责过别人，可能还指责过你，我们轮番攻击着彼此，而这正是反击报复的法则。现在就去吧，指责、批评、嘲讽并抨击吧。

> 哪怕你是个十足的莫摩斯②，满口的讽刺讥嘲，
> 比起我们自己说自己，你也不可能把我们说得更糟。

因此，就像女人骂街那样，我先就喊了自己是个婊子，而这在有些人看来，我恐怕已然说过火了。自负之人爱自我夸耀，愚蠢之人爱自我责备。既然我没有妄自尊大，我也不会妄自菲薄。我算不上是最好的，但也不是你们之中最差的。我是落后了他或她一寸，乃至好几尺、好几帕勒桑③，但我或许还是领先了你一点儿的。因此，不管是好是坏，我都已放手一试了，已把自己推到了舞台上，那我就必须得忍受指责，我不可能逃得掉的。说来真是没错，我们的风格会暴露我们，就像猎人通过踪迹寻到他们的猎物那样，一

---

① 伊索克拉底（Isocrates，436B.C.—338B.C.），雅典雄辩家、教育家，其演说反映当时社会的重大问题，呼吁马其顿国王领导希腊各城邦反对波斯帝国，希腊丧失独立后绝食身亡。
② 莫摩斯（Momus），嘲弄与非难指摘之神，亦作 Momos。
③ 帕勒桑（parasang），古代波斯长度单位，约3至4英里。

个人的才智也可透过他的作品看清。相较于相貌,一个人的文字能让我们更准确地判断他的品性,而这也正是老加图[①]的一条准则。我在这部专著中已把我自己敞开了(我知道这点),把我的内在本质都翻到了外面,我必将受到指责,我毫不怀疑。因为,跟着伊拉斯谟[②]说句大实话,没有什么会比人们的批评更怒气冲冲的了,然而能带来些许安慰的是,我们的批评指责就好比我们的口味,也是各色各样的。

> 他们在我看来就像三位意见相左的宾客,
> 都在要求不同的食物以与各自口味相合。

我们的著作就像是一道道的菜,我们的读者则是客人,我们的书可被比作佳丽,这个人倾慕她,那个人却厌弃她。而我们也是随人们不同的审美偏好受到了不同的品评。

> 书的命运取决于读者的鉴赏力。

让某人十分满意喜欢的东西,对另一人来说,却如同墨角兰之于猪[③],是十分粗陋低劣的。有那么多的人,也就有那么多的想法,你所谴责的,他却在称赞。

> 你梦寐以求的东西,另两人却厌恶不已。

他看重内容,你却独以文辞为尊;他喜爱松散自由的风格,你却满心称许简洁利落的章法、恢宏的文句、夸张修辞以及讽喻;他想要有精美的卷首

---

① (大)加图(Cato the Elder, 234B. C.—149B. C.),古罗马政治家、作家,曾任执政官、检察官等职,维护罗马传统,鼓吹毁灭迦太基,著有《史源》《农书》等,为拉丁散文文学的开创者。
② 伊拉斯谟(Erasmus, 1469—1536),荷兰人文主义学者、北方文艺复兴运动中的重要人物、奥斯定会神父,首次编订附拉丁文译文的希腊文版《新约圣经》,著有名作《愚人颂》。
③ 据说猪十分厌恶墨角兰。

插图、诱人的图画，比如耶稣会士希罗尼穆斯·纳塔利[①]刻制的主日福音版画，用以吸引读者的注意，而你却拒绝；往往一个人所欣赏的东西，却会被另一个人指斥为无比荒唐可笑之物。如果不直接明了地贴合他的性情、他的方式、他的想法，如果省略了他喜欢的内容或添加了他不喜欢的内容，那你就是一个胸无点墨的苦力、一个白痴、一头驴子，或一个抄袭者、一个无所事事的人，一个好逸恶劳的无赖，你简直就是个游手好闲的家伙。而你的作品也只是单纯使蛮力弄出来的东西，是不含机智和新意的汇编之作，是十足的小玩意儿。人们总是把他人已做成的事看得轻松容易，不会想到路铺好之前的坑洼不平。正是那些自身无才无能的家伙在这样评判他人，将他人的劳作成果贬低为毫无价值的东西，而他们自己则是根本不可能做到这个程度的。人人皆深怀着自己的见解，在每一单独个体都这样各执己见的情况下，一个人如何能取悦所有人呢？

我到底该拿些什么给我的客人？
把他想要的也给你，你却不肯。

我怎可奢望我所表达的能迎合每个人的性情和想法，或让所有人都满意？有些人懂得太少，有些人懂得太多。有些人以作者来评判书的价值，就跟人们以衣装取人一样，奥古斯丁如是说道。他们并不看重内容，只看重书是谁写的，是作者的名气带来了书的畅销。他们也不重视金属硬币的材质，只重视币面上压印的纹样；眼中只有大酒杯，却没有那杯中之酒。一个人如果不富裕，不地位显赫，不精雅华丽，不是学界泰斗，或没有挂满各种高大的头衔，那么，就算他再怎样才华横溢，也只会被看作个傻瓜。不过，正如

[①] 希罗尼穆斯·纳塔利（Hieronymus Natali，即 Jerome Nadal），16 世纪西班牙耶稣会会士，刻制有基督生平绘本。

巴罗纽斯①在谈到红衣主教卡拉法②的作品时所说的那样，因贫寒而嫌弃他人者，简直无法为人。此外，有些人又太过偏袒，就像朋友那样，难免有过情之誉；有些人则心怀偏见，故意来挑刺、贬损、诋毁并嘲笑（不论我写出了什么，他们都会断言那是不值一顾的）；总之，有些人像蜜蜂在采蜜，有些人则像蜘蛛在采毒。既然如此，那我该怎么办呢？就像那德意志的店家——若你来到德意志的一家旅店，却不满意旅店里的伙食、餐饮、房间……店家就会用一种粗暴的口气回道：你不满意这儿，那就去别的旅店吧。我决心也跟着回一句：你不喜欢我写的，那就去读别的东西吧。我并不多么看重你的批评，也不怎么顺从你的那套，这既不如你愿，也不如我愿，但当我俩都停歇下来后，终会见识到小普林写给图拉真③的那句话实非虚言：每个人聪明才智的成果都难以广受欢迎，除非恰巧有合宜的内容、主题、时机以及乐于称赞推荐的名流巨子。如果我会受到你这类人的批评、抨击，那我或许也会受到其他人的称许和夸赞，而这也是的确有过的（我是在据实而言），故我大可效仿情况类似的约维斯如实地说（但愿不会有自我夸耀的意味）：我与一些名人、主教和显贵有着深情厚谊，我获得过他们的厚爱，也受到了许多自己就很德高望重的人的赞赏。既然我得到过一些杰出之士的敬重，我便也难免得到过其他人的诋毁，这理应如此。普罗布斯④曾这样谈论佩尔西乌斯⑤的讽刺诗集，说此书第一版刊行后，人们又是夸赞，又是你争我抢地将之买光。我想这话也多少可移用于我这部著作。那第一、第二以及第三版转眼就售罄了，人们都在热切地阅读，并且正如我所说的，既有人称赞之，也有人轻蔑地厌弃之。但德谟克利特命中就注定要同时受到钦佩和嘲笑的。而此亦为塞

---

① 巴罗纽斯（Caesar Baronius，1538—1607），意大利红衣主教、教会史学家，著有《教会年鉴》。
② 卡拉法（Oliviero Carafa，1430—1511），意大利红衣主教、文艺复兴时期外交家。
③ 图拉真（Trajan，53？A. D.—117），古罗马皇帝，改革财政，加强集权统治，大兴土木，修建城市、港口、桥梁和道路，发动侵略战争，向东方扩张领土，直抵波斯湾。
④ 普罗布斯（Marcus Valerius Probus），约公元1世纪古罗马著名语法学家、批评家。
⑤ 佩尔西乌斯（Persius，34A. D.—62A. D.），古罗马讽刺诗人，共写有6首讽刺诗，除揭露并讽刺当时罗马的腐败和愚昧外，大都是关于斯多葛哲学的探讨。

内加的命运，他这位才智、学问和识见的大主管，学识大到惊世骇俗，在普鲁塔克看来，简直就是冠绝全部的希腊语和拉丁语作家，并且他还是非比阿斯①口中那著名的匡正时弊者，也是孜孜矻矻、无所不知的哲学家，写的东西是那样地精妙绝伦、光彩夺目，可他还是无法取悦所有人，或躲过批评指摘。看看卡利古拉②、葛琉斯、非比阿斯乃至他最大的拥护者利普休斯本人是如何诋毁中伤他的吧。也就是那同一个非比阿斯，却在说他的东西大多是有害的，说他写了好多幼稚愚蠢的篇章和词句，且文字未经锻造雕琢，往往太过草率粗陋，正如葛琉斯所评论的，他语言粗俗、用语陈腐、思想愚蠢、学识平庸，他简直就是个平淡无奇的浅薄作家。他的一些作品繁杂费解、过分讲究，利普休斯如是说道，而在他所有其他的作品中，特别是在他的书信中，他则依循斯多葛派的风格，把许多东西都杂乱无章地拼凑混合在了一起……只是大量地胡乱堆砌，没有什么伦次可言。而如果塞内加都受到如此抨击，并且我还能举出许多其他有此遭遇的著名人物，那我还能指望什么呢？他是那样伟大的哲学家，可我连他的影子也算不上，我怎能指望取悦于人？伊拉斯谟认为，没有人会完美无缺到各方面都令人满意，除非因了年深岁久、因袭故俗等等原因，我们对他起了景仰追慕之情。不过，正如我通过塞内加的例子所揭示的，上述定律并不总会奏效，我又如何能逃脱？这是所有作家的共同厄运，我必须忍受屈从，我不寻求掌声，我也不寻求善变无常的庸众的支持赞成；但与此同时呢，我并不是那样地丑陋难看，故我不愿遭到诋毁中伤，

读者诸君啊，我已觉得饱受嘉奖，

---

① 非比阿斯·昆体良（Fabius Quintilian, 35？A. D.—96？A. D.），又译昆提利安，古罗马修辞学家、教师，所著《雄辩术原理》（12卷）反映了古罗马后期强调道德教育的教育思想。
② 卡利古拉（Caligula, 12A. D.—41A. D.），罗马皇帝（37A. D.—41A. D.），专横残暴，处决了将他扶上皇位的禁卫军长官，屠杀犹太人等，后被刺杀。

> 倘若你不鄙视厌恶我。①

可我害怕好人们的指责，我献上我辛劳的结晶以求获得他们的嘉许，

> 不过我瞧不起卑劣之人的多嘴多舌。②

正如对待狗的吠叫，我对责骂者和诋毁者的那些恶毒污秽的辱骂、嘲弄以及诽谤皆坚决地鄙夷不屑。余者我亦蔑视之。我因此而想说的，我已尽我之薄才全都说完了。

我在处理我这部专书的做法上有一二不妥之处，本想予以修正，却未能做到。对此我得表示歉意，请求原谅，深思后觉得最好还要将个中原委告知友善的读者诸君。我本无意用英文写书来糟践自己的缪斯女神，泄露密涅瓦的秘密。若能得以出版的话，我会用拉丁文来写，以收精简之效。然而，我们唯利是图的出版商却只对英文的论战小册子来者不拒，统统付梓，哪怕他们所印的书，其纸页就连猿猴也不愿拿来擦屁股。而只要是拉丁文的，他们便不肯接手。这亦是尼古拉斯·卡尔③在他那篇关于英国作家之匮乏的演讲中给出的原因之一——正因此，我国才会有如此多的饱学之士湮没于无闻，终老于山林④。我的另一大过错则是没有修订书稿，未能改进文风，任其至今依旧疲软无力地"流淌"着，还是原初的那种模样。这都是闲暇不够造成的。我也承认此书未如我愿，其实可以写得更好。

> 每当展读我写就的那本小册子，
>
> 总会脸红，感到好多地方都不合适。

---

① 语出奥维德。奥维德（Ovid, 43B.C.—17A.D.），古罗马诗人，代表作为长诗《变形记》，其他重要作品还有《爱的艺术》《岁时记》《哀歌》等。
② 语出尤维纳利斯。
③ 尼古拉斯·卡尔（Nicholas Car, 1524—1568）英国古典学学者和医师。
④ 当时的普遍看法是，拉丁文才是正统规范的语言。在作者看来，只有用拉丁文写书的人才称得上真正可以名垂不朽的作家。不过，由于出版社大多只肯承印英文小册子，对拉丁文著作不屑一顾，那些真作家就只得湮没于无闻了。

而最严重的要在内容本身了,现在看来需要否定掉的可真是不少,只怪当初下笔之时我还不如现在老练,识见亦属清浅。我当然愿意收回书中的许多论断之类,可惜为时已晚,眼下我只能就不当之处劳请诸位海涵了。

我的确应该(如果我明智地选择这样去做的话)遵守那诗人的戒律——要让作品先静置九年,我也应该更加谨小慎微。或者,就像医师亚历山大①对青金石所做的那样,他每次使用前都会先清洗五十次,我同样理应事先修订、校正和改好我的这部论著。但我实在没有(如我所说过的)那愉悦的闲暇,也没有笔录员或文书助手。卢奇安书中的潘克瑞提斯,在从埃及的孟斐斯前往卡普特斯②之际,由于缺一仆人同往,便拿来一根门闩,对着念了些神神秘秘的咒语(当时此事的讲述者尤瑞提斯就在现场),最后竟让那门闩站立起来变成了仆人,又是帮他打水、转动烤肉叉,又是伺候他进晚餐,并做他安排的其他事情。而待到这仆人称他心意效完劳后,他就把仆人又变回了一根棍子。可我并没有如此神技去随心所欲地造出新的人,也没有办法手段去差遣他们,不像那一船之主有哨子可吹,能使唤他们跑腿之类。我亦没有那般的权力,没有那般的恩主,无法得到高贵的安布罗西乌斯赐给奥利金③的那种待遇——允许他有六七个笔录员来完整地写出他口授的东西。由于这一原因,我不得不自己来做自己的事,故而就如同母熊产崽,我产下了这乱糟糟的一团,但我却没有时间学母熊舔她的宝宝,也把我这作品舔出个好样儿来。我只能就这样将它付梓,与原初写成的那版没有差别——那是一种即兴的书写风格,我想到什么就写下什么,就像我通常创作所有其他作品时那样是在即兴发挥。我从一堆混乱的笔记中取材,让天资灵感向我口授的一切全都涌出了笔端。我动起笔来就和我平时说话一样也是漫不经心,全

---

① 亚历山大(Alexander Trallianus,即 Alexander of Tralles),约公元 6 世纪拜占庭帝国著名医师。
② 卡普特斯(Coptus),位于尼罗河右岸的一座埃及古城。
③ 奥利金(Origen,185?—254?),古代基督教著名希腊教父之一,《圣经》学者,曾编定《六种经文合璧》,主要著作有《基督教原理》《驳塞尔索》等。

然没有装模作样地去使用高大的字眼、浮夸的言语、叮当作响的措辞、华丽的辞藻、恢宏的文句（就像阿塞斯特斯①的箭，在飞射之时会起火燃烧），或是使用任何矫揉造作的语段、情感热烈的表达、赞美称扬的颂文、夸张虚大的修饰、精雅考究的字词等等——这些都是许多人煞费苦心所刻意追求的。我是个只爱饮水的人，从来都滴酒不沾——不沾酒对于我们当代人的头脑神志真是助益良多。我实乃一文风松散、简朴、粗野的作家，自由自在，无拘无束，把铲子叫作铲子，是啥就说啥，我之写作是为心智而非耳朵，我看重内容而非文字。我谨记卡丹之言，是文字为了内容而存在，不是内容为了文字而存在；我在与塞内加一道追求那写作的内容而非写作的技法。因为正如菲诺②所认为的，对知识精熟之人，往往不在意言语文辞，而那些擅长说话之艺者，则往往没有深厚的学问。

其言语虽如饰物般闪闪发亮，却毫无内在的意蕴。

再说，智者塞内加有言，若你见某人于其文字精雕细琢，于其言语又措辞巧妙，那么可以断定，此人满脑子里转的都是些游戏文章，自身没有半点的庄重扎实。过于秀丽精雅实非大气雄浑之特征。如他③说夜莺那般，你不过是歌声罢了，其他什么也算不上……在这点上我便是阿波罗尼④宣誓的信徒、苏格拉底的学生，我不顾辞藻，只是尽己之力启悟我的读者，而不是去愉悦他的耳朵。我之为学或用意不在锦绣华章，此为演说家所不可缺者，我不外乎顺其自然、平白如实地表达我的意思。正如河水的流动，时而湍急，时而沉缓；时而笔直，时而蜿蜒；时而深，时而浅；时而浊，时而清；时而

---

① 阿塞斯特斯（Acestes），传说中的西西里王。据维吉尔《埃涅阿斯纪》说，他在参加射箭比赛时，他的箭射出后随即燃成了一团火，而这也意味着他受到了神的眷顾。
② 菲诺（Philo, 20？B.C.—50？A.D.），基督教神学先驱，犹太哲学、阿拉伯哲学和基督教哲学的奠基人，主张将宗教信仰与哲学理性相结合，认为罗各斯（理念）是上帝和人的中介。
③ 语出普鲁塔克。
④ 阿波罗尼（Apollonius Tyanaeus），公元1世纪毕达哥拉斯学派哲学家，享奇人、术士之名。

宽，时而窄。我的行文亦如此——一时严肃，一时轻松；一时笑闹，一时尖刻；一时精巧，一时粗率——着笔的方式要么按话题所需，要么随兴味所至而各不相同。若你肯屈尊读读这本专著，那么它之于你便与寻常旅人眼中的旅途无异——有时整洁，有时又污秽；这儿宽广，那儿却逼仄；一处显得荒芜，另一处则颇为肥沃。沿着森林、树丛、山丘、谷地、平原……我将带你穿越崎岖陡峭的高山、险象丛生的溪谷、披着露珠的草地和坑坑洼洼犁过的田土，让你领略到各色各样的风物景致，其中有为你所喜欢的，当然也有为你所厌恶的。

至于内容本身或方法，如有错漏的话，那我就得请你好生揣摩一番科鲁梅拉的话了。单凭一个人，再怎么苦心孤诣、惨淡经营，也无法将事情做到尽善尽美、无与伦比地完美。没有人能臻涓滴不漏之境，即便是在盖伦、亚里士多德这些大师巨匠的著述中，无疑也会有着许多的缺憾，大可受到批评、纠谬和扬弃。如能捕捉到一些，虽说不全，他也堪称一位好猎手了（有人[1]如此认为）。而我也算是不遗余力地去做了。再说，我并未沉潜于此学，不曾躬耕于此道，也未在这方田地里洒下过汗水。我只是略知一二，我得说我就是个门外汉，无外乎在这里或那里摘下一朵花来罢了。我可以毫不讳言地说，如果让一位严苛的批评家来品鉴我所写下的这本书，他便不会只是找到单单这三处毛病了，而应如斯卡利杰[2]在泰伦斯[3]的书里所找到的那样是三百处。其数量之多，恐与他在卡丹《谈微妙》一书中所点出来的不相上下，又与罗斯托克已故教授古列尔慕·劳伦伯格在劳伦修[4]那部解剖学著作

---

[1] 指纳尼乌斯（Petrus Nannius，1500—1557），曾任鲁汶三语学院教授，其评论中品评过贺拉斯之作。
[2] 指小斯卡利杰。
[3] 泰伦斯（Terence，186？B. C.—161B. C.），古罗马喜剧作家，迦太基奴隶出身，作有喜剧《安德罗斯女子》《自责者》《阉奴》《福尔弥昂》《两兄弟》《婆母》共6部，作品大都根据希腊新喜剧改编而成。
[4] 劳伦修（Laurentius Andreas，1558—1609），法国医师，蒙彼利埃解剖学教授，著有《解剖论集》《解剖学史》）。

之中，或者威尼斯人巴洛修①于萨克罗伯斯卡②的书里面所发现的一样，处处都是显而易见的错误。按说此书已是第六版了，我理应在内容上更形准确，也该一并改掉之前的种种疏漏，然而这实在是一件既困难重重又无聊透顶的苦差事。正如木匠的经验之谈，有时候与其修缮旧房子还不如去建个新的，我若利用改旧文的那点时间完全可以写出更多的新东西来。如果由此而出现了任何错误（我承认确实是有的），那么还请诸位好言告诫，切勿恶语相加，

让美惠三女神与缪斯做伴，
复仇三女神的毒烟消云散。

不然的话，我们就会像是卷入了寻常的论战中那样，也许会相互争执，亦有可能辱骂彼此，但这又是为了哪般？我俩都是学者，好似，

两个阿卡迪亚人，善于比拼歌喉，也善于对歌。③

若果真吵了起来，除了自忧自扰，为他人徒增笑料外，又能得到些什么呢？假使有人抓到了我的错误，我会认，我也愿改。假使我用神圣或世俗的文字说了什么有违道德或真理的话，那就当我没有说过吧。与此同时，对于书中留下的种种疏漏，诸如牵强的文句、冗词、赘语（尽管塞内加能为我开脱：话说千遍不为过，只要还未被说透）、混乱的时态、数以及排字错误等等，我恳请诸位予以善意的评判。至于我的翻译，有时则根本是意译，而非逐字逐句的直译。不过身为作家，我是大可借此自由发挥几笔的——当然这也只在配合我行文之意图的时候。正文之中时常会有引语插入，这就使得文章风格更显生硬杂乱了。有时引语也会加在页边的空白处。在援引古希

---

① 巴洛修（Barocius/Barotius），16世纪意大利贵族、数学家，因行巫术而遭到宗教法庭审判。
② 萨克罗伯斯卡（Sacroboscus），12世纪学者、天文学家，曾执教于巴黎大学，其出生地不确，一说是在英国。
③ 语出维吉尔。

腊作者，如柏拉图、普鲁塔克、阿忒纳[①]诸人之时，我直接引自其译者的译文，因为现成的原文并不易找到[②]。我将神圣的与世俗的杂糅在了一起，但愿不会有亵渎之嫌。而在提及作家名姓之时，我只是按行文所至排序，并未依照年代之先后。我想到谁就先写谁，故而会有把年轻作家排在古圣先贤之前的情况。在这第六版中，我更改了部分内容，删掉了部分内容，对余下的内容也进行了修订和大幅的增补，毕竟我手头又多出了不少各类名家之作，而这样的做法也并不含有任何偏见、冒犯或轻蔑的意味。

> 从来不会一开始构想便恰到好处，
> 摩挲、岁月或世事哪能令它常住；
> 我要予你以良言，在细细品读之时，
> 管好自己的嘴，莫要说些为你所反对的言辞。[③]

然而我现已下定决心不再推出这部专论的新版了——任何事都不要做过了头。我以后也就不会再做任何的增补、修订或删削，该做的我已做完。

这最后的一个异议分量也最重，那便是我一介牧师却要去捣鼓医术。门尼德姆[④]亦就此批驳过克瑞墨。我当真有那么多闲工夫，或实在是空得发慌，非要去管别人那些与己不相干的事吗？我和医学又扯得上什么关系呢？还是把医生的事留给医生去做吧。某次斯巴达人在共商国是之时，有个德行败坏之辈说得异常精彩，语语中的，其言也广获众人赞许。然而一位肃穆的议员却走上前来，无论如何也要将他的提议废除。其言虽佳，其人则未必佳。只有另找一位品行高尚者来重述一番，提议才可通过。这一忠告为人

---

① 阿忒纳（Athenaeus），公元3世纪初希腊修辞学家、文法学家。
② 其实这些希腊语经典在牛津是很容易找到的，只不过伯顿精通的是拉丁语，对希腊语的掌握恐怕并不娴熟。
③ 语出泰伦斯。
④ 门尼德姆（Menedemus）与克瑞墨（Chremes）是古罗马喜剧作家泰伦斯在其喜剧《自责者》中所写的人物。

所采纳，此事也依样照办，那提议旋即便被登记在册了。就这样，好的提议获得了接受，坏的提议人却遭到了替换。而你也是这般说我的——真是怒气冲冲的家伙啊，称我所写的这本医学书，若换个专业的医师之类来写，兴许就不会有什么毛病了。可我为何还要插手来写这书呢？请听我说。毋庸讳言，在人文和神学这两个领域里，也有许多别的科目适合拿来做文章。若我写作只在炫才耀己的话，我便情愿选择这些科目，而且较之医学我也更为精通、更乐于徜徉其中，这亦将更令自己与他人感到满意。不过，此刻我已狠狠地撞上了这块忧郁之石，被那支流给裹挟而去。它是从我学问的主流中分流出来的一条小川，闲暇之时我在里面乐过，也忙过，待之如一门必要而又合宜的科目。这也并非是我爱医学胜过了神学，我亦得承认后者乃众学科的女王，其他门类仅配做她的婢女，只是依我看神学之作已无需再写了。若是我执意动起笔来，便会生出许许多多这类的书，将有无数的评注、专论、册子、阐释、布道存世，就连整组整组的牛也未必能拉得动。我若如有些人那样走笔如飞，雄心万丈，我或许业已刊布了保罗十字讲坛布道文，牛津圣玛丽教堂布道文，基督堂布道文，献给大人、大师的布道文，呈给阁下的布道文，拉丁语、英语的布道文，有题的布道文，无题的布道文等等各种各样的布道文。可我却始终压制着我在这方面的努力，用心之深与他人汲汲于付梓出版已说相当。因为落笔于争议之中就如同砍下了海德拉①的一颗头，争执生争执，一个变两个，闹出多不胜数的辩驳、再辩驳，以及成堆成堆的问题。这场圣战是用笔尖来战斗的，一旦拉开序幕，我也就不用指望停战了。教皇亚历山大六世②很早以前便说过，宁可惹怒威严的君主，也不要去碰托钵的修士。耶稣会会士，或者神学院牧师，我看也得算上，因为他们是不容辩驳的团体，什么都非得由他们说了算。极度的冒失、无礼，令人生厌的说

---

① 海德拉（Hydra），九头蛇，相传割去九头中任何一头，会生出两个头，后为大力神 Hercules 所杀。
② 亚历山大六世（Alexander VI，1431—1503），西班牙籍教皇，曾为葡萄牙和西班牙划定扩张殖民势力分界线的"教皇子午线"。

谎、歪曲，以及怨恨，都黏附在了他们的诘难之中。如他所言，这是受了疯癫还是哪种难以抑制之力量的逼迫？莫非是恶毒使然？作答吧！盲目的愤怒，或谬见，或鲁莽，到底是什么在鼓动他们，我统统不知。然而我总是相信，奥古斯丁也早已察觉，有了这暴风雨般的争论，大爱的宁静就难免乌云密布，还有各学科中无数的幽魂也会为此而被唤起，多到我们无从安置——简直是暴跳如雷，沸反盈天，连昆体良也说，宁可他们中的一些人天生就是哑巴、一字不识的文盲，也好过这样子昏昏以死。

> 最好不去动笔，因为沉默
> 向来安全。

这实乃一个通病，丹麦人塞维里奴[①]对于医学亦如此抱怨道，悲哀啊我们这些人，竟把日子耗费在徒劳无益的问题和争论上面，尽是些错综复杂的细枝末节，有关于山羊毛的，也有关于水中月光的，而与此同时却罔顾那些未曾被触及的天地间第一等的宝藏，于其中当能找到对治各种病痛的灵丹妙药，然而我们不光自己视而不见，还要去阻扰、谴责、禁止和嘲笑那些有志于此的人们。眼下的这种种缘由，便使我选择了这样一个医学的主题。

倘若有哪个医师这时要抛出一句——别让鞋匠跨出了他的本行，对于我闯入其领域颇感不快的话，我便会简明扼要地告诉他，我也不满于他的所作所为，大家不过五十步笑百步而已。为其利益计，我清楚他们那派中已有不少人任了神职以期领到圣俸，这实乃一种司空见惯的转变。而一个忧郁的牧师，若不仰赖赦罪符便拿不到一丁点儿的收入，他以医学为业又有何不可？意大利人德鲁斯安[②]（特里忒米[③]称他为克鲁斯安，然不确），因做本行不顺而

---

① 塞维里奴（Severinus），16 至 17 世纪丹麦天文学家，布拉赫的助手，曾任哥本哈根大学数学教授。
② 德鲁斯安（Drusianus/Crusianus），14 世纪意大利理论医学家。
③ 特里忒米（Johannes Trithemius，1462—1516），德国神学家、史学家、博学多识，著述涉及炼金术、巫术、魔法史等。

弃了他的专业,之后竟写起神学来了。菲奇诺[1]既是牧师也是医师,T.李纳克尔[2]暮年亦就任圣职。耶稣会会士如今也兼行两业,其中好些人都获得了院长的允准,去做了外科医生、皮条客、老鸨、接生婆之类的行当。还有不少穷困的乡村牧师,别无他法,走投无路,只好改行做了江湖郎中、冒牌医生、庸医。如果我们那些贪婪的恩主久置我们于此等艰难困苦之中,同他们往日里所做的一样,那么我们中的大多数人就只好追随保罗,非得做点儿生意不可了,到头来将变成干零工的、产麦芽的、卖水果的、畜牛羊的,且还要学别人去卖麦芽酒,甚或更糟。然而不管怎样,既已承揽了这件差事,我便只愿不出大错,不失礼数。如无不妥的话,我将拿乔治·布朗尼和哈伊罗尼穆·亨宁格这两位博学的牧师来为我辩护。他们受牵制于(借用我兄长[3]的一两句话)一种与生俱来的爱好。一个喜欢图画和地图,沉浸于透视风景画和地方图的乐趣中,于是写成皇皇巨著《城市大观》;另一个则醉心宗谱研究,撰写出了一部《宗谱大观》。或者同样地,我也可拿耶稣会会士勒修[4]为我的研究一辩。我所要医治的是一种灵魂上的疾病,这不只关医师的事,与牧师也有所牵连。试问谁人不知这两种专业间多有契合呢?好的牧师其实就是或者说应该也是好的医师,至少可算作精神上的医师,就像我们的救世主所自称的那样。诚哉斯言。他们异于彼此者只在其对象,一个关乎肉体,另一个则关乎灵魂。于是他们便用不同的药去医治,一个对身体下药来治愈心灵,另一个则对心灵下药来调理身体——这也正是我们那位医学钦定讲座教授[5]在他的一次学术讲演中所谆谆教导我们的。一个治疗人心中的恶与过于强烈的情感,如愤怒、贪婪、绝望、骄矜、自大等等,其所采用的是精神疗法,而另一个则就人身上的病痛来对症下药。既然这忧郁症实属身心所共有的疾病,需要得

---

[1] 菲奇诺(Marcilius Ficinus, 1433—1499),意大利哲学家、神学家和语言学家,最初修习的是医学。
[2] 李纳克尔(Thomas Linacre, 1460—1524),英国人文主义学者、医学家,皇家医学院创建人。
[3] 据伯顿自注,指威廉·伯顿,见其著《莱斯特郡志》的序言。
[4] 勒修(Lessius),16至17世纪佛兰德斯神学家、耶稣会会士。
[5] 据伯顿自注,指克莱顿医师(1621)。

到灵肉两面同等的治疗，那么我就实难找到更适合的活儿来让自己去忙于其中了，以它为题便再恰切不过——此题意义重大，范围也宽泛，近乎关系到各色人等，牵涉了身与心的疗治，而此两者又不可偏废，故所需的便是一名两面兼修的医生。牧师独自面对这种复合型疾病几近无能为力，而单个的医师面对某几类忧郁症则更是束手无策，唯有两相结合才能够开出奏效的医方。所以欲成其事必要得到他方之助才可。看来医师也罢，牧师也罢，都适合治疗忧郁。而我一介牧师，却又爱好医学，想必也不会有什么不妥吧。况且木星也落在了我的第六宫[1]，我要效仿贝罗尔都[2]之言，我虽非医师，但也不是全然不通医术。在医学的理论上，我同样下过一些功夫，倒无意于济世行医，不过为满足自己的兴趣罢了，这亦是我起先择此题而作的原因之一。

读者诸君，如果这些理由仍不能让您满意，那我就会效仿亚历山大·穆尼菲库斯[3]的做法了。他是位慷慨的高级教士，一度担任林肯的主教，据卡姆登先生[4]所说，他在建完六座城堡后，为了消除人们对他这些华宅的嫉妒（纽伯里[5]在谈到那富有的索尔兹伯里主教罗杰[6]时所说的也正是这番话，这位主教曾在斯蒂芬[7]国王时代修建了舍伯恩[8]城堡和迪韦齐斯[9]城堡），亦为了避开可能据此揣测而生的诽谤或诋毁，他便另外建起了好多的宗教建筑。同样的，倘若我的论著太过于偏重医学了，或是人文味道太浓了，那我就可向您保证，我将在后面写一些关于神学的专论以之来弥补您。但我也希望我之

---

[1] 第六宫属治愈，依伯顿之见，木星落在第六宫便预示着他会成为医师。
[2] 贝罗尔都（Beroaldus/Filippo Beroaldo, the Elder），15世纪意大利学者，著有关于瘟疫和地球运动的书。
[3] 亚历山大·穆尼菲库斯（Alexander Munificus），约12世纪英国主教。
[4] 卡姆登（Camden），16至17世纪英国古文物藏家、历史学家。
[5] 纽伯里（Guillelmus Nubrigensis，即William of Newbury 或 Newburgh，1136—1198），英国教士、编年史家。
[6] 罗杰（Roger），约12世纪索尔兹伯里主教。
[7] 斯蒂芬（Stephen, 1092？—1164），常被称作布卢瓦的斯蒂芬（Stephen of Blois），诺曼王朝最后一位英格兰国王。
[8] 舍伯恩（Sherborne），英格兰南部城镇，以中世纪教堂和城堡著称。
[9] 迪韦齐斯（Devizes），英格兰南部集镇。

前所说的就已足够让您理解同情我了，若您能更充分地考虑到我这主题所谈论的是什么（也就是忧郁症或曰疯病），且能顾及以下这些理由的话——这些理由正是我选择此题的主要动机，即此症具有普遍性，治疗实属必要，而增进对此症的了解则将给所有人都带来好处或让人人受益，这一点在序言的后续部分得到全面呈现。而我也毫不怀疑，到了最后您将会和我齐声说，通过探察我们自身这一"小宇宙"的各个部分，对忧郁之体液进行精准地剖解，实是一件伟大的工作，简直堪比去调和亚述帝国历代君王统治期的时间错误，画出一个圆形的等面积正方形，以及寻找东北或西北通道的海港海湾。这就和"饥饿的西班牙人"①发现未知的南方大陆一样，是造福于人的发现；然又和毫无偏差地测定火星与水星的运行轨道（此事让我们的天文学家绞尽了脑汁），或纠正格里高利历②一样，亦是艰巨繁难的挑战。就我个人来说，我是深受触动的，因而我对我的论著也就有了泰奥弗拉斯托斯③对其《品格论》的那种期许，吾友珀利克里斯啊，但愿我们的后人能因了我们所写下的这部书而变得更好，希望他们能对照我们树立的榜样来纠正和改正他们身上的错误，并将我们给出的箴言和告诫拿来为自己所用。话说那战功赫赫的大统帅杰式卡④曾命人在他死后把他的皮取来做成鼓，因为他认为此鼓的鼓声定能将他生前的敌人赶跑。而我也深信不疑，我以下所写的这些句子如若被人吟诵或在今后被人阅读，也是能驱走忧郁的（哪怕我已离开了人

---

① 此为绰号。佩德罗·费尔南德斯·德·奎罗斯（Pedro Fernandes de Quiros），葡萄牙人，有时也被认作西班牙人，16 至 17 世纪航海家，1606 年新赫布里底群岛的发现者。他原先是一名地图绘制师，从理论上推测出了南方新大陆的存在，于是终其一生以证其说不虚，直至抵达新赫布里底群岛，方觉大功告成。此人有一绰号，名曰"饥饿的西班牙人"。他出航在外，经常因船难而挨饿受苦；居家在内，亦要靠拿出当衣物来出钱向国王递交请愿书，以继续他的探险。
② 格列高利历（The Gregorian Calendar），教皇格列高利十三世对儒略历进行修订后于 1582 年颁行的历法，即目前全世界通用的阳历。
③ 泰奥弗拉斯托斯（Theophrastus, 370B.C.—287B.C.），古希腊逍遥学派（又称亚里士多德学派）哲学家，提出物质自己运动的观点，在植物学和逻辑方面做出贡献，著有《植物研究》《品格论》等。
④ 杰士卡（Zisca, 即 Jan Zizka, 1360？—1415），捷克将军，乃捷克爱国者和宗教改革家胡斯的信徒。天生独眼的他，虽于 1421 年在战斗中失去了另一只眼睛，最终双目失明，但他此后仍然带领他的军队取得了多场胜利。

036　忧郁的解剖

世），就像杰式卡的鼓能吓退敌人那样。不过，我在此要顺便给我现在或将来的真正罹患忧郁的读者一个忠告，即万万不可去读下面这部专论中关于症状或征兆的部分，以免将所读到的都往自己头上套，把笼统谈论的东西看得很是严重，并强行移用于己身（忧郁症患者大多如此），从而给自己带来烦扰或伤害，弄到最后得不偿失。因此，我建议他们要谨慎地阅读这部专论，正如阿格里帕[①]所说，既然他在谈石头，那读者就该小心留神，以免被石头撞得脑浆迸裂。而其余的读者，我就不担心了，他们必定能安全地阅读，并有所获益的。然我已太过啰嗦了，我将言归正传。

话说卢奇安笔下的卡戎[②]，如作者所巧心经营的，由墨丘利引往了某处，在那里他可一举将天下诸般尽收眼底。待他尽兴地观看、探猎一番过后，墨丘利便要他把所见所得一一道来。他于是告诉墨丘利，他看到了一大群的人，纷纷攘攘，其居处仿佛是鼹鼠丘，个个又好似小蚂蚁。他看到城市如同无数的蜂巢，巢中的蜜蜂皆带有毒刺，而他们什么也不做，只知道相互叮螫，有的恃强凌弱如大黄蜂，壮硕罕有其匹，有的又如小偷小摸的胡蜂，其他的则如雄蜂。在其头顶上盘旋着的是乱糟糟的一团烦扰、渴望、恐惧、愤怒、贪婪、蒙昧，等等，以及一堆漂浮的疾病——他们竟还在把这些往自己的头上拽。他们有的在争吵，有的在打斗，骑行，奔跑，心急火燎地游说，巧舌如簧地争讼，为那蜗角虚名、蝇头微利之类转瞬即逝的东西。他们的城镇和省市不过是各种派系罢了，富的对穷的，穷的对富的，贵族对匠人，匠人又对贵族，余者皆然。总之，卡戎责骂他们统统是疯子、傻子、呆瓜、蠢驴。哦，蠢人们，到底蠢在哪里？哦，蠢人；哦，疯人。卡戎呼喊道，疯狂的举动、疯癫的行为，疯、疯、疯，哦真是昏头昏脑的时代啊！

哲人赫拉克利特在认真回味了人生百态后，不由得哭了起来，不断地悲

[①] 阿格里帕（Agrippa，1486—1535），德国医学家，精通炼金术和魔法，著有《神秘哲学》《艺术与科学之虚妄》。
[②] 卡戎（Charon），渡亡魂过冥河去阴间的神。

叹世人的苦痛、疯癫和愚蠢。与之相反，德谟克利特则是忽地放声大笑，世人的一生在他眼中显得何其荒唐。这种讥笑之情他一发而不可收，竟使阿夫季拉的镇民觉得他像是疯了一般，只好遣使者去请来医师希波克拉底，好让他施展医术救救德谟克利特。此事经希波克拉底之手，详载于他致达玛吉都的信函之中。而这与眼下的论述又不无关系，故我只好近乎一字不差地将之摘录于此，并依从希波克拉底的原话，连同其他的种种细节一道呈上。

希波克拉底一来到阿夫季拉，镇民们便把他团团围住，有的哭天抹泪，有的则恳求他务必用心诊治。待稍稍填了点肚子后，他便前去看望德谟克利特了，镇民们也紧随其后。他见（如前所述）德谟克利特在其郊外的园子里，孤身一人，坐在一棵悬铃木下的石头上面，不著鞋袜，膝头摊着一本书，正在解剖各种动物，忙他的研究。这时人们也全站拢了过来，都想瞧一瞧这次的会面。希波克拉底略作迟疑后，开口叫了声他的名字，算是打了个招呼。而他也回敬了一下，只是多少有点羞愧，因他不能依样画瓢地叫出对方的名字，又或许是因他早就不记得了。希波克拉底问他正在做些什么，他答之以他正忙着解剖各种动物，好找出疯病和忧郁症的成因来。希波克拉底称赏了他的工作，也羡慕他能如此快乐悠闲。而为何，德谟克利特反问道，你却没有闲暇呢？因为，希波克拉底回道，家中大小事务缠身，得为自己、邻里和朋友劳心费力——什么虚脱啦、疾病啦、身子骨弱啦、死亡啦，总会出现——还有妻子、儿女、下人要管，如此等等这些事情，掏空了我们的时间。听闻这话，德谟克利特不由哈哈大笑起来，而此刻他的朋友以及站在周围的人却都伤心得哭了——因见他疯病复发不免对此深感惋惜。希波克拉底问他为何大笑，他回道他是在笑当今的虚妄和愚蠢。世人鲜有善行义举，只知一味追金逐利，贪得无厌。他们煞费苦心，仅为那一丁点儿的荣誉，以期获宠于众。他们在地下深挖矿洞，找寻黄金，然而往往一无所获，还白白丢了性命钱财。有人爱狗，也有人钟情于马，还有人想让各省民众听命顺从，而自个儿却不懂安分守己。有人起先对妻子百般疼爱，可没过多久便要弃之厌之，生了小孩为其教育花掉大把的心思钱财，但待孩子长大成人，却又显得冷漠、寡情，任其赤条条地在世上闯荡。这种种行径不正表明了世人的愚蠢不堪吗？他们身处治世，却渴望战争，憎恶安宁，要废旧帝，立新君，杀人夺妻以添香火。到底有多少荒唐的念头藏在世人心中啊！贫穷困苦之时，他们寻求财富，而等得到之后，却要么不去享用，反将其藏于地下，要么就大手大脚地胡乱花掉。哦，聪明的希波克拉底啊，我所嘲笑的正是人们竟会去做这样的事情，我更是在嘲笑此类事情没有结出好的果子，而其用意所在也邪恶透顶。在世人之中是见不到真理或公平的，因为他们每日都会相互状告，儿子告父母，兄弟告手足，亲人和朋友也是一个德性。而这一切全是为了钱财，但人死后钱财是带不走的啊。虽说如此，他们依旧要相互中伤，残杀，干尽一切不法之事，蔑视上帝和人类、朋友与国家。有人把许多无生命的物件看得极重，视其为自己财富的一大笔，例如雕塑、画像以及诸如此类的动产——花重金买来，做工也精美绝伦，就差能开口出声儿了，可那买主却是讨厌活人与自己说话的呀。有人则专爱穷折腾，如果住的是安稳的大陆，便想要搬往海岛，而上了岛后却又要盼着迁回大陆，其意向完全没个定准。还有人赞赏那战场上的勇气和英武，但自己却懦弱得让欲望和贪念给征服。简言之，他们头脑的混乱堪比瑟赛蒂兹①身体的丑陋。噢，卓尔不群的希波克拉底，你既已见识了世人那么多的蠢行，我想你现在当不会再指责我的嘲笑了吧。再说没人会去笑自己的傻，都只会笑眼中别人的蠢，所以相互嘲笑也是理所当然。醉汉明知对方滴酒未沾，便不言醉酒只笑其贪吃无度。不少人爱出海捕鱼，然也有不少人爱畜牧耕作。总之，人们对各自的行当和职业难免互生歧见，就更别说会在生活和行为方式上达成一致了。

希波克拉底只听这些宣告世间虚安之言全是脱口而出的，未经过思索，充满了可笑的矛盾，于是回道，你所说的种种事情都是世人不得已而为之

---

① 瑟赛蒂兹（Thersites），荷马史诗《伊利亚特》中的一名最丑陋、最会骂人的希腊士兵，在特洛伊战争中因嘲笑阿喀琉斯被杀。

的，且各种欲望亦是应神之许可而生 —— 眼见之于人类最可憎者莫过于懒惰与散漫，故世人就不应无所事事。再说了，于这世事无常之中，人又不能预见来世。恋人若能预知双方抵牾、分离的原因，便不会结婚；父母若能知晓子女亡故的时辰，便不会加以悉心照料；农人若能预感产量无增，便不会播种；商人若能预见船难，便不会冒险出海；还有若是立马就要遭免，谁又会去做官。哎，伟大的德谟克利特，人人都是在做最好的打算，才会为之而行动，所以你所谓的引起嘲笑的因由或荒唐之处是不存在的。

德谟克利特听完这蹩脚的理由后，又笑开了声，因为对方完全误解了他，没能领会他就头脑中的烦扰与平静所说的那番话。他继而说道，只要世人能依从理智和神意行事，便不会如现在这样显得像群傻子，也不会有什么可招来嘲笑的了。只是他们活得太过自大，又浅薄无知，竟自以为是天神、半神。倘若他们肯留心一下人世的变幻无常，世事如何运转，无物常驻，便会学得聪明一些。有人今日高高在上，明日就俯身在下；今日坐在这边，明日就被抛至那边。而看不到上述种种，他们就会陷入一大堆的麻烦和不幸里面，便要去贪图那了无价值之物，去渴求之，最后一头跌进无数灾难之中。因此，世人若不贪求过甚，便会过上知足的生活，而学着去了解自我，也会收束其野心。他们终会领悟到自然所给予的已经足够，无需再追求奢侈和虚浮之物，那带给他们的只会是伤悲和烦扰。正如肥胖之躯更易患病，有钱人也更易干蠢事和傻事，更易落入种种不幸和麻烦里。有不少人因从不留心染上恶习者得到了何种下场，才会误入歧途，重蹈覆辙，无法早些认清当中彰著的危险。就是这些事（哦，何止疯癫，他说）给我以笑料 —— 你们饱受苦痛，为那不虔敬，也为贪婪、嫉妒、坏心眼、穷凶极恶、牢骚满腹、贪得无厌、阴谋诡计，以及其他无可救药的罪恶，当然还有矫饰和虚伪（明明彼此恨之入骨，却还要摆张好脸来掩饰）。你们正在往各种肮脏的欲望里飞去，已然越过了一切律法的界限，无法亦无天。世人真是善变无常啊。许多事本已不干了，但过不了多久却又干了起来。一会儿务农，一会儿航海，之后又撒手去干别的。年轻的时候,想变得成熟,等到老了,又要恢复青春。君王欣羡寻常的生活,而常人却渴求皇家的荣光;官员向往平凡的日子,而平民却情愿做官,也受人拜伏。何为其然也,还不是他们认不清自我?有人喜欢破坏,有人喜欢营建,也有人喜欢靠劫掠他国,给自己和国家增添财富。他们做这些事就跟孩子一样,心里没有辩识或深思熟虑,仿佛野兽一般。不,兴许野兽还要好点儿,它们至少对自然是感到知足的。你何曾见过狮子把黄金藏在地里,或牛儿去争夺更丰茂的草地?野猪如果渴了,只会饮水到止渴,不会多喝一口;一旦肚子填饱了,也会停下来不吃。然而人却于两者均没有节制。恰如在情欲方面,动物发情时节有定,而人们总会为此而伤身。还有这难道不值一哂?—— 见那痴情的傻子为一荡妇而摧残自己,有时又哭又嚎只为某个丑陋的孟浪女、懒姑娘,而他原本是可以挑个贤淑的佳丽的啊。医学上有治此病的药方吗?我之所以切开这些可怜的动物,对其进行解剖,就是想瞧一瞧这种种的烦扰、虚妄和愚蠢。不过若我忍心下得了手的话,拿人来做验证当会更好:人刚一生下来就极其可怜,脆弱又多病;要吃奶时,还得由人帮着喂;等到长大了,虽也健壮,却总会有忧愁不幸;最后老了吧,则又成了孩子,还会懊悔逝去的年华。这时,有人送书过来将话给打断了,随后德谟克利特又就世人皆疯癫、莽撞、愚蠢这点往下说 —— 要证明我先前所言非虚,只消往法庭或民宅里去看看。法官仅凭一己之利而做审判,明目张胆地冤枉可怜的无辜,好去讨好别人。公证人篡改字句,为金钱丢了操守。有人造假币,也有给秤做手脚的。有人苛待父母,甚至玷污自家姐妹。还有人做长篇的诽谤和讽刺文,借此污蔑正直之士,歌颂下流凶恶之辈。有人抢这,有人抢那。官员立法惩治窃贼,实则就是贼喊捉贼。有人自杀,也有人绝望,只因未能如愿以偿。有人跳舞,唱歌,欢笑,大宴宾朋,有人却因为没吃没喝、衣不蔽体而叹息,憔悴,哀伤,悲痛。有人样子光鲜亮丽,满脑子装的却是坏到家的主意。有人跑去做假证,说昧心话只为谋财,法官尽管心知肚明,却因了贿赂而视若罔闻,任由假的契约践踏公义。妇女整日盛装打扮，只求博得外面其他男人的欢心，在家里面却活像个邋遢的婆娘，才不会尽本分去关照自己的老公呢。看到世人如此善变、如此糊涂、如此放纵，为何我就不能笑他们错拿愚蠢当聪明，本已无可救药却还傻不自知？

眼见天色已晚，希波克拉底便道别离去了。他刚一走开，镇民就全都围了上来，想问问他是何看法。希波克拉底于是简短地告诉他们，尽管德谟克利特有点不太注重衣着、外在和饮食，然而世上却没有比他更通达、博学、真诚的人了。他们实在是误解颇深，才会说他疯掉了。

德谟克利特便是如此看待他那个时代的，其大笑之缘由也正在于此。他实在是笑得有理。

> 德谟克利特过去笑得好，
> 他有的是理由，而现在却更多，
> 我们这世代更加可笑，
> 胜过彼时，抑或更早之前。

从未有过像现在这么可笑的时代，也未曾见过这么多的痴子和疯子。现如今，一个德谟克利特是笑不过来了。我们眼下需要一个德谟克利特去嘲笑另一个德谟克利特，一个小丑去戏弄另一个小丑，一个痴子去讥讽另一个痴子，亦即需要一个斯腾托耳[①]式的大德谟克利特，要大得如同罗得岛上的巨人像那般。因为现在，正如索尔兹伯里的约翰[②]从前所说的那样，全世界都在扮丑角。我们有了新舞台、新布景、新的《错误的喜剧》，以及一组新的戏班子。狂欢女神的仪式（就像卡尔卡格尼[③]在其《寓言集》中所巧设的那样）盛行于世界各地，当中的演员全是疯子和傻瓜，每时每刻都在更换戏服，

---

① 斯腾托耳（Stentor），特洛伊战争中的希腊传令官，其声音极洪亮，可抵50人。
② 索尔兹伯里的约翰（Sarisburiensis/ John of Salisbury），12世纪英国主教、外交家和作家。著有《珀里克拉特》，该书揭示了朝臣与哲人之愚蠢。
③ 卡尔卡格尼（Calcgninus），17世纪拉丁诗文作家。

或接手下一个角色。他今日为水手，明日就变药师；一会儿是铁匠，一会儿又成了哲学家（在这些狂欢女神的节庆活动里）；刚才还是个国王——头戴皇冠，身披王袍，手持权杖并有侍者相随，转眼间却在那儿驱赶驮货的驴子，活像个马车夫……要是德谟克利特现在还活着，他便会目睹这些荒唐的转变，亲见这群当代的假面人、狐假虎威之徒、库迈驴子①、伶人、戏子、彩色玩偶、绣花枕头、空想家、傻瓜、怪物、昏头汉、花蝴蝶。而他们好多人也的确如此（若我所读到的都真实可信的话）。据说从前朱庇特与朱诺成亲之时，众神受邀赴宴，也有不少贵族同往。余者之中还来了个克丽萨路——乃波斯国王。虽他排场壮观，金服华贵，袍色绚丽，气势亦自不凡，但实则却堪比一头驴。众神见他来得如此盛大而隆重，便纷纷起身给他让位，全是在以貌取人。唯有朱庇特看清了他的本相，不过一个轻浮、荒唐、懒散的家伙罢了，于是把他和他的那些傲慢的随从都变成了蝴蝶。就这样他们依然还（与我所知者皆相反）穿着斑驳的外衣游走于世，明眼人便以克丽萨利德②称之，即指金玉其外者、寄生虫、苍蝇和一钱不值之物。而这种人比比皆是。

如今的废物和贪婪的蠢货
你随处可见，根本再寻常不过。

若是德谟克利特现在去走上一遭，或者拿到普路托③之许可来见见世风，如卢奇安笔下的卡戎那样，去拜访我们的虔诚的愚人城和快乐的愚人城④的话，那他便会看到这有增无减、潜滋暗长的疯癫、愚蠢和虚妄——依我看，他是必定会笑破肚皮的吧。

当德谟克利特看到以下种种世间怪相后他会作何感想？一个卑劣的懦

---

① 古本《伊索寓言》中一只穿狮子皮的库迈城的驴子。
② 克丽萨利德（Chrysalides）与克丽萨路（Chrysalus）均含蝶蛹之义。
③ 普路托（Pluto），指冥王。
④ 虔诚的愚人城（Moronia Pia）和快乐的愚人城（Moronia Felix）出自墨丘利·不列颠的讽刺之作，分别指罗马和伦敦。

夫，或傻瓜、十足的白痴、呆子、金驴、人中兽，竟能让无数善人、圣贤、学者来俯首帖耳地伺候他，如同其财富的附庸，而个中原因也尽在于此①。因他有更多的财富和金钱，便要授予他神圣的头衔和浮夸的名号，极尽吹嘘和谄媚之能事，哪怕明知其为蠢材、傻瓜、贪婪的恶棍、嗜血的禽兽之类也无妨，谁让他富有啊！一头套上狮子皮的驴子、一具肮脏恶心的尸体、一颗生满寄生虫的戈耳戈②的妖头，也在给自己贴金，挂上了荣耀的名头，享有了婴孩、库迈驴子、彩绘的墓室、埃及的神殿！一张枯萎的脸，一副病态、变形、溃烂的脸面，一具腐朽的肉身，一颗毒如蛇蝎的心灵，以及一只奢侈享乐的灵魂，竟用了东方的珍珠、宝石、冠冕、香水、奇珍异宝来打扮，其得意于自己的衣装仿佛是小孩子穿新衬裙一般；而一个善者（有着天使般圣洁的面容）、一个圣人（胸怀谦逊，生性仁慈），却身裹破布，向人乞讨，随即就要饿死了！一个模样呆傻、身份低微的邋遢汉，虽衣衫褴褛，却谈吐得体，志洁行芳，机智聪颖；而另一个尽管衣着光鲜，样貌堂堂，礼貌客套，却了无风度、智慧，还胡话连篇！

有人千变万化，如同变色龙，或如普罗透斯③把自己变成了各种可怕的样子；为其利益计，他会同时扮演二十个角色和人物，随机应变仿佛水星一般，以好对好，以坏对坏；他有着各样的脸面、举止和性格，好用来应对所见到的每一个人；其信仰、脾性、喜好也五花八门；谄媚如走狗，虚情假意，曲意逢迎；发火如勇狮；吵叫如恶犬；打斗如凶龙；叮咬如毒蛇；温顺如羔羊，然又狞笑如猛虎，哭泣如鳄鱼；欺凌一些人，却也有其他人来欺压他；这里颐指气使，那里卑躬屈膝；专横跋扈于一处，忍气吞声于另一处；在家是聪明人，出门在外却成了逗他人乐的傻子！

言与行之间有天壤之别，舌与心之间有千里之隔。人们如同台上的演

---

① 指其财富。
② 戈耳戈（Gorgon），三个蛇发女怪之一，面貌可怕，人见之立即化为顽石。
③ 普罗透斯（Proteus），海神，善预言，能随心所欲改变自己的面貌。

员，扮演着各式各样的角色。给他人以忠告，要振翅高飞，而他们自己却趴伏于地上！

有人大谈友谊，亲吻朋友的手，却一心想要杀了他，可谓笑里藏刀，或者去赞扬他，实则是在哄骗他，用那溢美之词吹捧一文不值的朋友；他的对头，尽管是个好人，他也要贬损、羞辱之，他的所作所为甚至极尽凶狠与恶毒之能事！

一个仆人能够买下主人的产业，一个帮拿权杖的比掌权的更富有，这些均为柏拉图所深恶痛绝，为爱比克泰德[①]所嗤之以鼻。一匹犁田耕地的马，被喂以谷糠，而那懒散的驽马却有吃不尽的粮秣；制鞋之人光着双脚，卖菜之人瘦骨伶仃；辛劳的苦工饥肠辘辘，而偷闲的懒汉却身强体健！

有人把轻烟当作商品来买，傻瓜的脑袋构筑起了座座城堡，人们就像猿猴一样，于衣装、姿态、行为上跟风随浪。国王一笑，众人皆笑；

你笑？他就会笑破肚皮。
看到朋友流泪，他也要一起。[②]

亚历山大弯弯腰，群臣便照做；阿方索[③]转一下头，食客也跟着转。萨尼禄之妻萨拜纳·波皮厄[④]留了一头琥珀色的秀发，于是转眼间全罗马的夫人小姐们就学开了，她的式样便也是她们的。

有人完全为情感所摆布，赞赏和批评皆出于未经判别之见。真是一大群轻率鲁莽的人，如同村里的那些狗，若有一只叫，众狗就会无端地跟着叫。随着命运之风向标的翻转，假使有人得宠或得赏于某位显要，那么全世界就

[①] 爱比克泰德（Epictetus，55？A. D.—135？），古罗马新斯多葛派哲学家，奴隶出身的自由民，宣扬宿命论，认为只有意志属于个人，对命运只能忍受，其学说见于其门徒阿里安编纂的爱比克泰德《语录》和《手册》。
[②] 语出尤维纳利斯。
[③] 阿方索（Alphonsus），阿拉贡国王阿方索五世。
[④] 萨拜纳·波皮厄（Sabina Poppaea，？—65A. D.），罗马皇帝尼禄（Nero）的情妇，后与尼禄结婚，被指责为尼禄暴戾恣睢的主要唆使者。

都会称颂他；但只要失势了，随即所有人又都会憎恶他。其声名黯淡之时，就像看那日食中的太阳，此前还不曾留意，而今都在盯着、注视着他！

有人把脑子装肚里，内脏塞脑中，身背百株橡树，一顿就要吞掉一百头牛。不仅如此，还要吞房噬镇，或如那食人族，吃掉彼此！

有人把自己蜷缩起来，跟个雪球似的，从卑贱的乞丐滚向了"阁下"与"大人"的尊称，耍手段使自己钻进了尊荣和权势里；也有人辜负了他的天资，任其灵魂堕入地狱，只为聚敛那些不应享有的钱财，然他那挥霍无度的儿子却会将之消散耗尽于一瞬！

我们的时代有着可悲的追求，一个人用尽他的力量、手段、时间、财富，去争当万宠之宠、寄生虫里边的寄生虫之类。我们大可瞧不起这个奴颜婢膝的世界，嫌这种人已经够多的了！

有人本是个乞丐崽子，最近吃的还是残羹冷炙，边爬边哭，见人就哀声求乞，为讨件旧外套而跑腿无数，谁知如今他却穿着绫罗绸缎在颐指气使，骑着马儿神气活现，得意洋洋又高贵傲慢，还开始鄙睨老友和故旧，嫌弃他的亲属了，变得目中无人，飞扬跋扈！

学者卑躬屈膝，趴着向目不识丁的乡野村夫讨口饭吃。放债人利用债务而有了更高的收入，驯鹰人所获的酬劳远胜过学者，律师一日所得多过哲学家一年所得，其一小时之收益能抵过学者经年累月做研究的回报。那种能为泰伊丝涂脂抹粉，会拉小提琴、卷头发之类的人，也能比学问家或诗人更快地得到晋升！

一个爱子如命的母亲，如同《伊索寓言》里的猿猴，把孩子抱得太紧以致其死。一个对事事明了的丈夫，任由妻子偷情，甘做睁眼乌龟。有人跃得过大障碍，却被一根稻草绊倒；有人靠抢劫彼特，来还债给保罗；也有人一手搜刮不义之财，靠着腐败、诡计和欺诈买下了大庄园，一手却慷慨布施，救济穷人，用余钱来做点功德之类。真是小事精明，大事糊涂；瞎子也来辨颜色；智者沉默，愚者放言——对他人指指点点，自己却更形卑劣；

公开谴责某种勾当,私下里却偷着干;奥勒留·维克多[①]引奥古斯都之言称,严责他人有某罪,实则于此自己罪孽最深!

一个穷家伙或受雇的仆人,卖命地效忠他的新主子,而到了年末却鲜有拿到工钱的。一个乡民日夜操劳,种田耕地,全是为了那奢靡浪费、游手好闲的懒汉——他吃尽了所有的粮米,又骄奢淫逸,挥金如土。高贵者为逞勇而迎死,为一丝荣光而不顾性命;世俗者一见刽子手便吓得发抖,但却不怕地狱之火。有人想着盼着得到永生,一心要飞登极乐,但又想方设法躲避死亡,然死亡乃一条引他入长生的必经之路啊!

一个莽夫,犹如那老丹麦人,宁愿死也不受罚,傻里傻气地欣然迎接死亡,却耻于哀叹他自己的罪过和不幸,或其至交的逝去!

智者降级,愚者升迁。大丈夫在外治理城镇,在家却要受制于悍妇;能够统管一个省,却要遵守自家仆人或子女给他订立的规矩。正如希腊的地米斯托克利[②]之子所做的那样:*母亲按我(他说)所想而想,父亲则依母亲所想而行*。马儿坐马车,反叫人来拉;狗把主人吞;塔楼建石匠;小孩来掌家;老人上学堂;女人穿裤子,羊儿不光拆镇还食人[③]……总之,这个世界已然颠三倒四,七倒八歪了!德谟克利特真该活过来亲眼看看!

若再这样面面俱到地细数下去,实在可算是赫拉克勒斯[④]的一件壮举了。那些荒唐的例子不计其数,多如阳光里的尘埃。人类所行之事又是多么空虚!而谁又能说得全呢?闻一知十,就借此数例以尝其味吧。

而上述种种还只不过是那些显而易见的,司空见惯,众所周知,又一目了然。真不知德谟克利特会作何感想,如若他窥见了世人内心里的隐秘!如

---

① 奥勒留·维克多(Aurelius Victor),公元4世纪罗马官员、著名作家。
② 地米斯托克利(Themistocles,528B.C.—462B.C.),古雅典执政官,实行民主改革,扩建海军,指挥萨拉米斯海战,大败波斯舰队,后遭贵族指控"叛国",亡命国外。
③ 在圈地运动中,农田遭到侵占,被改为牧场,因此农人便没有了果腹之粮,这就好比是羊在吃人。
④ 赫拉克勒斯(Hercules),又译海格立斯,罗马神话中称为赫丘利。他力大无比,以完成12项英雄业绩闻名,是大力神。

若人人都在胸口开一扇窗子，就像莫摩斯要求伍尔坎① 所造之人那样②；或者如塔利殷切希望的，人人的额头上面都写明了他对共和国的想法；又或者可以立竿见影，如卢奇安笔下的墨丘利对卡戎所做的那样，碰了碰他的眼睛，便让他得以洞察到，

  隐蔽的想望和希求，他们的想法和打算，

  低语和咕哝，以及那些飞转的烦乱。

倘若德谟克利特也能打开紧锁的卧房门，看透人心里的秘密，就像西普里安想要的那样，开门解锁启门栓（如卢奇安的公鸡凭其尾巴上的一根羽毛所施展的神技）；或者德谟克利特借助古阿斯③ 的隐身戒指、某种稀有的透视镜、助听筒（可以大幅增强感官，使人立即无所不闻，又无所不见，恰如马提安诺·卡培拉④ 笔下的朱庇特一般，他手里所持的那只地球仪，可以向他呈现每日里地面上发生的一切），也能洞察乌龟戴的绿帽子、炼金术士的假把戏、哲人的魔法石、新的空想家之类了，以及那些见不得光的各种勾当，愚蠢的誓约、渴望、担忧和企求，那么这将给他提供多少的笑料啊！又或者他倘若与卢奇安笔下的伊卡洛门尼普一道，身临朱庇特的祈愿之所，听一个求雨，另一个祈晴，一个愿妻死，另一个又要父亡……全在向神祈求那些羞于被人闻知的事。那他又会感到怎样地茫然困惑啊！你或者任何其他的人都想想看吧，难道他会说这些人神志健全吗？

  哪来不疯癫的俄瑞斯忒斯⑤，竟会断言这些人并不疯癫？

---

① 伍尔坎（Vulcan），火与锻冶之神，相当于希腊神话中的赫淮斯托斯。
② 在神话中，尼普顿、密涅瓦和伍尔坎为证明谁的技艺高超，请来莫摩斯当裁判。其中，伍尔坎做了一个人，莫摩斯认为伍尔坎应该在人的胸口开一个窗子，以便让人看见他的思想。
③ 古阿斯（Gyges），希腊神话中百手三巨人之一。
④ 马提安诺·卡培拉（Martianus Capella），公元5世纪古罗马后期拉丁文散文作家。
⑤ 俄瑞斯忒斯（Orestes），阿伽门农之子，其母克吕滕涅斯特拉（Clytemnestra）和埃癸斯托斯（Aegisthus）私通并杀害丈夫，由其为父报仇杀死母亲及奸夫。

生长于安提库拉的嚏根草①够用来治好这些人吗?不,当然不够,一英亩的嚏根草也不够!

由此可见此乃一件极其不易、难如登天之事,远要比赫拉克勒斯的苦差艰巨得多。所以就随他们粗俗,愚昧,无知,野蛮下去吧,任其石上垒石,蠢上加蠢。如某辩士②所希望的,任由国家咳嗽不止、恶臭弥漫,任由世界堕落败坏。那就让他们继续野蛮,继续专横,享乐,欺压,奢靡,为派斗、迷信、官司、战争和冲突而磨耗自己,苟活于暴乱、穷困、贫乏和痛苦之中吧;造反作乱,如一头头的猪,与尤利西斯的同伴③一道,在自己的粪堆里面打滚。让他们当傻子去吧,这可是其夙愿啊。但为聊以自娱,我却想要建一座个人的乌托邦、一处新的亚特兰蒂斯、一个属于我自己的诗意的邦国。在那里我要自由地统治,按我的意愿来修建城市,订立法律、条规。而这又有何不可呢?

> 诗人与画家——你准是知道这个托辞的——,
> 总是公认地可以任由想象天马行空。

你也知道诗人向来拥有何种自由,再说我的前辈德谟克利特还是个政治学家、当过阿夫季拉的司法官、某些人口中的立法员,则我又为何不能如他那样放手去做呢?不管怎样,我要大胆一试。先是选址,若你硬要问个明白,我只能说我还没完全定下来呢。可能是在那块未知的南方的大陆上吧,那里幅员辽阔(据我所知,不管是"饥饿的西班牙人",还是墨丘利·不列颠,皆对其未发现过半);也可能是太平洋浮岛中的一座,就像黑海中的库阿尼恩群岛那样,其方位飘忽不定,只有在特定的时候才会有为数极少的人可以登上去;还有可能是诸多幸运岛中的某个,其好处在于谁会知道它地处

---

① 嚏根草,干燥后可入药,古希腊与罗马人用以治疗疯狂症。
② 指瓦伦廷·安德里亚(1586—1654),其为德国神学家。
③ 尤利西斯在特洛伊战争后返乡的途中遇上女巫喀耳刻,她把尤利西斯的同伴变成了猪。

何方，又是个什么模样呢？其实在美洲中部，以及亚洲北部，也有广袤的土地。不过我还是想另择佳处，其纬度应在四十五度（我不考虑多少分），要位于温带的中部，或是赤道以南，亦即那世间的天堂，在那里月桂树长青不枯……一年四季如春。至于经度，出于某些原因，我则不愿透露。但要特此公告的是，如有哪位正人君子愿交上一笔钱，其数目与卡丹规定占星家应收的算命钱相当，那他就是合伙人了，我便会跟他分享我的计划。而如有哪位干才愿来接掌某个世俗或教会的职位、官衔（正如他[①]在谈到其乌托邦里大主教之职时所说的那样，这是一个神圣的目标，对其有所谋求实乃理所当然）那我就会慨然授予，无需种种的求情、贿赂或推荐信之类，他自身的才华便是其最好的代言人。由于我不容许代理或圣职荐授权，所以倘若他足以胜任，既有能力又愿亲自行使职务，那他就可立即获得官职了。

我将把国家分成十二三个省，沿着山峦、河流、大道或其他更明显的界限做精确地划分。各省都该有一省会，省会应如圆心位于圆圈中央，而别的城市则等而相间，约有十二意里[②]的分隔。在城里，可于特定时日售卖各类供人使用的必需品，无需另设集镇、市集或交易场，因为这些只会让城市陷入贫困（各村亦不得距城市超过六七或八英里）。不过这并不牵涉海边的商业点、重要的贸易中心或市场，比如安特卫普、威尼斯、从前的卑尔根、伦敦之类。大多数城市应坐落在通航的河流，或湖泊、小湾、港口附近，其形状也应规整，圆形、方形或长方形皆可，城中街道则需平坦，宽阔，笔直，房屋亦要整齐划一，全以砖石造就，好比布鲁日、布鲁塞尔、勒佐内尔艾米利亚、瑞士的伯尔尼、米兰、曼图亚、克列玛，以及马可·波罗[③]所描绘的

---

① 指莫尔（Sir Thomas More, 1477—1535）英国人文主义者、天主教圣徒，曾任下院议长、内阁大臣，《乌托邦》一书的作者，因对国王亨利八世离婚案和教会政策持异议，被诬陷处死，1935年被追谥为圣徒。
② 意里（Italian mile），一种单位，约 0.925 英里。
③ 马可·波罗（Marco Polo, 1254—1324）意大利旅行家，以其口述东方见闻经笔录成书的《马可·波罗行纪》（又名《东方见闻录》）著名，曾在中国为忽必烈效劳达 17 年。

鞑靼的汗八里或威尼斯修建的那座帕尔马诺瓦城。我只许设立为数极少的郊区，或一个也不设，城中建筑应低矮，围墙足以防御人、马便可，然地处边境或临海的城镇，以及需按最新防御工事设防、占据了有利地段或要地的那些，则不在此列。在每座按上述要求建造的城市里，都要设有便利的教堂，并划专地来埋葬死人，不许拿教堂的庭院充当墓地。此外还要有可俯临全城的堡垒（只用在部分城市，而非全部），关押犯人的监狱，专售谷物、肉类、牲畜、柴火、鱼鲜……的各类市场，宽敞的法庭，各种社团的公共会堂，交易所，聚会点，军械库（需存放灭火器械），火炮场，人行道，剧院，供开展各类锻炼、运动和正当娱乐活动用的宽阔场地，接收孩童、孤儿、老人、病患、疯子、士兵的各种收容所、疫病院等等——其修建并不单单仰赖他人的乐善好施，亦不容身患痛风[①]的所谓赞助人出资捐助。因为他们一生巧取豪夺，鱼肉乡里……只在临终之时，或之前，才肯拿出点钱来做功德，修一座赎罪救济院、学校或桥之类的。这无异于偷人一只鹅，还人一根毛；劫掠千人，救济十人。这些收容之所若按我的想法来修建和维护，那就不必依靠募捐、资助、馈赠了，也无需设定收容限额了（不像我们现有的那些），非去严守什么比例，谈什么不容超限，而但凡是有需要的，则无论其数量多寡，均可接纳，且全由公费承担，并照此维系；这亦应了"我们并非生而仅为己"等等说法。我还要设置引来清甜之水的水渠，让其适当地分布在每座城镇里；搭建公共的粮仓，以仿效迈森的德莱斯顿、波美兰的斯德丁和纽伦堡诸城；成立各类学院，用来培养数学家、音乐家、演员（如古时爱奥尼亚的勒柏杜斯）、炼金术士、医师、艺术家和哲学家，以利各种技艺和学问能更快地臻于完善，更好地予以掌握。此外，还要如古波斯人那样设国家的史官——由国家来栽培、任命，负责载录一切大事要事，而不是像我们现在这样交由蹩脚的文人、心存偏见或仰人鼻息的学究来撰写。我亦要创建各种公

---

① 意思是这些捐助人并非真正的慈善家，他们没病的时候不捐助，等得了病才来捐，想以此赎罪，免得到地狱里受苦。

学，用以传授歌艺、舞技、击剑术……其中文法与语言的教学尤需注意，切不可依循通常采用的那堆枯燥的教条，而应通过实践、举例和会话来教授，就好比旅客在国外学习外语或保姆教孩童那样。既然设立了这些地方，我便要任命公务官，为各处派去适合的官员，如财政官、市政官、度支官、学监、寡妇财产的监管人和公有建筑的看护人等等。这些官员每年都需做一份详尽的收支账，以免账目混乱不清，如此规定便能杜绝浪费，防止他们以羞于启齿的方式挥霍钱财。（如普林尼对图拉真）所说的。以上官员应隶属于各自城市的高级官员和长官，而城中高官则不得由穷商贩或卑微的手艺人来担任，唯贵族与绅士才可——他们需在特定的时间季节，常驻于居所附近的城镇里。因为我看不出有什么理由认为（如希波利特①所慨叹的），**贵族去治理城市会比治理乡下更不光彩，或现在住城里会比以往住乡间更不体面**。

我要把泥塘、沼泽、湿地、大片森林、沙漠、荒野、公地统统围起来（非意在驱逐人口②，故切莫误解我），因为所谓公有的和人所共有的，便是无人照管的。那些最为富庶之地一直都是圈围起来的，如我们的埃塞克斯、肯特诸郡，以及西班牙、意大利。而何处地圈得越小，那里往往就经营得越好，如意大利的佛罗伦萨周围、叙利亚的大马士革之类——虽为田地，却胜似花园。在我的领地内不容有一英亩的荒地出现，哪怕是山顶上也不许有。如果自然条件欠缺，那就靠人工去补足好了。故而湖泊与河流亦是不能荒废的。所有公路、桥梁、河岸、合流道、引水渠、水道、公共工程、建筑等等，皆要以公款来悉心维护，定期整修。至于驱逐人口、侵占土地、改造林木耕地诸事，若未获负责此类事务的监管员的许可，则不得任意为之——必先看看各地应采用何种改革，哪些是有缺陷的，该如何改进；各地产什么，又不产什么；哪里最宜植林，哪里宜种谷物，哪里又宜放牧或用作花圃、果园、鱼塘之类。各村的划分也应均衡（不能像我国常见的那样，让某个大户

---

① 希波利特（Hippolytus a Collibus），16 至 17 世纪瑞士法官，著有《城市之形成》。
② 这是不同于圈地运动之处。圈地而不逐人，实不失为一个折中的办法。

贪婪地把所有土地给独吞了),哪些该划给地主,哪些又该分给佃户,要有分寸。而为更好地鼓励佃农改良其所占有的土地(为之施肥,种树,排水,筑篱……),那就应让其享有长期租赁权、固定的租金和贡钱,以免受欺压成性的地主那过分的勒索。监管员还需规定每座庄园中地主的自用地应占多少,为佃农所有的应占多少,又该如何经营之,

好比马格内西亚人以马闻名,
阿尔戈英雄[①]**以划船著称**[②],

如何施肥,耕种,修整,亦要因地制宜;这处你当见有谷物,那处则葡萄长势更旺,还有的地方,幼树葱郁,青草不种自生。此外,亦需规定各种行当的人应占多少比例为宜。因为土地私有者往往呆傻愚蠢,不善经营,凶恶又贪婪,全然不懂如何改良其土地,亦且只顾私利,不管公众之利益。

既已说完家国之事,我接下来就要约略谈谈几种不同类型和身份的人。在世人眼中最无忧无虑、欢欣快活的要数君王和大人物,他们似乎可以免受忧郁之侵扰。但若欲一睹其忧愁、痛苦、疑惧、嫉妒、不满、愚蠢和疯癫,我便建议你参看色诺芬[③]的《暴君》,书中希耶罗王与诗人西摩尼得斯[④]即就此问题展开过详细讨论。其实,与他人相较,君王的担惊受怕、忧愁焦虑才最是没完没了。正如瓦莱里安[⑤]笔下的他所言,若你知道了这王袍底下裹藏着怎样的忧愁和痛苦,你就断然不会弯腰将它拾起。不过就算君王能安枕无忧,不遇愁烦,也往往会因了缺乏理智而行起事来莽莽撞撞。展读我们的

---

① 阿尔戈英雄(Argonauts),希腊神话中乘阿尔戈号快船随伊阿宋去海外觅取金羊毛的英雄。
② 语出卢坎。卢坎(Lucan, 39A. D.—65A. D.),生于西班牙的古罗马诗人,作拉丁史诗《内战记》,反对暴政,怀念罗马共和政体,参与密谋暗杀罗马皇帝尼禄,事机败露自杀。
③ 色诺芬(Xenophon, 431B. C.—355B. C.)古希腊将领、历史学家,苏格拉底的学生,率1万希腊雇佣军参加波斯王子小居鲁士反对其兄阿尔塔薛西二世的战争,远征到达黑海,著有《远征记》《希腊史》《回忆苏格拉底》等。
④ 西摩尼得斯(Simonides, 556?B. C.—468?B. C.),希腊抒情诗人、警句作者,为祝贺奥林匹亚竞技会优胜者首创胜利者颂歌,其酒神颂歌在雅典竞赛中多次获胜。
⑤ 瓦莱里安(Valerius Maximus, 20?B. C.—50?A. D.),罗马作家。

各种史书,便会觉得仿佛是蠢人在写蠢人一般。《伊利亚特》《埃涅阿斯纪》《编年史》,何为其主题?

> 愚蠢的君王与国民之疯癫。①

其疯狂、恼怒、小题大做、草率鲁莽、昏头昏脑,在史书的每一页上都有记载,

> 国王们一发疯,希腊人就要遭殃了。②

而地位低其一等,痛苦和不满稍少一些,疯狂行径亦有所不及的,则要属大人物一类。远离朱庇特,就远离了他的闪电,靠得越近也就越是危险。如果大人物居于宫中,则只会随君王之喜好而时起时落,时沉时浮。君王的一瞥,决定着他们官运的或盛或衰。今日高迁,明日遭贬。波利比奥斯③曾这样形容之,就如同那许多记账时用的代币,今日是金的,明日则是银的,其价值随记账人之喜好而变;今日可代表数元,明日则可代表数千;眼下还独居首位,不一会儿就远落在后。此外,大人物还常以结党营私、勾心斗角来折磨彼此。有的野心勃勃;有的痴迷不已;有的负债累累,挥霍成性,入不敷出;还有的忧心忡忡,两手空空……而若要看看这些人的不满、焦虑,则可参考卢奇安之文《奴仆的雇佣》,以及艾伊尼阿·西尔维乌④(他以欲望与愚蠢的奴隶称之)、阿格里帕和其他诸家的说法。

至于哲人与学者,那古代智慧的独裁官,我已大致谈过了。所谓智与学的看守、人上人、文人雅士、缪斯的宠臣,

---

① 语出贺拉斯。
② 语出贺拉斯。
③ 波利比奥斯(Polybius, 205? B.C.—123? B.C.)古希腊历史学家,其名著《通史》(40卷)叙述了公元前264年至前146年间的罗马历史。
④ 艾伊尼阿·西尔维乌(Aeneas Sylvius/Pius II, 1405—1464),庇护二世,意大利籍教皇(1458—1464),人文主义者、诗人、历史学家,曾力图组织十字军东侵土耳其。未果,著有诗歌、史地著作以及长篇小说《鸳鸯艳记》等。

被赐予了聪明的头脑和慧心。①

乃至机智敏锐的诡辩家，虽深受景仰，然仍无异于他人，亦对嚏根草有着莫大的需求。——哦，医生啊，切开那条正中静脉吧。读一读卢奇安的《皮斯卡托》，看看他是如何评判他们的；还有阿格里帕的专著《科学之虚妄》；甚或再读些他们自己的作品，那些荒唐之言、奇谈谬论之类，"你能忍住不笑出声儿来吗，我的朋友？"你当发现亚里士多德所言非虚：但凡大智，未尝不含一丝的疯癫。他们与世人一样也有痛苦。在其著作中，你会见到某类怪诞的笔调、华丽的辞藻、浮夸的语言、虚荣自负的气性、矫揉造作的文风……如同凹凸不平的织布上面一根突兀扎眼的丝线，并行穿插于其间。而那些授人以学问，传授忍耐、谦逊之道的人，实则为货真价实的傻瓜、笨蛋，亦且怏怏不乐至极。学问多时痛苦深，求知愈甚，悲伤愈甚。对此我无需再做征引。那些嘲笑和鄙夷他人、谴责世间愚昧的人，也活该遭到嘲弄。其晕头转向又易充当笑柄，实与世人没什么两样。德谟克利特虽以经常取笑愚蠢而广为人知，然他自己就很是可笑。他者如梅尼普斯善咆哮，卢奇安喜嘲弄，卢基里②、佩特罗尼乌斯③、瓦罗、佩尔西乌斯……惯于讽刺，亦无不应同受责难。就让身材匀称的去笑长罗圈腿的吧，白皮肤的人去笑黑皮肤的人吧。贝尔④、伊拉斯谟、霍斯皮年⑤、维夫斯⑥、开姆尼茨⑦破除经院神学，斥之为一片汪洋的反驳和辩解，如某人所称的，实乃一座由复杂的问题、徒劳的

---

① 语出道萨。道萨（Dousa），16至17世纪荷兰政治家、诗人和学者。
② 卢基里（Lucilius），公元前2世纪罗马讽刺诗人。
③ 佩特罗尼乌斯（Petronius,?—66A.D.），古罗马作家，作有欧洲第一部喜剧式传奇小说《萨蒂利孔》，描写当时罗马社会的享乐生活和习俗，现仅存部分残篇。
④ 贝尔（Bale, 1495—1563），英国教士、历史学家，任奥索里主教。
⑤ 霍斯皮年（Hospinian, 1547—1626），瑞士神学家、新教牧师，其神学著作反对天主教的圣事论，并论及教会内部的政治问题。著有《论教会的礼仪、仪式的起源及发展》《基督徒的节日》等。
⑥ 维夫斯（Vives, 1492—1540），西班牙人文主义学者，曾旅居英格兰，授课玛丽·斯图亚特公主，并任教于牛津大学。
⑦ 开姆尼茨（Kemnisius, 1522—1586），德国信义宗神学家，著有《神学知识的来源》《特利腾大公会议的检讨》等。

争论、惊人的愚蠢所构筑的迷宫。如果连经院神学都遭此批判,波及了真理卷宗的司各脱①、辩驳不倒的奥卡姆②(其天资为前人所不逮……),巴康索普③(笃定博士),甚至"神学之慧心"托马斯④、六翼天使博士(直接领受天使之圣言)⑤……那么人文主义又当如何?愚蠢的文艺啊,她能拿什么来辩护?其追随者又能为自己说些什么?太多的学识已在他们的脑袋上撬开了缝隙,扎下了根,使之疯癫过甚,哪怕有三处安提库拉也无济于事——光靠嚏根草是难以奏效的了。就算拿来爱比克泰德那有名的角灯也不行,虽据传点着那角灯研习便能同他一样有智慧。一切皆是徒劳!修辞学家妙语连珠,其所说却空洞无物;演说家能按己之意愿左右他人,或鼓动,或安抚,却不能平定自己的思绪。塔利是何说法?我欣赏沉默的"智慧"而非健谈的"愚蠢"。塞内加也附和他,智者的演说不在于文雅或考究。非比阿斯⑥则看他们中的大多数人,其言谈、举止、仪态,皆好不过那些发了疯的。格列高利⑦亦作如是观:我评判一个人聪明与否,不看其言辞,只看其作为。而就算往好了说,所谓优秀的演说家也只不过是见风使舵、居心不良之辈。其舌头天生用于鼓吹,整个人仅是一串声音,就像有人说夜莺那样。他发出的乃空洞无物之音,可谓夸夸其谈的谎话精、马屁虫、寄生物,以及阿米安努·马尔塞来努⑧所谓的腐蚀人心的骗子。他那奉承好话可要比金钱贿赂为害更大,因为

---

① 司各脱(Scotus, 1265—1308)苏格兰经院哲学家和神学家,唯名论者,认为意志高于理性,行动高于思维。
② 奥卡姆(Ockham, 1285?—1349),英国经院哲学家、逻辑学家,中世纪唯名论主要代表,方济各会修士,曾提出"奥卡姆剃刀"原则,反对教皇干预世俗政权,著有《逻辑大全》等。
③ 巴康索普(Baconthorpe),14世纪英国加尔默罗会修士、经院哲学家。
④ 即托马斯·阿奎那。阿奎那(Aquinas, 1225—1274),中世纪意大利神学家和经院哲学家,其哲学和神学称托马斯主义。
⑤ 圣波拿文都拉(St. Bonaventura, 1221—1274),意大利神学家、经院哲学家、方济各会会长、红衣主教,认为上帝的存在无须理性来论证,上帝的意志是万物的"原因"和"形式"。
⑥ 非比阿斯(Fabius),即昆体良。见本书第25页注释。
⑦ 格列高利(Gregory, 329—389),古代基督教希腊教父、纳西昂城主教,解释上帝三位一体教义,著有宣教文《神学五讲》等。
⑧ 阿米安努·马尔塞来努(Ammianus Marcellinus),公元4世纪罗马历史学家。

与行贿者之圈套相较，谄媚者之迷惑更难防范。此亦使得苏格拉底对之深恶痛绝，大加挞伐。名诗人弗拉卡斯托罗[①]坦言，诗人无不疯癫；斯卡利杰亦如此认为，而又有谁不这样看呢？要么发疯，要么作诗（贺拉斯语）；会令人愉悦的是发疯，也即作诗（维吉尔语）；塞尔维乌[②]亦这样解释，诗人全都疯了，堪称一群尖酸刻薄的讽刺家、诋毁者，或也可说是趋炎附势的吹鼓手。而所谓的诗歌难道不正如奥古斯丁所称的，是由醉醺醺的教师端出来的谬误之酒吗？你大可将托马斯·莫尔爵士对杰曼·伯瑞[③]诗作的批评用在广大诗人身上：他们乘着愚蠢之舟，居于疯癫之林。

布德[④]在一封致鲁普舍特的信里，欲将民法视作智慧的高塔；而有人则独尊医学，称其为自然的精髓；接着又有人把他俩推翻，竖起了自己那门学科的大纛。那些目空一切的批评家、文法的学究、书记员、穷根究底的古文物研究者，只不过是在古代作家的故纸堆里挖出了智慧的遗迹、愚蠢的珍宝。并且他们挖到什么，就要糟蹋什么，但凡不懂得吹毛求疵者之于他们都是傻瓜。他们枉己正人，热衷于做冷门的研究，搜肠刮肚地想去探明罗马有多少条街、多少栋房、多少座门、多少幢塔，誓要解决有关荷马的故乡、埃涅阿斯[⑤]的母亲、尼俄伯[⑥]的女儿的疑问，以及萨福[⑦]是否为娼妓、鸡蛋与母鸡哪个先出等等诸如此类的问题——然依塞内加之见，你哪怕知晓了，也是会将其抛诸脑后的。此外，他们还关心罗马议员身穿何衣、鞋为何样、坐依何法、在何处如厕、一餐食几道菜、用何种调料等问题。然以上种种对于当

---

① 弗拉卡斯托罗（Fracastorius, 1483—1553），意大利医师、诗人和地质学家。
② 塞尔维乌（Servius），公元4世纪古罗马学者，曾为维吉尔诗歌作注。
③ 杰曼·伯瑞（Germanus Brixius, 1490—1538），文艺复兴时期法国人文主义学者和诗人，与莫尔发生过笔战。
④ 布德（Budaeus），15至16世纪法国学者。
⑤ 埃涅阿斯（Aeneas），特洛伊战争中的英雄。特洛伊沦陷后，他背父携子逃出火城，经长期流浪，到达意大利，据说其后代就在那里建立了罗马。
⑥ 尼俄伯（Niobe），底比斯王后，坦塔罗斯之女，为自己被杀的子女们哭泣而化为一块石头，变形成石后继续流泪。
⑦ 萨福（Sappho, 612？B.C.—？），古希腊女诗人，作品有抒情诗9卷，哀歌1卷，仅有残篇传世。

下的史学家显得无比荒唐的话题（按罗德维克·维夫斯的说法），于他们而言却属极珍贵精美的宝物。他们对之推崇备至，一旦有所发现，就会趾高气扬，耀武扬威，仿佛赢得了一座城，或攻克了一个省似的；其富有充盈就如同挖到了一处金矿那般。有人说，他们用其可笑的评语玷污了一批书本和好的作家。而斯卡利杰亦以粪堆上的校对员称之。他们靠着批评他人来炫耀机智，实乃一帮愚蠢的文抄公、贱黄蜂、粪金龟或屎壳郎，不光把垃圾和粪堆爬梳了个遍，还往往看重一份手稿胜过于福音书本身，看重批评文集胜过于任何的珍宝。他们凭着**手删……**、**他人读作……**、**据我手稿所载**等等批语，以及最新的版本、注释、修订之类，使书籍变得昂贵，自己显得可笑，然凡此种种却又于他人毫无裨益。可要是有人胆敢反对或驳斥，他们就会发起疯来，立马反戈一击，写下不知多少的反驳文章，怎样怨毒的咒骂，又或是何种形式的辩解。然而这些都还只不过像散落的稻穗，仅属零星半点。但我却不敢再去谈论、支持、应和或反对他们了，因为我亦可能会和别人一样受其责难。总而言之，这些人以及余下的所谓学者和哲学家在我看来皆可算作疯子。正如塞内加之见，他们对前人著作问难不断，质疑不休，整日述其真义，改其不足，却不愿去纠正自己的生活，或教导我们要保持理智，端正品行。难道他没有疯吗？眼看房子被人劫掠，所在城市亦遭包围，整个世界都处于动乱之中，却还与阿基米德一道画线作图。而我们不也一样吗？灵魂都岌岌可危了（死亡追来，生命飘飞），却还要把时间耗费在零碎的玩意儿、无聊的问题和毫无价值的事情上面。

爱恋中的人都是疯子，对于这点我想不会有人否认。既要恋爱又要清醒，哎，就连朱庇特也不能妄想两全。庄重与情爱本就相融不来，也不会同处一地。当塔利受邀再婚之时，他答道，智与爱是不能兼得的。爱是疯癫，是地狱，是不治之症。塞内加也说爱是一种难以抑制又凶猛狂暴的欲望。就此话题，我将辟专章来详加论析，其间就让恋人们哀叹着道出余下的内容吧。

律师列维山努①将此言视为公理，即女人常出呆傻，仅有微弱的判断力；塞内加则将矛头指向男人——不分其年纪之长幼；对此谁会有异议呢？青年是疯的，如塔利笔下的霭里琉，而年长的也好不到哪里去……泰奥弗拉斯托斯在他107岁高龄的时候，称他这时才开始变得聪明起来，并因之而痛惜他的行将就木。倘若智慧果真来得如此之晚，则我们于何处才能觅到一个聪慧之人呢？那些老者年届古稀也就昏聩了。就此我可举出更多的例证，引用更好的作者，但暂且还是让一个傻子去指摘另一个好了。列维山努对富人亦抱有同样尖刻的看法，财富与智慧无法共处，财富支持着愚蠢，且二者往往会扰人至深。再者，如我们所见，往往傻子才吸金无数。智慧在生活安逸甜美之人的土地上是难以寻到的。因为富人除了有一种天生的对学问的鄙夷（通常伴随着这类人），其骨子里还透着懒散（得之于他们的不愿吃苦）。并且，亚里士多德也看到，卓然不群的智者往往不幸之至，而福星高照则现于愚不可及之辈的身上。万贯家财和薄才浅智通常走在一块儿，有些富人的脑袋就如同脚跟一样，里面没装脑子。抛开这与生俱来的对科学及各种文艺（本可用来擦亮头脑）的轻视，富人大多还具有某种愚蠢的气性之类，且会受此牵引。有的成了享乐主义者，有的当了赌棍，还有的则做了皮条客（皆为适合讽刺作家拿去做文章的题材），

有人欲火焚身，一个是为了有夫之妇，一个则是为了年轻小伙；②

有人痴迷放鹰、行猎、斗鸡；有人则总在痛饮、骑马、挥霍；也有人以营建、争斗等等为嗜。

疯了吧达玛斯普，竟大批地买下古老的雕像，③

---

① 列维山努（Nevisanus），16世纪意大利法学家。
② 语出贺拉斯。
③ 语出贺拉斯。

达玛斯普有其固有的气性，可供一谈；而迦太基人赫利多罗则表现出了另一种气性。总而言之，正如斯卡利杰对这些人下的断语，他们实乃象征愚蠢的雕像或碑柱。哪怕从那最受景仰之人的种种事迹里挑出一些来看，你还是会发现其中有多少值得称颂的，也就有多少该遭批评的，就像贝洛索①论塞米勒米斯②那样——她所向披靡、功勋卓著、富甲天下，然在放荡淫逸、杀人害命以及其他种种恶行上却也无人能及；她既然有着某些优点，便也就有着许多不好的地方。

亚历山大，乃一代豪杰，然他却怒气冲天，醉如山倒；凯撒和西庇阿③虽智勇双全，但同时又狂妄自大，野心勃勃；韦斯巴芗④，亦为英明君主，但他却贪得无厌；汉尼拔⑤，虽有雄才大略，可也有无数缺点。一个优点往往与一千个缺点相连。这正如马基雅弗利⑥谈科斯莫·德·美第奇⑦那样：在他的身体里仿佛住着两个截然不同的人。总之，于我看来，这些人就像双面的或会翻转的画片，站在其跟前，你这面看到的还是一个美妇人，那面却是一只猿猴、鸮枭；看他们的第一眼还觉样样俱佳，然细察之，就会发现其一面颇显聪明，另一面则有如傻瓜，值得一提之事屈指可数，剩下的全都一塌糊涂。对于他们的多愁多病、争强好胜、怨愤不满、穷困贫乏以及诸如此类的

---

① 贝洛索（Berosus），公元前3世纪巴比伦历史家。
② 塞米勒米斯（Semiramis），古代传说中的亚述女王，以美丽、聪明、淫荡闻名，相传为巴比伦的创立者。
③ （小）西庇阿（185？B. C.—129B. C.），古罗马统帅，大西庇阿长子的养子，两度任执政官（147B. C.；134B. C.），攻陷并摧毁迦太基城（146B. C.），结束第三次布匿战争，回罗马后反对格古拉兄弟的社会改革。
④ 韦斯巴芗（Vespasian, 9A. D.—79A. D.），古罗马皇帝，弗拉维王朝的创立者，在位时整顿财政，该组军队，加强武力统治，营建罗马广场、凯旋门和打竞技场。
⑤ 汉尼拔（Hannibal, 247B. C.—183/182B. C.），迦太基统帅，率大军远征意大利，从而发动第二次布匿战争，曾三次重创罗马军队，终因缺乏后援而撤离意大利，后被罗马军多次击败，服毒自杀。
⑥ 马基雅弗利（Machiavel, 1469—1527），意大利政治思想家、历史学家、作家。主张君主专制和意大利统一，认为达政治目的可不择手段（即"马基雅弗利主义"）。著有《君主论》《佛罗伦萨史》、喜剧《曼陀罗花》等。
⑦ 科斯莫·德·美第奇（Cosmo de Medici, 1389—1464），意大利银行家、富豪，文艺保护人，开创美第奇家族对佛罗伦萨的统治（1434），创建美第奇图书馆。

种种痛苦，我是不会再多谈了；其余的就让穷神在阿里斯托芬的《财神》里去申述吧。

贪婪的人，与他者相较，是最为疯癫的。他们具有忧郁症的全部病征：恐惧、悲伤、疑虑……我将在其专门的章节里论证之。

必须给贪婪之人用上迄今为止最大剂量的嚏根草。[①] 不过在我看来肆意挥霍之徒比他们还要疯癫——不论各自是何境况、其手里攥的是公家还是私家的钱袋。那富有的康沃尔公爵理查德意欲求取帝位，某荷兰作家就斥责他一掷千金、花钱如流水。而我亦要批评这类人。愚蠢的英格兰啊，竟自愿被夺去了那么多的钱财；愚蠢的德国君主啊，竟靠出卖其高贵的特权来换取金钱。挥霍者、行贿者和受贿者皆可说是傻子，那些但凡不能妥善地管理、分配或支出其钱财者亦然。

其实，我也可这样来说那些易怒的、脾气坏的、嫉妒心强的、欲望心重的，最好喝上一杯未经稀释的产自安提库拉的嚏根草吧。所谓享乐主义者、分裂教会者、信奉异教者，统统都有着荒诞的幻想（尼曼努说道），且其疯癫显而易见。一个名叫法巴图斯的意大利人就认为航海的人全是疯的。船是疯的，因它从未站稳；船员是疯的，竟让自己曝露于如此迫近的危险之前；水是癫狂的——永远汹涌澎湃；风同样也是疯的——不知其从何处来，又要往何处去；而那些外出航海的人则是其中最为疯癫的……说这话的人定是个疯子，而来读这话的你多半也是疯的。菲利克斯·普拉特抱有这样的观点，即炼金术士皆为疯人，神智尽失。而阿忒纳亦是这样来说小提琴手（缪斯的夜莺）、乐师以及风笛吹奏者的——吹啊吹，吹散了脑子，音乐进了左耳，神志则从右耳溜出。骄傲狂妄之人免不了疯狂，好色淫乱者也同样如此。我能感到其脉搏在那儿跳动，其中有些荒淫之辈，竟任由别人与妻子同床，还视而不见。

---

① 语出贺拉斯。

若再这样巨细靡遗地讲下去,那便成了赫拉克勒斯的一件苦差——去罗列那些疯狂的努力,疯狂的书本,疯狂的尝试、举动,粗俗的愚昧,荒唐的行为,可笑的动作。正如塔利所称,此乃乡村别业之疯狂、惊世骇俗之构造,好比埃及的金字塔、迷宫和狮身人面像,是由一群头戴皇冠的驴子为炫耀财富而白白建造的,就连修建它们的建筑师也好,国王也罢,或是有什么用途和目的,也都还不得而知。若再无休止地去细数其伪善、多变、盲目、轻率、善骗、喜诈、恶毒、易怒、厚颜无耻、忘恩负义、野心勃勃、迷信无知——仿佛置身于提比略[1]的时代——还有奴颜婢膝、虚张声势、攀附、奉承及密谋……口角、冲突、欲望、争夺,那就得请一名维萨里[2]似的专家来逐一解剖了。我不妨说,就连朱庇特以及阿波罗、马耳斯……都已智衰;那降妖伏魔的赫拉克勒斯,虽曾慑服世界,拯救世人,亦不能得免,终归疯掉了。到底要走哪条道,要与何人谈,要去哪个省、哪座城,才不会撞见德利罗先生[3],或疯癫癫的赫拉克勒斯[4]、梅娜德[5]和科里班特[6]呢?这些人的话语句句都透着疯癫。他们仿佛是从蘑菇里生出来的,抑或得其血统于那些被参孙[7]用驴颌骨打过的人,又或者是由丢卡利翁与皮拉[8]的石头所化——因为我们本就石头心肠,亦饱尝过遭人白眼的滋味。他们好像都听过了奥斯托佛的魔号角似的——阿里奥斯托[9]书中的那位英国公爵只要吹动号角,听到的人便没有不疯掉的,个个怕得都想要以死避之。他们也像是登上了黑海中

---

[1] 提比略(Tiberius, 42B.C.—37A.D.),古罗马皇帝(14A.D.—37),长期征战,军功显赫,56岁继岳父奥古斯都帝位,因渐趋暴虐,引起普遍不满,在卡普里岛被近卫军长官杀害。
[2] 维萨里(Vesaliu, 1514—1564),比利时医师、解剖学家,现代解剖学的奠基人,曾在意大利帕多瓦大学讲授外科学,首次以解剖人尸作教学演示。著有《人体结构》(7卷)。
[3] 德利罗先生(Signior Deliro),本·琼生喜剧《人各有癖》中那个糊涂的丈夫。
[4] 疯狂的赫拉克勒斯(Hercules Furens),出自塞内加同名剧作。
[5] 梅娜德(Maenades),酒神的女祭司,泛指疯狂的女人。
[6] 科里班特(Corybantes),希腊女神西布莉(Cybele)的随从,手持火炬,狂歌狂舞伴女神翻山越岭。
[7] 参孙(Samson),古犹太人领袖之一,以身强力大著称,头发是其力量之源。
[8] 丢卡利翁(Deucalion)与妻子皮拉(Pyrrha),逃脱了宙斯发动的洪水,夫妇俩从肩头向身后扔石头,石头变成男男女女,从而重新创造了人类。
[9] 阿里奥斯托(Ariosto, 1474—1533),意大利诗人,代表作为长篇传奇叙事诗《疯狂的奥兰多》。

的疯人港——此港名曰"失常的达佛涅",它有种隐秘的力量可致人精神错乱。他们真乃一群糊涂虫、酒鬼,对其而言,仿佛每晚都有仲夏月[1],终年皆为三伏天,他们全都疯了。

我该把谁排除在外呢?乌尔里希·胡腾[2]说,尼莫(意即"无人")时刻理智,尼莫生而无暇,尼莫清白无罪,尼莫满于现状,尼莫爱而不疯,尼莫善良,尼莫聪慧,尼莫各方面都很幸运……故而尼古拉斯·尼莫,或曰莫须有先生应不在此列。那接下来我该豁免谁呢?应是那些不作声的,因为聪明人向来寡言少语;这避免犯傻和发疯的妙法便莫过于沉默了。此外还有谁呢?应是议员、官员这类,因为但凡命运的宠儿都很精明,征服者又皆勇猛,而大人物亦无不如此,还是不去招惹"诸神"为妙。这些人因权力而得智慧之名,靠官职和地位而获完人之誉。有人言道,我们不得说其坏话,也不宜去说。那就让我赶紧说上些好话吧,我是不会把他们往坏处想的。下一个又该轮到谁呢?斯多葛派吗?斯多葛派贤人乃真正的智者,唯有他才不受种种烦扰的驱使。普鲁塔克曾讥之,就算饱经了折磨,如遭火烧、被对手挫败、受仇敌戏弄,他也不恼不火。虽已皱纹满面,半瞎半盲,满口无牙,畸形走样,他也依旧自认为天下至美;哪怕一文不值,他亦要把自己视若神明、君王。芝诺[3]称,他从不糊涂,从不疯癫,从不悲伤,从不醉酒,因其美德始终不坠——凭着那洞悉一切的智性。然唯有疯子才会口出此言。他真需要安提库拉的空气或是一柄鹤嘴镐;得在他脑袋上凿个洞,而其门徒也应照做,哪怕他们看起来是一副聪明的样子。克吕西波[4]便坦然承认,在某些时候、某种场合下,此派中人亦会沦为傻瓜;人之才智可能会因了醉酒或忧郁而丢失,他有时也可能会与世人一道疯癫:

---

[1] 英文中有 midsummer madness 一词,指在仲夏达到顶峰的疯狂怪诞之行为。
[2] 乌尔里希·胡腾(Ulric Hutten, 1488—1523),德国人文主义者、诗人、讽刺作家、医学作家。
[3] 芝诺(Zeno, 335? B.C.—263? B.C.),古希腊哲学家,雅典斯多葛哲学学派创始人。其哲学体系以伦理学为中心,认为人应顺从统治宇宙的理性,此即人的幸福所在。
[4] 克吕西波(Chrysippus, 280? B.C.—207? B.C.),古希腊斯多葛派哲学家。

"虽无比聪慧，然亦有黏液①作乱之时。"此处我还得排除一些犬儒学派的人，如梅尼普斯、第欧根尼②、底比斯的克雷特③；或者，倘若回到眼下，亦应算上无所不晓、聪明绝世的玫瑰十字会④兄弟信徒，以及那些大名鼎鼎的神学家、政治学家、哲学家、医学家、语文学家、秘术家……其中圣布里吉特⑤、阿巴斯·乔基姆⑥、莱森堡之类的神巫，还受神之启示而向世人做了预言，立了誓约——然所谓神启之事却有待证实（亨利·纽胡修就对之表示怀疑，瓦伦廷·安德里亚⑦诸人亦然）。又或再添个名曰伊莱亚斯·阿提费克思者，亦即那位德奥弗拉斯特⑧派的圣主。虽利巴韦⑨诸人不无对他嘲弄，挖苦，但仍有人视之为**一切艺术与科学的革新者、世界的改造师**（且正存活于世）。约翰内斯·蒙塔努·斯特根尼瑟乃帕拉切尔苏斯⑩的大赞助人，其所主张和坚称的即是，无论帕师身在何处，均堪称至圣之人、智慧之典范；而若其使徒、追随者之言足可信赖的话，则他和他的兄弟信徒、同道……早就与智慧结成连理了。此外，我还得除去利普修斯和教皇，并将其名从傻人录里勾销。因为除了道萨那奴颜婢膝的证言，

　　从密饿提德沼泽至天上升起的朝阳，

---

① 黏液（Phlegm），古生理学所称四种体液之一，据信此液多则人迟钝。
② 第欧根尼（Diogenes, 400？B. C.—325？B. C.），古希腊哲学家，强调自足自然的生活，犬儒派因其得名。
③ 克雷特（Crates, 365？—285？B. C.），犬儒学派哲学家。
④ 玫瑰十字会（The Rosy Cross），始于17至18世纪的秘密会社。
⑤ 圣布里吉特（St. Bridget, 1303？—1373），约14世纪瑞典国的主保圣人和神秘主义者，布里吉特修女会创建者。
⑥ 阿巴斯·乔基姆（Abbas Joacchimus, 1130？—1201？），意大利奥秘修行者、神学家，菲奥雷圣乔治会院长。
⑦ 瓦伦廷·安德里亚（Valentinus Andreas），17世纪德国新教神学家、玫瑰十字会哲学家。
⑧ 德奥弗拉斯特（Theophrastian），即指后文的帕拉切尔苏斯。帕拉切尔苏斯在其书中臆造了伊莱亚斯·阿提费克思（Elias Artifex），称其会重返人间，届时上帝会向人揭示高深的奥秘。他实则就是科学的以利亚。
⑨ 利巴韦（Libavius, 1560？—1616？），德国医学家、化学家。
⑩ 帕拉切尔苏斯（Paracelsus, 1493—1541），瑞士医师、炼金家，发现并使用多种化学新药，著有《外科大全》和关于梅毒的论文。

未见过一人能如尤斯图斯①那样；

利普修斯亦以大先生、大师、我等的师长自诩，且十三年来都在吹嘘他是如何在低地国家播种智慧的——如古时的哲人阿莫尼②在亚历山大城所做的那样，将文学与仁爱结合，智慧与审慎结合；他这智慧的大祭司，实当位列第八贤人③。至于教皇，他的身份则要高于常人，如其走狗对他的恭维，他甚至堪称半个天神了。此外，教皇陛下亦是不会犯错的，这与身居王位者颇为相似。然而有的教皇却成了法师、异教徒、无神论者、门徒。正如普拉提那④说约翰那样，此人虽显出一副地道的学者模样，但其行事却往往愚笨，轻率。至此，我再也举不出特例来了，只能笼而统之地说余者皆为疯人，其神志亦已蒸发散尽——就像阿里奥斯托所构想的，被装进了一只只的罐子里悬于月亮之上。

有些丢其神志是因了情爱，有些则是因了野心腾腾，
有些追随了君主和达官贵人。
有些于珠光宝气和华丽穿戴，
还有些于诗词歌赋将其神志抛诸脑外，
另有人则想要去当炼金术士，
直至耗尽所有，他及其同道也都迷糊了神志。⑤

他们乃一群定了罪的傻瓜、有案底的疯子，依我看恐怕多数人已是无可救药了；其肚肠轰隆作响，症状亦显而易见，他们皆出自愚人村。那么别无

---

① 即尤斯图斯·利普修斯（Justus Lipsius）。
② 阿莫尼（Ammonius），公元3世纪新柏拉图主义哲学家。
③ 从前古希腊有七贤，利普修斯自称"第八贤人"。
④ 普拉提那（Platina），真名为 Barrolomeo de Sicchi，乃15世纪意大利文人，梵蒂冈图书馆馆长。
⑤ 语出阿里奥斯托。

他法，也就只好找来罗马的监官，将其一并押往疯人院去让拉伯雷①医治吧。

如果此时有人问道：你算哪样人物，竟敢这般厚颜无耻地指责他人，难道你就没有缺点吗？我便要说：非也，任你是谁，我的缺点都比你多。我要再次言明，吾等皆属彻头彻尾的无名小卒，我与众人一样愚蠢，一样疯癫。

*我在你眼中是疯癫的，我不会疯到否认这点。*②

对此我不会予以否认，就让这疯子从芸芸众生中消失吧。不过值得安慰的是，我有更多同道，其中还不乏颇具声望之士。而且我虽不如自己所期望的那样神志健全，审慎明理，但也并非如你们所想的那样疯疯癫癫，糟糕透顶。

总而言之，我们得承认整个世界都是忧郁的，或曰疯狂的，糊里糊涂的，亦且人人如此，概莫能外。至此我已完成了我的任务，把预先想要说明的都充分阐述清楚了。现在我已没什么要说的了。**德谟克利特希望他们都神志清醒！** 我只能盼着我自己和其他疯子都能碰上个名医，人人皆有一颗更健全的脑子。

虽然根据上面提到的那些理由，我还能名正言顺地继续谈论下去，指出糊涂昏聩的各种类别，好借此让世人认识其不完美之处，并设法弥补缺陷，但此刻我却怀有一个更为严肃的意图。为此我将省掉种种多余的离题话，不再多谈那些被误认为忧郁的东西，如比喻里的疯癫、轻微的发狂，或性情上的蠢、怒、醉、愚、呆、钝、闷、傲、自负、荒唐、野蛮、乖戾、固执、冒失、奢靡、冷淡、糊涂、板滞、绝望、浮躁……疯癫、狂暴、蠢笨，以及变态反常——此类人是任哪家新的收容所也收不住的，世间亦无药能救之。在下文中，我意欲透过忧郁的各部各类，来解剖忧郁这

---

① 拉伯雷（Rabelais, 1494—1553），法国作家，人文主义者，代表作为长篇小说《巨人传》，以粗野的幽默和尖刻的讽刺著称。
② 语出佩特罗尼乌斯。

种气性——因它实属一种性情，或曰惯病；且将从哲学、医学上，去阐明病因、症状及种种疗法，好使其得到更好的避免。由此也就得谈谈忧郁症的普遍性了，以期能有所助益。如墨丘瑞里斯[1]所论，在我们这时代，它可谓一种屡见不鲜之疾病。劳伦修斯[2]也说，于此苦难年代中，它真是层出不穷，鲜有人不会感到其所致的痛苦。持类似观点者还有伊利安·蒙塔图斯、梅兰希顿[3]诸人。而尤里亚·西泽·克劳迪[4]亦称它作其他病症之源，且在这疯狂之世里司空见惯到了千人中也难有一人能免受其害的地步。——尤其是那类源自脾脏和浮肋[5]的抑郁、忧愁之气[6]，当更为普遍。既然忧郁症是如此地痛苦不堪，泛滥成灾，那我就真不知除了开出医方以预防、医治这时时刻刻、反反复复折磨我们身心的流行病外，还有什么更为广大的事业可以值得我去操心的。

假如我先前所说的话中有过火之处，或对牧师而言显得（有人定会以此来驳斥我）太过古怪，太过轻浮，戏谑，刻薄得简直不像是牧师该说的。我便会斗胆效仿曾也身陷此境的伊拉斯谟，回道，说那话的不是我，而是德谟克利特。你得分清这人是自己在说话，还是借了他人之身份、披着假借的外衣和名姓在说话。你应明白一个模仿或扮演君王、哲人、官员、傻子的人，与真人之间是有差异的，亦应晓得古时的讽刺作家有过何等的自由——此亦为一部摘引他人所述而聚成的拼凑之作，故说话的并非我，而是那些为我所引之人。

若我偶尔说了过火的戏谑之言，

---

[1] 墨丘瑞里斯（Mercurialis），16至17世纪意大利医师、作家。
[2] 劳伦修斯（Laurentius），17世纪英国医师。
[3] 梅兰希顿（Melancthon，1497—1560），德国基督教新教神学家、教育家，起草《奥格斯堡信纲》（1530），阐明路德宗的立场，主张废除教士独身制，改弥撒为圣餐。
[4] 尤里亚·西泽·克劳迪（Julius Caesar Claudinus），16至17世纪意大利医师。
[5] 浮肋，解剖学名，指不与胸骨直接相连的下肋骨。
[6] 抑郁之气（splenetic wind）与忧愁之气（hypochondriacal wind），分别源自脾脏（spleen）和上腹部（hypochondires）的浮肋。

> 还请你恩准我这份特权。①

但莫慌啊，别误解了我。如果我有点忘乎所以，还望你原谅。而且恕我直言，为何会有人觉得受了冒犯，或要予以驳斥呢？

> 这自古便合法，且将来也可行，
> 仅言缺点，而不指名道姓。

我恨人之恶，而非人本身。如果有人因此而有所不快，或以为是在针对他，那还请他不要训斥或苛责说了这冒犯话的人——伊拉斯谟曾向多尔皮乌做过如下辩解，而假使容许我拿此拌嘴斗舌比附其高谈雄辩的话，则我亦是如此。不过就由着他跟自己生气吧，若能将我的话套用于己身，也就无意中表明了他自身即有这些罪过。如果他有罪亦且罪有应得的话，那就让他改过吧，任他是谁，也不得发怒。不肯悔过自新者实乃傻子一个。而如果他是清白的，这也就不关他的事了——哪能怪我口无遮拦，分明是他良心有愧，皱眉蹙眼全赖自己患有背痛。

> 正是有过之人才疑神疑鬼，
> 概论综评也往自己身上堆；
> 这愚蠢的人，他的良心哆嗦有愧。

我不否认我所说的话透着一点德谟克利特的味道，然在所谓的笑谈之中亦有至理可言。虽听来的确有些辛辣刻薄，但如他所言，味道重的调料才能刺激味蕾，食物里若不添点儿醋就算不上可口。尽情反对吧，随意挑剔吧。我将以德谟克利特之盾来抵御一切，而他的药也当能疗伤治病。任你攻击何处，又是几时袭来，此言既为德谟克利特所说，那么德谟克利特便会回应反驳。曾有位闲人于闲暇之时就农神节或酒神节写过一句话，即

---

① 语出贺拉斯。

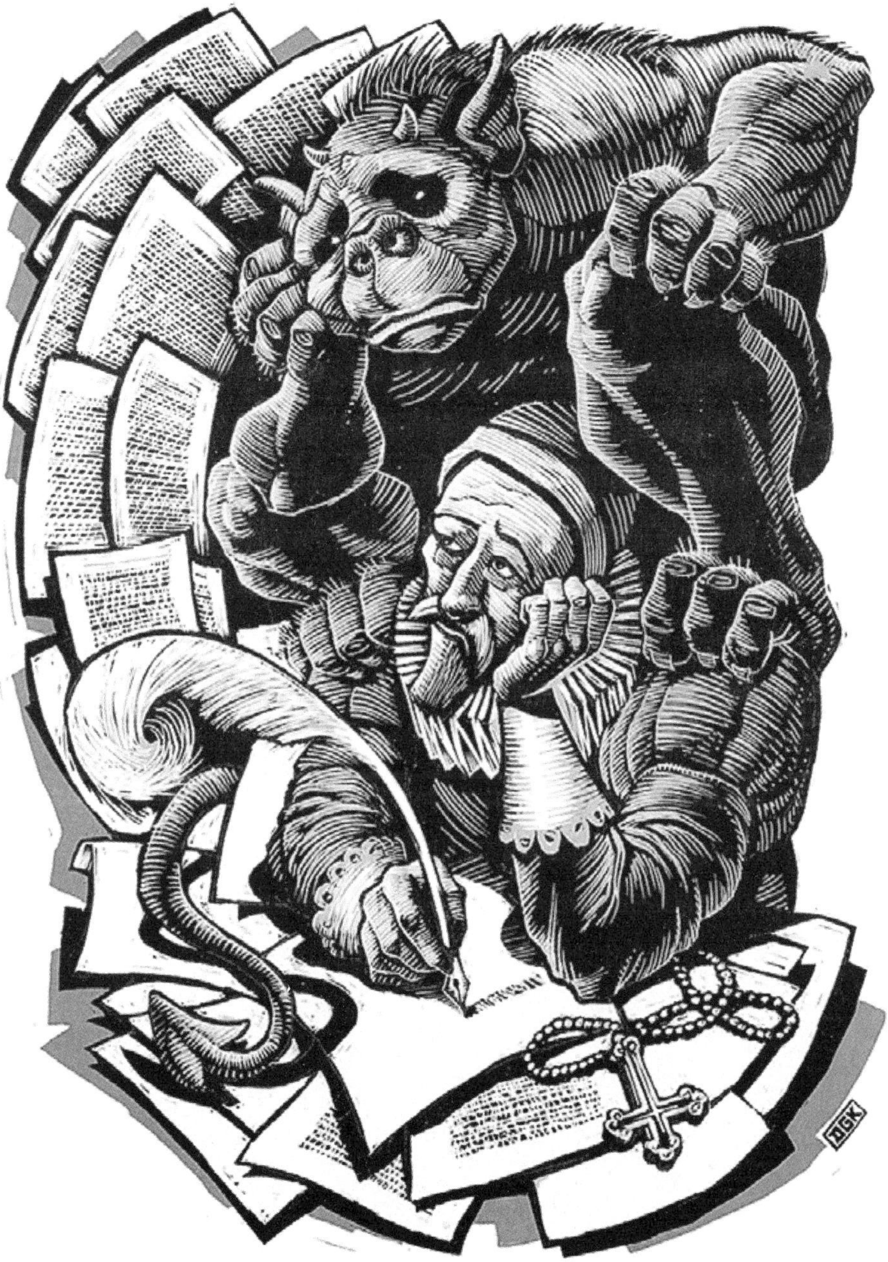

伯顿幽默像
当代插图画家大卫·克莱恩受《华尔街日报》之邀所作的刮板画插图。图中那只蹲坐在伯顿肩头上的愁眉苦脸的怪物，正是"忧郁"的化身。

"自由是无害的";古罗马的奴隶亦有按照己之意愿说话行事的自由。当我的同胞在向瓦库娜女神①献祭之时(围坐在为她生起的篝火边酒酣耳热),我则写下了此书,并随即付梓。故非独我一人肆意妄为,而是大家皆如此。我既已得天时、地利、人和,且各种情势亦偏向于我,那为何我就不能像他人那样肆意而为,大胆地放言呢?如果你想夺去我这份自由,那么凭着以上的种种理由,我便要说,我绝不放手——绝不放手。如果有人觉得谈及他的那些话过于尖锐了,那就让他这样去想吧。如果有人要抗议,便任他去拧战袍腰带上的搭扣吧②,我不在乎。我不欠你什么(读者诸君),也不想讨你欢心。我无牵无挂,何所惧怕。

噢不!我想食言,我要反悔。我担忧,我害怕。我坦白我的过错,亦承认我那滔天罪行,

> 还是先行平息滚滚波涛为好。③

我的确闹过了头,说起话来太傻气,太急躁,太鲁莽,太荒唐,反倒把自己的愚蠢剖露于众。此刻我顿觉如梦初醒,意识到刚才说了一堆胡话,发了一阵癫狂;上蹿下跳,里里外外,伤人无数;诋毁这个,冒犯那个,还令自己蒙羞。现在我既已恢复了神志,亦认识到了错误,我便要与奥兰多一道恸哭——宽恕我吧,请原谅(噢,善良的人们)那既往的过错,我会在下文中为你弥补,保证在接下来的文章里会让你见到更加有理有度的论述。

若我先前因软弱、愚蠢、冲动、不满、无知而说错了话,那就由它散去吧,莫再追究了。我以为塔西佗④所言非虚:那刻薄的讥讽蜇人以后会在肉里留下断刺。他者如一君子亦曾言,他人惧怕讽刺者的刻薄,讽刺者则唯恐

---

① 瓦库娜(Vacuna),象征乡野闲趣的女神。
② 可能是指摆出一副要挥拳相向的架势。
③ 语出维吉尔。
④ 塔西佗(Tacitus, 56A.D.—120),古罗马元老院议员,历史学家,曾任行政长官、执政官、亚细亚行省总督,主要著作有《历史》《编年史》,现仅存残篇。

他人怀恨在心。故我往最坏处揣测也不无道理；我虽愿未曾伤及他人，但仍要先借美狄亚之言来祈求原谅，

> 然在这收尾的话里我只愿，
> 冲动之中或盛怒之下冒出的言语，
> 会被人忘却，而理性健全的头脑，
> 也会为我们所有。但观后文吧。①

我诚心地求诸位息怒，一如斯卡利杰求卡丹那样，我将以他的话来作结：若你知我甚深，便不只会原谅我这些俏皮话，还会觉得生性至纯至善如我者，竟连最微不足道的质疑也要设法去消弭，实在是怪可怜见。而若你了解了我的谦逊单纯，你也会大度地原谅和宽恕文中那些不得体之处或为你所误解的地方。假使接下来在剖析忧郁这乖戾的气性时，我手一滑，像个生疏的学徒那样，切得太深划开了皮肉，无意间引起了剧痛，抑或切歪了，那么还请宽恕这只经验浅薄的手、这个技艺不精的持刀人。须知写文章要做到持论公允，调子相同而从不逾矩，实在是困难至极。不把文章写成讽刺之作谈何容易——既然有数不清的话题将使你分神，心里情绪的波动亦会带来干扰，就连大作家有时也会说错了话。想来优秀如荷马都有打盹的时候，那么于此浩繁卷帙中有所偏颇也就在所难免了；耕耘一部长篇大作，自然时不时地会有睡意袭来，怎能以大罪冠之。只是说这些又有何用？我只愿没有留下引人责难的口实，如若有，

> 那可别把这些往心里去，它们全都是虚构，②

假如有人要来驳斥，我便欲把说过的话统统否定掉（此乃我最后的退

---

① 语出塞内加。
② 语出普劳图斯。普劳图斯（Plautus, 254B. C.—184B. C.），古罗马喜剧作家，其剧本大多根据古希腊后期"新喜剧"改编而成，主要作品有《一罐金子》《驴子的喜剧》《吹牛军人》等。

路),将其全部收回,一一摈弃;他人是怎样指责我的,我就要怎样予以辩解。不过,我想诸位(宽容的读者)应是心怀善意,宽宏大度的吧。正是出于对这点的深信不疑,我将动刀。

致好恶意中伤的闲读者

不论你是谁,我警告你可别胡乱诽谤此书作者,或以打趣来找他的岔子。断不可——简言之,亦即不可因了别人的批评而暗自责备他,也不可学某些卑鄙的讽刺作家制造愚蠢的非难或错误的指责。因为,假如德谟克利特二世果真如他所称的那样,与其同名的前辈多少算得上是亲戚,或有那么一点他前辈的天资,那你可就完了。他会成了你的控告人和审判官(可说是暴脾气),会以嘲笑来消磨你,用妙言妙语来粉碎你,直到最后把你献祭给笑之神。

我还要劝告你,莫去诽谤,或中伤,或诋毁德谟克利特二世,他可能并未说你的坏话。免得到时你从某位审慎的朋友那里听来对他的评价,与阿夫季拉镇民从希波克拉底处得到的有关德谟克利特的评价一模一样——他们曾视这位鼎鼎有名的同乡为疯子:真的,是你,德谟克利特你才是聪明的,而阿夫季拉的镇民则是一群傻子,皆已疯掉了[①]。

你使自己染上了阿夫季拉人之魂。[②]

既已这样简要地告诫过你了,哦,好恶意中伤的闲读者,那就话别了吧。

---

① 霍尔布鲁克的英语译文翻译成中文却是,"一点也不错,你德谟克利特才是聪明之人啊,反倒是阿夫季拉的那些镇民,我们应以傻子和疯子视之。"另需说明的是,霍尔布鲁克版与该中译本所使用的全英文版在拉丁文英译上多有不尽相同之处,比如本节中的这句话以及下面的诗即为显例。
② 语出马提雅尔。

哭，赫拉克利特，为这不幸的世间，
你所见到的无不是卑劣与悲哀；
笑吧，德谟克利特，你这笑的圣贤，
你所见到的无不是虚荣与败坏。
就让一个在泪中作乐而一个在笑里，
此后各自还会遇到这样的情景。
既然人类如今已被掷入了疯癫，
便需要再添一千个哭的、笑的贤士；
且最好（这疯癫肆虐横行）全世界
都去到安提库拉，以嚏根草为食。

第二部分

忧郁的成因与症状

一

何谓忧郁

忧郁,乃我们眼下论述之主题,或存于性情中,或藏于习惯里。在性情中的,是那种转瞬即逝的忧郁。每一小次的忧伤、困顿、病痛、烦扰、恐惧、悲伤、激动以及心绪不宁,任何形式的忧虑、不满,或左思右想——能引起悲痛、沮丧、忧愁、苦恼等等,与快乐、高兴、欢喜、愉悦截然相反的情感——皆可使之昙花一现,从而让我们心生偏执或不快。我们往往错误而笼统地将那些沉闷、哀伤、抑郁、沮丧、难过、孤独、但凡因外缘而动心或不快活的人称作是忧郁的。然这种种忧郁之气性,芸芸众生皆难得免,就连无比智慧、无比快乐、无比坚忍、大度、虔诚、神圣的斯多葛派哲人亦无法逃脱;任他再怎么镇定,也会或多或少、时不时地感到忧郁的痛楚。忧郁若由此观之则实乃凡人之特性。人为女人所生,时日短少,多有患难。芝诺、加图饱受忧郁之苦,苏格拉底虽有伊利安大赞其性子平和——不为诸事所扰,一切出出进进不留于心,无论遇了何种风浪,也始终气定神闲——然若其门生柏拉图之言足可信赖的话,则他竟也深受忧郁之折磨。梅特卢①乃瓦勒里②所标举的幸福之典范,可谓其时最幸运之人:生在繁华无比的罗马

---

① 梅特卢(Q. Metellus, 98B. C.—46B. C.),古罗马执政官。
② 瓦勒里(Valerius),约公元1世纪罗马修辞学家。

城，血统高贵，仪表堂堂，才学兼优，健康，富足，尊贵，身任议员、执政官，妻贤而子孝……但即便是他，也少不了忧郁，亦有其忧愁伤悲。萨摩斯的波利克拉特①曾欲一尝世人不满之滋味，故将其宝戒扔进了大海，怎知不久后宝戒却失而复得，神奇地出现在他所钓上来的鱼中。不过，这般幸运的他也是同样难逃忧郁之情的。

世人皆无可救药，即便那天神在各家诗人笔下亦有苦痛和频频发作的情绪。大体说来，人生如天空，时而风和日煦，时而乌云密布，时而暴风骤雨，时而静谧安宁；人生也如玫瑰，有花亦有刺；人生还如一年四季，有仲夏，有严冬，有干旱，也有喜雨；人生交织着喜悦、希望、恐惧、悲伤、诽谤。欢乐与痛苦串联相接，周而复始。

> 从这欢乐之泉里亦会涌出苦水，
> 虽有群花围绕，也能把快乐屠戮。②

笑中亦透着悲伤（所罗门如是认为）。奥古斯丁在其第四十一首赞美诗之评述中称，哪怕在种种的玩乐和欢愉中，也有悲伤和不满。于那享乐的当口，总会有烦恼来折磨我们。在一品脱的蜂蜜中可能有一加仑的胆汁，一打兰③的快乐中有一磅的痛苦，一英寸的欢笑中有一厄尔④的呜咽。恰如常春藤缠绕橡树，这种种的苦恼包裹了我们的一生；凡人想在此生中寻得永恒之幸福，真是荒唐可笑至极。世间一切顺心适意、欢欣快慰之事，无不含了点儿痛苦、怨尤和不满在里面——总是有苦有甜，悲喜交加，就好比花格棋盘，上面有黑白棋格；而家族、城镇，也都有荣有衰，此刻吉星高照，转

---

① 波利克拉特（Polycrates Samius, 538B. C.—522B. C.），爱琴海萨摩斯岛的僭主。由于他好运不断，埃及王便建议他把自己最珍贵的东西扔掉，以防好运逆转成厄运。波利克拉特于是把自己的宝戒丢入大海。但即便是这样，宝戒最后仍旧回到了他的手里。这说明，他真是幸运到想要不幸都没有办法的地步。
② 语出塞内加。
③ 打兰，英制重量单位。
④ 厄尔，英国旧时量布的长度单位。

眼就背运倒霉。我们于此世间，不比那天使、日月之类的天神或天体，可以顺畅无碍、稳定恒常地把轨道走完，竟至持续数世数代。相反，我们易受疾病、痛苦之扰，会因了每次微小的冲击而打乱运行，颠来簸去，倒横直竖，晕头转向；遇上点儿芝麻小事就往往要心烦意乱，忐忑不安了，真是无常，脆弱啊，而为我们所深信的一切亦是如此。有人若不明此理，未披坚执锐以应之，那他就不宜存活于世（某君如此哀悼这个时代）；他便还未看清这世间的情状——一条纽带将快乐与痛苦永久地连在了一起，两者交替往复于循环之中。故你若不堪忍受的话，那还是赶紧离去吧，一旦身处其中可就无法逃遁了。你便只能以坚忍、以浩然之气来武装自己，并迎头痛击，学那基督的精兵去受苦受难，遵循保罗的忠告，不断地忍受之。然世间能采纳或巧用其言者却为数寥寥。世人反倒如一群野兽，总为其情绪所牵引，甘愿把自己掷入由忧愁、悲伤、痛苦所织就的迷宫里，并任由灵魂惨遭击溃——虽本该拿坚忍作甲胄以抗之，故往往闹到最后那些性情竟成了习惯，许多未曾留心的情绪（如塞内加所言）也滋长成了痼疾。这就好比黏膜炎，虽为小病，未成习时，只引人咳嗽，但若长此以往，根深蒂固，那就将引起肺痨了。种种忧郁之影响亦是如此。并且，人受其影响之程度各不相同——视忧郁这体液在人体内的多寡，以及个人脾性或理性灵魂之抵御力的强弱而定。对某人而言不过微如跳蚤叮咬的疼痛，却会带给另一人难以忍受的折磨。有人凭其沉着冷静、镇定自若便可轻松克服之事，另一人却不能承受丝毫，且还会小题大做，碰上点儿歪曲的毁谤、伤害、不幸、羞辱、损失、烦恼、流言之类，就要大闹情绪（若此人孤零或闲散的话），竟至体液失调，食而不化，夜不成寐，精神委顿，心头沉闷，腹中郁气紊乱。而胃肠胀气、消化不良，也会冷不防地缠上他。他就这样被忧郁给制服了。恰如一个因欠债被抓的人，一旦收监，其他债主便都会跟着跑来起诉他，使他出不了狱；患病之人一旦心生不满，转眼间种种其他情绪也会前来侵扰他（因为大门既开，就要一拥而入），久而久之他便会像只跛腿狗或断翅鹅那般，日益沮丧，渐趋憔悴，以致最后忧郁成习，乃至忧郁成疾。哲学家把热与冷分作 8 个阶度，我们也可照此将忧郁分成 88 个阶度。因为身体受影响的部分感染忧郁的情况互异，也可以说，在这口地狱之渊里落坠的高低有别，亦即涉入忧郁的深浅不一。然凡此种种忧郁之症，对于为其所扰者，无论起先怎样一时地使之或喜或悲，又显得如何地凶猛残暴，在我看来，若以忧郁来论这些病症或染病之人则实属不妥。因为这些症状持续不久，来得快去得也快，会随了对象物而变动不居。我们真正需要对治的，乃一种习惯、一种重病、一种慢性的或持续的疾病、一类根深蒂固的体液——如奥雷连[①]诸人所称，其性固定，非属游移。既然此症是经年累月所积，现已养成习惯（或快乐，或痛苦），那么它便很难得到根除。

---

① 奥雷连（Aurelianus），公元 5 世纪努米底亚医学家，以弗所之所拉努斯医学著作的编译者。

二

忧郁的成因

1. 过度锻炼，孤独、懒散

  凡事再好，也经不得滥用。锻炼，若适度用之，可谓强身健体之不二良方；而若用非其时，无度滥用，则至为糟糕。费尔内琉[①]引盖仑为据，说道，过多的锻炼和疲乏会损耗精气、真元，致人身体冰冷；而本该依自然之律消化排解的体液，亦会被锻炼搅动起来，变得汹涌澎湃，浩浩汤汤，以各种方式来影响和扰乱人之身心。同理，锻炼若用非其时，如在胃胀之际，或体内堆满未消化之食物的时候，也是有害无益。弗克休[②]便对之大加挞伐，认为德国男学童频长疥疮之缘由即在此——因其餐后立刻展开锻炼之故。拜耳[③]则以一条告诫来反对如此的锻炼，因它会腐化胃中食物，并把未经消化的生汁液带入血管里（莱蒙琉[④]语），从而腐蚀、搅乱知觉之气[⑤]。克雷托[⑥]亦反对种种在餐后进行的锻炼，将之视为食物消化之大敌、体液腐坏之成因——会

[①] 费尔内琉（Fernelius），16世纪法国医师，盖仑的信徒。
[②] 弗克休（Fuchsius），16世纪德国医学家和植物学家，倒挂金钟属植物（fuchsia）以之命名。
[③] 拜耳（Bayerus），16世纪意大利医师，著有传染病、治疗身体疾病方面的医书。
[④] 列维努·莱蒙琉（Levinus Lemnius,1505—1568），16世纪荷兰医学家和神学家。
[⑤] 精气（spirits）共分三类。知觉之气（animal spirits）位于大脑，主要功用在于调节认知、感知活动以及神经系统。生命之气（vital spirits）位于心脏，并由此处散布至全身，主要功用在于调节维系生命的各项功能。生长之气（natural spirits）位于肝脏，主要功用在于调节营养吸收及生长过程。
[⑥] 克雷托（Crato），16世纪德国医学家。

导致忧郁症以及许多其他的疾病。故也难怪萨拉斯修·萨尔维安努[①]以及里奥纳图·贾奇努[②]、墨丘瑞里斯、阿库兰努[③]等人会把非适度的锻炼看作忧郁症的一种至烈的成因。

与锻炼相对的是懒散（贵族之标识），或曰缺乏锻炼。懒散可谓腐蚀身心的毒药、滋养叛逆的奶妈、苛待纪律的后母、怂恿作恶的主使、七大罪的一宗、此病与许多其他疾病的唯一病根，或古阿尔特所称的魔鬼的温床、枕头、主要休憩之所。克雷托曾言，因大脑从不停歇，总要东想西想，若不为正事占据，其所思便会自行涌入忧郁之中。正如过度过猛之锻炼会造成伤害，反之，懒散的生活亦然——会令体内布满了黏液、淤积的体液，以及各种阻塞物，如稀黏液、黏膜炎液，等等。拉齐将懒散视作忧郁症的最大成因，说道，据我所见，往往懒散生忧郁之体液最盛。蒙塔图斯亦以自身经验支持他，懒散之人要远比致力或投身于事务或营生的人更易患上忧郁。普鲁塔克视懒散作心灵疾患的唯一成因，说道，有人精神紊乱，纯系懒散所致。荷马则拉来阿喀琉斯做例子，称他在闲散中心如刀绞只因无仗可打。面对某一忧郁的青年，墨丘瑞里斯亦坚称此乃一大病因——他为何忧郁？其因在闲。懒散生忧郁之迅疾，增添、延续忧郁之频繁，实无出其右者。是以忧郁成了懒人的通病，之于慵懒闲散之辈犹如附骨之疽——他们生活安逸，喜静恶动，不务正业或游手好闲，其必行之事亦寥寥无几；然事虽不多，他们却无比地怠惰，散漫，一副什么也不肯做的样子；其不堪工作之苦，竟到了连穿衣、写信等等简单必要之事也懒得动手的地步；这就好比冻麻了坐着直打颤的人，本来稍稍动一动、挪一挪就可消冷祛寒，他们却要叫苦连连，不愿用此简单易行之法来救助自己，故也难怪会长受忧郁之折磨而久不得解脱。至于那些先前忙于营生或

[①] 萨拉斯修·萨尔维安努（Sallustius Salvianus），16世纪罗马的意大利医师。
[②] 里奥纳图·贾奇努（Leonartus Jacchinus），拉齐《曼苏尔医书》第九章评注的作者。
[③] 阿库兰努（Arculanus），15世纪意大利医学家，著有关于拉齐《曼苏尔医书》第九章的阐述。

广于结交，之后却突然过上困于一隅之生活的人，则就更是如此了。忧郁症会折磨其灵魂，瞬息间便将其攫住。他们若能多少做点事、说点话，有工作、运动、消遣可干，或能待在意气相投的朋友堆里，也是会感到舒坦自在的；而一旦独处或闲散了下来，那他们转眼就会痛苦如初了。对其而言，一日乃至一小时的孤独所带来的痛苦能抵过从一周的锻炼、劳作与相聚中所得来的快乐。只要一孤单，忧郁随即就会缠上他们，由此而生之折磨甚巨，故智者塞内加有言，我宁可病倒也不愿闲下来。

懒有身懒与头懒之分。所谓身懒，无非一种麻木的怠惰、运动暂歇之状态。若费尔内琉所言不假，则食而未化之物、阻塞之物、废的体液皆因它而生。它会浇灭天然之体热，钝化精气，从而令人什么事也懒于去做。正如蕨之类的种种杂草生于未耕之地，淤积的体液亦现于懒散之躯。久居马厩从不驰骋的马、常住鹰棚不曾高飞的鹰，均易患病；唯有任其自由驰骋翱翔，方能免受此等烦扰。懒狗尚且要生疥癣，懒人怎可妄想逃脱？而心智之懒，其害处又远胜身体之惰；天赐我智慧，竟弃之不用，此乃人格染疾，灵魂生锈，乃至瘟疫附身，罪孽深重是也，或如盖仑所称，实为灵魂的累卵之危。正如止水之中易滋生蠕虫和污秽的爬虫（水会自行腐坏，空气亦然——若无风来不断地激荡之），懒人的脑袋里也易孕育邪恶堕落之思，其灵魂便会因此而受污。一个毫无外患的共和国亦可能爆发内战，令国人同胞自相残杀起来；而身体若陷入懒散，忘记了其用处所在，也会以忧虑、悲伤、无端的恐惧、不满、猜忌来折磨和搅扰自己——无时无刻不在摧残、猎食自己的肚肠。故我敢断言，只要一个人是懒散的，那么不管其境况如何，哪怕再怎么家财万贯，联络有亲，幸运，美满，抑或能心想事成，应有尽有，无缺无憾，一旦懒散，便会永不得快乐，永不得身心之安康，反还将疲惫不休，病痛不休，苦恼不休，烦厌不休，始终哭泣，叹息，悲伤，猜忌，甚而感到这世界以及万事万物都跟自己过不去，希望可以早日离世或死掉，若不然就选择忘形于哪种愚蠢的幻想之中。而此亦为许多城里、乡下的达官贵人、绅士淑女会饱受忧郁之苦的真正原因——由于懒散乃贵族之附属物，故他们视工作为耻辱，整日沉溺于游戏、娱乐和消遣之中，不愿吃苦，无所事事；他们敞开肚子吃喝，养尊处优，缺乏锻炼、活动、工作（哎，他们或许干不下活），一味地随心所欲，以致体内充满了淤积的体液、胀气和残食，大脑也变得烦乱，呆滞，沉闷……什么忧虑啦、妒忌啦、对某些疾病的惧怕以及愠怒、抽泣亦会唇不离腮地缠上他们。试问恐惧和幻想在懒散之躯里有何事不敢为？又有何乱不敢添？以色列的子孙在埃及为奴期间曾低声抱怨法老，法老闻之便命下官使其工作翻倍，不光让他们亲手采集麦秆，还要如数捏制完所有砖块——因为犹太人肆意造反、闲中生恶的唯一原因即在于懒散。而假若你无论行至何处皆能耳闻目见成千上万的不满之人，数之不尽的各类委屈以及无端之抱怨、恐惧、猜忌的话，那么予以纠正的最佳法子也无外乎让他们去干活，好多用一用脑子。因为归根结底，他们还是太懒散了。诚然，他们亦可搭建一会儿空中楼阁，靠那奇异又愉快的幻想来安抚自己，但他们到头来还是会感到胆汁般的苦楚，哎，且仍旧要不满，疑虑，恐惧，妒忌，悲伤，自忧自扰。只要他们是懒散的，便无法使之快乐起来。这正如奥略·葛琉斯所观察到的：闲得不知如何打发时间的人，较之全心全意埋首营生者，总会有更多的烦心事、忧虑、伤感、精神的痛苦。一个懒人（他接着说道），不会知道他何时是好、该有些什么或应到哪里去。他烦万事，嫌一切，厌倦其人生；在家在外均感不快，东游西荡，活得郁郁寡欢。总而言之，对于懒惰与闲散有何种坏的影响，以我之所见，表述得最恰到好处的当莫过于喜剧诗人[①]笔下菲洛拉克之诗句了。鉴于其文精准考究，我将部分地添写进来（意译如下）：一个年轻人就像是栋漂亮的新房子，木匠本把它盖得好好的，悉心整修，用料也结实。但一个糟糕的房客却任由雨水渗入，不予修缮，终致其坍塌腐朽……父母、导师、

---

① 指普劳图斯。

朋友于我们年轻之时不遗余力地施与我们各种品行的教育，但待我们自立以后，懒散却如暴风雨把所有的道德意向从我们脑中一扫而空。顷刻间，我们因了懒惰之类坏的德行，变得一无是处。

与懒散亲如兄妹又相伴相随的成因乃过度之孤独。据各医家所证，它既属成因也属症状。不过此处只谈成因，如此便可将之分作两类：一曰强迫的、强制的孤独，一曰自发的孤独。强制的孤独通常见于学人、僧侣、修士、隐者之中，此类人因要依循特殊的戒律和生活方式而不得不断绝与他人的一切往来、社交，迫使自己孤守一室。贝尔与霍斯皮年恰切地将之称为过分懒散所致的离群独处。比如眼下的加尔都西会修士，他们就依其戒律而不食荤腥，永守静笃，从不外出；又比如身陷囹圄或荒郊野外之人，他们则根本寻不着同伴。而许多住在偏僻宅子里的乡绅亦是如此：他们要么孤身一人，要么入不敷出，成天大宴宾客，如不然便只好同奴仆或庄稼汉这些低等、卑下又脾性迥异之辈交往，抑或是学有些人那样去排遣孤独——到那小酒店和酒馆里同流氓泼皮厮混，从而令自己沉迷于种种非法的娱乐或放荡的门道之中。此外，还有许多被抛到了孤独之岩上的人，其情状各不相同，他们或因阮囊羞涩，或因饱受身残体缺、丢脸出丑之苦，或因害羞、不通世故、单纯无知，才无法主动与人结交。对可怜虫而言哪还有什么会比荒郊僻壤更为珍贵的呢——在那里可没有人来揭其苦楚。强制的孤独在下一类人中发作和生效最快。他们或许原先在种种正当的消遣之中，在好友之间，又或在某一大家庭、人口稠密之城里快活惯了，但却突然地被困在了一座偏远的乡间农舍里，从此自由受了约束，日常来往也遭了阻绝。孤独之于此类人便是非常烦心的，至为乏味的，故也就化作了其大忧大扰突然袭来之成因。

而自发的孤独则堪称忧郁的老熟人，它有如塞壬[①]、鞋拔子或斯芬克司[②]，

[①] 塞壬（Siren），半人半鸟的女海妖，以美妙歌声诱惑过往海员，使驶近的船只触礁沉没。
[②] 斯芬克司（Sphinx），带翼的狮身女怪，传说常叫过路人猜谜，猜不出者即遭杀害。

能缓缓地将人引入忧郁那去而无返的深渊。——一个主要的成因，皮索①如是称之。以下种种对身负忧郁之人而言真是安逸无比啊，如整日躺床上，寸步不离厢房，独步于幽僻的植丛中、绿树清水间、溪流两畔，或痴想各类高兴快乐之事——这影响他们至深，可谓一种愉快的疯癫、悦人的幻想。而他们最大的乐子也就是像这样去忧郁，去搭建空中楼阁，暗自痴笑，扮演各种各样自己假想、痴想的或曾见人扮过、当过的角色。据莱蒙琉所言，有时去构想和沉思此类快乐之事起先的确可以可让人心醉神迷；拉齐进而言道，不止有时，乃至现在、过去或将来皆是如此。诚然，这些玩意儿起初是那么地惹人高兴，能让人整日整夜不睡地、甚至整整数年全身心地沉浸在深思奇想当中，就如同在睡梦里一般，不愿被拉离其间，亦不愿好梦忽遭打断。只不过他们那飘渺的幻想却是如此地舒心惬意，竟致其将日常工作和必要事务都抛诸脑后，再无暇去操持，或近乎无心于任何的学问和营生了。这类古怪且惑人的幻想就是那样隐秘、深切、急迫、无休止地缠上了他们，爬进、潜入了其体内，占据、征服，搅扰并困锁之。故他们无法，哎，干正事儿，或逃遁开来，或抽身而出，只得不住地沉思，抑郁和放任自流，如同（据其所言）夜里被恶魔牵着在荒野上游荡的人一般，于那布满了担心和挂虑的忧郁之思的迷宫里一个劲儿地奔跑，无法自制，不愿自制，亦不能轻易逃脱——好比一只只的钟表，紧上发条又松掉发条，他们始终在迎合那些奇思异想，直至最终梦境因遇险恶之事而于刹那间颠转。然他们如今却早已习惯了空想和独处，故而容不得旁人，且其所回味咀嚼的除了粗鄙的和倒胃口的事外也别无他物。恐惧、悲伤、疑忌、丑角般的害羞、不满、担忧以及厌世感忽地杀了他们个措手不及，使之再也想不了别的什么，只是一味地疑神疑鬼。他们的眼睛刚一睁开，忧郁这穷凶极恶的瘟疫就攫住了他们，吓散了他们的魂儿，并在其脑中上演可怕的幻象，至此不论依靠何种办法、何种努力、何种

---

① 皮索（Piso），医学家。

劝告，都无法使他们得以逃脱了。这致命的箭已扎在其侧肋上，他们无法将之拔除，亦无力抵抗得了。

不过，我也不否认世间还存在着某类有益的沉思、思索，以及可取的孤独——教父们对之大赞不已，如圣哲罗姆、克里索斯托①、西普里安、圣奥古斯丁就皆以专文论之，而彼得拉克②、伊拉斯谟、斯特拉等人亦在各自书中有过称颂。此种境界享有乐园、人间天堂之美誉，若能善加利用，则不独益于身体，更益于灵魂。比如许多老僧侣即用此以助神圣之冥想；也有哈德良③朝之廷臣西穆卢斯以及戴克里先④皇帝的退隐归田……其用意实无异于维提亚⑤的遁世幽居——从前罗马人若欲赞美乡野生活便往往会援引此例；此外还有借此以增进学问者，他们或如德谟克利特、克利安西斯⑥等名哲那样把自己同纷扰的尘世隔绝开来，或效仿普林尼居洛朗丹庄园、西塞罗住图斯库卢姆、约维斯流连书房，以便更好地侍奉上帝和追求其学问。故依我之见，那些狂热过头的革新者大肆地摧毁修道院和教堂，不分青红皂白地推倒一切，并不十分明智。他们革除横行教会里的弊病，纠正这里边的陋习，本无可厚非，但也无需将怒气发泄到那些精美的建筑上——这可是用来礼拜上帝的啊，乃我们先辈虔心侍奉主的永恒写照。其实他们大可对有的修道院和修道院学校手下留情，将其岁入另作他用，譬如至少在每座虔诚的镇子或城市里或这或那地建一处静修之所，好让各类不愿或不宜结婚的男女，一心想为

---

① 克里索斯托（Chrysostom, 347？—407），希腊教父、君士坦丁堡牧首，擅长辞令，有"金口"之誉，因急于改革而触犯豪富权门，被禁闭，死于流放途中。
② 彼得拉克（Petrarch, 1304—1374），意大利诗人、学者、欧洲人文主义运动主要代表，著有爱情诗《抒情诗集》及描述第二次布匿战争的史诗《非洲》等。
③ 哈德良（Adrian, 76A. D.—138），罗马皇帝，对外采取慎守边境政策，对内加强集权统治，数次巡行帝国各地，在不列颠境内筑"哈德良长城"，镇压犹太人暴动，编纂罗马法典。
④ 戴克里先（Diocletian, 245—313），罗马皇帝，由禁卫军部署拥戴登基，开创四帝分治局面，迫害基督徒。
⑤ 维提亚（Vatia）古罗马执政官、巨富，晚年住乡间宅邸，悠闲度日。据塞内加说，他因过得清闲而被认作幸运儿，人们都感叹，"噢，维提亚！只有你才懂得生活之真谛。"
⑥ 克利安西斯（Cleanthes, 331—232B. C.）希腊斯多葛派哲学家，提出唯物主义的泛神论，认为宇宙和上帝是同一的。

俗务操劳却寻不着用武之地的人住进来，使之避开尘世的纷纷扰扰，离群索居，以获自在之生活、优良之教育、合辙之同道，进而去追随其学问，啊，臻那文艺与科学的完境，求天下之共益，或像旧时某些笃诚的修道士那样自由虔心地敬奉上帝。而我作如此建议的原因便在于这些人既非孤僻亦非闲散。比如，伊索笔下有位诗人遇某农嫌他闲散，便回道，与此农共处才是世间最闲散无益之事；而塔利笔下的西庇阿·阿夫里坎则是孤身一人之时最不孤寂，无比闲散之刻最为忙碌。柏拉图在其论爱情的那篇对话（乃一篇赞美苏格拉底的颂词）里曾写道，有一次，苏格拉底突然陷入沉思之中，立在原地冥想不休，从朝至午，思犹未尽，后又续至傍晚；士兵（当时他正随军出征）见此无不啧啧称奇，于是特意彻夜观察，然苏格拉底始终纹丝不动，待次日朝阳升起，迎了旭日，方始离去。我不知苏格拉底此行此举是出于何种萦绕难消之思，或是受到了怎样的影响，但如此这般对他人而言却是要命的。我亦无法轻易猜透是什么样的复杂事务会如此地令他费神，然此乃一种虚极之空无，之于前文中的孤独者可谓百害无益。据塞内加所言，孤独会引人陷入成千上万种的罪恶之中。而上述那种孤独则必将毁了我们，它堪称毁灭性的孤独。受此之害者便为孤独之恶魔，正所谓孤独者非圣即魔，其头脑要么蠢钝，要么恶毒；若如此观之，则这样的孤独者可就要受难了。这群可怜虫啊，往往从人这群居的生物堕落为野兽、怪物，变得没有人样，面目可憎，成了厌世者。他们甚至也厌恶自己，恨与他人为伴，个个有如提蒙[①]、尼布甲尼撒[②]一般。凡此种种皆是因其过度沉湎于安逸的胡思乱想以及放任自流所致。故而把墨丘瑞里斯有时对忧郁症患者的劝诫用在各类孤独懒散之人身上也是尤为适用的：大自然抱怨得没错，尽管她给了你健康良好的气

[①] 提蒙（Timon，320B.C.—230B.C.）古希腊哲学家和文学家，怀疑论者，作有散文、叙事诗、悲剧等，仅有残篇传世。
[②] 尼布甲尼撒二世（Nebuchadnezzar Ⅱ，630？B.C.—562B.C.），巴比伦国王，侵占叙利亚和巴勒斯坦，攻占并焚毁耶路撒冷，将大批犹太人掳到巴比伦，在位时兴建了巴比伦塔和空中花园。

性、强壮的身体，上帝亦赐予了你神圣卓绝之灵魂、无数优异的资质和天赋异禀，然你却非但不领情，统统拒绝之，还要糟蹋它们，玷污它们，颠覆其性状，并用放纵、懒散、孤独之类来破坏这种种的恩赐。你乃上帝和大自然的叛徒、自己与全世界的敌人。你存心迷失自我，抛弃自我，你的苦难是你一手造成的，谁叫你抵不住那些虚无的幻想，向其屈服让步。

2. 谈幻想之力

何为幻想，我已在"闲话灵魂的解剖"一节中言之颇详。此刻我仅将着眼于它那神奇的影响和效力。幻想，既然显见于世人之中，对于罹患忧郁的人，便会至为炽盛——它能使种种思虑之对象在脑中长存，又借持续而强烈的沉思冥想误解、夸大之，直至最终对有的人造成真切的影响，从而诱发此病及许多其他的疾病。虽幻想乃一种隶属于理智的官能，本应为其所支配，但在许多人那里却因或内或外的失调、器官的毛病——或迟钝，或阻塞，或感染——而使理智也跟着变得迟钝，受到了阻碍和损伤。对于这点我们可在睡梦者那里得到印证：由于体液和汇集的郁气搅扰了幻想，故他们会频繁地梦到荒唐惊异之事。此外也可证之于那些为梦魇（即俗称的妖婆压床）所苦的人：若他们仰面躺卧，便会以为有一老妇骑坐身上，紧紧压逼，使之几近憋闷而窒息——虽则事实上并不存在什么凶恶之物，只是不良的体液相汇聚以致幻想错乱罢了。这同样也显见于那些在夜里梦游并做出怪异举动的人：种种的郁气引发了幻想，幻想挑动了欲念，而欲念又因牵动知觉之精气致使身体漫游徘徊，其人如在清醒之时。弗拉卡斯托罗就把各种形式的出神都归咎于了这幻想之力，如整日昏迷不起之类。塞尔苏斯^①也提到过某位神父，说他能任意地将自己同感知剥离开来，仿佛死人那样躺着，毫无生气，了无知觉。卡丹亦曾自夸他善于此道，且能随心所欲而为之。通常这类人在回过神来以后，多会讲些在天堂和地狱所历的奇事、所见的奇景，如在马修·帕里斯^②笔下游历过圣巴特里克^③之炼狱的圣欧文以及出自同一作家之手的伊夫舍姆的僧侣。而载于比得^④与格列高利^⑤书中以及圣布里吉特之神启、魏尔斯^⑥之著作、西泽·瓦尼努^⑦之对话里的那些普遍的异幻，连同各种有关女巫巡游、跳神、骑坐、变形、施术之类的传说，归根结底（如我先前所言）也皆是由幻想之力或称恶魔的幻象所造成。且其对清醒之人的影响亦与此相差无几：他们给自己凭空造出了多少古怪的石像、奇异的雕塑、金色的山峦和飘渺的城堡啊！我只得去向画家、机械师、数学家请教了。

有人把种种的恶，如愤怒、报复心、欲望、野心、贪婪，统统都归咎于一类虚妄又堕落的幻想，说它恋慕虚假胜过正确与正当，靠了幻象和假想把灵魂蒙骗。伯纳德·佩诺图^⑧即认为邪说和迷信便发端于此；所谓异想生异信，想的是什么，就必须是什么，理应是什么，哪怕与世界违忤，也要如此。不过，它于情绪和情感之中作乱尤甚，由此所生之影响最是奇特显明：试问一个满心恐惧的人在黑暗里会有什么是想象不出来的？又有何种稀奇古

---

① 塞尔苏斯（Celsus），公元1世纪罗马百科全书编纂者，其中仅有《医学》篇存世，被公认为优秀的医学经典文献。
② 马修·帕里斯（Mattew Paris，1200？—1259），英国本笃会修士、编年史家，所著《大编年史》为了解1235—1259年间欧洲大事提供了重要资料。
③ 圣巴特里克（St. Patrick，389？—461），在爱尔兰建立基督教会的英国传教士，爱尔兰主保圣人，著有记述其传教经历的《信仰声明》，3月17日为圣巴特里克节。
④ 比得（Bede，672—735），盎格鲁-撒克逊神学家、历史学家，对神学、哲学、历史、自然科学都有相当研究，主要著作为《英格兰人教会史》。
⑤ （图尔的）格列高利（Gregory，540—594），基督教图尔城主教、历史学家，修复图尔的圣马丁大教堂，著有10卷《法兰克人史》，为有关公元5至6世纪法兰克王国政治、社会、宗教、历史的主要史料。
⑥ 魏尔斯（Wierus），约16世纪佛兰德斯医师和魔鬼学家。
⑦ 西泽·瓦尼努（Caesar Vaninus），约17世纪自由思想家。
⑧ 伯纳德·佩诺图（Bernardinus Penottus），约16至17世纪法国炼金术师。

怪的怪物、恶魔、女巫、妖精是其所想象不到的？拉瓦特[①]便将导致幻象以及类似的鬼怪幽幻的首要原因归于了恐惧——较之其他情绪，其所生幻想最烈（魏尔斯语），然爱、悲、喜等诸种情绪也皆能致幻。有些人甚至还会因此而猝死，如那位撞见了从坎尼战役[②]归来的亡儿魂魄的妇人……至于雅各[③]族长，他则凭借幻想之力，在羊群前放上带花斑的树枝，使所有羊羔都长出了花斑。赫利奥多如斯[④]笔下的埃塞俄比亚女王波希娜，亦靠观赏珀尔修斯[⑤]和安德洛墨达[⑥]的画像，生出了个白胖胖的婴孩，而非黑黝黝的娃娃。此后，希腊还有一容貌粗陋的男子，也仿其道而行：由于他同其妻都患有畸形，故为了生出一群样儿好的子女，便把自己买得起的最漂亮的画都挂在了卧房里，好让妻子能经常地看到这些画，借此也怀上同样漂亮的孩子。然若贝尔所言不假的话，则圣尼古拉三世[⑦]的一位情妇竟是因见过一头熊而生出个怪物来。另据莱蒙琉语，如果女人在她怀胎之时想着另一个在或不在的男人，那么其子的样貌也将朝他。孕妇因思春而使孩子异相的例子不胜枚举，黑痣、肉疣、疤痕、兔唇、畸形，皆是她们那淫荡的幻想添给孩子的。可见母亲自己的幻想会印在孩子身上。因此，罗德维克·维夫斯才会专门告诫孕妇，让她们不要放任这类的胡思乱想，应竭力避开或闻或见的那些可怖之物象或淫秽之景。此外，有人在见到幻想向其所示的那类事物时，还会大笑，悲哭，叹息，呻吟，脸红，颤抖，冒汗。阿维森纳也说有人能任意地将自己掷入麻痹之状态，有人则能把兽言鸟语模仿得惟妙惟肖。而

---

① 拉瓦特（Lavater），约16世纪精神现象研究者，著有关于幻象的书。
② 坎尼战役（Cannae），公元前216年第二次布匿战争期间，在意大利东南部阿普利亚区古代村庄坎尼附近进行的一次大会战。
③ 参看《圣经·创世纪》中相关故事。
④ 赫利奥多如斯（Heliodorus），约公元3世纪希腊语作家，著有《埃塞俄比亚故事集》。
⑤ 珀尔修斯（Perseus），宙斯之子，杀死怪物美杜莎并从海怪手中救出安德洛墨达。
⑥ 安德洛墨达（Andromeda），埃塞俄比亚公主，其母夸其貌美而得罪海怪，致使全国遭扰，本人为救国民毅然献身，被锁囚于大石之旁，后为珀尔修斯救出并娶之为妻。
⑦ 圣尼古拉三世（Pope Nicholas the Third, 1225？—1280），意大利籍教皇，对教皇国施行行政改革，奉行遏止西西里国王查理一世的政策，结束哈布斯堡王朝、安茹王朝争夺西西里的斗争。

达戈贝尔特与圣弗朗西斯的伤痕伤口,在阿格里帕看来,也实与基督身上的那些无甚差别(假若真有一点伤的话),均是由幻想之力所造成。至于人变狼,男变女,女又变男(常有人信),抑或人变成驴、犬等等形态,亦是概莫能外,同样源于此类幻想的作祟——魏尔斯便把种种著名的变形事件皆归因于了幻想。据说,患有恐水症的人会在水中见到狗的影像,而忧郁症患者和病恹恹的人则会独自在脑中构筑无数奇异的幻觉、幻影,生出无比荒诞的假想,竟至以为自己是国王、君主、公鸡、野熊、猿猴、夜枭,或觉得自己沉甸甸,轻飘飘,透明,硕大,渺小,无知无觉,又了无生气(将在症状一节中做更详尽的展示),然凡此种种也无外乎是由一种堕落、错误又剧烈的幻想造成的。

幻想并非仅仅作用于病弱和忧郁之人,有时在康健者体内也影响至烈。它会使他们骤然病倒,于瞬息间改变其气性。但有时一股强劲的幻想或信念,如瓦勒修①所证实的,却又能驱疾祛病。而不论致病还是祛病,那幻想啊,皆能生出切实的影响。比方说,人们若见了他人因某类可怖的疾病而颤抖,晕眩或恶心,通常便会对这病担忧惧怕至极,乃至到头来也患上了同样的病;又比方说,人们若通过某位占卜师、术士、算命先生、医生而得知了自己将患某病,也往往会随即就当真地害怕起来,转眼便要为之而痛苦不已了——这在中国实乃司空见惯之事(耶稣会会士利玛窦②语):中国人若被告知将于某日得病,当那日到来之时,他们就必定会得病,且将受到极可怕的折磨,甚至有时还会随即死掉。科塔③医生在其《无知的行医人之大观》里亦举过两则与此相关的趣闻,从中可一窥幻想到底有着哪番能耐。其中一个说的是,1607年,北安普敦郡有一牧

---

① 瓦勒修(Valesius),约16世纪西班牙医师。
② 利玛窦(Riccius,1552—1610),意大利天主教耶稣会传教士。明末来中国传教(1582),后到北京(1601),结识学者徐光启等,介绍西方自然科学。与徐光启合译《几何原本》,著有《天学实义》等。
③ 科塔(Cotta1,575—1650),英国医师,著有《巫术之审判》。

师之妻前去就医，医生信口雌黄，说她患有坐骨神经痛（实则她并未患此病）。不料，在她回家当晚，那话果真应验：她落入了一阵严重的坐骨神经痛之中。第二个例子也是关于一位妇人的，那妇人饱受痉挛之苦，其得病原因与上一位相仿，亦是源自医生的随口一提。有时，甚至死亡也是由幻想之力所致。我曾听闻有人因无意接触到某个据说身染瘟疫的病患（事实上并非如此）而突然倒地身亡，有人则因胡思乱想[1]而得了疫病。有人看其同伴放血也要昏厥倒地，还有人（卡丹引亚里士多德）倒地毙命只不过是因看到别人受绞刑（然通常唯有女子才会一见恐怖景象便如此）。另据罗德维克·维夫斯记载，法国有个犹太人某晚于一片漆黑之中稀里糊涂、毫发无损地走过了一条险径，即那搭在河上的木板桥。次日，当他意识到昨晚所历之险后，竟倒地而死了。许多人其实并不相信这类事是真的，他们听闻以后还总要发笑，甚而嘲讽。不过就让这些人自己想想看吧，正如彼特·拜亚如[2]所阐明的，若让他们到那架在高处的木板上去走一走，他们应当也会感到头晕目眩——虽说将木板置于地上，他们是敢泰然自若地行于其上的。阿格里帕亦言，许多原本身心强健的人，仅从高处往下瞄一眼，就会被目之所见吓得发抖，犯晕，阵阵作呕，而这作怪的不就正是幻想吗？既然有人饱受幻想之苦，反之，也就有人单凭幻想，亦即一种好的想象，而霍然痊愈。我们便时常见到牙痛、痛风、癫痫、狂犬病等诸如此类的疾病被咒语、巫言、符文和法术治好。此外也有许多新伤让如今大量使用的"武器药膏"[3]通过磁力治愈。对此，克罗琉[4]和郭克兰纽[5]在新近的一本书中给予了支持，然李巴维[6]则在一篇有理有据的文章中坚决反对，且

---

[1] 自以为染上了瘟疫。
[2] 彼特·拜亚如（Peter Byarus），约 16 世纪意大利医师。
[3] "武器药膏"，通过施用在造成伤口的武器上来治愈伤口。
[4] 克罗琉（Crollius），16 至 17 世纪医师和炼金术士，帕拉切尔苏斯有名的追随者。
[5] 郭克兰纽（Goclenius），6 至 17 世纪德国神秘主义哲学家、占星家、面相家、手相家和诗人。
[6] 李巴维（Libavius），16 至 17 世纪德国医学家和化学家。

多数人亦表示质疑。其实世人皆知这些符咒或膏药本身并不起作用，仅是一种强烈的幻想和一厢情愿（如旁波纳休①所论），才使体液、精气和血液得以运调，从而把致病之因从染病之处剥离开来。我们也可这样去说那些魔法的效用、迷信的疗法以及诸如此类江湖医生和巫师所用的把戏。虽有许多人因过分迷信而受害（魏尔斯如此谈及咒文、咒语，等等），但我们也碰到过不少人因笃信而病愈。江湖医师或剑走偏锋的外科医生，较之理智的医师，救人治病往往更显神奇。尼曼努即给出了一个原因，认为这全赖病人对医生抱有信心——此亦为阿维森纳所倚重，在他看来信心实要远胜于医术、规诫以及各种各样的疗法。唯有信念（卡丹语）才可成就或毁损医者之声名，且据希波克拉底之见，医生在最得病人信任之时医术也最为高明。我们这想象呐，其影响多变，模样也幻化莫测，能无比专横地控制我们的躯体；仿佛是另一个普罗透斯，或变色龙，可以千变万化，其效力之强——菲奇诺进而言道，竟不独作用于我们，还能波及他者。一个人泪眼模糊为何能叫另一个人也变得如此？一个人的哈欠为何能传给另一个人？一个人撒尿为何能频频引起另一个人的尿意？一个人在刮盘子或用锉刀时为何会惹恼另一个人？在谋杀案发生几周以后，为何将凶手带到尸体面前，尸体会开始流血？女巫和老妖婆为何能引诱和蛊惑孩童？这正应了魏尔斯、帕拉切尔苏斯、卡丹、米扎尔都②、瓦勒瑞欧拉③、西泽·瓦尼努、坎潘勒拉④以及许多哲学家之见：一方的强烈幻想会左右和改变另一方的精神。此外，妖巫借助幻想不仅能远距离地，如阿维森纳所想的那样，导致或治愈疾病、病痛以及各种不适，还能移形换位，招来雷、闪电、暴风雨——对于这点，艾金迪⑤、帕拉切尔苏斯等人均表赞同。至此，我大可断

---

① 旁波纳休（Pomponatius），15世纪意大利医学家和哲学家。
② 米扎尔都（Mizaldus），约16世纪法国医学家和占星家。
③ 瓦勒瑞欧拉（Valleriola），约16世纪法国医学家。
④ 坎潘勒拉（Campanella），约16至17世纪意大利哲学家。
⑤ 艾金迪（Alkindus，801—873），阿拉伯哲学家，著作涉及光学、医学等等。

定，这强烈的幻想或想象实乃人的主导星。人这艘船的船舵本该由理性来掌控，如今却遭幻想支配，故失去了控制，使得它自身连同整艘船都任凭那幻想主宰，且会经常地颠转翻倒。若欲详究此论，则可参见以下诸家的说法，如魏尔斯、弗朗西斯科·瓦勒修、马塞卢·多纳图[①]、列维努·莱蒙琉、卡丹、科尼琉·阿格里帕、卡梅拉瑞[②]、尼曼努以及那足可以一顶众的费恩努[③]（安特卫普之名医，著有三卷《论想象之力》）。而我之所以会这样离题万里，也只是因为看到了想象堪称种种情绪的共同载体，后者借此可频频产生和招致各类惊人的影响，并且幻想又时强时弱，体液亦受其摆布，烦扰便会多少随之而动，留下深深的印记。

3. 悲伤

在这一系列折磨人之灵魂至深又会招致忧郁症的情绪之中（我会逐一概述，按序排次），愤之情一类[④]里独占鳌头者恐非悲伤莫属。悲伤是忧郁形影不离的侣伴，可谓忧郁的母亲和女儿，她的缩影、症状以及主因。希波克拉底认为，此二者互生互融，循环往复，因为悲伤同属忧郁症的成因与症状。而其何以可作症状，当在后文相关处示之。此处称它作成因，则实为举世所公认。悲伤，普鲁塔克向阿波罗尼言道，乃疯癫之因、其他种种顽疾之因。莱蒙琉亦称悲伤为忧郁症的唯一成因。拉齐以及奎亚内瑞[⑤]也持相同看法。而据菲利克斯·普拉特之见，悲伤一旦生根便会以绝望终——或如

---

① 马塞卢·多纳图（Marcellus Donatus），约 16 世纪意大利医学家、外科医师。
② （小）卡梅拉瑞（The Younger, Camerarius），约 16 世纪德国医学家、植物学家，古典学家（大）卡梅拉瑞之子。
③ 费恩努（Fienus），安特卫普名医，《论想象之力》的作者。
④ 伯顿亦谈到过，情绪通常分为两大类，即愤之情（irascible）和欲之情（concupiscible）。
⑤ 奎亚内瑞（Guianerius），约 15 至 16 世纪意大利医师、医学作家。

塞伯碑文①所示，也极可能与绝望相连相接。克里索斯托在其写给奥林皮娅的第十七封信中将悲伤称作一种对灵魂的残酷折磨、一类难以言表的痛苦、一只毒虫（会吞没肉体与灵魂，甚至啃噬心灵这处要害）、一个永不停歇的刽子手，或无尽的夜、深邃的黑、一股旋风、一场暴风雨、一种隐性的疟疾（比任何的火都更灼人）、一场没有尽头的战争。它迫害摧残之凶狠胜过任何暴君，什么拷打、吊坠刑②、体罚，也不可与之相比。悲伤无疑就是诗人笔下那只啄食普罗米修斯心脏的飞鹰，而世间的沉痛又未有比心之沉痛更甚者。各类心绪不宁仅是烦恼，然悲伤则堪称一种残酷的折磨、专横跋扈的情绪。这就好比在古代的罗马，专制君主一经创立，所有下属官员职权便告终结；悲伤一旦出现，其他种种情绪便销声匿迹了。据所罗门所言，悲伤会令人形销骨立，使之眼睛凹陷，面色苍白，身形消瘦，满脸沟壑，面带死相，额生纹路，颊起皱褶，身干体枯，让为其所扰之人的体性一反常态。比如那位遭驱逐的哀伤的公爵夫人埃利诺拉（出自英国的奥维德③之手），便如此向其高贵的夫君格洛斯特公爵汉弗莱悲叹道，

> 你来看看这双眼曾也顾盼生姿，
> 公爵汉弗莱享乐贪欢于斯，
> 而今悲伤害我光彩丢尽，
> 说这是我埃利诺拉的脸也让你难以置信。
> 竟似一只丑恶的戈耳戈妖头……④

悲伤阻碍消化，冻结心脏，夺人胃口、气色及睡眠；稠化血液，毒害

---

① 塞伯碑文（Cebes' Table），一部由无名氏托名古希腊哲学家塞伯（430B.C.—350B.C.）所著的作品，旨在解释一副绘有人生及其间险恶、诱惑的寓言石碑画。
② 吊坠刑，旧时一种将犯人用绳缚住吊起并骤然使其坠下的刑罚。
③ 指德雷顿（Drayton, 1563—1631），英国诗人，主要作品有《英格兰的英雄信札》、神话诗《尼姆菲迪娅》等。
④ 语出德雷顿。

精气，打破天然的体热，颠覆身心之良好状态，致人悲观厌世，因了这灵魂之大苦痛而哭喊，嚎叫并咆哮。大卫曾坦言，我为那心中的忧愁而悲号，我灵魂的消融实乃伤痛作祟，我就像只烟熏的皮袋一般。安条克[①]亦抱怨说他夜不能寐，其心因悲伤而憔悴。甚至那集万千悲苦于一身的基督，出于一种对悲伤的深切感受也会流下血之汗水；他的灵魂沉痛至死，他的悲伤罕有其匹。克雷托曾举一例，称有人因悲伤而忧郁不已。蒙塔努[②]则证之于一位贵妇人，说她身患此症实无其他原因。另据赫尔德闲之记载，I.S.D.[③]的一位病人为忧郁所苦了多年，虽经诊治业已痊愈，但后来，却由于一小回的悲伤，又落入了之前的病症中，变得痛苦如初。这类例证，普遍而常见，据此便可了解到悲伤是如何引发了忧郁、绝望，有时乃至死亡的——因为沉痛生，死亡至。世间的悲伤招致死亡，我的生命因沉痛而磨灭，我的岁月又因哀痛而消损。哎，为何传说中的赫卡柏[④]变成了一只狗？而尼俄伯又化作了一块石头？——还不是因为悲伤令她麻木又呆钝。据说，塞维鲁[⑤]皇帝即是因悲伤而死的，至于他者，也真是数不胜数！故那悲伤之烈与狂实可谓汹涌澎湃了。就此，梅兰希顿给出了一个原因，他言道，过多的忧郁之血汇集到了心脏周围，这将湮灭掉旺盛的精气，或退一步说将使之钝化；悲伤击打心脏，心脏便会发颤，并因巨大的伤痛而日渐憔悴。此外，也有黑血从脾脏生出，流散于左侧的肋骨下方，进而还将造成那类危险的，常现于为悲伤所苦之人身上的忧郁性痉挛。

---

① 安条克（Antiochus, 324？B.C.—261B.C.）叙利亚塞琉西王国国王，苦于对其继母的爱。
② 蒙塔努（Montanus），约16世纪意大利医学家、古典作家。
③ 赫尔德闲所引用的医师。
④ 赫卡柏（Hecuba），特洛伊王普里阿摩斯之妻。据欧里庇得斯的说法，她曾把小儿子波吕多洛斯托付给色雷斯王波吕墨斯托耳照管。她抵达色雷斯时，发现儿子已被谋杀，就弄瞎国王双眼，并杀死他的两个儿子作为报复。其他版本的说法是后来她变成了一只狗，在赫勒斯滂旁边的坟墓成了航海船只的陆标。
⑤ 塞维鲁（Severus, 145—211），古罗马皇帝（193—211年在位），扩建新军团，压制元老院，加强中央集权，吞并美索不达米亚（199），征服不列颠（208），病死于埃波拉孔。

4. 恐惧

恐惧乃悲伤的堂表亲，或谓一个姐妹、一名忠仆，以及长久的伙伴、帮手和招致此症的主要代劳者。它与悲伤相仿，既是成因也是症状。简言之，借用维吉尔谈哈比①之文，我大可这样来说此二者，

> 一种无比可怖的怪物，或无比残酷的灾祸从天而落，
> 又或是众天神的报复，连冥河、地府都未有过此等杰作。

恐惧这凶残的恶魔至今仍被斯巴达人奉作神灵，而其他那些折磨人的情绪（悲伤亦包括在内）多数也是如此，都被归在了**安格罗那女神**的名下。奥古斯丁曾引瓦罗为据说道，斯巴达人对上述种种皆敬畏不已。通常而言，恐惧会被他们以狮首的形象描画在神庙中受其顶礼膜拜。另据马克拉比记载（《农神节》），每逢1月1日，安格罗那就会迎来她的圣日，他们的占卜官和祭祀将在沃露皮娅或谓快乐女神之神庙中向其行年度的献祭，以期她大发慈悲，驱除来年脑中一切的忧虑、痛苦及烦恼。世人身上的许多不良症状便皆是由恐惧造成的，如充血、发白、颤抖、冒汗，恐惧将使突如其来的冷和热流布全身，引发心悸、晕厥，等等。那些需在公众或大人物面前说话、抛头露面的人，多半即是因了恐惧才生出了惊惶。正如塔利所坦言，他每在演讲之初，总要瑟瑟发抖。而希腊的大演说家狄摩西尼②在腓力王面前的表现亦与之相似。此外，恐惧还会打乱声音与记忆。出自卢奇安妙笔的悲剧演员朱庇特，在向众神发话之时，便连一个备好的词也说不出，只好请来墨丘利帮忙提词。被恐惧吓得、惊得不轻的人，实不在少数，他们弄不清自己身处何方，在

---

① 哈比（Harpies），一种脸及身躯似女人，而翼、尾、爪似鸟的怪物，性残忍贪婪。
② 狄摩西尼（Demosthenes, 384B.C.—322B.C.），古雅典雄辩家，民主派政治家，反对马其顿入侵希腊，发表《斥腓力》等演说，后组织反马其顿运动失败，服毒自杀。

说些什么,又在做些什么,而至为糟糕的是,数口以来恐惧就在以接连不断的惊吓和疑虑折磨他们了。恐惧阻扰了宏图的大展,使志存高远者之心生发痛楚,变得悲伤又沉重。那些活在恐惧里的人是永无自在、坚定、安稳可言的,他们始终闷闷不乐,已然陷入了一种无休止的伤痛之中。诚如维夫斯所言,没有什么痛苦会更甚于此,也没有什么摧残、折磨可与之相比。他们总在不停地猜疑,忧虑,焦心,如孩子一般垂头丧气,毫无理智,毫无识断,**尤其是在遇上某种可怖之物的时候**(普鲁塔克语)。至于恐惧会导致突如其来的疯癫,乃至近乎所有类别的疾病,我已在那篇幻想之力的闲谈中言之颇详了,而在后面论及各种可怖之因素的章节里我还将细述一番。阿格里帕与卡丹曾断言,恐惧会使我们的想象跌弛不羁,将恶魔邀至眼前,且它对幻想的牵制胜过了所有别的情绪(尤其是在黑暗中时)。——此种说法,可以看到,已在大多数人的身上得到了印证。恰如拉瓦特所言,他们害怕什么就会乱想什么,并将之比附于己身;他们会以为自己见到了妖精、巫婆、恶魔,故往往将因此而变得忧郁。卡丹曾举一例,说有那么个人就是因为撞见妖怪而忧郁了一生。另据苏埃托尼乌斯[①]所说,奥古斯都·凯撒[②],若无人陪侍身旁,也不敢独坐暗处。而如果妇女与孩童在暗夜里走过坟场,或留宿、独处于黑屋内,那他们究竟会在自己身上假想些什么,又究竟会怎样忽地就流汗和颤抖,这亦是足以为奇的。此外,还有许多人会一味地苦恼于未来之事,苦恼于对其天数、命运的预见,如塞维鲁皇帝、哈德良以及图密善[③](据苏埃托尼乌斯所言,图密善即为此而不堪其忧,因他预知了其

---

① 苏埃托尼乌斯(Suetonius,69—150),古罗马传记作家,著有《诸凯撒生平》《名人传》等。
② 奥古斯都·凯撒(Augustus Caesar,63B.C.—14A.D.),罗马帝国第一代皇帝(27B.C.—14A.D.),凯撒的继承人,在位时扩充版图,改革政治,奖励文化艺术。原名屋大维,元老院封以"奥古斯都"的称号。
③ 图密善(Domitian,51A.D.—96A.D.),罗马皇帝(81A.D.—96A.D.),专横暴戾,终被其妻及廷臣谋杀。

宿命)。至于其他许多与之相类者,恐只有择他处另谈为宜了。焦虑、悲悯、爱怜、愤怒……以及派生于恐惧和悲伤这两根树干的那些可怕的枝丫,我也将略而不谈,欲见其详则可参阅卡罗卢·帕斯卡琉、丹丁努[①]等人之著作。

5. 羞愧与耻辱

羞愧与耻辱可引发种种至为强烈的情绪以及各样的苦痛。内心高洁之人往往会因了某次当众的出丑而为羞愧推至绝望。并且他,菲诺说道,若陷自己于恐惧、悲伤、野心、羞愧之中,便不会快乐,而只会痛苦,因了那不断的劳累、忧虑及困恼而备受折磨。此种成因亦似一名施虐者,其凶残实不亚于其他成因中的任何一个。许多人可以不理尘世的纷扰,不求光辉的荣耀,但却害怕身披臭名,招人厌恶,丢人现眼。虽能对玩乐不屑一顾,对悲伤泰然处之,然还是会被责难和污蔑击得支离破碎。且往往会因了某次当众的侮辱、丢脸而垂头丧气,如在被下等人扇了耳光,被对手打败,于战场受挫,讲话说溜了嘴,干了丑事或被揭了丑……之后,以至终其一生也不敢外出,整日都缩在角落里郁郁寡欢,躲在阴暗处不肯现身。话说那精神高贵无比之人最易受制于此。亚里士多德,因不解尤尔莱普海峡涨落之变,出于悲伤和羞愧,竟投水自尽。荷马为这羞愧之情所吞没,则是因他无法解开那渔夫的谜语。索福克勒斯自杀身亡,乃是因他的一出悲剧被嘘声轰下舞台之故。卢克丽霞[②]也为此而将自己刺死,克娄巴特拉[③]亦复如是(当得知自己被留

[①] 丹丁努(Dandinus),约16至17世纪意大利耶稣会士,旅行家和作家。
[②] 卢克丽霞(Lucretia),古罗马传说中一贞烈妇女。
[③] 克娄巴特拉(Cleopatra,69B.C.—30B.C.),埃及托勒密王朝末代女王,貌美,有权势欲。先为凯撒情妇,后与安东尼结婚,安东尼溃败后又欲勾引屋大维,未遂,以毒蛇自杀。

作欢庆胜利之战利品后,她唯恐将遗臭万年)。罗马人安东尼[1],曾为敌军所败,吃了败仗的他在船头独坐了整整三日,对所有人皆避而不见,甚至连克娄巴特拉也不例外,最后同样因了羞愧难当而自裁绝命。埃普罗尼厄斯·罗德斯[2],执意隐退,离乡背井,与各位挚友断绝来往,也只是因他念错了他的诗。至于埃阿斯[3]的发疯,则是源于他的武器被判给了尤利西斯[4]。在中国,于那著名的科考中落榜或未能如愿考取功名之人,被羞愧和忧伤害得神志失常,也属司空见惯的事。话说修道士霍斯特拉图总把罗伊希林[5]对他的批驳之作《无名氏之信札》太过放在心上,故难免心生羞愧和悲伤,终是寻了短见。另据载,在荷兰的阿尔克马尔有位庄重又有学养的牧师(亦为一名寻常的传道士),某日他在野外漫步消遣之时,突然为一阵腹泻(亦即拉肚子)之感所袭,无可奈何间只好躲到近旁的小沟内方便,不料却被教区里碰巧路过的几位淑女撞了个正着。他自觉汗颜无地,从此以后就不再抛头露面或登台布道,以至身染忧郁,日益憔悴。由此可见羞愧与其他情绪一样也能"大有作为"。

我知道世上还有许多卑劣、无耻、厚脸皮的无赖,他们不为任何事所动,也不把臭名或耻辱挂在心上,始终嘲笑一切。就算他们被证发过假誓,有过污点;被认作是恶棍、小偷、叛徒;被削掉双耳,遭到严刑拷打,烫上了烙印,游街示众;受人指责,嘲弄,辱骂,取笑,也能与普劳图斯剧中的皮条客巴利欧一道,照样欢呼雀跃——好一个迷人的赞颂者呀!棒极了!妙极了!他们哪有什么顾虑呢?当今世上,这种人何其多也。梅里瑟塔有

---

[1] 安东尼(Antonius,83B. C.—30B. C.),古罗马统帅和政治领袖,"后三巨头"之一,与埃及的克娄巴特拉联合,后因败于屋大维而自尽。
[2] 埃普罗尼厄斯·罗德斯(Apollonius Rhodius),公元前2至3世纪希腊诗人和语法学家,以《阿尔戈英雄史诗》闻世。
[3] 埃阿斯(Ajax),特洛伊攻战中的希腊英雄,膂力及骁勇仅次于阿喀琉斯,当阿喀琉斯的盔甲给予奥德修斯时,自杀身亡。
[4] 尤利西斯(Ulysses),古希腊史诗《奥德赛》中的英雄奥德修斯(Odysseus)的拉丁文名。
[5] 罗伊希林(Reuchlin,1455—1522),德国人文主义者、古典学者,研究希伯来语和古希腊语的先驱,所著《希伯来语语法纲要》推进了希伯来语和《旧约》的研究工作。

言，羞耻之心已绝迹于世。但若是一位高洁之士——富有尊严，精神高贵，爱惜名节——则又必会因羞耻而受到深深的伤害，感到痛苦不堪，宁可钱财散尽，生命飘逝，也不愿忍受丝毫对其名誉的中伤或在美名中有了污点。要是无法避之，他便会如夜莺那般——若其歌声被别的鸟儿给比了下去，就会羞愧而死（米扎尔都语）——将在精神的痛苦里凋萎，身心交瘁，渐至消殒。

6. 好胜、仇恨、敌对、报复

嫉妒之根生敌对、仇恨、报复、好胜这四株致命的枝丫，它们亦能招致相似的痛苦，可说是灵魂的锯片、充满绝望之惊惶的情感。或者，又如西普里安对好胜心的描述，此乃精神之蛾害、痨病，会使人把他者之幸视作自己的不幸，并因之而去折磨、虐待和摧残自己，去啃噬自己的心。对于那心怀嫉妒者，肉与酒也不能解其愁。他们总在悲伤，哀叹，呻吟，没日没夜，无休无止，竟至胸膛也被扯裂。不久后，任谁是那位为你所追所妒之人，他都不会受你纠缠。反倒是你，无法抛开他，亦无法回避自己。不论你身在何处，他总会缠在你的左右。真是仇敌永留心间，毁灭存于己身。你已成了奴隶，绑手缚脚的，只要怀恨在心，妒火不灭，便无法得到慰藉。这真好比恶魔兴风作浪了。并且，不论何时你若彻底染上了此种情感，那它就只会偏偏害你一人。然于种种烦愁中它却最寻常不过，于各色情感里它也最是普遍。

    陶工斗陶工；
    铁匠妒铁匠；
    乞丐斗乞丐；

歌者对兄弟。①

但凡社会、团体以及大家小户，无不充满了嫉妒之情，它近乎占据了各色人等的心。从君王到耕夫，甚至在密友间，也可得见它的身影。三人为伴，其间总少不了有拉帮、结派、两相较劲、闹不和、生嫌隙、妒火中烧之事。而两位绅士，倘非近亲或姻亲的话，亦难和睦共处于同一乡下。彼此之间以及各自的仆人之间难免会有所较量。他们的妻子、孩子、朋友、跟班儿之间也常会闹出些争执或不满，此外还有关于财富、地位、尊卑先后……的争端。由此，他们便如同伊索笔下的那只青蛙，**身子鼓得圆又大，非要跟牛比高下，最后传来一声炸**——他们也不管财产的多寡、收入的高低，只是一味地争强好胜，将家产耗在官司诉讼里，或拿来款待，设宴，添置锦衣华服，以期赢得几个虚的名头。因为哪怕穷得叮当响，人们也要彼此决一胜负。为了比过对方，他们不惜劳体，伤神，因了攀比或礼尚往来而沦为乞丐。至于同时代的学界翘楚，也很少有不相互谩骂、诋毁对方及其拥护者的。司各脱主义者、托马斯主义者、唯实论者、唯名论者，柏拉图与亚里士多德，盖仑派和帕拉切尔苏斯派……无不如此。嫉妒扎根在各行各业中。

其实学问里、各种行业里的正当比拼也并非不可取。就像有人所说，此乃智慧的磨刀石、智与勇的哺育者。那些高贵的罗马人正是靠了这股精神才创下丰功伟绩。世间确有所谓适度之好胜心，比如地米斯托克利便为米太亚德②之荣誉所振奋，阿喀琉斯之功勋亦鼓舞了亚历山大。

永远争强好胜是愚蠢的鲁莽；
但从不争强好胜则是懒惰的思想。③

---

① 语出赫西奥德。
② 米太亚德（Miltiades, 554？B.C.—489？B.C.）希腊名将，马拉松战役（490）中打败波斯军队。后率海军船队征讨帕罗斯岛（489），战败，返回雅典受到处罚。
③ 语出格劳秀斯。格劳秀斯（Grotius, 1583—1645），荷兰法学家和诗人，曾任荷兰省检察长。著有《战争与和平法》，确立国际法标准；还著有诗集《奇迹》《圣诗》等。

全然不争不夺实属一种怠惰之脾性。有些人凭其出生、阶级、财产、学识本足以登上高位，喜获殊荣，担当重职，但他们却因懒惰、小气、恐惧和害羞而对这些地位、荣誉、官职不理不问，避犹不及。反之，若是好胜过了头，则它又成了一种烦恼和无边的痛苦。真不知有多大笔钱被花在了亨利八世与法国国王弗兰西斯一世的那次著名会见上！又有多少贪慕虚荣的廷臣，相互间为一争高下，而耗掉了自我以及生计和财产，终在潦倒落魄中死去！哈德良皇帝便因此而烦恼不堪，竟至杀光了所有可与之匹敌者。尼禄亦然。此类情绪也曾使狄奥尼西奥斯①僭主把柏拉图和诗人费罗萨努②流放，因为在他想来，这二人胜过和盖过了他的光彩；亦使罗马人放逐了科里奥兰纳斯③，囚禁了卡米卢斯④，谋杀了西庇阿；还使希腊人依陶片放逐制⑤放逐了亚里斯泰迪斯⑥、尼西亚斯⑦、亚西比德⑧，关押了忒修斯⑨，处决了福基翁⑩……理查一世⑪与法国的腓力⑫曾在围攻圣地古城阿科一役中并肩作战，战斗期间，理查似更显骁勇善战，以致众人均把目光投

---

① （大）狄奥尼西奥斯（Dionysius, 430？B.C.—367 B.C.），古希腊叙拉古僭主，篡权后，以残酷手段巩固扩充权力，曾征服意大利和西西里南部，使叙拉古成为希腊本土以西强大的城邦。
② 费罗萨努（Philoxenus, 435？B.C.—380？B.C.），古希腊酒歌诗人。
③ 科里奥兰纳斯（Coriolanus），带有神话色彩的罗马英雄人物，是莎士比亚所著《科里奥兰纳斯》一剧的主角。
④ 卡米卢斯（Camillus,？—365B.C.），罗马军人、政治家。
⑤ 陶片放逐制（Ostracism），古希腊的一种政治措施，由公民将所认为危及国家安定分子的名字写在陶片或贝壳上进行投票，被投票逾半数者放逐10年或5年。这种制度约在公元前417年废止。
⑥ 亚里斯泰迪斯（Aristides, 530？B.C.—468？B.C.），雅典政治家和将军，提洛同盟的创建人之一，被称为Aristides the Just。
⑦ 尼西亚斯（Nicias, 470B.C.—413B.C.），雅典政治家、将军，与斯巴达订立《尼西亚斯和约》（421B.C.），结束伯罗奔尼撒战争的第一阶段，在指挥叙拉古包围战中全军覆没，被俘并被处死。
⑧ 亚西比德（Alcibiades, 450？B.C.—404B.C.），古希腊政客和将领，有着俊秀的外表。
⑨ 忒修斯（Theseus），雅典国王，杀死牛首人身的怪物弥诺陶洛斯。
⑩ 福基翁（402B.C.—318B.C.），雅典政治家、将军、实际统治者（322B.C.—318B.C.），民主制度恢复后被废黜，后遭诬告，以叛国罪被处决。
⑪ （狮心王）理查一世（Richard the First, 1157—1199），英格兰国王（1189—1199），率领第三次十字军东侵（1191），成为后世传奇中的骑士楷模，返国途中被奥地利俘获（1192），以重金赎身（1194）后度加冕，在反对法王腓力二世的战争中负重伤而死。
⑫ 腓力二世（Philip, 1165—1223），法国卡佩王朝国王（1180—1223），扩大王室领地，加强王权，和英王理查一世发动第三次十字军东侵。

向了他。然据我所引之书记载，这却惹恼了腓力，竟令他对理查之做法百般挑剔，最终诉诸公开的挑衅——他怒不可遏，匆匆返家，侵略理查之领地，并对其公开宣战。仇恨激起争端，两者之冲突最后爆发为不解之仇、切骨之恨，竟至胜过了瓦提尼之憎与怒[1]。他们用刻薄的嘲讽、对战、污言秽语、诽谤、诋毁、火、剑等诸如此类的手段来残害彼此以及对方的朋友、随从和子孙后代，两两双方始终寸步不让。此外，不妨再看看意大利的归尔甫[2]与吉伯林[3]两派、热那亚的阿多尼与弗雷格西两族[4]、罗马的格涅乌·帕皮里乌与昆图·费边[5]、凯撒与庞培、法国的奥尔良与勃艮第以及英格兰的约克与兰开斯特。甚且，这类情绪屡次三番地肆虐横行，不只颠覆了个人，还会伤及家族乃至人口众多之城。迦太基与科林斯便对此早有领教，而繁荣鼎盛之王国亦有为其所害竟成荒郊野地者。正是这仇隙、怨恨、敌对心以及报复欲，始催生了各种各样的肢刑架、刑轮[6]、坠索、烧人铜牛、致命刑具、监狱、宗教裁判所、严律峻法，好让人来残害和折磨彼此。如果我们能不贪求，回归本性，将害人之心抛开，学会谦逊、温和、耐心，不恨亦不怨，就像上帝之言责令我们的那样，化解掉相互间的种种小矛盾，抚平上述情绪，遵循保罗之教诲，要高看他人甚于我们自己，要彼此同心，不要怨恨在心，总要尽力与众人和睦！那么我们将会何等幸福啊，在我们生命的尽头将是天国的福日与美满。然实际上，我们却是如此地乖戾倔强，傲慢骄虚，总喜结党营私，煽风点火，又是那样地怀恨在心，妒火中烧，故难怪我们会轮番地欺压、伤害和惹怒彼此，相互折磨，搅扰，

---

[1] 瓦提尼（Vatinius），罗马人，曾因其罪被西塞罗曾于大庭广众之下批得体无完肤。故"瓦提尼之罪"和"瓦提尼之憎"便成为了习语。
[2] 归尔甫（Guelph），中世纪意大利的一个派系，反对神圣罗马帝国皇帝，与吉伯林派互相斗争。
[3] 吉伯林（Ghibeline），乃一支持神圣罗马帝国皇帝的政治派系。
[4] 阿多尼（Adurni）与弗雷格西（Fregosi），热那亚两大敌对族系。
[5] 昆图·费边（Quintus Fabius,？—203B.C.），古罗马统帅，历任执政官和独裁官。公元前2世纪第二次布匿战争中，以拖延、回避和消耗战术与强敌汉尼拔相周旋。
[6] 一种轮子状的刑具，可将人绑在上面施刑。

进而把自己掷入了苦难与忧虑的巨壑，令痛苦和忧郁越发地严重，也使罪孽日增，终害自己被罚入地狱，去受那永恒之罪。

7. 愤怒

愤怒乃一种烦扰，能使人精气外泄，内体空虚，从而为忧郁乃至疯癫敞开大门。其实，愤怒本就为一种暂时的疯癫，且如皮科罗密纽[1]所称，亦属三大最为剧烈的情绪之一种。阿雷泰斯[2]便把愤怒认作了忧郁症的一个特别成因（塞内加亦然）。就此，马格尼努[3]给出了个中缘由，即愤怒会过度地加热人之身体。而圣安布罗斯[4]亦言道，如果不胜频繁的话，则愤怒还将进而爆发成明显的疯癫。俗话说，那精神上最堪忍耐之人，若一再地受到激怒，也是会恼得发疯的。这怒能使圣人也成了恶魔。故而巴西勒[5]（大概是他说的）才在其《"论怒"之布道》中称愤怒为蒙蔽知性的黑暗、行恶使坏的天使。另据卢奇安在其《断绝书》中所论，此种情绪还会造成如下影响，且尤烈于老人和女子——起先愤怒与诽谤（他说道）只会令他们烦恼不堪，而后不久这烦恼就会爆发为公然的疯癫了。譬如女子，世间即有许多事能使之心生怒火，特别是在她们爱得或恨得太深，抑或有所嫉妒，大为伤感、愤怒之际。凡此种种，便会一点一点地把她们引到此症中来。易怒之倾向会渐渐演变为习惯[6]，因为怒火攻心之人发作起来实与疯子无异。愤怒，若按照拉克坦休的描述，则可说是脑中那凶猛的暴风雨了，它将使人眼冒火花，怒

---

[1] 皮科罗密纽（Piccolomineus），约16世纪意大利神学家和哲学家。
[2] 阿雷泰斯（Aretaeus, 81 A.D.—138），希腊医师。
[3] 马格尼努（Magninus），《养生之道》（Regimen of Health）的作者。
[4] 圣安布罗斯（St. Ambrose, 339？—397），意大利米兰主教，在文学、音乐方面造诣颇深，12月7日是他的纪念节。
[5] 巴西勒（Basil, 329—379），基督教希腊教父，反对阿里马教派，制定隐修院制度。
[6] 似应指疯癫。

27

酷刑1　轮刑

P. Veyneer

酷刑 2　烧人铜牛

目圆睁，咬牙切齿，舌头打结，脸色非白即红。真不知疯子还能有何种更形丑陋的怪相？

> 心怀愤怒，脸也就显得肿胀，
> 血管变黑，全因那血液的沸腾，
> 而双眼亦闪着戈耳戈的凶光。①

愤怒之人会一时地丢了理智，变得无情，盲目，有如怪物和野兽，说甚做甚也不清楚，只知一味地诅咒，谩骂，怒斥，厮打……试问一个疯癫之人除此之外还能做哪样？正如某一喜剧中人所言，我已非我了。如果发脾气没个限度，不是过久，就是过繁，那就无疑会惹上疯癫。蒙塔努曾收一名身患忧郁症的犹太人为其病人，他便将以下这点认作了一种主要病因，即此人易于动怒。而埃阿斯发疯的起因也无外乎此。另据载，法兰西的疯子国王查理六世②落入疯癫之苦，亦是因了情绪的至极外加报复欲以及怨恨——由于对英国公爵怒气难消，他竟一连数日不食，不饮，亦不寝，终在1392年7月1日发疯于马背之上；他挥舞其剑，不分青红皂白地砍杀所有走近他的人，并且就这样疯疯癫癫终其一生。此外，艾米琉③也有一则关于希律王④的故事。据说，希律王同样是出于一阵愤怒而变得疯癫的；他竟跳下床来，杀掉了约瑟普，并搞出许多诸如此类的疯狂闹剧，此后许久整个王宫里都无人能奈他何；虽待怒气转冷后，他也会对其所犯之事感到内疚、后悔，痛心不已，但转眼他又会变得凶暴如初。若按佩勒修之说法，则于火热暴躁之体中，引发疯癫之症最速者，实非愤怒这种情绪莫属。并且它

---

① 语出奥维德。
② 查理六世（Charles the Sixth, 1368—1422），法兰西国王，通称"疯子查理"或"可爱的查理"，1392年患间歇性精神病，因战败签订英法《特鲁瓦条约》，规定其死后王位由英王亨利五世继承。
③ 艾米琉（Aemilius），约16世纪意大利史学家，著《法国史》。
④ 希律一世（Herod, 74B.C.—4B.C.），又称希律大帝，罗马统治时期的犹太国王，希律王朝的创建人，统治后期凶恶残暴，曾下令屠戮伯利恒城的男婴。

还将造成许多别的病症。愤怒会使血液减少，胆汁增多，然又如瓦勒修所驳斥的，实际上，愤怒往往是把此两者赶尽杀绝。若以上便是此种情绪最坏的一面，那倒也还不至于让人感到无法容忍，只是它更甚于此，竟能摧垮和捣毁整个的镇子、城市、家庭以及国家。塞内加就曾言道，任何病疫对人之伤害也不及此深。查看一下我们的史书，那里面所讲的，除了一群蠢人在发怒时所干的蠢事外，恐怕再难有别的什么了。因此在我们的列队行进礼仪书中，我们最好加进这样一句话：主啊，请从一切内心的盲目，从骄傲、虚妄以及伪善，从嫉妒、仇恨以及怨恨、愤怒，还有那种种瘟疫般的心绪烦扰中，将我们解救吧！

8. 不满、忧虑、苦恼

　　不满、忧虑、烦愁、苦恼……凡会导致任何的精神之扰或悲伤、痛苦及困惑者，皆可归在此条目之下。这虽于有的人看来似有胡乱编排之嫌[①]，然亚里士多德在其《修辞学》中，亦如他对待嫉妒、好胜心之类那样，也是以悲伤来界定上述种种忧愁。故我以为大可将其列入这愤之情一类里。再说它们也同别的成因一样，兼为此病的成因与症状，亦会造成相似的烦扰，且大多还伴随有痛苦与困恼。——此实可得见于其共通的词源："忧愁"，仿佛就是"我在烧我的心"，那咬人的、吃人的、噬人的、残忍的、痛苦的、病态的、悲伤的、烦乱的、惨白的、不快的、苦恼的、难以忍受的忧虑（如众诗人所称），那世间的烦愁，数目之多，真如海边的沙。盖仑、费尔内琉、菲利克斯·普拉特、瓦勒斯卡·德·特兰塔[②]等人就把折磨、痛苦，乃至脑内

---

① 伯顿的意思似乎是，在前文中已说过悲伤属于愤之情一类，且排在第一位。而亚里士多德亦以悲伤来界说种种忧愁，故伯顿可借之为己开脱，把上述烦愁列入愤之情一类里。
② 瓦勒斯卡·德·特兰塔（Valescus de Taranta），葡萄牙医师和医学作家，曾任法兰西王理查六世的医师。

的各种对抗与烦扰,皆算作了主要的致病之因——其由在于它们会夺走睡眠,阻碍消化,吸干身体,并吞噬肉身。不过,虽然在数量上它们并不过于繁多,但其成因却是多种多样的,且一千个人中也难有一人能够得免于此或脱身而出,试问,谁不是被那埃特①女神——

> 她沿着众人头顶的上空走过,
> 两只玉足踏着无比轻缓的脚步,②

被荷马的埃特女神卷入了这不满的行列,或被她施以某种苦恼之类而受到折磨。希吉诺斯③曾讲过一则有趣的故事,其用意即在于此。话说库拉夫人偶然间走过一条小河,顺道从河中取出些污泥做成了一个人像。而就在此时,朱庇特也恰巧路过,便把生命赋予了此像。但库拉与朱庇特却起了争执,闹不清到底该赐他个什么名字或谁该拥有他。于是这事就交由了萨杜恩④来裁断,萨杜恩所给出的裁断结果如下:其名应为地之人,活着的时候当有"忧愁"缠身;死掉以后,朱庇特应获其灵魂,特勒斯⑤则应获其肉身。不过还是把传说先抛在一边吧。那不满、忧虑和苦恼,实在可以称作世人的通病、慢性病和甩不掉的不幸了。一个人就算此生不为其特有的痛苦(谁能免除?)所扰,光是想想那普天下皆有的痛苦也就足以令他抑郁并厌倦人生了——譬如想到他永无安稳可言,始终陷于危险、不幸、悲伤和折磨之中。因为他从出生之时起,就如普林尼所一语道破的,**生来赤裸,啼哭不休,襁褓裹身,绑缚如囚,挣脱无门,延绵一生。**此外,塞内加也说,人是各种野兽的盘中餐,耐不住冷热,耐不住辛劳,耐不住空虚,总受着命运

---

① 埃特(Ate),惹人轻举妄动的女神,后被视为惩罚或复仇女神。
② 语出卢奇安。
③ 希吉诺斯(Hyginus,?—140),希腊籍(?)教皇,据《教皇志》载,是教士等级制创始人,在位期间罗马出现诺斯替派异端。
④ 萨杜恩(Saturn),农神。
⑤ 特勒斯(Tellus),大地女神。

的奚落。至于卢克莱修①，他则把人比作赤裸的海员，遇了船难后被弃于荒岛岸边，在无名之地里挨冻受苦。总之，不论贫富、长幼、男女，世上是没有人能免受这众生皆有的痛苦的。人为女人所生，时日短少，多有患难。并且，人承载着肉身，便会悲痛，而魂灵在其体内，灵魂也会哀哭。他日日忧虑，他的劳苦亦成愁烦，连夜间心也不安。这之中全是哀伤和精神的烦忧。所谓出生、成长、衰老、死去，芸芸众生皆相仿佛。无非幼年懵懂，中年劳累，晚年悲伤，一生过失不断。哪天的到来不会为我们增添一些悲伤、忧愁或痛苦？或者，我们又何曾见到过有哪个平静又宜人的早晨不是到傍晚之前就已乌云密布的？——有人苦恼，有人荒唐，还有人惹人厌。一个怨这，一个怨那：方才是头痛，接着是脚痛，一会儿是肺，一会儿又是肝了……有人有钱，但出身低微；有人高贵，却不名一文；还有那有家产的，又或许没有一副好的身板或头脑去打理自家的产业。一个为孩子而恼，一个又为妻子烦心，真是不可尽举。世间之人，任谁也不能满足于他的命运，往往一磅的悲伤里仅混有区区一打兰的满足，快乐是很少的，或根本就不存在，而舒服也少得可怜，举目所见皆是危险、争斗、焦虑，没有哪处不是这样。随你走到哪儿，你都会遇到不满、忧愁、痛苦、抱怨、不适、疾病、烦恼、叫嚷。若你去瞧瞧集市，那儿（克里索斯托说道）当有吵架和斗嘴；若是宫廷里呢，则有耍诈和谄媚……至于百姓家中，亦无非烦恼及忧虑、抑郁之类。古时有人曾言，生灵之中还未见有像人类这般痛苦、这般普遍地受到烦扰的。伯纳德②亦发现世人身体难受，精神难受，心难受，睡着难受，醒着也难受，不管朝何处翻转，终是难受。人生仅是一场诱惑，在此世间，众生皆为悲伤所缚。谁能经受得住这人生之苦呢？成功之时，我们傲慢无礼；逆境之中，

---

① 卢克莱修（Lucretius），公元前1世纪拉丁诗人和哲学家，以长诗《物性论》闻名，是现存的最完整的伊壁鸠鲁物理理论的叙述。
② 伯纳德（Bernard，1090—1153），法国基督教神学家，铭谷修道院的创建人和院长（1115），神秘主义者，著有《论恩宠与自由意志》《致圣殿骑士图书》等。

我们沮丧哀痛；富裕之际，我们愚笨苦恼。在厄运中我们企盼好运，在好运里我们忧心厄运。我们会找到什么中庸之道吗？哪里才没有诱惑？哪样的人生才算得上自由？智慧连着劳苦，荣誉引发嫉妒；财富与忧虑、孩童与监管、快乐与病痛，安逸与乞讨，总是两两携手同行。仿佛一个人生来就是（正如柏拉图主义者所称的）为了在今生受罚，以赎前世之罪。或者，也如普林尼所抱怨的，总起来看，大自然可谓我们的后母而非生母。没有哪类物种的生命会如此地脆弱，如此地充满了恐惧，如此地疯癫，如此地愤怒。唯有人才会苦于嫉妒、不满、悲伤、贪婪、野心、迷信。我们的一生就好似那爱尔兰海，里面别无其他，有的只是暴风骤雨和惊涛骇浪，而且还没个尽头；

> 我见到一片苦难的汪洋，它是如此地浩瀚无垠，
>
> 从中游上岸来确乎难于登天；①

这里没有片刻的风平浪静，可供人寻得安稳，或顺应于现状。反倒如波伊提乌②所论，人人心中皆有一物，未尝试之前总要汲汲于求，待尝试过后却又厌恶不已。我们总是真切地企盼，急切地渴望，随即却对之心生厌烦。就这样在希望以及恐惧、猜忌、愤怒之中，在浮沉、涨落之间，我们虚掷了最美好的光阴，浑浑噩噩地让岁月流逝，过着一种尽是争斗、不满、喧嚣、忧郁、痛苦的人生。

不消说，如果我们能预卜来事，又能有所选择的话，我们才不愿过这般痛苦的人生。

总而言之，这世界就是一张迷网、一座谬误的迷宫、一片沙漠、一块荒野、一个藏有小偷和骗子的贼窝……它布满了泥潭、危岩、峭壁，如那盛满凶险的汪洋、沉重难负的轭架，其间麻烦与灾祸你追我赶，好似海浪一波

---

① 语出欧里庇得斯。
② 波伊提乌（Boethius，480—524），古罗马哲学家和政治家，曾用拉丁文译注亚里士多德的著作。后被以通敌罪处死，在狱中写成以柏拉图思想为立论根据的名著《哲学的慰藉》。

接着一波。我们才挣脱了斯库拉①的魔爪，接着又陷入了卡律布狄斯②的漩涡，在这永久的恐惧、劳累、悲痛之中，我们苦难连连，悲伤重重，负担累累，经受着沉重的奴役。要让一个人脱离痛苦、不满、忧愁、灾难、危险，就跟让铅脱重、火脱热、水脱湿、日脱光一样徒费时日。我们那些乡镇与城市也不过是人类痛苦的众多栖息之所罢了。其间悲伤与哀痛（如他那基于梭伦③的妙论），数不尽的世人之烦恼、劳累，以及各种各样的坏心思，就像牲口那样被圈在了许许多多的畜栏里面。我们的村子有如一座座的鼹鼠丘，村民好似成群结队的蚂蚁，忙啊，忙个不停，忙前忙后，忙进忙出，其路径交错之繁杂好似数幅海图的航线刻画在了同一地球仪或地图之上。眼下虽轻松快乐，但（某人接着说道）很快就会伤心沉痛；此刻还满怀期待，不久又烦恼不安；现在耐心十足，明日却哭天抢地；一会儿面色苍白，一会儿又满脸通红；奔跑、安坐、冒汗、颤抖、驻足，不胜枚举。芸芸众生中仅有寥寥数人，或一千人中也许唯有一人，才可能是朱庇特的宠儿，于世人眼中因其富贵、貌美、广结权贵、有名有势而成了福禄双全之人，如那白母鸡的幼雏一般。然若扪心自问，他却会声称，他真是痛苦不堪，不幸至极。鞋子虽美，如他所言，但你却不知它何处夹脚。我之幸运与否，并不以他人之见为准绳。诚如塞内加所言，只要不觉自己幸运，他便可自称是不幸的可怜虫。哪怕贵为万民之主，他也不是幸运的，如果他连自己都感到并非如此的话。因为若是你自己也对之厌恶不已，那么你的境况本如何，或于他人眼中又为何样，就统统无补于事了。世人有一通病，即总以为他人命好，而愤恨自己苦命。但怎会是这样呢，米西纳斯④？个中的缘由又为何呢？许多人本就带有

---

① 斯库拉（Scylla），希腊神话中六头十二臂的女妖，和专门制造大漩涡的妖怪卡律布狄斯（Charybdis）对面而居，形成狭隘水域，船接近她所住的洞穴时水手即遭捕食。
② 卡律布狄斯（Charybdis），见上注。
③ 梭伦（Solon, 630B. C.—560B. C.），古雅典政治家、诗人，当选执政官（594），进行经济和政治改革，解放贫困，修改宪法，制订新法典。善写哀歌体诗，其诗作仅有片段存世。
④ 米西纳斯（Maecenas, 70B. C.—8B. C.），罗马贵族、巨富，罗马皇帝奥古斯都的密友和顾问、著名的文学赞助人，与诗人贺拉斯、维吉尔等友谊深厚。

一种异样的天性，什么也不能令其感到心满意足（狄奥多莱①语）不论富贵还是贫穷，他们健康之时要抱怨，患病之时也要抱怨，对于各种运势、顺境和逆境总要发发牢骚。他们在丰年要苦恼，在荒年亦要苦恼，丰足也罢，不丰足也罢，任何事皆不能称其心如其意，不管是战争还是和平，也不论是子嗣无忧还是膝下无子。这便多半是我们人所共有的气性了，总是不满，苦恼，还无比地凄惨——至少在我们是这样想的。如不然，那倒可以让我瞧瞧如今谁不是这样，或者过去又有谁是与此不同的。话说昆塔·梅特卢的福气为罗马人所羡慕不已，竟至佩特克鲁②会这样来谈论他——其他的人，无论是何民族、阶层、年龄、性别，若以幸福而论，实难有可与之匹敌者。总之，他拥有了聪明才智、钢筋铁骨以及万贯家财。他者如P. 马提阿奴·克拉苏③，亦是如此。至于那位斯巴达女子兰琵特，则是由普林尼所构想的另一典型：她乃国王之女、国王之妻、国王之母。而那萨摩斯的波利克拉特，世人也皆是这般看待他的。此外，希腊人还素喜夸耀他们的苏格拉底、福基翁、亚里斯泰迪斯；普索菲斯人则尤为看重他们的阿格劳④——其幸福的一生已获公认，可谓无灾无难（然保萨尼阿斯⑤却坚称此乃天方夜谭）；并且，罗马人亦有他们的加图、库瑞乌⑥、法布里齐乌⑦可供其称颂——因这三人缩衣节食，退隐山田，心如古井，恨世厌俗。然而，上述诸人却没有一个是幸福的或毫无不满。梅特卢、克拉苏不算，波利克拉特也不算——因他死于非命，加图亦复如是。而拉克坦休和狄奥多莱又数落过多少苏格拉底的不是啊，他们竟以弱小者称之，且余者皆然。故人生没有完满，诚如他所言，一切都是虚空和

---

① 狄奥多莱（Theodoret），约公元5世纪神学家、教会史家。
② 佩特克鲁（Paterculus），约公元1世纪罗马历史学家。
③ P. 马提阿奴·克拉苏（P. Mutianus Crassus），或为古代的百万富翁。
④ 阿格劳（Aglaus），希腊古城普索菲斯（Psophis）的一位传奇性人物。
⑤ 保萨尼阿斯（Pausanias，活动时期143—176），希腊地理学家、旅行家。著有《希腊记事》，详细记述古希腊的艺术、建筑、风格、宗教、社会生活等。
⑥ 库瑞乌（Curius,？—270B.C.），古罗马军事家、政治家、执政官。
⑦ 法布里齐乌（Fabricius），公元前282年任罗马执政官。

精神的烦忧。白璧微瑕，大成若缺。尽管你拥有了参孙之发、麦洛①之力、斯坎德贝格②之臂、所罗门之智、押沙龙③之美、克罗伊斯④之富、帕瑟特之奥波⑤、凯撒之勇、亚历山大之气魄、塔利或狄摩西尼之辩才、古阿斯⑥之戒、珀尔修斯之马⑦、戈耳戈之头、内斯特⑧之长寿，这都不会使你完满，或在此生给你带来满足以及真正的幸福——就算带来了，也是难以为继。哪怕在欢声笑语中，总也存有悲伤与哀痛。即使于我们之间有所谓的真幸福，那也只是一时的；

  上半身是美人儿，下半身却是鱼。⑨

  爽朗的清晨也会变为昏暗的午后。布鲁图⑩与卡西乌⑪曾誉满天下，两人皆是幸福至极，但你却难以找到还有哪两个（佩特克鲁语），其命运的急转直下是更甚于此的。汉尼拔，一生所向披靡，然棋逢敌手，也终成手下败将。有人奏凯而归，如凯撒回罗马，亚西比德回雅典，获得了荣誉、赞美和爱戴，但没过多久，其雕像却惨遭毁损，其人也为嘘声所驱赶，或受到了杀害……话说西班牙名将龚萨福起初也得过国王与百姓的尊重、赞许，但随即就被监禁和流放了。波利比奥斯有言，紧随盖世功名而来的往往是仇恨以及

---

① 麦洛（Milo），公元前6世纪希腊摔跤能手，曾在奥林匹克运动会和皮锡奥斯比赛会上各获6次摔跤冠军，其名至今仍为力量的代名词。
② 斯坎德贝格（Scanderberg，1404—1468），阿尔巴尼亚民族英雄，领导抗击土耳其侵略者的起义，击退土耳其人多次入侵。
③ 押沙龙（Absalom），大卫王的宠儿，容貌俊美、不守法度、刚愎自用，曾反叛其父，战败后被杀。
④ 克罗伊斯（Croesus，？—546B.C.），吕底亚末代国王，敛财成巨富。
⑤ 奥波，即奥波勒斯，是古希腊的一种银币。
⑥ 古阿斯（Gyges），吕底亚牧羊人，偶然从巨人那里得到隐形魔戒后，便靠着魔戒之力篡夺王位。
⑦ 珀尔修斯（Perseus）将女妖美杜莎的头割下之后，她的血中跳出了生有双翼的飞马，其蹄踏出希波克瑞涅泉，传说诗人饮此泉水可以获得灵感。
⑧ 内斯特（Nestor），特洛伊战争时希腊的贤明长者。
⑨ 语出贺拉斯。
⑩ 布鲁图（Brutus，85B.C.—42B.C.），罗马贵族派政治家，刺杀凯撒的主谋者。后逃往希腊，集结军队对抗安东尼、屋大维联军，因战败自杀。
⑪ 卡西乌（Cassius，85？B.C.—42B.C.），古罗马将领，刺杀凯撒的主谋者之一，后组织共和军反抗"后三头政治"，被安东尼击败，自杀。

刻薄的中伤。有人生来富贵，死时却成了乞丐；今日生龙活虎，明日就病病歪歪；此刻还养尊处优，幸福美满，然转眼间却被外敌夺走了财宝，被贼人洗劫一空，遭到了劫掠、抓捕，变得穷困潦倒，有如拉巴①之人，被放在了铁锯之下，或铁犁之下，或铁斧之下，或被扔进了砖窑里。

　　朋友，为何你们总要说我是幸福的？
　　业已堕落之人哪有安稳可言。②

　　有人原先还与薛西斯③一样，有着千军万马，其富贵也不亚于克罗伊斯，而今却沦落到在一只可怜的小船里自谋生路，如土耳其人巴亚泽④那般铁链缠身，或与奥雷连一道成了踏脚凳，供暴虐的征服者前来践踏。在这世上有许许多多的天灾人祸，比如塞内加所说的某座为大火所吞没的城市，一日之间竟生通都大邑与断壁残垣之别。此外还有数不胜数的种种烦恼，有的来自外缘，有的则生于己身，生于那轻率之性、无餍之欲，而这亦可在一日之内招致人与非人之剧变。然更甚于此的是，仿佛不满与痛苦来得还不够快，人们一个个竟拿魔鬼之态以示他人：我们自相厮打、残害，学着用相互的憎恶、谩骂、侮辱来叮咬、中伤和侵扰彼此。那猎捕进而吞食之状，有如一只只猛禽。此外，我们也像骗子、皮条客、老鸨，要两相欺骗。抑或残暴如同豺狼、猛虎，乃至恶魔，竟以折磨对方为乐。人实在是邪恶，歹毒，凶残，阴险，卑劣。不互爱，也不自爱，不友好、仁慈，也不合群（有违天性），只懂弄虚作假、伪善、两面，可谓有己无人、铁石心肠、冷酷、无情。为给自己捞好处，才不管他人之死活。在诗人笔下即

---

① 拉巴（Rabbah），基督教《圣经·旧约》时代亚扪人居住的主要城市，位于今约旦首都安曼。
② 语出波伊提乌。
③ 薛西斯（Xerxes, 519？B.C.—465B.C.），波斯国王（485B.C.—465B.C.在位），镇压埃及叛乱（484B.C.），率大军入侵希腊，洗劫雅典，在萨拉米斯大海战中惨败（480B.C.）。晚年深居简出，在宫廷阴谋中被杀害。
④ 巴亚泽（Bajazet），土耳其苏丹，战败后，帖木儿把他关押在一只铁笼子里，他的身体由连在笼条上的铁链捆绑着。

有关于普拉克西诺与戈尔郭二人的记载（参见忒奥克里托斯[①]田园诗第十五首）。话说过去她俩要去见那豪奢景象时，会高喊——没事没事！然后推开众人向前挤去。而待她俩也过上繁荣富贵、养尊处优的日子后，却不许他人有这类少男少女的玩乐了，虽则她们曾也是享受过的。主子悠闲地坐在软椅上用餐，全然忘却此时还有个劳累的侍者站在身后，肚子饿的伺候他吃饱，嘴里渴的为他送饮（爱比克泰德语），他说得欢时仆人默不作声，他大笑之时仆人却忧思，伤感。他拿着盛满美酒的金杯痛饮。他饮宴、作乐，挥霍无度，享受各种华服、甜曲、安逸，以及世间可得的一切欢愉。与此同时，大街上却有许多饥饿难耐的可怜人正奄奄一息。他们衣不蔽体，整日操劳，为些许工钱而四处奔波，马不停蹄，或许还不舍昼夜地拼命苦干。他们病痛缠身，精疲力竭，满是痛苦和哀愁，陷入了内心的大悲大痛之中。然而显贵却往往厌恶和鄙视地位低的，憎恨或想赶超地位相当的，嫉妒那些地位高的。凡居于自己脚下者，他们只会侮辱之，仿佛自己属于另一物种，堪称半神，能免于任何的堕落或人的种种弱点。概而言之，他们不爱人，也不为人所爱。他们用无尽的劳役累垮了别人的身体，只要自己过得舒坦，哪管他人死活，可说是生而为己。并且他们非但不施以援手，反倒还要想尽各种办法来打压那些贤于己的英才俊杰——按道理本该是由他们竭力帮扶救济的啊。他们总要先让其号叫、受饿、祈求、苦等一番后，才肯（虽能立即做到）帮忙或救助。他们往往就是这般地有违常道，这般地不懂尊重，这般地铁石心肠，这般地粗暴、傲慢、无礼，这般地顽固，这般地秉性恶劣。哎，既然我们野蛮似此，两两之间也是这样以恶意相向的，那我们又怎会不处处心生不满，为忧虑、烦恼和痛苦所充塞呢？

如若这还不足以证明世人皆有不满和苦恼的话，那就再逐一地瞧一瞧各

[①] 忒奥克里托斯（Theocritus, 310？B. C.—250？B. C.），古希腊诗人，始创田园诗。在30首田园诗中以《泰尔西斯》最著名，诗作对罗马诗人维吉尔及后来的田园文学有很大影响。

个阶层与行业中的人吧。国王、君主、皇帝,以及执法官,想来应是无比幸福的了,然而你去看看他们的现状,就会发现他们也为忧虑所累,深陷于无尽的恐惧、痛苦、疑虑、妒忌之中。正如他谈皇冠那样,假使人们知道了与之相连的种种烦恼,便断不会弯腰将之拾起。你能告诉我(克里索斯托问道)有哪个国王不是满心忧愁的吗?不要只盯着他的皇冠,而要想想他的痛苦。不要只关心他的随从众多,而要留意他的万千愁烦。格列高利亦附和道,那仅意味着千钧重负;君权实乃精神之暴风雨,君王就好比斯库拉,不光有威严的称号,也有骇人的风浪。狄摩西尼亦因之而声称,若要选择当法官还是受审人,他宁可遭受审判。同样地,富人们也处在相似的困境之中,他们的痛苦唯有己知,外人们是觉察不到的,对此我将在他处予以证明。此外,他们的财富也易碎,就如小孩子的拨浪鼓一般。——财富出没无常,变动不居,原为其所高高抬起者,转眼间却又遭其狠狠抛下,被丢弃在了痛苦之谷中。而那些中等人呢,则又像极了许多驮货的驴子;不过,就算他们获得了自由,过上了安逸的生活,也是会力殚财竭,因了穷奢极侈、攀比显摆等等而耗掉身子与金钱的。至于穷人及其不满,我就将另择他处述之了。

接下来谈谈各种行业的处境。我认为,此中亦无甚差别,断没有满足或安稳可言。到底选哪行,怎好定夺?当牧师吗?这在世人眼中是可鄙的;当律师?则又成了个吵架的;当内科医生?那就是验尿师,要招来厌恶;哲学家?如疯子;炼金术师?如乞丐;诗人?如饿汉;音乐家?如卖艺人;教师?如劳工;农夫?如蝼蚁;商人?收益无常;技师?地位卑下;外科医生?肮脏恶心;店主?似骗子;裁缝?似小偷;仆人?似奴隶;士兵?似屠夫;铁匠,或锻造师?钳埚嘴从不离鼻头;廷臣?又好似寄生虫。恰如有人在林中找不到树上吊自杀,我也实难举出有哪类生活会予人以满足了。其实,你也可如此来说各种年纪的人。小孩子活在永远的奴役中,始终处于导师那残暴的监管之下。年轻人虽更形成熟,却也需得经受劳累,

第二部分　　忧郁的成因与症状

还有世间的千种忧愁，经受背叛、谎言，以及欺诈，

  他脚踩余烬，然星火不熄，[1]

  那上了年纪的，则是身子骨处处都发痛，将饱受无数的痉挛和抽搐——弯腰驼背，听不清，看不明，白发苍苍，皱纹满面，丑陋不堪，其变化之大竟连镜中自己的脸也认不出，于己于人都是个累赘。而年越古稀后，便一切皆悲了（大卫如是说），那不叫活，只能算苟延残喘。届时，他们若还健朗，定会害怕得病，待得了病之后呢，他们又要厌世倦生——生命不在年岁短长，只在活着之时是否康健。有人抱怨贫穷，有人不满奴役，还有人哭诉疑难杂症，发出种种牢骚——如身体畸形，如损失、危险、朋友亡故、船难、迫害、牢狱、耻辱、排挤、侮辱、诽谤、谩骂、伤害、鄙视、忘恩负义、薄情寡义、讥讽、嘲弄、倒霉之婚姻、单身、孩子成群、膝下无子、不幸之子女、不育、怀有二心之仆人、驱逐、欺压、破灭之希望，以及功败垂成，等等。此类愁苦真是多不胜数，恐怕连那多嘴饶舌的费边还没说上一半，就会感到力有不逮了。然本书各卷之主题却又恰好是这种种的苦，故我会就其中一些在别处适时地予以铺展。此刻我仅会略费笔墨，论之如下。通常说来，它们会折磨灵魂，削弱身体，使之干枯、枯萎，皱巴巴如同老苹果，变得好似一具具的干尸（皮包骨头，因忧愁而瘦得不成人形）。它们会令日子变得烦闷，时间变得绵长、无聊又沉重，亦会令我们如塞伯碑文里"悲伤"所做的那样嚎叫，咆哮，扯头发，并因了灵魂之剧痛而苦苦呻吟。我们的心也垮了，就像大卫的那颗一样——因了包裹着他的无数烦愁。故我们要与希西家[2]一道剖心直言，看啊，为了幸福我饱尝苦痛；与赫拉克利特同哭，与耶利米一起诅咒我们的出生之日，与约伯一起诅咒我们的星象；去坚信赛利纳

---

[1] 语出贺拉斯。
[2] 希西家（715？B.C.—687？B.C.），耶路撒冷犹大国王，大卫王后裔和第十三代继承者，企图发扬希伯来宗教传统。

斯①的那句格言，天底下头等好事当属从未降生，而第二等好事则要算死得够快。不过，假使我们还得活下去，那就最好如提蒙那样弃世离俗，学所谓的隐士钻进洞窟石穴之中；如底比斯的克雷特那样，将一切抛进大海。或者，也可以学安布拉基亚之克莱奥姆波洛图②的那四百名听众，自发跳崖以解脱上述种种痛苦。

9. 迷恋狩猎、娱乐无度

在每条街道和小巷似乎总会碰上好多可怜、穷苦、凄惨的落魄儿在乞食讨钱，这不免让人感到讶异。他们原本出身优越，也一度殷实富贵，而今却破衣烂衫，快要挨饿而死。他们于痛苦的人生边上苟延残喘，陷入了身心的怨与悲里，而这一切全是因了无度的纵欲、狩猎、贪欢，还有放荡之故。此乃穷奢极欲之享乐者与挥霍无度之浪荡子的共同下场，只怪他们沉迷、耽溺于各色的享乐和欲念之中。这可见于塞伯的碑文、圣安布罗斯《亚伯与该隐》第二卷。此外，卢奇安在其卷册中通过对"富裕"的写照，也极精准地描绘了此类人的命途。按他的设想，"富裕"居住在某座高山之巅，求见者不计其数。这些人初来之时，往往会由"玩乐"和"嬉戏"予以款待，只要钱财未竭，便可无欲不偿。但如果哪日千金散尽，他们就会被弃若敝履，从后门给扔出去，一头朝前，掉入"耻辱""丢脸""绝望"的队列之中。比如，有的人原先还有那么多的侍者、食客以及随从，他年轻又健壮，锦衣玉带，且珍馐美味无所不享，受到了各种的欢迎和敬重。而现如今却突然落得一无所有，变得白苍苍，赤条条，老态龙钟，病病歪歪，潦倒落魄，开始诅咒起自己的星象来了，还随时准备悬梁自尽。他别无其

---

① 赛利纳斯（Silenus），酒神狄俄尼索斯的养父和师傅，也是森林诸神的领袖。
② 安布拉基亚之克莱奥姆波洛图（Cleombrotus Ambraciotes），某一柏拉图派哲学家。

他的同伴，有的只是"悔恨""悲伤""痛苦""嘲弄""赤贫"以及"轻蔑"而已，这些便是他临终前每日里的陪伴者。正如败家子，原本享有雅乐、良朋、美馔，却以遭受悲惨的报应而终，至于那种种虚无的玩乐及其追随者，也无外乎此。但凡愿意回想一下自己以往那些快乐时光的人都会明白，快乐的尽头是悲伤，其最后的日子会跟胆汁和苦艾一样味苦，有精神的苦痛，乃至疯癫。而能引得这些人迎头相撞、以身相击的"石头"，通常包括纸牌、骰子、鹰犬（阿格里帕称之为对狩猎的迷狂），以及疯狂的建筑、消遣、娱乐，等等——若是他们用之无度，胡乱操弄，且还为此而入不敷出的话。有人正是因种种稀奇古怪的建筑而耗尽了所有，竟去修造游廊、回廊、梯台、小道、果园、花圃、水池、小溪、凉亭之类的消闲场所。这些色诺芬所称的无用的建筑，不管是何等地怡人心情，悦人眼目，添人光彩，又是怎样地合乎某些显贵的身份，于其他人等实可谓毫无益处，仅会令其家产倾空。佛瑞斯特①在其闻见录中记载了一个例子，说是有人即因此之故而变得忧郁，家财耗尽只为了某座无用的建筑——之后不会给他带来任何的好处。至于另一些人呢，哎，则毁在了放鹰和行猎等疯狂的运动中。此类运动虽对某些大人物而言是正当的消遣，且与其地位相称，然对于一个个卑微低贱的人来说可就并不如此了。后者在养护猎鹰、猎犬以及骏马之时，其钱财便会如萨尔慕斯所言，将随猎犬狂奔而去，又随猎鹰飞冲而散。他们积年累月地捕杀野兽，竟至到头来自己也堕落为兽类，恰如阿格里帕所批评的，他们实无异于亚克托安②——亚克托安是被自己的狗群撕咬至死的，而他们则是在此类无聊又无用的消遣中，吞噬掉了自身及其祖上的家业，与此同时也就无心于正事，或不再去务正业了。此外，我们所谓的大人物偶尔也会在狩猎一事上乐得过头，痴迷过甚，正如索尔兹伯里的约翰所谴责的，有时他们竟会把穷苦的耕夫赶离耕地，推倒农场，甚至整个乡镇，以此

---

① 佛瑞斯特（Forestus），约16世纪荷兰医学家。
② 亚克托安，猎人，因无意中见到月神阿耳特弥斯沐浴而被她变为牡鹿，并终被自己的狗群咬死。

来建造猎园和林苑——为了饲养野兽而让他人忍饥挨饿。若有谁胆敢惊扰了他们的猎物,便会受到比远近闻名的恶棍或臭名昭著的偷儿更为严重的惩罚。不过,大人物们总是有办法为自己开脱的,只是那些微贱之辈难免不被冠以疯癫之名。佛罗伦萨人波焦[1]曾讲过一则趣闻,即旨在斥责这类人的愚蠢和荒唐之举。据其言,米兰有位擅诊治疯子的医师在家中设了口水池,他的病人就浸在那池水里面,按疯癫程度之深浅,有的没及双膝,有的没及腰部,还有的则没及下巴。某日,其中一个已近痊愈的病人站在门口,恰巧看到有位勇士骑马而过。只见那勇士拳头上立着猎鹰,周身装扮齐整,又有猎犬紧随在后,他便走上前去,意欲问个明白——如此行头是为哪般。勇士答道,只为捕杀点野禽罢了。病人接着问,一年内所捕野禽价值几何。勇士答道,五或十克朗[2]。病人进而又问他的猎犬、骏马以及猎鹰将花掉他多少。他告诉说四百克朗。听闻此言,病人忙命勇士快走,不免替他的小命和安康担忧,"因为若是屋里的医生回来撞见了你,他定会把你浸到水池之中,与那些让水没及下巴的疯子同处一堆"——这便是在谴责此类蠢人的疯癫和愚笨了,他们竟把自己耗在了没用的消遣里,无心正事,也不务正业。而约维斯在其传记中则把矛头指向了那位好狩猎的教皇利奥十世[3],称他放鹰和行猎之心极盛,乃至(如其所言)有时会在奥斯蒂亚附近一连待上几周数月,把请愿者撂在一边儿,亦不签署教皇诏书和赦罪符。其行其举真是于己无益,也有损于黎民百姓。并且,他在狩猎不顺、战果不佳之时,还会气急败坏,常以尖酸至极的嘲弄来诟评和辱骂圣贤大德,其愁容满面、生气焦躁、既悲且恼的样子,讲起来实在让人难以置信。不过,一旦猎得尽兴,玩得尽情,他又会无比慷慨大方地奖赏身边各位猎友,趁着那股子高

---

[1] 波焦(Poggi,1380—1459),意大利人文主义者和书法家。
[2] 克朗,英国旧币制的 5 先令硬币。
[3] 利奥十世(1475—1521),意大利籍教皇,耗费巨款资助艺术事业,保护拉斐尔等艺术家;继续前任兴建的圣彼得大教堂等工程,发行赎罪券,绝罚路德。

兴劲儿，对请求者也是无所不允。说真的，这便是戈拉特①所称的一切赌徒之共性了。如果赢了，那世间最开心和快乐的人就非他们莫属。但如果输了，即便只是巴加门棋戏中的两三轮小赌，或是一场牌局，输赢不过区区两便士，他们也会因之而变得狂躁和暴怒不堪，以至没有人敢上前搭话，而且往往还会进而生出激烈的情绪，以及辱骂、诅咒和污言秽语来。彼时其行其状几与疯人无异。若就众赌徒与赌博概而言之的话，我们则可以说赌博一旦过了头，便能断定，不管赌徒眼下是赢是输——那赢来的，正如塞内加之论断，也并非幸运的礼物，实乃诱饵——其结局总不离一贫如洗。恰如瘟疫会夺走性命，赌博则会抢走财物，因为凡为赌徒总会落得一丝不挂，分毫不剩，成了穷光蛋。

> 侥幸之心实乃贪婪的斯库拉，可谓一种从不失手的偷金窃财，
> 她用心险恶，醉心于毁灭，我们因之而倾家荡产有如一具空骸；
> 无耻下作、偷偷摸摸、不光彩、懒惰和疯狂——唯有这些被留了下来。②

他们为贪图一点玩乐而去赌博，时不时地赢些个小钱微利，但此时他们的妻子儿女却还在苦苦煎熬，到头来他们将会痛失身与心，并为之而懊悔不已。此外，更用不着说那些穷奢极侈的浪荡子了，他们生来便花钱如流水，正如他指责安东尼那样，不假思索就把所有财产都丢进了赌桌（据西普里安）；也用不着说那类疯狂的骄奢淫逸之挥霍者，他们于一顿早餐，或一顿晚餐，便可吃尽所有，又或者在老鸨、寄生虫以及赌徒中间，因了豪赌、大手大脚等等，转眼就能耗尽自己的一切，仿佛是把钱财扔到了台伯河里。而且他们不光会毁了自己，还将累及全部好友，就像拼命扑打的落水者会把前来救助的人拽入水中淹死一样，他们靠着担保和借债也能狠心地毁掉所有的

---

① 戈拉特（Galataeus），一名医师，著有关于疾病的书。
② 语出彼得拉克。

朋友和伙伴。正如他所言,他们恨不得把钱花个精光。再加上长着放荡的眼睛、贪馋的舌头以及好玩乐的手,他们如若仍是挥霍无度,去把才智连同土地都一齐抵押掉,还将祖上殷实的家业填埋于肚肠之中的话,那么他们或许就要在牢狱里度过余生了,而他们往往也正是如此的。于寂寥中,他们追悔莫及,待走到了一无所有的地步,才想着要省吃俭用,然其钱袋早就空空见底,再去查看实属为时晚矣。他们的下场便是痛苦、悲伤、羞愧以及不满。而他们也活该丢人现眼,抑郁不满,活该在圆形竞技场中遭到毒打——若以哈德良皇帝之诏书为据,则他们由来已久,实可谓暴殄天物之徒(哈德良如是称之),或曰挥金如土的傻子,理应示众受辱,人人喊打,怎可获怜悯或救助。话说托斯卡纳人与皮奥夏人会在破产者的身前挂一只空的钱袋,用担架把他们抬到集市中去,让所有的青年男子也紧随其后。在那集市之中,破产者将坐上一天,任由他人聚拢围观,受尽耻辱和嘲笑。而在意大利的帕多瓦,则有一块石头,名曰堕落之石。此石位于元老院近旁,那些花钱无度的,或是欠债赖着不还的,均得光着屁股在上面坐上一坐。如此一来,便可借由这当众的羞辱来威慑他人断不可学着胡乱花钱,或借债无度。此外,古时的民法家还会派护卫去监督头脑有毛病的挥霍之徒,就跟看管疯子一样,其用意所在也是节制其花销,以防财产大量耗散而致倾家荡产。

在本节之中,还有两大病害,我不可略而不谈,即那众生皆在痴心贪恋的美酒与女色,为其所引诱和迷醉者已是不计其数了。通常而言,此二者会成双成对地出现。

  那贪酒之人,毁于骰子之手,
  又对维纳斯爱慕已久。①

---

① 语出佩尔西乌斯。

所罗门曾言，于何者为悲，于何者为苦，除了那嗜酒之徒？酒会招致折磨，以及精神之苦痛。哲罗姆就把它称为疯癫之酿，诚哉斯言，因为酒会使康健者病弱又忧伤，使智者发狂，辨不清其所言所行为何。来听个悲惨的故事吧，据圣奥古斯丁记载，西里鲁之子曾于醉酒之中撞倒了怀有身孕的母亲，且还险把亲姐妹糟践，把父亲杀害，把另两个姐妹弄伤致死……故他所言非虚，饮酒会带来欢乐，饮酒会带来悲伤，饮酒会带来穷困和贫乏、羞愧和耻辱。这世上便有许多人，是早已让自己的财富翻了船的，就如同流浪汉和乞丐那样漂泊着，其家财也全都化作了可饮用的"金水"——他们原本是能够养尊处优的啊。并且，为了那区区几个钟头的欢愉（因为他们的欢乐时光转瞬即逝），或塞内加所称的放肆的疯狂，他们竟给自己买来了永久的苦闷与烦恼。

　　除了醉酒以外，还有一类疯狂，是关乎女色的。智者有言，它会使心灵叛变，进而伤及人的大脑。起初那女子也貌美动人，但正如迪奥斯科瑞德①的夹竹桃那样，虽为悦人眼目的美丽植物，然终归是不可吞服的毒药——她到头来除了好看，其他的就都将如苦艾一般味苦，如双刃剑一般锋利了。她的屋舍是连接地狱的通道，向下直抵死亡之宫室。试问，还有什么可说是更可悲的吗？他们此生历经了凄风苦雨，过得疯疯癫癫，有如畜生，就像牛一样被拉向了屠场。而愈加悲惨的是，色鬼和酒鬼还会受到审判。奥古斯丁也说，他们失去了恩典和天国的荣耀，

　　——那片刻的欢愉

　　抹掉了天堂里永恒的极乐。

　　他们所获的只是地狱和永灭。

---

① 迪奥斯科瑞德（Dioscorides，40？A.D.—90A.D.），罗马医师、药理学家和植物学家。

10. 自恋、自负、爱虚名、好吹捧

自恋、自傲以及自负①乃克里索斯托所称的恶魔的三大罗网之一。伯纳德则将其比作一支利箭，能穿透灵魂并把灵魂杀死，或一名狡猾鬼祟的敌人，让人难以察觉。总之，此三者皆属主要之成因。在愤怒、渴望、贪婪、恐惧、悲伤或其他种种烦扰无可奈何之处，自恋总能于不知不觉间悄悄地把我们腐蚀。那些（西普里安语）不为奢靡放纵所动者，皆败在了自恋的手下。有人虽对种种金钱、贿赂、礼物不屑一顾，显得正直且清廉，未曾耽溺于痴想，亦抵挡住了体内各种猛烈专横的情欲，然还是被自负擒获，丢尽了颜面。自恋会同时吞噬心脑二物，乃造成我们眼下这病的一记重创、一大成因，虽则我们往往对它视而不见，置若罔闻，但它的确堪称我们灵魂的施虐者，会引起忧郁和痴傻。这宜人的性情，这喜闻乐见的低语的柔风，这甘美的狂热，难以回拒的激情，这愉快的幻觉，这讨喜的疾病，竟是如此温柔地侵袭了我们，迷惑我们的官感，哄我们的灵魂入睡，还把我们的心吹胀，有如一只只的囊袋，而这一切全都来得悄无声息，以至那些染疾之人连一次也未曾留意到，故也从未想过要予以疗治了。身患此症的我们往往最爱谄媚之人，虽他伤我们最深，但我们却乐于去听恭维的话。哲罗姆说，我们爱他，便全在于此：噢，邦西安茹，竟获你如此赞美！听来好生悦耳。此外，也有普林尼对其好友奥古里努的剖心直言，你的文字均属佳品，尤以谈及你我二人之作为甚。不久后，他又对马克西穆斯②说道，听闻我受赞美，个中欣喜真是无以言表。尽管在那阿谀奉承之辈以分外夸张的颂词来粉饰我们之时，我们也难免会自嘲地一笑，就像许多君王那样不得已而为之，因为他们深知自己德薄才浅，与种种赞美比起来，好似老鼠之于大象，但溜须拍马却总会令我们乐不可支。尽管好多时候我们也要火冒三丈，还会为所获的赞美而羞

---

① 三者均属于自恋的范畴，伯顿在论述之时把它们当作同义词来使用。
② 马克西穆斯（Maximus），约公元2世纪希腊修辞学家、哲学家。

红了脸蛋，然我们的灵魂却在身子里欢呼雀跃，自恋使我们变得飘飘然。这实可谓一种骗人的愉悦、一只献媚的魔鬼，能让我们妄自尊大，得意忘形。自恋有两大产物，即头脑轻浮、无度之欢喜骄傲，然也不排除其他种种伴随性恶症，如乔多库·罗瑞奇所归纳的自吹自擂、虚伪造作、刚愎自用以及吹毛求疵。

　　既然此害通常源于自我或他人，那么自恋者便可分为主动与被动两类。如若我们自己乃促成此害之因，则自恋就会由内而发，生于己身，生于一种傲然的自负——我们引以为傲的既有自身的长处、价值（实则毫无价值），也有所谓慷慨、仁慈、风度、勇气、力量、财富、坚忍、谦逊、友好、美丽、节制、高贵、知识、才智、技术、才艺、学问，或过人之天赋与机运。对于以上种种，我们会如那喀索斯①一般，自发地崇拜、夸耀并赞美，甚至以为全世界皆是这般看我们的。而且，正如形貌丑陋的女子会轻易相信那些夸她们貌美的人，我们也会过于轻信自己的才华和他人的夸赞，心悦诚服地听信于己。我们吹嘘和炫耀着自己的作品，因了自视甚高而瞧不起他人。我们的知识令我们膨胀（保罗语），而才智、学问亦然，就算家鹅也一只只美如天鹅。我们对他人的总是极尽蔑视和贬损之能事，而对自己的则是无限吹捧和拔高——断不能让其屈居第二，更不可位列第三。什么？尤利西斯之流也配与我相比？较之自恋者的傲睨自若、目空一切、赫赫巍巍、盛气凌人之"名望"，余者就皆为虮卵和苍蝇了，虽则他们实是远胜于他的。唯有聪明之人，唯有富贵之人，也唯有幸运、英勇以及貌美之人，才会因这自傲之肿瘤而膨胀。正如骄傲的法利赛人，他们自以为不同于其他的人——自己是由更精纯、更珍贵之金属所造。智者佩里安德②即视其为仅有的能够对诸般事务应付自如的人；他们做每件事之前总会深思熟虑……伊拉斯谟曾

---

① 那喀索斯（Narcissus），因迷恋自己在水中的倒影憔悴而死后化作水仙的美少年。
② 佩里安德（Periander, ?—586B.C.），古希腊科林斯僭主（627—586B.C.），征服埃皮达鲁斯，并吞科西拉，促进城市商业繁荣，保护文学艺术，为"希腊七贤"之一。

言：我认识一狂妄自大之徒，他竟以为世间无论是谁都高不过自己。这恰与哲人卡利斯提尼斯①一样，他感到亚历山大之功勋，抑或任何别的主题，皆不值得形诸其笔下——他的傲慢竟至于此。这也如叙利亚王塞琉古，他觉得除了罗马人其他均不配与之交战。昔日塔利写给阿提卡的话如今也还字字铿锵，即天底下从未有过哪个真正的诗人或演说家，会视别人胜己一筹的。而所谓的君王、君主、大哲、史家、教派或异端之发起者，以及各大硕学鸿儒，若按照哲罗姆所释，亦多半如此。自然哲学家为荣誉所支配，实可谓谣传、声名及舆论的奴隶。而且，虽他们写书向来以求荣为耻，但正如他所言，他们仍会落其名于其书之上。特瑞贝琉·珀利奥即说道，我已全然献身于诸位及名誉之中了。我日思夜想、潜心钻研的，皆是如何抬高我的声誉。傲慢的普林尼也附和他。且那妄自尊大的演说家，在一封致马克·卢塞乌斯的信函中，并不羞于承认，我心中燃烧着一团熊熊欲火，渴望我的名字能载录于你的书中。从这一源头，便冒出了各种各样的大话与自夸——我们愿作出来的诗篇配得上拿香柏油涂抹并以鲜亮的柏树匣珍藏——我不以平庸或柔弱之羽翼漂浮空中，亦不再停留于大地之上——细小之事、平庸之事、凡俗之事我皆不愿吟咏——我当受到歌颂，那汹涌的奥菲杜斯河也在奔腾咆哮——我已筑起一座纪念碑，比拿黄铜做的更加经久牢靠——此刻我的作品已成，不论是朱庇特的怒气，还是烈火之类，抑或任凭时光前来蚕食……我的精粹依然长存，于此之中我将永垂不朽，远胜高悬的星辰，而我也将获得永不磨灭的声名。奥维德的诗句我已用英文意译如下：

> 待我与世长辞，
>
> 我的尸体被覆以巨石，
>
> 我的声名仍不会被淹没，

---

① 卡利斯提尼斯（360？B.C.—328B.C.），希腊历史学家，以史官身份随亚历山大大帝远征亚洲，后因犯上而被捕，死于狱中，著有一部公元前386至前355年间的希腊史、《亚洲远征记》等。

而我也就得以存活；

于我那种种不朽的巨著，

我的荣光将留存万古。

还有恩尼乌斯的诗句：

不要让人拿眼泪来涂抹我的坟墓！为何？

我可是永远活在世人的嘴上的。

上述种种骄傲的诗句，以及愚蠢的夸耀，在大作家当中可谓司空见惯。德摩卡莱斯①评注《论题篇》，只求千古不朽。泰珀提乌写《谈名誉》，仅为闻名于世，而他也算是名副其实了，因他所写的正是"名誉"。此外，哪怕是末流的诗人，亦概莫能外。他们个个都得要显声扬名，皆欲通过俗众的喝彩来博取名誉。而正是出于这样一种自吹自擂的气性，虚荣骄傲之人才会写出那么多大部头的著作，建起一座座知名的纪念碑、高耸的城堡，以及宏伟的陵墓，以便让他们的事迹得以永存，让别人可以拿指尖指着说"那就是他"，让自己的名字能铭刻于其上——恰如底比斯城墙上芙丽涅②的名字（此为芙丽涅所建）。甚且，这还导致了许许多多血腥的争战，

使我们在一个个寂静的夜里不敢合上双眼，③

催生了长途跋涉，

我得攀登的高度虽不知几许，然荣耀却借我以力量，④

---

① 德摩卡莱斯（Demochares, 355—275），古希腊演说家，狄摩西尼之侄。
② 芙丽涅（Phryne），公元前4世纪古希腊名妓，以美貌著称。
③ 语出卢克莱修。
④ 语出普洛佩提乌斯。普洛佩提乌斯（Propertius, 50？B.C.—15？B.C.）古罗马哀歌诗人，写有4卷哀歌，大部分为爱情诗。

令我获得了光荣、一丁点儿的掌声，以及骄傲、自恋、虚荣自负。由此之故，这些人才要费尽心血，继而猛地染上种种可笑的气性，陷入极度的自负之中，变得目无余子。正如文法学家帕莱蒙①瞧不起瓦罗那样，这还会把他们引向无比的傲慢，竟至他们不能容忍遭到反驳，或听到除了自我赞美之外的任何声音（哲罗姆如此评点这一类人）。而奥古斯丁亦附和道，他们日日夜夜一门心思所钻研的仅是如何得到称赞与喝彩。然实际上，在明眼人看来，他们却是疯子、空瓶、傻瓜，已变得神智失常，荒谬可笑。正如古寓言所称——骆驼求角，反失双耳②，他们的作品只不过是泥车瓦狗，就跟过期的年历一样。他们会因其雇佣文人的连篇累牍而消亡，他们寻求名声和不朽，到头来却收获了耻辱和臭名，他们成了公众的靶子、荒谬的异类，与其所想所盼真是相去甚远。

> 哦，小伙，恐怕你命薄寿短！③

优西比乌斯④说得好，历史上有多如繁星的诗人、修辞家、哲学家、诡辩家著书立说，然一千本著作中也难有一本能够存世，他们的书多半还是连同其肉体一道烟消云散了。这并非如其所妄想的那样，哪会有什么必定传颂千古、流芳百世，正如有人对那胜而骄的马其顿之腓力所说的，他的身影已是今不如昔，我们也大可对他们说，

> 我们亦惊叹不已，但不同于庸俗的众人，
> 因我们所见乃戈耳戈、哈比，或复仇女神；⑤

---

① 帕莱蒙（Palaemon）公元1世纪罗马著名文法学家。
② 故事见《伊索寓言》。骆驼羡慕牛有漂亮的角，自己也想要长两只角。于是，他来到宙斯那里，请求给他加上一对角。宙斯因见骆驼不满足已有庞大的身体和强大的力气，还要妄想得到更多的东西，气愤不已，不仅没让他长角，还把他的耳朵砍掉一大截。
③ 语出贺拉斯。
④ 优西比乌斯（Eusebius, 264？—340？），凯撒利亚主教、基督教教会史家，罗马皇帝迫害基督教时下狱，著有《基督教教会史》《君士坦丁传》《编年史》等。
⑤ 语出布坎南。布坎南（Buchanan），约16世纪苏格兰人文主义者、拉丁文诗人。

第二部分　　　　　　　　　　　　　　　忧郁的成因与症状　133

即便我们真要鼓掌，称颂和夸耀，但跟整个世界比起来，我们这方土地又是多么地渺小，压根就没人听过我们的名字！注意到我们的人也可谓寥寥无几！我们声名所到之处竟是如此狭窄的一块，恐怕还不及地图上亚西比德的领地！然我们却个个还要妄想不朽，如他所期盼的，要让其声名远扬至地球的两极，虽则其名还未传遍他所在的省或城的一半——不，连四分之一都还够不上。但就算他们在城中是家喻户晓的了，那城市之外还有国家，而国家之外还有欧洲，欧洲之外又有世界，并且连世界也是有尽头的，若拿苍穹中最微弱的那颗星来与地球相比，恐怕都要比地球大上十八倍吧？而要是满天繁星无垠无尽，每颗星又都像某些人所称的那样有一颗太阳相伴，而这太阳亦与我们的无异，自有其行星环绕，且各个行星上还有生物生息繁衍，那么，我们与这般广袤无垠相比将会是何等地微不足道啊，我们的荣光又何在？佩特罗尼乌斯笔下，有人曾吹嘘，全世界皆臣服于了奥古斯都。君士坦丁一朝中，优西比乌斯也曾夸耀，君士坦丁统治了整个世界。而那关于亚历山大的赞美，亦是如出一辙。此外，还有所谓四大帝国[1]等等的说法。然不论是希腊人还是罗马人，其所占之地都不及眼下已知世界的十五分之一，即便按古人所绘之世界来看也是一半未到。原来他们与我们竟然都是这样的吹牛狂！正如他所言，实应对光荣的名声嗤之以鼻了，我们的荣光所持续之时日是何其短暂，何其稀少！每个偏僻的省、每个小地方和小城市，在我们功成名就之时，也会产生同样的英豪、同样的勇士，其方方面面都与我们一样赫赫有名。威尔士有卡德瓦拉德[2]，诺曼底有罗洛[3]，而罗宾汉与小约翰之名满舍伍德，则如凯撒之于罗马、亚历山大或他的赫费斯提翁[4]之于希腊。在

---

[1] 详见《圣经·但以理书》尼布甲尼撒之梦。
[2] 卡德瓦拉德（Cadwallader），公元7世纪威尔士圭内斯王。
[3] 罗洛（Rollo，860？—932？），斯堪的纳维亚海盗头子，从法国国王"天真"查理那里得到一块封地（911），在此创建了诺曼底公国。
[4] 赫费斯提翁（Hephaestion），亚历山大之密友、传说中的爱人。

各朝各代与万族万民中,每一镇子、城市、书本里面,均无处不是优异的士兵、议员、学者。布拉西达①虽为杰出之将领、优秀之干才,人人皆说他在斯巴达无人能及,但其母却实言以告,跟他说斯巴达中强他数倍者还大有人在——故而无论你如何地看重你自己,如何地仰慕你的朋友,也断不可忘了这世上还有许许多多不为人知的默默无闻之俊杰,倘若他获得了用武之地或者可以施展抱负,其功名成就是将远胜于眼下的他,或你的朋友,甚至你自己的。

除此而外,世间还有一类疯子,恰与上述自恋者相反。他们疯癫而未觉,对之习焉不察。他们鄙夷种种赞美和荣誉,自以为逍遥物外,实则疯癫无比。他们把别人都踩在了脚下,不过所用的是另一类傲慢罢了。他们乃一帮犬儒学派的信徒,比如所谓的僧侣、修士、隐者之类。他们虽蔑视世界,蔑视自我,蔑视一切头衔、荣誉、官位,但于蔑视之中却又比世上任何人都来得更为傲慢。他们貌谦实骄,因不傲而自傲。奥古斯丁曾言,以蔑视虚荣为荣者,往往怀有更大的虚荣,这正如第欧根尼那样,他们在心中暗自夸耀,拿自以为傲的圣洁为食,把自己喂得脑满肠肥,此行此举简直无异于伪善。他们身披粗布服行路——其实多为穿得起金衣的显贵,并通过外在的举止来显出一副落泊、谦卑的样子,然其内心里却是肿胀的,充满了骄傲、自大,以及自负。故而塞内加才要告诫其友卢西琉道,在衣着和仪态、外在行止方面,尤不可做看似低调实则高调之事,如穿破衣烂衫,不修头发,留拉渣的胡子,视金钱如粪土,住简陋的房屋等等暗博名声之举。

其实,上述的疯癫还只是源于我们自己的那类,而能予我们以重创的主因则来自他人(于此之中我们纯属被动)——来自一群寄生虫和马屁精。他们常以过度之赞誉,以及浮夸的名号、光彩的头衔、虚假的称颂,来大肆美化吹捧、粉饰那些名不符实的蠢人,令其晕头转向,神魂颠倒。正如哲罗

---

① 布拉西达(Brasidas),公元前5世纪斯巴达军官。

姆所称，这异口同声之赞美乃一股强烈无比的力量，就连乐鼓、横笛以及小号也不能这般地鼓荡人心。它能够让人膨胀自满，瞬息间就使人得意忘形，又垂头丧气，其致人时鼓时扁之功效堪比霜冻作用于兔毛皮。试问天底下有谁能够做到坚忍自持，哪怕获了溢美之言、过誉之赞，也不为所动？任他是谁，那些寄生虫都能令其颠倒翻转。若为君王，他们就赞其为"九勇杰"①之一，非属凡子，堪称天神——此乃我神之圣谕啊，且他们也愿供奉他——

   假使你要领受神祭，
    我们将以你之名把圣坛竖起。②

而若是士兵，他们则称其为地米斯托克利、伊巴密浓达③、赫克托耳④、阿喀琉斯、战争的两道闪电、地上的三巨头，等等；哪怕大小西庇阿的英勇之于他也是渺不足道的，唯有他才所向披靡，临危不惧，创下了累累战功，可谓自然之主宰；尽管他仅是一只戴了头盔的兔子，乃十足的胆小鬼、懦夫，就像他口中的薛西斯那样，打仗排最后，逃跑称第一，连敌人的脸也从不敢直视。还有那长得壮的，就是参孙、赫拉克勒斯再世；凡会演说的，便可比作西塞罗或狄摩西尼，如《使徒行传》中的希律王，这是神的声音，不是人的声音；若能写上几句诗，则又堪称荷马、维吉尔了……然而我的糊里糊涂的、经不得吹捧的病患却把这些赞美当了真。其人若为学者，被赞满腹经纶、文风出色、治学有方之类，那他就会终日伏案，学蜘蛛抽丝织网，精华吐尽，至死方休；一经称赏，便如孔雀开屏，大炫其羽。他若为士兵，假使

---

① 九勇杰，即 Nine Worthies，九个历史传奇人物，在中世纪被人们认作是骑士精神的典范，包括亚历山大、凯撒、亚瑟王等。
② 语出斯托扎。斯托扎（Stroza），意大利诗人。
③ 伊巴密浓达（Epaminondas, 420？B. C.—362B. C.），希腊底比斯将军，两次击败斯巴达，建立反斯巴达同盟，称霸希腊；后进军伯罗奔尼撒，在曼提尼亚战役中阵亡。
④ 赫克托耳（Hector），特洛伊王普里阿摩斯的长子，特洛伊战争中的英雄，后被阿喀琉斯杀死。

得到了掌声，其英勇也获了夸赞，那么即便是蚍蜉撼树，如那可怜的小伙特洛伊罗斯①之于阿喀琉斯，他也要与巨人搏斗，头一个冲锋陷阵；恍如腓力附身，他意欲勇闯敌军腹地。倘若再夸他勤俭持家，则他还会节俭过头几成乞丐；夸他食而有度，他又会终日不食竟至饿死。

> 受赞的美德永远生机勃勃，
> 荣耀鞭策着我们倦乏的生活。②

他果真是疯了，疯了，疯了，喊一声"吁"也不能让他停步——所谓一山不容二虎，为求传扬于世，或声名永垂，他竟不畏艰险地攀越阿尔卑斯山脉。至于去称赞那些野心勃勃的人，比如去赞美某位骄傲的君王或君主，如果誉之过甚的话（伊拉斯谟语），那么如此的赞誉定是会令他变得趾高气扬的，且不再视己为人，而将以神明自居了；

> 不嫌惊世骇俗，既已信以为然，
> 当着他的面把鼠雀之辈夸赞；
> 那无耻的宫中谄媚已将其捧入神龛。③

请看这是如何印证于亚历山大的吧，他居然妄想做朱庇特之子，还学赫拉克勒斯身披狮皮行路！而图密善呢，他则成了天神，*我主大神下谕速办此务*（苏埃托尼乌斯如此述之），就像那波斯国王一样——凡入巴比伦城者皆须敬拜其像。此外，康茂德④皇帝亦饱受了谗佞之徒的蒙骗，以至强命众人称他作赫拉克勒斯。同样地，罗马的安东尼也因此故而非要以常春藤为冠，乘战车出行，并如酒神巴克斯那般受人供奉。至于色雷斯王科

---

① 特洛伊罗斯（Troilus），特洛伊国王普里阿摩斯之子，在特洛伊战争中被阿喀琉斯所杀。
② 语出奥维德。
③ 语出尤维纳利斯。
④ 康茂德（Commodus，161—192），罗马皇帝（177—192），实行暴虐统治，精神逐渐失常，自以为是大力神赫拉克勒斯转世，经常到斗兽场充当角斗士，被一摔跤冠军勒死。

第二部分　　　　　　　　　　　　　　　　　忧郁的成因与症状　　*137*

提斯，他竟宣称欲纳密涅瓦为后——遂接连分别派了三个传信官，前去查看她是否已入寝宫。其他君王中，与此相类者还有朱庇特·梅涅克拉特[①]、马克西米安·朱庇特[②]、戴克里先·赫拉克勒斯、波斯王沙波（日月之手足）、晚近的土耳其王（号称下凡的天神、万王之王、神的影子、天下霸主）以及当代中国与鞑靼的皇帝。另外，再说说薛西斯吧，他亦是大言不惭，曾说什么要鞭打大海，为海神尼普顿戴上脚镣，且还向阿索斯山下了战书。哎，世间昏君无数，大多便是如此了，都被那佞臣引入了虚妄的福地。而这亦是一种普遍的气性，为人所共有——倘若变得位尊权贵，或登上了荣誉之顶，又或是功成名就，那可就得要自吹自擂一番了。你们常说的商人即属典型（普拉特语）。他们若干得出色，便会夸耀吹嘘，卖力地显摆其愚蠢。他们有何优点长处，自识甚清，无需由你来告诉他们。出于一种对个人才华的自负，他们整日里沾沾自喜，不断念想着奖杯与称赞，到头来竟变得疯癫不已，丢掉了神智。彼特拉克亦曾如此自剖，而卡丹则在其智慧之书的第五卷中举出了一个米兰铁匠的例子。该铁匠是卡丹的同乡，名曰格勒·德·鲁贝，他因改良了阿基米德的一件仪器而受到称赞，然获得了赞赏之后，他却喜不自胜，乃至由喜生疯。普鲁塔克在阿塔泽克西兹[③]传中也载有类似的故事，据说有个名叫卡慕的士兵在战场上打伤了居鲁士大帝，遂由此变得不可一世，没过多久便神智失常了。这世上还有许许多多的人，但凡任何新的荣誉、官职、晋升、奖赏、珍宝、财富或遗产意外地落到了他们的身上，便会因了欢喜过头以及惦念不休，而无法入睡或不知自己所言所行为何。他们将突然变得极度地迷狂，因虚无的幻想而欣喜若狂，再也无法自持。故而，伊巴密浓达在留克特拉之役获胜后的第

---

① 朱庇特·梅涅克拉特（Jupiter Menecrates），提比略皇帝的御医。
② 马克西米安·朱庇特（Maximinus Jovianus, 250?—310?），罗马皇帝，与戴克里先同朝为帝。
③ 阿塔泽克西兹（Artaxerxes,?—359B.C.），波斯阿契美尼德王朝国王（404? B.C.—359? B.C.），大流士二世之子。

二日，就皆以邋遢肮脏、卑躬屈膝之态外出了。他向友人给出的如此作为的缘由也并无其他，只是在此日之前他便已料想到，他会因这好运而骄傲过甚，欢喜过甚。那智慧而贤德的夫人、英王遗孀凯瑟琳王后，遇到类似情形时，在私下交谈中也说道，她诚不愿领受极坏或极好之运。但若她于此二者必得择一而从之，那她宁可落入逆境，因于逆境之中断不会毫无安适可言，而于顺境之中可就永远缺少审慎与节制了——他们无力克己。

三

好学或过度研习，附论学者之苦

里奥纳图·弗克休、菲利克斯·普拉特、赫拉克勒斯·德·萨克索尼亚①，均谈到过一类由过度研习所致的特殊的癫狂。费尔内琉同样把研习、沉思，以及不断的冥想，视作疯癫的一种独特的成因。在其第八十六则问诊录中他还再次征引了此见。乔·阿库兰努，也于种种成因之中独以过度研习为先。此外，列维努·莱蒙琉亦是如此。许多人（他说道）患上此病皆是因了无休止的研习，以及彻夜不眠。然而，相较于他人，学者实是最易为其所苦的。——还有那，拉齐补充道，通常拥有精深无比之智慧者。马尔西琉·菲奇诺，将忧郁算作了学者的五大祸患之一，称其为学者所皆要承受的普遍的伤害，大致说来，堪称一种近乎去之不掉的附赘。瓦罗或因此故才把哲学家说成是忧郁的和板着脸的。而严肃、伤感、冷硬、愁闷，也正是拿来形容学者的惯用语。所以帕特里奇②要在《君主制》中反对君主成为硕学。因为（据马基雅弗利所称）研习会弱其体，钝其神，减其力量与勇气。有位哥特人就曾说过，好学者永远当不了好士兵，这确为正论——在其族人攻入希腊，欲将希腊人的藏书统统付之一炬时，他大呼反对，力劝众人勿行此举。就把这祸害留给他们吧，书本终将耗尽他们的精力，以及士气。土耳

---

① 赫拉克勒斯·德·萨克索尼亚（Hercules de Saxonia），约16至17世纪威尼斯医药学家。
② 帕特里奇（Patritius），约16世纪意大利哲学家、科学家。

其人废掉下任君主科卡图斯，也是因了他的过于痴迷书本。而世间亦有一则公认的信条，即治学将使人之精神低沉衰落，从而生出忧郁来。

至于学者为何会比他人更易患上此病？其因有二。一者，学者过的是一种枯坐不动、离群索居的生活，朝夕仅同自己与诸位缪斯相对，未行身体之锻炼，以及为他人所常取之消遣。倘若此中再添不满和无聊的话——这屡见不鲜，那他们便往往会猛地跌入忧郁的深渊里去。然细究起来，其普遍的成因仍为过度研习。你的学问太大（如非斯都大喝保罗[①]那样），反叫你癫狂了——这是另一种极端"用功至勤"所致。崔卡维利[②]即据其经验发现，他的两位病人（一青年男爵及某君），就是因了极度的研习而染上此病的。此外，佛瑞斯特也在鲁汶遇到过一位疯癫的青年牧师，那人竟称他脑中装有一整部的圣经。马尔西琉·菲奇诺曾给过多条理由用以解释为何学者会较他人更常陷于痴傻。第一条系疏忽忘我：他人皆晓护惜各家之用具，如画家会清洗画笔，铁匠会保养铁锤、铁砧、锻铁炉，农夫会修犁铁，磨钝斧，放鹰人或猎手会珍爱其猎鹰、猎犬、马儿、狗儿，等等，乐师也会为琴调弦之类，唯有学者才疏于护惜用具，（亦即）其大脑与精力——他们日日调用，借以探天究地，然终因过度研习而将之耗尽。你得当心（卢奇安语）切莫太使劲儿地绞绳子，终致其断。菲奇诺在其书第四章中还给了另外几条理由。例如，学问之守护星，土星与水星，皆为干涸的星体。而俄瑞格努[③]亦以此来解释为何主水星之人会贫穷不堪，泰半沦为乞丐——只因其主星水星本就是荒芜贫瘠的。那古时的命运女神降贫穷于他以作惩戒，自此以后，诗文与穷困就成了孪生子、形影不离的同伴：

　　从古至今学者皆贫，

[①] 见《圣经·使徒行传》。原文：保罗这样分诉，非斯都大声说，保罗，你癫狂了吧。你的学问太大，反叫你癫狂了。
[②] 崔卡维利（Trincavellius），约16世纪意大利医学家、学者。
[③] 俄瑞格努（Origanus，1558—1628），德国天文学家、希腊语和数学教授。

其财统统流归野民。[1]

水星仅可助其获学识，而非钱财。第二条为研思，此将使大脑枯干，把天然之体热浇灭。因为当精气汇聚于头部专务思索之际，胃与肝便会供养不足，接踵而至的就是由失调所致的黑血和浊液了，再加上缺乏锻炼之故，过剩的郁气也就无从散出体外……与之相类似的说法亦频频为戈梅修[2]、尼曼努、乔·沃克修[3]所言及，他们进而还添补道，勤奋刻苦之学者会经常地苦于痛风、黏膜炎、鼻炎、枯瘦、消化不良、近视、结石，以及腹绞痛、积食、便秘、眩晕、胀气、肺痨等各种由久坐所致的疾病。他们大多都显得瘦弱，枯干，气色不佳，而他们散尽家财，丢掉神智往往乃至生命，也全是因了过于刻苦，以及勤学不怠之故。倘若你对此说之真伪尚存疑惑，那么还请先参看了大作家托斯塔特[4]和托马斯·阿奎那之巨著，或细读了奥古斯丁、哲罗姆……以及其他成千上万的作家后，再来告诉我这些人是否下过苦功。

他为达到心中的目标，

得先流汗和挨冷风的呼啸，[5]

且要为之沥尽心血。而塞内加便是如此的，据其自陈：我无一日是虚度，夜里有时也未合眼，因了不眠而困乏，此际才去小睡片刻，以利双眼那持续的重任。再来听听塔利吧：当别人在闲荡，以及取乐之时，他却还在不停歇地啃他的书。他们行此举，乃志在成为学者，（哎）然这却有害于其健康、财产、神智，以及生活。亚里士多德与托勒密即为此而所费甚巨，据其所言，真可谓一掷千金。为臻学问的至境——一个是《生物史》，另一个

---

[1] 语出马洛。马洛（Marlowe, 1564—1593），英国戏剧家、诗人，发展无韵体，革新中世纪戏剧，为莎士比亚和詹姆斯王朝剧作家开辟了道路，主要剧作有《帖木儿》《爱德华二世》等。
[2] 戈美修（Gomesius），约16世纪西班牙历史学家、人文学者。
[3] 乔·沃克修（Jo. Voschius），医师，著有关于疫病的专著。
[4] 托斯塔特（Tostatus），约15世纪西班牙注解家、主教。
[5] 语出贺拉斯。

是《天文学之大成》，每年得花掉多少克朗啊！而锡比特①又用了多少时日来探明第八重天球的运行情况呢？据说长达四十余载。这世间有着多少可怜的学者为求知而将世事与己之康健、生存与安乐弃于不顾，丢掉了神智，或变成了傻瓜啊！苦学一番之后，却被世人看作是可笑又愚蠢的呆子、蠢货、笨驴，并且（他们往往如此）还要遭到厌弃、蔑视、嘲弄，尽显痴傻，以及疯癫！看看赫尔德闲著作中的病例，再读一读崔卡维利、蒙塔努、葛兹②、墨丘瑞里斯，以及普洛斯珀·卡伦努③论黑胆汁的专著吧。也可去到疯人院里问上一问。不过即便他们还神智未失，他们也会因了怪异的举止而被视作废物和傻瓜：七年苦学之后，

> 他通常沉默胜过雕像，
> 还惹人笑得浑身发颤。

因为他们连马也不会骑——而每个乡下人都会骑马；亦不懂得如何向女士行礼，献殷勤，如何在席间用刀进餐，或是阿谀奉承，以及鞠躬道别之类——可每个市井流氓皆很擅长于此。故他们就难免要遭到风流英豪的耻笑了，被其视作愚夫。不错，学者之苦痛往往如斯，他们也活该受罪：纯粹的学者，即为"纯粹的蠢驴"。

> 谁竟会歪着个脑袋瓜，
> 把地都看穿了眼也不花；
> 一个人的时候，咬他的咕哝
> 和愤懑，仿佛在摆弄
> 他那突唇上的每个字眼；
> 头里有老病汉的梦在上演，

---

① 锡比特（Thebet，834—901），天文学家、数学家。
② 葛兹（Gartze），约16世纪德国神学教授。
③ 普洛斯珀·卡伦努（Prosper Calenus），著有关于黑胆汁或忧郁的专著。

> 正所谓"取自无中还是无；
> 有亦无法变成无。"①

他们通常便是这样独自地思忖着，这样凝神地呆坐着，此亦是其特有之动作与姿势。弗果索②就曾提到，阿奎那在与法国国王路易共宴期间，竟突然拍案而起，大喊，"总算驳倒摩尼教徒了！"——据时人的说法，阿奎那当时正心不在焉，满脑子想的都是别的事务。待发觉自己出丑以后，他深感羞愧。类似的趣闻亦可见于维特鲁威③的书中——阿基米德在想出检测叙拉古王金皇冠中掺银量的法子后，居然从澡室裸身而出，边跑边喊尤里卡④，即"我找到了"。且他总是潜心治学，不理周遭事务。哪怕城市沦陷，敌军即将闯进屋来，他亦浑然不觉。另据载，圣伯纳德曾沿莱蒙湖骑马悠游一整日，待到最后却问起他身处何方。德谟克利特，常有怪异的举止，例如，倘与严肃的人在一块，他总要笑个不停——而这也终让阿夫季拉人以为他业已疯癫，还去请来希波克拉底替他疗治。与此相仿，泰奥弗拉斯托斯亦是这样来谈赫拉克利特的，唯其原因在于他的痛哭不止。此外，拉尔修称门尼德姆（兰萨库斯之克罗特斯⑤的门徒）疯了，则系因其行为实与疯人无异；他竟自称他是从地狱来的探子，奉命要向魔鬼禀报世人的作为。所谓绝世的大学者们，通常而言，也无外乎此了，皆属行为呆傻、笨拙之辈，于他人眼中显得荒唐，可笑，且又丝毫不通世故人情——虽能丈天、测地、授人以智慧，但于买卖和交易，却会屡遭卑鄙商贩的坑骗。难道这些人不算是傻瓜吗？其状若非如下述，那又当如何？——无非一群学院里的醉鬼（如他之妙评），两耳不闻、两眼不观窗外之事。他们怎样才能熟谙世务，有何法可循么？于我那年代有许多学者，

---

① 语出佩尔西乌斯。
② 弗果索（Fulgosus），约14世纪意大利医学作家。
③ 维特鲁威（Vitruvius），约公元前1世纪古罗马建筑师，所著《建筑十书》在文艺复兴时期、巴洛克及新古典主义时期成为古典建筑的经典。
④ 尤里卡（Eureka），在希腊语里意为"我找到了"。
⑤ 克罗特斯（Colotes of Lampsacus, 320？B.C.—268？B.C.），伊壁鸠鲁学派哲学家。

艾伊尼阿·西尔维乌说道（见其致御前秘书卡斯帕·施利克之书信），虽学养深厚，但却极粗俗，极愚蠢，缺乏起码的教养，亦不懂得如何料理家事和公务。比如，帕格拉伦瑟斯[①]在听到农夫向其汇报母猪产仔十一，而母驴只生一驴时，就感到不可思议，竟一口咬定农夫是在蓄意讹他。若要把此业中人往好了里说，则我也仅能沿用伊萨乌[②]对普林尼的评述来概而论之。他仍为一学者，世间众人与学者相比，还未见有如此质朴、如此真诚的，这实可称罕有其匹了，且学者大多还友好，诚实，正直，真纯，坦诚无欺。

既然学者往往易于遭受种种苦痛，以及烦扰，如昏聩、疯癫、愚蠢……乔·沃克修便愿让优异的学者受到重赏，相较于他人还要另眼待之，使其享有大过余者的优待。他们可是一群甘愿冒风险、折寿命为公众谋求利益的人啊。然而现如今的恩主们却早已不再尊重缪斯了，不愿赐予学者那应得的、亦为许多君王之各类恩典所准许的荣誉或奖赏。故而，学者在学院里勤学苦读一番，忍受了各种费用、花销、苦闷的时间、繁重的学务、无聊的日子、危险、伤害以后（且与众人的种种娱乐相隔绝，如同猎鹰那样终身被囚于笼中）——若能有幸挨过去的话——到头来却还要遭拒绝，受冷落，被逼入绝境（此乃其最大的痛苦），去经受那困苦、贫穷，还有饥寒。而常与他们相伴相随的则有

   悲伤、劳苦、焦虑、虚弱多病、痛苦、
   恐惧、潦倒贫困、饥肠辘辘，
   若以双目观之，其形恍如可怖之怪物。[③]

即便再无他事滋扰，光是思及此就足以令他们个个都忧郁不堪了。从事别的行当和专业的人，大多能在约莫七年的学徒生涯结束后，凭靠自己的

---

① 帕格拉伦瑟斯（Paglarensis），约16世纪意大利诗人。
② 伊萨乌（Isaeus），约公元前4世纪希腊著名演说家。
③ 语出维吉尔。

技艺过活维生。商人冒险出海运货，虽风险甚大，但若能以一船换回四船，这于他便是一次有赚无赔的航运了。农夫的收成亦颇为稳定，就连朱庇特也无法左右——此为加图的夸大之词，须知他本就是个大农夫。而唯有学者，依我之见，才最是飘摇不定，狼狈不堪，易于落入种种意外以及危险之中。首先，世间鲜有人能担学者之名，也并非人人皆是善学易教，或每根原木都可以雕成墨丘利之像。我们年年均可推选的，乃市长和官员，而非学者；国王，如西吉斯蒙德[①]皇帝所坦言，能赐封爵士和贵族；学院亦能授予学位，且你所戴之头衔世人皆可获得；但他、他们，乃至整个世界，均无法授予"学问"，或者赐封"哲学家""艺术家""演说家""诗人"。塞内加所言极是，我们可以随口说出"你真是个大好人！""何其富有啊！"诸语，随手指出富人、善人、有福之人、体面之人——衣装华丽，涂脂抹粉又喷香。然而我们如要赢得"你实在是位大学问家！"之类的夸赞，那可就需积经年累月之功了——寻一博学者诚非易事。学问不是唾手可得之物。就算他们愿吃苦用功，为求学而受教无数，并获其恩主与父母的慷慨支持，也难有几人能够领会。或者，即便他们易于教授，然人之意愿又毕竟与其才智并不总是相称，他们能有所悟，却不肯下苦功，不是受到了狐朋狗友的引诱，就是毁于美酒或女色之中，枉费时日以致其友之衰萎和己之破败。又或者，假使他们勤学，刻苦，具有了成熟之智，甚或出众之才，但也要看到，他们将必然经受的身心之病又是何其多也！世间最大的劳苦当莫过于研习了！或许，其体性本就不能忍受住这劳苦，但他们却因了竭力追求优异和博学，丢掉了健康、财富、神智、生命，等等。哎，退一步说，哪怕他幸运地躲过了上述种种的危险，有着一副铜打的身子，眼下也变得造诣高深，学识丰满——于那学习中获益，又在掌声中前行。然耗费这许多以后，他本该高就了，可他要去哪儿才能寻到这机会呢？经过二十多年，荣升之于他竟和当年初进校门

---

① 西吉斯蒙德（Sigismund, 1368—1437），神圣罗马帝国皇帝、匈牙利国王和波西米亚国王。

时一样，仍是遥不可及。在这正该大展宏图之际，他到底能去干哪行呢？那最好进入、最易上手，且操之者甚众的，便是去教书，去做布道员或助理牧师。如此一来，他就能拿到与驯鹰师相当的报酬，即每年十英镑，以及饭食或是一小笔的补助——只要他能够哄得恩主或教区教徒的欢心。而一旦他们不再认可他了（因为他们通常不过一两年便会这样做，其善变如斯，竟至今日大呼"和散那"①，明日却喊"钉死他"②），那他就得低声下气地去另寻一位新主子才行。可即便他们予了认可，他的回报又能是什么呢？

> 白发苍苍终老在近郊的学校，
> 书声琅琅苦授着语法的教条。③

犹如一头驴子，他为了粮草而虚度光阴，且如海德④所言，手持一根烂教棍，身披一件老旧的破学袍（此为其不幸之标志），以劳作换来了痛苦，锱铢之入便足以让其劳作到年衰体弱——一切皆无外乎此。学者诚非有福之人呐。若他为一名寄居在士绅家中的教士，那他就会经受与欧佛米⑤一样的遭遇，工作约七年后，也许能拿到半份的俸金，或某一狭小的牧师住宅，最终同女仆的老妈妈、贫穷的女亲戚，或是受过伤害的女用人相依相守共度余生。不过，一旦他冒犯了他的好恩主，或还惹恼了他的女主人，其结局便会如赫拉克勒斯见逐于卡科斯⑥，他将被人抓着脚跟拽出门外——你滚吧！而若他又想致力于别的行业，比如，打算去当哪位贵族的私人秘书，或去谋一个大使手下相当的职位，那他亦将发现此业中人实与等级分明的学徒无异，这

---

① 和散那，赞美或崇敬上帝的呼喊声。
② 把某人的手脚钉在十字架上处死。
③ 语出贺拉斯。
④ 海德（Haedus），约16世纪意大利作家。
⑤ 欧佛米（Euphormio），约翰·巴克莱小说中的人物。约翰·巴克莱（John Barclay），约17世纪苏格兰讽刺作家、拉丁文诗人。
⑥ 卡科斯（Cacus），火神伍尔坎之子，生性邪恶，会吞烟吐火。相传他从英雄赫拉克勒斯手中偷走牛群，并藏于其洞穴之中。赫拉克勒斯百般寻觅，终于发现此洞，经一番搏斗后，将其杀死。

就跟在许多商人的店铺里是一样的，店主离世以后，往往要由店里的领班来继其位。至于诗人、修辞学家、历史学家、哲学家、占星家、诡辩家，等等，他们则无不像极了蚱蜢，在夏日里欢唱，又在冬日里哀伤——因了再无肥缺美差留给他们。其实学者起初本就如此，倘若你愿相信苏格拉底在伊利索河畔的悬铃木下讲给美少年斐德若①听的那则有趣的故事的话。正午时分，烈日当头，蚱蜢窸窣嘈杂，苏格拉底趁此美好时机跟斐德诺讲起了一个故事。据他说，在缪斯降生以前，蚱蜢曾为学者、乐师、诗人之类。那时，他们过着一种不饮不食的日子。——然也正因此故，朱庇特才将其变作了蚱蜢。其实他们为了任何在我看来可能会获得的奖赏，是还可以被变成提托诺斯②式的知了，或者利西亚农人那样的青蛙③的。不过，我倒希望他们能过得跟从前一样，依旧不食人间烟火，如同一只只的辉风鸟那般——亦即印度的天堂鸟（我们通常如此称之）。是的，我所指的也正是那些仅以天上的惠风雨露维生、再无需其他食物的鸟儿。因为，照他们现在这个样子，那满腹的修辞辩术仅是被其用来咒骂自己的种种不幸，并且，他们当中还有不少人由于缺少生计而被逼入了万难的绝境。他们从蚱蜢变成了雄蜂和黄蜂、十足的寄生虫，竟还拿缪斯来做骡子，而这为的只是填饱其辘辘饥肠，获得一口饭吃。的确如此，大多数学者的共同宿命便是落得卑贱又穷困，便是哀怨连连，向那有目无珠的恩主说贫道苦，如卡丹之所为，亦如席兰德④，真是不胜枚举。在他们的各种献辞之中，司空见惯的是，为求获赏而去撒谎，谄媚，以夸张的颂词和赞语来歌颂和赞美某个目不识丁、一文不值的白痴有着高才大德——虽本该如马基雅弗利所言，应对其昭著的恶行劣迹予以戟指怒目的呵斥和责骂。就这样，学者卖身求荣，犹如骗子或唯利是图的商贩，为蝇头微利而去屈身迎合大人物之所需。他们像是印第安人一般，虽有金藏，却不

---

① 参见柏拉图《斐德若篇》。
② 曙光女神奥罗拉按提托诺斯（Tithonus）所愿，将他变成知了。
③ 拉托那将利西亚农人变成了青蛙。
④ 席兰德（Xylander），曾译普鲁塔克的《名人传》，在序中述穷。

识其价，因我亦持辛尼修之见，希耶罗王与西摩尼得斯相交，前者比后者获益更多。伟人所享绝佳之教育、优良之训导、独有之资质，皆源于我辈，而待其建功立业后，其荣誉与不朽仍是从我辈中得来。我们就是那活的墓碑、功名册，以及一群伟人之声名的吹鼓手。试问，倘无荷马，怎来的阿喀琉斯？没有阿里安①和库提乌斯②，何以成就亚历山大？缺少了苏埃托尼乌斯和狄奥③，又有谁会认得凯撒？

> 伟人阿伽门农称王前，
> 已有王者，一样伟大，勇武，
> 他们宏大的野心淹没
> 在狭小的坟墓：
> 在无尽的夜，永眠，不为人悼，不被人知，
> 他们没有诗人让其名垂永世。④

伟人与学者相比，伟人要更多地受惠于学者。然学者却妄自菲薄，故而屈居在了伟人之下。就算他们拥有了百科全书之识，对世间种种学问都了然于胸，他们也必会苦于怀才不遇，活在卑贱之中，且还食不果腹——如若他们不甘屈服奉承的话。布德所言极是，有多少俊杰，多少才华、德行之典范，受鄙恶于某个胸无点墨的权贵，并活在其傲慢的名望或荣光之下，好似一只寄生虫，或又与老鼠相仿，是在吞食他人的面包。——为何会这样，还不是因为（无可讳言），恰如占星大师奎多·波那提⑤所预见的，学问并非获利赚钱之术，实为贫穷与饥饿之源。

---

① 阿里安（Arrian），约公元2世纪希腊史学家、哲学家，爱比克泰德之门徒。
② 库提乌斯（Curtius），约公元1世纪罗马史学家，撰有十卷本拉丁文版亚历山大传，现仅存不全的后八卷。
③ 狄奥（Dion），约公元2至3世纪罗马史学家。
④ 语出贺拉斯。
⑤ 奎多·波那提（Guido Bonat），约13世纪意大利占星家。

> 富有的医生、尊贵的律师骑马行路,
> 而贫穷的学者却跟在边上迈着脚步。①

贫穷是缪斯们的遗产,正如古典神话所示,朱庇特之女皆嫁给了诸神,唯余缪斯孤身未许。而赫利孔山②见弃于追求者,我以为全是因了缪斯没有嫁妆的缘故。

> 为何卡利俄珀③当处女的日子如此之长?
> 只因她没有备下嫁妆。④

自此以后,缪斯的追随者就都是穷困、孤苦又形单影只的了。这竟至让佩特罗尼乌斯声称,我们见其衣便可识其人。据他说,某次,我遇一家伙突然闯来,那样儿看上去颇显邋遢。而单单据此我便可断定,他属于那常为富人所厌恨的学者。于是,我就问他做的是哪行。他答道,诗人。我又追问为何他这般地衣衫褴褛。他则回道,此种学问从未让谁得享过富贵荣华。

> 出海的商人钱满箱,
> 兵将的身上饰满了金,
> 谄媚者亦裹着盛装,
> 只有学者是一身的破衣。⑤

对于以上种种,普通的学生在学院之中皆是看得极为明白的。由于知晓了诗学、数学、哲学诸科是怎样地无利可图,怎样地受人冷落,怎样地缺少恩主,他们便急匆匆地赶着去投身法学、医学以及神学这三大路广门宽的专

---

① 语出布坎南。
② 赫利孔山(Helicon),相传为文艺女神缪斯居住的地方。
③ 卡利俄珀(Calliope),九位缪斯之一,主管雄辩和英雄史诗的女神。
④ 语出布坎南。
⑤ 语出佩特罗尼乌斯。

业，同分共享，并把史学、哲学、语言学之类的文科拒诸门外，或是轻之蔑之，待其如仅供桌边闲谈用的趣话，借以聊增谈兴。在他们眼中，这些专业实无甚研习之必要：某人若能数钱，那他的数学便够用了；若能为自己分得一块好财产，那他就是个货真价实的几何学家；而若能卜算他人命运的起伏涨落，且又擅察星相的异动，以利占卜，那他就算得上是绝好的占星家了。所谓最精巧的光学，乃是去把某些权贵的宠幸与恩惠之光反射过来照耀于己身。而非凡的机械师则属能独自造出探取高官显爵之器具者。——这实已成了波兰的一种普遍的信条和风气，对此，克罗莫茹①前不久才在其史书的第一卷中有所论及。据说，该国学院往往名实不符，其间难觅有名的哲学家、数学家、古文物家……之踪影，而之所以如此，只是因为他们拿不到稳定的酬金或薪俸，且都已投身到神学中去了。一份优厚的牧师俸禄才是众人的目标啊。我们某些近邻的做法，也是如出一辙——利普修斯亦怒斥道。他们硬把子女推入了法律与神学的研修之中，哪怕其子女还未开蒙，或于此等学科仍力有不逮。其实，获财得利之望终归是排在了一切学问的前面，而一堆的金子也总要美过以希腊语和拉丁语著书立说的呆瓜们所写下的一切作品。如今，富有之人已掌了国家的舵，且还在国王的内阁中享有了席位和威望。啊，吾祖！啊，吾国！——有人这般痛呼道，至于其他的人，想必也会如此吧。因为我们亦发现，去侍奉显贵，到某位主教的殿前谋个差事，在某座好点的城镇里从业，或领一份圣俸，仍皆为我们所瞄准的靶子——可使人财源滚滚，平步青云。

然又据我所了解到的，这些人其实并不特殊，他们同样要经常地在其事业中受挫，继而往往也会万念俱灰。因为，即便他是一位法学博士、杰出有才的大陆法专家，他又能上哪儿去开业和游走呢？其领域太过逼仄，关乎我们的大陆法因条条框框而管辖甚窄，案子也少之又少——全因了那包揽一切

---

① 克罗莫茹（Cromerus），约16世纪波兰历史学家。

的国内普通法之故（此乃一门粗浅又鄙俗的学问，伊拉斯谟曾说，就算有人精于此道无出其右，如若别无所长，我也难以向其赐予学者之名）。并且，留给这一行的法院亦寥寥无几，职位又十分地稀缺，倘欲谋获一二还得掷以千金。故我实不明白天资聪颖之士要如何才能在此间发迹。接下来谈一谈医师。可以说，在每个村庄里均充斥着许多的江湖医生、庸医、假医、帕拉切尔苏斯的信徒（如其所自诩的，然克利纳德①却称之为冒牌货、康健者之杀手）、巫师、炼金术士、贫穷的牧师、落魄的药剂师、医生的跟班、剃头匠以及接生婆，他们个个都自夸医术精湛。故我也不免忧心学医之人将如何维生，或又有谁肯去做他们的病人。此外，操上述二业者实在为数不少，且其中一些还堪称哈比——竟是那般地贪婪，那般地叫嚣不休，那般地厚颜无耻。如他所言，真可说是一群好拌嘴斗舌的蠢货了，

> 无一技之长，唯剩空谈胡扯中的傲慢，
> 不学无术，乃善于榨取钱袋之民族，
> 披着长袍的秃鹫、窃贼，和争吵不休的一群
> 骗子，即遍布在此业之中。②

这些人是不大懂得彼此间该如何相处的，反倒如他在《时钟的喜剧》中所揶揄的，他们已是人满为患，大多早就饿得半死，竟快要到吞食其同类的地步了——打算靠阴险的花招去坑蒙拐骗之。而既然有着这样一大堆的讼棍和庸医、如此厉害的江湖骗子充斥其间，那么试问，一个正直之人又怎会知道如何才能在他们的圈子里泰然自处，洁身自好，在那肮脏不堪的一帮人中守正不阿呢？这些冒用学识之名的人，实在是不计其数，故那身处其间的正人君子也就将羞于承认自己有什么苦心经营的作品之类了。

最后再来谈谈所谓的牧师。此乃最高尚的职业，且配得上双倍的崇敬，

---

① 克利纳德（Clenard），约16世纪佛兰德斯语法学家、旅行家。
② 语出道萨。

但它却又是一切行当中最忧愁和痛苦的。你若不信,那就请听一段哀诉之言(曾在圣保罗十字架布道台上公开宣讲过,距今还没隔几年。昔日的布道者[①]乃一严肃的牧师,现在则已成了当地的主教大人):我们从小就在求知获学中被养大,父母替我们指定了这一目标。在那文法学校里,我们熬过了各自的童年——奥古斯丁称之为一种极端的专制和痛苦至极的磨难,还将其比作了殉难中的种种折磨。待到进入了大学,倘若仅靠学院里发的补助过活,我们就会如法拉瑞斯反对里奥泰人时所称,除了饥饿和恐惧外,将一无所有。而若是部分地靠着父母的钱来度日,则我们又会在学有所成之前,将于杂项、书本及学位上花去五百镑,亦即一千马克。假使,以耗费时日,耗费我们的体力与精神、家当与祖产为代价,我们仍不能换得那小小的报偿(本是依法应得的),以及继承权、一份微薄的堂区牧师的俸禄,或教区牧师的薪俸(五十镑一年);假使,我们为求有条活路(一条劳形苦心之路),反倒还要向恩主交纳年供或高于土地保有金的地租,并且甚至会冒损害和丢失灵魂的危险,去买卖圣职圣物和作假誓,进而丧失一切灵魂于其本质与强度上的升华之可能——不论现在抑或将来;那么请问,此后还有哪个为人父者会如此鼠目寸光,这般地来养育儿子,让他负债累累,注定穷如乞丐?又有哪个基督教徒会如此不虔不敬,把儿子朝着那样一条人生之途上培养(乃毋庸置疑会迫人犯罪的险路),将其卷入买卖圣职圣物与作假誓的罪孽之中?正如那诗人所言,坐在桥上讨饭的乞丐之子即将被领走了,而若这孩子知道了个中痛苦,他便有理不从。——诚哉斯言,我们这些新入会的牧师,难道不是在苦苦摸索一大阵子后却劳而无获?难道就为了这个,我们才会白了脸庞又饿了肚子?难道我们伤筋动骨也是为此?难道亦因此故,我们才一年到头起得如此之早,就像他所说的,晨钟一响,如闻雷鸣,赶紧翻身下床?倘若这就是我们所应得的种种尊敬、报偿及荣誉的话,"那就把你的那些破笔统统

[①] 约翰·豪森(John Howson, 1557?—1632),英国学者、主教。

折断吧，塔利亚①，"就让我们扔掉各自的书本，然后去踏上其他的人生之途吧。我们勤学苦读究竟是为哪般？为何我那愚蠢的父母要教我识文习字？我们的父母让我们去做学者，然学满二十年后所谓的飞黄腾达却仍如当初一样于我们遥不可及，试问其用意又何在？为何我们要这般大下苦功？为何要有那愚蠢的欲望，愿扑在区区书页上而变得面如死灰？如若再无获得报偿之希望，再无更丰厚的奖励，那我还要说，折断你那一支支的破笔吧，塔利亚，也把你的书一本本地撕烂吧。就让我们弃文从武，卖掉我们的书，然后去买来剑、火枪及长矛吧，或者拿书页去塞酒瓶子，学克利安西斯那样，把哲学家的学袍变作磨坊主的外套，抛开一切，宁可择他途而行，也不要在此等苦痛中再多煎熬一刻。与其锻字炼句以赢取大人物之欢心，倒还不如去削牙签的好。

---

① 塔利亚（Thalia），九位缪斯之一，主管喜剧和田园诗的女神。

四
忧郁的偶然成因

1. 乳母[1]

　　自孩童降生以来，此类之中第一个可能会落到他头上的不幸的偶然成因，便是遇上某个坏的乳母，仅凭此当足以让他从在摇篮起就染上这病。奥略·葛琉斯曾引能言善辩的哲学家法沃瑞努[2]来详加证明，奶水与精液有着相同的功效及特性，此非人类所独具，亦可见于其他种种的生物。以小山羊和小绵羊为例：若两者交互吸食了对方物种的奶水，如小绵羊吸了山羊之奶，或小山羊吸了绵羊之奶，那么前者之毛将会变硬，而后者之毛却会变软。吉拉度·坎布伦瑟[3]则举了一个发生在他那时代的著名例子以证此说。话说有头小雌猪阴差阳错里吸了母猎犬的奶，待它成年后，竟会不可思议地去追猎各类野鹿，且还与寻常猎犬不相上下，甚或更胜一筹。由此所得出的结论为，人与动物皆会沾染上施奶者之禀性与特质——若被喂以了她的奶水的话。法沃瑞努又做了进一步的推演，继而愈加显明地论述道，乳母若是形貌丑陋，淫荡下流，背信弃义，厚颜无耻，醉酒成性，残忍恶毒……那么吸过她奶水的小孩也将具有如此德性。而其他种种头脑之情性与疾患，亦会几

---

[1] 此篇中，作者之观点仅代表其所处之时代的认识。有一定的局限性，并非科学论断。编者注。
[2] 法沃瑞努（Favorinus），约公元2世纪希腊哲学家。
[3] 吉拉度·坎布伦瑟（Giraldus Cambrensis），约12至13世纪威尔士史学家。

近嫁接一般，通过乳母的奶水刻印在婴孩的气性之中，比如天花、麻风、忧郁，等等。加图即因此故而命众仆人的孩子皆吸其妻之乳，好借此让这些小孩对他和他的小孩尽欢竭忠，甚而百依百顺。若要举头脑为奶水所变之例，最显而易见者当莫过于狄奥的一则记载——述及了卡利古拉之残暴，称此不可归咎于其父或其母，而应怪在他那凶残的乳母的头上。这乳母竟在他吃奶之际拿血来涂抹乳头，从而令他变成了这样的杀人狂，也把她自己的凶残表露得淋漓尽致。此外，提比略的成为臭名昭著的酒鬼，亦是因了其乳母的酗酒成性。而假若乳母是个傻子或呆瓜的话，那么被她喂过奶的孩子便会似她那样了，如不然，也是会受到不良的影响的。对此，弗朗西斯科·巴尔巴罗[①]有过详尽的论证，且安东尼·格瓦拉[②]亦认为，小孩定会有所习染。至于身体疾患方面也是毋庸置疑的。韦斯巴芗之子提图斯[③]之所以体弱多病，即是因了其乳母便是如此（据朗普里迪[④]所称）。而如若那医生之言足可信赖，则小孩的染上天花也往往是源于一个坏的乳母。此外，照顾不周、玩忽职守，以及许多对乳母而言无关紧要的毛病，亦会带给小孩莫大的危害。正是出于上述的原因，亚里士多德、法沃瑞努斯以及马可·奥勒利乌斯[⑤]才坚决不许把孩子交给乳母，而是要让每位母亲无论如何都去带她自己的孩子。如果那身强体健的母亲把她的小孩拿去给了乳母，这便可说是对天道的大不敬了（如古奥卓[⑥]所称），故而为人母者还是自己哺育小孩为好。生母毕竟更为小心、慈爱、周到，这是任何做奴婢的女子，或因之而雇来的家伙所不能

---

① 弗朗西斯科·巴尔巴罗（Franciscus Barbarus），约15世纪意大利学者。
② 安东尼·格瓦拉（Ant. Guivarra），约15至16世纪意大利医学及医药学作家。
③ 提图斯（Titus, 39A.D.—81A.D.），古罗马皇帝（79A.D.—81A.D.）曾任执政官，与其父韦斯巴芗共执朝政，镇压犹太人起义，夷平耶路撒冷（70A.D.），即位后所建凯旋门至今犹存。
④ 朗普里迪（Lampridius），据传为《奥古斯都史》六作者之一。
⑤ 马可·奥勒利乌斯（Marcus Aurelius, 121—180），罗马皇帝（161—180）。新斯多葛派哲学的主要代表，宣扬禁欲主义和宿命论；对外经年用兵，对内迫害基督徒。著有《自省录》12篇，死于军中。
⑥ 古奥卓（Guatso），约16世纪意大利诗人和散文作家。

比的——此为举世所公认。正如罗德里克·卡斯托罗①以洋洋万言所证明的：最好是由母亲自己给小孩喂奶。对此谁能非之？这已被某些女子奉作了金科玉律，例如那西班牙裔的法国女王，她在这方面即规行矩步，恪守不渝。倘若有哪个陌生的乳母趁她不在之际给她的小孩喂了奶，那就得待到小孩把奶吐个干净后她才肯罢休。然这也全是出自她的护子心切。不过，假如有些当母亲的确实不适合或不大能喂奶，非要用到乳母不可（事情往往如此），则我便要给这类母亲以忠告了（如普鲁塔克、圣哲罗姆以及前述的罗德里克在其书中所言），劝她们精挑细选出一个健康的女子——此女应有匀衡的气性、诚实的品格，且应未患身体之疾病，甚或（如若可以的话）亦未沾染头脑的种种情绪和波动，如悲伤、恐惧、哀痛、痴傻、忧郁。因为此类情绪会腐坏奶水，从而改变小孩的性情（须知这时的小孩便如那湿润又柔软的黏土，是易于受到影响和腐蚀的）。而如果她们当真还找到了这样的一个乳母，做事既勤快又细心，那么就算法沃瑞努与马可·奥勒利乌斯再怎样反对，在有些情况下我也宁可选她也不去选那生母，况且（此已为医学家波纳西阿卢②、政治学家尼克·贝依修③所证实）某些乳母的确是要远胜于某些生母的。因为谁说母亲就不会废物不如，就不会成了个泼辣又醉醺醺的货色，刻毒又怒冲冲的荡妇，一个疯货，一个呆瓜（有不少的母亲正是如此），一个病患，同那乳母一样？选乳母要比选生母有更大的余地，故而只要那母亲不是极高洁的，端庄的，不是什么天资聪颖、气性温润的女子，我便情愿把孩子统统交付给那小心谨慎的外人。而且这也是改变孩子血统的唯一的办法——就像结婚一样，他们被嫁接到了其他的家庭之中。或者，亦如洛多维科·莫卡图④所论，假如母亲有什么缺陷的话，如此一来还能预防生病和

---

① 罗德里克·卡斯托罗（Rodericus a Castro），约16至17世纪葡萄牙犹太裔医学和医药学作家。
② 波纳西阿卢（Bonacialus），约16世纪医学作家。
③ 尼克·贝依修（Nic. Biesius），约16世纪荷兰医学家、诗人和哲学家。
④ 洛多维科·莫卡图（Lodovicus Mercatus），约16至17世纪西班牙医学家。

将来的疾患，纠正并改善小孩那得之于父母的不良的性情。此实不失为一良方——倘能去细细挑选出这样的一个乳母。

2. 教育

在忧郁症的种种偶然成因中，把教育列在第二位可说是实至名归，因为有人即便躲过了某个坏的乳母，但仍可能为那恶的教育所毁。贾森·普拉腾瑟斯便将*教育*之恶视作了一个首要的成因。那些拙劣的父母、后妈、家教、导师、教员，不是过严、过厉，就是走向另一极端——放纵，溺爱，故他们往往也就成了此症的根源和推手。通常而言，父母这类具有照管和监护权的人，会因了太过严厉而对孩童造成伤害，例如总是恐吓，斥责，辱骂，鞭笞或殴打……如此一来，其可怜的小孩就将变得沮丧又胆怯，竟至从此以往再也没有了任何的勇气，于生活中也找不到欢乐的时光，抑或对什么事情都提不起兴趣。教育实乃成人或毁人之关键，故而教育之事需得仔细拿捏好分寸。孩童在哭闹或调皮之际，有人会拿乞丐、妖魔和鬼怪来吓唬他们。不过拉瓦特却说，这可真是罪大恶极啊，通常孩童就是因了惊吓才患上了许多疾病，竟至在睡梦里都要哭喊，甚或每况愈下，终其一生也不得根治。此种事情，实在不应做，应少做，或应择取恰当的时机来做。那些残暴、急躁、粗鲁的教师（按非比阿斯的说法，枯燥如干沙，好似持鞭的埃阿斯），由此观之，也实与绞刑的行刑人和刽子手无异了。他们让许多学生于在校之时受尽了折磨——倘若是寄宿的，还会喂以粗劣的餐食——饱经了数不尽的苛责和虐待。他们极大地扭曲了学童的身与心之性，总是在责骂，怒叱，皱眉，鞭打，派苦差，关禁闭，使得孩童万念俱灰，经常地郁郁寡欢，厌生恶世，甚至感到天底下（我也曾作如是想）的奴役，若与文法教师之折磨相比，实无出其右者。此外，学童的种种官能也是频频地为教师之凶神恶煞所搅乱，伊拉斯谟就曾说道，只要他们一出声，一露脸，一走进来，学童便会因之而瑟瑟发抖。圣奥古斯丁在其《忏悔录》的第一卷中，也称这种教育作可怖的强迫，并在其他地方，又以殉难称之，且还直言不讳地谈及了他为学希腊语在精神上受到过何种残酷的折磨。我一无所知，只是每日里被凶残的恐吓和惩处驱使着。与之相仿，贝扎①亦对巴黎的某位严师有所抱怨——那教师的雷霆之怒以及威吓，真是无休无止，竟令他生出了跳水轻生之念。倘若不是路遇自家叔伯，被其领回家中，暂时地从痛苦里走了出来，恐早已酿成悲剧。此外，崔卡维利还有一病人（年十九），他的忧郁不堪，同样是源于研习过度，以及其师的恫吓。而许多为人主者，对奴仆亦是铁石心肠，尖酸刻薄——他们不仅借此以令奴仆垂头丧气，且还用了恶言和苛待来百般摧残之，最后竟弄得那奴仆心生绝望，再难恢复如初。

至于身处另一极端者，他们则是凭其过度的放任，也造成了同等严重的伤害。通常而言，他们不会授被管教之人以教养，不会让其忙业务，或做营生，亦不会向其传手艺，或将之引入任何的正道。由此之故，他们的奴仆、孩童、学生，才会被醉、懒、赌之类的种种歪门邪道给卷挟而去，以至到头来痛悔不已，骂了父母，又糟践了自己。而过度的溺爱，同样也能造成这般的后果，此即所谓父亲那愚蠢的温和、害人的好脾气。比方说，就像米西欧②似的，竟由着他们的性子，任其贪欢，作乐，放纵，得意忘形，甚至为所欲为，然后再如乐师唱曲般地责骂两句了事。

  他要吃，喝，喷香水儿？我掏钱。
  拿钱给心上人？他会有的。
  他弄破了门？重修就好。衣服也破了？补补即可。

---

① 贝扎（Beza），约16世纪法国神学家。
② 出自泰伦斯喜剧《两兄弟》，米西欧与狄米亚为剧中两个性情互异的兄弟。

让他做他喜欢做的。

随他取走、花掉、浪费我的一切。

我都不会说不。

不过，正如狄米亚对其所言，你的仁慈将造就他的堕落，我仿佛看到他有朝一日会远走他乡，入伍从军，我已预见到了他的毁灭。故父母往往会犯错，尤其是许多爱子心切的母亲，她们总是对自己的孩子百般溺爱，如同伊索笔下的猿猴那样，到头来竟扼死了怀中的子女。娇惯子女的肉身，实可说是在毁损其灵魂——他们非但不去让孩子得到纠正或制止，反倒还要纵容其所作所为，以致最后孩子给父母平添了哀愁、羞辱、伤痛，变得任性，顽固，执拗，违逆，粗俗，无知，倔强，不可救药，不知羞耻。他们真是爱得愚蠢至极，卡丹亦说道，其爱三分像爱，七分似恨，这终将会把子女引向伤害而非美德，引向放纵而非学识，引向各种玩乐和肆意妄为而非清醒的生活与言谈。试问，又有谁会这般地涉世浅薄，竟不知非比阿斯所言非虚？教育乃第二自然，能改变人之心性，故我要祈求上帝，他说道，愿我们自己不会因过度骄纵和溺爱的教育而宠坏了我们孩子的德性，削弱了他们的体魄与精神，让其由此生出了习惯，然后习惯又变成自然……也正是出于这种种的原因，普鲁塔克（在其论孩童之教育的书中）和哲罗姆才会在开列出许多养儿育女的戒条的同时，又给了天下的父母一个专门的告诫，即不可把孩子托付给不具慧眼、性情暴躁、精神疯癫的教师，或那些反复无常、昏头昏脑、贪得无厌的人；而不惜重金地让孩子获得良好的培养和教育，才是一桩至关重要的事。至于那些未遵循上述做法的父母，普鲁塔克则认为他们把鞋子看得比双脚还重要，心中财富的位置竟比子女还高。此外，卡丹亦曾说，那类让孩子受教于某个贪婪的教师或让其在附近修道院里边禁食边学习的父母，到头来也只会把孩子培养成个有知识的傻子或病恹恹的智者。

3. 恐惧与惊吓

　　塔利（见其《图斯库鲁斯》第四篇）把那些由害怕所闻或所见之可怖物象而生的恐惧同其他种种的恐惧区分了开来，他者如帕特里奇亦然。此外，菲利克斯·普拉特也曾据其经验谈到，在各类恐惧之中，唯有此才最是致命，也最是剧烈。故这类恐惧能骤然改变全身之体性，激荡灵魂与精气，打下至深的烙印，以致受其影响之部位永不能复原，从而引发出更痛苦，也更强烈的忧郁症——此为任何的内在之成因所不及。且其所生之印记在精气、大脑、体液里可说是根深蒂固，哪怕将体内的血液全部放干，也难以排出。这种恐惧型忧郁症（他如此称之），常会有人就此前来找他医治，受其困扰与惊吓者实在是形形色色，不分男女、老幼。赫拉克勒斯·德·萨克索尼亚，即以专名来称这类的忧郁症，说它应是源于精气之震荡、波动、收缩、扩张，而非来自体液的失调，且会造成剧烈的影响。另据普鲁塔克的说法，通常而言，此种恐惧大多是由某类迫近的危险所引发，如当那可怖之物象近在咫尺，可闻，可见或可感之时——当真就要冒出来了，或乍现于梦中。而往往意外来得越突然，恐惧感也就越强烈，

　　　　他们的魂儿在发毛，惊恐的心在怦动，
　　　　　那发抖的肝裏在血管里喘息，并隐隐作痛。[①]

　　语法学家阿特米多罗[②]的神志失常便是因了偶然撞见一只鳄鱼所致。1572年，那发生在查理九世[③]治下的里昂大屠杀，也是因其惨烈可怖至极，而令多人发疯，数人吓死，孕妇早产，一切人等肝胆俱散。拉瓦特曾言，世

---

① 语出塞内加。
② 阿特米多罗（Artemidorus），语法学家，在罗马教授希腊语。
③ 查理九世（Charles the 9th，1550—1574），法兰西国王，即位后由母后摄政，在其怂恿下，制造了屠杀胡格诺教徒的圣巴托洛缪惨案（1572）。

间有许多人丢了神志是始于同某种幽灵或鬼怪的不期而遇,此乃从古至今屡屡可见之事。比如俄瑞斯忒斯在见到于黑暗中向他显形的复仇女神时即是如此(据保萨尼阿斯之记载)。而希腊人也素以 μορμολύ χεια^① 来称妖魔鬼怪,对于此他们是当真怕到了骨子里的,即或玩笑中的一些假怪物也能把他们给吓住,直如小孩子在昏暗中以为遇了妖精一般,他们将被惊得胆丧魂消,惶惶不可终日。还有些人的恐惧则是源于目睹了突发的火灾、地震、洪水或诸如此类的悲惨景象。比如医师地米森^② 染上恐水症即是因为见到了一个身患此症的人,而无意间看上一眼怪兽、尸体的面目,也是会让人数月不安的,以至不敢待在停过尸体的房内,怎也不愿与死尸独处,或去躺那死过人(都好多年了)的床铺。据说在巴西勒镇,曾有一群小孩于春日里前往镇边的草地摘采鲜花,却不巧撞见一犯人的尸体悬于绞架之上。正当孩子们一个个看得目瞪口呆之际,不知是谁竟扔出一块石头,令尸体摆动了起来,吓得众小孩拔腿就跑。而其中有个落在了后面的小女孩,还转过了头去看——然怎料却见那尸体正朝她迎面摆来,故失声大喊,它追上来啦。此后,这小女孩就因受惊过度,接连数日都不眠,不食,亦不休,整天惊魂难定,以至忧郁而亡。而此镇中的另一个女孩,则是在看到莱茵河对岸的坟墓被打开后,始终也忘不了那墓中死尸的狰狞模样,以致日日不得安宁,没过不久便离开了人世,被埋在了那座墓的旁边。此外,在这同一城中又有位女士,某日她前去看人宰杀肥猪,当那肥猪被开肠破肚以后,一股恶臭便扑到了她的鼻中,令她恶心不已,实无法再忍受下去。然近旁的医师却安慰她说,其实她与那猪并没有多大的分别,满肚子里装的也是屎尿。谁知医师就此题越往下说却反令她越觉恶心,以至这位端庄的女士大惊失色,竟忍不住当场呕吐起来。此番惊吓着实令她身心失调俱损,那医师用尽了浑身解数,对她百般劝解,数月以来也无法使她康复,她终究是不能忘怀此事,或将之抛诸脑后

---

① 其意或指狼人。
② 地米森(Themison),约公元前1世纪希腊医师,方法医学派的创立人。

（据菲利克斯·普拉特）。话说许多人但见伤口被割开就会感到不适，而犯人行刑或任何可怖疾病之发作，如着魔、中风、中邪，亦会令其如此，甚或连碰巧读到某类吓人的文字，如仅是关于那疾病之症状的描述或为其所厌恶的记载，也会让他们立即感到烦恼不堪，惊恐万分，动辄就要将其往自己的身上套了——那副心神不宁的样儿，仿佛他们是当真见过或真地染上了这病似的。且他们还会梦及于此，时时将之系在心上呢。通常说来，这种种不幸的影响，是由各类听到、读到或见到的可怖之物象所致。另据普鲁塔克的说法，此中又当以听觉对身心之扰乱为至烈。有时突如其来的谣传、意想不到的新闻，无论是好是坏，均是能使人为之一动的。正如某哲学家所言，这会夺走我们的睡眠与胃口，惊扰乃至彻底摧垮我们。就让这些人来做证吧：他们听到过那凄厉的警报、哭喊及恐怖的声响——往往忽闻于更阑人静中突发敌军侵城和火灾等等意外之时。由此而来的各类莫名的恐惧，总会让人丧魂失魄，丢掉感官、头脑以及种种意识——有的只是一时，有的则终其一身，永不能恢复。比如，米甸人[①]因怕极了基甸[②]的士兵，个个皆吓得把水罐打破。汉尼拔的军队在罗马城墙下因恐慌而军心不振。奥古斯塔·莉薇娅[③]，只是听人吟诵了几句维吉尔的悲情诗句，也要晕厥倒地。丹麦王艾丁努，听到突如其来的一声响动后，竟勃然大怒，波及手下的一切人等。据说，阿玛塔·卢希塔纳[④]有一病人，他的患上癫痫是因为听闻了噩耗。而卡丹也曾见到，有人误把回声当了真，以至神志尽失。倘若只此一种感官受扰就能在脑内引发如此剧烈的混乱，那么当听觉、视觉以及其他种种感官一同受扰之际，如为地震、雷鸣、闪电、暴风雨之类所致，我们又会胡思乱想些什么呢？1504 年的某天，意大利的波伦亚于夜里 11 时左右发生了一场恐怖的地

---

① 米甸人（Midianites），基督教《圣经》中所载的一个阿拉伯游牧部落的成员。
② 基甸（Gideon），《旧约·师士记》中以色列人的师士和救星，率领部族攻击游牧部族米甸人获胜。
③ 奥古斯塔·莉薇娅（Augusta Livia），屋大维之妻。
④ 阿玛塔·卢希塔纳（Amatus Lusitanus），约 16 世纪犹太裔葡萄牙医学家、解剖学家。

震（贝罗尔都在其《论地球之运动》一书中也将此例荐给后世），竟至全城摇荡，让人犹觉世界已临末日；其时，响声震天，臭气弥漫，民众皆惊恐万状，甚至有的还发疯失常。来听一桩奇闻吧，此似可予以载录（我所引之作者进而言道）：我有一仆人，名福尔克·阿格兰努者，就曾亲历此难。他本也是名英勇之人，但却被这地震给吓破了胆，起先还只是郁郁寡欢，接着就是神志不清了，最后竟疯疯癫癫，自寻了短见。话说，在日本的伏见城，亦曾有地震突发，且还忽地就黑云压城，以至不少人头痛欲裂，也有不少人为悲伤和忧郁所压垮。——而在京都，那里则是所有街道和富丽的宫殿都一齐碎裂坍塌掉，并伴有雷鸣般骇人的巨响，以及难闻的恶臭，直把人们吓得毛发倒竖，又胆战心惊。人，连同兽类，都受到了莫大的惊吓。此外，在另一座城，界市，这场地震也是可怖至极，有许多人便因之而失魂落魄，另有些人呢，则是被恐怖景象惊得不知所措。基督徒布拉修[1]，乃此事之报道者，他同样受到了极大的惊吓，哪怕已两月过去了，也仍旧是神魂不安，无法将此番记忆逐出脑内。通常而言，大凡有过此等之经历者，在事隔多年以后，每当忆起或想到那可怖的景象时，都是会再度不寒而栗的，甚至在其余生当中，只要有所提及便会如此。科尼琉·阿格里帕，就曾转述过古烈幕·帕瑞希恩斯的一则趣闻，说是有人在吃了医师开给他的一剂难吃的通便药后，竟大泻不止，从此一见此药就会肚中翻滚。虽未闻到几分药味，但光是看看那药盒子，不管隔了多久也仍能让他清了肠胃。不，应是每念及此，即会催泻。这就好比旅行者和水手，普鲁塔克亦说道，若有过了搁浅或撞上礁岩的经历，那么他们便不会单单地一直只对此类不幸感到恐惧了，而但凡是危险，不管为何，他们都会害怕。

---

[1] 布拉修（Blasius），约17世纪比较解剖学家。

4. 讥讽、诽谤、挖苦

古语有云：言语往往比刀剑伤人更深。言语对许多人造成伤害的程度，实不亚于世间任何一种不幸。譬如诽谤、恶言、挖苦，污蔑性文字、讽刺文章、讽刺杂咏、讽刺寓言、讽刺短诗、讽刺剧之类，就皆会令人感到痛苦万分。所谓王公贵族，想来本该是逍遥快活的了，且世间万事万物亦无不受其支配，他们可说过得安稳又自在。然实则他们也被那种种伤人的诽谤和讽刺搅得苦恼不堪。他们怕擅讽刺的阿雷泰①胜过了怕战场上的敌军，故当时的王公（据某人所述）大多会赐予他丰厚的赏金，以求他不要再在讽刺文中斥责他们了。话说，众神之中亦有个莫摩斯，荷马也会遇上左伊卢②，阿喀琉斯要受瑟赛蒂兹嘲笑，腓力要遭狄马德斯③戏弄，就连凯撒们在罗马同样要饱经奚落。正如古时候少不了佩特罗尼乌斯、卢奇安式的人物，现如今也是不缺拉伯雷、欧佛米、博卡利尼④诸君的。比如，教皇阿德里安六世⑤就被罗马的讽刺文人惹得火冒三丈，恼不堪言，竟至下令要把那贴满了讽刺诗文的雕像摧毁，将之烧成灰烬撒入台伯河里。然此令却未能立即得以执行，因为一个名叫洛杜维卡·苏埃萨努的风趣机智的友人不予赞同，劝诫他说，讽刺诗文之灰烬落入河底后将变作青蛙，其呱呱的叫声会较从前更聒噪也更吵闹。——诗人这一群体，向来就脾气暴烈，故而柏拉图笔下的苏格拉底才会告诫诸友，要仰慕诗人的荣耀，对之心怀敬畏，因为他们是群可怕的家伙，能见机捧人和贬人。由此可见，一支笔要比一把剑凶残百倍。先知大卫曾抱怨道，他的灵魂受尽了安逸之人的讥诮，还有骄

---

① 阿雷泰（Aretine），约15世纪意大利诗人、剧作家及讽刺作家。
② 左伊卢（Zoilus），约公元前4世纪希腊语法学家，以抨击荷马闻名。
③ 狄马德斯（Demades, 380B. C.—318B. C.），雅典雄辩家。然狄马德斯实为腓力之拥护者，戏弄之人应为德摩卡莱斯。德摩卡莱斯曾遣使拜见腓力，腓力问来使如何愉悦雅典百姓，使者答曰："只要你吊死便可。"
④ 博卡利尼（Boccalini），约16至17世纪意大利讽刺作家。
⑤ 教皇阿德里安六世（Pope Adrian the Sixth, 1459—1523），唯一的荷兰籍教皇。

傲之人的蔑视，又因了恶人之类的诽谤，以及他们的仇恨，他的心便在胸中打颤，而死的惊惶亦临到了他的身上——生出种种恐惧和极度的惊恐，并且辱骂伤透了他的心，他又忧愁满怀了。那落入讥讽之口的人，谁会没有这种抱怨的理由，谁又不是受尽了折磨？这只怪有太多人脾性过坏，常把讽刺二字挂在嘴边，尖酸至极，荒唐至极，以致如巴尔扎萨·卡斯提琉①所书，他们不言则已，出言必伤人。他们是宁失一友也不肯少了一句嘲讽的，并且他们无论去到哪群人当中，也都要讥笑、嘲弄但凡低其一等的人，尤其是那些多少对之有所依附者。他们总是取笑，作践，甚或在这人、那人的身上找乐子，直到靠了戏谑和玩弄，把某个苦闷之人或呆傻之人整成了疯子，他们才肯罢休。而这全是为了图一己之乐：

> 当心！他凶狠毒辣：他靠此才打中了目标，
> 为博己一笑，他不惜拿朋友来开刀。②

友人、生人、敌人，对其而言并无二致，把呆瓜弄成疯子才是其消遣的目的所在，而他们最大的乐子便是嘲弄和取笑他人了。他们就跟阿普列乌斯③书里的人一样，每日都必得祭奠一次笑神，如若不然他们就会变得郁郁不乐。他们才不管自己是如何折磨或虐待他人的，只要能把自己逗乐便可。他们的机智全都用在了这个上头，满脑子里想的皆是如何消遣他人、如何打趣他人的念头——此即为西塞罗所称的机智的浮沫，然他们往往竟还会为此而赢得了掌声。假使让他们谈点别的什么，其所说的总是会让人感到枯燥，乏味，无趣，沉闷，板滞，他们唯于此才能彰显其才智，也唯于此才能一展身手，娱人娱己。那位素喜嘲弄的教皇利奥十世，据约维斯为其写

---

① 巴尔扎萨·卡斯提琉（Balthasar Castilio, 1478—1529），即卡斯蒂廖内（Castiglione），意大利外交官、侍臣。著有《侍臣论》，用对话体描述文艺复兴时期的贵族和侍臣的礼仪。
② 语出贺拉斯。
③ 阿普列乌斯（Apuleius）公元2世纪罗马作家和哲学家，著有长篇小说《金驴》（原名《复形记》）及《论柏拉图及其学说》等哲学著作。

的传记的第四卷所载，便专以取笑愚蠢之人为至乐，常常对之行捉弄戏耍之举，其手段也无非赞赏他人、劝服他人信这信那罢了，待到被他玩弄一通过后，呆瓜们也就会变为彻头彻尾的蠢货，而傻乎乎的人亦会落得疯疯癫癫。约维斯即就此举了一个令闻者难忘的例子，说是帕尔马有位音乐家，名叫塔拉斯科慕，他就是因为受了利奥十世及其帮凶毕彼恩那的戏弄，才把自己想作了技艺超群的大师的（实则蠢蛋一个）。——他们逗他谱出了可笑的歌曲，创立了新的荒唐曲式，并还对之啧啧称赞，比如让他把弹琴的那只手臂绑在鲁特琴上，以便弹奏出更加优美的旋律，或将墙上的花挂毯取下来，好靠了墙的回声让乐音更形清脆。此后，他俩还故伎重演，接着去戏弄了加埃塔诗人巴拉巴琉，称赞他能与大诗人彼特拉克比肩，并说什么要将封他作桂冠诗人，让他广邀好友前来参加受封仪式。而这番话，竟让诗人亦觉得自己诗才了得，如有哪位诤友指其荒谬愚蠢，他居然还要火冒三丈，怒斥他们是在嫉妒其荣誉和成功。哎，看着这么一个年逾花甲、一本正经的老人遭受如此的捉弄，真是令人百感交集（约维斯感慨道）。然而，这些嘲弄者又是有何事不敢为的呢？况且他们还找到了可以拿来戏耍一番的笨家伙哩。说实话，又有谁能事事聪明，或事事谨慎，而不会被人这样玩弄呢？更别说在被某些机智的嘲弄者盯上了以后。而那令他人疯癫的人，倘若亦遭此戏弄，想来也会发疯，也会饱经痛苦与折磨的，他或许就要同那喜剧中人一齐哭喊了——天呐！你乃害人疯癫之人。不过，所谓种种嘲弄的事亦要看受嘲弄者是如何待之的。倘若他生性迟钝，被蒙在了鼓里，那便也还相安无事，他不知不觉间就给他人添了乐子，却不会丝毫地烦恼到自己。而若是他察觉到了他的愚蠢，又将其挂在了心上，那么这就会予他以折磨了——将胜过任何的鞭笞。一句刻薄的玩笑、诽谤、恶毒之语，要比任何的损失、危险、身体上的疼痛或各种的伤害都更为伤人。它轻快地飞来——伯纳德将之比作利箭，但却伤人甚深，尤其若是它出于一条毒舌的话，那它割划起来（大卫说道）就会直如一把双刃剑了。他们发恶毒的话就像在放箭。且他们还用舌头来打人,其用力之猛,竟会在他人身后留下无法治愈的伤口。世间有许多的人就是被此法给击溃的,他们由此而变得忧郁,且还无比地沮丧,竟到了永远也不能康复的地步。不过,在芸芸众生中,罹患忧郁症者,或有忧郁之倾向的人,才对这类伤害最是敏感(疑神疑鬼,性情暴躁,易生误解),最不堪忍受。他们将会每况愈下,将会不断地揪心于此,那恶言也就化作了永久的烦恼,实难摆脱之,唯有待时间来予以磨灭了。嘲弄者虽觉嘲弄仅是出于寻欢作乐,观他人之疯癫乃一大乐事,然他们也须明白,嘲弄亦堪称大罪(据托马斯之言),并且,正如先知大卫所痛斥的,以舌头谗谤之人将不得寄居上帝的帐幕。

故而,此类污秽难闻的嘲弄、侮辱及挖苦,是分毫也不可用的,尤不应施之于优秀过人者、施之于那些陷于悲痛或胸怀忧愁的人。因为对他们而言,这将倍增其苦,且又如他所见,其中许多会深感羞愧,也有许多会又气又恼,此实乃导致和加重忧郁症的最烈的成因。马丁·克罗梅鲁[①]在其史书第六卷中就记载了一则与之相关的绝妙故事,故事所涉人物乃波兰第二任国王乌拉迪斯劳斯,以及史莱恩郡伯爵皮特·达尼尔斯。据说某日他俩狩猎过晚,便只好暂住于一所破旧的村舍中。正值就寝之时,乌拉迪斯劳斯却去开伯爵玩笑,声称伯爵之妻与史莱恩郡修道院长同床共枕风骚非常。伯爵闻言怒不可遏,随即反驳道,你的那位也跟达贝苏斯搅在一块儿呢,他是宫里的一个英勇小绅士,早为王后克瑞斯提娜爱慕已久。伯爵的这番话使得国王羞愧难当,其哀哀欲绝又闷闷不乐竟达数月之久。不过伯爵却因之丢掉了性命,因为克瑞斯提娜听闻此事后,就将其处死了。另据载,查士丁尼[②]之妻索菲娅皇后,曾以恶言嘲弄宦官纳尔塞斯(一代名将,其时正为他近来手中的一场骚乱所恼),笑他不配挥剑或当军队里的

---

① 马丁·克罗梅鲁(Martin Cromerus),约16世纪波兰历史学家,著有《政治史》。
② 查士丁尼(Justinian,483—565),拜占庭皇帝,主持编纂《查士丁尼法典》,征战波斯,征服北非及意大利等地。

将军，反更适合去做女红，去当女人们的姐妹。然这话却令皇后得不偿失，因为纳尔塞斯为此而恼羞成怒，径直走上了背主叛众之途，他心结难解，终促成伦巴族人的造反，由此给共和国招来了许多苦难。话说提比略皇帝把前任奥古斯都新近留给罗马民众的遗产据为了己有，某日他见一家伙对着尸体窃窃私语，便欲探个究竟。那家伙却答道，其意就在让这飘离的魂魄去禀报奥古斯都罗马民众还未分得遗产。为了这一句刻薄的讥讽，提比略当即下令将此人斩杀，让他亲自前去地府捎信。因此，对于那些在有的情形下不反对嘲弄的人，以及生性幽默的朋友（谁不是如此呢？），还是可以让他们继续去笑去乐的——如科德拉斯[①]那样把肚皮笑破，这应受赞许，也无可厚非。只是他们断不可让有着任何忧郁之倾向的人参与进来；莫去开胸怀不满之人的玩笑——此乃卡斯提琉的金玉良言，亦为约维纳·庞塔努[②]、格拉图[③]以及各类好心人的忠告。

戏弄我，但请勿伤害我；
嘲弄我，但请勿侮辱我。

谦恭有礼是一种品德，在它左右的是粗野驽钝和满口秽语这两个极端，犹如亲切和蔼介乎谄媚恭维与口角冲突之间，故不能有所逾越，而应始终辅之以纯善，这样便不会伤到任何人了，且种种伤人辱人的念头也将被喝退。虽说误入歧途或为非作歹之嫌犯总难免遭到如此的嘲弄或羞辱，然借由其罪而公然地去责骂、去大肆抨击他，或予以讥笑，则实非善举亦有违人道了。古语有云，掷在被控告者身上的每一条指责都是可耻的。不过，我所反对的也并非针砭时弊的人——如巴克莱、贞提利、伊拉斯谟、阿格里帕、费希卡特[④]……或当代的瓦罗派和卢奇安们，以及讽刺作家、讽刺诗人、喜剧作家、

[①] 科德拉斯（Codrus），雅典末代君王。
[②] 约维纳·庞塔努（Jo. Pontanus），约15世纪意大利幽默作家、诗人。
[③] 格拉图（Galateus），医学家，著有关于疾病的专著。
[④] 费希卡特（Fishcart），约16世纪德国讽刺作家、政论家。

辩护家，等等——而是那些惺惺作态，予人以嘲弄、讥笑、中伤、指名道姓的责骂或当众的羞辱之辈。

> 谁的嘲笑若带有猪一般的粗鄙，
> 便称不上赛斯修，而只是驮马一匹！①

此亦可谓胡闹了，而那些讥讽（如其所言）则实与伤人无异。尖利的讥讽，涂满了毒汁儿，伤人后将会留下螯针，还是不用为妙吧。

> 不要伸脚将盲人绊倒，
> 对于兄弟，切勿恃强凌弱，
> 对于死者，切勿用毒舌伤扰，
> 对有人落难莫要幸灾乐祸。②

如能恪守上述戒律，我们便可得到更多的舒心和清静，染上更少的忧郁。然我们却总是背道而驰，想方设法地中伤彼此，琢磨着如何去蜇人和扰人，活似两头在打架的野猪，使出了浑身的气力和聪明，还动用了朋友和金钱，为的只是相互折磨对方的灵魂。由此之故，世间才会少有满足和仁爱，反倒是铺天盖地的恶毒、仇恨、怨怼和不安弥漫在了众生中间。

5. 自由之失、奴役、监禁

在这一系列的成因之中我也该把自由之失、奴役或监禁添列进去，因为此之于有些人而言实与其他种种成因无异，亦属莫大之折磨。尽管他们事事唾手可得，且有豪奢之宅第可供其享用，华美的小路与花园，宜人的凉

---

① 语出马提雅尔。
② 语出皮布拉克。皮布拉克（Pybrac），约16世纪法国诗人、法学家。

亭、廊道、美馔佳肴，如此种种也一应俱全，然他们仍是心有不满，因为他们被困其中，无法来去自由，不可随心所欲，始终要乞食于他人桌前，唯命是听[①]。对于食物，人会生出厌腻之感，而于其他诸般，如某个地方、某类团体、某种消遣，也当亦复如是。就算他们再怎样地快活，自在，健朗，美满至极，但世间种种终归会有让人心生厌腻的时候。那以色列的子孙便吃腻了吗哪[②]，如此生活实令其烦闷不堪，过得好像笼中鸟或窝中犬，他们厌之且倦之。诚然，在世人眼中，这些人是幸福的，他们凡事皆能心想即成，或如愿以偿，他们要是身在福中而知福就好了。但他们却对之厌恶不已，并倦于现状。不过，人之本性即如此——总在贪念新奇、多变、趣乐。而我们那游移的喜好于此之中亦是无定准的——但求新变，罔顾结果之好坏。比如，单身汉一心想着结婚，为人夫者却渴求单身；自家妻子虽貌美，聪慧、贤良、能干，但做丈夫的却不予怜爱，因为那已是他的人了。现状之于我们永远至为糟糕。我们无法长久地去过同一种生活——方才所祈求者即令我等烦倦；做同一份工作——身居高位让人乐，转瞬之间招人厌；住同一处地方——我于罗马怀想蒂布尔，又于蒂布尔怀想罗马。那曾为我们梦寐以求之物眼下却反为我们所鄙。仅此便足以让许多的人烦闷而死了——倘若他们老是被拴在同一样东西上面的话。他们就像那磨坊里的马、水车中的狗一样，不停地绕着圈儿，没有变化亦无新貌。他们的日子将会渐显烦闷，其眼中的世界也将变成是可憎的了，已享过至烈之乐的他们，每每遇到点乐事，总要说上一句，什么？还是老样子？马可·奥勒利乌斯与所罗门皆享遍了世间的各种欢愉和玩乐，其自道之言即与此相类。他们苦苦渴求之物到头来竟乏味无趣，而他们的欲求亦永不得餍足。一切皆为心中的虚妄与苦恼。

如果对于事事心想即成，仿佛活在天堂中的人而言，周而复始地行同一

[①] 伯顿似在讽刺那些寄食于王公贵族家中的人。
[②] 吗哪指犹太教、基督教《圣经》故事中所说古以色列人经过荒野时所得的天赐食物。

第二部分　　　　　　　　　　　　　　　忧郁的成因与症状　　171

种消遣，吃同一道菜肴，被拴在同一处地方，就已令其觉得如同见到了死亡、人间地狱的话，那么身陷奴役或囹圄的人则是承受着怎样的痛苦与不满啊！奴役远比死亡来得糟糕，库提乌斯笔下的赫默劳斯[1]如此对亚历山大说道。披甲上阵的勇士（塔利称）也皆有同感。我（博特罗[2]亦言）向来视奴役为苦难之至。由此观之，则他们实可谓饱经磨难了——他们在金矿（如秘鲁波托西的三千名印第安奴隶）、锡矿、铅矿、采石场、煤坑里，日日由严酷的工头监管，有如一群地下的鼹鼠，被迫进入坑道，去受那无尽的劳苦、饥饿、干渴和鞭笞，还全无得到解脱之希望！此外，土耳其的妇女又会有多么地受罪！她们一年到头竟不许踏出家门。至于意大利和西班牙的女子，她们也是如同笼中的鹰隼一般，全被妒忌心重的丈夫严锁家中！而大半年都活在暖房和洞穴里的人又会是何等地无聊啊！比如居于冰岛、俄罗斯或极地正中的人，他们竟有长达半年寒冷的极夜要度过。不过，相比之下，身陷囹圄者所受之痛苦与不满才最是难以形容！他们瞬间就失掉了那六大非天然的要素[3]，不再有好的空气、好的饮食、锻炼、友伴、睡眠、休息、舒适……整日里锁链缚身，忍饥挨饿，亦且（如卢奇安所述）需得忍受令人作呕的恶臭，以及锁链的铿铿作响，囚犯常发出的哀嚎、惨叫。以上诸事不仅令人痛苦，也让人实难忍受。他们躺在那阴暗的地牢里，浑身肮脏不堪，与蟾蜍和青蛙为伍，窝在自己的粪便之中，肉体受痛，灵魂受痛，如同约瑟一样——人们用脚镣伤他的脚，又把铁打入他的灵魂。他们活得孤单，落寞，与世隔绝，唯有噬心的忧郁与之相伴，且因缺餐少食，便只好拿痛苦当作面包来充饥，甚而捕食起了自己。难怪阿库兰努会把长期监禁视作忧郁症的成因之一，尤其是对以下一类人而言——他们原本过得欢喜快活，骄奢淫

---

[1] 赫默劳斯（Hermolaus），马其顿人，出身于敌视亚历山大的贵族集团，在担任亚历山大的近卫兵时，组织了反亚历山大的阴谋，事发身死。
[2] 博特罗（Boterus），约16至17世纪意大利政论作家、外交家。
[3] 六大非天然的要素（six non-natural things）出自盖仑的学说，指六种身体之外的，且可为人所控的因素，包括空气与环境、饮食、睡眠与清醒、锻炼与休息、留滞与排放、脑中之情感。

逸，但却突然地与种种玩乐相离相隔了开来，例如匈雅提①、爱德华二世②，以及理查二世③、瓦莱里安皇帝、土耳其苏丹巴雅泽诸人就皆是如此。倘若平日里的友伴和餐食消失不见，哪怕仅有一天或一个钟头，就能令我们心生烦忧的话，那么永远地失去这些又会是何感受呢？如果活得自在又享有世间的一切可谓莫大之幸福的话，那么忽地被一头扔进西班牙宗教法庭④，从天堂堕入地狱，遭到关押，则又必会带来怎样的痛苦和怨愤呢？会如何地令人不知所措，将之折磨成何种模样呢？诺曼底公爵罗贝尔为其幼弟亨利一世囚禁以后，据马修·帕里斯⑤所言，便因悲痛而日渐憔悴。一代霸主朱古达⑥亦然，他趾高气扬载胜归罗马，而后却锒铛入狱，饱受精神之痛苦和忧郁以至于死。国王史蒂芬的股肱之臣，索尔兹伯里主教罗杰（威尔特郡那有名的迪韦齐斯城堡即为其所建），也曾在狱中受尽了饥饿之摧残，以及其他种种伴随狱中人的痛苦，乃至求生不得，求死不能，于死之惊惶和生之折磨中飘摇摆荡。同样地，法王弗兰西斯为查理五世所俘后，据奎恰迪尼⑦的说法，他亦是转眼间就忧郁得几近于死了。不过这一切昭若朗日，又何须多言。

6. 穷困与贫乏

穷困与贫乏堪称一对咄咄逼人的恶汉、不请自来的生客，人人唯恐避之

---

① 匈雅提（Huniades，1387—1456），匈牙利王国统帅，曾大败土耳其人，病死军中。
② 爱德华二世（Edward II，1284—1327），英格兰国王，爱德华一世之子，宠信佞臣，权力受制于贵族，入侵苏格兰失败，其妻联合贵族将其废黜，被囚禁至死。
③ 理查二世（Richard II，1367—1400），英格兰国王，10岁继承王位，朝政由其叔父冈特的约翰操纵，成年亲政后鲁莽无能，冈特的约翰之子纠集贵族力量将其废黜监禁。
④ 西班牙宗教法庭，1480至1834年的天主教法庭，以用残暴手段迫害异端著称。
⑤ 马修帕里斯（Mattew Paris，1200？—1259），英国本笃会修士、编年史家，其所著《大编年史》为了解1235至1259年间欧洲大事提供重要资料。
⑥ 朱古达（Jugurtha，156B. C.—104B. C.），努米底亚国王（118B. C.—106B. C.），发动反罗马战争，被诱捕处决。
⑦ 奎恰迪尼（Guicciardini），约16世纪意大利史学家。

不及，我又怎能略而不予分述。贫穷，倘若正确待之，在那聪慧、善悟、实已精神涅槃又安命知足的人看来，虽是一种福乐的状态、一条通往天堂的路——如克里索斯托所称——乃上帝之恩赐、谦逊之母，且远比荣华富贵更为可取（详见下文相关处）；然而，到了俗世的眼中，它却成了一个让人无比厌恶的位阶——卑微又低贱，实可说是一种痛苦的折磨、不堪忍受的重负。我们都在竭力地躲避它，胜过了躲避恶犬或毒蛇。我们对贫穷二字深恶痛绝，贫穷在世间各处都惨遭了拒斥和迫害，因为它乃种种苦难、忧愁、不幸、劳苦及哀怨之源。为了躲开贫穷，我们宁可吃尽苦头：不惜奔赴印度最为辽远的边界，哪怕有性命之危，我们也要把世上每个港口、海岸、河湾踏遍；我们愿潜入海底，钻入地心，下至五、六、七、八、九百英寻深，穿越完五个气候带，并经受那极冷与极热；我们甚至甘愿充当寄生虫和奴仆，出卖自己的节操，又发假誓又说谎，玷污自己的肉体和灵魂，舍弃上帝、抛弃信仰，去偷盗、抢劫、谋害，也不想去承受那难以肩负的贫穷之轭——这般地压迫着、摧残着，故往往也就使得我们郁郁不乐了。

因为看看这世间，你就会发现人之尊卑贵贱通常是取决于其财富的多寡，而若是富有便也就是幸福快乐的了。无论何处，人的价值总要靠他所握之财产来衡量。试问谁可飞黄腾达，平步青云，除那富人以外？依世俗之见，倘若某人家财万贯，那么不管他如何得获其财，有着怎样的出身，才华如何，德行如何，抑或心狠手辣与否；哪怕他是拉皮条的，是饥鹰饿虎，是放高利贷的，是恶棍、异教徒、野蛮人、坏蛋，是卢奇安所谓的暴君，看他比看烈阳更可怕；只要他财大气粗（自然出手也阔绰），他就会得到荣誉、仰慕、崇拜、尊敬以及大肆地吹捧。富人因其财富而享有了赫赫声名。他的家应当门庭若市：因为钱财会积聚众多的友朋；一切幸福皆随其钱财之多寡而起伏涨落。他该被称作仁主、米西纳斯、施恩人，他明智，审慎，正直，英勇，有福气，又宽厚豪爽，实可谓朱庇特的宠儿、白羽鸡的幼雏，一个前程锦绣、善良仁慈、高风峻节之人。正如塔利谈屋大维那样，只要他被过继给了凯撒，成了这雄伟帝国的正统继承人，那他就是个金灿灿的孩子。一切荣誉、官位、掌声、空大的头衔和浮夸的名号，都会加诸其身。他将受到世人的瞩目，连上帝也要祝福这位阁下！这位贵主！人人都会吹捧他，都会贿赂他，竞相求取他的宠爱、恩惠及庇护，皆要前去服侍他，攀附他，个个都会对他欢呼鼓掌，就如同见了奥林匹克运动会中的地米斯托克利一般。而他只要一发话，那就跟希律王一样了，此乃上帝的声音，非出自凡人之口！各种的华美、奢靡、玩乐、派头均在追随着他，那金色的命运女神也常伴他左右，待他如罗马的皇帝，与他共居寝宫之中。他能随心所欲，任意地摆布其财产。欢快的日子、堂皇与富丽、甜美的乐音、珍馐美馔、佳品绮物以及肥沃之土地、精美之服饰、奢靡之衣装、软的卧榻、羽绒的细枕，统统都归他支配。世人都在为其效劳，有成千上万的匠人成了他的奴仆，替他劳作，跑腿，奔波，送信；神职人员（毕竟女祭司皮提亚都被国王腓力收买了）律师、医师、哲人、学者，也统统为他所有，皆忠心地任他差遣。世人无不在想方设法地与他结交，认亲，联姻，哪怕他是个蠢货、傻瓜、禽兽、笨蛋，也仍可娶达那厄①为妻，而何时结婚以及与谁结婚亦是全由他定，甚至国王和王后都要前来招他做女婿——他与我家儿子②、女儿、侄女这些皆堪称绝配。他脚踩过的地方皆生出了玫瑰，无论他行至何处，总有号响、钟声等等的欢腾喜庆相伴，大伙都是乐意讨他欢心的，他到了哪儿都能像在阿波罗宫里那样饮宴——为了款待他而做的铺排是何其奢靡啊，鱼和鸟、调料与香料，但凡海里游的、陆上走的，应有尽有！为把他逗乐竟要动用这等盛大的宴席、假面剧、欢歌笑语！将之献给特瑞比斯，呈于特瑞比斯的面前吧！老兄，敬请尝一尝这些美味吧？哪道菜是大人您愿吃上一口的呢？

---

① 达那厄（Danae），希腊传说中阿尔戈斯国王阿克里修斯之女，主神宙斯化作金雨与她幽会。
② 原文如此。

香甜的苹果之类——凡由你地中所生，

在祭祀诸神之前，请先献给你的大人。①

阁下您又喜欢哪类的消遣呢？放鹰行猎、狩猎、钓鱼、猎鸟、捕牛、捕熊、玩纸牌、掷骰子、斗鸡、赏剧、观杂耍、听琴、看小丑，等等，全听阁下您的吩咐。华美的宅子、花圃、果园、露台、廊道、厢室、曲径、幽地，也统统唾手可得，金杯装牛奶，银樽盛美酒，美人儿招手即来，如此种种，堪比极乐福地，实属人间天堂。他虽为呆呆傻傻之人，亦不具有多少的常识，然若他生来就富贵，如我先前所言，那他便会一路得到荣誉和官衔，竟成超群拔萃之士。他应当享此殊荣，也可与塞尔维乌或雷贝欧②一争高下。只要得到了足够的金钱，也就能够操控国家、省城、军队、人的心、双手及情感了，你可让教皇、牧首成了你的家养牧师和食客，你也可让君主（如帖木儿一般的）来拉你的马车，让女王当你的浣衣婢，让皇帝做你的搁脚凳，修建比亚历山大大帝治下还要多的镇子和城市，搭造巴别塔、金字塔以及摩索拉斯陵墓③……统治天与地，并告诸世界此皆为吾之属国。冠冕可用金来买，银子能开天堂路，哲人竟被铜币雇，正义为钱财所控，文人因小利而欢，金钱买来健康，财富引来朋友。故也就难怪当那位富甲一方的佛罗伦萨人约翰·德·美蒂奇躺在病榻上奄奄一息之时，会把其子科斯莫和劳伦斯唤到跟前，除说几句忠告以外，还再三言道——我虽将不久于人世，然想到我给你们这俩孩子留下了富足的财产，便也就瞑目了。因为财富胜过一切。我们的身边是见不到普鲁塔克笔下莱克格斯④式的议员的：他任人唯贤，择德才兼优者而用。于其时，油滑、势力、金钱、朋友，皆行不通，他仅以沉稳持重和卓异为准绳。而我们的贵族统治者啊，则无不在盘算，

---

① 语出贺拉斯。
② 雷贝欧（Labeo，50B.C.—18A.D.），罗马法学家。
③ 古希腊哈利卡纳苏斯的摩索拉斯陵墓，为世界七大奇观之一。
④ 莱克格斯（Lycurgus），传说公元前9世纪斯巴达的制订法典者。

其所构成的完全就是寡头统治集团，里面只有一小撮富人掌权，他们为所欲为，亦且因了位尊权贵还得享特权。他们可以大肆地逾矩，随心而所欲，哪有人敢上前去谴责，人们甚至连咕哝两句的胆量也是没有的，只能视而不见，如此一来，他们便可安枕无忧地去肆意妄为了，按照自己的律法来生活了，且还可凭其金钱获得豁免状、赦罪符，把灵魂从炼狱乃至地狱中救赎出来——可见朱庇特也为钱箱子所困。就算他们是享乐主义者，或无神论者、浪荡子、马基雅弗利式的人物（他们往往便是），

> 哪怕身世作伪，出身卑贱，血统不纯，①

他们也仍能穿过针眼②登入天国，而倘若他们乐意的话，则还能被尊为圣人，被风光地葬在陵墓里，受到诗人的歌颂，留名于史册上，并享有一座座为之而立的庙宇和雕像——在他们的骨灰堆上必将开出紫罗兰来。如果他生前大方，死时亦慷慨，那么就会有人肯为他发誓作证了，正如塔西佗笔下有人为克劳狄皇帝起誓那样，说他亲见先帝之魂升入了天堂，在其葬礼上人人皆哀痛欲绝。吹长笛的女孩们都在哀悼着……不过，即便如特里马尔奇奥的妻子（她是他的全部）之流，也是可以径直踏入天国之门的——真乃一卑贱的妓女！想必你在穷困潦倒之际亦曾耻于从她的手中要来面包。其由何在？因她以蒲式耳量钱，铢施两较。其实，种种的特权往往并不属于富人，而多半是为那些看似富贵者所享有。假使某君只具光鲜的外表，若他携此行于世间，那么他就会因了那绚丽的服饰而被尊为天神，如同居鲁士之于波斯的民众。在我们这坑蒙拐骗盛行的年代，你或许也会恭敬地为这种人让道，因为你被其外表给迷惑住了，把他当成了某某大人。但请相信，若你查检其家产，则会发现此人可能只是个低三下四的用人奴仆罢了——比如，是个尊贵的裁缝夫人、理发匠阁下或诸如此类的骗子，一名法斯提蒂·布瑞斯

---

① 语出贺拉斯。
② 《圣经·新约·马可福音》中耶稣有言："富人进天国比骆驼穿过针眼还困难。"

克、佩特罗内尔·弗拉希大人①式的人物,或无外乎一只绣花枕头。而若世人所看重的仅是其表面,那么他不论来到何处,就都能呼之必应,并因了其外在的服饰而身居上位。

不过,倘若他穷困不堪的话,其境况就会截然相反了。他将终日痛苦,心情跌落到谷底,潦倒,沮丧,孤苦伶仃,钱袋空空,精神亦空空。随着人生态势之变迁,我们的精神也会受此影响。须知金钱能够赐命续魂。他虽诚实,机智,博学,功勋卓著,出身高贵,身强体健,但只要赤贫如洗,便难以高升,难以得到荣誉、官位或丰厚的钱财,只能遭受轻蔑、藐视。他的智慧不值分文,有着满腹的学识却还挨饿,与他为友真是一种屈辱。他一开口,有人就会奚落道,这个叽里咕噜的人是谁啊?他的缺了财富的高贵比被冲上岸的海草还要廉价,故也就人微言轻了。我们堪比一窝可怜的雏鸟,从那凄苦之蛋中孵化而出,如若变得贫穷,转眼就会沦为卑下的奴隶、恶棍及低贱的苦工。因为变穷就意味着要成为无赖、傻子、坏蛋、恶人、讨厌鬼、丑八怪。可谓一穷遮百美。穷人生来就该劳作,受苦,负货如牛,与尤利西斯的同伴一道去吃被踩扁的粪便,又如阿里斯托芬笔下的克瑞米卢所反对的,去舔盐,去扫茅厕,清水道,挑泥巴和大粪,扫烟囱,擦马蹄……此外,更不消说土耳其的划桨的奴隶了,他们竟被当成了牲口来买卖。而那些非洲的黑人或可怜的印第安苦工,则是每日里在运货途中都会因不堪重负而晕厥倒地,因为他们拉货之时就跟为我们所使唤的牛和驴子没什么两样。可怜的印第安人的生活便无外乎此了……穷人看上去总是丑陋不堪的,哪怕从前整洁光鲜,如今也照样破旧肮脏,谁叫他穷呢——命不干净自然活得也脏兮兮的,通常就是这个理。**他人为活而食,穷人则为劳苦而活**,真乃生就的奴隶种,任何的差事都不敢不接。过来,多茹斯,拿着这把扇子,你小子在我们洗浴时给我们扇扇风。还有,叫你的同伴明

---

① 法斯提蒂·布瑞斯克(Fastidious Brisk)、佩特罗内尔·弗拉希大人(Sir Petronel Flash)皆为文学作品中骗子式人物。

早及时起来，不论天晴下雨，他都要徒步跑上50英里，替我把信送给夫人。索西亚，你给我待在家中，磨一整天的麦芽。特里斯坦，你就打谷子吧。他们便是这样任人驱使的，其中一些甚至还甘当富人的搁脚凳、蹬马垫或撒尿墙。而他们往往就是这种人——粗鲁，愚蠢，迷信，呆傻，龌龊，肮脏，污秽，贫困，愁苦，卑贱低下。正如里奥·阿费尔[①]对非洲之民的评述，他们天生低贱，地位连狗也不如。无学问，无知识，无教养，也缺乏常识，他们有的唯剩野蛮而已。就像无赖和流浪汉，他们赤脚裸腿而行，脚底磨得跟马蹄一样硬，如拉德泽维琉[②]在埃及杜姆亚特所见的那样，他们过着一种劳累、痛苦、可怜、不幸的生活，好似野兽和牲畜，甚或更糟（比如在尤卡坦有个西班牙人，他用三个印第安男孩仅换来一块奶酪，用百名黑奴仅换来一匹马）。他们一开口便脏话连篇，有壶麦芽酒喝就算是莫大的享受了。没有哪样下贱活儿是这群无赖不肯干的。其中清扫厕所的就有不少，而看灶火的、当马夫的亦是无缺，他们做着各种各样诸如此类的差事，就跟住在阿尔卑斯山脉的人一样，且还能去当扫烟囱的、清大粪的或抹泥匠、流浪汉，不过就算他们再怎样卖力，也穿不起衣服，吃不上面包。因为那肮脏的贫穷还能带来些什么呢？无非乞讨、令人作呕的龌龊、污秽、蔑视、苦工、劳作、丑陋、饥饿和干渴，以及无数的（阿里斯托芬的剧中人以妙语相接）跳蚤和虱子罢了。他们只能拿破布作衣衫，石头充枕头，把碎罐子或烂砖块拿来当椅子坐，喝白水，吃野菜叶、豆子，活得像猪，打架如狗。最后（克瑞米卢总结其言道），既已见了我等穷人如今过的是什么日子，那么又有谁不会认为这样的生活之中尽是不幸、痛苦以及疯癫呢？[③]

而即使他们的状况要略好于下贱的流氓、饥肠辘辘的乞丐、东游西荡的

---

① 里奥·阿费尔（Leo Afer），约16世纪旅行家、历史学家，著《非洲记闻》。
② 拉德泽维琉（Radzivilius），约16世纪波兰新教作家。
③ 伯顿自注：我写这些并非旨在谴责、或嘲笑、或作践穷人，而是通过表现其种种不幸，来同情和怜悯他们。

流浪汉、普通的奴隶以及临时的苦工，他们也常常会被巧取豪夺的官员以违反法律为由敲诈勒索，遭到暴虐的地主的欺压，因了无休止的轮轮榨取，饱受叮咬和剥削，以至辛苦一番过后，哪怕殚精竭虑，绞尽脑汁，都无法在有的国家存活下去。他们刚有了点什么就会被立马给搜刮一空。为了生活，为了有差事可做，也为了维系其穷困的家庭，调和其愁苦与焦虑之情，他们把心都操碎了，其睡眠亦因之而被夺走，直让他们倦生厌世。他们惨淡经营，倾其全力竭诚而为，然若一朝为疾病所累，或是岁月不饶人，却又没有谁来同情他们。世人铁石心肠又冷酷无情，麻木不仁，竟任他们饱受凄风苦雨，去乞讨，偷窃，抱怨，乃至造反①——如不然就要被活活饿死了。正是此种惨状带来的痛苦和恐惧，才迫使那些古罗马人去反抗统治者（然终为门勒琉·阿格里帕②所平息），又令天下间的草莽英雄以及绿林好汉纷纷抄起了煽动的武器。是以自古至今，在各国之中造成了一起起的骚乱、抗议、暴动、造反、偷窃、谋杀、哗变、争斗和冲突，在各户人家里引发了嫌隙、牢骚、埋怨、不满。因为他们衣单食缺，无法按其理想过活，或抚育子女，如此缚手缚脚便让他们为之而心碎肠断。这世间最悲惨的事，当莫过于贵族过起了骑士的日子，绅士品尝着自耕农的生活——两者均不能依照其出身和地位而活！穷困与贫乏往往之于各色人等皆堪称祸害，而对以下这类人来说则尤其如此——他们原先养尊处优，却突然地落入了穷困，本也是出身高贵，锦衣玉食，然终因某种灾祸和变故而落泊潦倒。至于余下的人，他们都天生贱命，故其头脑也就粗鄙浅陋，犹如甲虫生养于粪堆之中，他们生养于微贱，自然可在下流污秽里作乐过活。穷困，对于这一类人而言，便几乎是无关痛痒的了。

---

① 伯顿自注：蒙田在其《散文》中提到了一些身居法国的印度人，当被问及他们如何看待法国之时，皆表现出惊讶：该国这么一小群富人到底是怎样让穷苦大众始终服服帖帖的，竟没人去把富人的喉咙割断。

② 门勒琉·阿格里帕（Menenius Agrippa），公元前6世纪罗马共和国执政官。

> 低贱的灵魂正好配低贱的胸怀。①

然于前者，此一引发痛苦的原因却绝不可谓小。倘若他们陷入了穷困，就会为友伴所弃，无时不遭受冷落，竟至变得孤苦伶仃。正如贫穷的泰伦斯在罗马见弃于西庇阿、拉埃琉以及弗里乌等权贵之友。

> 帕布琉·西庇阿、拉埃琉、弗里乌，乃三位
> 无比显赫的爵爷，整日里难得见上一面：
> 如今的确说来也怪，他们竟无法安排
> 一个住处，为他们那身陷苦难的穷朋友。②

世事往往便是如此，倘若时运不济，就会见弃于人，独尝冰冷与凄苦，也无朋友来看一眼这身无分文的富人了，个个皆视其如一堵朽墙，唯恐避之而不及，生怕就要坍落到他们自己的头上。贫穷将其与邻里分剥了开来。

> 当财富垂爱我之时，朋友，你们都还对我展露笑颜，
> 而一旦财富她弃我而去，我却连一个朋友也不得见。③

而更甚于此的是，倘若他一贫如洗，大家竟都会前来蔑视他，侮辱他，压迫他，予以嘲笑，倍增其苦。

> 值此摇摇欲坠之屋宅将向内坍塌之际，
> 全屋之重量自然也随之而聚拢了过来。④

不仅如此，他们还将受到亲兄弟和挚友良朋的嫌恶。兄弟因其贫穷而烦厌之，邻里亦以白眼相对，正如那出喜剧中的人所抱怨的，不论友朋或生

---

① 语出维吉尔。
② 语出多纳图。
③ 语出佩特罗尼乌斯。
④ 语出奥维德。

人，统统弃我于不顾。此乃最悲惨之事，贫穷使人沦为了笑柄，需得经受来自优越者的戏弄、讥讽、嘲笑、拳头，且还要对之逆来顺受以求讨一顿饭吃：贫穷可谓一种莫大的羞辱了，它迫使我们吃够了苦也受尽了罪。穷人为拿到一点微薄的收入，就得要变成寄生虫、滑稽的小丑、傻瓜（即装疯卖傻，如欧里庇得斯所言）、奴隶、流氓、苦工，去迎合每个人的喜好，以讨欢心……然待诸事做尽，招来的却是拳打脚踢，就像荷马笔下的尤利西斯为梅兰修①所辱一样，他们将遭到咒骂、阻扰、欺凌，对于那权势者的愚蠢，他们需得忍气吞声。而穷人的不得以变作无赖和恶棍，究其因，则如常言所道，仅是贫穷就足以让人沦为小偷、造反者、杀人犯、叛贼、刺客了，因了那贫穷，我们犯下了罪孽，发誓又背誓，作伪证，说谎话，伪装遮掩，且如我所言，无所不为，只求一己之利，解一己之需。贫穷，是会唆使人去犯罪的——试问倘若被逼入绝境，那又有何事是不敢为的呢？

> 如果残酷的命运已令希隆凄楚可怜，
> 则它早晚也会把他变成一个背信弃义的骗子；②

他将背叛其父亲、君主及国家，投靠土耳其，抛弃信仰，弃绝上帝……再怎样恐怖的叛反之行（里奥·阿费尔言道），只要能够获利，他们都愿意去做。故柏拉图称贫穷会诱发偷窃、渎圣、卑污、邪恶及伤害，诚哉斯言，因为它使得许多本可成为正直之士的人（若非贫困的话），去贪污，去腐败，去做昧良心的事，去出卖其口舌、内心、双手，等等，变得粗鲁，冷漠，无情，野蛮，竟至动用不正当的手段来改善其现状。贫穷使君王对臣民强征暴敛，位高权贵者专横凶残，地主欺压成性，法官唯利是图，律师有如鹰隼，医生好似哈比，朋友死缠烂打，商人变骗子，老实人成小偷，忠心的也当了刺客，达官显贵把妻女和自我出卖，平庸之人忧愁苦闷，百姓骚动哗变，芸

---

① 梅兰修（Melanthius），尤利西斯的羊倌。
② 语出维吉尔。

芸众生皆有不满、牢骚以及抱怨。贫穷实乃各种恶行之大诱因，它迫使一些可怜虫装病自残，将自己戳瞎，让自己跛足，弄得缺胳膊少腿的，以便可以理直气壮地去行乞，好使自己摆脱贫穷的现状。布鲁日律师达姆霍德瑞·约多克[1]就有一些关于这类行骗怪人的著名案例，亦且近乎每个村庄也都能拿出丰富的证据来，我们便见到了装哑的流浪汉、装疯的乞丐……而这正是穷困之影响，它能先让人尝尽了生活的痛苦与乏味，继而逼迫人抛弃生命。他们宁可被绞死，淹死……也不愿过没钱的日子。

绞断脖子，
淹死海中，
远胜忍受那烦人的贫穷，
去吧，宁可一死。[2]

我曾在阿忒纳的著作中找到一条记载，说是古时有个锡巴里斯人[3]，因在斯巴达的宴会上无丰盛的酒食可享，且见当地人生活艰困，便说，这也难怪斯巴达人皆为勇士了。——而他自己呢，则是宁可往剑头上撞（依其见，人人都会如此），也不愿以这粝糠之食度日，或去过这般困苦难熬的生活。据说，在日本，父母因了穷困而把孩子捂死或把胎儿打掉，是极为寻常的一件事——这受到过亚里士多德的称许。而在那文明之国度，母亲若无力抚养她的子女，也是会将之活活扼死的；宁愿杀掉也不愿卖掉，或任其如穷人那样去挨苦受难。不过，阿诺比乌和拉克坦休却极力反对那些古希腊人和罗马人的做法——在相似的情形下，他们居然会把孩子弃于野兽跟前，或将之勒死，或对着石头把他们的脑袋砸开花。而倘若芒斯特[4]所言不虚，则那些

---

① 达姆霍德瑞·约多克（Damhoderius Jodocus），约16世纪布鲁日律师。
② 语出忒奥格尼。忒奥格尼（Theognis），约公元前6世纪希腊抒情诗人。
③ 锡巴里斯人（Sybarite）。锡巴里斯，古希腊城市，在今意大利南部，曾以其富饶和奢靡闻名，毁于公元前510年。
④ 芒斯特（Munster），约16世纪德国地理学家、数学家。

立陶宛的基督教友就是在自愿为奴为仆了——将自己、妻子和儿女统统卖给富人以避饥饿和穷困。此外，另有许多陷于此窘迫之境者，竟还寻了短见。比如，罗马人阿庇修，他在算账后，发现其账上仅余十万克朗，于是就因害怕活活饿死，便把自己给杀了。而彼得·佛瑞斯特在其行医录中亦记载了一则让人难忘的例子，说是卢万镇里有两兄弟，双双皆因一贫如洗以至忧郁难消，终在一阵不满之情中自戕。此外还有一例，是关于某商人的，据说他本也是个博学、精明又审慎的人，但却出于一种对海难中物毁人亡之失的深深忧惧，而总是如诗人笔下的乌米狄乌那样，固执地以为自己将会在穷困中死去。总之，我大可对穷苦之人做出如此的论断，即虽然他们具有禀赋才华，但却会苦无施展之机。那通往荣誉的路已为贫穷所阻，穷人便也就难以高升，对他们而言，登高攀爬实属不易——其稀少的钱财挡在了功勋之途中。穷人的智慧将遭到鄙视，而其言语亦无人恭听，且其著作同样会因了作者的卑微和无名而受到厌弃，冷落。——哪怕本身是值得称赞又颇为优异的作品，人们也不会予以认可。

> 连酒也喝不起的人所写的诗句，
> 便不能久获世人喜爱或长存于世。[①]

穷人是无法合人心意的，其行为、想法、建议、方案，在世人眼中均无足轻重，其才智也会随了财产的寡少而消隐，此点早就为纳图所留意。古时有人曾言，智者从不修鞋，但他又将如何证之呢？我看，在眼下这世代，早已是今不如昔了，我们不就常常见到雄辩裹在破衣烂衫中瑟瑟发抖么。即便连荷马也缺衣少食，需得沿街乞讨，据传有时他竟会挨家挨户地奔走，口唱谣曲，还有一群男孩围在左右。穷人的这类普遍的苦痛，实会扰乱其心神，使之快快不乐，郁郁寡欢，一如其寻常的样子——反复无常，乖戾易怒，就

---

① 语出贺拉斯。

像疲惫的旅客那般（因为饥饿与拖延会让鼻腔生出忧郁之液），总在发咕哝和牢骚。穷人常会心生怒气，这真是一件危险的事——普鲁塔克引欧里庇得斯说道。而那喜剧诗人亦附和得妙，

> 人穷之际，便敏于提防冒犯之举，
> 倘若你笑，他们就会认定你在嘲弄其悲惨之境。①

如果他们身陷窘况，那就会越发地疑神疑鬼，误解频生了。他们将以为自己的困苦招来了嘲笑。——而正是因了这缘故，许多才华横溢之士才在此种境况下离群索居。比如，喜剧作家泰伦斯据说便是这样，当他感到自己伶仃又穷苦之后，就主动地将自己放逐到了阿卡狄亚的一个荒僻之镇——斯汀法洛，并在那里凄苦地死去：

> 惨落绝望的贫穷之中，他离开
> 人们的视线，去到了希腊的荒郊僻壤。

此亦其来有自，因为我们也见到人受尊重程度之深浅往往是依其财富之多寡而论的。这全看一个人是否富有，而非看他是否优异，倘若衣衫褴褛自然也就会遭到贬损。演说家菲洛皮门被派去伐木，实是因他穿戴过于简陋。泰伦修被安在卡西琉桌前的末座上，则是因了他的朴素的外表。意大利名诗人但丁，亦曾因衣衫破旧而不许坐下用餐。此外，纳图也同样是出于着装的缘故，才瞧不起昔日的好友："一团烂布旧衣。他在我身旁令我生出满腹鄙夷。"据说，国王佩尔修斯②战败后，曾去信给罗马将军保卢·艾米琉③——佩尔修斯向执政官保卢致以问候——但却不屑受其回敬（据所引作者），只

---

① 语出泰伦斯。
② 佩尔修斯（Perseus, 212？B. C.—165？B. C.），马其顿最后一位国王，在马其顿战争中败给罗马人，在监禁中度过余生。
③ 保卢·艾米琉（Paulus Aemilius, 229B. C.—160B. C.），曾两次担任罗马共和国执政官，征服马其顿的一代名将。

暗暗地以其现有的财产奚落他。勃艮第公爵勇者查理[①]，则把霍兰（已故的埃克塞特公爵）流放，任其如同跟班一样在他的马儿后边追着跑，对之不予一顾。此即为这世间的时流惯例了。倘若年入比他人多出了五英镑，也就可以瞧不起那收入较少的人了——已成了人上人。故而穷人理应愁苦，忧郁，埋怨其眼下的困苦，且皆可与所罗门一同祈祷，主啊，使我也不贫穷、也不富足，赐给我需用的饮食吧。

7. 其他导致忧郁的偶然成因，如友人之死、财物之失

在这偶然成因的迷宫中穿行，我感到走得越深，路径就越复杂，而新的成因则如冒出来的众多支路，有待论析。若要统统都去查个究竟，那就成了一桩赫拉克勒斯的苦差，恐唯有忒修斯才堪重任。所以眼下我便只会按本人既定的主线行文，仅谈及数个最主要的成因。

其中友人之失与逝似可位列第一。诚如维夫斯之妙论，许多人倘若在宴会、假日、欢聚或某种娱乐结束以后，不幸陷入了孤单，唯余一人，且既无事情、消遣可做，亦无往日的友朋相伴，那么他们就会落得郁郁寡欢；有的哪怕只是与友人暂别（不久后即可再会），也要号啕大哭一通，其依依不舍之状直如母牛在小牛身后哞哞地叫，也如假期过后就要上学的孩童那般。你之到来（塔利向阿提卡写道）予我的欣喜不若你之别去予我的伤痛更深烈。蒙塔努曾提到过一个村妇，说她在与旧友故地分别过后，许多年来都始终忧愁不已；而特拉利安努[②]亦有一例，只是那忧愁是由丈夫的别离所致。——此实乃一种常见于妇人间的过度的情绪；如果她们的丈夫在外比约定之期多耽搁了一日，或未按时归家，那她们就会立马又哀叹又抹泪了，"他要么是

[①]　勇者查理（Charles the Bold，1433—1477），勃艮第末代公爵。
[②]　特拉利安努（Trallianus），约公元 6 世纪拜占庭学派医师。

遭了抢劫,要么就早已死掉,总之定有某种不幸落到了他的身上,"一日不见君归,她们就茶饭不思,辗转难眠或心神不宁。而假如与友人分离、仅仅暂别就可造成如此剧烈的影响,那么死亡——需得与之永远地分开,此世不复相见——又将会产生怎样的后果啊?那定会是一种其时其刻之下至为痛苦的折磨,将夺走了他们的味口、生之渴望,浇灭所有的欢乐,引来沉沉的叹息和呻吟,以及眼泪、哭喊,

> 哦,母亲的心肝宝贝!哦,我的至亲血肉,
> 哦,娇嫩的花朵!啊!你就这样去了吗?

直让人号啕,悲呼,生出许多哀苦的伤痛,且又因了思念不休,以致情感泛滥难抑,有时他们竟会不断地以为自己又亲眼见到了亡故的友人,就像"调解人"①所坦言的那样,他曾见母亲的鬼魂频频现于面前。伤悲之人对此可说是思念万分,故他们也就会易于信以为真;不断,不断,不断,那慈父、那爱子、那贤妻、那挚友,始终在其脑中转个不停;一年四季充盈其脑际的也唯有这思念之情,据说,普林尼就曾向罗曼努倾诉道:我想我见到维尔吉琉了,我听见维尔吉琉了,我跟维尔吉琉说过话了……

> 没了你,唉!我就成了个可怜人,
> 百合也变黑,玫瑰亦褪色枯萎,
> 风信子失去了她的红润,
> 香桃木和月桂树同样没有了香味。②

在此情形中,哪怕是极为镇定又善于忍耐的人,也会被那汹涌的悲痛之情裹挟而去的,所以原本勇敢而稳重者便会频频地忘了自我,一连数月哭得

---

① 指阿珀伦瑟斯·彼特拉。阿珀伦瑟斯·彼特拉(Apponensis Petrus),约13至14世纪意大利医学家、哲学家、天文学家和占星家,著有《哲学与医学分歧之调解人》。
② 语出卡普琉·西克鲁。卡普琉·西克鲁(Calpurnius Siculus),罗马牧歌诗人。

跟要撒尿了的小孩子似的，怎也劝不住。他们去了！他们去了！被那恶狠狠的死亡给夺走了，吞没掉了——我不知如何是好。

> 谁可予我以如泉涌的泪水？谁又可借给我呻吟、
> 深深的悲叹，好使我尽表我的哀悼？
> 我的双眼已干枯，我的胸口亦被撕碎，
> 我失亲友之痛甚巨，声声呜咽不足解。

故而斯特罗扎·菲琉，那位文雅的意大利诗人，才要在其挽诗中为父亲的离世而悲恸。虽于其他诸事他亦能克制己之情绪（据他坦言），但唯于此就是不能，他已彻底为悲伤所侵袭——曾也坚毅不饶，有那刚硬顽强之魄，而今我则只得自认我的精神已变得软弱无力。此外，昆体良又是如何哀悼其子之丧的呢？——他几近绝望！而卡丹在其谈论自己著作的书中以及许多别的文章册页里，也曾痛惜其独子的逝世！圣安布罗斯，是为了其兄弟之死而哀痛！——每每忆及你，我哪能不流泪？噢，苦痛的白日！噢，悲伤的黑夜！格雷戈里·纳齐恩珍[1]，则是为了那高贵的普尔喀丽亚——哦，漂亮、鲜嫩、幼小的花朵，你竟被揉碎了！亚历山大，那位胆气横秋的勇士，在赫费斯提翁亡故后，据库提乌斯所述，竟在地上整整躺了三日，硬要随他而去，始终不食，不饮，亦不眠。而那与以斯达士[2]倾谈的女子，在听闻其子倒地毙命后，则是逃入了山野，誓死不复回到城中，唯愿留在野外，不食不饮，哀悼斋戒以至于死。与此相仿，拉结哭她的儿女，不肯受安慰，也是因为他们都不在了。而哈德良皇帝哭安提诺乌[3]，赫

---

① 格雷戈里·纳齐恩珍（Gregory Nazianzen），公元4世纪君士坦丁堡大主教。
② 以斯达士（Esdras），著名祭司，拉丁文本基督教《圣经》的英译本作以斯拉（Ezra），著有《以斯拉记》。
③ 安提诺乌（Antinous），为哈德良所宠爱的娈童。

拉克勒斯哭许拉斯①，奥菲士②哭欧律狄刻③，大卫哭押沙龙（哦，我的爱子押沙龙！），奥古斯丁哭其母莫妮卡，尼俄伯哭她的子女（其悲痛欲绝竟令诗人们虚构出她因了哀伤过度而麻木呆滞，化作了一块石头），亦皆是如此。据说，埃勾斯④的投海自尽是因为耐不住丧子之痛。而在晚近的已故医师手中，这一类的病例亦是不乏。比如，蒙塔努就有一病人，因了其夫的亡故而为此疾所扰，长达数年之久。崔卡维利笔下的另一病人，则是在其母去世后，几近陷入了绝望，终因心神烦乱而自寻短见；此外，崔卡维利在其第十五则问诊录中，还讲到了一位五旬老人的故事——他因母亲的离世而痛不欲生，虽曾被法洛皮奥⑤治好，但数年后却因死了个女儿引得旧病复发，之后便再也未好过来了。而此种情绪之波荡有时又甚为剧烈，乃至会使整个国家和城市都哀伤消沉。比如，韦斯巴芗的去世就令罗马帝国上下为此而泣涕哀悼，全世界亦不胜悲痛（据奥勒留·维克多之言）。而亚历山大所以下旨推倒城垛，剪掉驴和马的鬃毛，又杀死许多普通士兵，则是为了给其心爱的赫费斯提翁殉葬。如今，这一习俗还流行于鞑靼一族中——倘若可汗逝世，那就必得有统共一万或一万二的人和马去陪葬；亦流行于那些异教的印第安人之间——妻妾和侍从均会主动地殉葬。据说，在利奥十世离世以后，罗马城中竟哭声不绝，如约维斯所宣称的，民众之安全，一切友谊、和平、欢乐及丰足，均随之而逝了，人们悲痛不已，仿佛全都与利奥葬在了同一个墓中——因为他在世之时罗马处于黄金时代，当他离世以后黑铁时代就接踵而至了，从此便有了战争、瘟疫、荒凉、不

---

① 许拉斯（Hylas），赫拉克勒斯的密友、恋人。
② 奥菲士（Orpheus），诗人和歌手，善弹竖琴，弹奏时猛兽俯首，顽石点头。
③ 欧律狄刻（Eurydice），歌手奥菲士之妻，新婚夜被蟒蛇杀死，其夫以歌喉打动冥王，冥王准她回生，但要求其夫在引她返回阳世的路上不得回头看她，其夫未能做到，结果她仍被抓回阴间。
④ 埃勾斯（Aegeus），雅典国王，忒修斯之父，误以为其子生还无望，投海而死，此海因此得名爱琴海（The Aegean Sea）。
⑤ 法洛皮奥（Fallopius, 1523—1562），意大利解剖学家，法洛皮奥氏管（输卵管，Fallopian tube）即以其名名之。

满。此外，在奥古斯都·凯撒去世的时候，据佩特克鲁所言，也是人人皆惶恐不安，仿佛天就要塌下来了似的。另据布德记载，路易十二离世之时，那些以往喜溢眉梢的人，却突然间变得失魂落魄，竟趴在地上匍匐着——他们看起来就像被砍倒的树木一样。话说在洛林[1]的南锡市，当法国国王亨利二世之妹、公爵之妻克劳迪娅·瓦勒希娅死后，各教堂还因之而关闭了整整四十日，除在其停灵室外，其他地方则是既无祷告亦无弥撒可闻；城中议员也都穿起了黑衣，一年里十二个月全城禁歌禁舞。

> 在那时候，达佛涅斯[2]啊，没有人
> 会去喂牛，也没有人会去吆喝着
> 把牛儿赶至清凉的溪水边；
> 牲畜啃草或饮水，皆不得见。[3]

而我们这些身处英格兰的人又是如何为我们的"提图斯""人类的宠儿"亨利王子[4]英年早逝而伤心的啊？仿佛我们的至亲好友的生命亦随之消散了！然斯坎德贝格[5]之死却未在伊庇鲁斯广受悼念。总而言之，如他说爱德华一世[6]在闻知其子（卡那封的爱德华[7]）降生后大喜不止那样，我们也可反着来说友人之死——我们个个都如同丧鸽，永世为之而哀伤消沉。

于此世间，另有一种悲伤，则是由失去那转瞬即逝的物与财而引发的，

---

[1] 洛林，法国东北部一地区。
[2] 达佛涅斯（Daphnis），希腊牧神，被认为是田园诗歌的创始者。
[3] 语出维吉尔。
[4] 亨利王子（Prince Henry，1155—1183），英王亨利二世之子，与其父共执朝政，后因早逝，被冠以"幼王亨利"之名，以与其父区别开来。
[5] 斯坎德贝格（Scanderbeg，1404—1468），阿尔巴尼亚民族英雄，原名 George Kastrioti，领导抗击土耳其侵略者的起义，击退土耳其人多次入侵（1444—1466）。
[6] 爱德华一世（Edward the First，1239—1307），英格兰国王（1272—1307）、亨利三世之子，召开"模范国会"，改革法制，征服威尔士，进军苏格兰，死于进军途中。
[7] 卡那封的爱德华（Edward of Caernarvon），即爱德华二世。

其所致痛苦也是这般的深重，几可与前述友人之死并驾齐驱。虽然时间之失，荣誉、官位之失，美名之失，劳而无获，希望的落空，亦会予人以莫大的苦痛；然依我之见，诸般折磨均比不上财物之失，或曰不似其引起此病此症那样神速。

    为丢钱而哭泣，由衷地落了泪，①

  它会从我们的双眼里挤出真的泪水，从我们的胸中扯出许多的哀叹、大量的悲伤，甚而还往往会引发习惯性的忧郁。奎亚内瑞之重复此言，当其来有自：我常常见到，朋友之失以及财物之失会使许多人变得忧郁，而其因则在对上述人与物的思念不休。阿诺德·维兰诺瓦②所谆谆教导的亦与之相同——我们会因了财物之失以及朋友的亡故等等而受创。而如若仅是贫困就已能致人疯癫了，那么没有了钱财想来也必会引起深沉痛苦的忧郁。在这点上，许多人与爱尔兰人相差不远。若有一把好的短弯刀在手，爱尔兰人是宁可手臂被砍也不愿让刀受损的，而他们则是宁肯丢命也不愿丢钱。此外，出自财物之失的悲痛还会经久不散——普拉特语——*且伤悲将积久成习*。蒙塔努与弗瑞瑟美利卡③便医治过一个年轻人（年二十二），其忧郁之症源自他不慎丢掉的一笔钱。而斯肯科④也有一条与之相类的病例。据其言，某人染上忧郁症，竟是因了他的挥霍无度，将钱财都用来修建了可有可无的房屋。据说，富有的索尔兹伯里主教罗杰，在其财产被国王史蒂芬夺走以后，也是郁郁寡欢，甚而还引起了疯癫，致使他不知其所言所行为何。哎，人因财物之失而心生悲伤之情，以至自杀丧命的事，真是再寻常不过。话说曾有个穷家伙本要前去上吊（这则故事经奥索尼厄⑤之笔巧妙地套用在了一首简

---

① 语出尤维纳利斯。
② 阿诺德·维兰诺瓦（Arnoldus Villanovanu），约13世纪西班牙医师、炼金术士、占星家。
③ 弗瑞瑟美利卡（Frisemelica）为蒙塔努与崔卡维利所引用的医师。
④ 斯肯科（Sckenkius），《医学观察录》和《毒药论》的作者。
⑤ 奥索尼厄（Ausonius），约公元4世纪罗马诗人。

洁的警句诗里),但却在路上碰巧捡到一罐金币,于是他丢开绳子,拿了钱欢喜回家。而那个藏钱的人,则反倒因找不着金币,一气之下拾起先前那人丢掉的绳子自缢了。赤贫如洗,无疑就会造成上述的惨剧。此外,不论是作保担债、船难、火灾、兵将的抢夺劫掠,还是别的哪种损失,也都会产生相似的影响,给个人乃至给某省某城带来相同的不幸。据说,罗马人在经历过坎尼战役后,即无不垂首丧气——男的皆惊慌害怕,愚蠢的妇女则扯发哭喊。而匈牙利人在国王拉迪斯拉斯①及其勇士为土耳其人所灭后,亦是与之无异。此情此景之下,总难免会有各类悲伤弥漫,例如威尼斯人,他们的军队被法王路易击溃了——那法国与西班牙的国王、教皇、君主在坎布雷结盟以对抗威尼斯,法国的传令官于议会中向其正式宣战;威尼斯人之领袖乃罗莱丹……其在大陆上的领地,帕多瓦、布雷西亚、维罗纳、朱利安广场统统失守,唯余威尼斯一城(据本博②所言),然威尼斯亦危在旦夕——故而他们个个都悲惨地陷入了前所未见的水深火热之中。另据载,1527年,罗马惨遭波旁③洗劫,波旁手下的士兵大肆地对罗马进行了烧杀抢掠,终致华美的教堂变成了马厩,古老的杰作与珍籍化作了褥草,或被拿来当成稻草烧掉;那遗物、名画也皆难逃被涂抹的厄运;圣坛亦被拆毁;精美的帷幔、地毯之类在尘土中饱受了践踏;各家的妻子以及掌上明珠还被流氓禽兽当着其夫其父的面任意蹂躏,塞扬努斯④之女便是为刽子手当众奸污的;那些本要留着入宫侍寝的贵族千金和富家小姐却沦为了军中妓女,被将士们收作小妾;而议员和红衣主教则被沿街拖拽,施以严刑拷打,从而逼其吐露出藏钱之地;至于余下的人,也早已是尸积如山,臭气漫街了;还有那婴孩,竟在

---

① 拉迪斯拉斯(Ladislaus,1040—1095),匈牙利国王,扩展疆土,占领克罗地亚,推行天主教,镇压异教,实施法典,繁荣经济,于准备第一次十字军东侵时去世。
② 本博(Bembus),约16世纪意大利红衣主教、学者,著有《威尼斯史》。
③ 波旁(Bourbon,1490—1527),法国国王弗兰西斯一世的陆军统帅,因失宠倒向神圣罗马帝国皇帝查理五世,在进攻罗马时阵亡。
④ 塞扬努斯(Sejanus,? —31A.D.)罗马帝国近卫军司令、执政官,原为皇帝提比略的亲信,因篡位阴谋败露被处死。

其母亲的眼前被摔得个脑浆迸裂。眼见这富贵繁华之城毁于一旦，真有说不完的悲惨凄凉，先前还养尊处优的富人，却求乞于威尼斯、那不勒斯、安科纳诸城！那些宏伟的宫殿，哪怕其尖顶直指天堂，转瞬间也被糟践得如坠地狱。试问，身陷此等惨境者，有谁是不会哀怨连连的呢？据说诗人泰伦斯在海难中弄丢了他的喜剧剧本后就投海自尽了。还有那穷人，他们顿顿忍饥缩食，好不容易攒得了一笔小钱，可那钱却会在顷刻间不翼而飞；至于学者，他们则是在夜以继日地研习苦读后，终归落得劳而无获，枉费了精力……然这世事不若此，又当若何？我兴许可引格列高利之语作结，那财富啊，如若得之，实可予人以快乐，不过，此乐却难抵财富之失所带来的苦痛。

说完了"悲伤"，我仍要附带地谈一谈会招致恐惧的种种因素。因为除了先前已有所论及的各类惊恐以及许多别的恐惧（不胜枚举）以外，还有一类源自迷信的恐惧。迷信在亚里士多德看来，实可说是恐惧的三大成因之一。此类恐惧通常是由异兆和不吉利之事引起的，世间深受其害者不计其数。我有一种不祥之感，比如野兔于面前横穿而过，或老鼠在啃衣服，又如鼻血滴了三滴，盐洒落在了身上，指甲生出了黑点等诸如此类的事——德尔瑞欧①、尼福斯·奥斯汀②（见其《谈预兆》一书）、波利多尔·维吉尔③（《谈异兆》）、索尔兹伯里（《珀里克拉特》）便曾细细地谈论过。而人们受此影响也甚深，所以仅是幻想的作怪以及恐惧和魔鬼的把戏，就足以令其将所疑惧的诸种不幸都往自己的头上安了。这正如所罗门的预言，为其所惧者必临之。然埃瑟却驳斥道，若对之不理不顾，则灾祸就不会降临。那可怖之事的临近或消散，是与我们对之在意的程度息息相关的。比如，克雷托就谈到过某君，说他若不自找麻烦，便也不会受罪了——真是自作孽，自己害自己。而约伯亦曾说过，我所惧者，偏偏临于我身。

---

① 德尔瑞欧（Delrio），约16世纪耶稣会会士、魔法及鬼魔学方面的作家，著有《魔法之研究》。
② 尼福斯·奥斯汀（Niphus Austin），约16世纪意大利哲学家、评注家，支持灵魂不朽论。
③ 波利多尔·维吉尔（Polydore Virgil），约16世纪意大利人文主义学者、史学家、神父、外交家。

至于那些预知了其运道或厄运而又为之所苦的人，也是无异于此。对将来之事的先知先觉的确使不少人受尽了折磨：经由占星师或巫师的占卜，获悉苍天动怒，将有灾祸乃至死亡临身——而这又往往得自上帝之准许，恰如克里索斯托所言，正因人们惧怕恶灵鬼魅，上帝才许其出没。塞维鲁、哈德良、图密善，即皆可为证，其担惊受怕状，苏埃托尼乌斯、希罗甸均有所述及，且其他的作家亦曾谈到过这方面的趣闻异事。比如，蒙塔努就有一例，说的是某青年因这缘故而生出了过度的忧郁。哎，凡此种种的恐惧啊，靠了那鬼话连篇的灵媒以及妖言惑众的祭司，世世代代都在折磨着芸芸众生。据说希腊有座喷泉，位于亚加亚①的谷神殿旁，在那里人们可预卜各种病情——只需把镜子用线拴着放入水中……而在利西亚泉水区的塞阿涅山岩②之中则有阿波罗的神谕所，从中亦可预卜人之命运，身体之病弱、康健，以及人们所欲知晓的其他诸事。由此可见，世人往往要为那将来之事所蒙骗。时至今日，这种愚蠢的恐惧都还在大肆地折磨着中国人。正如耶稣会会士利玛窦在其对列国的评述里所言，各国人中唯有中国人最是迷信，他们为此也受罪颇深。因为中国人实在是太过于听信算命先生了，故他们会担惊受怕，胡思乱想，反倒使灾祸临身。比如，要是算命的预言说某人会在某日得病的话，那么当预卜之日到来时，那问卜的人就必定会变得病恹恹的（因恐惧之故），且通常还会如预言所说的那样死掉。常言道，怕死比死亡本身更痛苦，有些富贵之人一想到那临终的时候，便会感到如胆汁般的苦楚。——对死亡的恐惧，把我们的生活搅得不得安宁，而人所遭受的烦扰也再没有比这更为痛苦的了。真是难以割舍啊！竟要抛下那千辛万苦得来的财物，尽情享受过的世间的欢愉，以及心爱的至交好友，这实在是猝不及防。话说哲学家阿克西库③素来英勇无畏，又常以金玉良言告诫他人要漠视死亡，看破人世之浮

---

① 亚加亚（Achaia），古希腊一地区，在伯罗奔尼撒半岛北部，相当于今之阿黑亚州。
② 塞阿涅山岩（Cyanean Rocks），希腊神话中一组位于黑海进口的山岩，如有船只从中驶过，这两座山岩便会合拢过来将之挤碎。
③ 阿克西库（Axiochus），出自柏拉图同名对话录《阿克西库》。

华。然待到他弥留之际，却同样是一副万分哀愁的样子——我再也见不到这白日里的亮光了吗，我那些好东西也要被一夺而空了吗？他如孩童一般哭哭啼啼……虽然苏格拉底也前来安慰他——你往日里引以为豪的美德到哪儿去了，阿克西库？但面对死亡他仍旧是畏畏缩缩，窝火焦躁，心中烦恼不堪。噢，克洛索[①]，卢奇安笔下的暴君墨伽彭忒临死前亦呼道，就让我再多待会儿吧。我会给你一千塔兰特[②]的金子，外加两个取自克里奥科瑞忒[③]的碗，各值一百塔兰特！我不幸呐！又有人叹道，竟要丢下这般奢华的庄园！这般肥沃的田地！这般阔气的宅子！这般可爱的儿女！这般众多的仆人！今后谁来摘我的葡萄，割我的谷麦？为何偏要在此刻死去，既已是金玉满堂？要在这富贵荣华之中别了一切？我不幸呐！到底该如何是好？可怜哟，我那四处飘荡的魂儿，如今你要飘往何处？

在谈过了由恐惧与悲伤所生的种种痛苦之后，接下来最好再说说好奇心，亦即那类恼人的、难以抗拒的专注，过多的欲求。对无益之事及其性质的枉然求索——托马斯如是定义道。好奇心实乃一种让人心痒难耐的气性或某类欲一探究竟的渴望——去窥视禁视之物，去偷行禁行之事，去解禁解之秘，去尝那禁果。我们常常会为了区区小事而忧心操劳，就跟马大[④]为琐事东奔西忙一样。然宗教、人文、法术、哲学、政治，不管是哪种行当或学问中的琐碎，都是无用的麻烦，只会徒增烦恼而已。——何谓经院神学？它让多少人感到困惑不已啊！那些关于三位一体、死而复生、上帝拣选、得救预定、永世受罚、地狱之火……谁该得救、谁又该入地狱的问题难道不是无用无果的虚问？迷信难道不就是去永无止境地遵行那些了无意义的仪式和传统？大多数哲学难道不就是一座由观点、无益之问题、

---

① 克洛索（Clotho），三命运神之一，司纺织生命之线。
② 塔兰特（talent），古代希腊、罗马、中东等地的重量或货币单位。
③ 克里奥科瑞忒（Cleocritus），约公元前5世纪雅典宗教仪式掌礼官，以其美妙动听的声音闻名。
④ 马大（Martha），见《圣经·路加福音》，现被用来指忙于家务的女人。

主张、玄虚术语组成的迷宫？故而苏格拉底才会认为哲学家皆属吹毛求疵、疯疯癫癫之辈——据优西比乌斯所言——因为他们通常探究的乃不为人所识所解之事，哪怕研究明白了，也是徒劳无益的。比如去探究昴星团有多高，英仙座和仙后座距我们有多远，海有多深……这于我们有何益处？获得了上述知识，我们也不会因之而变得更聪明——他接着说道——亦不会变得更节制，更优秀，更富有，更壮硕。那高悬天上之物与我们毫不相干。对于种种生辰占星之术，我也持同样的看法。占星学难道不是一些无用的选择、预言？法术难道不是恼人的过失、恶毒的蠢行？医学难道不是复杂的准则和条规？哲学难道不是徒劳的批评？逻辑学难道不是多余的诡辩？玄学难道不是杂乱的琐碎及无果的抽象？炼金术难道不是一堆的错漏？皇皇巨著有哪般用处？为何我们要经年累月地去钻研这些学问？与其如此还不如变得一无所知，同那野蛮的印第安人一般浑浑噩噩。这样就不会像有的人为无关紧要的玩意儿而困扰不堪了——在琐事上劳神费力真是愚不可及，这就好比盖房不用钉子，拿沙来做绳子，其目的何在？又有何用处？有人钻研不断，但正如一小男孩对圣奥古斯丁所说的，恐怕要等到我把海水都舀干了你才能够参破三位一体的秘密吧。有人遵行律己，严守时辰节令，例如国王康拉杜就非得待到占星师告知了他行房吉时后才肯去碰他新纳的妃子。但这有何效？有人游尽了欧洲、非洲、亚洲，寻遍了每条小溪、每片大海、每个城市、每座高山、每口深渊，这又是为何？古人苏格拉底曾说，见过某岬、某山、某海、某河便足矣，正所谓见一而知百。那炼金术士，倾其所有去找寻真正的贤者石，以期能用它来治百病，延寿命，获胜，得财，隐形，但最终却令自己穷困潦倒——遭了骗子的引诱而走上炼金之路（永无成功之日）。而古文物研究者，则是斥巨资，费时日，辛苦地搜罗一堆古代的钱币、雕像、条规、法令、手稿……定要弄清旧时的雅典、罗马发生过何事，人们如何居住，所食为何物，房屋又为何样。不止如此，他们还争着去获取各种时下的新闻，遍至天涯海角，唯恐落于人后。比如，去打探提议、决策、磋商之类，或是朱诺往朱庇特的耳朵里吹了什么风，法国颁布了什么条令，意大利又颁布了什么，以及某某是谁，他来自何方，是怎样来的，将往何处去等等。据说，亚里士多德曾一心想要捕捉艾瑞浦海峡①海水流动之规律；普林尼非得亲眼去看看维苏威火山之状貌。——然他俩是何下场呢？一个失财，一个丧命。至于皮洛士②，他则是谋划着先征服非洲，再拿下亚洲，好去做独霸天下的君主。此外，也有那求长生的，求富贵的，以及求掌权的人。这欲望的大风暴啊，直把我们的城刮得左摇右晃。我们奔跑，骑行，孜孜不倦，起早摸黑，汲汲于那最好弃之为妙的东西（我们乃阿德里奥③式的好事之人）。我们真该停下来，坐上一会儿，歇口气了。有人只知钻研字词，仿佛是位技艺娴熟的马赛克镶嵌师，从未错置过一个音节，但他只是在装饰一个如稻草般枯干的主题；而你所一心钻研的，则是衣着外表，总在想要如何去追逐潮流，变得光鲜亮丽。——此乃你毕生之事业。然这两者之徒劳无益却是相近的啊。有人仅以修房架屋为乐，精疲力竭只为得到新奇的图纸、精细的模型和规划。有人则成天挂心头衔、地位和献词。还有人对菜品百般挑剔——必得用上如何如何精致的调料，菜要这般调味，原料要从远方带来（如出自异域的鸟儿），接着又得怎样烹制……只是那起先可口的食物不久也会变得乏味。所以他虽为填口舌之欲倾尽了囊中所有，但却很少能吃到合其口味的菜肴。反倒是那粗人的俗胃总乐于享用任何的食物，且从不生厌。此外，也有好强求的人。他们非要冬日有玫瑰绽放，夏日有冰雪融水，未到结果之时就盼着有熟透的果子可摘，且屋顶上还得建人工的花园和鱼塘。总之，一切

---

① 艾瑞浦海峡（Euripus），希腊维奥蒂亚与埃维厄之间的海峡。
② 皮洛士（Pyrrhus, 318？ B. C.—272B. C.），古希腊伊庇鲁斯国王（306B. C.—302B. C.；297B. C.—272B. C.），曾率兵至意大利与罗马交战，在赫拉克莱亚（Heraclea）和奥斯库卢姆（Asculum）付出惨重代价，打败罗马军队，由此即以"皮洛士式的胜利"一语借喻惨重的代价，著有《回忆录》。
③ 阿德里奥（Ardelio），出自费德鲁斯《寓言集》，指爱管闲事、好搬弄是非之人。

皆需与众不同，精巧稀有，如若不然那就一文不值。于是那些闲不住的，好探究也好追问的聪慧之士才要去行在各种行业门道中皆难以立足的怪举（寻常的行当在稍愚钝的人看来则并不难堪）——他们热切地追寻着为他人所轻蔑的东西。就这样，我们因愚蠢的好奇心而折磨了自己，也劳累了灵魂，我们出于轻率、一意孤行以及放纵不拘，一头扎进了数不尽的自找的忧愁和烦恼中，陷入了无益的花销、枯燥的远行、痛苦的时日里。而就算这一切都圆满了，那又有何用呢？

> 不去探求我主不愿传授之事，
> 虽无知却实属明智之举。①

在这种种的激烈的情感以及恼人的成因当中，不幸之婚姻似也可占一席之地。婚姻乃上帝于天堂中亲手安排的人生的某个阶段。如若双方情投意合，好比塞内加与珀琳娜，那么婚姻就可说是一种光彩而幸福的状态，降临在人身上的世间最大的福分。但倘若双方不甚般配或琴瑟不和了，则婚姻便会成了一种莫大的折磨，哪怕与泼妇、荡妇、妓女、蠢人、暴徒或恶汉相处，也不会生出这般的痛苦来。妻子好似蝎子，恶妻使人愁容满面，心头繁重；丈夫宁可与狮子同居，也不愿与恶妻共处一室。对于恶妻的特点，约维纳·庞塔努曾借优芙庇娅之名做过详尽的描述。此外，如若夫妻间年龄悬殊过大的话，这也是会造成类似不幸的。比如，奥卢斯·葛琉斯书中的瑟西琉②就频频抱怨他娶了个老女人；我盼着她死，与她在一起，我虽生犹死。或者，他们在任何时候都会相互厌恨，

> 说说看，如果两人于不幸中结合成双，

---

① 语出斯卡利杰。
② 瑟西琉（Caecilius），约公元前2世纪罗马喜剧诗人。

> 到底会有什么来到那讨厌的婚床之上。①

而这年龄方面所造成的麻烦，也同样会落到女人的头上。

> 铁石心肠的父母，也会双双为我的命运悲痛，
> 倘若我要自杀或上吊，以求逃出这牢笼。②

据菲利克斯·普拉特之言，巴西勒曾有位少女，她在被迫嫁给了一个不为其所爱的老头后，便总是忧郁不断，因了那悲伤而渐形憔悴。虽说老头也尽其所能地去满足少女之所需，然少女终归还是在哀愁不满中自缢了。——与此相类的故事，普拉特还讲过不少。由此可见，男女之间倘若性情不合，条件殊异的话，比如男的挥霍，女的节省，或一方忠贞，另一方不诚等等，那么男人便会为女人所苦，女人亦会因男人而痛。通常而言，父母也是会令子女心生烦恼的。不过，子女对父母亦无甚分别——**那蠢儿子实是其母亲的心头痛**。至于继母，她们则会经常地惹得整个家里都苦恼不堪，直让人追悔莫及，实可说是对耐性的考验，对争执的火上浇油了。比如，加图之子就因之而规劝加图，怎能向萨伦琉③的女儿（一个小姑娘）求婚呢。**为何你要娶个继母进门？我到底造了什么孽，你竟要再娶新妻？**

据奇洛④之说法，刻薄冷漠、虚情假意的朋友，恶邻居、坏仆人，欠债与争吵……穷困与高利贷常会结伴而行。替人作保，诚属导致许多家庭破散的一大祸根。当了担保人，祸患就近在眼前了。——**为生人作保者，痛苦不堪，对担保厌之避之者，则安然无恙**。而争执，吵嘴，打官司，同邻里和朋友闹矛盾，大打出手，也皆与替人作保不相上下，同样会令许多人心生痛苦，精神受到搅扰。——这世间最痛苦的（依博特罗之见），当莫过于这

---

① 语出诗人丹尼尔（Daniel）。
② 语出夏洛勒。夏洛勒（Chaloner），约16世纪英国政治家、诗人。
③ 萨伦琉（Salonius），加图的文书。
④ 奇洛（Chilo），斯巴达哲学家，希腊七贤之一。

些人了。他们心里充满了焦虑、伤感、不安，像是被利剑伤过一样。恐惧、疑虑、绝望、悲伤，对其而言均属家常便饭。比如，我们的近邻威尔士人，据其本土作家记载，就是这样摧残着彼此的。并且，不论那挑事的是谁，上述种种也都属常见于其身上的症状，而如若在卷入官司后被判了罪，或吃了败仗，那就更会如此了。比如，阿里乌①遭尤斯塔修②逐出教门，打为异端后，即在郁郁不满中度过了余生。这一类的事，其特点皆是相似的。真可谓万念俱灰啊！同样地，耻辱、臭名、贬损，也是恼人非常，那影响实可说经久不散。据普林尼所述，讽刺诗人希朋那克斯③就曾在其抑扬格讽刺诗中把两个画家批评得体无完肤，竟致二人双双上吊自杀。此外，种种的敌对、危险、困惑、不满，或终日惶惶不安，亦会这般地害人不浅。试问，倘若陷入了此等麻烦中，你还能安睡么？又有谁能在这种情况下感到安稳踏实？至于好心没好报、忘恩负义之事，以及过河拆桥的朋友，凡此种种，无疑是会令一些人憋气窝火、不胜其烦的。而不友善的言语，粗鲁的举动或偏执的回答，亦会惹恼了不少的人，尤其是对脆弱的女子而言——如果这些都是出自坏脾气的丈夫，那她们就会在心里生出苦若胆汁的痛楚了，且还难消难解。话说巴西勒有一玻璃商之妻，便是因了丈夫说待她死后会再娶新妻而变得忧郁的。常言道，**刻毒伤人最甚**。此之于朝臣或侍奉大人物者，当更是如此——皱眉与苛责，无礼相待，挤眉或瞪眼，均会立马要了他们的命。

大人物的一个眼色，便能令他或立或倒，④

其沉浮荣辱全系于主子的恩宠。有些人在不小心说了过火之言，行了过火之事（将于己不利或令己蒙羞），抑或有任何的隐秘遭泄露以后，往往会

---

① 阿里乌（Arius, 256？—336），古代基督教神学家，阿里乌派创始人，其学说在325年尼西亚会议上被定为异端。
② 尤斯塔修（Eustathius），约公元4世纪安条克主教。
③ 希朋那克斯（Hipponax），公元前6世纪希腊著名抑扬格讽刺诗人。
④ 语出奥维德。

变得茫然不知所措。据荣瑟①记载，曾有位女士（年二十五），就是因为某次与一密友发生口角时，被密友当众揭丑（总归是桩丑闻）羞辱，而伤心不已，竟至再也不愿与人来往，整日里都郁郁寡欢，终在那忧郁中渐渐消损。还有些人呢，他们则是见不得自己受排斥、蔑视、嘲弄、弃用、中伤、贬损、轻视，或落在了人后，凡此种种，也皆会令他们痛苦不堪。比如，卢奇安在其《闹宴》中就提到过一个名叫赫托莫克利的哲学家——他因没有获邀赴宴而大感不快，还针对此事写了封长信与东道主阿里斯塔勒特争辩。而在普鲁塔克笔下又有位穿长袍的绅士，名曰普拉特克斯塔特。他的在宴会中迟迟不肯就座，乃至最后闷闷不乐离席而去，则是因了无法得享上位。至于由争抢靠墙一侧的行路权、其他种种优先权而引发的争吵，我们早已是习以为常。虽然这些玩意儿无足轻重，但仍能让许多人气急败坏，怒火中烧。而若说到蔑视或羞辱，想来世上没什么能比这伤人更深了吧——尤其是对精神高贵的人而言，受轻蔑或遭贬损，才最是影响他们。克雷托曾就此举例以示之，而这亦可得证于我们日常的经验当中。另外，压迫也具有相同的特点——压迫确然会令智者发疯。而自由之失还曾使得布鲁图以身犯险，加图自杀，塔利抱怨不休——我的心都碎了，整个人简直一蹶不振，恐再难展露笑颜。故而，此之于某些人来说实是一种难以承受之失。流放，亦堪称一大痛苦，正如提尔泰奥斯②于其讽刺短诗中所述，

　　　　如此四处漂泊真是桩凄惨之事，
　　　　同那乞丐一般在他人门前哀哀哭泣。
　　　　流放的人儿为世人所鄙，
　　　　讨人厌，受冷落，始终赤贫如洗。

---

① 荣瑟（Ronseus），约16世纪荷兰医师、面相师。
② 提尔泰奥斯（Tyrtaeus），公元前7世纪希腊哀歌体诗人。其诗以征战为题材，传说为在美塞尼亚战争中激励斯巴达人的士气而作，仅有残篇存世。

据欧里庇得斯所述，波吕尼刻斯①在与伊俄卡斯特②交谈之时，曾列举了流放者的五大痛苦，而哪怕只是其中最轻的一种，也足以令胆小如鼠之辈泄了气。还有，如果过于在意自己身体或头脑的弱点缺陷，我们亦会因之而畏畏缩缩。比如那久病不愈，

> 哦，美好的健康啊！有你在，快乐的春天绚烂迷人；没有了你，便不见繁茂兴盛。

哦，美好的健康啊！你在金银财宝之上！实乃穷人的财富，富人的福音，没了你便没了幸福，没了你便会招来恼人的疾病（既让他人不快，也给自己添忧），如口臭、四肢畸形、驼背、独眼、断腿、缺手、面色苍白、枯瘦、充血、秃顶或脱发等等。话说辛尼修③就没少为秃顶而烦心，他曾言单单脱发这事便予了他内心以重创。此外，还有个名叫阿蔻的老妇人，她则是在偶然见到真镜子中自己的老脸后立马疯掉了——因为她与多数贵妇人一样，平常只具有美化作用的假镜子照脸。伍尔坎之子布罗休斯，亦因其身体缺陷之引人嘲笑，而纵身跃入了火海。而如今已入暮年的科林斯的莱丝④，之所以把她的镜子交给了维纳斯，则是因其不忍再对镜自赏：

> 维纳斯，请收下我的还愿之镜；
> 因为我已不是从前的自己，
> 从今往后我会有何样的脸，
> 维纳斯啊，请别让我再看一眼。

通常对美人而言，年老和裹尸布是两样极其讨厌的东西，可谓折磨之折

---

① 波吕尼刻斯（Polynices），俄狄浦斯之子，在七将攻忒拜的远征中，与其兄弟厄特俄克勒斯单独决战，双双战死。
② 伊俄卡斯特（Jocasta），拉伊俄斯王之妻，误嫁其亲生子俄狄浦斯，后自杀。
③ 辛尼修著《秃头颂》。
④ 莱丝（Lais），希腊科林斯名妓，以其美貌和要价高昂闻名古希腊。

磨，这实在是她们不堪想象的。

> 听我说啊，那仁慈的天之神力，
> 请让猛狮吞掉这具裸露的尸体，
> 在我双颊被深壑的皱纹占据前，
> 在我双颊玫瑰色的荣光衰减前，
> 趁青春之流因生命而翻滚，
> 让猛虎在我血中尽情来撒欢。①

若要变得污浊，丑陋，畸形！还不如被活埋呢！有人虽貌美却不孕，这同样会令其苦恼。哈拿痛痛哭泣，不吃饭，心里愁闷，只因其不孕。雅各之妻拉结悲痛欲绝（你给我孩子，不然我就死了），则是因另一个妻子②生育不断。有人未婚，觉得独身有如地狱；有人已婚，却觉得婚姻好似灾祸。有人因默默无闻而恼，有人则因受到诽谤、中伤、辱骂、羞辱、污蔑等等伤害而烦。如他所言，人们若被这些攻击给逼疯了，我是一点也不会感到讶异的。亚里士多德曾举出十七个导致生气发火的原因，然为求行文简练我只好略而不谈。杳无音讯，常使人忧心忡忡。而噩耗、谣传、凶讯、坏消息、不幸、落败、官司打输、希望落空或希望渺茫，亦是如此。正如波利比奥斯所论，期望——无论对何事何物存有期望，总会令人痛苦不堪。有人声名显赫至极，有人却出身卑微无比——而这就足使两者都饱受折磨了。有人赋闲，孤苦，无所事事；有人却为世间的烦恼和繁重的事务所倾轧折磨。然凡此种种，怎又是靠一张嘴能够说得完的呢？

许多人患上这忧郁之症是由于误食了某类食物、药草或根茎造成的，如莨菪、夜影树、毒芹、曼德拉草根之类。话说在西西里的阿格里琴坦，有群小伙来到了一间酒馆里。待其痛饮一番过后，不知是那酒还是酒中掺了什么

---

① 语出贺拉斯。
② 指同为雅各之妻的利亚。

第二部分　　忧郁的成因与症状　203

东西的缘故，突然间他们脑中一片混乱，生出了无比离奇的幻象。这群小伙居然以为自己在一艘海船上面，正要遭遇风暴，落得船毁人散。故而为防船只失事，淹死海中，他们竟把酒馆里的所有物品统统丢到了窗外的街上——不过在其看来却是扔到了海里。如此这般胡闹了好一阵后，这群小伙总算被带到了执法官面前，去把所犯之事好生陈述一番。然他们竟称（此时还未恢复神智）其所作所为全是出于怕死，是为了躲避眼前的危险。这番胡话使得在场的围观者无不感到吃惊，个个都听得目瞪口呆的。正当此时，小伙中年纪最大的那个居然用敬畏的腔调向法官下跪求饶，大呼：噢，特赖登①，各位天神大人饶了我吧……我先前可是一直待在船下面的啊。而另一小伙则把围观者当作了各路海神，向其祈求，如能保佑他和弟兄们平安登岸定会筑神坛以谢神恩。那执法官见他们疯癫若此，也只是笑个不停，便责令他们睡个好觉了事，然后就离开了。许多类似的意外常常就是这样不明不白地发生的。人们患病的原因实在是各种各样，比如误食春药，在烈日下游走，遭疯狗咬伤，当头一击，或被那类名为狼蛛的蜘蛛咬到——若斯肯科所言不虚的话，则此事在意大利的卡拉布里亚和阿普利亚可谓司空见惯。对于这类患者的症状，约维纳·庞塔努曾做过有趣的记载——细数了他们是如何共舞，又是如何为音乐所治愈的。而卡丹也曾谈到过某几类石头，说是若让人给带在了身上，便会引发忧郁和疯癫——他以不快之石名之——比如金刚石、透石膏之类，就会吸干人的身体，并增添烦恼，减少睡眠。切西亚②在《波斯史》中则写到了当地的一口井，据说如果有人饮了那井里的水，便会发疯二十四个钟头。此外，有的人丢了神志——往往还丢了性命——却是因为看到了可怖之物的缘故（就此我已在他处细剖详论过一番了）。例如希波吕托斯③

---

① 特赖登（Triton），人身鱼尾海神，波塞冬和安菲特律特之子。
② 切西亚（Ctesias），约公元前5世纪希腊医师和历史学家。
③ 希波吕托斯（Hippolytus），忒修斯之子，因拒绝继母菲德拉的勾引而遭诬陷，忒修斯便使用波塞冬给予他的三个诅咒之一诅咒希波吕托斯，结果希波吕托斯骑的马被一只海兽惊扰，将希波吕托斯抛到地上狂奔拖死了。

就曾为波塞冬的海马所惊，阿塔马斯[①]也被朱诺派出的复仇三女神给吓倒。然这样的事例在各大作家的书中实在比比皆是的。

还有许多成因，我可接着往下讲，

但我的牛儿却等着要吃草，

太阳已落山，我得回去了。[②]

　　这些成因啊，若以单个而论，仅是逐一袭来的话，那么我亦得说，它们如此零零散散，将影响甚微，也鲜能为害——哪怕多数时候它们个个看起来都足以致人忧郁。须知老橡树也不是一击就倒的。而只有当它们如寻常那样齐心协力，通过团结增添了力量（如果单个不行，那组成一群总能为害了吧），才有可能击溃一副强健的体魄。圣奥古斯丁曾言，*细沙微粒可沉船，水滴聚多势如洪*……这都是老生常谈了，此即所谓癖性积久成习是也。

---

① 阿塔马斯（Athamas），皮奥夏国王。
② 语出尤维纳利斯。

五
忧郁之症状

1. 身体中的忧郁之症状

　　雅典画家帕拉修斯[①]从马其顿王菲利普押回国内来贩卖的奥林索斯俘虏中买了个耄耋老汉。当他把老汉拉回雅典后,便开始对其施以极刑,折磨蹂躏之,好以此作参照来更逼真地表现自己着手要画的普罗米修斯所承受的痛苦与折磨。不过我倒不必为此而变得这般野蛮,无情,挑剔讲究或冷酷残忍,竟去折磨哪个可怜的忧郁症患者。忧郁之人的症状是显而易见、稀松平常的,故也就不必做此等细致的观察,或从老远找个参照物来。忧郁者无需他人描绘,便总能自觉地显露其特性,且他们随处可见,我行路时又常常会碰到,忧郁者是不能掩盖其怨尤的,凡此种种早就人尽皆知了,所以描述他们对我而言无须大动干戈。

　　郭多尼[②]曾言,症状,由是观之,要么是普遍的,要么就因人因类而有别有异。卡皮瓦修[③]亦称,症状有隐者,有显者,有附于身体者,也有附于大脑者;依内、外因之影响,生无穷之变化。或据约维纳·庞塔努所言,又有受星象亦即天体影响之说。此外,还有将其归咎于体液之交相混杂者,盖体

[①]　帕拉修斯（Parrhasius）,约公元前5世纪希腊画家。
[②]　郭多尼（Gordonius）,约13至14世纪苏格兰医师。
[③]　卡皮瓦修（Capivaccius）,约16世纪意大利医师。

液有热、冷、自然、非自然、聚、散诸态，故埃丘斯[1]认为忧郁之症状亦是多种多样。另据劳伦修，其因则在此病之气性、喜乐、特质、倾向、症期各个不同，且有单一症、复合症之别。而其成因既已繁杂多样，其症其状必也就变化无穷了。正如酒能造成多种影响，也如劳伦修笔下那名曰托透柯那[2]的草药，能致人或笑，或哭，或睡，或舞，或歌，或嚎，或饮……眼下这忧郁的体液亦能在不同人身上引起不同的症状。

不过为免杂多之症状流于漫汗，我们大可将诸般症状归结为身体与大脑之症状两类。那常现于忧郁者之身体的症状，通常而言，或为干冷，或为干热——因忧郁之体液难免呈暗黑干燥状。从这第一类症状继而又会生出许多第二类症状，如气色方面的暗沉、青黑、惨白、赤红等等。据蒙塔图斯于盖仑之作中所见，有人即呈无比猩红之色，艳而发亮。希波克拉底在其《论清醒与忧郁》中则罗列了如下症状：瘦弱，枯槁，眼凹，老态龙钟，皱纹满布，沟壑纵横，弱不禁风，腹如刀绞，或腹痛难忍，打嗝不断，腹中干燥，一脸的僵硬、愁苦，胡子松垮，耳鸣，眩晕，昏头昏脑，少睡或失眠，以及突如其来的可怖、骇人之梦，——安娜，我的妹妹，那些惊我吓我的是何等的噩梦啊！上述症状也被梅拉勒琉（见其《忧郁之书》，该书是由盖仑、鲁弗斯[3]、埃丘斯之作汇集而成）、拉齐、郭多尼，乃至所有的后生晚辈，重复论说过，如连续不断、猛烈又臭不可闻的打嗝（仿佛那食物是在其胃中腐烂了一般或他们像是吃了鱼腥似的），以及腹腔干燥，做荒唐惊异之梦，眼周生出许多幻象，晕眩，易颤抖，易纵欲。此外，有人还把心悸、冒冷汗添列进了常见的症状之中。另据劳伦修所言，此中也应加入身体上多处地方的跳动之状，亦即那皮肤表面的瘙痒——有时就像是遭了跳蚤叮咬一般。蒙塔图斯把双目凝滞和频频眨眼算作了症状之一种，阿维森纳亦持此看法，并称

---

[1] 埃丘斯（Aetius），约公元6世纪拜占庭宫廷医师。
[2] 托透柯那（Tortocolla），草药名，不详。
[3] 鲁弗斯（Ruffus），约公元2世纪希腊医师。

第二部分　　　　　　　　　　　　　　　　忧郁的成因与症状　　207

忧郁之人往往面红不已……大多还口吃结巴（引自希波克拉底之箴言集）。至于拉齐，他则认为忧郁症的主要标志应包括头痛和压抑沉重之感，以及皮肤处处气流涌动，说话结巴或有口误……眼睛凹陷、血管臃肿和嘴唇肥大。这对有些人而言也的确如此，他们倘若忧郁过甚的话，便将表现出一些屡见不鲜的症状，如自比自划地模仿他人，放声大笑，咧嘴而笑，冷言嘲笑，喃喃低语，自言自语——其口其面皆怪形怪状，其声也含混不清，甚而还有呼喊惊叫，等等。不过，虽然他们通常看起来瘦弱，邋遢，一脸的闷闷不乐，形容枯槁，又因挥之不去的恐惧、悲伤和烦恼而不愿抛头露面，总是呆板，沉闷，焦躁不安，一事也不能成，但他们却有着绝好的记性、高妙的智慧和极佳的领悟力。另据载，忧郁者那热而干的大脑常会使之无法入睡，他们的不眠之症严重非常，且会频频发作，有时竟至可以持续整整一个月，甚或一年。赫拉克勒斯·德·萨克索尼亚即言之凿凿地称，他曾闻其母发誓说她足有七月未睡。而崔卡维利亦谈到过某个五十天未睡之人，斯肯科也有几个两年未睡的例子，凡此种种，皆未引来任何的置疑之声。另外，从天然的身体机能上来看，忧郁者往往拥有极大的胃口，以至其调和之力也实难应付，正如拉奇所言，他们贪吃，却消化不了。——虽然他们的确吃得不少（阿雷泰斯说道），但也仍然是一副瘦条条、病恹恹、又枯又僵的样子，且还深受便秘、消化不良、胃部胀塞、吐唾沫、打饱嗝诸症之苦。通常说来，忧郁者的脉搏，除了那极为强劲有力的颈动脉以外，都是呈微弱、沉缓之状的。不过，这脉搏却也会随了忧郁者将要有的情绪或搅扰而变换不停，对此斯特如修[①]便做过详细的论证。只是就忧郁这类慢性疾病而言，脉搏实不应受到过多的重视。正如克雷托所指出的，这之中充满了迷信，盖仑的著作里也多有抵牾，故他敢断言无人能观察之，或领会之。

又据阿雷泰斯，忧郁者的尿液大多都色浅，量少。然依我之判断，此状

---

① 斯特如修（Struthius）约16世纪波兰宫廷医师。

与其他诸状一样，也是捉摸不定的，常会随了人之不同、脾性习惯之不同以及其他方面的差异而产生变化，故对于慢性疾病来说，此状亦可忽略。与之相仿的是，他们的忧郁之排泄物，也会按每个人脾脏所起之作用的不同，有着多与寡的分别，并将由此导致胀气、心悸、气短、胃部过湿、心里沉闷、忧伤心痛以及精神的呆钝不已；他们的排泄物或粪便，也将呈干硬之状，其中有的还会发黑，变少。而倘若心脏、大脑、肝、脾皆有所紊乱的话（常常如此），那就会因之而生出许多的毛病来了，且种种的疾病亦将随之而至，比如梦魇、中风、癫痫、眩晕、经常性的失眠和做噩梦，以及无故的发笑、哭泣、叹息、抽噎、害羞、脸红、颤抖、冒汗、晕厥等等。还需一说的是，忧郁者的所有感官都已受到了搅扰，他们总会平白无故地以为自己见到、听到、闻到或摸到了什么东西——然事实上却并未如此。对于这一点，我在下文中即有所论析。

2. 大脑中的忧郁之症状

阿库兰努认为忧郁的这些症状数不胜数，而事实上呢，它们也的确如此，会随了人之不同而变化各异，毕竟一千人中也难见有哪两个的呆傻之状是相似的。对于这种种的症状，我将仅择要者论之，而其中就有恐惧与悲伤。此二者本属忧郁症的常见的成因，所以如若经久不散的话（据希波克拉底与盖仑之箴言集），也可将之视作忧郁症的确切的迹象、伴随的症状以及典型的特征——既现于急性忧郁症，亦现于慢性忧郁症（蒙塔图斯），实乃忧郁者之通状。前述希波克拉底、盖仑、阿维森纳，以及现代的著书立说者即皆持此论。但正如猎犬往往会随了错误的叫喊声而乱跑，全然不察已入歧途一样，这些作者亦是如此。老一辈的戴克里斯[①]（盖仑驳之），以及年

---

① 戴克里斯（Diocles），公元前4世纪医学家、妇科学家，属亚历山大学派。

轻一辈的赫拉克勒斯·德·萨克索尼亚、洛多维科·莫卡图诸人就对希波克拉底之箴言提出了异议，认为其说法也不是颠扑不灭的，或放诸四海而皆准的。恐惧与悲伤并非忧郁症必有之通状，如其所言，经我细细查证，便发现有些人全然不是这么回事。忧郁之人中既有只悲伤、不恐惧或只恐惧、不悲伤者，亦有不恐惧、不悲伤或恐惧与悲伤兼具者。被他排除在外的共有四类人，其一为入狂之人，如卡珊德拉①、曼托②、尼可斯特拉塔③、摩普索斯④、普罗透斯、女预言家——亚里士多德即直言她们已深深地染上了忧郁之症。此外，巴普提斯塔·珀塔⑤亦表赞同，称她们是受了黑胆汁的搅扰。其二为疯魔之人，凡口吐奇言怪语者也皆属此列。其三为某些诗人。其四为老是发笑且还把自己想作国王、红衣主教……的人。他们往往逍遥无忧，生性乐天，并始终如一。——而巴普提斯塔·珀塔则将恐惧和悲伤之状限制在了阴郁冰冷之人的身上，把恋人、女预言家、狂热之人统统排除了开来。纵观以上种种，我也大可做出如此的论断：虽说忧郁者并非总是悲伤和恐惧的，但他们却常会如此，且还毫无由头。其症状虽不尽相同（阿尔托马如斯⑥语），然他们无不心怀恐惧，而有的人所怀之恐惧还尤为强烈深重（阿雷泰斯语）。——有许多人怕死，却又反被这种对死的惧怕给折磨致死。有人怕天会塌到自己头上，有人则怕自己定要或应要下地狱。他们总是良心不安，不信上帝之仁慈，以为自己必会进地狱，被魔鬼给捉走，还为了这而哀叹连连（贾森·普拉腾瑟斯语）。他们怕恶魔、死亡，怕会生这样或那样的病，随便遇个事儿就会发抖，怕要因故而亡，也怕一些亲朋好友准是死了。迫近的危

---

① 卡珊德拉（Cassandra），特洛伊国王普里阿摩斯（Priam）之女，阿波罗向她求爱，赋予她预言能力，后因所求不遂又下令不准人信其预言。
② 曼托（Manto），提瑞西阿斯之女，善预言。
③ 尼可斯特拉塔（Nicostrata），罗马神话中司生育和预言的女神，后因其擅做预言而改名 Carmenta，该名含有"预言"之意。
④ 摩普索斯（Mopsus），传说中的古希腊预言家，乃阿波罗之子。
⑤ 巴普提斯塔·珀塔（Baptista Porta），约16至17世纪意大利医师、自然哲学家。
⑥ 阿尔托马如斯（Altomarus），约16世纪意大利医师、博物学家。

险、损失、羞辱，亦折磨着另一群人。有的视己为易碎的玻璃，不容他人靠近；有的视己为软木，同羽毛一般轻柔，或视己如铅一般重；还有的却在担心脑袋会从肩上滚落，或腹中藏有青蛙，等等。蒙塔努曾提到过一人，说他不敢独自离家，是因他害怕自己会晕倒或死掉。而另一人呢，则是怕他所碰到的每个人都会抢他，与他争吵，甚至杀了他。还有人之所以不敢贸然单独出行，竟是因为害怕会撞到魔鬼、小偷或染上疾病，害怕所遇的每个老太婆都是女巫，见到的每条黑狗或黑猫都恐为恶魔所化，每个靠过来的人都中了邪，任何活物都想加害他，置他于死地。有人不敢过桥，不敢靠近水池、岩石、陡山，也不敢睡在装有横梁的屋内，是因为他怕见着横梁便想上吊，或被水给淹死，或葬身于峭壁乱石之下。不仅如此，如果他身处寂静的礼堂里听人布道，他还会担心自己将一不留神大声地说出些低俗不宜的话来。如果他被关在一间闷热的房内，他又会害怕空气不足，将有被憋死的危险——为防突然晕倒或突感不适，还总要随身带点上等白兰地、蒸馏酒或烈酒之类的东西。而如果他被困在了人堆里，陷在了教堂会众、一大群人当中，无法轻易地挤出去的话，那么即便他坐得再怎样地气定神闲，他的心里也早已是慌乱如麻的了。通常而言，他会轻易地许下承诺，过早地揽下事情，可当要履行之时，却又会打起退堂鼓，因为他怕那数不尽的危险、灾难……有人怕被火烧，怕地会下沉，将之瞬间吞没，或还害怕国王会为一些他从未犯过的事而召他去问话，他必将因之而被处死。对死刑的恐惧常令这些人苦不堪言，其心中的惊恐和精神上的折磨实与那些犯过谋杀罪的犯人不相上下，他们总是无端地感到忧愁，好像就要被处死了似的。他们怕有损失、有危险，觉得自己定将失去性命、财产，失去所拥有的一切，但却又说不出个端由来。崔卡维利就有一病人因了害怕在绞刑中死去而硬要自行了断，无论怎么劝解，三年以来他都仍然坚信他是杀了人的。此外，普拉特亦有两例病患，其症状则是平白无故地害怕自己将被处死。而如果这些人来到了某处刚发生过抢劫、偷窃之类罪行的地方，他们往往还会立马就担心自己要被视为嫌犯了，并将因之而露出引人怀疑的迹象来。据说，法国国王路易十一①疑心极重，但凡接近他的人都被其视为了叛徒，他从不敢信任任何的官员。——这也的确如此，有些人就是会对谁都感到害怕的。而另一些人呢，却只怕某一部分的人，并且还无法与之相处。倘若硬是待在了一块儿，那他们便要么会心生厌恶之情，要么就将觉得浑身都不自在了。于此世间，有人始终在怀疑背叛不忠，有人又在害怕最亲密的朋友（梅拉勒琉引盖仑、鲁弗斯……），还有人竟会因了对妖魔鬼怪的惧怕而不敢独处于黑暗之中——他将疑心所闻所见之物不是为恶魔所化就是被施了咒的，也将幻想出千百种的妖怪和异象来，且还深信自己当真见过妖怪，当真与那魔鬼、幽灵、妖精之类都说过话了。

哪怕一丝丝的微风也能吓着他，一丁点儿的声响，
*也会惊着他。*②

另外，有的人还会因了害羞、猜忌以及胆小而不敢抛头露面。他们素来视黑暗如命，受不了光亮，不喜坐在明处，总要用帽子遮住眼睛，不愿见人，也不愿被人撞见（出自希波克拉底《谈疯癫与忧郁》）。这一类的人是不敢与别人打成一片的，因为他怕被人苛待，羞辱，也怕自己会做出出格的事，说出过火的话，或生出不适之感——他老是觉得人人都在打量他，针对他，嘲笑他，对他满怀恶意。通常而言，他们会害怕遭敌人施法，附魔或下毒，有时他们甚至还会怀疑起至交来，以为朋友的体内有什么东西正在窃窃私语或与之密谋盘算，其嘴里吐的气也散发着一股毒味儿。克里斯多夫·阿·维伽③有一病人即备受此等困扰，任何的劝解或药剂皆不能使之康复。话说，有的人又会因了害怕身染那些他见别人患有的，或为其所闻、所读的各种可怖疾病，而不敢去听、去读任何与之相关的事例（哪怕那是关于

---

① 路易十一（Louis XI, 1423—1483），法国国王，奖励工商，加强王权，为统一法国依靠资产阶级与勃艮第公爵等大贵族进行长期斗争。
② 语出维吉尔。
③ 克里斯多夫·阿·维伽（Christophorus a Vega），约16世纪西班牙医师。

忧郁症的），唯恐自己也沾染上这些听来读来的疾病，进而使病情恶化，变得更为严重。比如，倘若他们见到了有人中邪，着魔，癫痫，中风打摆子，或头晕目眩，东倒西歪，跌跌撞撞……的话，那么当此等景象在其脑内盘桓数日以后（正如珀金斯①在其《问心录》②里的妙论），他们定会担心自己也将变成那样，陷入类似的危险之中。——但他们往往也正因了反反复复地想个不停，最终才真的生出了那些病来。哎，这类人是见不得可怕的事物的，如怪兽、受刑人、尸体之类，他们一听到魔鬼的名字，或读到凄惨的故事，就会怕得发抖——赫卡忒③也会在其梦中现身（卢奇安语），他们将梦到各种的妖魔，久久也不能忘却之。正如我所言，他们总要把见到、听到、读到的东西统统强加于己身，就像菲利克斯·普拉特笔下的某些年轻的医师那样，在研习治病之术时自己却得了病，错把从别人那儿听来的种种症状都安到了自己的头上。因此我想再说一句——可能这般啰里啰嗦会引读者反感，但我宁可说上十来遍也要把话给说全了——我得建议那些真正忧郁的人千万不要读症状这节，以免让自己因之而感到不适，或一时地令病情加剧，使忧郁症愈加恶化。阿雷泰斯有言，忧郁之人往往都有以下的毛病：他们常会为了琐事而抱怨，会莫名地产生恐惧，总要以为自己的忧郁症异常严重，乃至无人能及。虽然那点儿事根本就算不得什么，但世上肯定没人会像他们那样苦恼，或为此而烦忧。唯有他们才真的是在遭折磨，受困扰，是在因了零零碎碎的小事而痛苦万分（事后恐也会自觉好笑）——仿佛那些都是头等的大事要事一般，他们甘愿为之而提心吊胆，忧心不断。刚为其销掉了一处疑虑，转眼又会因另一处而烦心。他们总在为那些出于犯傻而凭空套在自己头上的事情担惊受怕——其实从未有过，绝不会发生，也根本不可能出现。他们但凡遇了点儿小事，就会烦恼焦虑，心躁难安，不停地抱怨，伤心，忧虑，

---

① 珀金斯（Perkins, 1588—1602），英国著名神学家。
② 原文为 Cases of Conscience。
③ 赫卡忒（Hecate），月亮、大地和冥界女神，后亦被视作魔法和巫术女神。

猜忌，牢骚，埋怨，只要忧郁不除，便无法释怀。而退一步说，就算他们的思绪能暂时地得到安宁了，不用再被身外之忧和周遭事物所困扰，然其身体却又难免生出不谐之音，由此，他们便将担心起身体是不是有哪个部位出了毛病。突然间，他们的头也开始痛了，心、胃、脾等内脏也不舒服了——肯定是得了这样或那样的病。他们就这样一直身乱，心乱，或身心皆乱，因了胃肠胀气、胡思乱想或某类突发的情绪而不断地受到搅扰。不过，虽说如此，但正如贾奇努的说法，他们在其他种种事情上，却又显得明智，稳重，审慎，从不会行有损自己尊严、身份或地位之举，唯有的例外只是那愚蠢、可笑且幼稚的恐惧罢了——它竟是如此猛烈、如此长久地折磨和摧残着他们的灵魂，就像乱吠的犬光叫不咬那样，这恐惧也是烦个没完没了，看来只要忧郁还在，恐惧便避不开了。

悲伤乃忧郁症之另一特点，总是相伴在其左右，两者犹如圣科斯慕斯与达米安①，不可分割。悲伤实可谓那不离不弃的随从，正如作家们所公认的，它是一种常见的症状，会频频发作，但也仍是来得不明所以——虽一直在伤心，却道不出个所以然。那些悲伤的忧郁者从不展露笑颜，他们总是摆着张苦脸，显出一副忧思缠身的样子，仿佛才从特洛福尼②的洞中爬出来似的。虽然他们也经常大笑，并且有时看起来还十分地开心（会突然发作），但一转眼的工夫，他们就会变得极其沮丧，显得没精打采了。尽管他们有喜有悲，然终归还是悲多于喜——开心的走得飞快，伤心的却揪着不放，悲伤啃噬他们就如同秃鹫在啄食提修斯③的肚肠，他们实难得免于此。他们刚把眼睛睁开，其沉重的心就开始因适才所做的种种噩梦而悲叹了，他们总在

---

① 圣科斯慕斯与达米安（Saint Cosmo and Damian）为双生子，早期基督教殉教者，生于西里西亚，于303年左右殉教。
② 特洛福尼（Trophonius），希腊传说中的人物，曾与其兄弟共建阿波罗神示所。据载，民间亦有信奉特洛福尼者，认为欲得特洛福尼之神谕必先于深夜潜入其洞穴之中，多数求神谕之人入洞后皆吓得魂不附体。
③ 提修斯（Tityus），巨人，因攻击前往阿波罗神殿的勒托女神而被罚，由两只秃鹫啄食其肝脏，但那肝脏却会不断生长，永远也啄食不完。

苦恼，焦虑，叹息，伤悲，抱怨，挑剔，发愁，牢骚，哭泣，自讨苦吃①，总在自寻烦恼，焦躁不安，为了自己的、他人的或公家的事，不关己的事，过去的、当前的或将来的事，而忧心忡忡。那些关乎丢脸、损失、伤害、羞辱……的记忆，均会让复归安闲的他们重生烦恼，就好像记忆中的一切都是新近才发生的。此外，他们疑心也重，会没根没据地以为某种危险、损失、落空、羞耻、苦难定要临到其头上，并将为之而痛苦不堪。——那忧伤的埃特女神都向他们皱起了眉头，故也难怪阿雷泰斯要恰切地把悲伤称作一种精神的烦扰、永恒的痛苦了。他们实在是很难得到快乐或放松的，哪怕他们在外人的眼中又是那样地欢乐——整天走走停停，驰骋，骑行，

> 不过在那骑马之人的背后却挨着坐了个"黑忧惧"②。

他们根本就躲不开这致命的瘟疫，无论逃到了哪一群人当中，那死亡之箭都是牢牢地插在他们的肋骨上的。他们就跟被射中了的野鹿一样，不管是跑，是走，是停，是与鹿群同在，还是孤零零一个，悲伤如箭，终是去之不掉。他们的优柔寡断、喜怒无常、空幻虚妄，以及恐惧、痛苦、忧虑、嫉妒、猜疑等等，也仍未绝灭——他们依旧无法得到解脱。故而那诗人笔下的他才会有所抱怨——他回到了家中，带着一脸的伤痛，心神烦乱无比。尽管他的仆人都在竭力地取悦他，一个帮他脱袜，一个帮他铺床，还有一个为他做晚餐，无不是在费尽心思地安抚他的伤痛，鼓舞他的精神。但他仍是深深地陷在那忧郁之中，痛失其子便是他的折磨，他心中的悲伤，他的痛处，他的苦处，凡此种种皆无法消除。

由是之故，悲伤往往会致使他们厌倦人生，而自残自戕之类的危险念头也会钻进其脑内。厌世实乃一个普遍的症状——时间过得真慢，好生无趣啊，他们很快就会厌倦世间万物了。他们一会儿停，一会儿行；一会儿起

---

① 原文为 Heautontimorumenoi，指泰伦斯《自讨苦吃》(*The Self-Tormentor*) 一剧。
② 语出贺拉斯。

身，一会儿上床睡觉；才变得高兴了，后又归于不快；眼下还喜欢，转眼却开始讨厌一切，厌倦一切。他们一会儿想活，一会儿又想死（奥勒利乌斯如是说道），但他们多半还是厌生恨世的。他们会经常地为了一些小风小浪，或无关之事与物，而忧愁，不安，困扰，哎，且还屡次三番地要自寻短见呢。然而，他们却又既不敢死，也不愿活，所以他们便只能抱怨，哭泣，悲伤，感到自己所过的日子凄苦无比。其惨状真是无人能及，前所未有啊，就连穷人相比之下也成了首富，那些来门前求乞的乞丐也比他们过得幸福，他们甚至甘愿与乞丐互换命运，尤其是在他们变得孤独，闲散，离开了旧友，感到烦恼、不快，或闷得发火的时候——悲伤、恐惧、痛苦、不满、厌烦、懒惰、猜疑之类的情绪，已是牢牢地将他们给攫住了。但若待他们复归于了一群意气相投的好友中后，他们却会如奥克塔维·霍瑞提努①所说的，很快就将为了先前的厌世之情而心生悔恨，变得十分地乐于活下去了。不过，这仍是好景不长，一旦有某种新的忧愁钻出来侵扰之时，他们无疑又要开始厌倦人生，厌倦一切了，又要去寻死了，并且还会摆出一种"活着只是活着，并非想活"的态度来。据苏埃托尼乌斯记载，皇帝克劳狄即染有此症，因为他在饱受腹痛折磨之时也有过轻生的念头。而尤里亚·西泽·克劳迪亦有一位名叫珀罗尼安的病人，据其言，此人已病入膏肓，他因了恐惧与悲伤的搅扰，而久久不得安宁，竟至厌生恨世，无时无刻不在求死，望能脱离苦海。另据墨丘瑞里斯记载，还有位身患此病的人则是始终都在想着要了结此生，其症其状竟持续了有数年之久。

猜疑与嫉妒也是忧郁症患者所共有的症状。通常说来，忧郁之人总是多疑，胆小，易心生误解，也易小题大做，暴躁，喜怒，任性，乖戾，遇到一点小事儿就要大吵大闹，而那吵架的对象竟是其亲密无间的好友，真可谓无事生非，不管人家攻击与否，都要反戈一击。别人开个玩笑，他也要当

---

① 奥克塔维·霍瑞提努（Octavius Horatianus）公元4世纪医学家狄奥多鲁·普利齐亚努（Theodorus Priscianus）著作《医学四书》1532年版以此名为作者名出版。

真。别人没招呼、邀请他，没找他商量、问他意见什么的，或者缺了哪怕一丁点儿的尊重、赞赏和礼待，他都会觉得自己受到了冷漠和轻视，往往还要为此而痛苦好大一阵子。假如有两人在对谈，共话，私语，玩笑，或随便说个什么事情，他也会立马就觉得他们是在说他，将把所有的话语都往自己的头上套。而若是那俩人过来跟他聊天了，则他又会时时误解他们所说的每一句话，总要把语意往最坏处去想。他就是受不了有人死盯着他看、老跟他聊天，或大笑、打趣，或套近乎，或哼声，或指指点点、咳嗽，或吐痰，抑或不时闹上一声儿什么的。他老以为别人在嘲笑或针对他，又或是想让他出丑，要陷害他、蔑视他；仿佛人人都在看他似的，他感到害怕和恼怒，脸色一会儿白、一会儿红，还浑身冒汗，唯恐有人瞟到了他。他总作如是想，然此类假想之羞辱却会令他烦心许久。蒙塔努即拿一忧郁的犹太人来做例子，说他的脾气比亚得里亚海的风浪还要狂暴，他怒气冲冲，疑心重重，又易怒至极，天底下哪还有人知道怎样与他相处啊。

反复无常亦是忧郁者无论做何事都带有的特点，他们往往善于变化，也一心求变，对任何事情都拿不定主意，说不清是愿做还是不愿做，会因了各种小的变故或他人之言而左右摇摆。但若是他们下定了决心，却又会变得固执无比，让人难以劝服。如果他们痛恨、厌恶、反感什么，只要他们铁了心，那么即便那是有益的，其立场也不会因任何建议或劝说而有丝毫的动摇。不过，在绝大多数事情上，他们仍是会因了疑惧而摇摆不定，犹豫不决，无法从容考虑。他们眼下还挥金如土，接着就视财如命，才做了某事，不一会儿又开始后悔了，因而他们往往两头为难，不知做还是不做，要还是不要，接还是不接，两只手儿动个不停，虽很快就觉得倦了，但依旧在追异求变，哎，他们真是好动不安，游移莫测，难以捉摸啊，实在没法在同一个地方多待一会：

在罗马，一心想往乡下迁；

> 到了乡下，又把罗马捧上了天；①

亦没法与同一位友伴相处久一点，或在行动和做事上持之以恒：

> 就像贵介人家之子，一会儿要人拿现成嚼碎的食物来喂，
> 一会儿又对保姆哭闹使气，不准她摇着摇篮哄他入睡；②

他们时而高兴，时而不快；就像有人因被跳蚤叮咬或睡不着觉而总在床上辗转反侧一样，他们的脑袋也在无休无止地东想西想。他们根本就没有耐性去通读一本书，玩上一两局游戏，走一里路或坐一个钟头什么的。他们刚振奋起来就开始沮丧，刚铆足了劲要伸手一试就会因别人的一句话而又把勇气给丢了。

忧郁者的情绪通常激烈无比，他们但凡想要点儿什么，就会疯狂地去追求。他们总是心急火燎、如饥似渴，疑神疑鬼、战战兢兢，妒忌、歹毒，对此随意挥霍，对彼却一毛不拔，不过多半还是贪求无度，总在咕哝，埋怨，不满，发牢骚，吐苦水，抱怨连连，一心想着复仇雪耻，转眼间就烦恼不堪，其所思所想无不汹涌激烈，其言辞中也难觅友善，或容易冒出些莽撞粗鄙之语。他们乖戾，沉闷，忧愁，刻板，总在冥思苦想，也十分地专注，正如阿尔布雷特·丢勒③所绘之"忧郁"，其形象好似一悲伤的妇人以手托腮注目凝神，不拘形迹……故而有人会以为他们傲慢，愚蠢，痴呆或半疯半癫，而阿夫季拉人便是如此看待德谟克利特的。但忧郁之人又往往高深莫测，悟性卓绝，审慎明理，智慧机敏，因为我也赞同那高贵者的看法，**在诸多体液之中，唯黑胆汁**④**最能提升人之理解力**，其助沉思冥想之功效远胜烈酒或萨克酒。据弗拉卡斯托罗所言，虽忧郁之人在一些事上会因忧愁不安而难以做

---

① 语出贺拉斯。
② 语出佩尔西乌斯。
③ 阿尔布雷特·丢勒（Albertus Durer，1471—1528），德国画家、版画家和理论家，主要作品有油画《四圣图》、铜版画《骑士、死神和魔鬼》等。
④ 即忧郁之液。

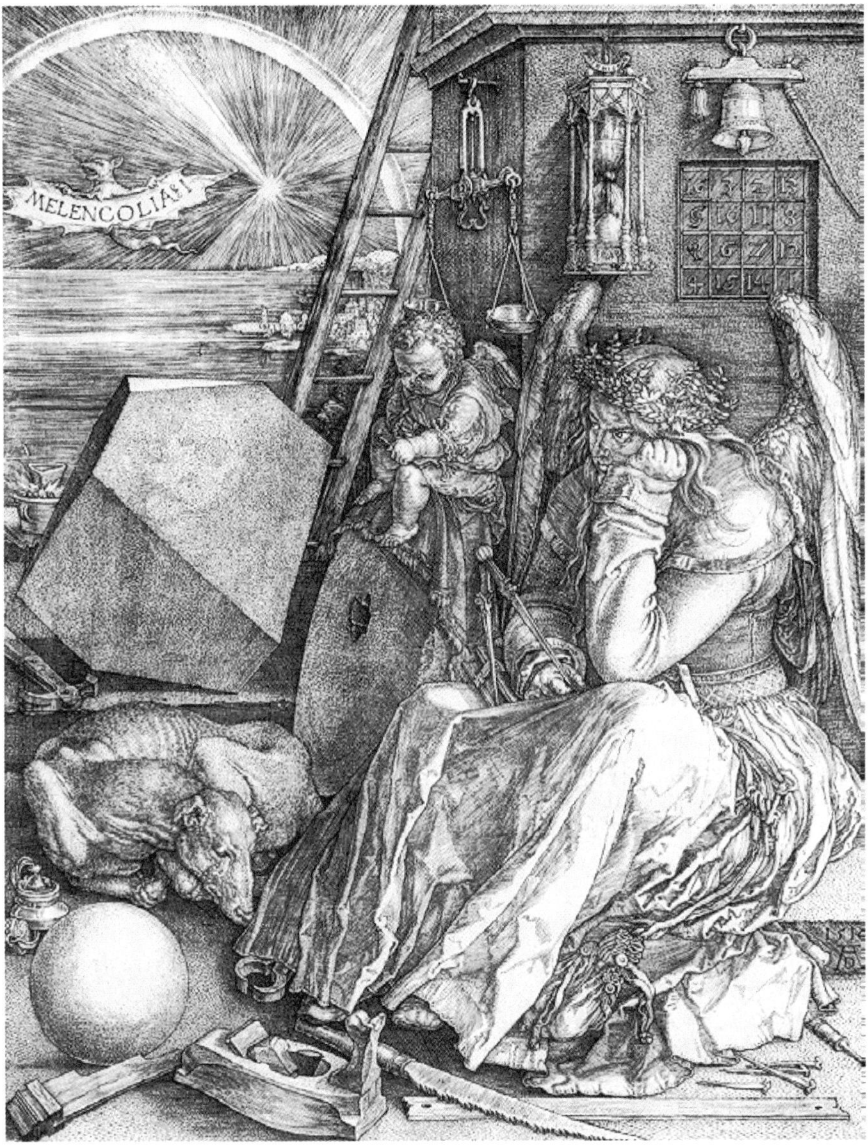
MELENCOLIA I

阿尔布雷克特·丢勒版画《忧郁》

出精准的判断，但在另一些事上却能独具慧眼。另据阿库兰努，其判断大多都有悖常理，因为他们视真诚为虚伪，拿朋友当仇敌，会辱骂挚友却不敢迎击敌人。卡丹亦说，忧郁者通常怯懦胆小，不愿还击抵抗，且一旦在言行上不慎有所出格，或是于任何的小事及场合中受到了忽视，冷落，他们就会陷入痛苦的折磨里，将编造出一千种的危险和麻烦来堆叠到自己的身上——倘若打开了那幻想的大门，在其眼中就连苍蝇也能化作了大象。他们不论听到何种有趣的谣言、故事，或遇到什么幸运的事件，都会喜不自禁，欣喜若狂；然而，一旦碰上了一点儿小的挫折、坏的消息或假想出来的伤害、损失、危险什么的，他们就会感到痛不堪忍了，将为那巨大的痛苦所包裹，变得茫然，沮丧，惊惊怍怍，焦躁不安，一蹶不振，整日里疑神疑鬼，捕风捉影。不过尽管如此，忧郁者之中也有许多亡命之徒，鲁莽、轻率，适合去当刺客，因为他们已经完全没有了恐惧和悲伤。据赫拉克勒斯·德·萨克索尼亚所言，简直是胆大妄为，哪怕于茫茫夜色中独自在荒地或险境里穿行他们也不惧丝毫。

话说忧郁之人也极易生情，一不留神就会落入了情网。他们转瞬即动心，见了谁都要痴情不已，先是对这个朝思暮想，往后见了新欢却又移情别恋，一会儿爱这个，一会儿爱那个，见一个就爱一个，眼前的总是最楚楚动人，那新瞧上的才可说是其最爱。然于此世间，也有人（"仇爱者"）不近女色，谈性色变。比如，那忧郁的莫斯科公爵便是如此，据说他一见到女人就会顿感不适。又比如所谓的隐修士们，若是有谁把女人带到了其面前，他们竟还会僵直倒地。

忧郁症患者的滑稽亦是无人可及——他们时而开怀大笑，欢喜非常，时而又无故地哭泣（淑女们常现此态），呻吟，叹息，变得忧虑、悲伤，险些还失了心神。其滑稽的想法也是千奇百怪（弗朗贝萨瑞[①]语），愚蠢而幼稚：他

---

① 弗朗贝萨瑞（Frambesarius），法国医师。

们有的把自己想作了犬、鸡、熊、马、玻璃、黄油之类，有的则把自己看成了巨人、侏儒、力士（壮过百人）、君主、公爵、王孙等等。他们一旦听说自己口气发臭，鼻子太大，病病歪歪，看起来像是得了这种或那种的病，就都会轻易地相信，甚至还可能因了想象的作怪而令此变成现实。他们中的大多数人皆冥顽不灵，总是抱着那荒诞的想法不放。而余下的呢，则又会随了所闻、所见之不同而变化万端。后者如果看了场戏，一周后其脑子里转的也还是那场戏；如果听了支曲，或赏了段舞，所想的便无不是那伴奏的风笛；而如果观了次战，则成天又要心系所谓兵刃相见了。他们若受辱，那羞辱就会烦上他们许久；若受忤逆，忤逆亦然……他们的大脑和身体始终无法停歇，总是神思不断，哪还谈得上清醒呢，简直就像是在梦里一般。他们通常喜与滑稽、荒诞的怪念头为伍，想法也轻率至极，根本就无法实现。有时，他们居然会以为那些藏在自己的恐惧、疑虑和胡思乱想中的幽灵或妖精当真地出现在了眼前，能闻其声，见其形了——他们还不停地要上去聊两句话，跟几段路呢。总而言之，他们的想法如梦如幻。阿维森纳亦言，他们醒着的时候实与在睡梦中无异，其所思所想即多半如此，皆为荒诞、虚妄、愚蠢的琐杂之事。不过，他们却又是一群极喜刨根问底、操心焦虑的家伙，总会漫无边际地东想西想，也难免有一两件事情要挂在心上，并且他们还惯于小题大做，常会把那小事琐事当成头等大事来看待，仿佛那是非同小可、举足轻重的要事一般，整日里念兹在兹，牵肠挂肚，为此而焦心劳思。他们在与你交谈的时候，往往会显得心有旁骛，你可能还以为他们是有多操劳，多繁忙呢，其实他们满脑子里转的尽是些琐事，无外乎恐惧、疑虑、羞辱、嫉妒、痛苦、烦恼、忧愁、空想、怪念、奇思、虚幻、白日梦这些罢了。他们不提问，亦不答问（弗拉卡斯托罗语），根本就没多少工夫管你说了些什么，他们的心思全都放在了其他的事情上面。问你有何想法，也只是随口一问，这可不是他们所关心的。他们实在是太过于专注自己的事了，竟至忘了自己说了些什么，或做了些什么，也全然不知到底该如何说话，如何行事了，他们不管到了哪儿，都总会因了自己的忧郁之思而心神恍惚。比如，有的在无故大笑，有的在暗自痴笑，还有的在蹙眉，喊叫，不停地动着嘴巴，边走还边用手在比划……而这些症状出自忧郁之人，也是无足为怪的，正如墨丘瑞里斯所言，忧郁者一旦心生某念，便会专注于其上，对之痴狂不已，时时都要挂在心头的。他们不管如何挣扎，就算使出了浑身解数，也不能将之逐出脑海。他们总是忍不住要想上个千百遍，无论是独自一人，还是有人相伴，他们均会为之而烦恼不休。吃饭也罢，消遣也罢，无论何时何地，他们都无法停歇，或忘怀于此，哪怕这是他们最不愿想起来的。而如果这忧思还异常地强烈的话，那么他们就根本无法将之抹去了，他们会为此而辗转难眠，痛苦不休，诚如布儒勒[①]所言，他们同样也推上了西西弗斯的石头。真可说是永恒的苦难、可怖的责罚啊。

克雷托、劳伦修与费尔内琉皆把羞怯忸怩算作了忧郁症的一种常见的症状，由此而生的举止笨拙或失礼不得体往往会不断地纠缠和折磨那些忧郁之人。倘若他们受到了毁谤、嘲笑、羞辱、责备，或因了一时的心绪波动而情感失常，那么这羞怯就会把他们扰个不停，使其变得闷闷不乐，心灰意懒，整日里都不敢外出，尤不愿与生人接触，也不想操持日常的事务，总如孩童那般幼稚，胆小又害羞，连抬起眼来瞧一瞧别人也是不敢的。忧郁之人受此影响亦各个不同，有重有轻，有长有短，还有阵阵发作之类。虽忧郁者中也有与此相异的放肆乖戾之辈（据弗拉卡斯托罗），但大多还是羞怯非常的，这也就使得他们跟皮图斯·布勒森瑟斯[②]、克里斯托弗·乌斯维克[③]等人一样，会因之而把荣誉、官位和提拔都推开——他们有时也想获得，但却羞于开口，不能像其他的人那样言明心意，胆小和害羞使其举步不前。他们满于现

---

① 布儒勒（Brunner），医学家，著有谈论忧郁症的书。
② 皮图斯·布勒森瑟斯（Pet. Blesensis, 1135—1211），法国诗人、外交家。
③ 克里斯托弗·乌斯维克（Christopher Urswick, 1448？—1522），英国外交家，玛格丽特·蒲福特的告解神父，曾助其子亨利七世登位。

状，不愿谋个一官半职，因此也就无望于升迁了。出于羞怯，忧郁者除了几个知己以外，极少会登门访友，他们的话也不多，通常都沉默寡言。法国医师弗朗贝萨瑞就有两位病人，他们总是一言不发，各自的好友也不能令其开口说话。而罗德里克·封塞卡[1]则举了个年轻人（年二十七）的例子，说他总是沉默，羞怯，忧郁，孤僻，常常绝食，熬夜，但有时却又会突然地变得易怒起来……

据普拉特所言，忧郁之人大多还懒散怠惰，寡言少语。就算不得不为，他们也很少去做那与之戚戚相关的事，哪怕这是于其有益的。他们竟是那般地胆怯，沉闷，不善言辞、交际，又难于结交——对陌生人尤其如此。忧郁者宁可默默地把心思写下来，也不愿当众说出口。总而言之，他们性喜孤僻。然忧郁者的孤僻到底是源于乐呢，还是源于苦呢？有人答曰两者兼有之，不过，我却认为是出于恐惧和悲伤……

> 忧郁者既悲且惧，避开亮光，
> 自囚于暗牢以躲他人之目光。[2]

正如荷马笔下的柏勒罗丰[3]：

> 在林中游荡，伤心且无人相伴，
> 抛开了人世，发出大声的悲叹。

他们喜欢野水、荒漠，爱独行于果林、花园、小道、幽径以避开人群，正如第欧根尼的躲在木桶里。而他们也似那遁世者提蒙，终是厌恶与人接触的，在所厌之人中甚至还包括了至交好友。——哎，归根结底，这还得怪那幻想在作祟。他们总是觉得别人在指指点点，嘲讽，讥笑，毁谤，故

---

[1] 罗德里克·封塞卡（Rodericus a Fonseca），约16至17世纪葡萄牙医师。
[2] 语出维吉尔。
[3] 柏勒罗丰（Bellerophon），希腊神话中骑飞马珀加索斯杀死吐火女怪客迈拉的英雄。

而才把自己彻底地困在私宅或暗房里，毫无缘由地避开世人，厌恨世人（拉奇语），节制饮食，孤身独居。而这也正是阿夫季拉人怀疑德谟克利特忧郁疯癫的主要原因之一。正如希波克拉底在致菲洛皮门的信中所述，他离开了城市，住在树丛中、空树洞里，整日整夜地待在溪流边或河水汇流处的绿岸上。通常而言（他继续说道），那些为黑胆汁或忧郁所苦的人会抛亲弃友，厌恨人世——这对于忧郁者来说真是再寻常不过的了。故也难怪埃及人会在其象形文字中用一只蹲在洞里的野兔来喻指忧郁者——因为野兔乃一种极胆小、极孤僻的动物。不过，此症状也与以上所说的症状一样，皆会随了患病者体内的忧郁之液的多寡，而有显与隐之别。所以，凡此种种的症状，在某些人身上虽属难以察觉或完全不显现的，但在另一些人身上却可能一目了然；对这群人算是轻微的，对另一群人则可说是严重非常；而让人受嘲弄的，说不定也能让人获得同情或崇拜；在这人身上是阵发性的，在那人身上就有可能表现为慢性。但不管这些症状对世人来说是有多么地普遍，多么地在所难免，只要落到了那忧郁者的身上，它们就会变本加厉，表现得更加明显，频繁，剧烈和强劲。一言以蔽之，就算是再怎么虚幻、荒诞、可笑、夸张、罕见、惊奇的事物，哪怕如客迈拉①那般的怪物，无比地光怪陆离，或是连画家和诗人也不敢予以描绘之物，他们都会信以为真地感到害怕，成天胡思乱想，疑神疑鬼，把这些东西往自己的身上套。罗德维克·维夫斯曾把一则趣闻当做笑谈来讲，说是有个愚蠢的乡下人，只因自家驴子饮水之时把水中的"月亮"也一饮而尽，便要把这驴子给杀了，好让月亮重返世间——诚哉斯言，他们的确如此。忧郁之人的所行所思囊括了种种的极端、对立与矛盾，且还有无穷无尽之变化，两千人中也鲜有一对症状相同的人。巴比塔所致语言之混乱也比不过这混沌般的忧郁所生症状之纷杂。忧郁之症状正如人之面容异中有同，也如河中游泳之处，河水常新而

---

① 客迈拉（chimera），狮头、羊身、蛇尾的吐火女怪。

位置不变。同一乐器可供多场礼拜使用，同一疾病亦能生出多种症状，但不论这些症状是如何地多变，复杂，难于界定，我都愿冒险一试，在这茫茫的混乱与含混中为其理出个大致的头绪来，那么往下就可从泛泛而论进入条分缕析了。

第三部分

忧郁之疗法

一

闲话空气

　　一声哨响，展翅的猎鹰旋即飞离猎人的拳头，鹰击长空，欢畅地在天宇中盘旋数次，越飞越高直至极点，待猎物被逐腾空后，又突然急转直下，俯冲扑袭。而我也愿如此。既然终于来到了这浩瀚的天际，便要自由地翱翔，将其视作我的娱乐，在绕着全世界漫步、游走的时候，也需向星球和天体高飞去，然后再落回大地，在此过程中，我首先想要看看那位牛津修士①关于北极地区的记载是否真实可信（如果我顺道遇见了永世流浪的犹太人②、伊莱亚斯·阿提费克思③或卢奇安笔下的"飞天者"迈尼普斯④，他们就将成为我的向导），是否有那样的四条海峡，是否有一块巨大的磁石，可使罗盘上的指针始终朝着那个方向偏斜，我还要看看引起罗盘磁偏角的真正原因到底是什么，是因为一块磁石，还是如卡丹所认为的，是因为那北极星，或小熊星

---

① 牛津修士（Friar of Oxford），即林恩的尼古拉斯（Nicholas de Lynna）。他是方济各会修士、牛津杰出的数学家和天文学家，活跃于1360年左右。
② 永世流浪的犹太人（the Wandering Jew），中世纪传说中的人物，因嘲弄受难的耶稣，被罚流浪直至耶稣再现。
③ 伊莱亚斯·阿提费克思（Elias Artifex），即艺术家伊莱亚斯（Elias the Artist）的意思，此名模仿了流浪的先知以利亚（Elijah）之名。另可参见第64页注释8。
④ "飞天者"迈尼普斯原文为 Icaromenippus。迈尼普斯（Menippus）是活动于约公元前3世纪前期的希腊犬儒派哲学家，而 Icaro 则源自 Icarus（伊卡罗斯），即希腊神话中巧匠代达罗斯（Daedalus）之子，据说他与其父双双以蜡翼粘身飞离克里特岛，但他因飞得太高，蜡被阳光融化，坠爱琴海而死。

座中的其他某颗星（马西里奥·菲奇诺），或一条磁子午线（毛罗利科[①]），或某条地下矿脉（阿格里科拉[②]），又或者是因为紧邻着另一座大陆（卡贝奥[③]），或某种其他的原因，如斯卡利杰、笛卡尔[④]、科英布拉派学者[⑤]、佩雷格里努斯[⑥]等人所坚称的；此外，为何在亚速尔群岛[⑦]指针会指向正北，在其他地方却不是这样？在地中海或黎凡特[⑧]地区（据有的人观察），指针就从7度偏移到了12度，然后又偏移到了22度。而在波罗的海，靠近芬兰拉塞博格的地方，如有船只从那里经过，罗盘的指针则会绕转一圈，尽管马可·里得雷[⑨]所写的与之相反，他称在北极附近指针几乎不能被扯离它既有的方向。由此是否可以得出某些规律，这是一个值得探究的问题，比如伦敦的磁偏角是11度，其他地方是36度之类，而更令人不可思议的是，在同一地方磁偏角也会发生变化，眼下准确测定的磁偏角，几年后就将变得与原初大不相同。在我们对此有了更透彻的了解之前，还是让我们的吉尔伯特[⑩]博士以及耶稣会会士尼可罗·卡贝奥来解答那些寻根究底者的疑问吧，他们两人都写过关于这一主题的鸿篇巨制。接下来，我要看看北极附近的海域是否是空阔无碍、可以通航的，到底哪一条航道才是最合适的，荷兰人巴伦支[⑪]的那条

[①] 毛罗利科（Maurolieu, 即 Francesco Maurolico, 1494—1575），意大利数学家、物理学家、天文学家。
[②] 阿格里科拉（Georgius Agricola, 1494—1555），德国学者、科学家，被誉为"矿物学之父"。
[③] 卡贝奥（Cabeus, Nicolaus Cabeus, 1586—1650），意大利神学家、数学家、科学家。
[④] 笛卡尔（Cortesius, 即 Descartes, 1596—1650），法国哲学家、自然科学家、解析几何学的奠基人，提出"我思故我在"，其哲学基础是灵魂和肉体，"思维"实体和"广延"实体的二元论，主要著作有《几何学》《方法谈》《哲学原理》等。
[⑤] 科因布拉派学者（Conimbricenses），可能指葡萄牙科因布拉（Coimbra）大学的耶稣会会士。
[⑥] 佩雷格里努斯（Petrus Peregrinus），法国学者、物理学家，著有《论磁书简》，活跃于1269年左右。
[⑦] 亚速尔群岛（Azores），大西洋北部火山岛。
[⑧] 黎凡特（Levant），指地中海东部诸国及岛屿，即包括叙利亚、黎巴嫩等在内的自希腊至埃及的地区。
[⑨] 马可·里得雷（Mark Ridley, 1560—1624?），英国医师、词典编纂家，著有《磁体论》。
[⑩] 吉尔伯特（Gilbert William, 1544—1603），英国物理学家，研究电学与磁学的先驱，提出地球是一有南北磁极的大磁体理论，是把物质分为带电与不带电两种的第一人。
[⑪] 巴伦支（Willem Barents, 1550—1597），荷兰航海家，曾率探险队到达新地岛，发现斯匹次卑尔根群岛，巴伦支海以其姓命名。

途经北极极点下方的航道，因了某些原因，我认为是最佳的；或也可说，最佳航道不是穿过戴维斯海峡①的那条，就是穿过新地岛②的那条。然后我要看看，哈得孙③是否真的发现了一片新的大洋，巴顿④湾是否有可能位于北纬50度，哈伯德之望⑤是否有可能位于北纬60度，也就是《福克斯⑥西北航行记》一书中记载的"托马斯·罗伊爵士迎候"岛⑦附近的"极远之点"所在的那个纬度，据说那里的海水总是在涨涨落落，12小时内就有15英尺的涨落幅度，就像我们的那些新海图对加利福尼亚⑧的说明那样——加利福尼亚不是一海角，而是一海岛，西风使得那里的小潮与朔望大潮相当。另外，是否有可能经由塔宾岬角⑨、阿尼安海峡⑩抵达中国。如有这种可能，那我立即就想去看看威尼斯人马可·波罗关于"行在"⑪与汗八里⑫这两座大城的记载是真是假；是真有这样的地方呢，还是如耶稣会士利玛窦所写的，中国与契丹⑬完全就是同一个地方，鞑靼的可汗与中国的国王实是同一个人，"顺天"⑭也就是"行在"，汗八里城也就是新的北京城，又或者，那里其实有着一条400里格⑮长的城墙，将中国与鞑靼地区分隔了开来。我还要看看，祭司王

---

① 戴维斯海峡（Davis Strait），位于格陵兰岛和加拿大巴芬岛之间的海峡。
② 新地岛（Novaya Zemlya），俄罗斯西北部群岛，位于北冰洋。
③ 哈得孙（Henry Hudson, ?—1611），英国航海家，北美洲哈得孙河、哈得孙海峡和哈得孙湾均因其得名。
④ 巴顿（Thomas Button, 1575?—1634），英国航海家。
⑤ 哈伯德之望（Hubbard's Hope）即如今的哈伯德之点（Hubbard Point），以巴顿手下的船长约西亚·哈伯德（Josias Hubart/ Hubbard）之姓命名。
⑥ 福克斯（Luke Fox, 1586—1635），英国航海家、探险家。
⑦ "托马斯·罗伊爵士迎候"岛（Sir Thomas Roe's Welcome），以资助福克斯远行探险的英国外交家托马斯·罗伊爵士（1581—1644）之名姓命名。
⑧ 指加利福尼亚半岛。
⑨ 塔滨岬角（the Promontory of Tabin），位于欧亚大陆东北处的一个隐秘岬角。
⑩ 阿尼安海峡（the Strait of Anian），传说中的一条通道，是"西北航道"的最后一段，可能位于白令海峡附近。
⑪ 行在（Quinsay），即现在的中国杭州。
⑫ 汗八里（Cambalu），即现在的中国北京。
⑬ 原文为Cathay，中世纪欧洲国家对中国的称谓之一。
⑭ 原文为Xuntain。
⑮ 里格（league），旧时长度单位，约为3英里、5公里或3海里。

约翰[1]是在亚洲还是在非洲,威尼斯人马可·波罗认为他在亚洲,但根据最通行的看法,他乃阿比西尼亚的皇帝,而阿比西尼亚古时是埃塞俄比亚,现今则是努比亚,位于非洲赤道以南。然后我要看看,几内亚[2]是个岛屿还是大陆的一部分,那位"饥饿的西班牙人"对未知的南方大陆或墨瓦蜡泥加[3]的发现,是否和墨丘利·不列颠[4]的地理发现,亦即他对乌托邦,或对路西尼亚的发现一样真实可信。而的确也有可能会是这样的,因为毫无疑问,那块大陆从南回归线一直延伸到了南极圈,况且还位于温带,如此一来难以避免的就是,那里早晚会产生一些繁荣兴盛的王国留待后世发现,就像美洲之于西班牙人那样。在探索麦哲伦海峡、寻找一条通往太平洋的更便捷的航道方面,斯考滕和勒梅尔[5]功劳显著,我想我们当代的一些阿尔戈英雄们是应该继续去完成那未竟的事业的。接下来,当我经过马达加斯加的时候,我便要去看看那能够载着人、马或大象飞行的名为"大鹏"[6]的巨鸟,以及亚德里科米乌斯[7]所描写的阿拉伯凤凰;看看埃及的鹈鹕、亚洲的那些西徐亚[8]的狮身鹰首兽:然后在非洲考察尼罗河的源头,看看希罗多德、塞内加、普林尼或斯特拉博[9]给出的关于尼罗河年年泛滥的原因是否准确,皮加费塔[10]曾客观合理地谈论过此题,他也有可能谈的是尼日尔河与塞内加尔河[11],此外我还要

---

[1] 祭司王约翰(Presbyter John/ Prester John),传说中的一位信奉基督教的中世纪国王兼祭司,曾统治过远东和埃塞俄比亚。
[2] 几内亚(Guinea),指新几内亚岛。
[3] 墨瓦蜡泥加(Magellanica),葡萄牙航海家麦哲伦到访过的巴塔哥尼亚地区(Patagonia),该地区位于南美洲东南部,北起科罗拉多河,南迄麦哲伦海峡,西起安迪斯山脉,东临大西洋。
[4] 参见第7页注释2。
[5] 指荷兰航海家威廉·斯考滕(Willem Schouten,活跃于1590—1619)和雅各布·勒梅尔(Jacob Le Maire,1585—1616)。
[6] 大鹏(Rucke,即roc或rukh),阿拉伯神话传说中体型庞大的猛禽。
[7] 亚德里科米乌斯(Adricomius,即Christian Adrichomius,1533—1585),荷兰天主教牧师、神学作家。
[8] 西徐亚(Scythia),古代欧洲东南部以黑海北岸为中心的一个地区。
[9] 斯特拉博(Strabo,63B.C.—23A.D.),古希腊地理学家和历史学家,著有《地理学》(17卷)《历史概览》(47卷,已散失),对区域地理和希腊文化传统的研究有突出贡献。
[10] 皮加费塔(Antonio Pigafetta,1491?—1531?),意大利学者、探险家。
[11] 尼日尔河(Niger)与塞内加尔河(Senegal)均为非洲西部河流。

232　忧郁的解剖

仔细查看卡丹、斯卡利杰以及其他人给出的原因。这究竟是因了地中海季风的吹拂呢，还是因了赤道下方那些高山上积雪的融化（毕竟约旦每年都会在黎巴嫩山[①]积雪融化之时河水泛滥），抑或是因了持续不断的天降暴雨？对于热带的居民来说，当太阳移至正上方的时候，此类暴雨是极其频繁的，能使塞内加尔河、马拉尼翁河[②]、奥里诺科河[③]以及其他位于热带的大河爆发滔天的洪水，而这些河流在固定的时节都有着相同的澎湃狂怒。当然，通过有效的管理和施政，这样的地方今后无疑也会像交趾支那[④]乃至埃及那样人口稠密，土地皆精耕细作，丰收丰产。然后我要观察海水的各类运动，探究引发这些运动的原因，看看究竟是由月亮引发的（如俗众所认为的那样），还是由地球的运动引发的——对于此说，伽利略[⑤]在其关于世界体系的那部著作中的第四则对话里，曾热切地论证过，并凿凿有据地证明过；此外，也有人认为这是由风引发的。这海水之运动，为何在平静的南方大洋，也就是太平洋中很少见到，但在我们不列颠诸海中却无比汹涌，在地中海和红海中也是那样地猛烈、无常、多变？为何大西洋的洋流始终在有的地方是自北方而来，但在有的地方却是朝北方而去，为何洋流来得比去得更快？而正是因此，诚如斯卡利杰所论，在印度洋中从莫阿巴[⑥]航行至马达加斯加，商人仅需三周即可抵达，然沿原路返回却少有不超三个月的，哪怕刮的都是相同或相似的风，毕竟那从不停歇的洋流总是由东向西。然后，我要看看阿索斯

---

① 黎巴嫩山（Mount Lebanon），位于叙利亚北部。
② 马拉尼翁河（Maranon），秘鲁河流，是亚马孙河的主要源头。
③ 奥里诺科河（Orinoco），南美洲北部河流，南美洲第三大水系。
④ 交趾支那（Cochinchina），越南南部一地区的旧称。
⑤ 伽利略（Galileo，1564—1642），意大利数学家、天文学家和物理学家，现代力学和实验物理学创始人，最早用自制望远镜观察天体，证明地球绕太阳旋转，否定地心说，遭罗马教廷宗教法庭审判。
⑥ 莫阿巴（Moabar），即印度东南部科罗曼德尔海岸（Coromandel Coast）。

山[1]、皮利翁山[2]、奥林匹斯山[3]、奥萨山[4]、高加索山[5]、阿特拉斯山[6]是否如普林尼、索利努斯[7]和梅拉[8]所写的那样高耸入云、直接霄汉,山上既无柔风吹拂也无大风呼啸,空气是如此稀薄,以至登山之人经常会突然死去。据狄凯尔库斯[9]的测量,山的高度达1250步,然亦有垂直高度为78里[10]的说法,如雅各布·马佐尼[11]在评注亚里士多德提到的高加索山上的那处地方时所声称的,也如耶稣会士布兰卡尼[12]据克拉维斯[13]与努内斯[14]在《论黄昏》中的相关论证所主张的;而依照最通行的观点,那高度则是32斯塔德[15],或者也可以是4英里,因为没有哪座山的垂直高度会超过4英里,并且这也与海的最大深度相等,据斯卡利杰的说法,海的最大深度为1580步,而另有些人则认为是100步。然后我要看看美洲的内部地区,想知道那里是否有马诺亚或埃尔多拉多[16]那样的大城市坐落在那黄金帝国之中,据说那里的公路就跟西班牙马德里与巴利亚多利德[17]之间的公路一样总是车水马龙;我还要看看,那里是否有他所记载的亚马孙人[18],或居住在奇卡的巴塔哥巨人[19];同时也要看看巴西北

---

[1] 阿索斯山(Athos),希腊东北部山脉。
[2] 皮利翁山(Pelion),希腊一座树木茂盛的山峰,在希腊神话中为半人半马怪物的居住地。
[3] 奥林匹斯山(Olympus),希腊东北部山峰,该国最高峰,希腊神话中为诸神居住之所。
[4] 奥萨山(Ossa),希腊东北部山峰。
[5] 高加索山(Caucasus),欧洲东南部山脉。
[6] 阿特拉斯山(Atlas),非洲西北部山脉。
[7] 索利努斯(Gaius Julius Solinus),活跃于公元3世纪早期的地理学家。
[8] 梅拉(Pomponius Mela,?—45A. D.),古罗马地理学家。
[9] 狄凯尔库斯(Dicaearchus),约公元前4世纪亚里士多德学派哲学家、史学家、地理学家。
[10] 这里可能指"意大利里"(Italian mile)。
[11] 雅各布·马佐尼(Jacobus Mazonius,即 Jacopo Mazzoni,1548—1598),意大利学者。
[12] 布兰卡尼(Blancanus,即 Giuseppe Biancani,1566—1624),意大利天文学家、数学家。
[13] 克拉维斯(Christopher Clavius,1538—1612),德国天文学家、数学家。
[14] 努内斯(Nonius,即 Pedro Nunes,1502—1578),葡萄牙数学家、宇宙志学家。
[15] 斯塔德(stadium),古希腊长度单位,约为607至738英尺。
[16] 马诺亚(Manoa),传说中的失落的黄金城,在文艺复兴时期文献中经常被视为埃尔多拉多(Eldorado),即早期西班牙探险家想象中的位于南美洲的那座黄金城。
[17] 巴利亚多利德(Valladolid),西班牙西北部城市,16世纪为西班牙宫廷所在地。
[18] 亚马孙人(Amazon),南美洲传说中由妇女战士组成的一个部落。
[19] 巴塔哥巨人(Patagon),传说中居住在南美洲奇卡(Chica)亦即后来的巴塔哥尼亚(Patagonia)的巨人部族。

部的那座神奇的伊比亚帕巴山[1]，据说其山顶形成了一处无比宜人的台地，或秘鲁的那座海拔极高的帕里亚卡卡山[2]。我想知道，泰德峰[3]到底有多高？是70里呢，还是如帕特里奇所认为的，是52里，或者如斯涅尔[4]在其《埃拉托色尼》一书中所论证的，是9里。我还要看看位于卡尔尼奥拉的那座奇怪的赛克尼卡湖[5]，据说其湖水能从地下快速地喷涌而出，速度之快都能追上策马飞奔的骑手了，但过不了多久，那湖水又会以同样惊人的速度消退散尽，拉泽斯[6]和威尔勒将此作为了阿尔戈英雄曾在地下航行的论据。此外，也要去看看位于莫斯科大公国的那个名叫阿斯蒙伦[7]的巨穴或巨洞，去到那里就是为了参观其可怖的深渊，说是如有任何东西不小心掉落了下去，便会传出巨大的轰鸣声，就连雷电、火炮或军事武器也无法发出这样的声音；而另一个这样的洞穴，则是位于拉普兰[8]的吉尔伯特之洞，当然类似的洞穴还有许多。然后，我要探查里海[9]，看看它在吸收了伏尔加河[10]、查可萨提河[11]、奥克苏斯河[12]等等大河之后，是在哪里又是怎样让自己卸下重负的；是在鄂毕河[13]

---

[1] 伊比亚帕巴山（Ybouyapad，即 Serra de Ibiapaba），位于巴西西阿拉州（Ceara）与皮奥伊州（Piaui）分界线上。
[2] 帕里亚卡卡山（Pariacaca），位于秘鲁安第斯山脉。
[3] 泰德峰（Tenerife，即 Mount Teide 或 Pico del Teide），西班牙加那利群岛一火山峰。
[4] 斯涅尔（Willebrord Snellius，1580—1626），荷兰天文学家、数学家、物理学家。著有《巴达维亚的埃拉托色尼》(Eratosthenes Batavus)，书中描述了他测量地球周长的方法。另，巴达维亚（Batavia）是荷兰的古称；埃拉托色尼（Eratosthenes，275B. C.—194B. C.）是古希腊天文学家、数学家和诗人，他首次测量出地球周长和黄赤交角，并编制了一本星表。
[5] 赛克尼卡湖（Cirknickzerksey，即 Lake Cerknica），位于斯洛文尼亚北部地区卡尔尼奥拉（Carniola）的一座季节性湖。
[6] 拉泽斯（Wolfgang Lazius，1514—1565），奥地利人文学者、地图绘制家、历史学家、医师。
[7] 阿斯蒙伦（Esmellen），此词是瑞典语"巨响"一词的英文变体。
[8] 拉普兰（Lapland），指拉普人居住的北欧地区，包括挪威、瑞典、芬兰等国的北部和俄罗斯的科拉半岛。
[9] 里海（Caspian Sea），位于欧亚之间的咸水湖，是世界上最大的内海。
[10] 伏尔加河（Volga），位于俄罗斯西部，欧洲最长河流。
[11] 查可萨提河（Jaxartes），亦译药杀河，中亚最长河流锡尔河（Syr Darya）的古称。
[12] 奥克苏斯河（Oxus），中亚河流阿姆河（Amu Darya）的古称。
[13] 鄂毕河（Ob），俄罗斯中北部河流。

河口,还是在哪里?我也要看看那座墨西哥的湖泊[1]、秘鲁的的的喀喀湖[2],或塔拉帕亚谷中的那个圆形水潭[3]有着怎样的出水口。据阿科斯塔[4]的说法,那水潭虽在一寒冷的国度里,但却是热腾腾的,潭内温热的涌泉使潭中心20英尺见方的潭水都热得沸腾了起来,此潭除靠蒸发外就别无其他的出水途径了。此外,巴勒斯坦的死海、意大利佩鲁西亚的特拉西梅诺湖[5],乃至地中海本身,又有着怎样的出水口呢?毕竟经由直布罗陀海峡[6],从大洋那边有一股永久的洋流流入黎凡特,与此相类,经由色雷斯的博斯普鲁斯海峡[7],则有从友海亦即黑海[8]涌入的水流,并且还有尼罗河、波河[9]、罗纳河[10]等等大河的汇入,那么这许多的水究竟是怎样被消耗掉的呢?是借助了太阳的炙烤,还是什么别的方式?然后,我要跟随图拉真去找出多瑙河[11]、恒河、奥克苏斯河的源头,看看埃及金字塔、图拉真之桥、西比尔[12]洞窟、卢卡拉斯[13]鱼塘、尼达洛斯神庙[14]等等。并且,如果我可以做到的话,我还要去探查燕子、鹳、鹤、布谷鸟、夜莺、红尾鸲和许多其他种类的鸣禽,以及水鸟、鹰隼等等在迁徙走后到底变成了什么样子,毕竟有的只能在夏天见到,有的则只能在冬

---

[1] 指特斯科科湖(Lake Texcoco),历史上存在于墨西哥中部墨西哥谷中的内流湖。
[2] 的的喀喀湖(Lake Titicaca),世界上海拔最高的大型湖泊,位于秘鲁和玻利维亚边境的安第斯山脉。
[3] 指玻利维亚的塔拉帕亚湖(Lake Tarapaya)。
[4] 阿科斯塔(José de Acosta,1539—1600),西班牙耶稣会传教士、博物学家,曾在秘鲁传教。
[5] 特拉西梅诺湖(Trasimene),又称佩鲁贾湖(Perugia),意大利中部湖泊。佩鲁西亚(Perusia)是意大利中部城市佩鲁贾的古称。
[6] 直布罗陀海峡(Gibraltar),位于欧洲伊比利亚半岛南端和非洲西北部之间,连接地中海和大西洋。
[7] 博斯普鲁斯海峡(Bosphorus),位于亚洲小亚细亚半岛和欧洲巴尔干半岛之间,将土耳其亚洲部分和欧洲部分分隔开,连接黑海与马尔马拉海。
[8] 友海(Euxine Sea)即是黑海(Black Sea),乃欧洲东南部与亚洲之间的内陆海。
[9] 波河(Po),意大利北部河流,为该国最长河流。
[10] 罗纳河(Rhone),西欧河流,源出瑞士南部,流经法国东南部,注入地中海。
[11] 多瑙河的发现者是提比略而非图拉真。
[12] 西比尔(Sibyl)指古罗马传说中库迈城(Cumae)的著名女预言家。
[13] 卢卡拉斯(110? B.C.—56B.C.),罗马大将,以宅第、宴饮奢华著称。据普鲁塔克记载,卢卡拉斯曾在其豪宅中修建大型人工水景,内含养鱼的溪流。
[14] 指尼达洛斯大教堂。尼达洛斯(Nidaros)为挪威中部港市特隆赫姆(Trondheim)的旧称。

天见到，而有的又只能在下雪的日子见到，其他时候都是无法得见的，它们各有各的活跃季候。据赫伯斯坦①的说法，在冬天的莫斯科大公国，是一只鸟也找不见的，但春天一到，树林和树篱里瞬间就会布满了鸟儿。为何会如此呢？难道它们是在冬日里休眠了，就像格斯纳书中的阿尔卑斯山鼠②那样？还是如奥劳斯③所确证的，它们其实是躲藏了起来，屏住呼吸藏在了湖底与河底？波兰和斯堪的纳维亚的渔民就经常发现这样躲藏着的鸟儿，它们两两相拥，嘴对着嘴，翅膀对着翅膀，当春天来临时，它们就会复苏，而把它们放入暖炉或带至炉边，它们也会复苏。或者，它们是追随太阳而去了，就像殉道者彼得④据他自己的了解所明确证实的那样——在他作为大使常驻埃及的时候，他便看到12月和1月间在亚历山大城附近有燕子、西班牙莺⑤以及许多其他来自欧洲的鸟儿在十分逍遥悠然地飞翔，并且数量还极多，而在这个时节那里仍是繁花盛开、树木苍翠。又或者，就像大多数人所认为的，它们是藏在了洞穴、岩隙和空心树里，也可能如卡鲁先生⑥所称的，是藏在了深深的锡矿中或海崖之上。而我个人对这些鸟儿的最终看法，要而言之，就跟芒斯特对鹤与鹳的最终看法一样：它们从何处来，又往何处去，我们仍不清楚。我们只是看到它们出现在了这里，有的是在夏天，有的则是在冬天；而它们的飞来与飞离定然都是在夜间进行的；据他说，鹳会在一个特定的日子相聚于亚洲的平原上，而最后抵达的那只将被撕成碎片，因此它们便会从我们这里飞走。然后，我要去看许许多多奇怪的地方，如地峡、海渠、半岛、海湾、海港、海角、海峡、湖泊、温泉、岩丘、山岭、农地和原

---

① 赫伯斯坦（Sigismund von Herberstein, 1486—1566），奥地利外交家、游记作家，著有《莫斯科记事》。
② 指阿尔卑斯山土拨鼠。
③ 奥劳斯（Olaus Magnus, 1490—1557），瑞典作家、地图绘制家、教士，著有《北欧民族史》。
④ 殉道者彼得（Peter Martyr d'Anghiera, 1457—1526），意大利历史学家、游记作家。
⑤ 即红莺。
⑥ 卡鲁（Carew, 1595—1640），英国骑士派诗人，得宠于国王查理一世，写有假面剧《不列颠的天空》、长诗《狂喜》、爱情诗《诗集》等。

野，那些地方有城市被摧毁或吞没，有战争在爆发，有各种生物、海怪，如鮰鱼之类的，以及矿物、植物可以得见。在这样的一场探险中，植形动物是值得一看的，这之中就有赫伯斯坦写到的鞑靼植物羊、赫克托·波伊修斯[1]写到的奥克尼群岛[2]上可以产白颊黑雁的树，对此卡丹亦表赞同，此外还有瓦托曼努斯[3]写到的那种神奇的棕榈树。而在伊斯帕尼奥拉岛[4]，则有一种飞蝇，说是会在夜里发光，就像火炬一样，而人们借此光亮在夜里写字也是看得见的。然后我要看看古巴的那些球形石头，那是大自然所造的，以及形似鸟、兽、鱼、王冠、佩剑、锯子、壶罐之类的那些石头，它们通常是在萨克森州曼斯菲尔德[5]附近的金属矿中被发现，而在波兰的诺科沃村和帕卢基村[6]附近亦曾被发现过，正如芒斯特等人所记载的那样。这世界上的每一处地方都有着许多稀有罕见的生物和新奇之物可供探寻，在这之中，我想要探寻清楚是否真有那样一族群的人，就像利奥·苏阿维乌斯[7]在其对帕拉切尔苏斯著作的评注中所提及的，以及伽圭依努斯[8]在其关于莫斯科大公国的描写中所记载的那样，生活在俄罗斯的卢科莫里亚省[9]，每年自11月27日始，整个冬天他们都会像青蛙和燕子一样死死沉睡，仿佛是被冻麻木了一般，而到了来年春天，大约在4月24日的时候，他们又会苏醒过来，继续忙他们的事务。然后，我想检验亚历山大·皮科罗密纽论断的真伪，看看陆地的表面是否大过海洋的表面，或者检验阿基米德的论断的真伪，看看所有水面是否

---

[1] 赫克托·波伊修斯（Hector Boethius），约15至16世纪苏格兰历史学家，著有《苏格兰史》。
[2] 奥克尼群岛（Orcades，即Orkney），苏格兰北部沿岸群岛。
[3] 路德维克·瓦托曼努斯（Lod. Vertomannus，即Barthema或Varthema，1470—1517），意大利旅行家、作家。
[4] 伊斯帕尼奥拉岛（Hispaniola），加勒比地区第二大岛。
[5] 曼斯菲尔德（Mansfeld Land）位于德国萨克森-安哈尔特州（Saxony-Anhalt）西南部。
[6] 原文为Nokow和Pallukie，即Nochowo和Paluki。
[7] 利奥·苏阿维乌斯（Leo Suavius），约16世纪法国医师，帕拉切尔苏斯的追随者。
[8] 伽圭依努斯（Alexander Gaguinus，即Alessandro Gaguini），约16至17世纪意大利维罗纳历史学家、旅行家。
[9] 卢科莫里亚省（Lukomorye），当时一些地图上标注的位于莫斯科大公国或西伯利亚的一处神秘之地。

都是平的。我要探寻深海，看看在那里繁衍生息着的各种海怪和鱼类，以及女人鱼、男人鱼、海中马等等。或者，看看受到乔尔丹诺·布鲁诺嘲笑的那个观点是否是真的，即倘若不是上帝阻止，大海就会因了其地势之高而将陆地淹没。耶稣会士约瑟夫斯·布兰卡努斯[①]在其对亚里士多德的那些基于数学规律的自然位置的阐释中，表达了对此的愚蠢担心，并在一整卷专著中用许多证据来论证大海迟早会将陆地侵占得丝毫不剩，这整个地球都将被水覆盖。我的朋友，读到这里你难道能忍住不笑？大海如果侵占了一块陆地，必然会有另一块新的陆地露出来。我想他还不如去担心大海迟早会被陆地填满，毕竟有树木在生长，尸体在堆积，而那吞噬一切的大火所带来的沙与尘很快就会将汪洋大海覆盖吸干的。然后我想探究那座地上天堂[②]的真正位置，以及俄斐[③]，也就是所罗门取得其黄金的地方，到底是何处。是有些人认为的秘鲁，还是多米尼克·奈吉尔[④]、阿里亚斯·蒙塔诺[⑤]、格罗庇乌斯[⑥]等人所认为的黄金半岛[⑦]。然后，我要批判普林尼、索利努斯、斯特拉博、约翰·曼德维尔爵士[⑧]、奥劳斯·马格努斯、马可·波罗的一切谎言，纠正航海知识中的那些错误，重制宇宙图，如有可能的话，还要校正经度。当然不是像有些人设想的那样，使用罗盘来校正，如马可·里得雷在其谈论磁体的论著中提出的那种设想。因为正如卡贝奥所确切论定的，我们是无望于此的了，可我仍然想要寻得某种更好的方法以找出准确的经度……但是啊，我那忧郁之猎犬所追逐的目标，亦即我的猎物，已腾空跃起，我得立即俯冲下去追逐它了。

---

① 即布兰卡尼。
② 即伊甸园。
③ 俄斐（Ophir），以盛产黄金和宝石闻名的地区，很可能位于阿拉伯半岛西南部沿岸、濒临红海，见《列王纪上》。
④ 多米尼克·奈吉尔（Dominicus Niger），约15至16世纪意大利威尼斯地理学家。
⑤ 阿里亚斯·蒙塔诺（Airas Montanus，1527—1598），西班牙本笃会修士、东方学者，《安特卫普多语种圣经》编者。
⑥ 格罗庇乌斯（Johannes Goropius Becanus，1519—1572），荷兰医师、语言学家、人文学者。
⑦ 黄金半岛（Aurea Chersonesus），马来半岛的旧称。
⑧ 约翰·曼德维尔爵士（Sir John Mandeville），14世纪英国作家。著有《约翰·曼德维尔爵士航海及旅行记》，内容多取材于百科全书及他人的游记。关于他的种种传说，无从确证。

贾森·普拉腾瑟斯在其关于脑部疾病的专著中（谈忧郁一章）借盖仑之口说道——就让他们前来向我请教该吃些什么，喝些什么吧。除此之外，我还要教他们周遭的空气应选哪类，该吹哪种风，住哪个国家，或又该避开哪些。而据他这话，我们实可推知，在治疗忧郁这件事上，于种种疗法中，改善空气亦是实有必要的。空气的改善可通过调节改换天然或人造的空气来实现。所谓天然的空气是指我们能加以选择或避开的那类，有的是各国、各省所共有的，有的则依城市、镇子、村庄或住家之不同而各具特色。气温过冷或过热对忧郁症有何种害处，我先前早已讲过，故气温的介质需得优良，其中的空气要柔和，澄澈，平静，丝毫不含沼气、雾障等腐朽之气，或那些带有传染病的、散发着恶臭的浊气。地理学家都称赞埃及人是个欢乐、聪慧、快活的民族，究其因，我只能说是埃及那平静的空气使然。另据赫克托·波伊修斯与卡丹所述，生活在奥克尼群岛[①]上的人们之所以面色红润，健康长寿，从不患任何身心疾病，靠的也全是海上吹来的一股强有力的清新之气。而希腊的皮奥夏人显得迟钝，呆滞，臃肿，则是因其居于沼气弥漫之地；

  生长在了污浊的皮奥夏的空气之中。[②]

  但阿提卡的雅典人就截然相反了，他们竟是如此地敏锐，活泼，文雅。不过，气候对风俗、习惯和思想的影响（亚里士多德早已对此有过详尽的论析）远不及它对人的体质甚至气性本身的影响。根据对各省的观察，这一点可以得到验证。地区之间空气不同，居民也各异，有愚钝、呆滞、聪慧、敏捷、灵巧、利索、笨拙、虚弱和强健之别。在法国的佩里戈尔，空气轻薄，洁净，几无传染疾病，因此尽管当地山多，地贫，人们也照样健康，灵敏，

---

① 奥克尼群岛（Orcades），位于苏格兰北方，由七十多个大小岛屿组成的岛群。
② 语出贺拉斯。

并且精力充沛。然而，在法国吉耶纳的一些地方，人们却因了遍布其中的沼泽和湿地，而变得呆钝，滞重，容易频频生恙。试问，谁不见英国的萨里郡、苏塞克斯郡、罗姆尼湿地、林肯郡丘陵以及费恩湿地之间差异甚大？故而那些挂心身体之康健者，如若财力许可的话，最好还是经常地变换住处，择空气温润、怡人且舒适之地而居。因为就治疗忧郁症而言，没什么能比改换空气更有效的了，再说上下走动通常也于健康有益，比如鞑靼人即属游牧一族，可随时间、土地或季节之变化而随处迁居。此外，波斯的国王还有夏宫和冬宫，他们冬住萨迪斯①，夏居苏萨②城，在波斯波利斯③待上一阵子后，又迁至帕萨尔加德④。据色诺芬所言，居鲁士为避严寒，也是先在巴比伦住七个月，又到苏萨住三个月，最后还去爱克巴坦那⑤住两个月，如此便可永享"四季如春"。土耳其的苏丹亦与之相仿——时而在君士坦丁堡小住，时而又暂居阿德里安堡等地。至于西班牙的国王，他们则有埃斯科里亚尔⑥可避夏暑，马德里可供养生，巴利阿多里德⑦可供游玩……与那世间的君主显贵一样，其游憩之所自是数不胜数，且他们还会频频巡游以前往各处。据传，罗马大将卢卡拉斯在罗马、贝亚⑧等地皆有宅院。某夏，庞培、西塞罗（据普鲁塔克所述）与诸多名流贵客前去拜访他。在晚宴上，庞培打趣道，你这庄园修得典雅气派，赏心悦目，窗多，门廊也多，各房舍亦无不按避暑别墅之功用营造，然依本人之见，此地一到冬天可就住不得了。听闻此言，卢卡拉斯却回道，这宅子的主人有鹭的智慧，也会随季节迁徙，故在别处也搭建、装潢了多栋宅院，每栋都似眼下这般宽敞。同样地，塔利有他的图斯库

---

① 萨迪斯（Sardis），古吕底亚王国首都。
② 苏萨（Susa），古代埃兰王国和波斯帝国首都。
③ 波斯波利斯（Persepolis），古波斯帝国都城之一。
④ 帕萨尔加德（Pasargada），古波斯帝国城市，位于波斯波利斯东北部。
⑤ 爱克巴坦那（Ecbatana），古国米堤亚首都。
⑥ 埃斯科里亚尔（Escorial），西班牙首都马德里附近的一处大理石建筑群，包括宫殿、教堂、修道院、陵墓等，建于16世纪。
⑦ 巴利阿多里德（Valladolid），西班牙北部城市。
⑧ 贝亚（Baiae），罗马帝国一处奢华、时尚的胜地。

卢姆[1]庄园，普林尼有他的罗瑞坦庄园。而我们这时代，凡稍带点儿时尚气的绅士，也都是有的。至于从前，比如说埃克塞特主教好了，他散落在各地的宅子竟有14栋之多。另外，在意大利，人们虽冬天住城里——这也更显其绅士派头，但夏天一到，还是纷纷跑到自家乡间别墅里消夏去了。而我们英国的贵族呢，他们则是大多居于乡间，其住处（除少数几座城堡外）也仍循旧例，要么坐落在低洼之地（据约维斯），要么就建在树林附近——那郁郁葱葱的树木亭亭如盖覆于其上。故而若欲辨识某宅，只消认得其地或周边的一丛树即可。这傍林建宅之法，实是为了避开那泛滥于岛上的狂风和冬季凛冽的寒风。有人认为四周有壕沟的房屋是不利于身心之康健的（如卡姆登即如此评说艾维尔米村，称该村人迹罕至，乃其周遭死水所生之潮气所致），并且，但凡靠近江河湖泊的地方也均难获其赞许。然依我之见，此处所谓种种不利，仅以大火烟熏之法便可得到消减或改善了，正如有人对威尼斯的报道，当地即以团团浓烟使那水泽之臭气迷雾消散至无害——不止如此，另据名医托马斯·菲洛·拉文纳斯所言，威尼斯人还通常要比欧洲其他城市的人更加长寿，许多竟可活到120岁。不过，也并非单单是水在为害，那类常见于洪水泛滥之地的淤泥和恶臭恐会更甚于此——只是待到洪水过后，也仅能存留短短数季，并且一遇夏天就会被那清新爽朗之空气、气候给抵消了，而春季的到来又将赐予土地绚丽多彩的春色，以及许多其他的甜头和益处。此外，合理选址也会对此起到改善的作用——要么离水远一点，如林德利村、奥顿山村、德雷顿村，要么就距水面高一点（虽临水也无妨了），如考卡特村，如阿明顿村、珀斯沃斯村、威丁顿村（若再举几例，我知道的还有沃里克郡安克尔河上的史沃斯顿村以及特伦特河上的德雷克斯利村）。以上的这些地方，虽在冬天或别的什么时候，是极其不宜于居住的，但不管怎样，在夏天却都是可以派上大用场的。而若是有人因家财不丰，无法随了气候去变

---

[1] 图斯库卢姆（Tusculanum），意大利拉丁姆古城。

换住处，只能择一地而居，但又仍想让房子四季皆宜的话，那么据我所知，在这方面唯有农学家的建议最可参考了。比如大加图和科鲁梅拉就建议道，好的房屋应位于通航的河道、畅达的公路边上，要靠近城市，且土地也得肥沃，不过这于我看来似乎更利于经商而非养生了。

往往最优之土壤生最劣之空气，干燥的砂石地反倒最适合造屋建房，此外高低不平、丘陵多多之地（如科茨沃尔德①乡）亦是如此，因为这种地方最便于开展放鹰、狩猎、跋山、涉水等各种休闲活动。法国的佩里戈尔虽贫瘠，但却因其地空气清新，便于游玩，贵族便多居于此；德国的纽伦堡、西班牙的托莱多也都是这样。再来看看我国乡下人塔瑟②的说法。据其所言，田地是用来耕种获利的，林地则是用来消遣健身的；前者多为厚厚的湿软黏土，故冬有恶臭，若周遭道路破烂，也易受其影响；后者则不过是干砂石，优势自现。又因林地所缺供给还可从他处获得，所以我国林中村镇往往比田地上的还要大，并且更为人多，热闹，贵族也多愿住在这种地方。沃里克郡的萨顿·科尔德菲尔德（我曾上过这儿的文法学校）就足证此说非虚。据卡姆登所述，它虽位置不佳，坐落于不毛之地，但却有优良之空气，各种消闲娱乐也一应俱全。而伯克郡的瓦德利虽位于山谷之中，且那谷中土壤较之其他山谷不够肥沃，但也仍是极于宜居的——其地舒适健康，空气怡人，真是个美好富丽的所在。同样，尽管莱斯特郡的舍格瑞夫（我势必会谈及此村③）处在丘陵边的平地上，与周围村落相比土地最是贫瘠，不过那儿的空气却又为别处所不及。那在诺丁汉郡修建华美的沃莱顿府的人，选取了这块处处荒芜的砂石地，在我也可说是明智之举。康斯坦丁对山岭之地、丘多坡陡之地的评价就要高于濒海之地，而位于大河之上又朝北的地方，亦受到了他的称许，如德比郡中位于特伦特河上的法马克村即为一例，那里四面环山，唯有

---

① 科茨沃尔德（Cotswold），英国西南部的丘陵地带。
② 塔瑟（Tusser），约16世纪英国诗人、农人。
③ 伯顿自注：因蒙恩主伯克利勋爵大人之赏赐，我正在此任教区长一职。

北面可通，颇似康沃尔郡的艾吉蒙德山（深得卡鲁先生之心，被他视作了绝佳住处）。此外，波西米亚所处的地方大致上也与此相似，实可赞之。——谁让北风具有净化之效呢。至于靠湖临泽、形如穴坑、荒凉僻远的地方，或朝南朝西之处，则遭到康斯坦丁的彻底的反对，因为这些地方所生的风往往肮脏不洁，腐臭阵阵，是会致人体弱多病的。据其所言，最利于健康的房屋应坐落在高处，把那美景尽收，如新近建于牛津郡的库德斯登大宅（我应提及此地以表敬意[①]）即属此类，其地空气清爽，景色迷人，土地肥沃，既能有所收成，也可供人游玩，乃一世间难寻之福地。对于此题，皮特罗·克瑞森修[②]着墨颇多，曾大谈房屋选址应以健康为要，应位于优良的地带，应有优质的空气、风，等等。而瓦罗则是不容有江河湖泊、沼泽粪溉之地，因为这些地方会滋生腐坏之气，招致难以医治的恶病。他进而还建议道，若此状无法得到改善，那就卖掉房子和土地吧，这总比把健康丢掉要好。正如加图所言，选址、建房时对此置若罔闻的人实与疯子无异。另据科鲁梅拉，此类人的居所真可说是如临地狱了——他的看法，一言以蔽之，即是选址应以位于山腰斜坡处为佳。巴普提斯塔·珀塔，曾对瓦罗、加图、科鲁梅拉等古代农学家的说法做过品评，众说法中为其赞同者颇多，然亦有遭其驳斥者，除此而外，他还力陈己见，称房屋必得南面而立——我虽不知将此法移用于意大利和气候较热之地是否有效，但在我们北方国家确属上佳之策。法国人斯蒂芬努，亦附和此说，并进而论道，山之斜坡最好呈南向或东南向，林木靠北，如此便益于浇灌——据赫巴斯坦[③]之教诲，若建屋选址，此点实不可忽略。医师尤里亚·西泽·克劳迪，曾向某位身患忧郁症的波兰贵族建议道，应择偏东之屋而居，空气务必要洁净，清新。而就此问题，蒙塔努亦向

[①] 伯顿自注：此宅是由他昔日在牛津基督堂的导师、神学博士约翰·班克罗夫特（John Bancroft）所建。
[②] 皮特罗·克瑞森修（P. Crescentius），13至14世纪意大利农学家。
[③] 赫巴斯坦（Herbastein），约16世纪奥地利外交家、史学家。

其病人蒙特福特伯爵给出了叮嘱——应住舒适宜人之房屋，并配以良好之空气。不过，倘若城镇乡村之原址难以迁移，我们也可通过人工的方法来予以改善。比如，在气候炎热的国家，人们通常会把城中街道修得非常狭小，如西班牙、非洲、意大利、希腊等。而法国的许多城市也皆是如此，其中又以朗格多克、普罗旺斯之类的南方城市为最；话说蒙彼利埃（医学院与医师之城）所以修建得屋高，路窄，即是为了遮挡那灼人的日光。塔西佗就曾赞曰，此法对于该城中人之健康极其有益，因为房屋之高与街道之窄，皆利于趋光蔽日。还有的城市呢，如大马士革、博洛尼亚、帕多瓦、瑞士之伯尔尼以及我国的威切斯特等，它们则是用走廊或拱顶回廊来与街道相连，如此一来，就不仅能避烈日了，且还能躲避风暴。在这些闷热的国度里，人们为求通风往往会把城市建在高山上。当然，也有建于海滨者，如巴亚、那不勒斯诸城。不过，我们北方地区的做法却与上述各地都截然不同。我们所推崇的是一种笔直、宽阔、开敞、大气的街道，因为唯如此才与我们的气候最相宜适切。我们为求避寒取暖往往会以低洼之地为城址。故坐落在爱琴海莱斯博斯岛的米蒂利尼城，其位置尽管饱受维特鲁威之指摘——虽高堂广厦，鳞次栉比，但于择址一事上却不甚明智，该城向南而建，若有南风起，则凡于城中者皆将病倒——然若以我们的北方气候而论，其址实乃绝佳的所在。

  关于如何人为地择地换址，我已谈得够多了。如果所居之处的空气实难得到改善，我们也可在别的方面做出努力，其效亦佳。比如从优选择厅室、房间，适时地开窗、闭窗以排掉外来的空气与风，或在方便的时候出去走走。德国的克雷托曾建议道，房屋应坐落在东面或南面（若如此，也就是在反对冷空气和北风，以及雨天和起雾之日了），远离腐浊之地、沼泽、泥潭和粪堆。但空气污浊的话，还是不要开窗、外出为妙。蒙塔努则建议其病人道，若遇大风、狂风（就我国而言，多见于三月份），或碰上了乌云密布、天色阴沉的时候（如我们通常所称的黑色十一月），或在暴风雨天，那就任外边狂风大作吧，断不可在这恶劣的天气中、狂风暴雨的季节里贸然推开窗户——尤不能对着南风把窗户敞开。而在我看来呢，最好还是把窗户安在北、东、南三面，唯独西面是至为糟糕的。列维努·莱蒙琉就非常看重空气，以及对风和窗的改善，他甚至认为仅此就足以让人生病或治愈，也足以改变人的身与心。那清新的空气能够振奋精神，活跃头脑；而滞重、黑沉、雾蒙蒙、狂暴猛烈的空气，却会带来瑟缩和崩溃。因此，我们要格外慎重地对待何时外出散步，如何安置窗、光源和屋宅，以及怎样引入或排出周边空气这类的问题。比如，埃及人为避开空气中的热气就把窗子做得跟烟囱一般，将其安在了屋顶上，依靠里面的两个通风道以去掉热气。在西班牙，人们则通常会在屋内设置两排不镶玻璃的大型实板对窗，并始终把靠近太阳的那排统统都关上。而土耳其与意大利（以流光溢彩的奢华宫殿自傲的威尼斯除外）也是如此，人们用纸窗替代实板取得了相似的效果，并且他们还能躺在自家平坦的屋顶上，安睡在如篷盖般的天穹下。另外，在意大利的某些地区，还有人靠风车把附近空穴中的凉气导来，驱走殿宇内各屋室中的热气，起到了沁人心脾的效果——维琴察绅士西萨瑞欧·特伦托在库斯托扎的宅子即采此法，而他处亦然。由此可见，世人发明了许多的方法，望能以人工之技艺补天然之不足。而倘若上述诸法皆无助益，那最佳之法便唯有人为地自制空气了。——欲使空气变得优良，有益，第一要著是给空气不断地加湿、加热，并辅以芬芳的香气使之尽可能地怡人，清爽；在那窗台上得始终放置些玫瑰、紫罗兰之类的香气扑鼻的鲜花，在手里也得常捧花束。据劳伦修的建议，我们可选用睡莲，并取一杯热水在屋内蒸发水汽，若能再加上橙花、香橼皮、迷迭香、丁香、月桂、玫瑰水、玫瑰醋、安息香、赖百当等等气味芬芳的香料，那就可调制出更为怡人的香气了。贝萨都斯·毕善提努斯[①]曾将杜松熏香推荐给了忧郁症患者，在牛津，这种熏香正被大量地用于室内以使空气香甜起来。而奎亚内瑞则提出用水来润泽空气，让我们不妨在水中煮上

---

① 贝萨都斯·毕善提努斯（Bessardus Bisantinus），埃及语法学家，生活于公元 4 世纪初。

藤蔓、柳叶之类的香草；给地面、柱子洒些玫瑰水、玫瑰醋——对此，阿维森纳亦大表认同。至于可悦忧郁者之眼目的颜色，则应数绿、红、黄、白这四种。除此而外，身染忧郁的人还应想方设法地使屋内有充足的亮光（白天靠窗子，晚上靠蜡烛），有洁净的房间，有可供冬日里取暖的炉火，以及带来欢声笑语的伙伴。因为虽说忧郁者性喜阴暗孤僻，然黑暗却往往会令其忧郁症日益严重。

尽管我们所常见的空气——自然的也好，人造的也罢——都堪称优良，但如我先前所言，继续对其加以改善亦无可非议。而就忧郁者来说，最佳的疗法当莫过于改变空气，常换环境了，如出门远游，去见识各种风习。里奥·阿费尔曾提到，其同乡中有许多人不用其他的药物，仅靠此法就获得了痊愈；而在那黑人生活的地方，空气之质竟是那般地优良，倘若有黑人在别处患了病，只消把他带回故土，便能立马康复（此常为其亲眼所见）。关于远游方面，利普休斯、舒英格[①]等人也补充了不少。利普休斯在致其即将远游的贵族朋友菲利普·兰诺伊斯的信中说道，某人如果在听了别人关于异国他乡、城镇河川的美好遐想后都无动于衷的话，那可真算得上是呆石块、钝木桩了。话说，哲人塞内加无比地着迷于非洲征服者西庇阿在利特隆[②]附近宅第的景色——可饱览旧宅中的水池、浴场、墓园等古物。而塔利对希腊的美景，亦是醉心不已——观赏一座座华美的老建筑，遥想当年那些富足的居民！同样地，罗马名将保卢·艾米琉也是如此。据载，他在大败马其顿末代君王佩尔修斯后，便为他那乏味的军旅生涯画上了句点。尽管他背井离乡多年，也急欲回罗马，但在初秋时节（据李维[③]所述）还是携了其子小西庇阿以及国王欧迈尼斯之兄弟阿忒纳奥斯一道去悠游全希腊，将兵

---

① 舒英格（Zuinger），即 Theodor Zwinger，16 世纪瑞士医学家。
② Linternum。似作 Liternum。
③ 李维（Livy, 59B. C.—17A. D.），古罗马历史学。著《罗马史》142 卷，记述罗马建城至公元前 9 年的历史，大部佚失。

权交给了苏尔皮休斯·盖勒斯执掌。他先经塞萨利抵达特尔斐[1]，后又游至迈加利斯、奥利斯、雅典、阿戈斯、斯巴达、迈加洛波利斯诸地。此番远游，实令他心满意足，喜不自禁。试问，作如此远游者谁不若此？——哪怕其远游的意义（某人所言甚是）只在于去夸一夸、瞧一瞧、看一看那美丽的景色和迷人的风尚，去将时间打发，于私于公皆无益处（比如许多纨绔子弟，就是四处悠游，虚度光阴，连家产、礼节、真诚、信仰也一并抛掷，终归徒劳无获）。远游，的确能带来美不可言的景色之变幻，让我们的感官为之迷醉，故有人认为未曾远游的人是不快乐的，甚为可怜的——从出生到老看的总是同一处地方，总是一样，总是一样啊。由此，拉齐就不只建议，甚而还责令忧郁之人必得出门远游，多换景色，去各种各样的旅店歇一歇，融入形形色色的人群中。蒙塔图斯等晚近学人中，持相同看法者便有许多。而塞尔苏斯也曾建议其病人，若想健康常驻，就得时常变换不一样的职业、工作，忙碌不休，一会儿住城中，一会儿住乡下，有时研习或工作，聚精而会神，有时又放鹰，行猎，游泳，奔跑，骑行，消遣以自娱。诚如戈美修所言，单单是美景就足以减缓忧郁了。据他的说法，巴塞罗那的居民按理来说本该是困锁城中，愁苦忧郁，整日闭门不出的，但他们却因了该城能远眺大海，海景又美不胜收，而显愉悦欢畅之态——其景色与古雅典近似，除埃伊纳、萨拉米斯等许多迷人小岛外，还有千奇百态的种种宜人景物。而那不勒斯人与热那亚人，也都是如此，他们放眼窗外即可看到大小船只和旅人穿梭往返——因为两城皆坐落在山侧，好比君士坦丁堡旁的培拉[2]城，故而近乎在每栋房屋里，那海景都是一览无余的，正如伦敦的某些地方之于泰晤士河。此外，也有可把全城景色尽收眼底的所在，如西班牙的格拉纳达、非洲的非斯那样——其地有河水流淌于两座陡山之间，沿山势倾泻而下，那山之陡峭又使山中之宅能俯瞰他宅，而各宅自身又为他宅所俯瞰。

---

[1] 特尔斐（Delphi），古希腊城市，因有阿波罗神庙而出名。
[2] 培拉（Pera），即贝伊奥卢。

世间各国，此等美景皆多不胜数，或在内陆，或在海边，比如巴勒斯坦的赫尔蒙山和拉玛山、意大利的科拉尔托山，或泰格特斯山之巅，以及阿克罗科林斯——即那座凋败的科林斯卫城，于此处能一眼望尽伯罗奔尼撒半岛、希腊、爱奥尼亚海和爱琴海。据说在埃及，大金字塔之方顶距地有三百码，坐落在古城开罗的苏丹宫殿亦有这般高，由于埃及地势平坦，故从那里能够把尼罗河与开罗全城一览而尽，个中景色恢宏且壮观——那开罗城地处尼罗河畔，足有五意里长，二意里宽。而在耶路撒冷，若从锡安山上俯瞰，也能环视圣地的四面八方。诸如此类的登高望远之处，真是不胜枚举。又如在英国，类似的名胜就有格拉斯顿伯里塔、比弗古堡、拉德威庄园、林肯郡的威尔斯比（近蒙吾尊贵高雅的女恩主——埃克塞特伯爵遗孀弗朗西丝夫人之惠泽，在威尔斯比幸获真切之优待[①]）。此外，还有两处，虽近在咫尺，却不得略而不提。其一为沃里克郡境内的奥尔德伯里，我常乘兴至此寻幽探胜，而我又是生于这山脚之下的。其一为斯塔福德郡的汉伯里，此地与法尔德毗邻——那法尔德乃一惬意之村庄，属于我家传之祖产，现归在了兄长威廉·伯顿先生的名下。苏格兰人巴克莱，曾大赞格林尼治塔是欧洲最佳的观景点之一，因为从那儿一面能看到伦敦城，另一面又能看到泰晤士河、驶于河上的船只以及岸边的茵茵草地。当然，也有用类似、甚至更夸张的话来夸赞威尼斯圣马可大教堂之尖塔者。不过，如此高危的所在终究还是离景物太远了。有些人呢，偏就喜欢看那离得近的——比如看大道上人来人往，河面上船只航行，俯瞰集会、市场，或透过小窗看通衢，看行人如织，川流不息，密密麻麻，吵吵嚷嚷，来来去去，还看大堆的观众为欣赏戏剧、假面剧等表演而围拢成团。哎，我又收不住嘴了。总而言之，活动、景物、空气、环境之变换，是极利于治疗忧郁症及其他各类疾病的，这于人有益，于兽类亦有益。君士坦丁大帝便将此视作了医治病羊和种种

[①] 指伯顿得到此地圣职。

牲口疾患的唯一疗法。而大医师拉埃琉·方特·尤古毕努斯①，在其谈及忧郁的多篇问诊录之末（他惯于将其疗法所生之何种功效载录于册）又专门指出，相较于其他诸法，此法要更为高明：许多其他的做法虽也有助益，但唯更易空气一法能带来疗效，也最利于病。

---

① 拉埃琉·方特·尤古毕努斯（Laelius a Fonte Eugubinus），15至16世纪意大利医学家。

二

锻炼

　　过度及不合时宜之锻炼会导致严重的忧郁症，与之相反的过于孤独和懒散也是如此，唯有适度合宜之锻炼才是对治的良方，而倘若能兼顾到身体与头脑这两处要害，则锻炼就不止对医治忧郁症具有奇效了，它还将对寻常的维持健康有所助益。天体运转不停，太阳朝升暮落，月有阴晴圆缺，星球常动不休，空气总被风激荡，海水起浮涨落，以上种种无疑是为了守恒不灭，教我们也应永处运动之中。故圣哲罗姆才会告诫修道士拉斯提卡斯总要找点事情来做，"以防魔鬼来找闲人的麻烦。"而塞内加也曾建议，每个人最好都要做点事——聊胜于无。至于色诺芬，他则希望世人哪怕玩巴加门[1]，掷骰子，或开自己的玩笑（虽还有远胜于此的事可做），也不要无所事事。古时的埃及与许多在其之后的繁荣的国家均把劳动和锻炼作了律令加诸一切人等，要求人人皆须有工作和事业，且还须报告其时间是如何使用的，以防闲散引来诸多难缠的麻烦。既然粮草、鞭打和驮货适用于驴子，那么粮食、惩罚和劳作也应适用于奴仆了。土耳其便规定，无论是谁，不管其地位如何，都得要有事情做才可，就连其大君[2]也不能得免。萨贝利卡斯[3]亦曾说，"在

---

[1] 巴加门（亦称"十五子棋游戏"），一种双方各有15枚棋子、掷骰子决定行棋格数的游戏。
[2] "大君"和下面的"苏丹"都是土耳其君主的称谓。
[3] 萨贝利卡斯（Sabellicus，1436—1506），来自威尼斯的学者和历史学家。

我们的印象里，那位征服过希腊的土耳其苏丹穆罕默德①，即便在接见外国使节的时候，也仍要忙着雕木勺，或在桌上做点小玩意儿。"至于现任的苏丹，他则喜欢在弓上刻弦槽。而犹太人亦是寸阴必竞的——他们在时间上最不含糊。大凡微言慎行之人总严于律己，管理得当之地方、城镇与井然有序之家庭也是如此。然而我们英国人却把闲散当成了良好教养的标识。不从业，不劳作，怕这样会有损身份；只旁观，当闲人，生来仅是为了吃掉地里的瓜果。我们素不为必要之教务和国事（极少数官员除外）而忙碌，只知起床吃闲饭……把时日都浪费在了放鹰、打猎诸事上。这类的消遣和娱乐，诚如我国决疑论者所批评的，几近成了我们贵族仅有的锻炼和日常活动，他们实在是沉迷过甚。由此，城镇之中才会有如此多的人饱受身心疾苦，忧郁这重症才得以迅速蔓延，以至现在泛滥到了整个欧洲的贵族中间。哎，他们是不懂得该如何利用时间的（娱乐除外，这可是其唯一的正事），也不知该做点何事，或怎样去做，就像那当代的法国人，宁可在独斗中失掉一磅血，也不愿在任何寻常的劳作中流下一滴汗。其他的人，几乎个个都有事可做，有活可干，唯独他们才会靠了仆人、手下来为自己做活。在这些贵族的眼中，他们生来就只是为了闲散——不，应该说是为了毁掉自己和他人才对吧（有人如此大加挞伐道）。他们所追求的仅有消遣，这便是其一心钻研的学问了。他们把才智全都用在了消遣上面，将那光阴虚掷——其中有的人似乎就是独为此而生的。所以，为了纠正和规避这些错误和问题，我们的牧师、医生和政治学家才会殚精竭虑，以危言劝诫之。尤其是对忧郁症而言，正如拉齐所称，世上实无什么疗法能好过持续的工作了——有事情在手便能让大脑得以运转，不至陷入沉思之中。如若不经过劳动和努力，怎能轻易地取得财富；缺少了学习，也就无法收获知识；未行身体之锻炼，健康同样不会常驻。就拿这身体上的锻炼来说吧，奎亚内瑞认为应温和地行之，且始终要安排在每

---

① 穆罕默德二世（1430？—1481），土耳其苏丹，号称"征服者"。

日清晨都必须先行做完的身体按摩之后。蒙塔图斯与贾森·普拉腾瑟斯所言也相差无几，皆极为赞许温和之锻炼。此种锻炼实乃奇方妙法，克雷托这样称之，且亦为系健康于不坠的上策，因为它能给全身添加力量，使天然之体热增多，而体热既增，则养分在胃、肝及血管中就能得以消化调和了，少有乃至不再有淤积之物残留其间，养分最终将均匀顺畅地流布于全身。此外，温和之锻炼还能通过汗液及其他透明气体将废物排出体外。因其效甚佳，故盖仑将锻炼看得比各类药石医方、饮食之调理或其他种种养生之法更为重要，并称锻炼为天然之医师。福尔根修斯[①]又以郭多尼为据，称锻炼可激荡沉闷慵懒之天性，舒缓身体各部，治愈体弱病虚，将恶疾斩杀，并把种种病害击垮灭除。若论锻炼之时机，则当以稍早于午餐、稍早于晚餐那会儿，或在腹中空空的时候为最佳。蒙塔图斯便建议其病人应于每日清晨进行锻炼。盖仑继而补充道，锻炼要排在例行之事的后面，需得先擦身，净手，洗脸，梳头，漱口。此外，盖仑还告诉了我们该做何种锻炼，应锻炼到何种程度——锻炼到身体即将出汗、周身已活络起来就行了。然也有人说，待到面泛红晕即可，只是切勿流出汗来，以免体干身枯。另有些人呢，则要求去做种种健康的劳动，如在园中挖土，久而不休，或扶犁耕地之类。甚至，有的人竟建议开展频繁、剧烈的劳动和锻炼，如每日锯木，经年而累月（此论受到了希波克拉底的驳斥）——不过这也只适用于特定情况下的个别人而已。总之，大多数方家都反对如此做法，认为若汗已欲出，就绝不可再行锻炼之事了，因为锻炼过度将有害无益。

收录于此处的种种劳动、锻炼和消遣，有的应归于身体，有的则应归于头脑；有的较为轻松，有的则较为困难；有的有趣，有的无趣；有的是在室内，有的则是在室外；有的属于天然，有的又属于人为。在各类身体的锻炼中，为盖仑所推崇的是球类运动——不论是用手，还是用球拍，是在网球

---

① 福尔根修斯（Fulgentius），约公元6世纪拉丁文作家。

场，还是在别的什么地方，球类运动都能锻炼到身体的各个部位，且会恰到好处，不至流汗过多。这在古时的希腊人、罗马人及外邦人中皆是广受欢迎的，荷马、希罗多德和普林尼就均有提及。另据记载，球类运动是由阿格诺娜所发明。阿格诺娜乃一出自科孚的美少女，她曾将世间的第一颗球献给了国王阿尔喀诺俄斯之女瑙西凯厄[①]，并教会了公主玩球之法。

至于常规的室外运动，则以放鹰行猎、携犬出猎为主——有人将此二者称为欢快的追猎之苦，实是因其能调剂身心的缘故。此外，有人还把狩猎奉为最佳之运动，称不少人已借之摆脱了种种致命的疾病。另据赫吉西普斯[②]记载，希律王得以解除那痛苦的忧郁，其所仰赖的也正是狩猎。柏拉图对狩猎亦大为赞赏，并按陆、水、空将其分作了三类。色诺芬还美其名曰天神之恩赐、王公贵族之运动。据郎吉尔斯所言，贵族向来都是将狩猎兼作娱乐、健身之用的，其风至今未变——狩猎几已成为我们欧洲乃至全世界贵族唯一的日常运动。由是之故，贝海姆[③]便以贵族的职业称之。这就是他们全部的学问、仅有的锻炼、日常的事务和所有的话题了。而有的人竟还痴迷过度，一心只为了狩猎，除此之外，别的什么也不会做，什么也谈不了。保罗·约维斯即对英国的贵族颇有微词，批评他们成天待在乡下，狩猎过于频繁，仿佛不携鹰犬出猎，就没有其他的法子能证明他们是贵族了。

所谓放鹰行猎与携犬出猎，其实差别甚微，只不过一个关乎天，另一个关乎地，而两者又都各有人垂青。自放鹰行猎发明以来的一千两百余年间，还未曾听罗马人提到过，最早谈及的应是费尔米卡斯[④]。此运动实始于希腊的君王，于今则最是盛行——若在狩猎的季节无鹰立于拳上，便不能说是有头

---

① 瑙西凯厄（Nausicaa），古希腊史诗《奥德赛》中国王阿尔喀诺俄斯（Alcinous）的女儿，曾给遭船难的奥德修斯（Odysseus）以帮助。
② 赫吉西普斯（Hegesippus，110—180），基督教早期教会编年史家。
③ 倍海姆（Bohemus，1485—1535），德国人文学者、乌尔姆大教堂教士、旅行家以及植物学家，是早期现代欧洲第一部人种志的编著者。
④ 费尔米卡斯（Firmicus），公元4世纪基督教拉丁语作家，也是有名的占星家。

有脸的。放鹰行猎可谓一门大技艺，相关的著述也有许多，其中那些关于土耳其官员在这方面的所作所为的记载，读来真是让人触目惊心——他们竟为此而动用了数以千计的人，驯养了各种各样的鹰，还把岁收也大笔地花在单单这一项消遣上，且每年都要在阿德里安堡去待上不少时日。另据传，波斯的国王为捕蝴蝶，所用的是经过专门训练的麻雀，以及椋鸟。由此可见，狩猎者的猎鸟也有大小之分，小猎物就用小的，大猎物就用大的，如此一来，在各种季节里便都能行猎了。比如，莫斯科的帝皇就专养大雕来猎捕幼鹿、狐狸等等兽类，而且还当作礼物送过一只给伊丽莎白女王。此外也有人驯养渡鸦、红隼、喜鹊之类，这亦是为了供自己消遣用。

虽捕鸟相形之下更显麻烦，但对某些人来说却也同样地有趣——不论是用了猎枪、粘鸟胶、罗网、埋伏、陷阱、细绳、诱饵、圈套，还是靠了吹笛子，学鸟叫，拿马、犬、鸭来打掩护等等法子。有人便素爱用小网捉云雀，或在网下撒些谷糠来诱捕小鸟，比如鸧、山鹑、苍鹭、鹬之类。卡斯蒂利亚的君王亨利三世（据耶稣会会士马里亚纳[①]所称）的一大嗜好即是"捉鹌鹑"，而不少绅士也是热衷于在晨昏之时携鹑笛外出的，甘愿不辞劳苦以满足其捕鸟之乐。至于意大利人，他们则不惜工本，建起了专门用来捕鸟的园子，里面捕鸟网、灌木丛、林间空地一应俱全——可见他们对捕鸟这项运动真是痴迷不已。那位大天文学家第谷·布拉赫[②]，在其关于维恩岛与乌拉尼伯格堡[③]的图志里就曾描画过他的捕鸟网和捕鸟之法，好借此来点缀地图，并且他还把捕鸟称作一种娱乐，说他偶尔也会亲手一试云云。

捕鱼，乃一种在水边进行的狩猎活动，无论用的是渔网、渔栅、鱼饵、鱼钩，还是别的什么器具，皆可列在这捕鱼的名下。对有的人而言，当他

---

① 马里亚纳（Mariana the Jesuit，1536—1624），西班牙耶稣会会士、历史学家。
② 第谷·布拉赫（Tycho Brahe，1546—1601），丹麦天文学家，进行了大量较精确的天文观测，其观测资料为开普勒行星运动三定律奠定了基础，并发现黄赤交角变化、月球运行的二均差等。
③ 该城堡是布拉赫的天文观测站，修建在维恩岛上。

们在岸边捕捞起鱼儿的时候，其所带来的乐趣实是丝毫也不亚于携鹰犬行猎的——尼克·何瑟琉斯在谈到他的同乡于捕鱼、搭鱼塘中所获的非凡之乐时如是说道。摩拉维亚人詹姆士·杜布拉维斯①于其《说鱼》一书中亦写过一事——他在西里西亚沿大道边上行路之际，曾偶遇一贵族。他只见那贵族把长靴套至了胯下，正站在水里拉着渔网，那副卖力的样子，简直与渔夫不相上下。这时，忽有人上前劝阻，说此举有损其身份，那贵族却辩解道，既然他人可猎野兔，那我捕鲤鱼又有何不可呢？而我们身边的许多好捕鱼的绅士，在类似的情形下，想必也是会泡在齐肩深的水中的，且还会心甘情愿呢——为的就是要满足自己的兴趣。但这等苦差事，恐怕以重金请穷人来干，也是很难请得动的吧。普鲁塔克在其谈论动物之智慧的书中，即反对种种的捕鱼活动，他视捕鱼为一份肮脏、低贱又粗鄙的工作，实无关乎人的聪明才智，不过费力徒劳罢了。然而，只要一想到垂钓者为不同季节备下各色鱼饵，又发明了种种精巧的用具，如特制的渔线、假蝇饵，以及诸般垂钓之法，我们就难免会感到捕鱼与别的狩猎活动一样，也应得到类似的称赞，亦需仰赖相当的学问和智慧，且还说不定会更受欢迎。毕竟携鹰犬出猎极其累人，需骑马奔波，个中又危险丛生。但垂钓呢，则显得平静而安宁——垂钓者就算一无所获，至少行至溪边，待在银光灿灿的溪流旁那怡人的绿荫里，对健康也是有益的。在那儿，钓客能够呼吸到清新的空气，闻到草地里鲜花的芳香，听到悦耳的群鸟合鸣，看到天鹅、苍鹭、鸭、水鸡、白骨顶等水禽带着幼雏出游，而凡此种种于他眼中都将会胜过猎犬的狂吠、号角的鸣响，以及鹰犬猎人所能有的一切娱乐。

此外，还有许多其他的运动和消遣，也都很盛行，如投环、滚球、射箭。单说这射箭吧，阿斯克姆②就曾著专书③推崇之，且以前还被法令规定

---

① 詹姆士·杜布拉维斯（James Dubravius），摩拉维亚奥尔米茨地区主教。
② 阿斯克姆（Ascham，1515—1568），英国学者、作家，曾任伊丽莎白公主的希腊语和拉丁语教师。
③ 指 Toxophilus 一书。

为御敌卫国的锻炼项目，成了国家的一项荣耀，兴许亦见证了我们在法国的胜利。话说九柱戏、滚珠、套环、扔杆、掷球、搏斗、腾跳、跑步、击剑、抓宝、游泳、棒术、花剑、踢球、耍球、矛靶等种种运动，乃乡下人寻常的消遣。而骑战马、骑马投环、马背上持矛比武、赛马、追头马，则是上等人的娱乐。这虽令许多贵族骑着马儿腾出了富贵窝，但其本身却是有益的。

不过，在种种户外的娱乐中，最惬意的还是莫过于阿雷泰斯①所称的那类，即信步漫游，不时地与三五同道结伴游玩，或去访友，观赏城市、古堡、乡镇，

> 去看一眼晶莹喷泉、舒心之地，
> 吸一口群山里的清气，②

到安条克的达佛涅花园③那般宜人的地方去游走一番，在果园、花园、凉亭、山丘、凉棚、人造的草木丛、绿色的灌木丛、树拱、小树林、草地、溪流、清泉、小河、水潭、鱼塘间穿行，于林水之中、芳草之上、清流之畔，感受鸟的啭鸣、花的多彩、草的青葱……抑或是去一空阔的平地，公园里嬉戏，时而跑上陡峭的小山，时而又静静地坐在绿荫里的椅子上——以上种种无疑都可算作愉快的消遣之法。对于佛莱拉④的皇家花园，司哥图斯⑤即是大加赞赏的——园中散布着树丛、山丘、池塘，景色十分地秀美，实令他为之着迷不已，就连波斯的苑囿这类美丽的园子在他眼中也不似这般怡人。而圣伯纳呢，看看他对其修道院的描绘吧，那地方近乎要让他醉倒了。据其所书，有一病人正坐于绿草岸上，当天狼星炙烤平原、蒸发河流之时，他便躺

---

① 阿雷泰斯（Areteus），公元2世纪古希腊医师。
② 语出弗拉卡斯托罗。
③ 位于安条克的达佛涅花园以月桂、柏树、喷泉及溪流闻名于世。
④ 佛莱拉（Ferrara），意大利北部城市。
⑤ 司哥图斯（Schottus, 1548—1622），即弗朗西斯·司哥图斯，佛兰芒人，安德鲁·司哥图斯之兄，曾著《意大利之路》。

了下来，在那树荫之中，饱览着各色美景，如青草、绿树之类，以缓减其病痛。他嗅到了缕缕的芳香，他的耳朵里也填满了悦耳的群鸟合鸣。噢，上帝！——圣伯纳感叹道，您赐予了人类何其多的乐子啊！假如忽然间就可以看得到西班牙的埃斯居里亚宫、摩尔人建在格拉纳达的宫殿、法国的枫丹白露宫、土耳其的御花园（里面养着各种鸟兽以供人玩赏，如狼、熊、猞猁、虎、狮、象等），或那坐落在色雷斯之博斯普鲁斯海峡岸上的花园、教皇在罗马的贝尔维迪宫（与巴比伦的空中花园一样迷人）、伊利安笔下印度王的美苑，以及法国坎特罗爵爷的那些著名园子、我国许多贵族的宅中之园，那么就算是再怎样愁苦的人，也会暂时地开怀释然。而倘若能在静谧的夜晚伴着音乐沿河水摇桨泛舟（普鲁塔克大赞之，伊利安亦欣羡之），例如行船于珀纽斯河上，随此河在塞萨利原野间穿梭（其地布满了绿色的月桂，月桂林里有鸟儿在唱甜美的曲子，直让船客陶醉不已，如闻天籁，竟把尘劳、忧虑和悲伤也忘却了），或若是能坐在凤尾船里沿威尼斯的大运河行去，看一看岸边那华美的宫殿，想必都将会令人神怡心旷，给忧郁怠惰的精神带来满足。此外，我们亦可步入精美奢华之宫殿的内室中去一饱眼福。那座因了狄奥多鲁斯与科提斯[①]的记载而广为人知的波斯国王的皇宫即为一例，据说宫里的一切物件均是用金子打造的，如金椅、金凳、金王座、金棚、金柱、金的悬铃木、挂着宝石葡萄的金藤，以及其他种种纯金的饰物，

> 卧榻上珠宝在闪烁，黄玉髓使家具熠熠生辉，
> 那床罩的颜色也是一片红紫，[②]

其间还飘散着迷人的香气与芬芳，有那喝不尽的美酒、享不完的珍馐，亦有最英勇俊俏的男子、最漂亮的处女、绝世的佳丽以及身着锦衣华服之人——凡此种种皆令观者惊叹不已。至于那宫中的美乐，则让人仿佛置身在了特里

---

① 狄奥多鲁斯（Diodorus）、科提斯（Curtius），分别为希腊和罗马历史学家。
② 语出卢奇安。

马尔奇奥①的府邸中一般,每间房里都仙乐飘飘,且还昼夜不绝,真是无与伦比之奢侈,穷极了万般感官之欢愉——众宾客头戴花环,欢愉迷醉。在荷马的书中,当忒勒马科斯②被带入梅内莱厄斯③的皇宫后,也因看到了富丽的殿宇和奢华的陈设而近乎目眩神迷,他只见

> 金子在闪烁,铮亮无比的黄铜在发光,
> 澄澈的琥珀、纯净的银,象牙美无双;
> 朱庇特的天宫,众神居住其中,
> 即便这琼楼玉宇,也只能甘拜下风。

观赏精心修造的城市、街道、剧场、寺院、塔碑等等,均是能让人的精神为之一振的。比如耶路撒冷的圣殿即由白色大理石精雕细刻而成,并辅以了多座镀金的锥形塔,其气势之宏伟、光芒之耀眼,实令远眺者不敢驻足久望。而那圣殿的内部,又取了雪松、黄金、珠宝等等来做装饰,可谓鬼斧神工——就像卢奇安说克里奥佩特拉的埃及宫殿那样,

> 纯金已将木梁包覆,

这亦令观者无不惊叹连连。此外,有什么是能比看到某个盛大华丽或恢宏壮观的游行队伍从眼前走过,如在加冕礼、婚礼和类似的隆重典礼上的那些,或看到用假面剧、舞台表演、烟花等来接见、欢迎和招待一位大使或一位国王,更令人愉悦的呢?或者,也可以是去看两位君主相互决斗,如波鲁

---

① 特里马尔奇奥(Trimalchio),古罗马小说中一位经常大宴宾客的暴发户。
② 忒勒马科斯(Telemachus),奥德修斯和珀涅罗珀之子,助父杀死其母的求婚者。
③ 梅内莱厄斯(Menelaus),斯巴达国王,美人海伦之夫,阿伽门农之弟,他请求其兄出兵帮助从帕里斯手中夺回被劫之海伦。

斯①与亚历山大、克努特②与刚勇者埃德蒙③、斯坎德培④与土耳其人费鲁兹帕夏⑤之间的决斗。这种决斗就不仅是赌上了荣誉，实是连那性命也赌上了的，正如大诗人对赫克托耳的描述，

> 他们所争的不是牛或牛皮
> 这些在竞赛中常见的奖品，
> 而是勇士赫克托耳的性命。⑥

又或者，是去观看一场战役，如发生在克雷西，或阿金库尔，或普瓦捷阿的战役⑦，而傅华萨⑧就曾言，我真不知过去的那些时代可曾有过这般的辉煌壮阔之事。或者，还可以是去看重新上演的一场凯撒在古罗马举行的凯旋式，或与此相类的庆典。或是去出席一场会见，如亨利八世与弗兰西斯一世的那场著名的会见，这在整个欧洲已是遍处传扬，据胡贝图·弗维琉⑨所言，当时两位国王连同他们的王后聚在一起，那场面的隆重华丽、光辉闪耀，是以往各世各代均未曾见过的。这样盛大的景象真是让人感到无尽的愉悦，为了看上一眼，人们往往会不远数百里地赶来，会不惜重金地买下一个位置观

---

① 波鲁斯（Porus,？—318B.C.），波拉瓦（Paurava）国王，波拉瓦即现今的旁遮普（Punjab）。
② 克努特（Canutus，即 Canute, 995？—1035），英格兰国王（1016—1035）和丹麦国王（1019—1035），丹麦国王斯韦恩一世之子，1028年后兼挪威国王，曾制定《克努特法典》。
③ 埃德蒙（Edmund, 980—1016），英格兰国王埃德蒙二世，在位仅七个多月，因坚决抵抗丹麦国王克努特的入侵而被称为"刚勇者埃德蒙"（Edmund Ironside），后在阿兴顿战役中被打败，割地求和。
④ 斯坎德培（Skanderbeg, 1405—1468），阿尔巴尼亚王公联盟最高统领，曾击败土耳其人十三次入侵（1444—1466），使阿尔巴尼亚免遭土耳其人奴役。
⑤ 费鲁兹帕夏（Ferrat Bassa，即 Firuz Pasha），奥斯曼帝国苏丹穆拉德二世的统帅，据说于1445年战死在斯坎德培手下。
⑥ 语出荷马史诗《伊利亚特》。
⑦ 克雷西（Crecy）、阿金库尔（Agincourt）和普瓦捷（Poitiers）战役，是英法百年战争中三场著名的英国战胜法国的战役。
⑧ 傅华萨（Froissart, 1337？—1404？），法国宫廷史官、诗人，其《闻见录》（Chronique）生动地记述了1325年至1400年的欧洲历史。
⑨ 原文为 Hubertus Vellius。

赏，且时隔多年后还会带着非凡之乐怀想回味。博丹①在他作为大使出使英国期间就说过，他曾看到贵族们穿着他们的袍服步入议会大厦，他当时是带了莫大的愉悦观看这一场面的，此番景象实令他深感震撼。而约维斯在其为普罗斯佩罗·科隆纳②所写的传记中则提到，科隆纳曾目睹13名法国人与同等数量的意大利人为了整支军队的荣誉而比武搏斗③，他说，这是他有生以来所见到的最令他欢欣快意的景象。试问，谁不会被这样的场面所触动呢？类似的还有1600年在布拉班特④森尔瓦杜西斯⑤城的城墙前进行的那场法国人布雷奥泰⑥与荷兰人安东尼·谢茨⑦之间的决斗。当时，一方带了22名骑兵，另一方也带了同等数量的骑兵，他们就像是李维笔下的贺拉修兄弟⑧、托奎图⑨和科维努⑩那样，在他们各自所属的整个城市和军队的注视和围观下，为了他们自己的荣耀以及国家的荣誉而奋勇决斗。另据传，当尤利乌斯·凯撒在莱茵河岸行军打仗之时，曾有位异邦的君主特意前来看他和他的罗马军队，那君主在端详了凯撒好一阵后，竟说，我现在总算亲眼见到了我之前只是耳闻过的天神。他还说，这是他一生中最幸福快乐的一天。而如此的景

---

① 博丹（Bodin，1530—1596），法国政治思想家、法学家。
② 普罗斯佩罗·科隆纳（Pomponius Columna，即 Prospero Colonna，1452—1523），意大利雇佣军首领。
③ 即1503年发生在意大利南部巴列塔附近乡下的一场著名决斗（Challenge of Barletta）。
④ 布拉班特（Brabant），西欧昔时一公国，现分属荷兰和比利时。
⑤ 森尔瓦杜西斯（Sylvaducis），即荷兰南部城市斯海尔托亨博斯（'s Hertog-enbosch），该城又名登博斯（Den Bosch）。
⑥ 布雷奥泰（Breaute，即 Pierre de Bréauté，1580—1600），法国诺曼底贵族，是一位在荷兰共和国（the Dutch Republic）军中效力的骑兵军官，死于著名决斗莱克比谢之战（Battle of Lekkerbeetje）中。
⑦ 安东尼·谢茨（Anthony Schets，即 Anthonie Schetz，1564—1640/1641），赫罗本东克（Grobbendonk）男爵，"八十年战争"期间西班牙佛兰德斯军团指挥官。在莱克比谢之战（Battle of Lekkerbeetje）中，与布雷奥泰对决的，是其手下军官杰勒德·亚伯拉罕斯（Gerard Abrahams）。此人乃荷兰斯海尔托亨博斯本地人，别号"莱克比谢"（Lekkerbeetje），即"嗜甜者"。
⑧ 贺拉修兄弟（Horatii），历史传说中出自罗马的三胞胎兄弟，在与出自阿尔巴隆加（Alba Longa）的库里阿修（Curiatii）三胞胎兄弟的决斗中取胜，确保了阿尔巴隆加战争的胜利。
⑨ 托奎图（Torquati，即 Titus Manlius Imperiosus Torquatus），罗马执政官，曾与一高卢大汉决斗，取胜后将那高卢大汉的金项圈（gold torque）夺去作为奖赏，并得获其姓 Torquatus。
⑩ 科维努（Corvini，即 Marcus Valerius Corvus，370？B.C.—270？B.C.），罗马将军、执政官，曾与一高大勇猛的高卢战士决斗。正当两人相互逼近时，突然有只乌鸦飞落在其头盔上，随后又朝高卢战士的面部飞去，令那高卢战士在决斗中分神，被他趁机杀死，由此他被赐姓 Corvus（乌鸦）。

第三部分　　　　　　　　　　　　　　　　　忧郁之疗法　261

象，本身就足以驱除忧郁了，即便不能永久地驱除，也必定能一时地将之赶走。话说拉德泽维琉就深深地迷上了位于开罗的那座帕夏的宫殿——他在此地看到了许许多多的景象，这之中他尤为喜欢的，是尼罗河泛滥之际人们受易卜拉欣帕夏[①]之命在尼罗河岸凿渠引水时所呈现出的那番宏大景象，除了看到有两三百艘镀金的桨帆船浮于水面上之外，他还看到有两百万人戴着雪一样白的包头巾聚在陆地上，这真是好一番壮景啊。而专门去读描写盛宴、凯旋式、会见、婚礼、骑马持矛比武大会、马上比武大会、格斗以及决斗的文字，也是极其令人心满意足和欢欣愉悦的。弗朗西斯·莫迪[②]已将大量的描写这类盛典的文字收录在了两大卷书中，无论是谁都可去读上一读。并且，仅是去细览神殿和宫殿的那些精美图纸，如阿尔布雷克特·丢勒的拉特兰教堂图，约瑟夫斯[③]、阿德里克米斯[④]和维拉潘多[⑤]的耶路撒冷圣殿图，还有瓜达拉玛山上埃斯科里亚尔修道院的图纸、普林尼书中以弗所狄安娜神殿的图纸、罗马尼禄金色宫殿的图纸、君士坦丁堡查士丁尼宫殿的图纸、秘鲁库斯科[⑥]印加神殿的图纸（此神殿似非由人类所建而是由恶魔所建），以及伊格纳修[⑦]对威尼斯圣马克大教堂的描画，和许许多多类似的描画，也就如同——据保萨尼阿斯著作的译者所说——借助阅读去领略古希腊人在剧场、方尖碑、神殿、雕像（那些以金、银、象牙或大理石制成的雕像）中所展现

---

① 易卜拉欣帕夏（Imbram Bassa，可能指 Damat Ibrahim Pasha, 1417—1601），奥斯曼帝国大维齐尔、驻埃及总督（1583—1585）。
② 弗朗西斯·莫迪（Franciscus Modius, 1536—1597），佛兰德斯法学家、人文学者，著有《盛典大全》(Pandectae Triumphales)。
③ 约瑟夫斯（Josephus, 37？A. D.—100？A. D.），犹太历史学家、将军，著有《犹太战争史》和《犹太古史》。
④ 阿德里克米斯（Adricomius，即 Christian Adrichomius, 1533—1585），荷兰天主教牧师、神学作家，著有《圣地概观》(Theatrum Terrae Sanctae)。
⑤ 维拉潘多（Villalpandus, 1552—1608），西班牙牧师、耶稣会会士，同时也是学者、数学家和建筑师。
⑥ 库斯科（Cusco，即 Cuzco），秘鲁中南部城市，11世纪初至16世纪为印加帝国首都，存有大量印加帝国遗迹。
⑦ 伊格纳修（Ignatius，即 Ignatius Loyola, 1491—1556），西班牙教士，原为军人，创立天主教耶稣会，1540年经教皇批准任总会长，制定会规，强调会士绝对服从会长，无条件听命于教皇。

的神工意匠那样，亦可获得近似于眼观实物后所获的那种深深的震撼。

乡下有乡下的消遣，城里则有城里的各种运动和锻炼。五朔节活动、节日、庆典、欢聚均能给人以娱乐，而身居乡下亦不例外。对有的人而言，乡下生活本身即可作为消遣之一种——效法先祖以享个中乐趣。例如，皇帝戴克里先就痴迷乡下生活，竟抛下权杖甘做菜农。康斯坦丁亦写下了20本农学之书。来山得[①]则在接见使节时不言他事，只顾夸他的果园——"此皆为我亲手栽种"。至于辛辛纳图斯[②]、大加图、西塞罗等人，我又该说些什么呢？他们总是那般地热衷于农牧园艺，素爱修枝，栽种，移植，嫁接，展示品类众多的梨子、苹果、李子、桃子等等。

> 有时用陷阱来诱捕，拿绳与线
> 网住野鸟、野兽，并令众犬
> 包围树丛，在灌木堆里燃起火焰。[③]
> 去寻鸟儿的巢，把巢中鸟蛋赏个遍。[④]

约康都斯广采加图、瓦罗、科鲁梅拉等人之作品汇为一册，在其所撰序言中，他即坦言自己极热爱此类农学专著，从中获得了无穷的快乐。倘若仅是空谈或玄想就能让人如此着迷，那么身历其境、亲手一试、付诸实践又会有怎样的效果呢？类似的话语，我还在赫巴斯坦、珀塔、卡梅拉瑞等许多写过这一主题的作者的笔下见过。若我之所言也有些许分量的话，那我也要这样谈谈自己。我乃乡下生活的由衷热爱者，没有人能比我更爱泉水、树林、木丛、花园、小径、鱼塘、河流之类的了。但

---

① 来山得（Lysander, ? —395B. C.），斯巴达统帅，击败雅典海军，结束伯罗奔尼撒战争，在雅典扶植三十僭主统治，科林斯战争中阵亡。
② 辛辛纳图斯（Cincinnatus, 519? B. C.—439? B. C.），古罗马政治家、独裁官，据历史传说，公元前458年被推举为独裁官，率军援救被埃魁人围困的罗马军队，打败敌军后，即解甲归田。
③ 语出维吉尔。
④ 语出曼图安。曼图安（Mantuan, 1447—1516），意大利人文主义者、诗人。

忧郁之疗法　263

> 坦塔罗斯每欲解饥渴之需，
>
> 那溪水却总从他唇边退去；①

而我亦如此，虽有所欲，却不能得。

　　每幢宫殿、每座城市几乎都有其独特的小道、回廊、露台、树丛、剧场、庆典、游戏及各类消遣。每个国家亦有其专门的运动，用以活跃头脑，锻炼身体。希腊人即定期举办奥林匹亚运动会、皮托竞技会、科林斯地峡运动会、尼米亚赛会，以纪念尼普顿、朱庇特、阿波罗。而雅典也自有她的竞技活动，这之中有些是为了荣誉、花环和奖冠，有些则是为了彰显身体之美，如舞蹈、赛跑、跳远——与我们的银奖竞技类似。话说罗马人素有种种的节庆盛宴，恰似雅典人与斯巴达人设有公宴——开在城中的公共会堂里，用于泛雅典娜节、赛斯摩弗洛斯节、公宴或群宴日。此外，罗马人还有戏剧、模拟海战、海战场、剧院，以及可容七万人的圆形竞技场，其中上演着各种娱乐表演以供人消遣，如角斗之类，亦即人与人斗、人与兽斗、兽与兽斗——这颇似我们的纵狗咬牛②或纵狗斗熊③（我国有不少乡下及城里的人便痴迷于此，三天两头地就得举办一场），而走钢丝、杂耍、摔跤、喜剧、悲剧也会逐一登台。这些公共演出皆是由国王和市里资助的，其花费之高、场面之盛，实让人瞠目结舌。另据梅特兰④记载，低地国家⑤通常会在战前举行种种盛大的宴会、剧演、格斗、炮场观摩，并找群擅长押韵、演说或作诗的人前来歌呼吟诵，而时至今日这类场地都还完好地保存在了阿姆斯特丹，其状貌可参看艾萨克斯·庞塔努⑥的相关记述。同样地，又据尼安德⑦

---

① 语出贺拉斯。
② 纵狗咬牛，中世纪欧洲流行的一种娱乐。
③ 纵狗斗熊，昔时一种取乐方式，熊由链条拴住。
④ 梅特兰（Meteran），16至17世纪佛兰德斯历史学家。
⑤ 低地国家指西欧的荷兰、比利时、卢森堡三国。
⑥ 艾萨克斯·庞塔努（Isaacus Pontanus），约17世纪丹麦历史学家、古物学家。
⑦ 尼安德（Neander），《寰宇录》的作者，似也写过关于婚姻的书。

所述可知，德国的弗赖堡才在不久前亦举办了七年一度的戏剧盛会，该国一诗人波瑟鲁①就此事写出了如下妙语：

但我又该如何描述他们那精彩的戏剧，
既然已与古罗马盛时之作没什么差距？

在意大利，佛罗伦萨还为杰出的年轻绅士（类似古罗马的吟诵者）提供了进行激昂演说的场地，且大多数城市皆设有公共剧院供舞台演员或别的人排练消遣。——看来一年四季几乎世界各地都有各自的娱乐活动，有在夏季的，也有在冬季的，有在室外的，也有在室内的，有身体上的，也有与头脑相关的。总之，不同的人有不同的消遣和锻炼，如皇帝图密善的痴迷捉苍蝇，奥古斯都的爱拿坚果同小孩玩耍，塞维鲁·亚历山大②的常与幼兽猪仔嬉戏，以及阿德里安的宠爱犬、马过度，竟为其立碑修墓，并厚葬之。——但若遇恶劣之天气，或因了时辰不佳而不便开展相应的娱乐活动，则塞维鲁还会找来山鹑和鹌鹑（跟当下不少法国人一样），将之关在笼中，每逢从公务烦扰里脱身出来，便会去赏鸟寻乐。而这又恰似我们英国人的用斗鸡来避闲散，尽管有人沉迷其中，为此花掉了许多的时间、金钱，满门心思也全都挂在了上面。另据朗普里迪所言，塞维鲁驯养的鸟类有雉鸡、鸭、鹑鸟、孔雀以及两万余只的斑尾林鸽和普通鸽子。——话说，那御用演说官巴斯贝克③驻君士坦丁堡期间，也是因了不便经常外出，而只好找来各类珍禽异兽，成天投食喂养，乐此不疲，将之视为一种消遣（虽不能健体强身，却能振作其精神）。同样地，康拉德·格斯纳，亦出于消遣的缘故才在瑞士的苏黎世驯养了一大群的野兽。据其所称，他是以观兽进食为乐的。至于土耳其的

---

① 波瑟鲁（Bocerus），约16世纪德国历史学家、诗人。
② 塞维鲁·亚历山大（Alexander Severus, 208—235），罗马皇帝，14岁继任成为皇帝，在位期间实权都操在祖母和母亲手中。
③ 巴斯贝克（Busbequius），约16世纪佛兰德斯外交家、旅行家、作家。

贵妇人，她们竟似那无期的囚犯，依了当地习俗，至今仍被困锁家中，除料理家务、陪小孩玩耍外就别无他事可做了。她们为打发时间，也唯有去逗一逗被其当作宠物来养的小猫——这就好比我国的小姐、贵妇们的玩猴养小狗。此外，在那寒冬或极寂寥之时，我们通常用来活动脑筋的娱乐则包括玩纸牌、玩巴加门并掷骰子、打圆盘①、下象棋、下哲人棋、打滚珠、打板羽球、打桌球、听音乐、看假面剧、唱歌、跳舞、玩圣诞节游戏、嬉戏、打趣、猜谜、传手球、玩问答游戏、提问下令，以及讲一些关于游侠骑士、皇后、恋人、君主、小姐、巨人、矮人、小偷、骗子、女巫、仙子、精灵、修士之类的有趣故事——就跟阿普列乌斯书中的老妇人讲普绪客之故事，或如薄伽丘、坊间的小说等等那样，是有人爱听，有人爱讲，无人不乐在其中的。据说某日哲学家阿马兰修斯遇到了三位友人，即赫墨克里斯、迪欧范图斯和菲洛劳斯。他只见诸友正在就伊壁鸠鲁与德谟克利特之观点而争论不休，皆极欲辨清何种是更信实、也更接近真理的。故为了把友人从这言辞激烈的论辩中拉出来，让他们放松提神，阿马兰修斯便讲起了医师斯特拉托克里斯婚礼的趣闻。由于他刚从那婚礼回来，所以婚礼中的种种细节，如现场的宾客、欢声笑语、音乐之类就皆有讲到了。——最后，他的趣闻实令那三位友人听得如痴如醉，以致其中的菲洛劳斯竟祈福于心，唯愿自己也能去参加无数美妙的婚礼、欢快的聚会，好饱饱眼福，讲讲见闻，博人一笑。通常而言，对于消息，我们是乐于耳闻的。我们会贪婪地去听，因为人的双耳易被新奇所迷（普林尼评道），我们总渴望听到谣传，也欲听个明白——众人紧紧挤作一团，都在全神贯注地听那新闻。我们大多数人皆喜刨根问底，爱到处打听。凯撒在其《高卢战记》中对高卢人也做出了如此的评价，凡见到信使和过客，他们总要问问有啥见闻没有？海外有何新鲜事？

　　世界各地都发生了些什么，说说色雷斯人，

---

① 用手或杆将圆盘推入台上的划线区内，圆盘不得掉下桌面。

也谈一谈中国人吧；继母与年轻继子

的风流韵事，以及那最新的丑闻。①

这就跟我们在小旅馆、面包坊或理发店里所做的没什么两样了。话说大将军龚萨福曾因冒犯国王费迪南而被禁于安达卢西亚的洛哈城中，据约维斯所言，他为缓解忧郁之情，也唯有去听听新闻，或了解一番欧洲最边远之地平日里所发生的事（起初皆是以信函等方式传递给他的）。于此世间，对有些人而言，其全部的乐趣即是在客栈或酒馆里抽着烟并喝上整整一天的酒，聊天，唱歌，打趣，哄笑，大饮一口，再胡言乱语一通……对另一些人来说呢，其乐趣则是在那三五好友相聚之时，于炉边或暖阳下谈谈陈年的旧事——恰似老人所常做的那样，追忆往事，历历在目，乐此不疲，比如那些发生在年轻时候的故事之类。而还有些人呢，他们最痴迷的娱乐竟是赌博，在其眼中，这实可谓无与伦比的快乐了。

这人败给了女色，

那人却毁于纸牌和骰子。②

对于玩纸牌、打巴加门、掷骰子之类关乎运气的赌博游戏，许多人都做过极其尖刻的批评，伽忒克③就对之颇不以为然——虽赌博游戏本身只是单纯的娱乐，但却常常遭人滥用，所以仍需大加挞伐，我们实该以其害人不浅之故而予以禁止，将之视为致人疯狂的一大祸害（莱蒙琥如是称之）。总的说来，这类赌博娱乐是不关乎什么技艺或技巧的，个中所涉唯有诡计、欺骗、耍诈罢了，靠的也全都是手气跟运气，只见钱飞来飞往——

---

① 语出尤维纳利斯。
② 语出佩尔西乌斯。
③ 托马斯·伽忒克（Thomas Gataker, 1574—1654），英国神父、神学家。

短短一刻，那钱就几经易主。①

　　赌徒为此投入精力，大多不是为了在那单纯的娱乐里消闲解闷，而是想去赢得那肮脏的金钱，满足贪财之欲。正如达纳斯②所论，贪得无厌与爱财如命使他们性情大变，由善转恶。赌博实乃欺诈与作恶之源，如今它正盛行于整个欧洲，又普遍地遭到滥用，以致许多人由此而彻底破落了。他们钱财耗尽，祖产用光，自己和子女都成了乞丐。此外，谩骂、争吵、酗酒、虚度时日之类的恶习，也通常是随赌博而来的。人们一旦染上这些毛病，变得嗜赌成性，就很难再摆脱掉了。赌博会如瘙痒那般挠人，这也与被老鸨引入妓院后便再也不容易离开是一样的道理。——他们赌起来真是不要命啊。总之，正如那位可敬的法国国王查理七世在其颁发的反赌徒法令里所说，他们那维系生活的钱，本该用来养妻育子、照顾家里的，如今却输了个精光。接踵而至的将是悲伤和赤贫。由此看来，好事也有遭到滥用的时候。本来，发明赌博之初衷，是为了让人们在劳作或钻研后用以振作其疲乏之精神的，或在寂寥的漫长冬夜里用以活动脑筋，消磨时间，娱乐朋友，不致让长夜更加难熬。但现如今这一正当的活动却反被滥用了。

　　在这种种的室内活动或曰大脑之娱乐中，最普遍、最广为人用、也最适合拿来排遣懒散和忧郁的，当莫过于学习。学习能予老者以快乐，赐青年以知识，替显贵装点门面，让我们在家中也能如痴如醉，可谓困境中的安慰与庇护所……余下的类比还请去塔利的书中找寻吧。——试问，有什么能比阅览、参观和欣赏地图、绘画、塑像、珠宝以及大理石雕刻品带来更大的满足？单说这最末一项，即为有的人所推崇备至。比如菲迪亚斯③的作品，堪称精美绝伦，赏心悦目，以至克里索斯托认为，假使某人病病怏怏，心烦意

---

① 语出贺拉斯。
② 达纳斯（Daneus，1535—1590），法国法学家、加尔文主义神学家。
③ 菲迪亚斯（Phidias，490B.C.—430B.C.），希腊雅典雕刻家，主要作品有雅典卫城的三座雅典娜纪念像和奥林匹亚宙斯神庙的宙斯坐像，原作均已无存。

THE ANATOMY OF MELANCHOLY.
'Tis a Misery to be born, a pain to live, a trouble to die.

罗兰森《忧郁的解剖》
画名下方有句引文"出生实乃不幸，活着就是痛苦，死亡堪称灾难。"

罗兰森（1756 — 1827），英国画家，尤擅漫画，描绘 18 世纪英国社会生活，创造了各种典型人物的滑稽形象，作品有组画《幸特克斯博士出游记》《生命之舞》等。

乱，或因了伤痛而辗转难眠，只需令他站在菲迪亚斯所刻的某一作品之前细细观赏，就能立即使之忘却种种苦恼或任何烦心的事了。而有的人呢，则是醉心于米开朗琪罗、乌尔比诺的拉斐尔[①]、弗朗切斯科·弗朗奇亚[②]之作品，以及那些意大利与荷兰画家的一幅幅超凡卓绝的绘画，并认为观赏种种精巧的建筑、饰图、带有纹章的盾、盾徽，读一读相关书籍，去仔细看看华美的展廊里的各类古币，或艺术品、透视镜、古遗物、罗马文物等，领略其斑斓之色彩，也诚为一件悦目娱心的事。那上佳的画作实可说是现实之影像，犹如一首无言的诗。据维夫斯所言，手造的玩意儿虽只能让人快乐一时，但谁又不会短暂地为之一动呢？话说阿喀琉斯因了失去挚友普特洛克勒斯而悲痛欲绝，其母西蒂斯便把火神伍尔坎所锻造的一块盾牌带给了他。那盾牌是精雕细镂而成的——盾面上刻有日月星辰，海洋大地，正在搏斗、奔跑、骑马的男子，打嘴仗的女人，以及山岭、峡谷、小镇、城堡、溪流、河水、树林等，个中美景数不胜数，且皆以透视法呈现。待那阿喀琉斯见了以后，他当即就心花怒放起来，其悲痛也减轻了许多。

> 不为所惧，这英雄看得双目发光，
>
> 感到神之怒火在燃烧，充盈胸膛，
>
> 他把玩着那件光灿灿的礼物，一心所想
>
> 全在神工巧匠的种种设计之上。

而又有谁在见了这块盾，或看过了罗马的红衣主教们那些精心装点的回廊和展廊后是能够无动于衷的呢？——廊内藏满了各种当代的绘画、古代的雕塑及文物。波伊萨都[③]还进而言道，仅是去看看那里面的画作，读一读介

---

① 拉斐尔（Raphael，1483—1520）意大利文艺复兴盛期画家、建筑师，主要作品有梵蒂冈宫中的壁画《圣礼的辩论》和《雅典学派》，其他代表作有《西斯廷圣母》《基督显圣容》等。
② 弗朗切斯科·弗朗奇亚（Francesco Francia，1450—1517/1518）意大利文艺复兴时期艺术家，15世纪末至16世纪初博洛尼亚画派主要画家。
③ 波伊萨都（Boissardus），约16世纪法国古文物学家、拉丁文诗人。

绍文字，也是足以让人难免不心生波澜的。最近，博修斯①、彭珀琉斯·拉图斯②、马里安努斯③、司格图④、卡维勒瑞斯、里格瑞斯⑤诸人连同他自己才去观了画，且皆有此感。另外，去到某些王公显贵的秘阁，如大公爵那位于佛罗伦萨的藏馆、菲利克斯·普拉特罗斯⑥设在巴塞尔的聚宝室，以及贵族们的宅邸，欣赏一番琳琅满目的华服、面具（以人、鸟、兽等为主题，皆为稀世奇珍，数不胜数），绝佳的景观画、荷兰版画，出自布拉格的萨德勒、阿尔伯特·丢勒、霍尔齐厄斯⑦、尤瑞特斯诸家之手的木版画，迷人的透视画，印度羽毛拼贴画，中国瓷器，精美的画框，变戏法用的道具，异域珍玩，当亦复如此。我们不妨再问，有谁能在被懒散怠惰压倒后，或在陷入了由尘世的烦扰、忧虑及不满交错而成的迷宫后，不会因读到某个引人入胜的故事而精神舒畅的？——不论那故事是真是假，它都像一面镜子，能够栩栩如生地映照出前人的事迹、国家的兴衰更迭以及市井百态等等。因而普鲁塔克才会把故事称为餐桌上的第二道菜和糕点甜点——贵族往往是会在席间读读故事的。哪有人不会被那慷慨激昂的演说（出自生花妙笔）、优美的诗歌或悦耳迷人的言语所深深打动呢？例如，赫利奥多如斯之辞即融含蓄的欢快和上佳的幽默于一炉。背教者尤里安⑧则为诡辩家利巴涅斯⑨的某一演讲所倾倒，据其坦言，唯有待到诵读完全篇，他的内心才能平静下来。餐前我已把你的演讲读过大半，而后随即又把余下的也一并读完。啊，这是何等的雄辩！何等的文风！至于其他妙文恐也如此，能让人目不转睛，心随文动。对大多数人

---

① 博修斯（Bozius），著有《人民与君王之衰亡》一书。
② 彭珀琉斯·拉图斯（Pomponius Laetus），约15世纪意大利人文学者，曾著《罗马史汇编》。
③ 马里安努斯（Marlianus），约16世纪米兰古文物学家。
④ 司格图（Schottus），意大利贵族。
⑤ 里格瑞斯（Ligorius），约16世纪那不勒斯画家、建筑师。
⑥ 原文为 Felix Platerus，疑为 Felix Plater。
⑦ 霍尔齐厄斯（Goltzius，1558—1617），荷兰版画家，曾在哈勒姆建立自己的铜版印刷企业，并成为荷兰风格派版画的主要大师。
⑧ 背教者尤里安（Julian the Apostate，331—363），罗马皇帝，宣布与基督教决裂及宗教信仰自由。
⑨ 利巴涅斯（Libanius），约公元4世纪希腊诡辩家、修辞家。

来说，学习可谓一种无与伦比的快乐。那浩瀚的书海是怎样地多彩而丰富啊——各门各类，文艺科学，无所不包，足令读者称心遂意，满载而归。例如，在算术、几何、透视法、光学、天文学、建筑、雕刻、绘画方面，新近就出版了无数的精心构撰之作，在力学及其奥秘、军事、航海、骑马、击剑、游泳、园艺、种植方面亦是如此。此外，也有关于农业、烹饪、猎鹰、狩猎、捕鱼、捕鸟等方面的大部头，书中还附上了与种种运动、消遣相关的精美插图之类。而在音乐、玄学、自然及道德哲学、语文学、政治学、纹章学、谱系学、年代学等领域，同样也不乏巨著问世，且还有那些关于古文物的研究之作……卡丹曾言，有什么能比数学推论更精细？比音乐和声更悦耳？比天文之学更神圣？比几何论证更严密？何事能这般精准又动人？仅需看看意大利波伦亚的几何形加里森达塔、法国斯特拉斯堡的尖塔和钟楼，便会为其艺术的美而发出惊叹了。而阿基米德那件有个支点便能撬动地球的装置、用于引水的水螺旋等稀奇机械，以及乐器、一声三叠的三音回声器之类——不胜枚举——也无不令人啧啧称奇。于此世间，又存有多少法学、医学和神学的巨著啊！这些巨著或有益，或有趣，或供人实践，或启人深思，其所用文体有诗、散文等等，不一而足。其实，那学科名目本身即是整整数卷书的主题了，我们有着成千上万的各类作者，也有许多藏书丰裕的大图书馆，琳琅满目的书籍就好似一道道的佳肴，可满足各种各样的口味，而如若还有人能不为其所动的话，那可真算得上是十足的呆瓜。有人从学习著书所用的语言中亦获得了无穷的乐趣，如希伯来语、希腊语、叙利亚语、迦勒底语、阿拉伯语等。而我则认为浏览一幅地图也是同样地有趣，因为地理山川这一主题实在是丰富多彩、妙趣横生的，可引人于知识的世界里上下求索。看一看那方志地图、地形图之线条轮廓，就仿佛是将世界上所有遥远的省市、城镇都一览而尽了，且不必踏出书房，就能靠了标尺与罗盘测量其范围、远近，并查验方位。据普拉提那记载，查理大帝共有三张华美的银桌，每张的桌面上都刻有地图，分别是君士坦丁堡大地图、工整的罗马地图以及精细的世界详图，查理大帝从这些地图中得到了不少的乐趣。至此，我不禁要问，有什么能比浏览奥特琉斯[1]、墨卡托[2]、宏蒂俄斯[3]等人所精心绘制的地图带来更大的快乐？另外，与之相仿的，还有诸如翻阅布劳努斯与霍根贝尔吉斯出版的关于一座座城市的专书，品读玛奇努斯[4]、芒斯特、赫瑞拉、拉图斯、梅鲁拉[5]、博特罗、利安德、阿尔贝图[6]、卡姆登、里奥·阿费尔、阿德里克米斯、尼古拉斯·格贝琉斯[7]等人笔下细腻的文字描写，看一看克里斯托弗·哥伦布、阿美利哥戈·韦斯普奇[8]、威尼斯人马可·波罗、路德维克·瓦托曼努斯、阿洛伊修斯·卡达马斯图[9]等人著名的游记，葡萄牙人、荷兰人那些真实准确的日记（如巴提森[10]、奥利弗·阿·诺特[11]等），哈克卢特[12]的航海记、彼特·玛特[13]的大洋十年行记，本卓、勒瑞斯[14]、林斯科顿[15]的记载，约得·阿·梅根、僧侣布洛卡德[16]、布莱登巴卡斯[17]、约·杜布林琉斯[18]、桑兹等人

---

[1] 奥特琉斯（Ortelius，1527—1598），佛兰德斯地图学家、地理学家。
[2] 墨卡托（Mercator，1512—1594），佛兰德斯地图学家，发明绘制地图的圆标形投影法，首先使用 atlas 一词。
[3] 宏蒂俄斯（Hondius，1563—1612），荷兰地图学家。
[4] 玛奇努斯（Maginus，即 Giovanni-Antonio Magini，1555—1617），意大利天文学家、占星家、地图学家和数学家。
[5] 梅鲁拉（Merula），约 15 世纪意大利人文学者、古典学家。
[6] 阿尔贝图（Albertus），约 16 世纪意大利多明我会修道士、历史学家。
[7] 尼古拉斯·格贝琉斯（Nic. Gerbelius），著有《希腊志》。
[8] 阿美利哥戈·韦斯普奇（Amerigo Vespucci，1454—1512），意大利商人和航海家，确认新发现的大西洋以西的陆地不是亚洲部分而是一个新大陆，后以其命名为"美洲"。
[9] 阿洛伊修斯·卡达马斯图（Aloysius Cadamastus，即 Alvise Cadamosto），约 15 世纪威尼斯航海家、非洲探险家、作家。
[10] 巴提森（Bartison，即 William Barents），约 16 世纪荷兰航海家。
[11] 奥利弗·阿·诺特（Oliver a Nort，即 Olivier van Noort），约 16 世纪荷兰航海家。
[12] 哈克卢特（Hakluyt，1552？—1616），英国地理学家、西北航道公司创始人之一，在《英格兰民族重要的航海、航行和发现》等著作中向政府提出各项建议，屡受英国女王赞许。
[13] 彼特·玛特（Peter Martyr），约 15 世纪牙买加主教。
[14] 勒瑞斯（Lerius 疑为 Jean de Lery），约 16 至 17 世纪勃艮第神学家。
[15] 林斯科顿（Linschoten），约 16 至 17 世纪荷兰航海家。
[16] 僧侣布洛卡德（Brochard the Monk），著有《圣地之民》一书。
[17] 布莱登巴卡斯（Bredenbachius），著有《圣地之旅》一书。
[18] 约·杜布林琉斯（Jo. Dublinius），著有《耶路撒冷行记》一书。

关于耶路撒冷、埃及之类殊方异域的见闻录，保罗·亨兹勒①、约得库斯·辛瑟努斯②、杜克斯·珀罗努斯等人的旅行记，贝隆③的观察录、彼得·葛琉斯④的勘测记，布莱兄弟⑤关于美洲各地的描绘（皆精巧地雕刻成了图画）等等。或者，去观赏一册刻画细腻的植物志（里面的芳草、花卉、树木等种种植物用色自然，栩栩如生），比如马修欧卢⑥的《狄奥斯特利特斯⑦评注》，德拉卡皮修斯、罗贝尔⑧、博欣⑨的作品，以及纽伦堡的贝斯莱尔⑩那部植物志（堪称皇皇巨著，书中各植物皆是按其本来的大小绘制的）；翻一翻那些印有鸟类、兽类、鱼类、蜘蛛、蚊蚋、蛇、苍蝇种种生物的图册（其刻工是同样地精细，色彩亦仿原真，实在惟妙惟肖，且还附有关于天性、习性、特质等的精准说明——伊利安、格斯纳、尤利西斯·阿尔多凡蒂⑪、贝隆、戎多勒修⑫、希珀利图·萨尔维安努⑬等人即为此类图册的行家里手）；又或者，去探寻一番天空与自然的奥秘、宇宙的法则；凡此种种，也都会带给我们超乎寻常、预料之外的快乐和满足。接下来我还要问，在诸般学问中有哪样能比数学及其理论与实践更有趣？又有哪样能胜过丈量大地，制作地图、模型、向位圈

---

① 保罗·亨兹勒（Paulus Hentznerus，即 Paul Hentzner 1558—1623），德国律师，曾出版关于英国的旅行见闻记。
② 约得库斯·辛瑟努斯（Jodocus Sincerus），著有《古法国游记，兼游英格兰、比利时、荷兰、瑞士、萨伏依》。
③ 贝隆（Bellonius，即 Pierre Belon），约 16 世纪法国博物学家。
④ 彼得·葛琉斯（P. Gillius，即 Peter Gellius），著有《君士坦丁堡地志》《动物史》。
⑤ 布莱兄弟（Fratres a Bry，即 Theodorus & Johannes），约 16 至 17 世纪德国雕版画家、出版家，曾出版《东西印度游记集》，凡二十五部。
⑥ 马修欧卢（Matthiolus，即 Pietro Andrea Mattiole），约 16 世纪意大利医学家、博物学家、植物学家，著有《医学信札》《狄奥斯特利特斯评注》。
⑦ 狄奥斯特利斯特斯（Dioscorides）公元 1 世纪希腊医学家、植物学家。
⑧ 罗贝尔（Lobel），约 16 至 17 世纪法国植物学家。
⑨ 博欣（Bauhinus，即 Gaspard Bauhin 1560—1624），瑞士医学家、解剖学家、植物学家。
⑩ 纽伦堡的贝斯莱尔（Besler of Nuremberg），约 16 至 17 世纪法国医药学家。
⑪ 尤利西斯·阿尔多凡蒂（Ulysses Aldrovandus，即 Ulissi Aldrovandi），约 16 世纪意大利博物学家、医学家，著有多卷插图本自然史。
⑫ 戎多勒修（Rondoletius），约 16 世纪法国医学家、博物学家。
⑬ 希珀利图·萨尔维安努（Hippolytus Salvianus），约 16 世纪意大利医学家、博物学家，著有《水生动物史》。

之类？——我本人即乐在其中。普鲁塔克曾言，这种种的学问实在是妙不可言，哪里是那虚无浮华、有如梦幻泡影的财富所能比的。有人还说，我愿与"沉思研习"同生共死，不论你是何等地富有，与你在金钱和玩乐中的所获相比，我在学问里得到了更多的快乐，以及精神上真正的满足。此外，卡丹也这般赞同之——探明真理远比永葆青春或管辖数个省更具荣光。至于其他的学问，但凡痴迷其中的人，也都能找到同等的乐趣。有人认为，个中的甘甜就好似喀耳刻[1]杯里的酒，能把学者迷住，使其手不释卷，焚膏继晷、不舍昼夜地埋首于卷帙浩繁的专著中。并且，亦能获得相似的满足，比如朱里亚斯·斯卡利杰就为诗歌所倾倒，竟忽地哀声发愿道，宁为卢坎书中的十二诗句或贺拉斯笔下的一首颂诗之作者，也不去做那德国的皇帝。而耆宿尼古拉斯·格贝琉斯，则是醉心于一组重见天光的古希腊作家，并日思夜盼地还想要品赏其他遗珠，他呼道，我们将比阿拉伯或印度的任何君王都更加富有——他便是如此地看重这些作家，将之视为无价之宝了。另据载，塞内加对芝诺与克利西波斯[2]这两个疯癫癫的斯多葛派哲人同样是推崇备至，整日沉溺于其著作之中，把他们看得比任何的君王或军中将领都高。数学家俄伦修[3]对阿基米德也是仰慕不已，把他奉若神明，不以凡夫俗子视之。而此举亦无可厚非，因为在我看来，若论名声或地位，以诗歌闻名的底比斯之品达[4]，与因武功而著称的伊巴密浓达、派洛皮德[5]、赫拉克勒斯、巴克斯及其民众，是不相上下的。又据卡丹所言，亚里士多德要比亚历山大更为有名，因为有关亚历山大之功绩的记载仅余寸纸片言，而若言及亚里士多德，则可从其等身之著作中窥见全貌。不过声望名气实非我所倚重者，我追求的仍是

---

[1] 喀耳刻（Circe），能将人变为牲畜的女巫。
[2] 克利西波斯（Chrysippus, 279B.C.—206B.C.），古希腊斯多葛派哲学家。
[3] 数学家俄伦修（Orontius the Mathematician, 即Oronce Finé 1494—1555），法国数学家、地图绘师。
[4] 品达（Pindar, 518B.C.—438B.C.），古希腊诗人，著有合唱琴歌、竞技胜利者颂等，完整保存至今的仅有竞技胜利者颂45首。
[5] 派洛皮德（Pelopidas, 410B.C.—364B.C.），希腊底比斯将军、政治家，从斯巴达人手中解放底比斯（379B.C.），成为首席执政官，在击败亚历山大的库诺斯克法莱战役中阵亡。

学问之乐——书中自有大快乐、大满足。话说英王詹姆斯曾于1605年驾临我校牛津大学,游览校内各大高堂广厦,待他学着亚历山大的样子看过了那座由博德利爵士[①]翻修一新的著名图书馆后,在离馆之际不禁说出了如下金口之言:我若非君王,便甘愿做学院中人;倘若他日沦为囚徒,如能有所求,我惟愿以此馆为囹圄,与浩如烟海的鸿篇巨制之作者和古圣先贤同锁于一室——学问之乐竟是这般地甘甜,所学愈多,愈是想学,有如患了水肿一般,愈饮水,愈觉口干舌燥,勤学一生,闭目之时,仍为往日之学徒。据伊索克拉底所言,学习一事总是先苦("根茎味苦")后乐("果实味甜"),学者活得越久,越是迷恋缪斯。据载,荷兰莱顿之图书馆馆长亨休斯[②]终年闭门于馆内,这件在各位看来本应让人生厌的苦差,却引起了亨休斯的钟爱。他说道,我一踏入馆内便把门给闩上,这样一来,欲望、野心、贪婪等等一切由闲散(闲散可谓无知、乃至忧郁的生母)所滋生的罪恶就都被关在门外了,然后,在这时间的长河里、无数圣哲的魂灵间,我欣然地坐了下来,感悟到了精神的高贵,也获得了酣甜的满足,由此也就难免对我们那些不谙此乐的大人物和显贵有所同情。——与此同时,我想到了我国那些更形粗鄙的贵族人士,而我对于他们(十有八九)是如何野蛮无知地看待图书馆和典籍的,又是如何漠视鄙薄这笔巨大财富、无价之宝的,也并非全然不了解(虽我已谈到过了)。他们就好像伊索笔下的公鸡,从粪堆[③]里掏到了珠宝,却投以冷眼,其因只在他们的心怀谬见、愚昧无知、不学无术。伊拉斯谟曾言,看他们在猎鹰、猎犬、诉讼、无用的建筑、丰盛的宴席、饮酒、娱乐、游戏、消遣等等一文不值的事情上虚掷了多少的钱财,真是触目惊心。如果一个心系文艺的人去求他们提供些许资助,用以修缮或扩建学院、讲堂、图书馆之类能促进文化发展的地方,那他们定会极不情愿,极力反对,宁可眼睁睁地

---

① 博德利爵士(Bodley,1545—1613),中世纪手稿收藏家。
② 亨休斯(Heinsius,1580—1655),荷兰文艺复兴时期最著名的学者之一。
③ 原文如此。《伊索寓言》中应是公鸡在草堆里见到一颗珍珠,称珍珠于他不若麦粒贵重。

看着这些靠大笔资金悉心修造的建筑坍塌毁灭或挪作他用也不肯伸出援手。因为对于将捐赠和税收用在这些地方，他们往往是抱怨满腹、牢骚不已的。故诚如伊拉斯谟所言，为文化事业而去祈求这些利欲熏心之辈拿出哪怕一丁点儿的东西来，实可谓徒劳。而我则是替他们感到惋惜的，不过也只好放任自流了，让他们继续留在那愚人簿上吧。但在另一方面，我等学者又该对那些慷慨的托勒密①们、乐善好施的米西纳斯们、伟岸的恩主、高洁的圣人心怀怎样的感恩之情啊，

> 谁给了我这种种的安适，谁在我眼中
> 就永远是天神。②

他们为我辈修造了那么多藏书丰厚的图书馆，除设在私立学院里的以外，就连大多数城市中公立的学院也都是有的。我该如何报答托马斯·博德利爵士、奥托·尼科尔森③，以及约翰·威廉姆斯④主教大人啊——他乃林肯郡之主教，好行善积德，曾为剑桥圣约翰学院、威斯敏斯特两地建图书馆，现又行一善，忙于林肯郡图书馆的兴建之中了，此实为所有自治之城镇皆应效法之一大典范。噢，您这光彩夺目的人杰呐，我该如何赞美您才能尽表我的谢意？还是言归正传吧。

由此，不论是谁，只要他是被孤独所侵扰，或是被那愉悦的忧郁之沉思和虚妄之幻想所裹挟而去，且还因了缺少正事可做而不知该如何打发时间，又或是被世俗的忧虑所折磨，我对他所能开出的最好的药方就莫过于这研习了，也就是要让他自己静下心来去钻研学习某一门学科或学问。但始终要

---

① 托勒密（Ptolemy, 367？B. C.—283B. C.），托勒密一世，古埃及国王、托勒密王朝创建人，原为埃及总督，称王以后，号"索特"（Soter，意为"救星"），建都于亚历山大城，并在该地建图书馆和博物馆。
② 语出维吉尔。
③ 奥托·尼科尔森（Otho Nicholson），基督堂学院图书馆之翻修者。
④ 约翰·威廉姆斯（John Williams, 1582—1650），威尔士牧师、国王詹姆斯一世的谋士。

278　忧郁的解剖

有的前提是，他的忧郁之症不得源自过度研习。因为在那样的情况下，他就相当于是在火上浇油了，也没有什么会比研习更有害的了——还是要让他多加留心，切勿过度施展他的才智，以免把自己熬成了一具骷髅。当然，他也不可学痴情男子，成天只去读那些剧本、闲诗、笑话，以及《阿马迪斯·德·高卢》《太阳骑士》《七勇士》《奥帕尔梅林·德·奥利瓦》《波尔多的胡安》之类的书[1]。毕竟这样的人很多时候到头来都会变得跟堂·吉诃德一样疯癫。故而研习疗法只适宜于开具给与上述情况相反的那些闲散慵懒、苦恼不安或是被虚妄的思绪和幻想猛然吞没的人，以使他们不再耽于沉思（不过，变换研习的口味，或是选择某个严肃的主题去钻研，对于前面的研习过度者也是无害的），并让他们那持续不断的冥思苦想转移到其他方面。而若是这样，那就没有什么会好过于研习了。皮索曾说，就让他们烂熟于心地去学些东西吧，去抄写，去翻译……去读那经文——希普尔[2]就认为经文本身即是有用有益的，他说，人的心可由此从所有的世俗烦扰中飘然超脱，获致莫大的平静与安宁。因为正如奥古斯丁所言，此乃学问中的学问，它要比任何的蜂蜜都更甜，比任何的面饼都更可口，比任何的酒都更悦人，简直堪称最佳的忘忧药、最灵验的强心药、最合宜的"变质药"[3]、最立竿见影的导流药[4]。这也正如克里索斯托所补充的，树上那些为了让牲口好在夏季的炎炎烈日里站在底下乘凉，而交缠盘绕着的树枝和树叶，虽以其形成的舒适的树荫给牲口带去了如许的清凉，但这哪能比得上读经给陷于悲伤和痛苦中的忧愁的灵魂带去的那番振奋与抚慰啊。保罗要我们不住地祷告[5]；而塞内加也说，阅读之于灵魂，就如同食物之于身体。处在闲闲散散无书可读的状态就好似

---

[1] 流行于16至17世纪贵族间的中世纪晚期法文和西班牙文骑士传奇，在《堂吉诃德》中被予以了戏仿嘲弄。
[2] 希普尔（Hyperius，真名为Andreas Gheeraerdts，1511—1564），佛兰德斯新教神学家、改革家。
[3] 据伯顿在后文中所说，"变质药"指的是那类能改善、增强人的体质，能转变或至少是能阻挡、抵御疾病的药物。
[4] 指能够将忧郁之液导向别处的药物。
[5] 语出《圣经·帖撒罗尼迦前书》。

落入了另一种的地狱之中，就像是被活埋了一样。卡丹将图书馆称作灵魂之药，并说道，神学作家的著作能够增强人的精神，使人变得勇敢而坚定。这也正如希普尔所补充的——神圣虔诚的交流不容许让精神被荒谬的沉思所折磨。拉齐就嘱咐我们要跟那忧郁之人进行持续不断的交流，永久不休地跟他们谈一些历史、故事、诗歌、新闻等等，因为这将像肉与酒滋养身体那样予精神以滋养，且还能带来同等的愉悦。由此之故，上面的这位拉齐让有的人始终要跟忧郁者进行严肃的交谈，或是与他们争辩，甚至有时候还要去找茬子和吵架（只要不爆发成为剧烈的心绪烦乱即可），就并不是没有道理的了。毕竟如此的争论就像是在拨动死火让其复燃，将会刺激呆钝的精神，不任由头脑湮没在经常搅扰着忧郁之人的那些深深的沉思中。费迪南德[①]和阿方索[②]，乃阿拉贡和西西里的国王，他们两人在无药可治的情况下都靠阅读史书得到了治愈——一个读的是科提修，另一个读的则是李维。而卡梅拉瑞也讲述过洛伦佐·德·美第奇[③]身上相似的经历。其实，那些异教的哲学家们的笔下是充满了关于这方面的神圣的格言警句的，以至于如有的人所认为的那样，仅靠此就足以安抚一颗苦痛的心灵了。有些词句和言语是能够用来缓解伤痛的……比如爱比克泰德、普鲁塔克和塞内加所写的那些。利普休斯就曾感叹道，那是何等的人啊，他为对抗精神上的一切不幸乃至死亡本身提供了怎样的武器啊。他是如何地拔除了恶，又注入了善啊！当我阅读塞内加的时候，我会觉得我已是超然物外的了，仿佛是站在了山顶上俯瞰着芸芸众生一般。而普鲁塔克也是这样来说荷马的，或许正是因此，色诺芬书中尼克

---

① 费迪南德（Ferdinand，1452—1516），别名"天主教徒费迪南德"（Ferdinand the Catholic），卡斯蒂利亚国王（1474—1504）、阿拉贡国王（称费迪南德二世，1479—1516）、西西里国王（称斐迪南二世，1468—1516）和那不勒斯国王（称斐迪南三世，1504—1516）。
② 阿方索（Alphonso，即 Alfonso，1396—1458），阿拉贡国王（称阿方索五世，1416—1458）、西西里国王（称阿方索一世，1416—1458）和那不勒斯国王（称阿方索一世，1443—1458）。
③ 洛伦佐·德·美第奇（Lorenzo de Medici，1449—1492），佛罗伦萨统治者（1469—1492），利奥十世（Leo X）之父，诗人和艺术保护人，战胜帕齐家族和教皇西克斯图斯四世（Sixtus IV）的夺权阴谋。

拉托斯①的父母才会逼着他将荷马的《伊利亚特》和《奥德赛》读得烂熟于心，好让他成为一个善良正直的人，并避开懒惰闲散。而如果从哲学著作中就可获得这般的慰藉，那从神学著作中我们还将获得些什么呢？奥古斯丁、西普里安、格列高利、伯纳德的那些神学沉思又将为我们带来些什么呢？

何为美，何为丑，何为糠，何为谷，
有谁能比克利西波斯②或克兰托尔③讲得更清楚？④

不止于此，我们甚至也可问问那经文本身能给我们带来些什么——据说它就像是一间药铺，里面有着治疗一切心灵疾病的全部良药，包括各种的泻剂、强心剂、变质剂、强身剂、缓和剂等等。奥古斯丁就曾说，对于灵魂的每一种疾病，在那经文里都有专门医治它的一种药，我们只需让那病人服下上帝已经调制好的"药水"即可。而格列高利则将经文称作了一面镜子，说是我们从中可以看到我们身上所有的病症缺陷，那圣言真是火红的言语⑤。此外，又有奥利金以"灵咒"来称之。故而，哲罗姆才会嘱咐修士拉斯蒂克要持续不断地读经，并深思冥想其所读到的经文内容，因为对我们所读的东西进行深思，就好比是在对我们所食的东西进行咀嚼。鉴于以上种种的原因，我便希望那忧郁之人能将人文和神学作家的著作都利用起来，主动地在自己身上加些课业，以使忧郁之思得到转移。比如，去研究记忆之术，并为此而

---

① 尼克拉托斯（Niceratus），色诺芬《会饮篇》中的角色，乃雅典政治家、将军尼西亚斯（470B. C.—413B. C.）之子。
② 克利西波斯（Chrysippus, 280？B.C.—207B.C.），希腊斯多葛派哲学家。
③ 克兰托尔（Crantor, 335？B.C.—275B.C.），希腊柏拉图主义哲学家，尤以其《论伤痛》一书著称于世。
④ 语出贺拉斯。
⑤ 语出《圣经·诗篇》。

研读科斯莫·罗塞琉①、拉文纳的彼得②的著作以及《申克尔记忆术探真》③，或是去练习速记法之类的需要倾注大量注意力的技艺。或者也可让他去论证欧几里得在其最后五卷书中的某个命题，去开平方根，或去研究代数——因为正如克拉维斯所认为的，与之相较，在人类所有的学科中，还没有哪一门会比这更加的卓越出色和令人愉悦，也没有哪一门会是如此的深奥玄妙，如此的迷人，如此的神奇，如此的令人陶醉，如此的让人心旷神怡又充满了乐趣。通过数学推演，你就可以像谚语所说的那样，由狮爪来辨识狮子了。你仅仅凭借赫拉克勒斯的拇指就可推知他那巨大的身形了，或是凭借一小块构件就可推算出那宏伟的巨人雕像④、所罗门神庙以及图密善所建的圆形剧场的准确尺寸了。借助这门学问，你还可以去思考23个字母⑤的组合变化，这些字母真是变化无穷，由它们交织和演化而成的那些字词是多到连天宇也包覆不住的，毕竟区区10个字词就可以有40,320种不同的变化方式。借助这门学问，你也可以去探究在这地球的全部表面上一个挨一个地到底能站多少个人——有人说给每个人划分一平方英尺，那就能站148,456,800,000,000个人。而如果假设全世界都像法国那样适宜居住，家家人丁兴旺，国民健康长寿，那你就不妨再计算一下，于60,000年中地球上会有多少人出生？同时，你还可以跟阿基米德一道去演算在全世界都变成沙地的情况下，这整个沙体到底可以含有多少粒沙——你只需首先知道芥子般大小的小沙块中含有多少粒沙，就可以无穷无尽地演算下去了。不过，在这大千世界中，有什么是能比借助观天镜、星盘、六分仪、象限仪（第谷·布拉赫在其《机械学》中

---

① 科斯莫·罗塞琉（Cosmus Rosselius），16世纪佛罗伦萨多明我会修道士，著有《记忆术宝库》一书。
② 拉文纳的彼得（Pet. Ravennas, 即 Peter of Ravenna, 1448—1506），意大利法学家，著有记忆术专著《凤凰》一书。
③ 《申克尔记忆术探真》（Schenkelius detecus），乃16世纪记忆术大师申克尔（Lambert Schenkel）的追随者约翰尼斯·派普（Johannes Paepp）编著的旨在探究解密申克尔记忆术的著作。
④ 即罗德岛巨人雕像（Colossus of Rhodes），乃一巨型阿波罗铜像，约建成于公元前292至前280年，公元前225年毁于地震，为"世界七大奇观"之一。据伯顿自注，此像含1080000磅黄铜。
⑤ 指拉丁字母。

就有提到过），以及光学（那神圣的光学！）、算学、几何学等等奇特的学问和仪器，来探究和计算行星的运行情况，它们的星等、远地点、近地点、偏心距，它们离地球的距离，苍穹的大小、厚度、边界，每颗星的直径和周长，以及视面积、表面积，更加令人惊奇不已的呢？又有什么是能比研读亚历山大港的希罗①关于气动机械、军事机械、自动机械的著作，约丹努·内莫拉里②关于重量的著作，穆罕默德·巴格德丁③关于平面分割的那篇有趣的论文，阿波罗尼奥斯④所著的《圆锥曲线》，或科曼迪诺⑤在这一领域耕耘的成果，即关于重心的那部论著，以及许多类似的探讨这些几何定理和问题的著述，并据以进行实践，更加令人深感复杂晦涩然又乐趣无穷的呢？来看看雅克·贝松⑥和卡丹书中与此相呼应的那些稀奇的仪器和机械上的种种发明吧，以及罗杰·培根⑦早在其《自然与人工的奥秘》那篇论文中就提到过的那许许多多的发明实验，比如制造无需用动物来拉动的战车、能够潜入水中的船，或利用奇巧之技去实现水上行走和空中飞行，又或者是制造各种的起重机和滑轮——借此，一个人就可把一千个人拉到自己面前，也可吊起并移动巨大的重物了——以及能够自行转动的磨子、阿契塔的木鸽⑧、阿尔伯图斯的铜头⑨等等诸如此类的奇技淫巧。但尤其值得一提的，还是借助玻璃镜片

---

① 亚历山大港的希罗（Hero Alexandrinus，即 Hero of Alexandria），活跃于公元 62 年左右的希腊数学家、发明家，以求三角形面积的希罗公式和发明第一台蒸汽动力装置而闻名，现存著作有《几何》《测地术》等。
② 约丹努·内莫拉里（Jordanus Nemorarius，即 Jordanus de Nemore），13 世纪欧洲数学家、科学家。
③ 穆罕默德·巴格德丁（Machometes Bagdedinus，1050—1141），阿拉伯法学家、数学家。
④ 阿波罗尼奥斯（Apollonius，261？B.C.—190B.C.），希腊数学家，以圆锥曲线论著而闻名。
⑤ 科曼迪诺（Commandinus，即 Federico Commandino，1509—1575），意大利人文学者、数学家。
⑥ 雅克·贝松（Jacques Besson）约 16 世纪法国发明家、数学家。
⑦ 罗杰·培根（Roger Bacon，1214？—1294），英国哲学家和科学家、方济各会修士，强调数学和实验的重要意义，从事光学和天文学研究，最早使用镜片矫正视力，作品《大著作》（*Opus Majus*，1266）集当时所有学科之大成。
⑧ 阿契塔的木鸽，希腊毕达哥拉斯学派哲学家阿契塔（Archytas，活跃于 400B.C.—350B.C.），发明的一种自行驱动的木鸟。
⑨ 阿尔伯图斯的铜头，德国经院哲学家、神学家阿尔伯图斯（Albertus Magnus，1200？—1280）所拥有的一颗铜头，据说能自动回答向其提出的任何问题。

去创造各种神异的奇迹,这是过去普罗克洛斯①和培根都曾有写到过的,比如取火镜、放大镜、曲像镜——能让一个人看起来像是一支军队,而那柱镜和凹面镜,则能让人看到遥远之处,能将实体呈现在人眼前,能让人如同是在空中漫游,另据培根所言,还能让人坚信是真的看到了金子、银子以及其他任何的渴求之物,只是当来到了那镜像所在之地时,却会一无所获。近来,此种玻璃镜片在巴普提斯塔·珀塔②和伽利略的努力下得到了大幅的改进,而马吉尼③和米多尔热④还宣称他们将在这方面做出远多于此的成就。有些人曾谈及那种能够增强听力的助听器,另有些人则谈及了增强视力的器具,比如荷兰人马塞卢·维伦肯在他写给博格拉维的书信中就提到过他的一个朋友,说是这个朋友正在研制一种仪器,借此他便能看清那远在地平线之外的事物。不过依我之见,还是我们那些炼金术士和玫瑰十字会的人,创造出了最是稀奇神异的东西,并且也进行了更为丰富的实验。比如,他们能制造黄金,能分离和改变金属,也能提取油、盐、酒渣,他们简直是做出了比吉伯⑤、卢尔⑥、培根或任何致力于此的古人都更多的惊奇的成果。克罗尔⑦即效法其所尊之师帕拉切尔苏斯,制成了电闪雷鸣之金,亦即飞散爆炸之金,据说此金可模拟雷声和闪电,并可爆发出比任何火药都更响亮的爆裂声。而

---

① 普罗克洛斯(Proclus,410—485),希腊哲学家,新柏拉图主义主要代表,曾主持雅典柏拉图学园,系统地整理并阐发新柏拉图主义。
② 珀塔曾与伽利略公开争辩他们两人中到底是谁最先发明了望远镜。
③ 马吉尼(Maginus,即 Antonio Magini,1555—1617),意大利天文学家、数学家,曾研制望远镜,是伽利略的对头之一。
④ 米多尔热(Mydorgius,即 Claude Mydorge,1585—1647),法国数学家,对光学和天文学抱有浓厚兴趣,曾委托制作多种镜片,包括用于望远镜的镜片。
⑤ 吉伯(Geber),即"伪吉伯",一部13世纪化学著作集的"作者",过去被认为是公元9世纪阿拉伯炼金术士查比尔(Jabir ibn Hayyan,即"真吉伯"),然现在则被认为是13世纪意大利方济各会修士塔兰托的保罗(Paul of Taranto)。
⑥ 卢尔(Lullius,即 Raimon Lull,1235—1316),西班牙哲学家、神秘主义者和传教士,遍游小亚细亚和北非,劝说穆斯林改信基督教,认为哲学、自然科学离不开神学,著有捍卫基督教的《伟大的艺术》等。
⑦ 克罗尔(Crollius,即 Oswald Croll,1563—1609),德国炼金术士、医学教授。

科尼利斯·戴博尔[1]则是制造了永动天文钟、不灭之灯、不可燃的亚麻布以及许多类似的惊人的发明物，我们也可参看他的著作《论自然元素之性质》，里面除了有讲到冰雹、风、雪、雷、闪电等等之外，还有讲到那些奇异的烟火、恶毒的炸药箱以及由此演化而来的诸如此类的军用机械，关于这些还可参阅塔塔里亚[2]等人的著作。厄内斯特斯·伯格拉维乌斯乃帕拉切尔苏斯的追随者，他曾发表过一篇专论。在这篇专论里他详细地谈到了一种用人血制成的灯，他将之称作"生死预示之灯"——说是若将某人的血液以化学秘法炼制 40 天，然后再盛入玻璃盏中点燃，那燃起的灯火就可预示这人一生中所有的意外不幸了。如果这灯是燃得明亮亮的，那就说明此人高兴欢乐，身心健康，而如果这灯燃得都冒烟了或是昏暗暗的，则说明此人正为病痛所扰。这灯的明暗会随了被取血之人的状况而变化。不过，最不可思议的是，它还会随对方一起"死"去，也就是说这灯会和被取血之人的生命一起熄灭。同样是这个作者，他还以"木乃灵衣"[3]为题写过另一篇专论。这一篇也跟前一篇一样，真是荒诞无稽、惊奇怪异至极。他称，他借助"木乃灵衣"可以治愈大多数的疾病，他只需抽取人血并将之注入动物体内，就可将这些疾病从人的身上转移到动物的身上，甚至还可将之转移到植物的身上。同时，他还提到了一种解毒药，而古代的罗杰·培根在他那篇谈延缓衰老之术的专论中也有提到过，说是这解毒药能让人返老还童，活上三四百岁。此外，他亦提到了万能药、火星护身符[4]、武器膏药、香膏、奇特的提炼物、长生药以及诸如此类的魔法磁力之药。现在，我想问还有什么能像思索钻研这些事情那样如此地令人愉悦呢，比如去阅读并测试相关的种种实验记载，而如果更喜欢

---

[1] 科尼利斯·戴博尔（Cornelius Drebbel，即 Cornelis Jacobszoon Drebbel，1572—1633），荷兰著名发明家。
[2] 塔塔里亚（Tartalea，即 Niccolò Fontana Tartaglia，1499—1557），意大利著名数学家、军事科学家。
[3] "木乃灵衣"，原文为 mumia，即"木乃伊"（mummy）一词的变体。根据帕拉切尔苏斯的学说，"木乃灵衣"是存在于身体中的一种无形的生命之质，能够作为"阿契厄斯"（archeus，即帕拉切尔苏斯认为的存在于所有生物中的一种生命之力）的载体，具有抵御疾病和伤害的功效。
[4] 火星护身符（Martial Amulet），一种能防毒的护身符，据说其功效源自火星的影响。

第三部分　　　　　　　　　　　　　　　　　　　　　忧郁之疗法

数学的话，那就是去计算或细细研究纳皮尔[1]的对数，或不久前由我在牛津基督堂学院的老同学、好朋友，亦即刚刚故去的该学院的研究员艾德蒙·冈特[2]先生所创的人工正弦正切表——这些表只需通过加法和减法，就能完成此前雷乔蒙塔努斯[3]所编的那些表通过乘法和除法才能完成的计算——或冈特他所得出的关于扇形、象限仪和十字测天仪的那些详尽论断。或者，也可让那忧郁之人去计算球面三角形、将圆形画成等面积的正方形或用天宫图来算命，而不管有人对此是如何地大加斥责，我都要跟加尔修[4]一道说，在某些情况下我们理应允许。又或者，还可让忧郁之人去编星历表，去阅读计算大师苏伊赛特[5]的著作、斯卡利杰的《时间校正篇》以及斯卡利杰的对头佩塔维[6]的著作，直到读懂弄通为止，或者也可去钻研司各脱和苏亚雷斯[7]那精微深奥的形而上学，或经院神学，去研读奥卡姆、托马斯、恩提斯博瑞、杜兰德[8]等人的相关著作。而如果这些都无法对他产生影响，那只要他财产丰厚，愿意去使用他的钱袋子，也愿意填满他的头脑，他就大可去寻找那魔法石，他也大可将他的头脑运用于，比如说，纹章学、古物学上面，去发明纹章图案和徽记；或是去创作新婚颂诗、墓志铭、挽歌、警句、回文、变位

---

[1] 纳皮尔（Napier，1550—1617），英国数学家，对数发明人，设计计算尺的先驱，对球面三角也做出了重要贡献，著有《神妙的对数规则之描述》《神妙的对数规则之构造》。
[2] 艾德蒙·冈特（Edmund Gunter，1581—1626），英国数学家、天文学家，首创《人工正弦正切表》，发明冈特测链、冈特标尺、象限仪等。
[3] 雷乔蒙塔努斯（Regiomontanus，1436—1476），德国数学家、天文学家，原名 Johannes Müller，发展了三角学，在纽伦堡建立天文台（1471），观测彗星，编印航海历书，著有《论各种三角形的五部书》《方位表》。
[4] 加尔修（Garcaeus），16 世纪德国路德宗神学家、占星家。
[5] 计算者苏伊赛特（Suisset the Calculator，即 Richard Swineshead），约 14 世纪英国数学家、西多会修士、牛津数学教师。
[6] 佩塔维（Petavius，即 Denis Pétau，1583—1652），法国耶稣会神学家、历史学家。
[7] 苏亚雷斯（Suarez，1548—1617），西班牙耶稣会会士、哲学家、神学家。
[8] 杜兰德（Guillame Durand），约 13 世纪法国宗教法规家、祈祷书作家。

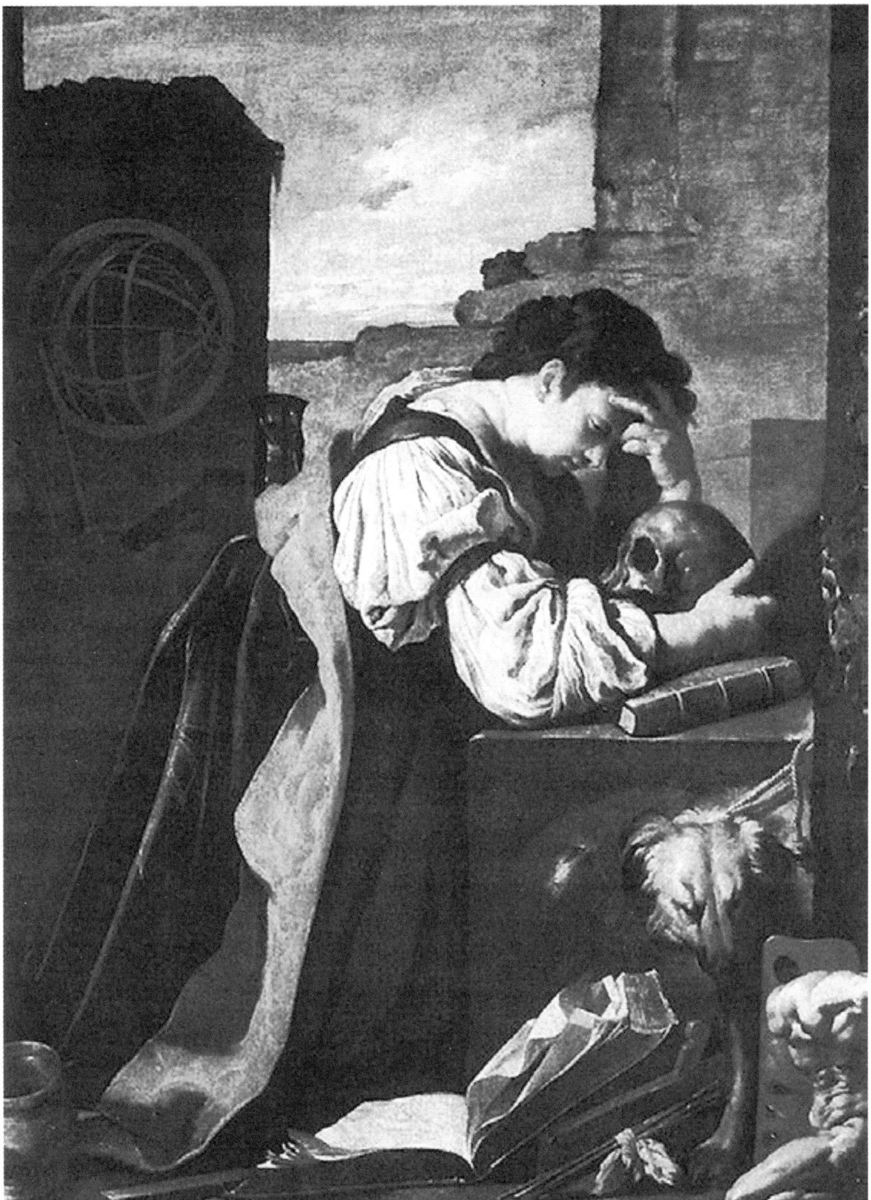

多明尼可· 费提《忧郁》

词①、纪年铭文②以及嵌入朋友名字的离合诗；或是为马提安诺·卡培拉的著作、德尔图良③的《论披肩》、努比亚地理志或"Aelia Laelia Crispis"这句铭文④写评注，就像许多闲人所尝试的那样；总之，与其什么事都不做，还不如让他跟普提努⑤一起在一个诗句⑥上做出一千种的组合变化，如此也就可以磨炼到他的头脑了，或者亦可像吕内堡的赖莫斯⑦在其《百变诗集》中所做的那样，去进行2150次的诗句组合⑧，此外，斯卡利杰、克里索利修⑨、克勒彼斯修以及其他一些人也都曾做过这一类的组合诗。而倘若此种主动加在身上的课业，以及从中得到的愉悦和乐趣，或这些学问的艰深晦涩，仍是不能调转忧郁者的闲思，并让他们虚妄的幻想得到转移的话，那就得按照克里斯多夫·阿·维伽所说的那样去做了——只要他们不履行他们身上所担负的应尽的义务，他们就得被迫地交些罚金，并且他们还将因此失去信誉或丢脸蒙羞，这样的事，在我们那些公开的大学答辩中即可见到。其实，正如一个人若不为了些什么而去比赛，就不会对其比赛上心一样，主动之研习也不会那样顺畅无碍地对学者产生影响，除非学者本身就是非常专注的，并对他所谓

---

① 变位词（anagram），指字谜游戏中变换某个词或短语的字母顺序构成的新词或短语。
② 纪年铭文（chronogram），以其中的大写字母构成罗马数字表示纪年（或日期）的铭文或句子、短语。如 LorD haVe MerCIe Vpon Vs=50+500+5+1000 +100+1+5+5=1666，铭文意为"求主怜悯我们"，其中嵌入 L、D、V、M、C、I、V、V等表示数字的大写罗马数字。
③ 德尔图良（Tertullian, 160？—220？），迦太基基督教神学家，用拉丁语而非希腊语写作，使拉丁语成为教会语言及西方基督教传播工具，著有《护教篇》《论基督的肉体复活》等。
④ 16世纪中叶发现的刻于意大利博洛尼亚附近一块石头上的神秘铭文中的第一句，曾引起过文艺复兴时期炼金术士以及赫耳墨斯神智学信奉者的极大兴趣。
⑤ 普提努（Putean，即 Erycius Puteanus, 1574—1646），比利时人文学者、语文学家，他于1617年编辑出版了一卷诗集，其中收有佛兰德斯耶稣会会士伯纳德·包胡休（Bernardus Bauhusius）所做的组合诗，这位伯纳德在一个诗句上总共做出了1022种组合变化。
⑥ 诗句原文为"Tot tibi sunt dotes virgo, quot sydera coelo"，意思是"您的才赋，圣母啊，就如天上繁星那样多"。
⑦ 赖莫斯（Rainnerus，即 Heinrich Reimers），17世纪德国诗人，著有《百变诗集》(Proteus Poeticus)。
⑧ 诗句原文为"Da pie Christe Urbi bona sit pax tempore nostro"，意思是"神圣的基督，将那光荣的和平赐给我们时代中的这座城吧"。
⑨ 克里索利修（Chrysolithus），可能是17世纪另一位组合诗诗人卡罗尔·戈德斯坦（Carol Goldstein）的笔名。

熟的那门学问抱着非同寻常的兴趣。这研习，实应具有学者工作之责的性质了，无论学者愿意还是不愿意，他都必须担受，不能不给他以巨大的损失、罚金、耻辱或阻碍，就任由他疏忽其责。

现在来谈谈女子。女子是不必有劳心劳神的研习的，因为她们有那精巧的刺绣、雕绣、纺纱、骨花边，以及她们自己制作的许多漂亮饰物，去装饰她们的房子、垫子、地毯、椅子、凳子（毕竟她不吃闲饭——她寻来了羊绒和麻①），此外她们也会做些甜食、蜜饯、蒸馏水……而凡此种种她们都是想要展示给那陌生之人看的。

> 这些她都向她的客人展示了，连同她所有的财物宝货，
> 虽迄今为止都是我的女仆在做，但这却是我亲自所做。②

女子们就是得为这样的事而忙，为各种的家务之类而忙，比如去打理出整洁漂亮的花园——那花园里需长满来自异域的、五颜六色的、种类繁多的、气味芬芳的花朵以及各种各样的植物，而这也正是她们孜孜以求的，悉心毕力去养护和照料的，得意于拥有的，并大肆炫耀了好多次的。至于她们那些欢快的聚会和常有的造访，以及繁华之城里的相互邀请，我就主动略而不提了，因为这些都太过风行了，比如下等人之间的碎语闲聊之类。而老人则是有他们的念珠的，这真是一个极好的发明，可以使他们这些在暮年中本就忧郁且对万事都力所不及的人能够远离闲散，去念诵无数遍的主祷文、"万福马利亚"、信经——当然，前提是不得生出亵渎和迷信。

总之，身体与头脑都需得到锻炼，两者缺一不可。但锻炼又需适度合宜，否则物极必反，终致病害加身。如若身体过度劳累，疲乏亦将波及头脑。反之，头脑同样能压迫身体，例如学者往往就是如此的。据普鲁塔克称，他们从不顾惜身体，强用速朽之肉身去行不朽之圣业，然前者为凡，后

---

① 语出《圣经·箴言》。
② 语出夏洛勒。

者为非凡呐。这就好比牛与骆驼共侍一主,牛因劳累不支而请骆驼帮忙驮货,骆驼拒之,牛便说道,不久后我身上所负之货将满满当当地全加于你身。渐渐地,牛死了,此话果真应验。如果头脑不愿给身体丝毫的喘息或缓和之机,那么身体也会说出类似的话来——不一会儿,疟疾、眩晕、肺痨就会揪住它俩,一切研习只得作罢,两者必将一同受迫病倒。故而,凡欲维持良好之状态及健康者,必得让身体与头脑拉一样的轭,不能有所偏颇,唯如此才可心愿得偿,一享福寿安宁。

三

对治各种不满之良方

不满与不幸之事有普遍、特殊之分,普遍者指折磨整个王土、地区、城市的战争、瘟疫、赤贫、饥荒、火灾、洪水、异常天气、传染病,特殊者则只关乎个人,如忧虑、烦恼、损失、朋友的亡故、穷困、贫乏、病痛、丧亲、侮辱、毁谤等等。我们往往会经受命运的风吹雨打,这是世人皆难得免的——各自都有各自的苦痛要去背负。即便在欢声笑语中也会传来些许牢骚、些许抱怨,正如他所言,我们的一生有苦有甜,悲喜交加,好似把蜂蜜和胆汁搅在了一起,世人皆痛苦,不满,而谁又能否认呢?如果人人都如此,这已成了一种普遍的不幸、躲不开的必然,使得众生烦恼,那么正如卡丹之推论,谁还敢妄想幸免于此呢?你怎么不为你生来是个凡人、当不了世界的主宰而伤心呢?去担负那世人都在忍受的命运,这是任谁也推脱不掉的!如果世人皆是这样,那为何又有人会比别的人更加烦恼?若痛苦的只有你一个,诚然,这会更加恼人,也更难以忍受;但若大家都痛苦,那就要这样安慰自己了——在痛苦里煎熬的同伴多的是哩,这不是你一人的事,你何需这般烦恼呢?"啊,但是呐!我们比他人更惨,我们又该怎么办?除了个人的痛苦外,我们还活在对共同敌人的永久的担惊受怕中;贝娄娜①的鞭声和悲壮的

---

① 贝娄娜(Bellona),女战神,战神马尔斯之妻或其妹。

呐喊伴着新婚的喜歌；欢快的乐曲里，还有那可怖的炮声、鼓声和军号声一直回荡在我们的耳边；没有庆婚的火把，我们有的只是焚烧城镇的战火；胜利带着哀悼，欣喜也伴着泪水。"这事现在如此，过去如此，将来也会如此。有人若视而不见，充耳不闻，也不去承受之，那他就难以活在这世上，亦看不清世人之常态了——只要活着，就得经受那交替往复的循环，其间悲与喜相连相接，此消彼长。既然这不可避免，也无法躲掉，那你为何还要如此烦恼？西塞罗曾引一位古诗人的看法，认为凡必然之事就不会痛苦难忍。若无法得免，那就这样安慰自己吧——不管你愿不愿意，总归都得经受之，倒不如迎难而上，逆来顺受。长久者不难熬，难熬者不长久。这都必将过去，不论其他，时间总是能将之消磨殆尽的，而习惯了也就不会痛苦依旧了。忘却实乃对付损失、伤害、悲痛等各种弊病的通用药。一旦成为了过往，不幸的好处就会立现，它能使我们的余生更甜美，总有一天我们会忆苦而思甜，失掉或缺少了某物往往会使它较之以往更讨人喜，惹人爱。我们勿要以为我们中最幸运的人能抽身逃脱，竟连一丁点儿的不幸也不沾身，

快乐诚非完美无瑕，

悲喜交织，苦甜夹杂。①

所谓天壤有别，那些天体的确可以在其轨道上无阻无碍地自由运转，沿着那路线持续行进无数个世代，然后再折转变换；但地上的人儿却要伴着重重的困难颠簸前行，会遇到各种各样的阻碍和敌对前来无休止地妨害、打断其奋斗与追求，并且凡人是不能摆脱这自然之律的。故而我们就不能再奢望事事都称心如意了，或非要去寻什么胜利连连、好运不断。正如罗马执政官米努修·菲利克斯对出言不逊的科里奥兰纳斯（因好运而醉晕了头）所说的，"不要再追求你已经得到过的成功了"，自天地之初，便从未有人（以后

---

① 语出奥维德。

也不会有）能万事如其所愿，或命运亨通，一帆风顺。即使成功如斯，这话仍然在他身上应验了。至于其他的人，亦不例外，哪怕是有奥古斯都那般的幸运——他虽被誉为了朱庇特的施赈吏、普路托的财政官、尼普顿的海军统帅，但这也不能使他幸免于此。亚西比德、纳尔塞斯、大将军龚萨福以及世间赫赫有名之人，也皆有着同样的命数，正如约维斯所获的结论，对于高高在上的君王而言，这无疑会是近乎致命的一击——倘若他们因自己的过失或源于嫉恨和歹意的陷害而失掉其荣光，竟要在屈辱里终此一生的话。诚哉斯言，此事过去如此，将来亦如此，无往不利之气运是断断没有的，

完美无缺是假，

白璧皆见微瑕。

月下万物都会凋败，都有变数，人生在世不必强求。你寻不到平静快乐的日子，得不到片刻的安宁，世间有的只是乌云、暴风、流言，我们命该如此。就像那偏离了正轨的行星，在各自的轨道上变化多端地运行着，时而前进，时而静止，时而倒转，或近或远，或东或西，或隐没，或在野，飘忽不定。正如占星家所言，行星在空中的位置常有不同，会落入各自的界区、黄道宫、盘格、失势点之类，由此所获的光线也就或明或暗，故它们总难免时强时弱。与之相类，人生在世也会有起浮涨落、盛衰荣辱、成败兴废，或被人捧，或遭人弃，一生烦扰不断，需得经受无数命运的突变和意外，以及各种源于自我或他人的痛苦和疾患。

哎，只是你仍旧觉得你比他人更为不幸，别人同你相比都足称幸福，其痛苦于你不过如跳蚤的一叮罢了，唯有你才是不幸的，没人会似你这般糟糕。然而正如苏格拉底所言，假使世上的人全都聚在了一起，带来各自在身体、精神和命运方面的痛苦，如脓疮、溃疡、疯癫、癫痫、疟疾，以及行乞、贫穷、奴役、监禁之类种种常见的不幸，将之堆在一处均分掉，那么你是愿去分摊一番，取走你的那份，还是愿就照现在这样？毫无疑问你宁可一

切如旧。若有朱庇特似的天神说要让我们心愿得偿——

> 好吧，就这样定了：你原为官兵大人，
> 那就改作经商的；你这律师老爷
> 不如去当个乡绅；你去这边，
> 你走那边；为何一动不动？还是一仍其旧为好[①]

　　人人只知自己的不幸，不识他人的缺陷和痛苦，此乃人之天性使然——始终只看自己，顾着自己的不幸，不会留意或想到他人的凄惨，不会去与之相比。只一再地清点自己的苦处，而不计入所拥有的大好福泽、运气和恩赐，只反复咀嚼自己的困厄，而不去想想所获的富足成功，看不到所有，只看到所缺，始终着眼于过往，从不放眼未来那无穷无尽的机遇。你对你的命运竟是如此不满，如此厌恶，甚至觉得它堪称最低贱、最凄惨之境况，殊不知若能享有哪怕一丁点儿你那种命，便会让许多人觉得自己仿佛身在天堂了，好似小君王啊！你可知你之所有正是万千人之所缺啊！有多少人是苦奴隶、穷俘虏，有多少人在煤坑、锡矿中日夜劳作，靠卖苦力来维持困苦的生活，又有多少人身心皆疲，活在极度的痛苦和折磨之中，而这一切你都是幸免的啊！知足和识福才能常乐，身在福中不知福，往往要失去后才懂得珍惜。待你丢掉了现在为你所嫌弃、憎恶、厌倦、腻烦的一切，当那都已成了过往，你方会说我曾经是多么地幸福啊。在怀念一阵过后，你又真心实意地希望再获逝去的一切，重拾以往的生活——要的就是这种生活，回想起它来真是快乐呵。所以歇嘴吧，心安意满吧，用他人的不幸来慰藉自己吧。正如伊索笔下的鼹鼠对那只因缺了尾巴而抱怨连连的狐狸及其同伴所说的，"你是在无病呻吟，我又眼瞎看不见，还是闭嘴吧"。而我也要对你说，请知足了吧。据载，野兔们天生胆小，觉得很是痛苦，于是一起决定投湖自

---

① 语出贺拉斯。

尽。但当它们在湖边见到青蛙比自己更胆小后,却又重获了勇气,复得了安慰。那就请拿你的境况与他人的相比吧,想想别人也在受着同样的磨难,你就会更加淡然地处之。安分知足吧,因为有人活得不如你好。对你所拥有的,以及上帝为你所做的,还是心存感念吧,须知上帝本可任意地将你变作怪物、野兽、卑贱的物种,但他却让你成了人类、基督徒,成了现在的你。好好想想吧,现在的你是如此安好。没有人是能够称心如意的,但人人都可选择是否一味奢求那手里没有的东西。你的命运业已陷落了,那就随遇而安吧。如果我们全都要永久地睡去,与传说中的恩底弥翁①一样,那么谁又会比谁更幸福呢?我们的一生瞬息即逝,真乃浮生若梦,还在四下顾盼之际,那永世的长眠就已来到了身旁。所谓的一生,也不过是在人世间走一遭罢了,智者通常是大步流星地将这段旅程走完的。若你陷入了苦难、悲伤、穷困、烦恼之中,变得痛苦不堪,或疾病缠身,那就不妨想一想使徒之言吧,主所爱的他必管教。流泪撒种的,必欢呼收割。正如窑炉能检验陶工的陶器,试探也能考验人心。这全是为了你好啊。如果没有这番际遇,你早就给彻彻底底地毁掉了。所谓真金不怕火炼,人在逆境中也是会受到磨砺的。苦难使人富有,卡梅拉瑞的打谷与谷物的寓言即有所指,

> 正如摔打能分离开禾秆与稻谷,
> 磨难亦能使人从尘世的谷壳中脱胎而出。

克里索斯托也有过类似的说法,谷粒唯有靠了摔打才能脱落开来,而世人也只有历经了磨难才能摆脱世间的纷扰。这是西普里安所反复讲到的,亦是哲罗姆,乃至全体教父所谆谆教导的——我们要永远地受到诘难。就连那谚语也隐隐地谈及于此:伤害乃鉴戒,那害你的将予你以教训——这是我们耳熟能详的一句话了。奥古斯丁曾言,上帝只有一子是无罪的,除此而外

---

① 恩底弥翁(Endymion),希腊神话中的绝世美男子,受到月神塞勒涅的爱慕,据传因与天后赫拉传情,被宙斯施法落入长眠中,此后塞勒涅就夜夜都来与他相会。

皆需遭到惩治。熟练的水手要在暴风雨里经受考验，赛跑运动员则是在赛道上，将军是在战场上，勇士是在逆境中，基督徒是在试探与苦难之间。我们就像无数的士兵被派遣到了人世，要浴血奋战，与人斗，也与魔斗。人生就是一场战役，这难道不是众所周知的吗？从地面升至星空是没有坦途的，而这世界之所以令人困苦，或许正如格列高利所言，就是为了让我们不在途中乐而入迷，忘了该去往何处。

> 前行吧，勇士，去追寻那有着至高荣耀的路途，
> 不要掉转后背，学傻瓜乱飞一通；
> 去把大地征服，如她降住了天空，
> 然后你就会成为群星之主。①

还是继续欢快地朝天堂走去吧。如果路途艰险，你踏入了惨境里，身陷种种苦难之中，你也总能在路的另一边找到许多惬意的娱乐、悦目的景物、甜蜜的芬芳、可口的美味，以及音乐、佳肴、芳草、鲜花等等，来愉悦你的感官。退一步说，你就算被世界抛弃了，变得落泊，遭到了冷落，但也要心存安慰。正如夏甲②曾在荒野中所听到的，上帝看到你了，留意到你了。天上还有上帝能护你前行，救你于危难啊。诚如塞内加所认为的，神乐于看你。神是很喜欢观看勇士与逆境相顽抗的，这就跟我们要去看人与人斗或人与兽斗一样。但凡此种种都是不足为道的。看呐，他说，这才值得让神看上一眼，即好人随遇而安。古人认为，暴君是献给朱庇特的最好的牺牲，朱庇特最想要的是一颗得到满足的心。至于你，就请安下心来吧，将一切的忧虑卸给神，所有的重担卸给神，要依靠神，信赖神，他必抚养你，关照你，让你如愿以偿。请与大卫同唱，神是我们的希望和力量，是我们在患难中随

---

① 语出波伊提乌。
② 夏甲，基督教《圣经》故事人物，亚伯拉罕之妻撒拉的婢女，亚伯拉罕与之同房，生子以实玛利，后受撒拉虐待，逃进沙漠。

时的帮助。倚靠耶和华的人，好像锡安山，永不动摇。众山怎样围绕耶路撒冷，耶和华也照样围绕他的百姓，从今时直到永远。

1. 身体的缺陷、疾病、出身卑微

　　特殊的不满与不幸，通常源自身体、精神或命运，因其能伤害人的灵魂，招致这忧郁之症以及种种难忍的烦扰愁苦，故以宽慰人心的开导和劝解作解药兴许可以缓解、消除之。我们身体上的缺陷和瑕疵，如跛足、弓背、耳聋、眼瞎，不论是天生还是意外所致，都能让不少人饱受折磨。但这也许可以安慰他们，即身体之种种缺陷丝毫不会玷污了灵魂，亦不会阻碍灵魂的运转，反倒是有所助益，可使之升华。你虽然身残体缺，有碍观瞻，不过这并不妨害你去做个善良、聪明、正直、诚实的人。普鲁塔克曾言，实难见到"信"与"美"同居一处，而往往在褴褛的衣衫下裹着的却是过人的才智。科尼尔斯·幕苏斯[①]乃意大利著名的传道士，当他初登威尼斯的布道坛时，因其外在而大受冷落——看到他那又小又瘦、又穷又落泊的样儿，听众们个个都巴不得赶紧离开教堂。可是一闻其声，大家却又对他肃然起敬了，就连那议员也觉得，若能与他结交，或头一个把他请到家里去，实为一件荣幸的事。比起那些喜卖弄、好吹牛、欺世盗名之辈，看上去傻乎乎的家伙反倒更具有智慧、学识、正直的品性。有道是老酒桶里出佳酿。我不知能想出多少残疾的君主、国王、皇帝，以及哲学家、演说家来！汉尼拔仅有一只眼睛，阿皮乌斯·克劳迪乌斯[②]、提摩莱昂[③]均为瞎子，突尼斯王穆雷·哈山、波西米亚王约翰，以及先知提瑞西阿斯，亦是如此。其实，暗夜自有其趣，

[①] 科尼尔斯·幕苏斯（Cornelius Mussus），约16世纪意大利传道士。
[②] 阿皮乌斯·克劳迪乌斯（Appius Claudius），约公元前300年著名法学家。
[③] 提蒙莱昂（Timoleon,？—337B.C.），希腊政治家和将军。

失去一种感官之人往往会"失之东隅，收之桑榆"，故他们就有了超凡的记忆力，以及别的长处，将擅长音乐和许多的消遣娱乐。西塞罗在其《图斯库勒论辩》中所论极是——从中还可获致大快乐、大智慧。据其所言，荷马虽瞎，但又有谁能靠了双眼所见作出更准确、生动，或精彩一筹的描述呢？德谟克利特也是瞎的，但正如拉尔修所述，他看得比全希腊人都要广远。据柏拉图的论断，肉眼最瞎之时，往往灵魂之眼最是明亮。有的哲学家和神学家把自己给阉割了，并且还自剜了双目，也是为的能更清醒地思索。据传，安杰罗·珀尼兹安洛①的鼻子有一水疱，整日里脓水流而不止。他在众人面前虽是一副恶心的样子，但在其作品中所显出来的能言善辩、赏心悦目却是无人可及的。伊索，弯腰曲背；苏格拉底，眼睛半盲，腿长梭梭的，毛发又多；德谟克利特，枯槁干瘪；塞内加，骨瘦形销，丑陋难看。但他们却让我见识了无比繁盛的智慧、圣洁的灵魂啊！贺拉斯是个双眼迷糊、矮小低微的家伙，然在格言警句和智慧上又有谁能出其右？马尔西琉·菲奇诺、费波·斯塔普伦瑟斯②是一对侏儒，梅兰希顿也是容貌粗陋的小个子（身小而人伟），但这三人却都有着超凡的才智。耶稣会的创建者伊格纳修·罗耀拉，在西班牙纳瓦拉省的主城潘普洛纳被围攻时腿部负伤，从此不宜参战，也不便出入宫廷。经了这次变故，他转而投身到了"拨念珠"的事业里去，而从中所获的荣耀之大，竟是他靠了好的腿脚、健全的身体也得不来的。可见伤害伤身不伤魂呐。皇帝加尔巴③是个驼背，爱比克泰德是个瘸子，伟人亚历山大身形矮小，奥古斯都·凯撒④亦高不到哪里去，阿格西劳斯⑤也同样是五

---

① 安杰罗·珀尼兹安洛（Angelus Politianus，1454—1494），意大利诗人、人文学者和剧作家。
② 费波·斯塔普伦瑟斯（Faber Stapulensis，1455？—1536），法国神学家、人文主义学者。
③ 加尔巴（Galba，3B. C.—69A. D.）罗马皇帝，公元68年举兵反对尼禄，尼禄自杀后，被元老院确认为罗马皇帝，后被禁卫军杀死。
④ 即屋大维。
⑤ 阿格西劳斯（Agesilaus，444？B. C.—360B. C.）古希腊斯巴达国王，崇尚武功，精于谋略，被视为斯巴达尚武精神的化身。

第三部分　　　　　　　　　　　　　　　　忧郁之疗法　299

短身材，波科里斯①则是埃及历代国王中形貌最为丑陋的一个，但据狄奥多鲁斯·西库鲁斯②记载，他的聪慧和博学却是远远胜过先前那些国王的。耶稣纪元1036年，波兰的侏儒国王乌拉德斯劳斯·库比塔利斯即位，他虽为侏儒，但却比那些腿长的前代君王打下了更多的胜仗。故矮小之身材并不为才德所拒，而藏在伟岸的身躯、漂亮的样貌之下的往往是一副痴愚、呆滞、木讷的灵魂。那里面都有些什么呢？

> 除了身子那沉甸甸的重量，配上
> 大脑的极度的鲁钝，还能有什么花样？③

在俄托斯与厄菲阿尔忒斯（即荷马笔下尼普顿之子）那足有九英亩宽广的身子里能有何物？

> 如同高大的俄里翁④昂首阔步于洪水之上，
> 用他的强壮的胸膛破开了巨浪，
> 最高的浪尖险些打湿了他的肩膀。⑤

至于马克西米安、埃阿斯、卡利古拉，以及魁梧的散送冥人⑥或巨大的亚衲人⑦之类五大三粗、野蛮蒙昧的傻大个儿，其身体中又是些什么呢？

> 倘若命运三女神赐给了你高大的身体，
> 她们便不会再给你才智，而你也就成了呆子。

---

① 波科里斯（Boccharis，即 Bocchoris），埃及第二十四王朝国王。
② 狄奥多鲁斯·西库鲁斯（Diodorus Siculus）约公元1世纪希腊历史学家。
③ 语出奥维德。
④ 俄里翁（Orion），希腊神话中珀俄提亚的巨人猎手，后被阿尔特弥斯所杀，死后被取至天上化为猎户星座。
⑤ 语出维吉尔。
⑥ 散送冥人（Zanzummin）即 Zamzummim，基督教圣经旧约提及的亚扪人到来前居住在约旦河东、亚嫩和雅博二河间的土著巨人族。
⑦ 亚衲人（Anakim），《旧约》所载的另一土著巨人族。

正如莱蒙琉所言，他们的躯体是个沉重的负担，使得其精神萎靡不振，人也挺不直身子来，难展笑颜。在那巨大的身体里连一丁点儿的智慧也找不到，而一颗小小的钻石却远比巍峨的大山更值钱。故亚弗洛地西亚的亚历山大①才要坚称，个子越小就越聪慧，因为短小的身体能使灵魂浓缩更显精纯。余下的就让博丹在其《历史易解法》的第五章里为之一辩吧，越是矮小的人，譬如居于亚洲、希腊者，往往就越是拥有精巧无比的智慧。不过，为有的人所欣赏不已的所谓身材高大、气宇轩昂，亦非子虚乌有，因为凡高大者大多都仪表堂堂，魁伟挺拔。而我也承认他们皆高耸入云，看不见头了。然小个子也的确小巧标致。

> 科塔，卓尔不群，
> 亦属矮小的身形。②

有不少的人会为了大病小病而苦恼，但这实在是来得无缘无故。或许生病对其灵魂是有益的，或许此乃命定了的事，又或许肉体要反抗灵魂，正应了"祸兮福所倚"的说法。疾病实可谓谦逊之母，她能提醒我们人无不朽之身。在我们耽于尘世的浮华与玩乐时，她总会揪住我们的耳朵，让我们认清自我。普林尼即称此为哲学之精髓所在——若我们康复后能按病中所许诺的那样去做就好了。通常而言，在生病的时候，我们才最为道德，因为正如西康都斯③规劝马克西穆斯的，哪有病人会淫荡，贪婪，或野心难掩呢？生病的人才不会去嫉妒、崇拜、谄媚或鄙视谁，也不会去打听什么谣言和传闻之类。若没了病痛的耳提面命，人就会变得毫无节制了，甚至比虎、狼和狮子还要难驯。谁能镇得住呢？君王、主子、父母、执政官、法官、朋友、敌人，或

---

① 亚弗洛地西亚的亚历山大（Alexander Aphrodisias），约公元 2 至公元 3 世纪逍遥学派哲学家，曾评注亚里士多德的著作。
② 语出马提雅尔。
③ 西康都斯（Johannes Secundus, 1511—1536），荷兰诗人。

是软的、硬的法子，统统都管不了。但正如克里索斯托所言，一点点的病痛却能惩治和纠正我们。因此，几经斟酌后，约维纳·庞塔努便命人将这一短句刻在了他那位于那不勒斯的墓碑上：劳累、悲伤、痛苦、疾病、穷困潦倒、服侍傲慢的主子、承受过重的枷锁、埋葬挚友等等，都不过是我们人生的调剂而已。——如果你的病持续不断，又令你痛苦不堪，那它必不会久而不愈。**这至暂至轻的苦楚，要为我们成就极重无比永远的荣耀。耐心地忍受吧。**女人产子虽要历经千辛万苦，但却没有因此而节育的。那些怀不上的，还要盼着去受这番罪呢。鼓起勇气来，你在产床上表现出的英勇，并不亚于军队里或海战中的那类，所谓背水一战，不胜则败，你终将会得到解脱。在此期间，就任疼痛肆虐吧，你的脑子是不会转不动的。查理五世的议员威利博德·佩克黑默[①]，虽大多数日子因痛风而卧倒在床，但仍然督导了所有涉及德国的事务。痛苦越剧烈，也就越不会长久。尽管当时痛得严重、可怕，但我们还是能学殉道者那样，用生后的荣耀与不朽来安慰自己。那有名的哲人伊壁鸠鲁，虽陷于难受至极的结石痛和腹绞痛中，但他却靠幻想不朽求得了慰藉，其灵魂从奇思中得来的乐，驱走了他肉身之折磨生出的痛。

出身卑微对于有的人来说实乃一大耻辱，其中又以那些有钱的、当官的或要在宦海里往上爬的为尤甚。正如波伊提乌所言，若其出身与其地位不符，比别人低了一等，那他们就会自惭形秽，感到羞愧难当了。有的人轻蔑父母，不认兄妹，与亲朋好友断绝往来，在他们发迹以后，是断不肯让这些人来接近自己的。依其所见，现在既已位尊权贵了，那么此等穷苦的出身就是一种侮辱。卢奇安书里的西蒙，刚得了点小财，就把名字改成了西蒙尼德斯，因为他的亲戚里穷人太多了。并且，他还把出生时的房子付之一炬，以免有人指指点点。另一些人呢，则花钱去买来头衔、纹章，用尽法子让自己跻身古老的世家，伪造血统，僭用盾纹，而这一切全都是为了使其出身不显

---

① 威利博德·佩克黑默（Bilibaldus Pirckheemerus，即 Willibad Pirckheimer 1470—1530），德国文艺复兴时期律师、作家、人文主义学者。

卑微。谁叫那高贵的出身为一群肤浅之徒所仰慕不已呢，且又被赋予了无上荣光。比如德国人、法国人和威尼斯人，他们的贵族就看不起平民百姓，不愿降尊纡贵与之相提并论，反倒压迫之，把他们当作驴子来驮货。我们平日里说话和发生口角时，套在别人身上最伤人、最恶毒的，或张口就想用的绰号，当莫过于臭无赖、穷恶棍之类了。然依我之见，相较于其他种种烦扰，此等辱骂实在是微不足道的。而在各种的吹嘘和炫耀里，夸得最厉害的则应数贵族之出身。但他们为何要如此嚷嚷，去争这种优越，仿佛自己是个半神似的？出身吗？

你就是这般地仰赖你的出身吗？①

其实它什么也算不上，不过是电光火石、空架子、小玩意儿、一无是处之物罢了。还是先想想贵族世家的兴衰史后，再来告诉我出身为何物吧。压榨、欺骗、诈骗、放高利贷、耍无赖、行娼业、谋人命和施暴虐，是许多所谓贵族的发家手段。有人原先是吸血鬼，犯过弑亲的罪，靠不怀好意的挑拨、煽动，不知害了多少不谙世故者的命，添了多少孤儿和穷寡妇。但他却因此当上了勋爵或伯爵，其子孙也跟着永享贵族之衔。有人原先则是皮条客（专为大人物拉女人）、寄生虫、奴隶，把自己和妻女一道卖给淫乱的王公，为此他却得到了擢升。提比略把他那时代的显贵看得比许多人都低，因为所谓显贵者皆为臭名昭著的皮条客和烂醉如泥的酒鬼。他们能进到瓦罗所称的羊皮纸的卷宗里，往往是靠了谄媚或欺骗。去翻一翻你们那些世家望族的老底吧，你当发现，正如艾伊尼阿·西尔维乌所说的，大家族十之八九都有着不清不白的发家史。马基雅弗利笔下的平民领袖，在那篇杜撰的演讲中即向其他平民言道，他们无不是靠了欺诈、武力、愚弄之类不正当的手段才飞黄腾达的。凡富有者，往往不缺手段，而道德与财富也鲜能共存于一人身上。

---

① 语出维吉尔。

想必诸位都已看清了显贵那卑劣的发迹之初了吧？他们聚敛钱财，各有各的法子，有人掠夺，有人放高利贷，有人背信弃义，有人行巫术，有人溜须拍马，有人撒谎、偷窃、做假誓，有人通奸。此外，也有靠要宝来逗主子一乐的，把小主子放在膝上摇啊摇、又给他当马驹来骑的，以及娶疯娘们作老婆的，等等。那么，尊敬的阁下、大人，现在方便告诉我谁是您家族的创建者了吗？有诗人答曰，

> 要么是个羊倌，命里卑躬屈膝；
> 要么就是个我难以启齿的东西。①

你俩谁更高贵呢？若是他，我已揭了其老底。若是您，那又有何好夸耀的呢？您可是他的儿子呐，不，也可能是他的继承人、名义上的儿子——家里的牧师或男仆兴许才是您的亲爹。但眼下我不想就此展开争论，还是假设已婚妇女都是忠贞的好了。或者，把您算作他儿子的儿子的儿子，反正生于、产于四海之内②……也成。而您的曾、曾、曾祖父可能是个富民，其实也完全可能是个放高利贷的、替人打官司的，或一个——一个朝臣，又或是一个——一个乡绅，那样的话他就是靠"羊吃人"来刮的钱。至于您，则是他所有德性、财产和头衔的继承者。若是这样，那么正如哲罗姆所言，您的高贵不就等同于祖传的财产、先辈的财富了吗？这便是贵族之定义。当父亲的为使儿子当上绅士，往往会不择手段，为非作歹。现在看来，这贵族又是何物呢？正如阿格里帕所言，它始于不诚不敬，始于暴虐、压迫之类，而后亦未有改变。它又兴于财富（得财之手段是无关紧要的），是财富维系了它，抬高了它。那些罗马的骑士之所以有此名号，是因为他们能年复一年地大肆挥霍。在那不勒斯和法兰西王国里，若能买下庄园土地，也就相当于一

---

① 语出尤维纳利斯。
② 指环绕英格兰的四海，借指英王管辖之地。凡在此范围内，若男子无明显的不育之症，则其妻所产之子无需验明是否为其亲骨肉。

同买下了荣誉、头衔、男爵爵位。而在我国，那些挥金如土的人，也定会被召去当官，或成了爵士，或买来头衔。这正如有人所论，我们的贵族是按其财产的多寡来衡量的。那么现在再来看看这等荣光源于何处？维系贵族身份的除了财富还能有什么？若没了钱财，那贵族的身份也就一文不值了，将变得低下、卑贱至极，比那被冲上岸的海草还廉价。律师列维山努曾说，为破落的贵族身份争辩，无异于（说得难听点儿）给一坨屎溯源。因此，代表它的唯有财富，是金钱在维系它，并赋予了它价值。如此观之，则人人皆是有可能拥有它的。何为贵族们日常的活动呢？无非坐着吃、喝，躺下睡觉，再爬起来玩乐。他们的价值和资质又体现在何处呢？就在那些带有鹰、狮、蛇、熊、虎、犬、十字、对角纹、中带等纹饰的盾形纹章，以及类似的小玩意儿——他们通常用其来装点走廊、门厅、窗子、碗、碟、马车，以及墓碑、教堂、衣袖等等。若能放鹰行猎，骑马，玩纸牌和骰子，吹牛，喝酒，骂人，抽烟还不忘谢恩祷告，唱歌，跳舞，穿时髦的衣裳，追求和讨好他的心上人，说大话，侮辱、轻蔑、傲视、冷落别人，另外还会用点儿装模作样的客套，那他便是个地地道道的（噢，光辉耀目的赞美啊！）、名副其实的贵族了。凡此种种，便是贵族们整日里所忙活的事务，而能应付自如即是对其最大的夸奖。什么是贵族——这书写于羊皮纸卷上的高贵？也不外乎如阿格里帕所定义的，乃狡诈与卑鄙的庇护所，歹毒与种种罪恶的遮羞布，比如，骄傲、欺骗、轻蔑、吹嘘、压榨、虚伪、贪婪、暴食、怨恨、淫乱、通奸、无知、不敬之类。因此，根据他所做的结论，贵族也有可能是不信神的、欺压人的、图乐子的家伙，是傻子、呆瓜、白丁、绣花枕头、萤火虫、骄傲的笨蛋、十足的蠢驴，以及自身贪欲和口腹的奴隶，只在放荡不羁上独领风骚。萨尔维安努[①]即如此评价法国阿基坦的同乡——在高位上排第一的，其恶毒也排第一。而法国本土作家卡比勒特·杜罗伊则是逐一地评点了

---

① 萨尔维安努（Salvianus，即 Salvian），约公元 5 世纪高卢作家。

其他地方的贵族，依其所见，他们各具特点。例如，贝里的贵族多为淫棍，都兰的贵族是窃贼，纳博讷的贵族贪婪无度，吉耶纳的贵族擅弄虚作假，普罗旺斯的贵族不信神，兰斯的贵族崇尚迷信，里昂的贵族奸诈不忠，诺曼底的贵族高傲自大，皮卡第的贵族傲慢无礼……故而我们大致可以得出这样的结论来，即人往往越尊贵就越龌龊。总而言之，正如艾伊尼阿·西尔维乌所补充道的，他们大多是可耻、蛮野、卑劣的家伙，就像他们宅子的墙那样，外面光鲜亮丽，内里却肮脏丑陋。那么您现在还能夸耀些什么呢？您目瞪口呆地，又在惊叹些什么呢？您仰慕他，是因了他的华丽的服饰、骏马、爱犬、奢华的宅子、庄园、果园、花园、廊道吗？哎，就连傻子也可能像他那样拥有这些东西啊，凡因了这点就把他视为显要、贵族的人本身即是傻子。现在，就尽情地去夸耀您那贵族的身份吧。

但莫要让出身低贱的废物或暴发户拿着我以上所说的话来大肆地自吹自夸，而真正的贵族也不要为这些话生气发火。我先前所言并非旨在贬损那些当之无愧，确实有德又高贵的贵族。其实我对真的绅士和贵族也是满怀敬意的。况且我自己就生于世家，父母也颇具声望，只是我非长子，所以无所谓继承之事罢了。但就算我成了某个显贵的继承人，获得了丰厚的家产，我也是现在这种看法，绝不会以为自己高了一截。我只会将其与人世间的幸福、荣耀诸事视作一样。它们皆有盛衰之时，脆弱而不长久。这正如斯塔基①所说的多瑙河那样，发端于小泉眼，源头处细流涓涓，而后则变化无穷，时宽时窄，时急时缓，于60条河川汇流之处聚成滚滚大河，却终归要销声匿迹，骤然间为黑海吞没。所谓名门望族也不过如此，起先地位卑贱，靠着与富户攀姻亲，或做买卖，谋官位，才扩充了财富。而后也能维系数代，其间，家族之境况、财富或地位等等亦少有变化。但到头来，还是会因了败家子、飞灾横祸，或绝嗣无后，而瞬间衰落，湮没于无闻。总之，的确有许多贵族能

---

① 斯塔基（Stuckius，即 Johann Wilhelm Stucki），约16世纪瑞士语文学家。

为家族添彩，也有许多穷人子弟天资过人，光彩夺目，他们的才华、聪慧、学问、德行、勇武、正直，是值得受到赏识的。——真可谓国家的人才与栋梁。因此，最后我要重申一下我的初衷，即出身卑微、生来低贱并非什么奇耻大辱。好了，我想要阐明的皆已阐述清楚了。

2. 贫穷与困窘

在世人眼中，贫穷或困窘是人所承受的最大的苦难之一，因为这会迫使人去偷窃，作伪证，发假誓，背信弃义，争夺，谋害和造反，会将睡梦打破，甚至招来死亡。米南德[①]曾说，没有什么负担会如贫穷这样难以承受。贫穷往往会让人感到绝望，仿佛是把人举起来再往下扔。而金钱却能引来荣誉，以及友情。不过，所谓"钱成事，穷坏事"之类，只是世间的看法罢了。我们若能正确地看待它，则贫穷也可说本就是一种莫大的福分，亦是快乐的境况，不会生出不满的成因，或让人妄自菲薄，觉得被上帝厌恨，感到孤苦、凄惨、不幸什么的。基督即是贫穷的，他降生在马槽中，一生颠沛流离，无藏身之所。而这正是为了不让世人以为贫穷是来自上帝的惩罚，或一种丑恶可憎的境况。基督贫穷，他也如此教导他的使徒和信徒，故他们都是贫穷的，先知穷，使徒也穷（金银我都没有）。保罗曾说，似乎忧愁，却是常常快乐的。似乎一无所有，却是样样都有的。你们所称的那些大哲学家皆自愿地落入了穷困，而这样做的，不仅有基督徒，其他的也比比皆是。话说底比斯的克雷特在雅典被人奉若神明。他出身贵族，有着众多的奴仆、成批的随从、大量的财产、无数的庄园、奢华的服饰。但他又看到世间的种种财富皆脆弱易碎，飘忽不定，对于获得安乐的生活没有一丁点儿的用处。由此之故，

---

① 米南德（Menander，342B. C.—292B. C.），雅典剧作家，擅长轻松喜剧，共写剧本100余部，传世作品仅有《恨世者》。

他便把那如累赘般的财富都扔进了海里，舍弃了他的富贵荣华。那些库瑞乌们与法布里齐乌们①，当也能因了对世人所梦寐以求的奢靡浮华的嗤之以鼻而名垂千古。至于基督徒的例子，我则能想到许多国王和王后，他们抛掉了皇冠和财富，自愿地丢弃了那些被视如至宝的玩意儿。此外，也有许多的人拒绝了荣誉、头衔，以及种种虚无的浮华和逸乐——可这些都是他人孜孜以求，一心钻研着要去得到和获取的啊。其实，我也并不否认，财富是上帝的恩典和祝福，并且那荣誉亦源自上帝，我们应以荣为荣。这两者均是对道德的褒奖，值得我们追求、向往，不妨拥有之。不过，就算拥有了，也谈不上是多大的幸福；如若没有，亦不能说就是什么不幸。奥古斯丁曾言，善人得财，我们不应视其财为恶的；恶人的财富，我们也不应仰仗或视为善的。正如雨落人头上，不分善人恶人，财富将落入何者的口袋，同样不分善恶，唯有虔诚的才是善的。穷富两类人相较，双方的天生之禀赋并无不同。卡丹就公允地说过，乞丐之子丝毫也不亚于王公之后，甚或总的还要更胜一筹。如若再添上命运的种种变端，穷、富两境就未见得会那样地泾渭分明了——富人没有所谓的极乐，穷人有的也并非全是痛苦。有钱人财大气粗，膀大腰圆，看看他从财富里都捞到了些什么？无非傲慢、蛮横、贪欲、野心、忧虑、恐惧、猜疑、烦恼、愤怒、妒忌，以及各种见不得人的身心疾病。他就算享有了各色美食、佳肴、甜酒、香料、雅乐、华服，并且还招摇过市什么的，也拥有了卢奇安笔下的米西卢斯②所羡慕的种种，但终会因此而患上痛风、水肿、脑中风、瘫痪、结石病、天花、鼻炎、黏膜炎、体液失调、便秘、忧郁症等疾患。此外，贪欲连同愤怒、野心，亦会随之而入。按克里索斯托的说法，富裕的后果便是傲慢、放纵、无度、自大、狂暴，以及种种荒谬行径。

---

① 皆以清贫廉洁著称。
② 米西卢斯（Micyllus），卢奇安作品《公鸡之梦》里的鞋匠，他曾做一富贵梦，却被公鸡搅醒，故欲杀之。公鸡称自己是毕达哥拉斯转世，并赐给鞋匠隐身术，好让鞋匠去看看富人那不为人知的生活，用以证明过着穷日子的鞋匠要比富人幸福得多。

> 温软的富贵和奢靡的行为
> 使得现如今为耻辱所累。①

享用那各式各样的珍馐美馔,许多穷人闻所未闻的身心疾病也就跟着给染上了。卢奇安笔下的农神萨杜恩是这样回答那些愤愤不满的平民的(他们因其农神节宴草草了事,而对富人发出了极大的抱怨和抗议)——以为富贵里会有此等的幸福,真是谬妄无稽之谈。据他所言,你只看到了那最好的一面,却不知他们各自的痛苦和不满。富人就像粉饰过的墙,外表光鲜亮丽,内里却已败坏了。他们病痛缠身,肮脏丑陋,疯疯癫癫,饱尝着放纵无度的各种后果,其数之多,恐怕连一半也数不过来。而一旦你知道了他们所经受的恐惧、担忧、精神的折磨以及烦扰,你随后也是会把全部财富都抛弃掉的。

> 噢,倘若他们的胸口可以看穿,
> 里面的恐惧会是怎样地满,会在怎样地腾翻!
> 就连受挤压的狭小海域,其汹涌也不似这般。②

但是呐,那有钱的始终可以随心所欲,享尽世间各色好货——取之不尽就是好。他真是个幸运儿,被人敬若神明、君王,大家都在追随他,向他鼓掌,行礼,膜拜。诚然,他得到了荣誉,可说世上的一切,他样样都有,无一不丰。然而正如我先前所言,傲慢、贪欲、愤怒、仇隙、妒忌、恐惧、担忧、疑虑,依旧会随财富而至。因了放纵,他将染上病痛,会有体液失调、痛风诸症,他的闲散和富足,又将生出好色、贪吃、酗酒以及百病缠身等等苦果。真是越富有,越不光彩。他要面对的,是仇恨、嫉妒、危险、背叛、对死亡的恐惧、对落泊的担忧之类。由此可见,富贵这种地位是容易打滑的,而且还位于悬崖边儿上,人爬得越高,就将摔得越惨。高塔倾塌声

---

① 语出尤维纳利斯。
② 语出塞内加。

更大，雷电劈在山峰上。而人的地位越显赫，就越易于一落千丈。正如大树，若果实累累，树枝就会被压弯折断，人也是会因了位高权重而毁了自己的。乔奇姆·卡梅拉瑞对于这点即有过精彩的表述——富足使我贫穷。他们的财富也是他们的痛苦。虽然他们见风使舵，撒谎，虚伪，耍阴谋，又对主子百般谄媚，俯首帖耳，唯命是听，但却常常会失了手。而且就像艾伊尼阿·西尔维乌所说，他们还把自己喂得肥头大耳的，如同猪一般，然养肥之后，却也可能会被他们的君主给吞食掉，如塞内加之于尼禄，塞扬努斯之于提比略，哈曼[①]之于亚哈随鲁。引用一句格列高利的话，那荣耀有如大风暴，人被它刮得越高，就越是痛苦难受。至于财富赐给富人的其他特权，其数目越多，开销也就越大。"货物增添，吃的人也增添。物主得什么益处呢？不过眼看而已。"

> 你打谷能打出十来万蒲式耳的谷子，
> 但你的肚子却填不下多于我的粮食。[②]

一宗大祸患——所罗门如是称之，财主积存赀财，反害自己。但那些想要发财的人，就陷在迷惑，落在网罗，和许多无知有害的私欲里，叫人沉在败坏和灭亡中。金和银毁人无数。伯纳德曾写道，世间的财富乃魔鬼的诱饵，正如那天上的月亮，满月时总离太阳最远，而人的财富越多，也就往往与主分得越开。（倘若这话是我自己说的，有钱人一定早把我大卸八块了，不过听听看，是谁在说，谁在附和，是一个使徒啊）故而雅各叫他们哭泣，号啕，因为将有苦难临到其身上。他们的金子要长锈，烂掉，还要吃他们的肉，如同火在烧。至此，我也该拿出些胆量来，用狄奥多莱的话作结——每当你见到有人家财万贯，喝酒要用珠宝杯，睡觉要睡紫锦被，除此之外，

---

① 哈曼（Haman），基督教《圣经》故事人物，波斯王亚哈随鲁（Ahasuerus）的宰相，施阴谋欲杀犹太人，后阴谋败露，被悬于75英尺高的木架上绞死。
② 语出贺拉斯。

便一无是处，那么，我要恳请你莫说他幸运，还是视他为不幸的好，因为他会遇到许多诱因，在生活中走上不义的路。而与之相反，穷人只要善良，就谈不上凄苦，倒该说是有福的，因为那些恶的诱因都被拿掉了。

> 富裕的人，应有尽有，
> 但并不幸福，
> 幸福之人能把上帝恩赐之物
> 好好拥有，明智地使用，
> 也能受苦，怀着那耐心
> 忍受艰苦的贫穷，
> 而且宁可一死，
> 也不行那罪恶的事。①

现在看来，富人的幸福在何处呢？他们比别的人多了哪些特权呢？或者，富人又比他人少了哪些苦难，少了哪些焦虑和忧愁呢？

> 不论财宝，还是长官的扈从也好，
> 都不能驱走脑内痛苦的纷纷烦扰，
> 而忧愁亦然——或遍布四周，或盘旋其中，
> 于那架着根根大梁的高耸的屋顶上空。②

并非是财富能为其开脱罪责，富人依旧要去经受约伯的种种磨难。就算他是巨富克罗伊斯或克拉苏，帕克托罗斯河的金沙浪也无法为他们冲洗掉哪怕是一层的磨难。克罗伊斯也好，家财万贯的克拉苏也罢，如今是不能再拥有健康，或得以饱腹的了。曾有一显贵，阿普列乌斯是这样描写的——虽说他在那荣华富贵里，丰衣足食，但他却什么也吃不下，或一丁点儿的胃口

---

① 语出贺拉斯。
② 语出贺拉斯。

也没有（卧病在床，不得安歇，受着某种痼疾的痛苦折磨，因了胃胀和放纵而痉挛，脑里填满了烦忧）。而与此同时呢，全家上下竟是一幅其乐融融的景象，就连他手下最穷苦的仆人也能日日饮宴不辍。此即塞内加所称的镀金的幸福，也可叫做裹着锡纸的幸福、某类不幸的幸福——倘若这真可算是一种幸福的话。富人的金子、护卫、当当作响的铠甲，以及抵御外敌的堡垒，均不能使其免于内心的恐惧和忧虑。

> 事实上，人们那摆脱不掉的恐惧和忧虑，
> 并不怕盔甲的铿锵，或武器的锋利。
> 而是无畏地往来于帝王和人主之间，
> 也不因黄金的闪烁而畏缩不前。①

看吧！他有多少奴仆，又疑心有多少仇敌。为了贪图权利，他胸怀野心。他乐亦非乐。而不幸之至的是，他没有私密可言，也不能像寻常人那样过得逍遥快活，其处境真堪比奴役了。一个乡下人还能四处游走，从国到国、省到省、城到城，饱览各色美景，放鹰，狩猎，并做常见的消遣，也都不会引人注意。但这一切，却是王公或贵胄所办不到的。他有身份地位，故需深居不出，以免折损了他的尊贵。比如，中国的皇帝、婆罗洲的国王，以及鞑靼的可汗，这些所谓的"金奴隶"据说也都是这样做的。他们极少露面，或从不露面，为的是在真正露面的时候能更引人瞩目，而这亦是古时的波斯国王们所恪守的做法。一个穷人从少有的一顿普通饭菜中所获的快乐，能比过富人们从那异域珍馐和无尽美味中所得到的。

> 我们的种种消遣因重复而遭到厌烦，
> 但稀有的乐趣却永远让人兴味盎然。②

---

① 语出卢克莱修。
② 语出尤维纳利斯。

正是物以稀为贵，以不可或缺为美。大流士[①]被亚历山大打跑，逃亡途中只得饮泥潭的水解渴，但他却坚称，这胜过了任何的葡萄酒或蜜酒。爱比克泰德有言，腻而生厌，甜的也会变酸，所以那向来节制的伊壁鸠鲁有时会自发地绝食。是啊，富人总吃着同一种的菜色（据西塞罗在《图斯库勒论辩》中所说，这些菜都是由邋遢厨子调的，肮脏无比，因为他们干了下流事后从不洗手），不管其为鱼、肉、什锦、拼盘，还是别的什么，终归会有让人吃腻的时候。就连蜜酒，富人也会日渐厌烦。而那自家的华宅，不消说他们早就看腻了——竟似森森牢房。穷人喝酒用木碟，吃菜用木勺、木盘、陶碗之类普通的家什。而富人则是用金的、银的，以及镶宝石的。但这能带来什么？——富人进餐怕中毒，穷人吃饭心无忧。穷人能够我手写我心，畅所欲言，做自己想做的事。而有钱之人，正如斐洛斯特拉图斯[②]所说，却要去收养门客，并且就像一市之长那样，在不便说话的时候，还得让文书或书记员先生来代其发言。据说，议员诺尼乌斯[③]有件紫袍，上面镶满了珠宝，硬挺挺的，正像他的脑子里填满了坏心思一样，而他那根根手指上戴的戒指，加起来竟值两万塞斯特斯[④]。与之相类的还有波斯国王波尔泽斯——其耳朵上戴的珍珠堪值一百磅的黄金。此外，克娄巴特拉在用餐的时候，往往会把整头整头的猪、羊都摆上桌子，且还要饮用那融化了的珠宝，个中耗费可达四万塞斯特斯之巨。但这又是为了哪般？难不成干渴之人还想喝金水解渴？难道布衣就不如富人那些丝绸的、锦缎的、塔夫绸的和薄纱的贴身保暖？难道家纺的衣物就不比用鞑靼植物羊毛织的染色外套或巨人用胡须编的长袍御寒？苏埃托尼乌斯曾说，尼禄同一件衣服从不穿两次，而你几乎连一件也没得穿。但这又有何差别呢？无外乎一个病病恹恹，另一个身强力壮罢了。这便是他

---

① 大流士三世（？—330B.C.），波斯帝国末代国王，平时疏于军备，公元前333年在伊苏斯被马其顿国王亚历山大打败，后整军再战，彻底失败，逃亡中为大夏总督贝苏斯所杀。
② 斐洛斯特拉图斯（Philostratus），约公元2至3世纪希腊诡辩家。
③ 诺尼乌斯（Nonius），约公元1世纪罗马议员。
④ 塞斯特斯（sesterce），古罗马的一种货币，初为银铸，后为铜铸。

第三部分　　　　　　　　　　　　　　　　　　　　忧郁之疗法　　313

们一生的历程了,那众生的终点和结局,即死亡本身——彼时穷人得福,富人遭殃——则将成为两者最大的差别。穷人如鸡,整日在粪堆上啄食,但死后却上了其主的餐桌。富人如鹰,以鹌、鸽之肉喂养,立于主人的拳上,然一旦死去,就会被掷于粪堆,长埋其中。富人就像那圣经里的财主,在这人世间过得快活无比,纸醉金迷,极尽奢靡之能事。他自夸钱财多,他心里思想,他的家室必永存,他以自己的名,称自己的地。但他不能长久,如同死亡的畜类一样,他行的这道,本为自己的愚昧。恶有恶报。如同羊群派定下阴间。他们度日诸事亨通,转眼下入阴间。就算有了高明的医师、救命的奇药、伤心倒地的妻子、家人的哀叹、朋友的眼泪、哀乐、弥撒、葬歌、葬礼,有了悼念的演讲、用钱买来的虚假赞美、颂词、墓志铭、灵车、着黑衣的送葬队、隆重的仪式、方尖碑和宏伟的陵墓,富人还是会像猪一样,带着内疚(阴间向他们张开了口)以及穷人的诅咒,朝着地狱走去。他的灵,如同烛火熄灭后的蜡烛芯,是一样地恶臭难闻。而伴着他的将是破口大骂,以及齐声的指责。与之相反,穷苦的拉撒路①是神的殿,自生至死都虔心奉主,虽然除了一颗清白无罪的心以外,就一无所有了,但天国是他的坟墓。他盼着消散,被埋到母亲的怀里。有一群天使就候着,要把他的灵魂放入亚伯拉罕的怀。他在身后留给了世人永久而美好的回忆。诚然,克拉苏②与苏拉③也在史册上留名,但却不是因其富有的缘故,而是为了纪念他们在战场上的胜利。至于克罗伊斯,则是因为他的雄图,而所罗门呢,乃是因了他的智慧。总之,得到财富真是个大麻烦,守着它要担心,丢了它又要伤心。

我要为那些呆傻愚钝的人祈福,

---

① 拉撒路(Lazarus),《圣经·路加福音》中一个在世间受尽苦难死后进入甜甜的病丐。
② 克拉苏(Crassus, 115B.C.—53B.C.),古罗马政治家、统帅,镇压斯巴达克思领导的奴隶起义,和凯撒、庞培结成"前三头同盟",拥有巨额财富,率军出征安息时战败被杀。
③ 苏拉(Sulla, 138B.C.—78B.C.),古罗马统帅、独裁官(82B.C.—79B.C.),加强元老院权力,实行军事独裁统治,自行退隐普托里庄园(79B.C.),实际上对罗马国事仍有重要影响,次年病死。

就让他们去追寻财富和地位；

他们终会发现何为真正的幸福，

待他们厌倦了种种虚假的累赘。①

3. 奴役、自由之失、监禁、放逐

  奴役、自由之失、监禁，并非是常人所认为的那种不幸。说到底，我们都是奴隶和仆人，就连那高高在上的也概莫能外。你看，我们孝敬主人，主人也得孝敬上面的。绅士侍奉贵族，贵族又为国王所凌驾，统治者之上还有更高的统治者，哪怕贵为一国之君，也还是上帝的仆人。国王要守国王的规矩，比如中国的皇帝，岂止是奴役监禁啊——他们为保其君威，竟从未踏出过宫门。亚历山大被恐惧奴役，凯撒被骄傲奴役，韦斯巴芗被金钱奴役（为人役，或为物役，无甚差别），埃拉加巴卢斯②则被口腹之欲奴役，而余者皆然。比如，男人是他心上人的奴隶，富人是金子的奴隶，朝臣通常是欲望和野心的奴隶。此外，诚如马克拉比书中的伊凡吉卢斯③所言，人人都是自身情感欲念的奴隶。这类被妄念邪思所困的状态，哲人塞内加将之称为一种痛苦无比、挣脱无门的奴役束缚，绵绵无绝期——而谁又能得免于此呢？既然是这样，那你为何还要抱怨连连？圣哲罗姆曾言，一个人若不被强迫着去为奴为仆，那就可以算作是主子了。你肩无重担，你未陷囹圄，你不曾劳苦，而这世上还有着千千万万的人享不了你手上的自由，以及种种快乐。你无病无恙，夫复何求？但人之天性如此，总也忍不住想去一尝禁果。假若我们要

---

① 语出波伊提乌。
② 埃拉加巴卢斯（Heliogabalus，204—222），罗马皇帝，荒淫放荡，臭名昭著，强令罗马人崇拜太阳神，处决几名持异议的将军，引起社会不满，被近卫军所杀。
③ Evangelus。

第三部分   忧郁之疗法 315

被派往某地，我们本会是很不情愿的，但如果那外出的自由受到了限制，这番禁足却会令我们性喜东游西逛的灵魂受尽折磨。据卡丹记载，意大利有位六旬老人，从未出过米兰城墙。国王闻之，便命他勿再外出了。而这老人呢，虽未曾有过出城的念头，但一经遭禁却极欲破禁出城，最后竟因了未能得偿所愿，心生悲伤痛苦以至于死。

我怎样谈奴役，就会怎样谈监禁。我们全是"狱中人"。我们的人生难道不是监狱吗？我们全被关在了一座岛上。世界之于某些人实与牢房无异。在他们眼中，大海也是狭小的，就跟一条条的水沟一般，待他们环游了地球以后，就要想着到月亮上去看个究竟了。据说，在俄罗斯以及许多其他的北部地区，如整个的斯堪的纳维亚，人们会因了寒冷而不敢外出一步，有半年的时间都缩在那生有炉火的屋里。而在阿拉伯半岛的亚丁城，人们则是因了与寒冷相对的极端的炎热，整个白天都被困在家中，集市也只在夜间才会出现。另外，船若不是监狱，又会是什么呢？如此看来，一座座的城市也不过是蜂巢、蚁丘罢了。然而，这为你所厌的监禁，却是许多人求之不得的。女人为保容颜，整个冬天，和大半个夏天，都要待在屋里。学者为潜心研习，往往会闭门谢客，比如狄摩西尼就刮掉了胡须，以割断同外界的往来。于此世间，真不知还有多少僧侣、修道士或隐者弃凡尘而去啊！有道是城里的僧侣犹如离水的鱼。你身在狱中吗？那就好好把握这机会，将此视作苦行吧。试问有何处能比幽僻之地更适合思索？又有何处能比安静之所更宜于学？许多杰出之士被囚禁终身，但这却成了他们获得莫大荣誉和光辉的契机，其狱中的沉思真是造福世间良多。埃及国王托勒密，因身子骨太弱而不便外出，于是拜斯特拉图为师。他把心思全都放在了书本上，整日思索不辍，也就是在这段时间里（另据我手边的书所载，此乃其财富与权力最美的丰碑云云），托他的福才建成了亚历山大那座著名的图书馆，馆内藏书竟达四万卷之多。此外，塞维鲁·波伊提乌若不是在狱中，也绝不会写出那样优美动人的文字来。而圣保罗之所以写得如此虔诚，还不是因为他大半的书信都是献给脚镣手链的。奥古斯丁也说过,约瑟因入狱而得来的光荣,要大过他后来分谷物,继而做法老王宰相时所得到的。监禁的好处在于能把许多下流、浪荡之徒引上归家的路,让游手好闲的混混有所安顿。不然的话,这些人迟早会变成肆虐的猛虎,毁了自己,也害到别人。

至于放逐,则根本就算不上什么苦难。有道是勇者四海为家,哪儿自在,哪儿就是国土。塞内加曾说,许多人想去一游的城市,恰是你的放逐之地。而那市民之中,又有多少人是生于异乡的异客啊!许多人认出生之地为家乡,觉得去到那个你要离开的地方就好似流放,但那地方却又是你恋恋不舍离的。其实,当异客并不丢脸,被放逐也无需烦恼。雨之于地为异物,正如河之于海,木星之于埃及,太阳之于世人,灵魂之于身体,夜莺之于天空,飞燕之于堂前,盖尼墨得斯①之于天神,大象之于罗马,凤凰之于印度。反倒是上述稀奇异域之物往往最讨我们喜欢。话说那些古代的希伯来人素来都把世人看作是异邦人;而希腊人呢,则认为除了他们自己以外,其他的都是蛮族;现如今,又有意大利人嘲笑我们是愚钝的山②北人——哎,他们根本就瞧不起你以及为你所热爱的祖国。因而,你的那种脾性真可说是幼稚而愚蠢的——只一心思慕自己的家乡,却不满于你脚下这方人人都在向往的土地。看看吧,那粗野低贱的冰岛人和挪威人,竟认为自己的破岛要好过有着世界花园之美誉的意大利或希腊。另据普林尼记载,北方还有个野蛮民族,名为考契。他们居于海边沙石之间,食鱼肉,饮海水。而当这群蛮人来到了繁荣的罗马后,他们却感到自己实与奴隶无异。故正如他所论,命运就喜欢让有的人长居家乡,蒙在鼓里久久地受罚——此为坐井观天之害。其实,所有的地方离天空都一样远,各个城市的阳光也一样地温暖和煦。于明智的人,气候无差别;于懂礼的人,处处是朋友;而大凡先知,除了本地本家之

---

① 盖尼墨得斯(Ganymede),希腊传说中特洛伊王之子,由于长得十分俊美,虽身为凡人,却被天神宙斯掠去作诸神的侍酒童子。
② 指阿尔卑斯山。

外,没有不被人尊敬的。亚历山大、凯撒、图拉真、哈德良,都是四处征伐巡行,一会儿在东,一会儿在西,无暇返归故土。威尼斯的保罗①、路德维克·瓦托曼努斯、平宗②、卡达马斯图③、哥伦布、阿美利哥戈·韦斯普奇、瓦斯卡·伽马④、德雷克⑤、卡文迪什⑥、奥利弗·阿·诺特、斯考滕⑦,也是靠了自发的远足探险才获其赫赫声名。但你却说这些人的出游都是自发的,而我们却是被迫的,就像罪犯遭流放一样。那么,你就得听听柏拉图是怎么说的了,诚哉斯言——通常,上帝会特别关照身处异乡的人,他们虽然没有朋友伙伴,却更能名正言顺地得到上帝和人们更多的善恩。再说那四处游历的快乐、途中目不暇接的景物,也于缺憾有所弥补了。世间有许多显贵之人,如西塞罗、亚里斯泰迪斯⑧、地米斯托克利、忒休斯⑨、科德拉斯等等,都是遭到过驱逐流放的,他们皆足以证明此说的不假。关于这一题目,还有彼得·阿尔星琉的两卷书可资参阅。

4. 嫌弃、辱骂、中伤、蔑视、羞辱、谩骂、诽谤、嘲笑等等

至此,我还不愿打住,一想到要抚平种种情绪,或还大脑以安宁,我就得再消除几个别的显著又常见的成因才可,须知它们是会给人带来极其痛苦

---

① 威尼斯的保罗(Paulus Venetus, 1369—1429),罗马天主教经院哲学家、神学家。
② 平宗(Pinzaonus,即Pinzon),西班牙航海家,哥伦布的同伴之一。
③ 卡达马斯图(Cadamustus,即Alvise Cadamosto),约15世纪威尼斯航海家、非洲探险家。
④ 瓦斯卡·伽马(Vascus Gama,即Vasco da Gama),15至16世纪葡萄牙航海家。
⑤ 德雷克(Drake,1540—1596)英国航海家、第一个环球航行的英国船长,曾任舰队副司令,击败来犯的西班牙无敌舰队(1588)。
⑥ 卡文迪什(Candish即Sir Thomas Cavendish, 1555?—1592),英国航海家,第三个环球航行的人,1586年由英国起航,至南美巴塔哥尼亚,发现心愿港(Port Desire),穿过麦哲伦海峡经由太平洋于1588年返回原地。
⑦ 斯考滕(Schouten, 1567?—1625),荷兰航海家。
⑧ 亚里斯泰迪斯(Aristides, 530? B.C.—468? B.C.),雅典政治家和将军,提洛同盟的创建人之一。
⑨ 忒休斯(Theseus),雅典国王,杀死牛首人身的怪物弥诺陶洛斯。

的折磨和愁烦的。不过，面面俱到地一一漫谈，也非我所能奢望，我只打算挑几个主要的来说。

嫌弃和羞辱乃造成不满的两大成因，不过对于通达者而言却并非这般地难以承受。若两人财富、出身，及其他种种资质相当，也总有一人得输掉——就连凯撒都被嫌弃过。所以，你又何必为此而烦恼不堪呢？你嫌弃人家也是经常的事。试想，如若人人心愿得偿，那岂不都要被奉若神明，尊为皇帝、国王、君主了？如若虚浮之望得以实现，无厌之欲得以满足，荒唐之见得以采纳，那岂不一下就乱套了，所有事情都成了一锅粥？下面这种说法或许会让被嫌弃的人好受些，即尊位、荣誉、官职，未见得总按功德或资质授予，而要靠的是偏爱、关系、私交、感情、大人物的信，或卖官鬻爵这种常见的手段。有位老臣如是论道，宫中荣誉的赏赐不依人的品性和条件，你得家财万贯，或广结权贵才行。我们法国人，据一位该国人士称，办事多半要靠恩宠和关照。若能找个大人物当中间人，那所有的美差就统统都可以拿得走了。那最无用的人才最常受到赏识，如瓦提纽斯[①]之于小加图，庸者凌驾在了能者之上。真是奴隶掌了权，驴子戴马饰，马儿光溜溜。无知的蠢货坐上了能人的位置，而大众还觉得他博学，庄重，明智。据卡丹的妙语，有人自称身价一千克朗，实则他值不了十克朗，而真正身价上千的，却连十克朗也无法拿到。他的收入还不够用来买盐呢。骏马也不只是拉马车，也有被拿来拉送货车的。而通常说来，那些材雄德茂、具有帝王之资的人大多是做不了君王的——此亦为马基雅弗利所赞同。与之同理，才子能人也往往无用武之地；有本事去当舵手的，总苦于没船可开；能治理共和国的，世上则缺一个天下给他；胸藏称王之志的，又哪有那门路去施展抱负，连个小小的官衙都没得管——不过，他即便手里是没有王国的，却仍要比那些一国之君更适合坐上王位，也更懂得如何治理天下。并非总是狮子俯首听命于

---

① 瓦提纽斯（Vatinius），靠下作手段谋得官位，乃小加图的对头。

驯养人，而常常反倒是那驯养人要伺候狮子。正如波利多尔·维吉尔所言，许多君主因了疏于朝政，真不该治人，反该治于人。叙拉古的亥厄洛虽是个英勇无畏的国王，但他却没有真正的王国。而马其顿的佩尔修斯则未显出丝毫的当国王的资质，他有的只是空空的名号和头衔，因为他在治理国家方面是碌碌无能的。由此可见，大好的江山往往所托非人，那旷世的奇才却得不到赏识。我们经常见到的是，仆人比为他们所伺候的主子有更多的财产，这即被爱比克泰德视作了一种碍眼的和逾规越矩的现象。但谁能奈之何？如今世道，那类下作卑贱的驴子，无知，无用，又无能，与远胜于他的人相较，会得到更多的赏识，这实乃司空见惯的事。因为他擅长抢风头，看着显眼，惯周旋于世，外表光鲜，长于见风使舵、耍阴谋、讨好逢迎，或拥有大堆的熟人和金钱。所以相形之下，那些不显眼的、谦逊的，却更该得到赏识的有才之士，就只得湮没无闻，或遭人嫌弃了。这事从前如此，将来也会如此。诗人笔下的提瑞西阿斯①给尤利西斯的关于如何变富之类的建议如今依旧适用。无外乎说谎、奉承、虚情假意，如不然，依他的论断，就只能跟你一样过得像乞丐了。伊拉斯谟、梅兰希顿、利普休斯、布代、卡丹，无不从生至死穷苦一世。格斯纳站在威风凛凛的红衣主教、趾高气扬的主教中间，与这群风光一世、坐在披了垂地长毯的马背上骑行而过的人物一比，也不过就是个拄着拐棍蹒跚挪步的糊涂老头。选才择士是不以诚信、学识、价值、才智为据的。赛跑中跑得快的不能夺冠，战场上强壮勇猛的亦无法得胜，反倒如那智者所言，皆是运气使然，且有时那运气还颇为荒唐。人们说，正是命运的捉弄，才让布鲁图在临终时痛呼——可怜见的，德行！你呐，无外乎一个虚名。亏我把你当真的来实践，哪知你不过是命运的奴隶。就信这吧，啊，我的朋友！德行确乎臣服于命运。但别泄气，噢，有德的人儿啊，我说得的确悲观，却也有例外，我虽承认这很少见，不过有时总会出现的。

---

① 提瑞西阿斯（Tiresias），希腊神话中底比斯的一位盲人预言家。

你又何必将所受的忽视、冷落如此放在心上呢？你所欲得的，未必就适合你啊。这反倒会如小孩悄悄套上父亲的鞋、帽、假发、护胸甲、马裤，或偷拿他的矛，不是拿着嫌重，就是太大了套不好。那些个官位、身份，或权职，于你也是一样的——你不适合。正如萨尔维安努①所言，配之不上的人去享尊荣，不就像是金环套在了猪鼻子上吗？你就成了畜生。或者，又如普鲁塔克所打的比方，你也像那悲剧里的拙劣演员。你头戴皇冠，但轻声细语无人闻；你本想扮国王，可演起来却如小丑，说起话来也似蠢驴。你要做的事太大了，法厄同②啊，那非你力所能及。你就像西庇太③那两个儿子——雅各和约翰，不知自己所求为何。你呀，跟苏福努斯④差不多，自负过头了。你自以为够聪明能干，但更加公允地去看，你却根本不足以胜任。不过，即便你比他人更合适，可上帝却为你备了他途，神意已决啊。也许，现在的你谦逊有礼，但一经提拔重用，你便会弃了上帝，得意忘形，侮辱他人，轻蔑朋友，变成昏君、暴君，或自封的半神。正所谓美满生骄傲。故而克里索斯托才会说，善人之所以常常寻不着赏识和恩宠，乃是为了以免他们因虚名而膨胀，变得傲慢又自负。

侮辱、辱骂也是极其伤人的，若真如有的人所认为的那样，忍一个会引来另一个的话，则就更是如此了。但这无疑是种错误的看法，因为假使这是真的，那双方岂不要骂个没完没了。其实，吵一回会引来另一回才是至理。所以最好还是凭了耐性去容忍，或是默默地承受。苏格拉底曾说，"如果驴子踢了我，难道我还要踢回去不成？"当其妻詹蒂碧对他又打又骂时，有朋友劝他真该还手回敬才对，但他却回答说，他不想成了他们的乐子，或见他们站在边

---

① 萨尔维安努（Salvianus），公元 5 世纪基督教作家。
② 法厄同（Phaeton），太阳神之子，驾其父亲的太阳车狂奔，险使整个世界被火烧，幸宙斯见状用雷将其击毙，使世界免遭大灾。
③ 见《马太福音》20：20—22 和《马可福音》10:35—38。
④ 出自卡图卢斯的诗，讲的是苏福努斯虽作不出好诗，但他却自以为佳妙。卡图卢斯（Catullus, 84？B. C.—54？B. C.），罗马抒情诗人，尤以写给情人莉丝比娅的爱情诗闻名，诗作对文艺复兴和以后欧洲抒情诗的发展产生影响。

上起哄:"上吧,苏格拉底!快上,詹蒂碧!"弄得就跟人们在看狗打架似的,还拍着手助威呢。许多人将精力、财产、关系、金钱,耗在了无谓的争吵上,并且有时一受别人刺激,就会极其地心烦意乱。其实以上种种,只要有朋友的劝解或调停,便能圆满地得以平复,或有点耐性也成。忍耐之于这些事可谓首选的良方,因此要忍着,掩着,或不理会。要忘却并原谅,不是到七次,乃是到七十个七次,他若懊悔,就饶恕他。要按救世主责令我们的,若被打,连左脸也转过来由他打。也要按使徒劝诫我们的,不要以恶报恶,总要尽力与众人和睦;不要去报复,因为这就等于把炭火堆在了我们仇人的头上。

我也要如此说讥笑、诽谤、谩骂、辱骂、诬蔑、诋毁、讽刺之类。它们虽会多少令我们蒙羞,但也无非言论而已,如能忽视、蔑视之,或靠着耐性去忍受,那么它们便将反弹回始作俑者身上。曾有位聪明人,不知何许人也,回敬妻子有妙法:每当妻子一开骂,他就敲他的鼓,这反倒让妻子更为恼火,因为他始终一副泰然自若的样子。第欧根尼走在人群里,有人从背后叫住他,告诉说男孩们如何在嘲笑他。他却回道,我吗?没谁笑我啊——他对此不以为意。苏格拉底被阿里斯托芬搬上了舞台,遭到丑化,可他却不当回事地笑笑了之。据伊利安记载,不论好事坏事还是好运厄运落到了头上,这些对苏格拉底而言,都是进进出出不留于心的,他始终是一副气定神闲的样子。而那基督的精兵也应如此,正如圣哲罗姆所述,要在好与坏的流言蜚语中向着永恒不朽迈进,心不为他物所动。"诚"便是足够的报偿了,现如今行善本身就是行善的唯一酬谢,而为恶则终会遭到报应。常言道,

为善者,善有善报;
为恶者,恶有恶报。

但是呐,我确实受到了羞辱、侮辱、不敬、慢待、臭骂。我丑陋的罪过和恶行都见了光(被逮到真是件倒霉的事),我肮脏的欲望、可耻的压榨行径和贪婪的嘴脸都暴露了。我的好名声丢了,我的身份也去了。我被打上

了烙印，被绑在柱子上鞭打，受审后被判了罪。我成了千夫所指的对象，双耳也被削掉了，变得讨厌，可恶，真是神人共愤啊。不过，请安心，这只有九天的新鲜罢了，所谓一个悲伤赶掉另一个，一种情绪驱走另一种，新云替旧云，新谣换旧谣。每天总会有新的传闻飘到我们耳朵里，什么日食啦，天现流星啦，怪兽诞生啦，异兆降世啦，或是什么土耳其在波斯被打倒，赫尔维西亚①、卡拉布里亚②、日本或中国发生地震，荷兰出现洪灾，君士坦丁堡有了大疫，布拉格失火，德国闹饥荒，又或是有人当了领主、主教，有人却因谋杀、叛国、奸污、偷窃、欺压，而被绞杀、废黜、迫害致死。这一切我们初听时都会带点惊奇、惊恐、惊愕之情，但很快就会湮没于无闻。比如你父亲过世、兄弟被抢、妻子发疯、邻居自杀，起初都是些重大、可怕、骇人的新闻，会被每个人挂在嘴边，成为桌上的谈资。但过了一阵后，谁还会说起或想到呢？你同你连的罪过也会如此，将被遗忘于瞬息间，不管它是偷窃、奸污、鸡奸，还是谋杀、乱伦、叛国之类，你既非第一个罪人，也不会是最后一个。没什么好吃惊的，每时每刻都有罪犯被传审，这再寻常不过，

任何国家、普天之下皆如此。③

安心吧，你绝非唯一的罪人。如果谁无罪便能向你扔第一块石头，谁无过便可指控你，那么请看看你会有多少个行刑者、多少位控罪人呢？要我说，如果每个人的罪过都写在额头上，掩着的过错都被揭晓，则会有数以千计的人的罪与你相当，甚至还胜过于你呢！也许判刑的法官、控罪的陪审、围观的看客，才更该受罚，其罪过也远比你的深重。只是你不幸被揪出来，当了所谓体现正义的靶子，用来威慑众人。但如若人人都得到了应有的惩罚，你相形之下也许还能称圣人呢。真是鸽子也被非难啊，只有穷人才会受

---

① 赫尔维西亚，古罗马的一个地区，相当于今瑞士的西部和北部。
② 卡拉布里亚，意大利南部半岛。
③ 语出尤维纳利斯。

罚，那些显贵就算做得再坏个两万倍，也不会这般地遭千夫所指。

> 网子不为鸢等猛禽而铺，
> 我们设套只为猎捕无辜。①

然而，不要伤心气馁。人无完人，我们都是有罪的，无日无刻不被诱惑所左右。就连我们当中最杰出的，在上帝的眼里，也不过是伪君子、恶贯满盈的罪人。如诺亚、罗得②、大卫、彼得等等，我们不知犯下了多少难以饶恕的大罪啊！我能否这样说，忏悔吧，求宽恕吧，用你的余生去弥补吧，为了你所犯下的大罪？靠英勇的功绩去追回你的荣誉，就像地米斯托克利那样。他虽曾是个放荡、堕落至极的青年，可之后却以武功弥补了在世上犯的过错，最终改过自新，并还继续寻求改造。狄摩西尼说，逃兵会重回战场，跌倒的人也会原样地站起来。任何人都不要为失足而绝望，心肠坏的能得到教化，成为正直之士。眼下让人讨厌、引来嘘声、遭到排斥的人，最终也能复得众人的喜爱和阵阵掌声。这就好比西塞罗之于罗马人，亚西比德之于雅典人。管你的耻辱将会怎样呢，那成了过去的就不会被重提。不要自寻烦恼，莫再忧愁苦闷，不论那是责难、羞辱，还是别的什么。最好的法子莫过于忽视、蔑视，或对之漠不关心，不旧账重提，所谓成天唠叨实乃懦弱的表现。当然，若你本就无罪，那就更是无关紧要的了。虚发的唇枪舌剑有何好让你挂虑的？难道月亮会在乎狗叫？有人说，他们诋毁、嘲弄和取笑我，可谓犬吠八方，但我却像从前献给亚历山大的阿尔巴尼亚犬那样，静静地趴着睡觉，仅以轻蔑之态自证清白。有道是，武装的阿喀琉斯浑身是胆。就像乌龟缩在壳内，我要把自己包在我的德行里，或像刺猬卷成一团，才不理会他们的攻击呢，又或像黄春菊③里的蜥蜴——我能毫发无损抵退他们的怒火。

---

① 语出泰伦斯。
② 罗得（Lot），基督教《圣经》故事中的人物，据传在带领妻女远离即将毁灭的城市所多玛时，其妻因回头探望，即刻变成一根盐柱。
③ 据说蜥蜴被毒蛇咬伤后，通常会靠这种植物来疗伤。

> 德行与操守是我们自己的防护,
>
> 心莫被怨恨和由此而生的情绪所摆布。

就任他们嘲弄、讥笑和诋毁吧。塞内加认为,一个聪明人是会不为所动的,因为他明白这无可救药。国王和君主也好,明智的、庄重的、谨慎的、虔诚的、善良的,甚或神圣的也罢,统统不能得免。只有那前后有着两张面孔的杰纳斯①才能免受背后的指指点点!朱庇特的护卫安忒沃塔②与珀丝忒沃塔③在此事上也是爱莫能助的。摩西会遇上大坍、科拉,大卫会碰到示每,就连上帝也有遭亵渎的时候。倘若众人不嘲笑你两句,你可能还会不高兴呢。受辱实乃司空见惯之事,哪怕是那些权倾天下、洞察一切的人,也都会遭到这样的贬损。就由他去吧。伊索笔下有匹健壮的骏马,本对一可怜的驴子嗤之以鼻,但这马儿后来却因了肚肠破损而被扔去拉货了,反倒为先前的驴子所嘲笑。故他们是会被原先为其所嘲弄的人轻蔑和取笑的。就任他们蔑视,中伤,或者贬损,侮辱,欺压,讥笑,诽谤,辱骂,冤枉,诅咒,谩骂,造谣,编谎话吧,等他们闹完后,你只需用良心来宽慰自己,在你的心里高兴吧。问心无愧是一生也享用不完的盛宴,清白终将自证无罪。那诗人也是这样歌颂赫拉克勒斯的——他享受着众神的愤怒。因此,你也要开心,尽管全世界都与你为敌,也不要放在心上,只消跟着他说,吾之座右铭,即不为所动,我那帕拉狄昂④、我那胸甲、我那盾牌,我要用它们来抵御一切的侮辱、冒犯、谎言、诽谤。我要靠在谦逊之柱上,承受并击碎所有源于坏心眼和坏脾气的无头无脑的袭击。而谁若能遵行这些简短的建议,那么毫无疑问,他就将释然和获益。

最后,如果君王能伸张正义,法官能为人正直,神父能虔心奉主,笃行

---

① 杰纳斯(Janus),天门神,头部前后各有一张面孔,故也称两面神,司守门户和万物的始末。
② 安忒沃塔(Antevorta),司生育的女神。
③ 珀丝忒沃塔(Postvorta),提点人不忘往事的女神。
④ 帕拉狄昂(Palladium),指帕拉斯(即雅典娜)女神的神像,尤指特洛伊卫城里那座古老的木制神像,据传此像确保了特洛伊之安全。

教义；如果显贵不是这般傲慢；如果士兵默默守护众人，穷的有耐性，富的慷慨而谦卑，百姓诚实守信，官员平易近人，在上的以身作则，在下的安稳知足，青年有所敬畏；如果父母善待孩子，孩子亦顺从父母，兄弟和睦共处，敌人冰释前嫌，仆人忠于主子，处女守节，妻子忠贞，丈夫体贴又少嫉妒——总之，如果我们能效仿基督及其信徒，按上帝之律法生活，那么这些个烦扰便不会如此频繁地生在我们中间。只是我们多半不知妥协为何物，总是任性，骄傲，傲慢，好拉帮结派，并且心肠歹毒，动辄争吵，发怒，报复。我们既然有着如此暴躁的灵魂，是这般地刁钻，不诚，不敬，背德，无礼，那么闹成这样岂不是顺理成章的吗？许多人天性如此，易误解，易吵架，易寻衅，也易把所言所行的所有事都往最坏处想，由此便压给了自己大堆的烦恼，也为他人带去忧虑不安。对于别人的事，他们爱信口胡说，可谓散播流言、搬弄是非、谎话连篇之辈。他们说话总不合时宜，收不住自己的舌根子，与任何人在一起，他们说话都没有分寸，而此等坏的行径又为其灵魂添上了无数罪恶（谁挑起了争论，也会落入嘴仗里）。他们一辈子吵个不休，如众犬乱吠，跟他们的妻子、儿女、仆人、邻里，以及此外的所有朋友，没有一个合得来的。不过，对于那些明智、温和、谦逊、心静的人而言，以上种种就均能应付自如了。如果遇到了这些，他们会忍耐，忽略，蔑视，或者干脆不予理会，假装没看见，又或巧妙地回避掉。若有天生的缺陷，如红鼻、斜眼、弯腿，或任何其他的不足、疾病、耻辱、羞辱，最好的应付法就是自己先开口。这样一来便准能先发制人，夺走别人嘲笑你的各种机会。或者，置之不理也成，那样他们就会以为你不将其当回事了。比如瓦提尼乌斯[①]便经常自嘲有双畸形的脚，使得敌人不能以此为由辱骂和讥讽他。此外，还有防患于未然这招，比如色雷斯王科提斯，就先亲手打碎了一套呈给他的精致的玻璃杯，以免将来不小心打碎时自己暴跳如雷。当然，有

---

① 瓦提尼乌斯（Vatinius），罗马执政官。

时候只要做得适度，合理，予以反击，给那无礼的家伙来个下马威，也并无不当。这实乃寻求最终安宁之不二良方，因为甘于被人骑在头上，或因了怯懦、麻木而让一切人戏弄，是会使你成为众人的笑柄的。这就好比杂种狗过村，如果夹着尾巴落荒而逃，那么每条狗都会跟来侮辱它。反之，如果竖起毛发去迎击，只消吠上一声，保管没有敢来寻它麻烦的。而人若拿出了勇气，挺直了身板，则也与此差不多。

人生在世，还有许多其他的不满，或源自朋友、妻子、儿女、仆人、主人、伙伴、邻里，或来自我们本身的缺陷、大意、过错、放纵、鲁莽、软弱等等。但与此同时，也存在着许多能予以缓解和对治的良方，许多可平衡我们心态的圣训箴言，以及载于经书和人文类作者的著作中的专门对策。谁若能遵行，便可为自己带来无尽的安宁与平和。在此我将略举一二。那些先知、使徒的告诫可谓人尽皆知，所罗门、西拉，甚至我们的救世主基督他自己就说过相关的话。比如，敬畏上帝。顺从君王。儆醒谨守。不住的祷告。生气却不要犯罪。要记得你的末日。不要爱世界……不随时俗。不能与那比自己力大的相争。要以善报恶。成事不可靠争逐或因了虚荣，而要存怜悯的心，各人看别人比自己强。彼此爱护。又如《律法书》和《先知书》中我们的救世主所教导的至理。爱上帝胜于一切，要爱邻舍如同自己。以及无论何事，你们愿意人怎样待你们，你们也要怎样待人。——这话被亚历山大·塞维鲁用金字写下当作座右铭，亦被圣哲罗姆用作良言献给了瑟兰缇娅，好让她在种种诱惑以及尘世的挑逗面前不至走上歧途。在人文类作者的著作中，我则选了这样一些规诫。比如，认识你自己。知足常乐。不信财富、美貌或奉承，它们将引你入毁灭。与人为善，与恶相战。不要闲散。三思而后行。谨防悔不当初。要敬爱父母，勿讪谤友人。勿信口雌黄，游手好闲，东张西望，酗酒贪杯。要眼下留神。花销有度。多听少言。忍耐克制。见他人有错，暗自改之。想法要留于己心，不泄自己隐秘，不言自己意图。不要听信搬弄是非的、散布流言的，不跟着恶言诽谤。打趣但不刻薄，不给人冒犯的机会。把自家事处理妥当。不要轻易做担保。将信将疑，如冰上的狐狸，小心你所信的人。生活要量力。乐于给予。愿意还付。不做金钱的奴隶。不漏时机，把握机会，机不可失。对地位高的要谦卑，对地位相当的要尊敬，对所有人要友好，但切勿冒昧。不要奉承人。不说谎，不虚伪。要守言和信，决心不可变。要说真话。不固执己见，或起内讧。不打赌，不作比较。不要挑人毛病，不管别人的闲事。不要崇拜你自己。不要骄傲或一味地献媚。勿侮辱他人。要谦卑地承受命运。不要怕不可避免之事。不悔无可改变之过往。不要自轻自贱。不轻易指责，也不随便赞许。若无大事，不要打官司。不与大人物斗。不弃老朋友。谨防和好的敌人。若做客，勿久留。不要忘恩。要温和、慈悲、有耐性。要与人为善。不爱花言巧语。两派相争不要骑墙。要平心静气。当心隔墙有耳。对于朋友，应悄悄告诫，公开赞扬。要与好人为伴。爱别人，会让你自己被爱。爱那也许会为你所厌的东西。择友需慎重。未雨要绸缪。不要去捅马蜂窝。不要出卖灵魂以求利。不要愚己以愉人。不要为钱而与昏聩老者或蠢货结婚。不要过于猎奇或好奇。只寻可寻之物。不要自视过高。玩乐需理智。不要碾碎罗勒草①。要乐天度日。应以他人为鉴。行则仪表堂堂，坐则端庄有礼。不要趋时，也不要随波逐流。你想过得无忧无虑吗？那就得清白做人，刚正不阿，自律克己……更多的还可在伊索克拉底、塞内加、普鲁塔克、爱比克泰德等人的书中觅得，如若没有，也可看看切芝士用的盘子②和涂彩的挂布③上的警句。

---

① 据传罗勒草只能轻轻揉捏，若被碾碎并置于石头下，则将生出蝎子来。
② 此种盘子的边上通常刻有铭文。
③ 这类挂布乃挂毯的廉价替代品，上面会饰以名言警句等文字。

四
对治忧郁本身

塞内加曾说，人人都觉得自己的担子最重。而在世人中间，抱怨得最多的实非忧郁者莫属。他们对生活的厌倦，对人群和光亮的憎恶，心里的恐惧、悲伤、猜忌，精神之苦恼，羞怯怕生，以及其他各类身心上的可怖症状，无疑还会加深这痛苦。不过，跟其他疾患比起来，凡此种种也并非如其所认为的那般严重。首先，忧郁这病有习惯型的，也有性情型的，故有可治与不可治之分。若忧郁是才患上的，还处在性情一类里，那就大可不必担心，还有得救。若它已然根深蒂固，成了习惯，也不要紧，这种病有明显的间歇期，会时好时坏。而就算忧郁是异常地顽固了，如维爱人①之于罗马人，乃难缠胜过了凶险的宿敌，但它除了会带来诸多的烦扰以外，也是会有些许让人感到欣慰的地方的。其一，它不具传染性。正如伊拉斯谟大受结石之苦时的自我安慰，虽然那病令他苦不堪言，痛不欲生，但却丝毫不会沾惹他人，也不会让观者感到厌恶，可怖，恶心，害怕，不至于像瘟疫、中风、麻风、创伤、溃疡、丘疹、天花和传染性疟疾那样，容不得他人靠近，要吓到或波及周遭的人。回到忧郁症上来，它同样只关乎忧郁者本身，并且与同其相对的极端症状相比，它的症状也不是这样地可怖。忧郁症患者大多生性害

---

① 维爱人是罗马人的宿敌，他们从罗马建城开始就一直在和罗马人较劲，而且屡战屡败、屡败屡战。

羞，猜忌心重，喜独处……因此他们当中出不了那类野心勃勃、厚颜无耻、咄咄逼人的家伙，也不会有骗子、冒牌货、吃白食的、侃爷、皮条客、寄生虫、鸨母、醉汉、嫖客。忧郁症所致的困境和毛病把他们都逼得非老实不可。正如在一出喜剧①中弥西欧对德米亚所说的，我们之所以实诚全赖贫穷之故。看来，我们这些忧郁的人还未到穷凶极恶的地步，也得归功于那位名叫"忧郁"的夫人管教有加——我们并不缺为恶的心，只是没有门径罢了。

其二，忧郁者多亏患上了忧郁才得以免于许多其他的烦扰。比如孤独就让他们更擅深思熟虑，猜忌又予他们以谨慎——实乃如今世道所不可或缺的一种脾性，因为哪怕最小心的人也时常会落入圈套，遭到他人的陷害。而胆小和忧伤还能让忧郁者保持平和清醒，不受得意忘形与胆大妄为的驱使而去行任何的放纵之举，故他们也就成不了杀人犯、浪荡子、偷儿或刺客了。此外，既然他们是易于沮丧的，那么一旦有人以好言相劝，软语相慰，他们便也会很容易地就振作起来。同时，厌世感又能让他们不至沉迷于世间那转瞬即逝的虚幻之乐。虽然他们在某一事上犯了糊涂，但在其他的大多数事上却精明而通透。即便忧郁成了痼疾，使得他们成天糊里糊涂的，甚至疯疯癫癫的，浑浑噩噩，且荒唐可笑，但他们的心里却终归是乐呵呵的，无忧亦无虑。糊涂诚为许多人所大力赞赏和推崇的一种状态，而木讷和愚钝亦然，有人还高呼，众神啊，就让疯癫永远与我同在吧。在有的人眼里，傻子和呆瓜才是活得最开心的。比如索福克勒斯笔下的埃阿斯就曾说过，一无所知实乃最惬意的生活状态，无知正好是对付邪恶的一剂良药。还有人则说种种精巧的艺术和难解的科学，如盖仑的、西塞罗的、亚里士多德的、查士丁尼的，只会给世间添乱子，并认为我们靠了无知单纯的质朴、未开化的蒙昧，或许会过得更好。对他们来说，十足的白痴是活得最为美满的，因为他们不必如聪明人那样为种种琐事而烦心，为恐惧和担忧所折磨。正如有人所称，如若

---

① 泰伦斯的喜剧《两兄弟》，弥西欧为兄，德米亚为弟。

呆傻是种痛苦的话，那么当你穿街而过时，就该听到每间屋里都传来哀嚎、吼叫和痛哭。但实际上呢，他们却活得非常地自在，开心又快活，甚至在有的国家，如土耳其，他们还被尊为了圣人，用公共的财产来优厚地供奉着。他们实在称不上伪君子、大话王、假面人，因为傻瓜和疯子往往只说真话。总而言之，他们虽则忧愁，惹人怜悯，但这对某些人来说，总比遭人嫉恨要强。谁说不是呢？悲伤好过喜悦，愚蠢和木讷好过聪明和天天伤脑筋。痛苦好过快活：这对立的两极，总以前者为佳。

五
药物疗法[①]

  我现在终于谈到药剂学了，也就是那类通过药物来治病的疗法，而这药物大多都是由药剂师们在他们的药店里制作、调配或出售的。其实，有许多的人已对这种疗法提出了质疑，认为它之于此病或其他任何的疾病皆属多余、无益，因为那些使用药物最少的国家，国中之人往往活得最久，也最健康。这正如赫克托·波伊修斯对奥克尼群岛[②]的描述——那里的人们虽未使用任何药物，但一直都身心健康，通常能活到 120 岁。奥特琉斯在其记载了阿登高地[③]居民的游记中，亦称当地居民非常勤劳、长寿、健康……而马提安诺·卡培拉在谈到他那个时代的印第安人时，则说他们（非常像我们现在的西印地安人）比普通人身形更大，粗生粗养，极其地长寿，就连在 100 岁时死去都算是英年早逝……此外，达米亚诺·埃·戈伊斯[④]、萨克索·格拉玛提库[⑤]、奥巴纳·倍海姆亦是这样来说那些生活在挪威、拉普兰[⑥]、芬马克[⑦]、

[①] 伯顿在本节中所提及的药物或食物，均应从文化史料角度看待，读者切不可照他所述食用。否则，产生不良后果，需自行承担责任。编者注。
[②] 原文为 the Isles of Orcades，即位于苏格兰北部海岸的奥克尼群岛（The Orkney Islands）。
[③] 阿登高地（Forest of Ardennes），位于比利时东南、卢森堡南部和法国东北部的一处高地。
[④] 达米亚诺·埃·戈伊斯（Damianus a Goes，即 Damiao de Goes，1502—1574），葡萄牙人文学者、旅行家。
[⑤] 萨克索·格拉玛提库（Saxo Grammaticus），活跃于 12 世纪晚期至 13 世纪早期的丹麦历史学家、神学家，著有《丹麦人的事迹》。
[⑥] 拉普兰（Lapland），指拉普人居住的地区，包括挪威、瑞典、芬兰等国的北部和俄罗斯的科拉半岛。
[⑦] 芬马克（Finnmark），挪威北部一郡。

拜阿米亚[①]、卡累利阿[②]、整个斯堪的纳维亚地区以及北方国家的人的——他们都很健康，很长寿，在那些地方根本就不使用药物，"药"这个字是一次也未曾听闻过的。蒂斯玛鲁·布勒斯肯琉在其对冰岛的那番精确描述中（刊于 1607 年），除其他诸事外，还提到了当地的居民以及他们的生活方式。他说，他们所食的是鱼干而非面包、黄油、奶酪和腌肉，他们所饮的则大多是水和乳清，虽然他们那里没有医药或医师，但他们中的许多人都活到了 250 岁。我还发现勒瑞斯和其他一些作家对美洲的印第安人亦有着相同的描述。而保卢斯·约维斯在他对不列颠的描述中，以及列维努·莱蒙琉，也都是大致这般评说我们这岛的，即在古时我们从不使用药物，现今虽会用上一点儿，但也只是用在一些又讲究又闲散的居民、贪吃无度的朝臣以及好似被关在厩中养肥的大块头绅士的身上。而乡下人养病所用的仍是厨房中带有营养的食物，且日常经验也告诉我们，谁用药剂师们的药物用得最少，谁就最能远离各种疾病。其实，有许多人都被那不合理的用药给毁掉了，并由此招来了他们原本可以避开的毒害。有的人便认为医师所救之人与所杀之人的数量是一样多的，谁能数得清

地米森在单单一个秋季里杀死了多少个病人？

他们在一年里又犯下了多少起谋杀案？而他们随意地杀人，竟还能因此获得奖赏呢。荷兰有一条谚语——新医师必得有个新的教堂墓地。试问，谁每日里所见的不是这样？许多在医师手中未见好转的病人，被医师抛弃，交给上帝和大自然，任由他们自生自灭后，却因之而幸运地逃脱了医师的毒害。这正是古时普林尼所说的两难困境，即每一种病都是要么可治要么不可治，患病者也是要么病愈要么病死。然这两种情形，都应拒斥医药。因为如

---

① 拜阿米亚（Biarmia），即比亚马兰（Bjarmaland），是自维京时代以来在北欧传奇中提及的领土。
② 卡累利阿（Corelia，即 Karelia），俄罗斯西北部一地区，位于芬兰湾与白海之间。

第三部分　　　　　　　　　　　　　　　　　　　　　　　忧郁之疗法　*333*

果那病是致命的，它就无法治愈；而如果是可以得到疗治的，也就不需要医师了，毕竟自然之力会自行驱散它。柏拉图将律师和医师的泛滥视作了放纵且腐败的共和国的一大表征，而罗马人也是极其地厌恶医师，以至于医师通常会被逐出他们的城市，据普林尼和塞尔苏斯所述，共有 600 年，医师都是不许入城的。正如有些人所认为的，医学根本就不是一门学问，也不配称作博雅之艺（法学同样不配）。彼得罗·安德里亚·卡隆尼瑞[①]乃一罗马帝国的贵族，同时本身也是一位大医师，也属于医师这群人，但他却用 16 个论点证明了以上说法之不诬——那时候行医也跟现在一样，简直是唯利是图，卑贱低下，就如同小提琴手为了讨赏而演奏。律师、医师和"国库"是被容许以劫财谋生的。这可真是一个腐败的行当，它既非学科、学问，也非职业，它从萌芽、实践到发展，一切皆空虚无用，充满了欺骗和不确定性，且通常是害多于利。而魔王自己本就是医学的创始人——阿波罗[②]曾说，"医学是我的发明"，阿波罗不正是魔王吗？希腊人最先将医学变成了一门学问，可他们全都被阿波罗的子孙、祭司和神谕给蒙骗了。如果我们可以相信瓦罗、普林尼、科鲁梅拉的说法，那么他们最好的医药大多都是源自阿波罗的神谕。阿波罗之子埃斯科拉庇俄斯[③]就为阿波罗大神立起了一座座神庙，并完成了许多场著名的治疗。但正如拉克坦休所认为的，他其实是个巫师，是个彻头彻尾的骗子，而他的后继者法翁[④]、波达利里俄斯[⑤]、梅兰帕斯[⑥]、梅涅克拉底[⑦]（乃

[①] 彼得罗·安德里亚·卡隆尼瑞（Pet. And. Canonherius，即 Canonieri），17 世纪佛兰德斯医师、法学家。
[②] 在早期基督教神学中，异教神通常被视作魔鬼。由于阿波罗是太阳与光明之神，他就渐渐被等同于了"启明之星"路西法，而路西法正是堕落以前的撒旦的名字。
[③] 埃斯科拉庇俄斯（Aesculapius），罗马神话中的医神。
[④] 法翁（Phaon），古希腊医师。盖仑认为他是希波克拉底的弟子之一，而伯顿在此处则显然将他当成了古希腊神话中的治愈之神派翁（Paeon）。
[⑤] 波达利里俄斯（Podalirius），古希腊神话中医神阿斯克勒庇俄斯（Asclepius）之子。
[⑥] 梅兰帕斯（Melampus），神话中的一位先知，同时也是一位借助神通来治病的术士。
[⑦] 梅涅克拉底（Menecrates，活跃于公元前 350 年），马其顿国王腓力二世的宫廷医师。他认为自己的医术出神入化，便将自己称作"宙斯·梅涅克拉底"或"朱庇特·梅涅克拉底"，且还把自己打扮得如同天神那样。

另一个神），也都是通过符咒、咒语，以及恶灵的协助，才得以完成他们大部分的治疗的。第一个写医学著作写出了一定成效的人，是希波克拉底，此外还得算上他的追随者和评注者盖仑——斯卡利杰就将盖仑称作了希波克拉底衣服的褶边。不过，正如卡丹对他们的批评，两人都写得杂乱无章，晦涩难懂，就像所有古代的医学家那样，他们的医嘱是混乱的，他们的药方是过时的，现如今大多都被淘汰了。而帕拉切尔苏斯还认为，他们所做的那些治疗，依靠的是病人的信任，以及病人对他们的好感，而不是他们的任何技艺。他说，这之中医术涉及得非常少，毕竟他们自己都是白痴和生手，其学问的所有追随者也无异于他们。阿拉伯人就从希腊人那里继承了此学，拉丁人亦是如此，而他们还添加了一些他们自己的新医嘱和新药方，但他们的医学依旧是那么地不完美，由于内行专家、冒牌医师、江湖医师和庸医的无知，派别间的分歧（派别林立，其数量几乎与疾病的数量相当），以及嫉妒心、贪求欲之类，他们便对我们造成了莫大的伤害。他们所开的问诊书和药方千差万别，他们多次误判了病人的体质、疾病和病因，竟给出了完全相反的疗法。一个说这，一个说那，因了明显的分歧和敌对，就像他谈哈德良那样，一群医师都已将皇帝杀死了，医师带来的危险真是比疾病带来的危险还要大。此外，他们中间还存有那么多的欺骗和恶意。卡丹曾言，所有的行业都容许有欺骗，但其中行医一业却是在将欺骗据为己有。他就此还讲了一则故事，说是在威尼斯有个名叫科提修的医师，因为是外来的行医者，当地其余的医师就总是针对他给出的医嘱大唱反调。如果他开的是热性药，他们就会开寒性药，他们也会用便秘剂来取代泻剂，总之是把一切都颠倒搅混。如果病人不治身亡，他们就会责怪科提修，说是科提修害死了病人，都怪他不依从他们的意见；而如果病人康复了，他们则会说全靠他们才治好了病人。真是有太多的竞争、欺骗和恶意充斥于医师之间，而就算他们是真诚的，也心怀好意了，但一个负责用药和制药的狡诈的药剂师，也可能会因了他那套老旧过时的剂量标准、掺假的劣药、调配不佳的合剂、替换药等等，造成不可估量

第三部分　　　　　　　　　　　　　　　　　忧郁之疗法　　335

的伤害。此可参阅弗克休之著作、科尔杜①的药典以及布拉萨瓦拉②之著作。不过,他们的无知实在要比他们的轻率鲁莽造成的伤害更多,他们这门学问完全是基于推测的,如果可算作一门学问的话,它也是含混模糊、残缺不全的,并且是靠了杀人来积累而成的,他们真是有几分像屠夫、水蛭、杀人犯了。尤其是外科医师和药剂师,他们的确堪称内科医师的刽子手、拷问官和通常的行刑人。不过,说句实话,内科医师本身也并不远落其后,因为根据马克西米利安·乌伦提斯的那句诙谐的警句,他们有何不同?他问道,外科医师与内科医师有什么区别吗?不过是一个靠手杀人,一个靠药杀人,而他们两者与刽子手的差别仅在于,刽子手杀得快,他们杀得慢。我还是回过头来谈他们的技艺吧。有许多疾病他们根本就是治不了的,比如中风、癫痫、结石、痛性尿淋沥、痛风。

  药无法治好难缠的痛风。③

  仅是"三日疟"这一常见的疟疾有时就能让他们所有人都栽了筋斗,他们就连舒缓病痛也做不到,他们根本不知如何去诊断此病。如果靠的是脉搏的话,这套学说在有的人看来就完全是迷信啊,而我也敢大胆地跟着安德鲁·杜迪思④一起说,盖仑所描述的各种脉搏,既未被任何人观察到,也未被任何人理解。至于尿液,那就是医师的"娼妓"了,是最具欺骗性的东西,正如佛瑞斯特和其他一些医师所详加证明的那样。而病情急转之日、指征之误,等等,我就更不用说了。他们中哪怕是最理性、最娴熟的人,也经常会被蒙蔽,诚如索洛萨努⑤所言——我宁可去相信一个十足的庸医,将

---

① 科尔杜(Valerius Cordus,1515—1544),德国医师、植物学家、药理学家,编写了纽伦堡官方药典。
② 布拉萨瓦拉(Brassavola),约16世纪意大利医学作家。
③ 语出奥维德。
④ 安德鲁·杜迪思(Andrew Dudith,即 Andreas Dudith,1533—1589),匈牙利人文学者、主教、外交家。
⑤ 索洛萨努(Tholosanus,即 Petrus Gregorius Tholosanus,1540?—1597),法国法学家、哲学家。

自己托付给他，也不会去选一个真正的医师。我对巴比伦人的那个习俗，是再怎么赞美都嫌不够的——他们没有专业的医师，他们只是将所有的病人都带到集市上去医治。而希罗多德也是这样讲述埃及人的，此外斯特拉博、萨尔都斯和奥巴纳·倍海姆还谈到了许多与之相似的其他民族。他们之中那些开药方的人，并不会像我们的专家那样傲慢地去包揽百病，他们不过是有些医这个病，有些医那个病，完全视医术和经验而定。有医眼睛的，有医牙齿的，有医头的，也有医下体的……而他们治病也不意在谋利，只是乐善好施，为了行善罢了。他们既不视其为专业、职业，也不将其当作一门生意，虽然这在其他地方是习以为常的。因此，色诺芬笔下的冈比西斯①才会跟居鲁士这样说，在他看来，医师就跟裁缝和鞋匠一样，前者修补我们的病躯，后者则修补我们的衣装。不过，我是不会再往深了里去鼓吹这些吹毛求疵、恶毒伤人的论点了，以免有的医师会误解我，在我生病时不给我开药。**就我而言，我是很相信医药的。** 我能分清这一门以及其他许多门学科学问中的"滥用"与"应用"之区别的，饮酒与醉酒完全是两码事。我得承认这是一门非常崇高而神圣的学科，阿波罗、埃斯科拉庇俄斯等学科的奠基者们，都因其卓绝的发明创始之功而被后世后代尊为天神。有的神仅在某一特定的地方受到崇拜，如阿波罗在得洛斯②，维纳斯在塞浦路斯③，狄安娜在以弗所④，但埃斯科拉庇俄斯却是到处都有他的神庙和祭坛，一座座地遍布了科林斯、斯巴达、雅典、底比斯、埃皮达鲁斯⑤等地（据保萨尼阿斯的记载），可见他所创之学影响广大，作为神的地位也高，他极有价值又为人所需。因此，就跟所有正直且智慧的人一样，我也是尊崇医师之名和其职业的，正如我所受

---

① 冈比西斯（Cambyses，600？B.C.—559B.C.），古波斯帝国国王冈比西斯一世，居鲁士大帝之父。
② 得洛斯（Delos），希腊岛屿，位于爱琴海中，据传是阿耳忒弥斯和阿波罗的诞生地。
③ 塞浦路斯（Cyprus），地中海地区东部岛国，据传是维纳斯的诞生地。
④ 以弗所（Ephesus），古希腊小亚细亚西岸一重要贸易城市，以阿耳忒弥斯（即罗马神话中的狄安娜）神庙闻名。
⑤ 埃皮达鲁斯（Epidaurus），希腊古港口，位于伯罗奔尼撒半岛东北部。

的教导,要求我为了必要而尊崇医生。医生的知识使他抬起头来,在伟人面前,他将受到尊敬。主创造了世上的药物,智慧的人不会憎恶它们。[1]但是针对这一崇高的主题,世间已写下了何其多的绝妙颂词啊!就我而言,正如萨卢斯特在谈到迦太基时所说的那样,与其说上寥寥数语,还不如沉默不语。我虽这样说了,但我还是要补充一点,即这种药物疗法需非常适度和谨慎地使用,要择取好的时机,要在先前的饮食疗法起不了作用的情况下才去用它。而我所说的正是阿诺德在其第八则箴言中所告诫的:一个谨慎而虔诚的医师首先应通过食疗来祛病,然后才去考虑使用纯粹的药物;他在第九则箴言中,又说,能靠食疗治好的病人,不得沾染医药。他在第十一则箴言中所说的亦是如此:一个谦逊而聪明的医师永远不会急于用药,他只会在紧急必要之时才用,而且用也用得极少。因为(正如他在第十三则箴言中所补充的):无论是谁,在年轻时服用了过多的药物,待到老了立即就会为之哀叹不已的。尤其是那泻剂,它的确会极大地削弱人的精元。考虑到这些原因,有的医师就会避免使用泻剂,或很节制地使用。亨瑞克·艾瑞鲁[2]在开给一个忧郁症病人的问诊书中,就要求他尽可能少地服用泻剂,因为世间没有哪种药是特殊的,但凡是药都会偷走一些我们的力量,劫掠我们身体的器官,削弱体质,并引起塞尔苏斯等人所观察到的那种体液不良之症,也就是引起消化不良,致使坏的体液流遍身体各部。而就连盖仑自己也承认,催泻类药剂与人的体质相冲,会夺走我们最好的精气,甚至消耗我们身体的本原。但毫无疑问的是,这里所指的应是那种受到不合理或不适度使用的泻剂,泻剂本身对此病和大多数其他疾病来说还是有着极佳的功效的。而变质药和强心药,无论是单方的还是复方的,均没有人提出质疑。接下来,对于我在一部部药典,以及一个个医师、草药学家等等那里所发现的各色各样的药物,我将择其要者而谈之。

---

[1] 出自《圣经·德训篇》。
[2] 亨瑞克·艾瑞鲁(Henricus Ayrerus),可能是16至17世纪的一位德国医师。

1. 适用于忧郁症的单方药

适用于忧郁症的药物，要么是单方的，要么是复方的。其中的单方药属于变质类或催泻类药物。而所谓变质药，指的是那类能改善、增强人的体质，能转变或至少是能阻挡、抵御疾病的药物，此药可以是药草、石头、矿物等等，它们全都适用于医治这种忧郁之体液。由于世间有着各种不同的疾病在不断地折磨着我们，

> 疾病日里夜里侵袭人类悄无声息，
> 因为朱庇特已将疾病的声音拿去。①

因此，也就有了各种不同的药，正如他所言，每种疾病都有相对应的一种药，每种体液亦是如此。而有的人还认为，每个地区、每个国家，甚至是每个地方，都有适于当地的药物生长其间，这些药基本上就是专治当地最主要也最常见的疾病的。有人说，苦艾在意大利长得稀少，因为那里的人大部分患的是热性病，当地长得多的则是天仙子、罂粟之类的寒性药草；而在我们德国和波兰这里，却有大量的艾草生长于每一处荒原之上。巴拉切鲁斯②与巴普提斯塔·珀塔就此给出过许多的实例和例证，也援引了许多其他的证据。或许正是因此，纽伦堡那位博学的弗克休，在来到某座村子后，才总要去关注村子各处长得最常见的药草。他会用一个银质的蒸馏器来提炼这些药草，还会视情况而定用些别的药草在里面。我知道有许多人都认为，我们北方的单方药效力甚微、不尽完美，不似南方地区的单方药那样调制精良、效力强劲，并不很适合用来治病。因此，他们会从很遥远的地方求取药物，比如取自埃及的山扁豆属番泻叶，取自巴巴里的大黄，取自索科特拉岛的芦荟，取自东印度群岛的药喇叭根、伞菌、榄仁树果、藏红花根，取自西印度

---

① 语出赫西奥德。
② 巴拉切鲁斯（Baracellus），一位医师，著有《在宜人之国中》。

第三部分　　　　　　　　　　　　　　　　　　　　　忧郁之疗法　339

群岛的烟草（有些还是从中国那样遥远的地方得来的），取自安提库拉的嚏根草，或是取自奥地利的那种能开紫花的嚏根草——对于此药草，马修欧卢是大为赞许的，而余者亦然。在西班牙的巴伦西亚王国，有两座山受到了玛奇努斯的推崇，即马里奥拉山和彭纳戈洛萨山，两者皆以单方药草闻名。而利安德·阿尔贝图所推崇的，则是维罗纳地界内贝纳库斯湖[1]附近的一座名为巴尔多的山，当地乡下所有的草药医师简直是在源源不断地向那里涌去。此外，奥特琉斯还推荐了阿普利亚的某座山，以及坐落在伊斯的利亚[2]的马焦雷山[3]。并且，也有人推荐了法国的蒙彼利埃山。然普罗斯博·阿尔皮努[4]却是独以埃及的单方药为尊，加西亚·阿布·霍托[5]则眼中仅有印度的单方药，而有的人又只偏爱意大利、克里特岛等地的单方药。他们很多时候在这方面真是太过于挑剔讲究了，弗克休就曾批评他们，说他们竟然认为如果不一心寻药，去把印度、阿拉伯、埃塞俄比亚都搜寻个遍，如果不从世界其余四分之三的区域和迦拉曼特[6]之外的地方求取他们的药物，那他们所做的一切就都是徒劳无益的。其实，许多老妇或乡下妇女往往用一些我们所熟知且常见的园中药草就取得了很好的疗效，都已胜过了我们那些夸夸其谈的医师了，哪怕他们用尽了他们手中奇异的、珍贵的、从远方寻来的、稀有的、玄妙的种种药物。而毫无疑问的是，即便我们没有这些稀有的来自异域的单方药，在我们国内也是能找到与之功效相当的本土单方药的。我们的药只要用量得当，是对症所下、恰到好处的，那就能起到和他们的药一样好的作用

---

[1] 贝纳库斯湖（Benacus），是意大利最大湖泊加尔达湖（Garda）的拉丁文名称。
[2] 伊斯的利亚（Histria，即Istria），亚得里亚海北部半岛，现属克罗地亚。
[3] 马焦雷山（Monte Maggiore），即位于克罗地亚西北部的乌奇卡山（Ucka）。
[4] 普罗斯博·阿尔皮努（Prosper Alpinus，1553—1617），意大利医师、植物学家，著有关于埃及医药的著作。
[5] 加西亚·阿布·霍托（Garcias ab Horto，即Garcia de la Huerta），约16世纪葡萄牙植物学家。
[6] 迦拉曼特（Garamantes），一古代文明，其所在地相当于今日利比亚的西南部。在此处，迦拉曼特意喻指世界尽头，因为维吉尔在《埃涅阿斯纪》第六卷中曾写道："奥古斯都·凯撒，神之子，他将在拉丁姆，在尤比特之父萨图努斯一度统治过的国土上重新建立多少个黄金时代，他的权威将越过北非的迦拉曼特和印度，直到星河之外，直到太岁和太阳的轨道之外，直到背负苍天的阿特拉斯神在他肩上转动着繁星万点的天宇的地方。"（杨周翰译）

了，甚至还会好过于他们的，并且也会更适于我们的体质。但是，大多数情况下，正如普林尼在写给加卢斯的信中所说，我们对近在咫尺之物总是漠不关心，反倒是一味去追寻那远在异域之物，为了一探究竟我们还得远游他乡，航行海外，我们全然忽视了就在我们眼底下的东西。那鸦片在土耳其对人几乎是无害的，但对于我们，仅用上一点儿就能让我们昏昏而倒了；毒芹，也就是芹叶钩吻，虽在希腊是一种剧毒，但在我们这儿却毫无此等剧烈的毒性。乔·沃克修曾一面猛烈抨击那些异域之药，一面又担保我们欧洲的药定能完全地、彻底地治愈所有的疾病。而我就将以他的话来做结，即从头到脚我们本土的药才与我们的身体最是相宜。这也正是费尔内琉在法国行医时所努力推行的，他让他所有的疗法都仅限使用我们本地所产的适宜的药物。而德国的杰纳斯·科纳瑞斯[①]和马丁·鲁兰得[②]也都是如此，我国的 T.B.[③] 亦是如此，这可从他的一部论著中看出——他在那部 1615 年的论著中用我国的语言宣称，他要证明英格兰的药物有足够强的功效治愈各类疾病。而即使我们的单方药不完全具有如此强的功效，或不那么地合适，兴许通过相似的悉心栽培，那些从远方得来的药物在我们这里，就跟在我们当初寻得它们的那些国度里一样，也能繁茂生长，此外还可加上樱桃、洋蓟、烟草和许多类似的植物。其实，已有多位杰出的医师就此展开过卓有成效的试验，也有许多不辞劳苦、勤勤恳恳的药剂师致力于此，如格斯纳、贝斯莱尔、杰勒德等人。不过，这项事业中最应大受称赞的，是那些位于意大利的帕多瓦、德国的纽伦堡、荷兰的莱顿、法国的蒙彼利埃的著名的公共植物园（我们那座位于牛津的植物园目前正由丹弗斯[④]勋爵阁下亦即德比伯爵出资兴建）。在这些植物园中几乎

[①] 杰纳斯·科纳瑞斯（Janus Cornarius，1500—1558），德国医师、医学作家。
[②] 马丁·鲁兰得（Martin Rulandus，即 Martin Ruland the Elder，1532—162），德国医学作家。
[③] 提摩西·布赖特（Timothy Bright，1549/50—1615），英国医师、牧师，曾发明一种速记法，并著有《忧郁论》和《英国药物充足论》。
[④] 丹弗斯（Henry Danvers，1573—1644），德比伯爵一世，乃一富有的英国军官。可能是受到了巴黎植物园（The Jardin des Plantes in Paris）的启发，他于 1621 年出资修建了英国最古老的植物园——牛津大学植物园（The Botanic Garden of Oxford University）。

可以见到所有的异域植物,而且每年都拨付得有宽裕的资金以使这些植物获得更好的养护。如此一来,年轻的学者或许就能更快地了解异域植物的相关知识了。并且,正如弗克休所认为的那样,这对于练就治病疗疾的精湛技艺而言是非常必要的。一个医师若不去观察植物,也就和一个工匠不去了解斧子、锯子、直角尺以及其他任何他必定会用到的工具一样,是非常可耻的。

2. 变质药:药草及其他植物

在加里奥图[①]所列举的和许多很有造诣的药草学家所写到的那800种单方类药草中,我认为仅有以下这几种是适宜医治忧郁液这种体液的。其中,有些属于变质药——据雷诺杜斯[②]所说,变质药会通过一种隐秘的力量,以及特殊的药性,赶走将来之病,完美地治愈现有之病和许多所谓的不治之症。此种功效不仅可见于药草中,也可见于其他植物,以及石头、矿物和生物中;不仅可在忧郁之病上得到印证,也可在其他疾病上得到印证。单单是人的头骨就有多少种药性被人谈及啊!马腿上的老茧、狼的肝脏[③]等等,以及各种兽类的排泄物[④],都分别有着怎样的独特功效啊,它们各自皆有益于疗治一种特定的疾病!而植物又被赋予了怎样神异的功效啊!鸟足兰和紫花兰芥能使阴茎勃起,贞节树[⑤]和睡莲则能压制精液;可见有些药草能激起情欲,有些则反之,如"贞洁羔羊"[⑥]和睡莲便是会将精子消灭殆尽的。此外,罂粟能引来睡眠,卷心菜能抵挡醉意,而更加值得赞美的是,有些植物竟对某

---

① 加里奥图(Galeottus),医师、医学作家。
② 雷诺杜斯(Renodeus,1568—1620),法国医师、药剂师、御医。
③ 伯顿自注:狼肝可治肝炎。
④ 伯顿自注:牛粪可治癫痫。
⑤ 即穗花牡荆。
⑥ 同样是指穗花牡荆。

一特定的身体部位有着独特的功效。例如，用于头部的茴芹籽、款冬、药水苏、风轮菜、小米草、薰衣草、月桂、玫瑰、芸香、鼠尾草、墨角兰、芍药等；用于肺部的风轮菜、甘草、土木香、海索草、欧夏至草、水石蚕等；用于心脏的琉璃苣、牛舌草、藏红花、芳香草、罗勒、迷迭香、紫罗兰、玫瑰等；用于胃部的苦艾、薄荷、药水苏、芳香草、百金花①、酸模、马齿苋；用于肝脏的筋骨草、石蚕、龙芽草、茴香、苣荬菜、菊苣、叶苔、小檗果；用于脾脏的掌叶铁线蕨、锈背蕨、百里香菟丝子、亚麻籽皮、白蜡树皮、药水苏；用于肾脏的紫草、欧芹、虎耳草、车前、锦葵；用于子宫的艾蒿、唇萼薄荷、短舌匹菊、叉子圆柏等；用于关节的黄春菊、金丝桃、牛至、芸香、黄花九轮草、小百金花等。而植物对于某些特定的疾病也是如此。仅就这忧郁症而言，你就能找到一连串适宜的药草，且还是针对身体各部的。此可进而参阅维克尔、雷诺杜斯和赫尔纽斯等人的著作。下面，我仅会简略地谈谈这些药草，首先要谈的即是属于变质药的那类。盖仑在其专论病变之身体部位的第三卷书中，就认为变质药是优于缓解药的，而特拉利安努还夸耀道，相较于催泻，他通过使身体变润变湿，治好了更多的忧郁症患者。

在这一连串的药草中，琉璃苣亦即牛舌草或许能占据首位，无论是从其本体、汁液、根茎、种子、花、叶上来看，还是在被制成了煎剂、蒸馏水、精华、精油等等后来看，皆是如此，而做这样多方面的比较是因为此类药草的用法往往多种多样。牛舌草，性热而湿，因此理应列入那类能够驱除忧郁、振奋心气的药草中（据盖仑以及狄奥斯特利特斯之说法）。而普林尼就曾极力赞美这一植物。牛舌草可有多种的用法，例如可用于肉汤中，用于酒中，用于蜜饯、糖浆等等之中。它是一味绝佳的强心药，经常被开在药方里用来医治忧郁症。此药草的威力的确所向披靡，难怪狄奥多鲁斯、普林尼、

---

① 原文为 centaury，源自 centaur（半人半马怪物）一词。相传此花的药性是由以医技闻名的半人半马怪物（Chiron）发现的。

普鲁塔克等人都认为它就是荷马笔下那著名的忘忧药——这是托尼斯[1]（乃当时埃及底比斯之王）的妻子波吕达姆娜送给海伦的纪念物，据说拥有一种极为罕见的功效，只要你喝了用它泡的酒，即便你的妻子孩子、父亲母亲、兄弟姐妹以及你所有最亲密的朋友全都在你面前死去，你也不会为他们悲痛或流下一滴眼泪。而那受到赞美的、可用以振奋心气的海伦的杯中之酒，据我们大多数评注家推测，里面也没有什么别的成分，所含的就只有这琉璃苣。

香蜂草，具有一种能改变忧郁症的神奇功效，我们既可将之泡在平日的饮料中，也可提取其精华，或以其他方式服用。卡丹对这一药草是赞赏不已的。而赫尔纽斯则说，此药草致热致燥可达第二阶段，由此带来的一种奇妙功效，能舒缓心脏，并能将一切忧郁之气从精气中清除（据马修欧卢的说法）。此外，他们还赋予了它其他功效，例如帮助消化，净化大脑，排除一切忧思以及焦虑的空想。而同样的话语实际上也可见于阿维森纳、普林尼、西米恩·塞斯[2]、弗克休、罗贝尔、达利沙姆[3]以及每位草药医师的著作中。对于忧郁之人来说，没有什么会比在其平日的饮料里泡上此药草以及琉璃苣更有益的了。

马修欧卢在其第五卷《医学信札》中，将鸭葱列入了进来，称它不仅可解毒，可治癫痫以及诸如此类的晕眩之症，也可用于医治忧郁。而单单服用其根部，就能排走悲伤，引来欢乐和内心的轻松愉悦了。

凯撒·奥古斯都的那位著名的御医安东尼·穆萨[4]，在其书中写到过药用水苏的功效，他满怀惊奇地赞美了这一药草，说它能保护身与心，使两者皆免受恐惧、忧虑、悲伤之扰，且能治疗癫痫、忧郁以及许多其他的疾病。对于他，盖仑亦表赞同。

---

[1] 原文为 Thonis，即 Thon（托昂）。
[2] 西米恩·塞斯（Simeon Sethi，1035？—1110？），拜占庭帝国科学家、翻译家、官员。
[3] 达利沙姆（Jacobus Dalechampius，即 Jacques Dalechamps，1513—1588），法国植物学家、医药学家。
[4] 安东尼·穆萨（Antonius Musa），公元前1世纪希腊植物学家，乃罗马皇帝奥古斯都的御医。

万寿菊是广受赞誉的能够医治忧郁的药草，因此经常被用在我们平日里所熬煮的汤中，这对忧郁症和许多其他的疾病都能起到很好的疗效。

啤酒花是一味灵丹妙药。弗克休即盛情赞颂过它，称它能清除所有的胆汁，并净化血液。马修欧卢则惊讶于他那个时代的医师竟不再用它，哪怕它有着纯化、净化之功效。但我们是把它用在了我们平常所饮用的啤酒中的，而在未添加它之前，啤酒无不黏稠而恶心。

苦艾、百金花、唇萼薄荷，同样是深受赞美，并被大量地开进了药方里（正如我将在后文中所呈现的），特别是对季肋部抑郁症而言，这些药草实应日日使用，且需放在乳清中熬煮。而正如以弗所的鲁弗斯以及阿雷泰斯所述，由于能起到通气和帮助消化的功效，许多忧郁之人仅靠时常服用这几味药就得到了治愈。

由于脾脏和血液经常会因了忧郁症而受到损害，我便不可忽略了苣荬菜、菊苣、蒲公英、烟堇等可以净化血液的药草，也不可忽略了对开蕨、菟丝子、鳞蕨、艾蒿、叶苔、白蜡树皮、怪柳、金雀花、掌叶铁线蕨等能够大大滋补并舒缓脾脏的药草。

在以上所列出的种种药草中，我还要添入玫瑰、紫罗兰、刺山柑、短舌匹菊、水石蚕、法国薰衣草、迷迭香、茅膏菜、藏红花、罗勒、甜苹果、酒葡萄、烟草、檀香……秘鲁刺茎藜（具有怪异之力）以及曼陀罗。而对于寒性体质的病人，我则推荐服食以愈疮木、中国根[1]、菝葜根、白檖木干树皮煎煮的汤剂，此外也可用上圣本笃蓟[2]之花——我发现蒙塔努在他的问诊书中就大量地开具了此药，而尤利乌斯·亚历山大[3]、拉埃琉·尤古毕努斯等人也都是如此。然伯纳德·佩诺图却独爱他的茅膏菜或荷兰"晨露"，根本看不上所有其他可医治忧郁症的药草，他不相信这世间能有任何药草可与之相比。那

---

[1] 原文为 China，即 China root，指一种源自中国的菝葜根，也就是土茯苓。
[2] 即藏掖花。
[3] 尤利乌斯·亚历山大（Julius Alexandrinus），约16世纪德国哲学作家、医学作家。

茅膏菜简直胜过了荷马笔下的摩吕①，不仅能治这忧郁症，也能治癫痫以及几乎所有其他的疾病。仍是这位佩诺图，他还谈到过一种载于阿珀伦瑟斯②著作中的香树脂，说是只需在一杯酒中加入三滴的量，饮下后就能使病情瞬间好转，赶走忧郁，并振奋心气。奎亚内瑞在其《解毒法》一书中也记载了许多与此相似的药物。而汇编者雅各布斯·德·东迪斯③则在诸多药物中反复提到了龙涎香、肉豆蔻以及多香果。但这些药并不能通用于任何人，因为琥珀类和香料类药物会让燥热之脑发疯，仅对寒湿之脑有益。加西亚·阿伯·霍托还提到了许多印度的植物，他大大地夸赞了它们在医治忧郁症方面的种种功效。而莱蒙琉则很看重芸香，称赞它有着非凡的功效，能驱除虚无之幻想以及恶魔，并能缓解灵魂所受的苦痛。此外也有其他的一些东西获得了作家们的盛赞，比如可供佩带或服用的老公鸡、公羊头和狼心，即为墨丘瑞里斯所称许；而普罗斯博·阿尔皮努则赞美了尼罗河的河水，然戈美修却认可了所有的海水，同时还建议要在适当的时候晕晕船；并且亦有人推崇羊奶、乳清等等。

3. 变质药：宝石、金属、矿物

人们对宝石做出了各种各样的评价。比如，有许多人强烈反对将宝石或任何的矿物当作药来使用。托马斯·埃拉斯都④即是这些人当中的主将，他

---

① 摩吕（moly），希腊神话中的白花黑根魔草，荷马在史诗《奥德赛》中述及赫耳墨斯将此草送给俄底修斯，以解女巫喀耳刻的魔咒。
② 阿珀伦瑟斯（Petrus Apponesis，即Peter of Abano/Padua），约13至14世纪意大利医师、哲学家、天文学家、占星家。
③ 雅各布斯·德·东迪斯（Jacobus de Dondis），约14世纪意大利医师，是《帕多瓦单方药汇编》的汇编者。
④ 托马斯·埃拉斯都（Thomas Erastus，1524—1583），瑞士神学家、医师，护卫瑞士宗教改革家茨温利（Huldrych Zwingli）的圣餐理论，反对加尔文宗运用教会权力判人以异端罪而处以刑罚，著有《关于绝罚问题的说明》。

在其批驳帕拉切尔苏斯的论文中，以及写给彼得·莫纳维[①]的一封书信中说，"宝石能产生神奇的功效这一说法，就让愿意相信的人去相信吧；总之没人是能说服我的，就我而言，我凭经验发现，宝石并无任何功效。"但马修欧卢在其对狄奥斯特利特斯著作的评注中，却在相反的一面，亦即对宝石的称赞上也同样是不吝言词。此外，卡丹、雷诺杜斯、阿勒耳杜[②]、鲁厄斯、恩塞琉[③]、马尔博德[④]等人也都是如此。马修欧卢就特别提到了珊瑚，奥斯瓦德·克罗琉则是推许珊瑚上形成的盐粒。而恩塞琉还声称要将宝石当作许许多多不同的药，分别用来医治忧郁、悲伤、恐惧、迟钝等等。雷诺杜斯亦赞美宝石，他认为宝石除了可装点国王的王冠、为手指增色添彩、让家中物件富丽堂皇、让我们免受魔法之侵害、保护健康、治愈疾病外，还能驱走悲伤、忧虑，并使我们的精神兴奋愉悦。以下是我的详细论述。

石榴石这一宝石，之所以被冠以此名，是因为它形似石榴籽。它是一类不甚完美的红宝石，虽然也有些红红的，但颜色要淡于红宝石。此石产自卡利卡特[⑤]。若将它挂在脖子上，或用它来泡水喝，便能极有效地抵御悲伤，重振心气。我发现红锆石和黄玉也被赋予了同样的特性，说是它们能平息愤怒、悲伤，减轻疯癫，并极大地愉悦和振奋心神。另据卡丹所言，石榴石既可随身携带，也可制成药水服用，是具有增长智慧、驱除恐惧之功效的。他还夸耀道，他曾用石榴石治愈了许多的疯子，而当他们将此宝石搁置一旁后，竟又变得像原先一样疯癫了。彼得·拜耳与弗朗西斯·鲁厄斯也是这样来说贵橄榄石的，他们称其为智慧之友、愚蠢之敌（普林尼、索里纳斯[⑥]、阿尔贝图、卡丹亦有类似说法）。而恩塞琉则大大赞美了绿柱石的功效，称它极有

---

① 彼得·莫纳维（Peter Monavius），约16世纪德国医师。
② 阿勒耳杜（Lambert Alardus），约17世纪德国神学家、炼金术士。
③ 恩塞琉（Christopher Encelius），16世纪德国宝石学家。
④ 马尔博德（Marbodeus，即Marbodius，1035—1123），法国教士、作家，曾任法国雷恩（Rennes）主教。
⑤ 卡利卡特（Calicut），印度西南部港市科泽科德（Kozhikode）的旧称。
⑥ 索里纳斯（Solinus）约公元3世纪拉丁语法学家、历史学家。

第三部分　　　　　　　　　　　　　　忧郁之疗法　347

助于形成健全的理智,可镇压妄念、邪思,带来欢喜愉悦,等等。另据传,在燕子的腹中能找到一种名为"燕石"的宝石,若用一块干净的布将它裹起来,绑在右臂上,就能治愈精神失常者和疯子了,他们将变得友善而快乐。

有一种名为玉髓的缟玛瑙,也具有同样的特性,能非常有效地消除源自忧郁症的荒诞幻觉,并能维护整个身体的精力与良好之状态。

而金匠常用来抛光黄金的埃班石,若是随身携带或泡水饮用,亦能显现出相同的或无甚差别的特性。

列维努·莱蒙琉于诸种宝石中提到了两种尤需关注的宝石,即红宝玉和珊瑚,他说它们能驱走幼稚的恐惧以及恶魔,也能降服悲伤,而若是挂在脖子上,还能抑制扰人的梦。这种种特性也几乎全被卡丹赋予了那绿颜色的天河石,说是只要随身携带或将之镶嵌在戒指上佩戴就能生效。此外,鲁厄斯还将这些特性赋予给了钻石。

尼古拉·卡贝奥,乃佛莱拉城的一位耶稣会会士,他在其《磁学》的第一卷中谈到过磁石的功效,并引用了许多不同的观点。比如,有些人声称,如果将磁石弄碎了吞服,它就会像蝰蛇酒那样让人恢复青春;而另一些人又认为,如果是随身携带,磁石则会引发忧郁。这还是让实际经验来定夺吧。

墨丘瑞里斯曾赞美祖母绿有着安定所有脑中情绪的功效,另有些人则赞美蓝宝石,说它是所有宝石中最漂亮的,有着天空的颜色,乃黑胆汁的大敌,能够释放心灵,改善举止云云。

雅各布斯·德·东迪斯在其单方药汇编中,还列入了龙涎香、牡鹿的心中骨、独角兽的角,以及粪石(此药我在别处也有提及)——据说,粪石最初是发现于东印度群岛的一种小野兽的腹内,而这种小野兽则是由荷兰人和我们的商人同胞带回欧洲的。雷诺杜斯就曾说他在维特里勋爵那座位于库伯特[①]的城堡里看到过两只活的这种野兽。

[①] 库伯特(Coubert),法国中北部一市镇。

至于青金石和亚美尼亚石，它们的功效毕竟是催泻，就只好在相应的章节中另行论及了。

而对于剩下的那些宝石，我就将援引卡丹、雷诺杜斯、戎多勒修等人的说法，简短地再说上这么一句，即近乎所有的珠宝和宝石都具有安定脑中情绪的绝佳功效，也正是因此，富人们才非常渴望拥有它们。波斯人和印度人从贝壳中采集的那类小一些的单粒大珍珠，据所有作者的一致看法，就有着极佳的强心之效，总的说来是有助于振奋心气的。

而大多数人谈论黄金和其他的一些矿物，也就跟上文中人谈论宝石是一样的。在这方面，埃拉斯都始终是持反对的立场。他在其驳斥帕拉切尔苏斯的论著中谈到了黄金，他坦言黄金的确能让人心生欢喜，但也只在黄金现于守财奴的钱箱中的时候。正如那诗人笔下的他所言，只要我一盯着我保险箱中的钱看，我就会为自己拍手鼓掌。黄金就是这样地能振奋精神，真是医治忧郁的一大良方。

> 黄金作为药既然是种强心剂，
> 他特别钟爱黄金也就有道理。[1]

然"金之饮剂"正是埃拉斯都所反对的，受到了他的猛烈抨击，因为里面会用到腐蚀剂，而我国的温格博士[2]亦是拿这一点来反驳安东尼博士[3]的。埃拉斯都的结论是，他们所谓的魔法石和金之饮剂等等，简直无异于毒药，乃一纯粹骗人的东西，是空幻之物。这神异的金色石头或许是从那座"临盆"的山里挖出来的，而那大山临盆，生出的却是一只可笑的耗子[4]。不过，帕拉切尔苏斯以及信奉其化学医药理论的追随者，一个个就像普罗米修

---

① 语出乔叟。
② 温格博士（Dr. Gwinne，即 Matthew Gwinne，1558—1627），英国医师，牛津医学教授。
③ 安东尼博士（Dr. Antonius，即 Francis Anthony，1550—1623），英国医师、帕拉切尔苏斯学派炼金术士。
④ 出自《伊索寓言》中一则名为"大山临盆"的寓言故事，讽刺做事情雷声大雨点小。

斯一样，誓要盗取天火，誓要用矿物来治疗各种各样的疾病。他们站在了相反的一面，将矿物视作了唯一的药。帕拉切尔苏斯就称盖仑、希波克拉底和他们的所有追随者皆为婴孩、白痴、诡辩家……他骂道，都该死，那些嘲笑火山变质作用的人，真是"愚昧无知"所生的后代、"墨守成规"所教的弟子……这些人既然不使用矿物类的药，也就配不上医师之名。他还吹嘘道，他以矿物入药，可让人活到160岁，甚至活到世界末日。而凭靠其解毒药、万能药、木乃灵衣、武器药膏以及诸如此类的磁力疗法之物，如生死预示之灯、狄安娜的浴水、香膏、具有魔力的天然琥珀、火星护身符等等，试问，他和他的追随者们还有什么是无法办到的？他还进而吹嘘他是医师之首，他所做的著名治疗比欧洲所有其他医师所做的加起来都多。而他配制的药剂仅一滴就能比其他医师所制药剂的一打兰乃至一盎司发挥出更广远的疗效，其他医师的药剂无非都是些令人作呕和厌恶的肮脏药水、异于常规的药丸（他如此称之）以及用来医马的药，这想必就连那独眼巨人波吕斐摩斯[①]见了都要吓得打颤的。虽然也有些人要指责他们的医术和磁力疗法已近于魔法迷信、巫术、符咒之类了。但他们仍旧崇尚这些，坚定不移地为之辩护，并无尽无限地推重之。只是上述两方都太极端了，其实持中之人亦是认可矿物的，尽管程度并不那样高。莱蒙琉就赞成将黄金拿来内用和外用，例如可用于戒指中，也可用于药剂中，而黄金入药的确是非常有益的。在那些专门为忧郁之人调制的合剂中就可添入黄金——维克尔如是说道，雷诺杜斯以及许多其他的人也都赞同他。此外，马修欧卢还推许黄金饮剂、水银以及很多类似的化学合剂，他对这些是如此地认可，竟认为若不具备一点儿化学里的蒸馏提取之技艺，则无论是谁都成不了杰出医师的，而若不使用矿物类的药，那些慢性病也是很难治愈的。不信就请看看各种泻剂中是否都有用到锑。

---

① 波吕斐摩斯（Polyphemus），希腊神话中的独眼巨人，将俄底修斯（Odysseus）及其同伴囚禁在洞穴中，俄底修斯为逃跑，将他灌醉后刺瞎了其独眼。

4. 变质药与强心剂

既然忧郁液这种体液本身就是那样地有害，也是那样地难以去除，其残留之液就应清除干净，而这可通过使用变质药、强心剂以及诸如此类的东西来实现。至于身体之气性，也应予以改变和纠正，为此就需服用那些能够培固和强健心与脑的补药，毕竟心、脑都会受到忧郁症的影响，且两者还会相互影响对方。这些补药，是需长期服用的，既可每隔一日就服用，也可排在催泻后数日再服用，亦可像泻药那样，视病情而服用。此外，它们是有着极强的功效的，往往仅靠它们就可以治病了，阿纳尔都[①]在其《箴言集》中就认为，它们胜过了所有其他的药物，无论那是哪一类的药。

而在这众多的强心剂和变质药中，我实在找不出有比一杯酒或烈性饮料更具立竿见影之效的药物，只要这酒是用得适度且恰到好处的。酒，若是有节制地饮用，便能让人勇敢、大胆、无畏，也能将头脑磨快。正如普鲁塔克所言，酒能使那些原本迟钝的人就像燃烧的乳香一样散香蒸发，也如色诺芬所补充的，好似油添于火，酒能使之燃得更旺。马修欧卢将酒称作了一种著名的强心剂、一种能提神醒脑的极好的滋补品，他说酒可带来好的气色，可使人青春焕发，也有助于消化，能补胃固胃，能驱除阻塞之物，激发尿液，赶走粪便，引来睡眠，净化血液，排出胀气和寒毒，并稀释、消解、驱散所有滞重的郁气和灰暗的体液。而最合我意的是，酒能驱除恐惧和悲伤。

> 酒神巴克斯赶走了啮噬人心的烦扰。[②]

酒能悦人心，乃滋生"欢乐"的甜蜜的温床。而能让人忘却忧愁痛苦的海伦的杯中之物、天神所独享的琼浆玉液或荷马笔下那确实存在的忘忧药，

---

① 阿纳尔都（Arnaldus de Villanova, 1240—1311），西班牙医师、炼金术士、占星家。
② 语出贺拉斯。

在奥里巴修斯和其他一些人看来，也无外乎就是一杯佳酿罢了。酒能使君王和孤儿，家仆和自由人，穷人和富人的理性都一样迷失。酒又使凡有理性的，转向追求宴乐和快活，忘却一切愁烦和债务。酒又使人人心感富足，无忌君王官长，又使众人口出万贯豪言。酒能带给我们生命本身，以及精气、智慧等等。也正是因此，古人才将巴克斯称作解放之父、释放者，并始终将巴克斯和帕拉斯供奉在祭坛上。饮酒有时有节，使人心里高兴，精神愉快，它能使神和人喜乐。巴克斯，真乃"乐"的施与者……酒竟能让老妇跳舞，让那些身陷苦痛的人忘记不幸，变得快乐。

> 酒能让烦恼不安的人儿安卧，
> 尽管其脚上还有脚镣的压迫。[1]

普鲁塔克笔下的德米特里[2]，在落入塞琉古之手后，被囚禁在了叙利亚。他当时就是靠着骰子和酒来消磨时日的，如此他便可舒缓自己的不满之心，也可免于长久陷入对他眼下所遭遇之惨境的愁思苦想中。因此，所罗门才命人把酒给将亡的人喝，也给苦心的人喝。让他喝了，就忘记他的贫穷，不再记念他的苦楚。酒能减轻负重累累的灵魂的负担，而其见效之快、效果之佳，是无物能及的。这一点也被先知撒迦利亚看到，因为他曾言，在弥赛亚降临之时，以法莲人必快活，他们心中必畅快如同喝酒。而上述的一切就使得我非常地欣赏认可巴塞洛缪·安格利卡[3]笔下那段描写盛宴的华美文字了——待到做完了餐后祷告，也净了手，且宾客们也都因了欢快的交谈、悦耳的音乐以及珍馐美馔而兴致高涨起来之后，作为用来结束这场宴会并延续

---

① 语出提布卢斯（Tibullus, 54？B. C.—19？B. C.），古罗马诗人，用哀歌体格律写作，传世诗集两卷，主要为爱情诗，以感情表达细腻、具有田园风味著称。
② 德米特里（Demetrius, 336B. C.—283B. C.），马其顿国王德米特里一世波里奥西特（Poliocretes）。
③ 巴塞洛缪·安格利卡（Bartholomeus Anglicus，即 Bartholomew of England），约13世纪法国巴黎的经院神学家、方济各会修士，著有《物性论》。

宾客之欢的餐后酒的"谢恩杯",就被端上桌来,好让宾客们的心得到振奋,而他们也就开始一次又一次地举杯为彼此的健康祝酒了。据约翰纳斯·弗雷德里克·马特勒修[1]的说法,宴饮是各个时代在任何国家都能见到的一个古老习俗,然人们并不是被威逼着强制饮酒,而是像在亚哈随鲁王那持续了180日的御宴中一样,不受勉强,拿着金器皿依照定例喝酒,什么时候喝以及喝多少都各随己意。酒这饮料真是一种极其便于使用也易于获得的药物,是常见之药、价廉之药,然在对付恐惧、悲伤以及折磨人心的那些愁思上却始终是很灵验的。就像硫黄之于火,酒瞬间就能让人的精神死灰复燃。拉齐曾言,对于一个忧郁之人来说,没有比这更好的药了,那些能招朋唤友、狂饮痛饮的人,是不需要别的药的,仅此就已足够了。而他的同乡阿维森纳还做了更进一步的发挥,他认为烦恼不安或忧郁的人不只要喝酒,还要时不时地喝醉才行,因为醉酒正是医治忧郁以及许多其他疾病的绝佳疗法。马格尼努斯就要求这样的人每月都至少醉上一次,并给出了他的理由:醉酒可通过排泄呕吐物、尿液、汗液以及各种各样体内的冗余物来净化身体,使身体保持洁净。哲人塞内加在其《论心灵的宁静》一文中也表达了相同的看法:偶尔醉酒是有益的,因为这能缓解悲伤,抑制忧虑。由此,他就以"献酒一杯"来收束他的这篇文章——接过去吧,我最亲爱的塞里纳斯,接过这能带来心之宁静的东西。不过,这些都是享乐主义的信条,是倾向于放纵的生活、奢靡享乐和无神论的,仅被一些异教徒、放荡的阿拉伯人以及渎神的基督徒所信奉,在拉比·摩西[2]、古烈幕·普拉森修、瓦斯科·德·塔兰[3]诸人那里是受到了抨击的。而最切中要害的论说则出自塞瓦提卡,他是新近故去的一位来自米兰的作家和医师,你在他的著述中可以见到他以长篇大论对这

---

[1] 约翰纳斯·弗雷德里克·马特勒修(Johannes Fredericus Matenesius),约17世纪德国牧师,著有《当代服饰之奢靡与滥用》《逍遥的基督徒》。
[2] 拉比·摩西(Rabbi Moses),及迈蒙尼德(Maimonides,1135—1204),西班牙出生的犹太哲学家、医师和法学家,编纂了犹太法典《密西拿律法书》(*Mishneh Torah*)。
[3] 瓦斯科·德·塔兰塔(Valescus de Taranta),约15世纪葡萄牙医师。

第三部分　　　　　　　　　　　　　　　忧郁之疗法　353

种信条进行了批驳。

但不管你怎么说，如果酒和烈性饮料当真具有驱除恐惧、悲伤，以及振奋精神的功效，那从此以往，我们还是喝起来、乐起来吧。

> 来吧，漂亮的莉迪亚，请把这杯萨克酒斟满了，
> 还有那酒保老弟，大一些的酒壶我们正缺少，
> 而开俄斯岛的葡萄酒，竟有那样的好味道。①

我要跟着葛琉斯笔下的他一起说，就让我们用一杯适量的酒来维持我们灵魂的活力吧，酒的作用正是让人心生欢乐之类，就让我们靠喝酒来提神醒脑吧，如果心中有任何冰冷的悲伤或呆钝的羞怯，就让我们用酒将之统统洗掉吧。现在，请将你的忧虑浸没在酒中——贺拉斯如是说道，而阿那克里翁②也说，

> 能喝的时候就喝个欢畅，
> 因为死神已在来的路上。

就让我们用一杯酒来将忧虑压下去吧。尽管我自己滴酒不沾，我也要跟着这样说，因为这一切都是可以实现的，只要是不过度地、有节制地、适量地饮酒，只要是如我们那使徒所告诫的，**不要醉酒，不因酒而放荡**。克里索斯托在评注此处经文时所言极是，酒是用来寻求欢乐的，而不是用来寻求疯狂的。你想知道要在何地、何时以及用何种方式饮酒，才能算是寻乐而非寻疯吗？你想知道何种情况下酒才是有益的吗？还请听听经文是怎么说的吧。把酒给苦心的人喝，或如保罗叮嘱提摩太③的，要为了你的胃喝点酒，由此我

---

① 语出贺拉斯。
② 阿那克里翁（Anacreon, 570？B.C.—478？B.C.），古希腊宫廷诗人，所作诗多以歌颂美酒和爱情为主题，其诗体被后人称为"阿那克里翁体"。
③ 提摩太（Timothy），《圣经》中耶稣使徒保罗的门徒。

们也可为了消化、为了健康，或是为了另一些正当的理由喝酒。而若是为了别的理由喝酒，那就会像普林尼告诉我们的那样了，如果不严加节制，便没有什么会比酒更有害了，酒也就无异于醋了，简直成了一个诱惑人的恶魔，乃至毒药本身。还是再听一个更可怖的罪罚吧：给邻人酒喝使他喝醉的有祸了，你的荣耀就变为大大的羞辱。马蒂奥里[1]也说，狂欢滥饮之人见到我那样热情地赞美酒，莫要因此而喜悦，倘若无度地饮用，则酒便不能使人欢乐，只会摧毁身心，让人头脑昏昏，心生悲痛。古时的那位诗人说得好，酒能引起欢乐和悲伤。酒对有些人是再好不过的，对另一些人则是再坏不过的，尤其是对那些热性体质或内体火热之人而言（如某人所指出的）。而香料亦是这样，如我在前文中所论，仅是香料本身就足以引发头部忧郁了。因此，这类体质的人切不可将酒用作日常的饮料，或用于餐食中。不过，还是借劳伦修之言做个论断吧，即酒对于疯子以及那些因内部器官或大脑发热而受扰受苦的人是有害的，但对于忧郁之人，由于他们大多是寒性体质的，只要适度饮用，酒也许就是非常有益的了。

而我也可以这样来说用中国根、白檫木干树皮、菝葜根、愈疮木煎煮的汤剂。据马纳德[2]所言，中国根能让脸生出好的气色，并能消除忧郁症以及所有出自寒性体质的疾病。同样如此，另据克劳迪的说法，菝葜根还能引起大量的流汗，愈疮木则能使身体干燥。而蒙塔努、卡皮瓦科[3]就有经常用到愈疮木和中国根，且是在合理地予以运用，以免让肝烧起来。然其所用之药对寒性体质的人，如大多数的忧郁症患者而言，虽是有益的，但在医治热性体质的人时是绝不能提及的。

话说土耳其人有一种叫做咖啡的饮料（毕竟他们从不喝酒），是以一种黑如煤灰且味苦的干果仁命名的，此饮料与斯巴达人常喝的那种黑色饮料相

---

[1] 马蒂奥里（Mattiolus, 即 Pietro Andrea Mattioli, 1501—1577），意大利医师、博物学家、植物学家。
[2] 马纳德（Manardus, 即 Nicholas Monardes, 1493—1588），西班牙医师、植物学家。
[3] 卡皮瓦科（Hieronymus Cappivaccius, 即 Girolamo Capo di Vacco），约16世纪意大利医师。

似，或许根本就是同一种饮料。在喝咖啡这事上，土耳其人总是一口一口地慢慢抿尽，且是按自己所能受得住的最大的热度趁热啜饮。而他们也会花很多时间待在那些咖啡馆中，他们的咖啡馆就有点像我们的啤酒馆或小酒店，他们也是坐在里面边聊边喝，以消磨时光，一同作乐，因为他们从经验中发现，如此使用这种饮料将有助于消化，并能带来一种轻快之感。然他们中也有些人是以吸食鸦片来取得以上效果的。

琉璃苣、芳香草、藏红花、黄金，我皆已谈到过了。除此之外，蒙塔图斯还推荐了经过腌制的鸭葱根。而加西亚·阿布·霍托则是提到了一种名为曼陀罗的药草，说是服下此药草后的 24 小时，一切悲伤的情感都将被消除，那服食之人将变得爱笑爱乐；他同时也提到了名为印度大麻的另一种药草，称其功效近于鸦片，能让服食之人一时地进入一种狂喜神迷的状态，并让他们柔柔地发笑。据说某位罗马皇帝每日都会服用某种植物的种子以使自己精神愉悦。然克里斯托弗·艾瑞鲁[①]却认为粪石以及胭脂虫膏胜过了其他的强心剂，而在有些情况下他也是如此看待龙涎香的。据他说，胭脂虫膏能让体内的器官得到舒缓；粪石则具有一种可以对付所有忧郁之情感的独特功效，能振奋心气，使整个身体精神焕发；至于龙涎香，它亦有刺激排尿、养胃补胃以及疏通胀气的功效。而若在催泻之后，将三或四格令[②]的粪石，外加的龙涎香一起喝下，或是就着那淬灭过烧热了的黄金的琉璃苣药水或牛舌草药水喝下，都是能带来极大的益处的，因为既然心气已大获振奋，催泻就会少损耗一些身体的精力和本元了。

  取胭脂虫膏，半盎司；粪石，一吩[③]；
  捣成细粉的白色龙涎香，二吩，再加上

---

① 克里斯托弗·艾尔鲁（Christophorus Ayrerus），即上文的亨瑞克·艾瑞鲁（Henricus Ayrerus）。
② 格令（grain），重量单位，1 格令等于 0.0648 克。
③ 吩（scruple），重量单位，1 吩等于 20 格令或 1.296 克。

> 柑橘皮糖浆；然后制成糖剂。

对于粪石，大多数人都是赞许的，如马纳德以及诸多其他的作家。据加西亚·阿布·霍托所言，粪石能带走悲伤，并让服用它的人变得快乐。他曾说："我见到过一些患有严重的眩晕症、昏厥症和忧郁症的人，他们在服下了添加过三格令这种石头的牛舌草药水后，也就痊愈了。"加西亚·阿布·霍托还夸耀道，他仅靠这粪石，在那些被所有医师都放弃了的忧郁症患者身上，不知施展了多少次的回春之术。不过，对于胭脂虫，很多人就是反对的了。虽在有的情况下，胭脂虫也许能起到作用——只要它品质够好，是那特等的佳品，如产自法国蒙彼利埃的那种，就受到了约得库斯·辛瑟努斯的极力赞美，他觉得任何到那里旅行的人都不该错过参观其制作过程的机会。但胭脂虫的确不像粪石那样是一种非常普遍通用的药物。费尔内琉就因胭脂虫的燥热之性而质疑其功效。他说，没有什么会比服食能致热的食物和药物更容易使这种病恶化的了，他也为此而告诫道，务必要慎食之。由此，我就可以给胭脂虫这药以及所有其他的药下一个结论了，我的结论与修昔底德给雅典的那场瘟疫所下的结论相仿，即就此实在是开不出任何的药方的，也是找不到什么通用之药的，毕竟对这人有用的药，对那人却是有害的。

冷制珍珠糖剂、龙涎香糖剂、琉璃苣糖剂，盖仑与拉齐书中的致乐糖剂，宝石糖剂、甜麝香和苦麝香糖剂、"调解者"[①]糖剂，以榅桲和苹果制成的糖浆，以玫瑰、紫罗兰、烟堇、土木香、色兰[②]、柠檬制成的糖膏，经腌制而成的柑橘药丸，等等，皆各有其很好的用处。

> 取甜麝香和苦麝香糖剂各两打兰，

---

① "调解者"（Conciliator）是前文阿珀伦瑟斯（Apponesis）亦即阿巴诺的彼得（Peter of Abano）的称号。这一以其称号命名的糖剂，是用苹果和琉璃苣汁，加诃子、肉桂、良姜等原料制成的。
② 原文为 Satyrion，即兰花。古罗马人认为兰花具有催情的功效，故以神话中好色的森林之神的名称"萨梯"（satyr）来为之命名。

> 取牛舌草糖剂、琉璃苣糖剂、紫罗兰糖膏各一盎司，
> 然后再与苹果糖浆相混合。

其实每位医师都有着一大堆这样的药方，然我在此处就仅想再添加一个药方，只因这药方实在奇特，且我还发现许多博学的作者都有记录它，都将之视作了一种适宜于医治昏聩、头部忧郁等脑内疾病的良方。其内容是：取从未与母羊交媾过的公羊的头一颗，此头需一刀砍下，然后仅将羊角去除，就连皮带毛地开煮。等到在沸水中煮透了，就把羊脑取出，并在羊脑中加入肉桂、姜、肉豆蔻、肉豆蔻干皮、丁香这些香料。每种香料的用量，皆为相等的半盎司，而在将香料粉与羊脑混合均匀后，就可整个地放到炭火暖锅上的大浅盘中加热了。加热过程中，要好好地拨动，以免烧糊。务必注意不要烧得太干，也就是不要比平日里烧好的小牛脑还干。如此备好的一份羊脑，可分三日拿给禁食的病人服用，只是病人每服用完一次，就应禁食2小时。而这羊脑也可就着沾了蛋液或肉汤的面包一起服用，总之不管怎样，只要将之服下即可。最后，在连续的14天内，都要让病人遵循这样的饮食之规，且还不得饮酒……格斯纳和卡里克特瑞就提到过这一药方，虽内容上有些许的变化。而愿意一试者，是大可去试试这一药方，以及许多与之相类的药方的。

那各种的香物，如以玫瑰水、紫罗兰花、芳香草、玫瑰香块、醋剂等制成者，若是闻上一闻，的确也会极有力地重振大脑和精神。据所罗门之言，它们能使人心喜悦，而有些人还称其具有滋养之效。然香气能否滋养身体，实是一个在我们医学各派中常常受到争论的问题。这还是让菲奇诺来做决断吧，毕竟他找来了许多的论据以证此说之不虚。比如，他提到德谟克利特在因年岁太大而吃不进东西时，仅靠将面包的香气送入鼻中，就活上了好几日。而费若瑞则谈到了他自己用葡萄酒、藏红花等物调制的一种效果奇佳的糖剂，他将之开给了那些呆钝、无力、虚弱乃至垂垂待死的人，要让他们都去闻闻它，而这也当真产生了极好的效用，就仿佛是给他们喝了药剂似的。

由此，我们那高贵而博学的维鲁伦勋爵[1]才在他那本谈论生与死的书中，赞美了所有只要能有助于使精神清凉下来的寒性香气。此外，蒙塔努还开过一个方子，只是他不让他的忧郁症病人未在其指导下就擅自使用。而如果你想通过炼金术来炼制这些香物，那就请参看奥斯瓦德·克罗琉的著作吧。

据说用药汤——如以睡莲之花、莴苣、紫罗兰、黄春菊、野锦葵、鹰嘴豆等制成的药汤——来冲洗剃光的头，必须要一连洗上好多个早晨才能见效。而蒙塔努则是建议每周这样冲洗一次即可。莱利琉·阿方特·尤古毕努[2]，曾在一位患有头部忧郁的意大利伯爵身上，照搬着使用了许多他曾试过的方子，但其中仅有两个方子是确实起到了疗效的。一个是服用加入了嚏根草汁的山羊乳乳清，而另一个即是用那由睡莲、莴苣、紫罗兰、黄春菊等物所制成的药汤来对着头顶的骨缝处冲洗。此外，皮索还推荐将公羊的肺趁热敷在头的前部，或是用一只从背部劈开、做了去内脏等处理的年幼的羔羊来敷。而所有的医家都认为，上述疗法的主要疗治之道是在于要让湿润之气渗入头内。另据劳伦修所说，也有些人是会拿香药粉和香药帽来医治脑中疾病的。不过，由于芳香之物性热而干，也就得少量适度地使用了。

而在胸口处，我们最好的做法或许是敷上药袋，或涂抹涂剂、油膏。劳伦修就曾举过一些相关的例子。布鲁尔[3]则还开具过一种专门用于胸口的涂剂，那是以牛舌草、琉璃苣、睡莲、紫罗兰水、甜酒、芳香叶、肉豆蔻、丁香等物制成的。

然后是腹部，我们可为之备上一种浸泡了药油的用于热敷的布，而这药油需添入小茴香籽、芸香、胡萝卜和莳萝一起熬煮。

此外，那以芳香水做成的浴汤——芳香水中煮得有锦葵叶、玫瑰、紫罗

---

[1] 维鲁伦勋爵（Lord Verulam）是英国哲学家、政治家和论说文作家培根（Francis Bacon，1561—1626）的称号。
[2] 莱利琉·阿方特·尤古毕努（Laelius a Fonte Eugubinus），约15至16世纪意大利医师，是教皇利奥十世的御医。
[3] 布鲁尔（Gualter/Walter Bruel），约16至17世纪德国医师、医学作家。

兰、睡莲、鹰嘴豆、牛舌草花、黄春菊、草木犀等物——对忧郁症这病来说是有着大得惊人的疗效的，曾受到过盖仑、埃丘斯、拉齐等人的热情赞美。而奎亚内瑞就要求忧郁之人每日都需用此来沐浴两次，且待其出浴后，还需在脊骨处抹上杏仁油、紫罗兰、睡莲、新鲜的阉鸡油……

　　至于护身符这类需随身佩戴之物，我发现有些人对之提出了限制、批评，然雷诺杜斯、普拉特（他说，护身符实在不应受到忽视）以及其他一些人则予以了赞同，具体的还请到米扎尔都、珀塔、阿尔贝图等人的著作中去一探究竟吧。巴萨尔都·维森提努，就曾推荐使用在周五的木星时刻采摘的金丝桃草亦即圣约翰草。当然，这采摘的时节需得是在其药效最佳的时节（也就是7月里的满月期）。而如此采摘的金丝桃草，若戴在或挂在脖子上，是能极有效地疗治这种忧郁之情的，且还能驱走所有幻想中的灵怪。菲勒斯①，乃一活跃于迈克尔·帕里奥洛加斯②时代的希腊作家。他则写道，被狼撕咬过的绵羊或小山羊的皮，万万不可穿在人的身上，因为它会引起心悸。而这心悸倒也不是出于任何的害怕之情，实是护身符这类东西具有的隐秘功效所致。不过，对于随身佩戴的以驴子的右前蹄做成的挂环等护身符，我便要跟着雷诺杜斯说一句，它们是不该被全然抛弃的。比如芍药的确能治疗癫痫；各类宝石亦能治疗大多数的疾病；而随身携带一块狼粪还可助人缓解腹绞痛，携带蜘蛛则可缓解疟疾……也就是近几年前的一个假期，在我待在乡下的时候，我在我父亲那位于莱斯特郡林德利村的宅子里，第一次见到了这样的一个蜘蛛护身符——是将一只蜘蛛装入坚果壳后再以丝绸等物包裹而成的——被我的母亲③如此用来医治了一位疟疾病人。尽管我也知道她在外科医术上，在治疗眼痛、各种疼痛上，以及在运用这类土方偏方上，都是有着高超的技艺的，而这在她曾住过的所有乡下地区也是有目共睹的，她的确在各种各样

---

① 菲勒斯（Manuel Philes，1275？—1345？），拜占庭诗人，著有长诗《动物本性论》。
② 迈克尔·帕里奥洛加斯（Michael Palaeologus，1277—1320），拜占庭皇帝迈克尔九世。
③ 伯顿自注：多萝西·伯顿夫人，1629年去世。

原本无助无救的穷苦之人身上，施展了许多著名的、有效的治疗之术。然而，我还是认为，在她所运用的各种土方偏方中，这蜘蛛护身符真是极其地荒谬可笑，我实在看不出这方子有任何的依据。试问，蜘蛛能与热病扯上什么关系呢？是有什么相克之说吗？直到后来，我在各个作家的著作之间漫游的时候（就像我经常所做的那样），我竟发现这一土方早就收录在了狄奥斯特利特斯的著作中，且是受到过马修欧卢的赞许的，而阿尔德罗万迪[①]在他那部谈论昆虫的著作中的"蜘蛛"一章里还曾抄录过它。自此，我才终于开始对它有了更好的看法，而当我亲眼见到它在一些病人身上果真产生了与经验之谈相符的那种功效时，我也就对护身符增添了更多的信任。然而，那类以咒语、符文、魔咒和符咒构成的所谓驱病符，就该受到抨击了，因为这些驱病符本身是根本起不到任何效用的，其所靠的不过是一股强烈的幻想之力，就像旁波纳休所证实的那样；或者是靠了魔鬼的伎俩，而魔鬼正是这些驱病符最初的创造者和传授者啊。

5. 引来睡眠或驱除噩梦、脸红的矫正药

虽然你已用尽了各种各样上佳的变质类、导流类、缓解类药方和药物，但始终还是会有一些症状需要得到矫正和改善，如彻夜不眠、一遇某人就羞红了脸，或面部发红，等等。

先说彻夜不眠。由于忧郁之人有着连续不断的忧虑、恐惧、悲伤，以及枯干的大脑，彻夜不眠也就成为了一种使他们备受折磨的症状，因此必须赶快加以治疗，要千方百计地将睡眠引来，而有时候这睡眠本身就堪比疗效十足的良药，是无需再用上其他任何的药物的。斯肯科在其医学观察录中，就

---

① 阿尔德罗万迪（Ulysses Aldrovandus，即 Ulissi Aldrovandi，1522—1605），意大利博物学家、医师。

记载了这样一例通过睡眠而被治愈的女性忧郁症患者。而若论引来睡眠的方法，则可分为内用之法与外用之法。内用之法即指内服单方药或复方药。其中，单方药包括罂粟、睡莲、紫罗兰、玫瑰、莴苣、曼德拉草、天仙子、颠茄或龙葵、藏红花、大麻籽、肉豆蔻、柳树及其种子——这些药材既可榨取其汁液，亦可煎煮成煎剂，还可用蒸馏之法提炼精华水……复方药则包括各种的糖浆或鸦片剂，以及罂粟、紫罗兰、毛蕊花糖浆，而这些通常都是与蒸馏水一起服用的。

>取罂粟糖剂，……；水石蚕糖剂，……；
>莴苣水，……；调制成混合药剂；
>在睡前服用。

尼古拉斯安息药[1]、罗马斐洛鸦片剂[2]、三重强效糖剂[3]、犬舌草[4]药丸、水石蚕糖剂、帕拉切尔苏斯鸦片剂[5]，以及鸦片本身等等，都是目前正在用到的一些药物。而乡下人通常还会制作一种加入了大麻籽的牛奶甜酒。虽然这是弗克休在其药草书中所极力反对的，但我确曾见识过它那良好的功效，故我认为在找不到更好的药物的情况下，也是可以用用的。

帕拉切尔苏斯鸦片剂，一般是按二或三格令来开具的，且还会配上一打兰的水石蚕糖剂——此药方亦为奥斯瓦德·克罗琉所认同。然鸦片本身大多都是外用的，是被添入香球中供人闻吸的，尽管土耳其人通常会内服同等剂量的鸦片以求强心之效。此外，在印度群岛的果阿[6]也是这样的。

鲁兰得将尼古拉斯安息药称作了最后的一剂良药，不过，对于此药以及

---

[1] 尼古拉斯安息药（Requies Nicholai），一种含有鸦片、肉豆蔻和曼德拉草的糖剂。
[2] 罗马斐洛鸦片剂（Philonium Romanum），一种由活跃于公元1世纪的塔尔苏斯的菲洛（Philo of Tarsus）所调制出的鸦片剂。
[3] 三重强效糖剂（Triphera magna），一种含有鸦片、曼德拉草、肉桂、良姜以及其他香料的糖剂。
[4] 即琉璃草。
[5] 帕拉切尔苏斯鸦片剂（Laudanum Paracelsi），一种含有鸦片、天仙子、鲸蜡以及其他原料的糖剂。
[6] 果阿（Goa），印度西海岸一城市。

余下之药，还请参看维克托瑞·法恩提努①、赫尔纽斯、赫尔德闲等人著作中收录的相对应的药方吧。至于外用药，则有通过提取法或榨取法所得的肉豆蔻油——此油配以玫瑰水就可涂抹于太阳穴上了，而罂粟油、睡莲油、曼德拉草油、马齿苋油、紫罗兰油也全都是这同一种用途。

蒙塔努曾极力赞美那些用鸦片、醋剂和玫瑰水制成的香物。劳伦修则是开具了各种的香丸和香囊，有关配方可参看他的著作。而科多库斯②还将苦艾开给了病人以供其闻吸。

杨树加雪花石膏制成的油膏，是用来涂抹在太阳穴和鼻孔处的，但如果效力太弱了，则可掺入藏红花和鸦片。

…………

那些做得像枕头一样、用来放在病人脑袋下面的装有苦艾、曼德拉草、天仙子或玫瑰的药袋，卡丹和米扎尔都皆有提到过，且据其说法，我们还可用榛睡鼠油涂抹脚底，用狗的耳屎、猪的胆汁以及兔耳草③涂抹牙齿，或也可使用符咒等等。

缠额药布，是每一个家中主妇都熟知的东西，在里面加入玫瑰水和醋剂，并添上些许的母乳，以及用玫瑰香块磨过的肉豆蔻，就可用来缠裹两边的太阳穴了。

至于膏药类的，我们则可取海狸香、鸦片，将两者用少许的生命之水④调匀，以此制成两小块膏药，并将之帖于左右太阳穴上。

鲁兰得还开具过用于头部的涂剂和洗剂，它们是以睡莲花、紫罗兰叶、曼德拉草根、天仙子、白罂粟煎煮而成的。然赫拉克勒斯·德·萨克索尼亚所用的则是药滴液，或滴剂……而取以上那些药草制成的脚部洗剂，也同样

---

① 维克托瑞·法恩提努（Victorius Faventinus），约15至16世纪意大利医师。
② 巴普提斯塔·科多库斯（Baptista Codronchus，即 Giovanni-Battista Codronchi，1547—1628），意大利医师。
③ 即柴胡。
④ 炼金术士的用语，他们将烈酒称作"生命之水"。

是有着极佳的功效的。劳伦修就曾说，通过这些方法，我想你是可以将睡眠带给世上最忧郁的那些人了。此外，也有些人是会将马蛭用在耳后，或将鸦片敷在该处的。

拜耳曾创立了一些药方，可用于驱除噩梦和治疗那些在梦里游走、说话的人。巴普提斯塔·珀塔为引来美梦和安眠，则会让你服用"希珀格罗撒"[1]（即马舌草），以及芳香草。据他说，这些药草需在晚餐后服用，既可直接食之，亦可饮其精华之水。而服药者在用晚餐之时，是不得吃蚕豆、豌豆、大蒜、洋葱、卷心菜、鹿肉、兔肉的，也是不得喝黑色的酒，或吃任何难以消化的食物的。并且，还不可仰面而卧……

粗笨的害羞、腼腆羞怯、面部羞红以及泛红、发红，都是一些常见的症状，会让许多忧郁的人备受折磨——当他们遇到了某人，或是来到了一群上等人、陌生人中间的时候即是如此。而倘若他们还喝下了一杯葡萄酒或烈酒，那他们就会又发红又起斑，且还冒汗了，就仿佛是在那市长的宴会上一样。然尤为严重的是，如果恐惧不安降服了他们，其羞怯之情就会过度，他们可就要疑心人人都已看到、留意到其害羞之状了。毕竟单单是这恐惧就足以引发羞怯的，而心生猜疑的起因也无外乎此。斯肯科就谈到过萨瓦公爵宫里的一名侍女，说她被这羞怯之情搅得苦不堪言，竟在公爵面前跪了下来，求请道，她愿对医师拜阿鲁倾其所有，只求能治好羞怯。安东尼·卢多维库斯[2]在他那部论羞怯的专著中所言极是：羞怯要么有害要么有益。然我确信，它之于忧郁之人必定是有害的。而如果那羞怯是源自猜疑或恐惧，菲利克斯·普拉特也就开不出什么别的药方来了，他只能让你去漠视和蔑视之。人们当然都要关心这个呢[3]——正如我们城中一位名医[4]对我的一个同样为羞

---

[1] 原文为 Hippoglossa，意为"马舌"。
[2] 安东尼·卢多维库（Antony Ludovicus），据伯顿自注，他是一位来自葡萄牙里斯本的医师。
[3] 这是出自泰伦斯《安德罗斯女子》（Girl from Andros）一剧中的反话，话里的意思就是，你以为人们都要关心这个啊。
[4] 伯顿自注：这位名医是阿西沃斯医师先生（Mr. Doctor Ashworth），即牛津大学奥里尔学院（Oriel College）的名医亨利·阿西沃斯（Henry Ashworth，1552—1633）。

怯所苦、在那儿无缘无故抱怨着的朋友所说的那样，试想想看，一个人脸红了，那能算什么事呢？还请漠然置之吧，谁会在意这个呢？

这脸红之症，若是在用餐之时或之后袭来（如约伯特[①]所观察记录的），或是在稍稍运动或活动之后袭来，因为此时许多人的脸都会又热又红，甚至是哪怕什么事也没做就莫名地袭来——尤其是之于女子，那么，约伯特就会让有如许症状的人给两只手臂都放血，要他们先弄一只，然后再弄另一只，前后需有两三日的间隔。而如果血实在太多了，那就还得按摩身体的其他部位，特别是要按摩双脚，并擦洗之，因为脚与头之间是存在着交感作用的。除此之外，也要让脸清凉下来，而这就得经常用玫瑰水、紫罗兰水、睡莲水、莴苣水、相思芹[②]水之类的精华水来擦洗脸部了。但效果最佳的还要属"处女之乳"，也就是经过过滤的铅黄之液。此药液的制作方法是多种多样的，……此外，奎尔瑟坦[③]还推荐用蛙卵液来治疗面部发红。而克雷托则很倾向于让面红之人整个夏天都服用以菊苣、草莓水和玫瑰制成的花朵糖剂（此时若用吸杯来放血也是很好的），并且为了使不洁之血得到净化，他还要他们服用以番泻叶、香薄荷和芳香草水制成的浸剂。霍利瑞[④]就曾见过某人是仅靠服用拿菊苣煮出来的药汤就治好了此症的——这人一连喝了5个月，整个夏天的每个早晨都有在喝。

另一个于此有益的疗法是将野兔之血涂在脸上一整晚，然后再于次日清晨用草莓黄花九轮草水，以及蒸馏柠檬汁和黄瓜汁来清洗脸部，或者也可取甜瓜籽或捣碎的桃仁或海芋根，来与麦麸和在一起，并放入烤箱中烘烤，烤好后再将之弄碎了放入草莓水里，又或者还可把新鲜的奶酪块敷在发红的脸上。

而如果脸红就像通常所见的那样，会在忧郁之人用餐的时候，以冒汗之类的症状来侵扰他们，那么，忧郁之人就必须得避开一切激烈的情绪和行为

---

① 约伯特（Jobertus，即Laurent Joubert），约16世纪法国医师。
② 原文为lovage，即欧当归。
③ 奎尔瑟坦（Quercetan，即Joseph Duchesne），约16至17世纪法国医师、药剂师。
④ 霍利瑞（Hollerius，即Jacques Hollier），约16世纪法国医学作家。

了，比如大笑等等，同时也得避开烈酒，只可喝上很少的一点，就像克雷托所说的，只准喝一口，且还得是在用餐中途喝。而在所有的时候，他们都得要避开盐渍干品中的盐，尤其还要避开香料以及容易让人胀气的肉类。

  克雷托将一种用野玫瑰的果实制成的膏剂开具给了他的一位贵族病人，要他在正餐或晚餐之前服用，所服剂量需为一颗栗子大小的量。此膏剂就像那楹桲糖膏，也是用糖来调制的，而在食肉之前服用以苦苣菜根煎煮成的煎剂，也受到了这同一个作者的极力赞许。此外，也有些人建议可以先吃一只烤苹果或糖腌的楹桲，亦可在做肉的时候用孜然籽来替代盐，以减少烟气。当然，在用完餐后，就不要研习或刻苦用功了。

    取桃核与甜瓜籽……，

    与……草莓水相混合，然后于早晨服用。

  在肩膀上用吸杯来放血亦是极好的疗法。而因丘疹等等造成的另一类的红脸之症，由于跟我所谈的主题不相关，我就不打算为此另费笔墨了。我建议你可去参看克雷托的看诊录，阿诺德、鲁兰得、彼得·佛瑞斯特关于红脸之症的论著，以及普拉特、乌尔姆斯、戎多勒修、赫尔纽斯、马纳德等人的著作——他们就此都是写下过大量的文字的。

  至于头痛、心悸、眩晕、晕厥等等折磨着许多忧郁之人的病症和症状，既然每位医师在其著作中都是将它们分成了专题逐一予以了长篇累牍的论述的，那我就的确应该主动删略。

第四部分

爱之忧郁

一

前言

　　此篇乃谈论爱之忧郁的专章。然据我揣测，难免会有人对该篇中个别内容大加挞伐，反对道——正如伊拉斯谟在其前言，亦即那封致托马斯·莫尔爵士的信中所疑心的那样——这之于牧师，将失之轻浮，若奉作主题，则又难登大雅。谈论那爱的症状，实乃荒诞至极，唯有对狎亵的诗人，年轻多情、害相思病的风流男子，柔情似水的求爱者，或某些与此相类的悠闲慵懒之人，才称得上适切。这话说来其实也有道理，因为拜人之堕落所赐，现如今爱情的确是被这样看待的。正如考辛①所言，光是听闻"爱"的大名就足以脏了贞洁之士的耳朵。于是就有人出于假正经，哪怕只字未读，一见"爱"这个字眼，便要作全盘的否定，假兮兮地学佩特罗尼乌斯笔下的角色，为那耳朵受到这般淫词秽语之侵犯，而显出怒气冲冲的样子，好让人夸他是正人君子且又坐怀不乱。这些人通常是听不得别人谈及"打情骂俏"或"蜜语情话"的，虽观其神态、姿势、所做的样子、外在的举动，皆显得对此深恶痛绝，然其所思所想却又淫邪无比，甚或较情场中人更甚。

　　　　读我的书，童贞的少女好害羞，
　　　　也许还红了脸，倘若布鲁图站在了身后；

---

① 考辛（Caussinus 即 Nicolas Caussin, 1583—1651），法国耶稣会会士、人类情感理论家。

> 而布鲁图一走,她又细细读一通,
> 脸颊也不会为此而染红。①

其实,还真得教这些挑刺的人和伪加图们明白,正如意大利的关佐②笔下的约翰爵爷对女王所作的回答那样,往往由年长、正经又审慎的人来谈论情爱之事才至为切当,因为这类人泰半经验丰富,见多识广,持论公允,其评判、分析、议论、建议也更让人受用,其忠告、劝诫亦服人,于情爱这事上能广开听者之心窍,且借了积年之阅历,又更善于趋避情爱。再说了,爱情本无可厚非。爱乃忧郁症之一种,在这部专论中不可或缺,我岂会删略之。正如雅各布·米希卢③在其卢齐安对话集的译本中为自己开脱那样,我也要效仿他,说一句我必得去做我那差事。而梅塞璐④为其编订的阿里斯塔勒特⑤文集所作的一小句辩词亦可为我所用——如果说我写书是在糟践时间的话,那么他们也不要闲到竟来读我这书。不过,我却深信这还算不上虚掷光阴。我大可不必为此题而去辩解、忏悔一番,须知许多圣人贤哲早就写过一册册关于爱的书卷了,比如柏拉图、普鲁塔克、柏罗丁、图尔的马克西穆斯⑥、阿尔喀诺俄⑦、阿维森纳诸人。列昂·赫布拉乌⑧,即写过三大部的对话录,色诺芬也有《会饮篇》,而倘若阿忒纳所言不假的话,则泰奥弗拉斯托斯亦曾有所涉猎。此外,还有皮卡斯·米兰杜拉⑨马里欧·艾奎科拉⑩

---

① 语出马提雅尔。
② 关佐(Guazzo),约16世纪意大利诗人、散文作家。
③ 雅各布·米希卢(Jacobus Micyllus 即 Jacob Micyllus,1503—1558),德国文艺复兴时期人文学者、教师。
④ 梅塞璐(Mercerus),约16至17世纪法国文献学家。
⑤ 阿里斯塔勒特(Aristaenetus),约公元5或公元6世纪希腊爱情故事作家。
⑥ 图尔的马克西穆斯(Maximus Tyrius,即Maximus of Tyre),约公元2世纪希腊修辞学家、哲学家。
⑦ 阿尔喀诺俄(Alcinous),约公元2世纪中柏拉图主义哲学家。
⑧ 列昂·赫布拉乌(Leon Hebraeus,约1465—1523),葡萄牙犹太医师、诗人、哲学家。
⑨ 皮卡斯·米兰杜拉(Picus Mirandula),约15世纪意大利哲学家、神秘主义者。
⑩ 马里欧·艾奎科拉(Marius Aequicola 即 Mario Equicola,约1470—1525),意大利文艺复兴时期人文学者、藏书家。

两人用意大利文写的专书，柯恩曼①所著的《爱之概览》，他者如彼得·郭德弗里都②，也以三卷书的篇幅谈论过，彼得·哈杜斯③亦然。至于医师，则近乎都论及了此题，如阿诺都斯·维兰诺瓦④、瓦勒瑞欧拉（参见他的《医学观察录》）、伊利安·蒙塔图斯及劳伦修（参见两人关于忧郁症的专著），而贾森·普拉腾瑟斯、瓦勒斯卡·德·特兰塔、郭多尼、赫拉克勒斯·德·萨克索尼亚、萨伏那洛拉⑤、兰格⑥诸人也都在各自著作中单独论述过。在此，我就要拿彼得·郭德弗里都、瓦勒瑞欧拉、菲奇诺来为自己开脱了，并借用一句兰格的话——既然米利都的卡德摩斯⑦都写过14册关于爱情的书，那么我就此题写一封致青年人的信，难道也要满面羞惭吗？世上有那么一群严肃的读者，对《埃涅阿斯纪》的第二部感到厌恶不已，以至批评维吉尔在一个英雄的主题里揉进这些情情爱爱的篇章实在有失庄重。然维吉尔著作的评注者塞尔维乌，却还了诗人以公道，力证他如此处理个中自有其意义、智慧和审慎。卡斯塔里欧⑧，素不许青年去读《所罗门之歌》，因为这在他看来实在是过于轻浮和荒淫的一卷，恰如我们那古英语的译名所示，乃"情歌之情歌"。只是由此观之，似乎他还该把《创世纪》也纳入禁书之列，那里面不是有雅各和拉结的爱情，示剑和底拿、犹大和他玛的故事么？《民数记》他也大可弃之了，因为其中竟有以色列族人与摩押人行淫的记载。然后是《士师记》——参孙和大利拉的热拥，接着是《列王记》——大卫和拔示巴的通奸，此外还有暗嫩和他玛的乱伦、所罗门的妻妾成群等等，以及以斯帖、犹滴、苏珊娜诸人的故事。世间亦有如狄凯尔库斯⑨者，指摘柏拉图的降尊纡

---

① 柯恩曼（Kornmannus，即 Heinrich Kornmann），约17世纪德国作家。
② 彼得·郭德弗里都（Petrus Godefridus），《情人对话录》的作者，1552年在伦敦出版。
③ 彼得·哈杜斯（P. Haedus），约16世纪意大利作家。
④ 阿诺都斯·维兰诺瓦（Arnoldus Villanovanus），约13世纪西班牙医师、炼金术士、占星家。
⑤ 萨伏那洛拉（Savanarola），约15世纪意大利医师，殉教者萨伏那洛拉的祖父。
⑥ 兰格（Langius，即 Lange），约16世纪德国医学作家。
⑦ 米利都的卡德摩斯（Cadmus Milesius），约公元前550年古希腊作家，历史上是否真有此人存疑。
⑧ 卡斯塔里欧（Castalio），约16世纪日内瓦学者。
⑨ 狄凯尔库斯（Dicaearchus），约公元前4世纪亚里士多德学派哲学家、史学家、地理学家。

贵，竟作起了轻浮小调，譬如挑逗阿伽松的那句：

> 我一吻上阿伽松，
> 就感到我的魂儿在跳动，
> 竟涌到了唇边，但因了不适，
> 它还得快快地缩回去。

图尔之马克西穆斯乃柏拉图主义的一员大将。不过他却说，依他看来，读到柏拉图与苏格拉底因荷马的笔下有插科打诨、轻浮浪荡之事，而把荷马逐出了理想国，在赞赏之余也不免有几分惊讶。荷马的笔下固然出现过朱诺在伊达山与朱庇特缠绵并为仙云所遮挡、伍尔坎用网捉住马耳斯和维纳斯致使两人在众神面前丢脸出丑、阿波罗遭阿喀琉斯追杀之时众神被闹得伤痕累累又哭啼啼地四处逃窜、马耳斯的哭喊胜过了斯滕托耳之声且他的跌落竟压住了九英亩的土地、伍尔坎于夏日里从天上落下并在利姆诺斯岛上摔断了腿之类的游戏文字，但据马克西穆斯所言，苏、柏二氏之笔也未尝不触及于此，甚至还有过之而无不及。马克西穆斯接着说道，倘若让严肃的哲学家来写这些蠢事愚行的话，就像苏、柏二氏那样为了奥托吕刻斯①、亚西比德的美貌而神魂颠倒，竟还去追求、凝望、迷恋俊美的菲德罗、清秀的阿伽松、年轻的吕西斯和可人的查密迪斯，那么试问还会有比这更为滑稽的事吗？这未免有失哲人之身份了吧？也许卡里阿斯、特拉西马库斯、珀洛斯、阿里斯托芬，或苏格拉底的一些论敌和对手会像这样来诘难苏格拉底。但实际上，不光是他们，就连其宿敌阿尼图和梅力图，也从未以苏格拉底写过或谈过所谓不纯粹的爱为由而对他口诛笔伐——虽则这后面的两位曾指责苏格拉底授克里提亚以专制之道，他用狗和悬铃木来赌咒起誓有渎神之嫌，且还惯于耍弄诡辩术等等。故毋庸置疑——恰如马克西穆斯的论断，苏格拉底与柏拉图

---

① 奥托吕刻斯（Autolycus），指控苏格拉底的吕孔（Lycon）之子。

在这方面理所当然是无可厚非的。不过,即或他们有些许迷醉了,圣人柏拉图便会身败名裂吗?其实不然,正如有人说加图的醉酒那样,若加图也醉了,那醉酒就算不上是什么罪过了。菲奇诺曾辩护道,有些人非难柏拉图,真是无缘无故,因为爱无不真诚而美善,称赞爱的人是应受到爱戴的。瓦勒瑞欧拉也说过,如果要谈论爱的崇高之情,"一片广袤的、充满哲理的原野便会打开来任我去言说,因了这情爱,好多的恋人都变得迷狂了起来。且容我先抛开那些严肃的思考,来到这哲学之域里游走一番吧,往缪斯那迷人的树丛里去看看。其间真是花团锦簇,姹紫嫣红啊,我们大可摘下几朵来为自己编个花环,这不独能装点形貌,亦能靠其芬芳和香甜的汁液滋养灵魂,哺育那渴求知识的大脑……"忧郁这题目,我们拉杂谈来,真是难听又乏味,至此,恐已让读者您失了耐心,又令作者我有所厌烦了。那为何就不能让作者跟随律师郭德弗里都以及劳伦修一道,在辛勤钻研之后暂且歇一歇,于情爱的话题中消遣片刻呢?再说也有不少大神学家、贤德之士为了助己助人而自发地写过此题,且并未有伤风化。主教赫利奥多如斯即写过特阿基尼与夏瑞克丽的爱情故事,而当一些与之同代的加图们就此前来指摘他时,据尼瑟弗罗[1]的说法,他是宁可丢掉主教之职也不愿抛弃其书的。艾伊尼阿·西尔维乌,乃一古代的神学家。据其自陈,在他年逾四十后(业已担任了庇护二世),却撰写了欧吕阿鲁和卢克丽霞的荒淫事迹。啊,看看我还能想到多少曾写过轻浮荒唐之主题的所谓学问的看护人!这里面有贝罗尔都、伊拉斯谟,而至于那部《阿尔法拉切》[2],其西班牙文版竟重印了24次……那么就让我的缪斯,还有我那疲倦的读者透一口气吧,在这如封塞卡所称的快乐的园地里漫步游走,为这沉闷闷的篇章撒上一点更为欢快的情爱之事以调和之。正如诗人所劝导的,用一些游戏文章来使生活变得甜美而有滋味是大有裨益

---

[1] 尼瑟弗罗(Nicephorus),约14世纪拜占庭史学家。
[2] 《阿尔法拉切》(Alpheratius,即Guzman de Alfarache),出版于1599年的一部西班牙语流浪汉小说,作者为马特奥·阿莱曼(Mateo Aleman)。

的。普林尼也曾说过，学者泰半喜欢这类轻松愉快的话题。尽管马克拉比别有一番说教，称那些古代圣哲把种种轻浮的书卷都拒在了研究的门外，以其仅能愉悦人耳之故，将之归入了保姆的摇篮曲中，然而依照阿普列乌斯的说法，我却要反驳道，所谓德高望重的庇护人，如梭伦、柏拉图、色诺芬、哈德良之类，也是极为赞同这些著作的。另一方面呢，在我看来它们也并不令人厌恶，亦非那样地不合宜。我断不会学阿雷泰把话说得专横跋扈——我要跟你讲这般有趣的故事，但凡不爱听的人都将倒大霉。我也不会狂妄自大地说，愿这些文字悦耳动听又回味无穷，如贝罗尔都对待他为普洛佩提乌斯[①]作品所写的评注那样。我更不期望或希望获得利普休斯给爱比克泰德的嘉奖——越读越想读。我是不会把我的册子强塞给你的，或去乞求你的关注，你若喜欢它们，喜欢便是了。普林尼认为用轻松愉快的话语来调剂我们的作品是十分恰切合宜的。辛尼修也赞同此说，曾言稍作停歇玩耍一番亦无不可。而那位大诗人还有过这样的赞赏，

> 谁能巧妙地把益与乐融在一起，
> 增进识见，又不乱心性，
> 便将得到众人的推举。[②]

并且，毋庸置疑的是，有些人是极想展读此类轻松愉快的文字的，其渴望也远远地胜过了我写这些文字的意愿。阿雷泰笔下的的安东尼娅即曾呼道，我宁可不看戏，也要听你谈话，倘非若此，我就一死了之！——不必说，与她见地相同者当还有许多，过去有，将来也肯定有。关于这一点，卡丹可为我作见证。愿读阿普列乌斯却不愿去碰柏拉图的人是占大多数的。就连西塞罗也坦言他读不懂柏拉图的《蒂迈欧篇》，并因此消减了对该书的

---

① 普洛佩提乌斯（Propertius, 50？ B.C.—15？ B.C.），古罗马哀歌诗人，写有四哀歌，大部分为爱情诗。
② 语出贺拉斯。

兴趣。而在校的学童反倒是一个个对烤猪仔"哼哼"的那篇著名遗嘱① 倒背如流。喜剧诗人把如何逗人开心、取悦和添乐视作了其孤守耕耘的田地、唯一的学问，

> 其他的我不管，只要能
> 用我的故事使听者乐起来就成。②

但我真正的用意所在却是要令教益与乐趣双收。故而我希望这些篇什就像裹了糖衣的药丸一样，既能挑起胃口，蒙骗味蕾，亦能有所助益，对整个身体起到疗治之效。我的字句应做到不仅能愉悦头脑，还能对之有所矫正。我想我已言之甚明了，如若仍有疑惑，还请疑心者谨记阿普列乌斯·莫达伦瑟斯其人——他在生活中是个哲学家（奥索尼厄即是如此为他辩护的），但在他的讽刺短诗里则成了个谈情说爱之人。而若从其所写的格言警句来看，他摆出的又是一副严肃无比的样子，再读一读他写给西瑞莉娅的书信，那就实在应以登徒子来称他了。安尼阿努③、苏尔皮修、依维努、米南德，以及许许多多其他古代的诗人，都曾写过下流的诗句、低俗滑稽的喜剧、淫靡的歌曲、戏谑的作品，然而他们行的却是道德之途，一生纯洁，庄重而正直。

> 虽然诗人洁白无瑕，
> 但其诗句却大有落差；
> 因为缪斯的大显神力，
> 当在她粲然嬉笑、赤身裸体之际。④

我亦是持卡图卢斯的观点的，也欲这样来为我自己辩解。我之所书大多

---

① 一篇拟人的幽默作品。
② 语出泰伦斯。
③ 安尼阿努（Anniuanus），约公元 5 世纪拜占庭编年史家。
④ 语出卡图卢斯。

是以他人之观点和评判为依据，我未必是疯了，不过是在步那些疯了的人的后尘罢了。诚然，我也可能会有点失常，但人生在世我们有时候都难免要发一阵疯。就说您吧，我想同样是疯癫癫的，这人是，那人也是，故而我必然不能得免。

> 我亦为凡夫俗子，人所历之种种，
> 于我没有哪样可说全然未曾触碰。[1]

而马提雅尔也曾受到过类似的指摘，他在据理力争时所用之词我亦可拿来为自己辩驳：

> 虽然我的书页上透着淫邪，
> 却勿要以为我的生活也如此不洁。

不论我的文字如何错谬，我的为人却是正直的：

> 我那缪斯嬉皮笑脸，我本人却高洁不减。[2]

但在我看来，这些辩解于我是无甚必要的。我不必如柏拉图笔下的苏格拉底那样，在谈到"爱"的时候还要遮住脸，也不会面红耳赤，把眼睛蒙上，如戴着头罩的帕拉斯那样——彼时朱庇特正找她商量墨丘利的婚娶一事。此类言谈并非如此地下流、淫秽或轻佻，我这里所写的东西也没有哪样是冒犯了你那贞洁之耳的，诚不似许多法文和意大利文作家用其当代语言新近写下的文章，也不似我们中间某些使用拉丁文的教会作家所书之物，如詹秋斯[3]、阿索瑞、阿布伦瑟、博卡杜者流——瑞维特[4]就批评他们要比写下关

---

[1] 语出泰伦斯。
[2] 语出奥维德。
[3] 詹秋斯（Zanchius），约16世纪意大利宗教改革家、神学家。
[4] 瑞维特（Rivet, 1572—1651），法国胡格诺教派神学家。

于普里阿普斯[①]的诗句的维吉尔、作出短诗集的佩特罗尼乌斯、著有《吕西斯特拉忒》一剧的阿里斯托芬,以及马提雅尔或其他异教的世俗作家都更为下流,虽则被拿来与他们相比的这些作家,写下此类文字业已罪孽深重(如巴斯[②]所言),早就让贞洁的头脑因其笔下的淫秽而对其精妙绝伦的作品唯恐避之不及了。但我所写的却并不污秽,反倒是纯洁、真诚的,大多也是严肃的,甚至本就是关于宗教的。正如菲奇诺所说,胸中燃着寻爱之爱火,我们探寻着,最终寻到了。此外,我还对这轻浮(若硬说是轻浮的话)的一卷有所扩充,添补了一些未见于前几版中的内容。而我也不羞于承认,如某一出色作家所言,因了架不住好友的死缠烂打(非要让我增补和修订旧作),我便只好让那原本不情愿的大脑专注于此事。所以现在我又执笔在手,开始做起了第六次的增订,再度投身到了这一与我的研究和专业有着天壤之别的写作中去,于那严肃正经的工作里偷得了大量时间,并且似乎是将之用到了游戏消遣上:

> 我扬起了帆,又一次沿
> 同一条路航行,一如从前。[③]

不过我心里也清楚,总少不了会有新的恶意的批评者将对我的增添予以抨击。

以上就是我认为应当借开场白来说明一番的,以免有人(亦即郭德弗里都在其书中所惧怕的那类)批评我轻浮,淫邪,粗俗,竟去谈论爱的成因、诱惑、症状、疗法,合法与非法之爱,乃至情欲本身。而我的论及上述种种,也仅以谴责为目的,是为了防止他人陷于其中。我并非是在教人去爱,

---

① 普里阿普斯(Priapus),狄俄尼索斯和阿佛洛狄特之子,男性生殖力之神,也是果园、酿酒和牧羊的保护神。
② 巴斯(Barthius),约17世纪德国诗人。
③ 语出贺拉斯。

而是在揭露所谓英勇的或不畏艰难的爱情之虚浮和愚蠢，然后再施之以相应的疗法。对于此题，我便会如同对待书中其他主题一样自由地去处理，不徒添桎梏束缚了。

> 我要和盘托出，以便轮到了你
> 也可给所有欲知究竟者再讲起；
> 而当这些文字变成了古墨迹，
> 人们仍可在张张书页中寻觅。①

但切莫怪罪我啊，亲爱的读者，切莫严厉地指责我。倘若你认为本篇中部分内容过于淫秽，还请往好处想吧。在纯洁之人的眼中，万事万物都是纯洁的。诚如奥古斯塔·莉薇娅所说，裸体男子之于贞洁的女子而言不过就是一幅画罢了。而头脑邪恶，所思所想就也是邪恶的了，你看作是怎样便是怎样。假如在你看来，我所写的实在是轻浮过甚，那我便会像利普休斯建议其读者那样——对于普劳图斯著作中的某些地方，不妨将之视作塞壬的礁石，远远地避开即可——也跟你说一句，遇到不悦之处，就直接跳而不读吧，或拿好的部分来抵消坏的部分，还是不要统统抹杀掉的为好。因为其中有的好，有的坏，还有的不好也不坏——把马提雅尔的这句诗颠倒过来，效仿西罗姆·沃尔夫斯② 将其用在此处，也正是符合我眼下的意图的。而且，我还要学西罗姆那样继续说，我往书里塞进了一些愚蠢的琐碎文字，是为了让我不至于太过压抑沉闷。我也添了不少从集市、剧院、街头乃至小饭馆里得来的笑话，我那笔下所写的东西，有些是更形庸俗、轻浮或滑稽的，有些则仿佛是出自格拉修斯③ 之手……对于以上种种，我便只好恳请各位都往最好的方面去想了。正如斯卡利杰对卡丹所讲的，虽然你认为说趣谈笑还是要更

---

① 语出卡图卢斯。
② 西罗姆·沃尔夫斯（Hierom Wolfius），约16世纪德国神学家、图书馆长、人文主义学者。
③ 格拉修斯（Gratius），古罗马诗人，以写关于狗和打猎的题材见长。

文雅庄重一点才好，但神明在上，西罗姆·卡丹啊，千万不要因此而错看了我。我也要求求您，我那亲爱的读者，切莫误解我，或是误读了我书写于此的文字。缪斯在上，天恩浩荡，承蒙世间众诗人之眷顾，读者诸君，就请不要责怪我了。这诚然是个可笑的题目，但我却是正经悲切地在为书中的不妥之处恳求诸位的谅解啊，希望您能收住您的评判，对小疵微瑕睁只眼闭只眼——或者，不说出来总是可以的吧。而倘若您对此是颇为喜欢的，那就还请好好地称赞一番，并祝我成功圆满。

　　噢，阿瑞托萨①，最后一次，
　　赐我灵感，助我写诗！②

无论怎样，我现已下定了决心，不管您喜欢与否，我都将要昂然挺立地踏入这奥林匹克运动会的角斗场，与斐洛斯特拉图斯笔下的来自伊利斯③的摔跤手们较量一下，勇敢地在公共的舞台上展现自己，在爱的悲喜剧中扮演各种各样的角色——有的语带讥讽，有的戏谑滑稽，有的则以混合的腔调呈现，皆按手中主题之不同随情景而变，亦响应了眼下这场戏之所需或所设。

---

① 阿瑞托莎（Arethusa），山林仙女，河神阿尔斐俄斯追她时，月神阿耳特弥斯为了助她逃脱，把她化为泉水。
② 语出维吉尔。
③ 伊利斯（Elis），伯罗奔尼撒西北角的古希腊地区和城邦，是奥林匹克运动会所在地。

二

爱的定义及爱之忧郁的成因

爱的范围广且大，其道路亦是敞阔，并满布了荆棘，然一想到斯卡利杰斥责卡丹时所用的由头，我对此也就不能一语带过了。为免招致相同的责难，我将要考查爱的所有种类，及其特性、起源、差异、对象，看一看爱是如何真诚，又或是如何虚假的，是道德还是邪恶，是天然所生之情还是一种病症，其力量和效用有几何，影响范围又有多大。以上种种虽在第一部分中关于心绪烦扰的几节里多少谈到了一些（因为爱与恨乃首要的、最普遍的情绪，其他情绪皆由此而生、随之而来，正如皮科罗密纽或考辛所称，此实可谓其他种种情绪的原动天，是能带着它们也转动起来的），但我现在却是要更加广泛而深入地来详谈了，通过剖析爱的各部各支，以便更清楚地展现爱为何物，爱如何随对象的不同而变化，以及带有缺陷的，或毫无节制（极其常见和普遍）、超出限度的爱如何引发忧郁。

一般意义上的"爱"被定义为一种渴望，应该说是个含义较为宽泛的词了。虽然列昂·赫布拉乌（乃于此题上著述最丰的作者）在其第三卷谈话录中未曾予以区分，但他在第一卷中却又将两者区别开来了，并以渴望来界定爱。爱是一类自发的倾慕之情、想要一享美好之物的渴望。渴望是去希求，爱是去享有，前者之末乃后者之始，所爱者近在眼前，所望者远在天边。柏罗丁①亦曾说，爱是值得费劲去好好思量一番的，需得探究一下它到底是神，是魔，还是心中的激情，抑或部分为神，部分为魔，部分为激情。柏罗丁的结论是，爱于此三者皆有所沾染，它源自对美丽悦目之事物的欲念，实可将之定义为一种渴望美好之物的脑内活动。柏拉图则把爱称作一大恶魔，因为爱来得猛烈，能压倒其他一切情感。在他的定义中，爱便成为了一种欲求，正是因了此欲我们才要想着让一些美好的东西来到身边。菲奇诺在其评论中还为这定义添上了"悦目"一词，即爱是一种希望享有美好悦目之物的渴求。奥古斯丁又就这一常见的定义进行了扩充，把爱界定为一种内心里对我们意欲去赢取或乐于去拥有之物所生的贪恋享乐之情，它因欲望而贪求，又在快乐中安歇。然而斯卡利杰却对之前的这些定义都嗤之以鼻，不肯以渴望或欲求来界定之，因为当我们心愿得偿时，也就没有欲求可言了。他给出的定义则是，爱乃一种倾慕之情，因了这情感我们要么是去与那所爱之物相会相合，要么就是把此等结合长长久久地维系下去。而这一定义又与列昂·赫布拉乌的说法有几分相通了。

能够引起爱之忧郁的成因数不胜数，但若缺了以下种种条件，也是发挥不了效用的。这需要有天时、地利的配合，要有其他的迷人之处或人造的诱惑，如接吻、幽会、聊天、暗示比划之类，且还皆需配以相应的情欲之挑逗。柯恩曼在其书《爱之概览》中，似引卢奇安为据，给情欲分出了五个程度，并用一见倾心、你言我语、相会、亲吻、抚摸五个章节来予以论述。于此五者之中，这眼里留痕乃是通往狂热难驯之爱的第一步，虽则有的时候传闻或谣言也能诱发爱意，甚至点燃爱火。因为有的人会极其轻易地、傻乎乎地、身不由己地陷入爱情之中，所以正如阿喀琉斯·塔修斯②所观察到的，他们一听闻某地有某位与之般配的先生或女士，哪怕还未曾见上一面，仅仅

---

① 柏罗丁（Plotinus，205？—270？），古罗马哲学家，新柏拉图学派主要代表，亚历山大里亚-罗马新柏拉图学派创始人，提出"流溢说"，著有《九章集》。
② 阿喀琉斯·塔修斯（Achilles Tatius），约公元5世纪古希腊修辞学家。

靠了他人的传闻讲述，也是会心生爱慕之情的。其放纵无度和情欲难耐竟至于此，故不免惨遭传闻的侵害，出现了好像当真见过似的错觉。卡利斯提尼是色雷斯之拜占庭城中的一位年轻富有的贵族，他就因听闻了索斯特拉特的漂亮女儿琉希佩之名，而不顾千里之隔，深深地爱上了她。——关于琉希佩的传闻和耳熟能详的谣言极大地激起了卡利斯提尼的爱慕之情，使得他非要娶她为妻才肯罢休。有时候阅读也能深深地影响他们，卢奇安笔下即有人坦言，每每读到色诺芬书中写有潘西娅的地方，我都情从心生，热烈无比，仿佛我正与她待在一块儿。通常而言，此种人是会为自己假想出一个美人之类来的。而巴尔扎萨·卡斯提琉书中的三位贵妇也与之相仿——她们都爱上了一个不相识的小伙，其因只在听闻了几句别人对他的赞赏。此外，读信亦是如此。正如某位道德哲学家告诉我们的，从耳闻中也能生出从眼见中所获得的美来。仅仅靠了传闻讲述，爱的特质同样会进入想象之中。故听与看两类感官皆会让人生出爱意。斐洛斯特拉图斯曾言，有时我们偏就要爱那远在天边的人。他举了个例子，是关于其友阿忒耐多如的，此君所爱的正是一个素未谋面的科林斯少女。——其实，我们亦在看，只不过用的是内里的灵慧之眼罢了。

但引发爱的最常见、最普遍的成因终归还是源自眼之所见，美散发出来的耀眼夺目的光芒以及迷人的种种魅力皆由此而渗入了心中。柏罗丁即把爱的形成追溯到眼之所见，而爱神厄洛斯之名也与"看"字神似。双眼实乃爱的先驱，正如利里欧·吉拉度[①]所详加论证的，爱的第一步即是那一眼所见，双目就好似两道水闸，能让圣洁的、浓烈的、销魂的、迷人的美所生之影响经此而入。据某人的说法，若论刺入心脏的深浅程度，这美的影响是远胜于任何的镖或针的，它还会通过我们的双眼在爱的伤痕上再划出一道口子，直刺到灵魂中去。"从此，欲情炽燃，有如烈火。"这震动心魄、颠倒神魂、惊

---

① 利里欧·吉拉度（Lilius Giraldus），约公元 16 世纪意大利学者、诗人。

奇绝妙、悦目迷人的美，据伊索克拉底之言，在大自然的宝库中是罕有其匹的，世间万物没有哪样会似它那般壮丽神圣，也没有比它更圣洁、动人、珍贵的了。它堪称大自然的皇冠，由金子铸成，荣光灿然耀眼。美是出类拔萃的，虽未达至高之地位，但却会令那最优异的也败于其手，美的力量可由此可见。通常而言，我们会嫌弃和厌恶那些肮脏的、看起来丑陋的事物，并将之看作是污秽不洁的，我们所倾慕和渴求的则是美的东西。正是那蕴藏在万物中的美把我们给迷倒吸引了，如俊健的猎鹰、精致的服饰、宏伟的建筑、华丽的庄宅等等所呈现出来的美。波斯的薛西斯在大举摧毁希腊国土上各天神的殿宇时，唯独把狄安娜的神殿留存了下来，这也是那神殿的瑰丽和堂皇使然。原来无生命之物的美同样能如此地左右人心。天底下的画家、手艺人、演说家所追求的也正是这个，恰如柏拉图笔下的厄里克希马库医师所称，最初是"美"赐予了艺术生成的契机，也是"美"开启了对雕刻、绘画、建筑各门类中相关知识的探寻，促使我们创造了模型、透视画、五花八门的装备以及琳琅满目的稀奇发明。百合花的白、玫瑰的红、紫罗兰的紫，无生命之物发出的光彩，如月的清辉、艳阳的明亮灼目之光、金子那黄灿灿的光、钻石的绚烂闪耀的光，以及骏马的矫健、雄狮的威武、鸟的彩羽、孔雀的屏、鱼的银鳞，无不都悦目怡心，令人惊叹连连。作物之美丰饶，花之美香甜，动物之美奇妙，而人之美才最是辉煌壮丽，世人无不钦羡向往。比如当我们听到了任何甜美悦耳的声音、雄辩的口才，欣赏到了任何杰出的才能、人造的奇巧之作、绝妙的艺术品，或任何精致的物件的时候，都会即刻地在心中升起一股追求渴慕之情。诚然，我们是爱这些人的，但多半爱的还是人之肉身的标致美丽。我们将貌美之人比作了男神和女神，认为他们超凡，静雅，幸福……在那世人之中，正如卡尔卡格尼努[1]所言，只有貌美的人才能免于中伤，虽则我们往往是会去诽谤、侮辱、憎恶那些有名的、有钱的以及

---

[1] 卡尔卡格尼努（Calcagninus），约17世纪拉丁文诗句作者。

享福的人的，会去怨恨他们的幸福安逸，说他们不配享有这一切，并哀叹命运待我们如后母，顾他们却似亲娘。伊索克拉底也说，我们通常会嫉妒聪慧、正直、诚实的人，倘若彼此间没有互助互惠或一两个恩情，他们就讨不到我们的爱。唯有貌美的人才能让我们一见钟情，乐于结交，敬如天神，想要低三下四地去侍奉之，就连那"颐指气使"的地位也是可以不要的。并且我们还始终觉得自己蒙受了他们更多的恩惠，一心只盼着他们能命我们多做些事。尽管貌美的人也可能是恶毒心狠、虚伪狡诈的，但我们依然对之爱慕不已，倾心不已，哪怕他们除了貌美就一无是处了，我们也愿看在"美"的份儿上为他们行任何的照顾之举。斯托比乌[①]书中那能言善辩的法沃里努[②]即曾呼道，开口吧，俊美的青年，说说话吧，奥托吕科斯[③]，你的话可比甘露还甜啊。哦，说话呀，忒勒马科斯，你比尤利西斯更有力量。亚西比德也说两句吧，就算是喝醉了酒，我们也愿听你醉醺醺地说话。——貌美之人身上的错算不得错。也就是这个亚西比德，在他偷走了阿尼图的金盘银碟后，阿尼图非但不追究此等恶行（虽然人人都谴责他的厚颜无耻和肆意妄为），反倒还因了亚西比德的甜美模样而希望他能多来偷一些，且越多越好（阿尼图爱他太深了）。其实，在这些漂亮的人儿身上是见不到什么过人之处的，种种的瑕疵缺陷皆为皮相所掩。我们心生爱慕，只是因为闻其声，观其貌，触其体……我们的头脑和所有感官都被迷住了罢了。

若你想进一步了解这美到底为何物，它是如何造成影响，又是如何迷倒众生的（世人皆说爱即是迷），那么我将概而述之。此种秀丽或美通常源于整个身体的匀称相宜，或各个部位的标致迷人。关于这方面的详细论述，可参见各大诗人、历史学家和那些情色作家的著作，例如，不妨去看一看卢奇安的《肖像集》和《凯瑞德谟》、色诺芬关于潘西娅的记载、佩特罗尼乌斯

[①] 斯托比乌（Stobaeus），约公元5世纪希腊文人，曾汇编希腊作家文选。
[②] 法沃里努（Phavorinus，80？A.D.—160？）罗马诡辩家、哲学家。
[③] 奥托吕科斯（Autolycus），著名窃贼、骗子，奥德修斯的外祖父。

的短诗集、赫利奥多如斯写的卡瑞克丽①、塔修斯写的琉希佩、朗格斯·索菲斯塔②写的达佛尼斯与克洛伊、西罗多·普洛多姆③写的洛丹特、阿里斯塔勒特与斐洛斯特拉图斯的书信、巴尔扎萨·卡斯提琉与劳伦修的著作、艾伊尼阿·西尔维乌写的卢克丽霞,以及近乎每个诗人的作品。总之,他们都极为精准地描绘出了一种白玉无瑕的美、至纯的迷人特质——于身体的各个部位皆可见之,也是男人女人所共有的。然而,各个部位亦需各具其美才能达致这完满无缺的美的境界。因为正如塞内加所言,有着让人称赞的玉臂、美腿……的女子,倘若她的脸和其他各部位皆不似这般地好看,那么她就算不上漂亮可人了。一个人的脸是尤为关键的,它能为其他部位增色添彩,通常而言正是脸决定了一个人的美丑。脸可谓美的塔尖,哪怕其他各部位都是畸形丑陋的,但只要脸漂亮也就担得起美的称誉了(所爱的是脸而非妻子)。唯有这脸才最被看重,最受珍视,其本身就足以诱人迷人。

格莱瑟拉的脸蛋,美得让人不敢看!④

正是格莱瑟拉那张美丽无比的脸使得诗人欲火焚身,这脸实在是太漂亮精致了,直让人不敢多看。而卡尔拉在看见了那唱歌的姑娘的甜美模样后,也是被迷得神魂颠倒的,竟高呼道,哦,多么美丽的脸蛋啊,除了她我谁都不爱了,自此以后就非她不看了,那些庸脂俗粉真是让我生厌呵,统统滚开吧。他越是看她,他的痴迷也就越甚。她的倩影在灼烧,正如凸透镜把太阳的光线都聚在了中心,那爱的光线也似这样从其眼中射出。同样地,正是埃涅阿斯俊俏的脸使得狄多⑤销魂不已——他仿佛有着天使的面庞。

---

① 卡瑞克丽(Chariclea),出自赫利奥多如斯的《埃塞俄比亚故事集》。
② 朗格斯·索菲斯塔(Longus Sophista),约公元200年左右的希腊小说家。
③ 西罗多·普洛多姆(Theodorus Prodromus),约12世纪拜占庭僧侣、诗人。
④ 语出贺拉斯。
⑤ 狄多(Dido),传说中迦太基的建国者及女王,据维吉尔《埃涅阿斯纪》所载,狄多欢迎埃涅阿斯旅行途中来到迦太基,成了他的恋人,但被埃涅阿斯抛弃后自尽。

> 哦，神圣的容貌啊，与高贵正相连，
> 凡夫俗子怎可随意看，恐要遭天谴。①

尽管十有八九美在脸上才极为显著，但其他各部位也往往能散发出非常迷人的美来，这亦是足以诱人倾心的。那高挑的眉仿佛是悬在了明亮的天上②；脸的皮肤雪白柔嫩有如光洁的石膏一般；双颊也红润润的，爱就落脚于此了——爱是整夜里都舒舒服服地躺在女孩那温软的脸颊上的。而珊瑚色的唇，则是快乐贪欢的神殿，在唇上

> 有一千个吻将被你发现，
> 还有一千个竟躲在后面，

这实可谓种种美最快乐的住处了——有如一朵香甜芬芳的花，群蜂皆可从中采蜜，真是百里香与玫瑰的山谷啊……

> 来吧，采蜜的小鸟，到小姐的唇上，
> 那里有玫瑰的花香在散放……③

那白皙圆润的美颈，就像是一湾银河；脸上还带有酒窝；黛色的眉毛则好似丘比特的弯弓；她吐气芬芳；她齿若编贝，这正是有人所称的耀眼夺目之处；而柔软滚圆的乳房，又显出了卓绝的魅力，

> 鼓起的双乳是何等地光彩照人，似由帕罗斯岛的白色大理石制成！④

这看上去就好比是两座白垩山之间夹了一个怡人的翠谷、乳白的山谷，噢，姐妹般的一对小乳房啊、雪白的伴侣啊，光是看一看就能挑起情欲来了，

---

① 语出佩特罗尼乌斯。
② 明亮的天是指光亮的脸。
③ 语出西康都斯。
④ 语出洛克乌斯（Lochaeus）。

美丽的双乳最适合爱抚①,

或曰

静立坚挺的酥胸点燃了观者的眼。

至于一头淡黄色的秀发,当亦复如是。那金发从来都有着举足轻重的地位,维吉尔的赞美狄多即是为此,

冥后普罗塞耳皮娜尚未剪去她的金发,②

以及

她那一头黄灿灿的秀发被绑成了金髻。③

阿波罗尼把伊阿宋的金色头发视作了令美狄亚迷恋上他的主要原因。卡斯托耳与波吕丢刻斯④两人也皆是黄发,帕里斯、梅内莱厄斯以及古往今来的大多数痴情的青年男子亦无不如此,正如巴普提斯塔·珀塔所猜想的,他们的头发必定柔顺可人,赏心悦目。荷马即曾这样赞美海伦,并把普特洛克勒斯和阿喀琉斯的头发都写成了金黄色。啊,维纳斯亦有着飘逸动人的金发,就连丘比特的头发也为黄色,他那鬈曲的头发闪闪发光如同黄金,实与卡里斯特拉图⑤对那喀索斯之外貌的简洁刻画相似——普绪客偷看到的熟睡中的丘比特便是这个样子。而布里塞伊斯⑥、波吕克赛娜⑦,也都有着金黄色的头发,

---

① 语出奥维德。
② 语出维吉尔。
③ 语出维吉尔。
④ 卡斯托耳与波吕丢刻斯(Castor and Pollux),宙斯的双生子。
⑤ 卡里斯特拉图(Callistratus),约公元3或4世纪希腊作家。
⑥ 布里塞伊斯(Briseis),荷马史诗《伊利亚特》中的美女,由阿伽门农从阿喀琉斯手中夺走。
⑦ 波吕克赛娜(Polyxena),特洛伊国王普里阿摩斯之女,应阿喀琉斯亡灵的要求献祭被杀。

——有位美人名曰希罗，

　她的秀发令阿波罗对她穷追不舍。[1]

　　勒兰德[2]曾称赞亚瑟王的王后格温娜维尔有着一头飘逸的金发，这与保卢·艾米琉[3]对那迷人的法国国王克洛维[4]的描写如出一辙。辛尼修认为，大凡秀美的小伙或情郎，其发皆为金色。阿普列乌斯又进而补充道，倘若爱的女神维纳斯是个秃头，或她的头发生得不好的话，那么尽管她有美惠三女神相伴，丘比特的追随照应，并束上了她的腰带，散发出阵阵肉桂与树脂的香气，她的魅力也都会消失——这样的她是讨不到伍尔坎的欢心的。正因懂得了个中道理，在现今的威尼斯，那些太太小姐们才会大量地使用金色假发，名媛贵妇们才会都拿烫发的铁棒把头发烫卷，使之鬈曲起来，并以亮片、珍珠、假花作装饰，唯愿能借这金发的灿灿光辉去迷倒众生，让追求者都觉得此中有着动人的魅力。总之，秀发是丘比特的罗网，能捕获一切来者，秀发也是茂密的丛林，丘比特即筑巢于此，在那林荫之下情情爱爱以千万种不同的方式彼此嬉戏挑逗着。

　　一只小巧轻柔的手、一张漂亮的小嘴、秀气修长的玉指，这些正是阿波罗倾慕达佛涅的地方，亭亭玉立的身子、娇小的脚以及匀称的美腿，无不带有非凡的光彩，如同神庙的地基撑起了整个身体。在阿里斯塔勒特的书里，克利阿科斯[5]曾郑重地向朋友阿米南德说道，其情人最迷人的、首先令他爱之疼之的部位，正是她那美丽的腿和脚。而柔嫩白皙的皮肤之类，亦各有其独特的美感，正如波吕丢刻斯所言，天上的白云也不比她诱人双乳的表面柔

---

[1] 语出马洛。
[2] 勒兰德（Leland），约16世纪英国古文物学家，亨利八世王宫附属教堂牧师。
[3] 保卢·艾米琉（Paulus AEmilius），约16世纪意大利历史学家，著有《法国史》。
[4] 克洛维（Clodoveus, 即 Clovis, 466—511），法兰克国王，曾将墨洛温王朝版图扩展至西欧大部地区。
[5] 克利阿科斯（Clearchus, ? —401B.C.），斯巴达将领，率希腊雇佣军为小居鲁士争夺波斯王位而战，在库那克萨战役中战败被俘，被波斯国王阿塔泽克西兹二世处死。

软。虽然在男人的身上这些地方不被如此地看重，但有时一个冷硬的萨拉森人①、裸露着胳膊和腿的皮拉克蛮②、一张刚毅多毛的脸，才最是叫人怦然心动。那黑汉子在美女的眼中就像珍珠一般，也是会被瞧上的，恰似瘸腿的伍尔坎之于维纳斯。这伍尔坎虽是个满身臭汗、遍体烟灰的铁匠，但维纳斯却深深地爱着他——宁可不要英俊的阿波罗、灵巧的墨丘利，并把其他拥有俊秀容貌的神也都统统挡在了门外。据佩特罗尼乌斯之观察，有不少女人就是对脏兮兮的粗汉爱得火热——正如许多男子会更心动于厨房女佣、集市上的贫家女，而瞧不上那些光鲜亮丽的身处宫中和城里的小姐——通常而言，她们会更容易迷恋上奴隶、仆人、泥工、铁匠、厨子、戏子。而倘若她们看到了其裸露的腿或健壮的手臂——可与斐洛斯特拉图斯笔下的猎人梅利埃格③相媲美——那么尽管他烂布裹身，污秽龌龊，脏兮兮地好似经营代赭石的贩子、一个吉卜赛人或扫烟囱的穷汉，在她们眼中也都要比高贵的骑士、尼柔斯④、赫费斯提翁、亚西比德或那些身穿纯以丝绸金线制成的华丽服饰的追求者更令其着迷。据传，贾丝廷的妻子是位罗马公民，但她却爱上了一个名叫派拉德斯的戏子，若不是偶然得到了盖仑的亲手相助，她恐怕就要为这戏子而发疯了。至于贵为皇后的福斯蒂娜，她所迷恋的则是个角斗士。

　　天然之美本身即是一块强有力的磁石，想必您早有耳闻了，那实乃一种极大的诱惑，能直穿人心。一个少女的纯真之美已让我的眼招架不住，如若再加上源自仪态、服装、珠宝、颜料、装饰的种种人造的诱惑和挑逗，且其他的条件也相宜，并占据了天时地利，那就会更甚于此了——虽则以上种种本就足以诱人，个个也皆能生出这美的奇效来。天然之物与人工之物到底哪种更具吸引力？这在某些智者中间是个饱受争议的问题，仍悬而未决。不过

---

① 萨拉森人（Saracen），古希腊后期及罗马帝国时代叙利亚和阿拉伯沙漠之间诸游牧民族的一员。
② 皮拉克蛮（Pyracmon），独眼巨人之一。
③ 梅利埃格（Meleager），或译墨勒阿革罗斯，卡莱顿国王和王后之子，阿尔戈诸英雄之一，杀死卡莱顿的野猪。
④ 尼柔斯（Nireus），泉水女神的儿子，希腊将领中最英俊者。

在我看来，尽管美本身即为一大诱因，能予乞丐以耀眼的光彩，使之如同弃于粪堆上的珠宝，亦可炫目，并光芒四射——这美无法受到压制掩盖，赫利奥多如斯便是如此来写那裹着乞丐衣服的夏瑞克丽的——但人工的东西倘若运用得当，则往往会更有力量，且还广受欢迎。

>掉光了牙的艾依格看起来也漂亮，
>因她戴上了新买的象牙做的假牙；
>脏兮兮的利克瑞斯，其黑比浆果更甚，
>只好顾影自怜，但如今却比樱桃红嫩。[1]

勃艮第的约翰·勒瑞就完全站在我这一方。他说：我们到了巴西以后，只见那里的男男女女都赤身裸体，一丝不挂，就连私密部位也是光着的。其实我们的法国同胞已与之朝夕相处了一年，也曾劝说过，但他们就是不肯穿任何的东西。他接着说道：或许会有不少人以为，我们与当地裸体的女人打了这么久的交道，一定早就被撩拨得欲火难耐了。不过，他却给出了与之相反的结论，即当地女人赤裸的身体反倒不如法国女人穿的衣服更能挑起他们的情欲来。据他说：我敢大胆地断定，那些被我国女人用来把自己扮成美人（如此精心讲究）的闪亮的服装、假的涂彩、头饰、烫卷的头发、带褶裥的衬裙、大氅、礼服、昂贵的三角胸片、带有装饰且宽松的衣服以及其他种种饰品行头，在引人动情动欲、无暇他顾方面，是要远胜于蛮族女子之天然纯朴的，虽则蛮族女子在美貌上并无一丝一毫的逊色之处。他还言道：我本可用许多其他的论据来证明此说的不假，但我还是诉诸当时在身边的伙伴的意见好了，他们与我都是一样的看法。而同为法国人的蒙田，在其《随笔集》中，也与勒瑞持相同的观点，且其他的赞同者还有许多。那么以他们的说法为据，我们就大可得出以下的结论，简言之，即"美"更多地得益于人工而非

---

[1] 语出马提雅尔。

天然，那从外在饰物生发出的情欲之挑逗要比源自天然雕饰的更强更烈。诚然，闪闪发亮的双眼、白皙的脖颈、珊瑚色的嘴唇、丰满的双乳、玫瑰色的脸颊之类本就十足地诱人了，但若再加上苦练出来的美丽动人的表情、优雅迷人的姿势、刻意保持的仪态，则必定会比之前更有魅力；而若辅以了精致的刺绣、五颜六色的涂彩、精纯的染料、珠宝、亮片、坠饰、轻柔的细布、蕾丝、罗纱、细密无瑕的亚麻、绣品、卷发、香膏等等，那么，原本邋遢不堪的女子也能化作女神了——此即所谓人工弥补了天然之所缺。我们或可以说，挑起情欲的并非是眼睛本身，而是彼得所称的"淫色之眼"，是那浪荡的、打着转儿的、勾魂妩媚的眼睛，是以赛亚所谴责的"卖弄的眼目"。其实基督自己以及圣母玛利亚也都有着很美的眼睛，据巴扎狄乌所言，他们的眼睛与世间众人的并无二致，是一样地美丽动人，不过其纯洁、清澈又是世人所不可企及的，故而不论谁看了他们的眼睛，都不会生出那火烧一般的色欲淫情。倘若我们愿相信格尔森[①]与波拿文都拉[②]的说法，那么医治情欲的最好的解药则非圣母玛利亚的面容莫属了。所以，挑起人之情欲的并非是眼睛，而是眼睛的媚态，这取决于眼睛是怎样为人所用的。话说帕拉斯[③]、朱诺和维纳斯为了得到金苹果，便皆欲赢取帕里斯的欢心。据阿普列乌斯在一场幕间戏中对此所作的精彩描述，其时，朱诺是带着威严尊贵之气登上舞台的，而密涅瓦则是一脸的严肃，唯有维纳斯是两颊带笑、风情万种地伴着优美的音乐而来，如同在跳舞一般，但更重要的是，她脚踏舞步之时那眼里还转着秋波——这双眼睛便成了她的媒人和信使，使她受到了追求。所以在一现代诗人的笔下维纳斯这样自夸了起来，

---

① 格尔森（Gerson），约14至15世纪法国学者、神学家。
② 波拿文都拉（Bonaventure，即Saint Bonaventura，1221—1274），意大利神学家、经院哲学家、方济各会会长、红衣主教，认为上帝的存在无须理性来论证，上帝的意志是万物的"原因"和"形式"。
③ 即智慧女神雅典娜。

> 转瞬间我就能用我的眉毛去欺压,
> 并迫使世人向我的双眼俯首弯腰。①

眼睛实乃默默传情的演说家、四处撮合的大鸨母、通往爱情的门道,靠了那暗中微露的表情,眨眨眼、瞥一瞥、嫣然一笑,千言万语也就尽在其中了,往往一对佳偶便由此促成,两人哪怕还未来得及说上一句话,其心意早已是相通的了。欧吕阿鲁与卢克丽霞即是借眉目传情而互生爱意,他们同样不曾有过言语的交流,但却都想着要去取悦对方——他用他的眼向她示好,而她也的确中意于他,于是就回以了含情脉脉的眼神,暗表应允。色雷斯的洛多碧斯②亦擅长这无声的辩术,据卡拉斯瑞③所言,她只要用眼睛看了看某人,那人就会被她给迷住,再也无法逃脱了。因为正如萨尔维安努所论,眼睛堪称灵魂的窗,一切不洁的炽烈之淫欲皆能透过它涌入我们的心中,就如同多条沟渠在引水导流一般。此外,眼睛还能显露了我们的心思。据有的人所称,心可由眉观之,而神色又由眼表之,

> 为何要用这般色眯眯的眼睛看着我?④

其实我也大可这样来说人的笑、步态、局部的裸露、搔首弄姿之类。笑本属人的正常情绪,笑一笑是再寻常不过的事了,但虚伪的、矫揉造作的、刻意的、礼节性的假笑,则是云遮雾绕的外在样子和表象,其中暗藏着深意,往往被拿来做引诱和欺骗之用。有多少痴情的恋人受到了一次又一次的蒙骗啊,终被诱拐进了那愚者的天堂。他们只要见到漂亮的姑娘在笑,或露出个迷人的表情,使了点略带好意的话或动作,就会以为这些都是特地做给他们看的,仿佛那姑娘对自己有好感,确乎爱上了他们,她动情了,就要过

---

① 语出丹尼尔。
② 洛多碧斯(Rhodopis),公元前 6 世纪古希腊著名高等妓女。
③ 卡拉斯瑞(Calasiris),赫利奥多如斯书中伊希斯女神的祭司。
④ 语出布坎南。

来了……

> 傻子若见美丽的女子露出笑颜,
> 便说她爱上了自己,哪知这只是诱骗。

女人把笑练成了一种技艺,正如诗人所告诉我们的,

> 谁会相信?女人竟把笑当技艺来练习,
> 以使那笑能带有一种迷人的魅力。①

笑同其他种种招数一样,亦是一种极大的诱惑。她能使你的心随她的嫣然一笑而怦怦地跳动。我爱拉勒吉的笑,一如爱她的娇声细语。佩特罗尼乌斯书中有一男子也是这样说他的情人的,她给了一个如此甜美的笑,真是让我满心欢喜,如痴如醉。笑同样赢得了伊斯门尼亚的欢心,如他所坦言,当他见伊斯梅尼第二面的时候,伊斯梅尼笑得十分地动人,让他不由得对她爱慕不已。而歌拉的迷人的笑则令牧人福斯图败下阵来。其实,身体的其他种种姿势动作也都是这般地魅力无穷。卢奇安笔下有一女子名曰达芙妮,克罗比勒曾说道,我初见达芙妮时,她不过是个衣衫褴褛的穷女子,但现如今却成了一位货真价实的贵妇人,有了服侍她的婢女、华丽的衣服、装在钱包里的钱……而你知道这一切是怎么得来的吗?她所用的手段即是照着最受追捧的时尚去打扮自己,还凭借了她的绰约多姿、柔美可亲、见人即投以一笑……而许多的女子则会仅仅因了男人的恭维赞美、风度翩翩就对之一往情深了,转瞬间便被赢取了芳心。她们真是太好蒙骗了,但凡有哪个轻浮、浪荡的追求者向其献殷勤或求爱,她们都要轻易地相信,即刻就会对之动心,说什么他当真是钟情于她们、倾慕她们的,定会迎娶她们,怎知那男子是一点也没有此种意思的,这只不过是他在女人堆中惯用的姿态招式罢了。由此

---

① 语出奥维德。

观之,男女两者都在相互诱骗,皆是凭靠了这类表面的虚假作态。而于此之中,若论诱惑力的强和大,则玉树临风、婀娜多姿的仪表,百般的殷勤,温柔的问候,恭维奉承,故作斯文的步态,装模作样的步子,应当算是数一数二的了。就这最末一项来说,先知以赛亚(本身即为廷臣,善于见微知著)对锡安的女子便多有谴责——"她们俏步徐行,脚下玎珰。"不过说实在的,仰仗了这些手段,又有何种风浪是她们兴不起来的呢?

> 大自然已给她们穿上了最华丽的服饰,
> 它拿了世人皆倾慕的年轻貌美来缝制。

她令你们都燃起了欲火,她所凭借的是其声音、手、步态、胸、脸和眼睛。这真是矫揉造作与美相连,引诱和欺骗并存了,那么从本质上来讲,爱就成了一种花招、一种纯粹的把戏、一种迷惑。正如巴尔扎萨·卡斯提琉所言,她们露出纤纤细手、玉足和美腿,仅是为了撩起我们的欲望。她们还经常地把裙摆往上拉,敞开外面的衣衫,亮出那精织的统袜,纯丝细染的内衣,金色的花边、蕾丝、刺绣(此诚非易事,然倘若她们去到了教堂或别的什么地方,却总能让上述种种被人看个遍),而这样的做法也不过是其用来诱捕呆鸟的套索罢了。克里索斯托曾一语道破,说道,她们虽未动嘴说话,但其步态里有话,眼神里有话,身姿中亦有话。至于她们露出脖颈、肩部、赤裸的胸、臂膀和手腕,其目的若不是去勾起男人的情欲,还能是什么呢?

> 啊,为何要显露那奶白的酥胸和乳头,
> 不穿遮胸的背心?这不就是在说,
> "来吧,我会投怀送抱"。也无异于
> 把你的情人引诱到爱的迷境里去。[①]

---

① 语出约维纳·庞塔努。

弗雷德里克·马特勒修所论极是——哪还用得着其他的，只消找个传报员走在如此着装的女子前面，唤我们来瞧一瞧就行了，或拿个喇叭将其吹响也成，倘若还嫌不够，那就不妨让阉母猪的汉子来吹支曲子，

> 快来瞧啊，快来瞧个仔细，
> 到底是什么东西
> 竟刺伤了我的眼睛；
> 原来是位艳丽的贵妇，
> 身穿锦衣华服在行路，
> 天晓得她将朝何处迈脚步，

也不知她有何用意和目的？不过还是把这些缥缈的痴想抛开吧，我要言归正传了。如前所述，赤裸本是令人嫌恶的，乃对治情情爱爱的解药，但如果部分地或适时地进行裸露，则此又成了极大无比的一种诱惑了，

> 纯洁的狄安娜，赤裸的维纳斯，皆不怎么在我心上，
> 我觉得，前者太保守放不开，后者又过于放荡。①

大卫即因之而偷窥了拔示巴，两长者则偷窥了苏珊娜。阿佩利斯② 在以坎帕丝佩之裸体入画时，亦为其所迷。据传，提比略与赛斯修·盖乐（乃一老淫棍）饮酒作乐之际，是由裸体的少女来陪侍的。类似的说法有人还用了在尼禄的身上，而彭图斯·修特③ 也是这样说卡罗卢斯·普格纳克斯的④。据库提乌斯所言，巴比伦人中有些轻佻的女子惯以赤裸之态翩翩起舞，而与此相类者，萨尔都斯也提到过一些。另据传，托斯卡纳人于某些特定的宴会

---

① 语出奥索尼厄。
② 阿佩利斯（Apelles），公元4世纪希腊画家，曾给马其顿的腓力二世及亚历山大大帝充当宫廷画师。
③ 彭图斯·修特（Pontus Heuter），《勃艮第史》之作者。
④ 卡罗卢斯·普格纳克斯（Carolus Pugnax），勃艮第公爵。

中，同样找了裸女来侍奉，里奥尼克斯①还证实在别的一些淫乱的国度亦是如此。尼禄总把淫秽的画作挂在他的寝宫里——这在当今也属司空见惯的做法。埃拉加巴卢斯则是命人在其面前扮演维纳斯，好使他如同见了本尊那样情欲骤生。由此观之，凡事皆可遭到滥用。据阿里斯塔勒特记载，曾有一女仆，她透过锁孔窥视到男女主人皆不知羞地光着身子，从此便因了这一眼，竟爱上了她的男主人。至于安东尼努斯·卡拉卡拉②，他则是在看见继母卖弄风骚，袒露酥胸后，居然情欲难耐，发出了声来：噢，好想碰！而他的继母也凑巧偷听到了这话，亦放荡地回道：任君把玩。经了这番勾引挑逗，卡拉卡拉终是娶了继母为妻。然而，这并非是由酥胸所致，个中诱因实不在那事物本身，而在下流、淫荡的袒露酥胸之态。

不过，待到看尽了各种勾引之法后，相较而言，对情欲最大的挑逗还是来自人的衣着。常言道，神创造，人改造，衣着这一诱因是罕有其匹的。

> 竟能使美变得更美，
> 让可怜的眼深深陶醉。③

一个肮脏的无赖、形貌丑陋的妓女，一副弯腰驼背的躯壳，邋遢的懒妇、巫婆、朽烂的杆子、篱笆桩，也可靠了打扮、摆花架子，显得与其他美人一样地光鲜亮丽，风情万种，而许多傻小伙果真就还被其迷倒了。有人把衣装称为挑动情欲的第一大陷阱，博苏斯④则称其为一根致命的涂有捕鸟胶的芦苇杆，另据马特勒修的说法，此又为举世无双之老鸨，直让人含着血泪痛斥。其实这也并不意味着衣装之美以及种种常见的饰物就该受到指责了，同世间别的事物相仿，此中也有合宜与得体一说，若能做到，则亦无

---

① 里奥尼克斯（Leonicus，1456—1531），威尼斯学者、帕多瓦大学哲学教授。
② 安东尼努斯·卡拉卡拉（Antoninus Caracalla，186—217），罗马皇帝，嗜杀成性的暴君，杀害岳父、妻子、兄弟及其弟的友人，大肆屠杀日耳曼人，217年被罗马近卫军司令刺死。
③ 语出锡德尼。
④ 博苏斯（Bossus），著有谈女人的书。

不可——既能与各色人等相称，又合乎其身份地位。如果有人落伍于时尚，对广为流行的穿衣方式不理不顾，那他也只会显得老土古怪而已，就如同那挂毯上的旧图样一般。但如果有人在衣着上太过新奇，太过怪异，惊世而骇俗，远超其收入与财产所能承担者，并与自己的年龄、地位、身份、条件不相符，那么我们还能作何感想？她们为何要用五颜六色的芳草、假花、精细的织物、稀奇古老的小饰品、甜丝丝的香水，以及价值连城的宝石、珍珠、红宝石、钻石、绿宝石之类来装扮自己？为何要头顶金冠银冠，用上各种样式的冠冕和头饰，穿戴坠子、手镯、耳环、链子、腰带、戒子、发夹、亮片、刺绣、遮面头饰、大竖领、闪色丝带？为何要靠领巾、羽毛、扇子、假面、毛皮、花边、罗纱、轮状皱领、阔翻领、发网、袖口、花缎、丝绒、金属丝线、金布、银布、薄绸，或借助苍穹、群星、天球的五光十色，金属、石头、香气、花、鸟、兽类、鱼类之力，以及非洲、亚洲、美洲、大洋、陆地、能工巧匠所能供给的任何东西来令自己的样子光彩夺目？为何要选用和贪求那闻所未闻的新物件、新奇怪异的服饰，并在其上挥金如土？正如那讽刺作家所言，这些烫卷的假发、涂脂抹粉的脸、矫揉造作的步态（不容迈错一步）又是为了什么？她们为何要学锡巴里斯人①，或尼禄的波皮厄、亚哈随鲁②的情妇们，对于穿戴竟是如此地奢侈铺张，费时用心，就好像凯撒大帝在排兵布阵，鹰隼在用嘴整理羽毛一样？她们梳妆打扮往往会花去一年的时间。园丁照料花园，骑兵刷洗战马、擦刮甲胄，水手打理船只，商人经营店铺、管账本，均不及女子在装扮面容及身体其他各部位时那般地自得其乐，费力劳心。她们取软木做衬垫，用鲸须③使身子坚挺起来，这难道不是为了让年轻的小伙拜倒在自己裙下，就好比布网捉雀一样？阿里斯塔勒特笔下有一风流浪子，名叫菲洛卡罗斯，他曾告诫其友珀利安努斯务必提防此类

---

① 锡巴里斯人（Sybarites），以骄奢淫逸著称。
② 亚哈随鲁（Ahasuerus），基督教《圣经》中的波斯国王，娶以斯帖为妻。
③ 鲸须，取自鲸嘴的坚硬物质，过去用以夹于两层布之间以使布质坚挺，可用于妇女紧身褡等。

诱惑，他的情人最初正是靠了其饰片和手镯的诱人的晃动、悦耳的声响，以及香膏散发的香气，把他给迷住的。卢奇安亦曾言道，那些饰针、罐子、镜片、香膏、烫发夹、梳子、长发夹、撑条到底有何用？她们为何要把继承的遗产和丈夫每年的收入都花在这些破玩意儿上面？为何要把脖子、耳朵上戴的链子和珐琅珠宝制成龙、黄蜂和蛇的模样？她们当中有些人恐怕更需要的是铁链，好用此来将其绑在疯人院里，并以鞭子替代扇子，拿硬毛粗衣裹身而非那精织的长裙，再取热铁给脸打上烙印，而不是去涂脂抹粉——倘若我们之中有的耶洗别①式的荡妇广受追求的话。不过，如此劳心费力，挥金如土，张罗，骑马，奔波，不远千里以重金买来珍奇之物到底是为哪般？其因只在她们确会经此而变得美艳娇媚，这便是以人工之艺补天然之缺了。

---

① 耶洗别（Jezebel），《圣经》中以色列王之妻。她浓妆艳抹，以邪恶淫荡著名。

三

爱之忧郁的症状

症状之显现，或在身体上，或在大脑中。现于身体者有面色苍白、体弱清瘦、形容枯槁等等。正如那诗人对恋爱中人的描述，但凡在谈情说爱的人，其面色都该是苍白的，因为苍白实乃情侣们正应有的肤色——爱能让人瘦骨嶙峋。阿维森纳又把双眼凹陷、形容枯槁视作此病的症状，称患病者常会暗自发笑，或显得仿佛是眼见或耳闻了什么美妙动人的东西一般。瓦勒瑞欧拉、劳伦修、伊利安·蒙塔图斯、兰格也有过相似的说法，所举症状包括身体瘦弱、苍白无力，

就像那赤着脚把蛇踩了的人[1]

以及眼睛凹陷——他们的双眼如同埋在了脑袋里。他们萎靡憔悴，因了彻夜不眠、忧思苦恼、唉声叹气而显得病恹恹的，那曾可与福玻斯[2]的金灿灿的头发争辉的明眸也失去了光彩，伴随着他们的唯有呻吟、痛苦、忧伤、呆钝、了无胃口，等等。而之所以会出现上述种种症状，在贾森·普拉腾瑟斯看来，实是因了精神的涣散。此将使肝脏无法恪尽职守，不能如往常那样把养料导入血液之中，故各个部位才会由于营养匮乏而变得虚弱，人也

---

[1] 语出尤维纳利斯。
[2] 福玻斯，太阳神和诗歌音乐之神。

就跟着消瘦憔悴了，好似五月里我园中未获雨水浇灌的花草一般。所以，除了那寻常的唉声叹气、抱怨和恸哭——无比频繁，年轻的女子往往还会得萎黄病，而男子则会染上恶病质或某种恶习。正如水珠从蒸馏器上滴落，丘比特之火亦能让泪珠从真心情人的眼里掉下来。

> 威武的马耳斯常为维纳斯发出尖声，
> 暗暗地他那狰狞的面孔也变得湿润，
> 因他流下了女人般的眼泪，①

也生出了许多诸如此类的热烈爱欲。按赫利奥多如斯的写法，当夏瑞克丽爱慕特阿基尼时，她总是神思恍惚，胡言乱语，暗自叹气，彻夜不眠，不一会儿就骨瘦如柴了。而在她迷恋上她的继子后，更是出现了面色惨白、双眼凹陷、心绪不宁、胸闷气短等症状。欧吕阿鲁在其送给情妇卢克丽霞的一封信中也抱怨连连，其中一条即责怪她道——您把我的胃口和睡眠都给夺走了。故乔叟有了如下惟妙惟肖的描写：

> 他辗转难眠，不吃不喝，
> 所以又瘦又枯如同柴火，
> 他双眼凹陷，吓得人胆裂魂飞，
> 他面色发黄，且苍白如死灰，
> 他孤苦伶仃，总是影只形单，
> 他彻夜恸哭，阵阵呜咽不断。②

而忒奥克里托斯亦曾让一位特尔斐的美少女（她爱上了明达城中的某个小伙）剖心言道：

---

① 语出斯宾塞《仙后》，此处引文不尽合原文。
② 引自乔叟在《坎特伯雷故事集》中对骑士的描写。

> 我一见到他，就忍不住发疯，
> 美貌骤灭，也不再关心
> 华丽外表。不知身处何地中，
> 只是病恹恹，糟糕透顶，
> 我卧病床上足有十日十夜，
> 在世间男子眼中实与骷髅无异。

对于这种种热烈的爱欲，那史诗诗人借了狄多之口也展现得淋漓尽致：

> 闷闷不乐的狄多怎也睡不着，
> 她睁眼躺着，不得安歇。
> 她又起了身，只因忧思和哀伤，
> 还有汹涌的爱欲在折磨她的胸膛。

此外，阿修斯·桑那扎瑞斯还以同样的笔法来写丽克瑞斯，说她摧残自己——夜不成寐，总是悲叹，啜泣，痛心。而尤斯塔修[①]亦称其笔下的伊斯门尼亚饱受折磨，一见到他的情人，心就会怦怦乱跳——他辗转反侧，那床仿佛是长了荆棘一般。众人皆谓消瘦、食不甘味、失眠乃爱之忧郁的常见症状，故那些患病者往往就会被弄得憔悴不堪，脱形变貌，正如泰伦斯在其喜剧中所打趣的那样，有谁还能看得出这是同一个人啊。

> 就让那无眠的夜把年轻男子的身体磨瘦吧，
> 还应加上忧思，以及产自热烈爱欲的伤悲。[②]

从恋爱中人的身上即可观察到许许多多诸如此类的身体之症状，

[①] 尤斯塔修（Eustathius），约12世纪希腊浪漫传奇作家。
[②] 语出奥维德。

因为谁又能将其情爱掩藏住呢？①

　　另据所罗门之言，人若怀里揣火、衣服岂能不烧呢？虽然他们尽其所能地要去掩藏之，但要藏住又谈何容易啊，这"爱"终归是要冒出来的，与之相关的症状实有一千余种，每一样都能败露其行迹。

　　越是掩藏，就越多见光。②

　　正如从前喜剧作家安提芬尼斯③所论，爱与醉是不能被掩盖的，言语、神情、动作皆会有所流露。而爱之忧郁的两大最显著的迹象，则能透过脉搏与面容观察到。据载，塞琉古之子安条克因爱慕继母斯特拉托尼丝竟相思成疾，但他却又不肯说出其心头之苦或患病之因，医师埃拉西斯特拉图斯④便只好以其脉搏和面容之状断定他恋上了他的继母，因为每当其继母出现或被提及时，他的脉搏都会变动，且脸也会泛红。与之相仿，珀利克里斯之子卡瑞克里斯的相思情也是这样被医师潘那修斯识破的，此故事还可进一步参看阿里斯塔勒特之书。根据同样的症状，盖仑亦声称他发现执政官波伊提乌之妻贾丝塔倾心于艺人皮拉德斯，因为一闻其名，她的脉搏和面容就皆有所变了，正像珀利阿克斯听到了阿金尼丝的名字那样。弗朗西斯科·瓦勒修则否认存在什么所谓的爱之脉搏，人的情爱是不能由此而窥见的。但阿维森纳又引盖仑为据持肯定态度，并以自身经验证之。郭多尼亦称此说不假。据其所言，倘若钟情的女子从身旁走过，他们的脉搏将变得混乱而急促。兰格、列维山努、瓦勒斯卡·德·特兰塔、奎亚内瑞等人也皆持此说。瓦勒瑞欧拉同样将之列为了一大症状，而魂不守舍、夜不成寐、唉声叹气、面红

---

① 语出奥维德。
② 语出奥维德。
③ 安提芬尼斯（Antiphanes），公元前4世纪希腊喜剧诗人。
④ 埃拉西斯特拉图斯（Erasistratus），公元前3世纪的希腊医师、解剖学家，以研究循环系统和神经系统而著名，已能区别感觉和运动神经，解释会厌组织和心脏瓣膜功能。

耳赤（当谈及心爱的女子之时）也均属显而易见之兆。此外，波兰人约瑟夫·斯特拉修斯①在其《脉搏之原理》的第五卷中亦认为，情欲以及心中的其他种种欲念皆可由脉搏辨识出来。他还进而说道，倘若你想弄清那被疑作情人者到底是哪个，就不妨去把一把他们的动脉之类。在其书第四卷中，他即谈到了这类特殊的脉搏——由爱导致的不平稳的脉搏。他以其病人中的一贵妇人为例，曾言，他正是凭这切脉之法发现她深陷情网，并找出了她的情郎——他叫出了一连串的名字，而当最后叫到那为其所疑之人的名字时，贵妇人的脉搏竟起了变化，跳得更加急促了，于是通过经常地把脉，他识破了个中原委。埃普罗尼厄斯又以诗笔描绘了伊阿宋与美狄亚的相会，让他们彼此相见时都泛红了脸，且在初见之刻，嘴里蹦不出一句话来。"帕米诺啊，我只要一见到她就会全身发抖，冷得不行"（语出泰伦斯）。而菲德瑞亚在见到泰伊丝的时候也是这样瑟瑟发抖的，他者在类似情形下还将有汗流不止、呼吸急促、腿打哆嗦、心跳加速等症状。据阿里斯塔勒特所言，他们的心脏好像就要夺口而出似的，全在怦怦乱跳，且这又使他们挨烫，受冻——因为爱是火，也是冰，又热又冷，想必亦为一种瘙痒、热病、癫狂、胸膜炎之类吧。故他们的面色会或惨白，或赤红，不过，在初次幽会时，往往还是泛的红晕。而在有的时候呢，比如在谈到那心爱的女子之时，他们甚至还会因了精神的剧烈波动而流出鼻血来。这面红之状即被尤斯塔修拿来展现伊斯梅尼之情——当她偶遇心上人时，她的脸蒙上了一层少女的羞红。此在恋爱中人里实乃司空见惯之事，风趣幽默的阿诺福斯②主教在一首诙谐的讽刺短诗中就说得极好，

> 他们的脸在作答，是通过脸红说的话，
> 两人有多么恩爱，皆由此而泄露在外。

---

① 约瑟夫·斯特拉修斯（Josephus Struthius），约16世纪波兰宫廷御医。
② 阿诺福斯（Arnulphus，即 St. Arnoul 约 1040—1087），罗马天主教圣徒、法国苏瓦松主教。

不过那最妥帖的对于爱的推测，还是源自恋人在共处时所表现出的种种症状，其对话、眉来眼去、动作、嬉闹调情皆会将之出卖，他们是情不自禁的，总忍不住要相拥热吻。比如，医师斯特拉托克里斯在其大婚之日，于那婚宴上便只顾亲吻新娘而无暇用餐。他先是美言一句，然后亲上一口，再说点别的夸赞，然后再吻一下，接着闲问一句，然后又亲一口，直到才思枯竭，什么也说不出，不过亲吻与缠绵却从未停息。

无休无止，永处于始，[1]

真是没完没了啊，又亲一口，还来一口，一口再接一口……

过来吧，哦，瑟蕾拉[2]！

来吧，亲亲我，科琳娜！

一百乘一百个的吻，
一百乘一千个的吻，
一千乘一千个的吻，
总共有千千万万个的吻，
正如西西里海中的水滴，
也如夜空中的星那么多，
在你那红润的膝头，
在你那丰满的唇上，
在你那善言的眼中，
都拴上了我的生生不灭之情，

---

[1] 语出佩特罗尼乌斯。
[2] 语出里奥凯乌斯（Loecheus）。

哦，亲爱的涅艾拉[①]！

这也正如卡图卢斯致莉丝比娅的诗，

——先给一百个，

再给一千个，然后又来

一百个，接着换这边，

又加一千个，如此越给越多……

直到与那遍野的芳草的数目相当。而维纳斯与阿多尼斯、月神与恩底弥翁亦是如此，他们不断地在调情和缠绵，就像一群鸽子似的，并且又敏捷又大胆，

倒吸一口气，心急火燎地胸贴着胸，

口水混合，牙与嘴紧紧相抵不留空。[②]

那些亲在嘴上的吻是如此地用劲，竟使双唇收也收不回来了，就连脑袋都被压得往后仰，比如卢奇安笔下的兰普瑞阿斯便是这样亲吻泰伊斯的，而阿里斯塔勒特书里的菲利普斯亦然——在一阵疯狂的爱欲中，两人火热地拥吻缠绵，嘴唇难分难离，他把整张嘴都往她那儿蹭。阿雷泰所写的卢克丽霞也被其追求者这样亲吻过，可见此乃恋人们惯行的事，

紧咬着唇，嘴与嘴相撞。[③]

他们呐，是难抑其情的，不光要牵手，亲吻，还要拥抱，踩在对方的脚趾尖上……往对方的怀里钻——这被视为一乐，可任意为之，正如斐洛斯

---

① 语出西康都斯。
② 语出卢克莱修。
③ 语出卢克莱修。

特拉图斯告诉其情人的。卢奇安笔下的兰普瑞阿斯就悄悄地把手伸进了对方的胸口,偷摸双乳——有时这确乎不正经。那喜剧中的老爷子便识破了他的儿子,喝道,你以为我没见到你把手放进了她的胸口吗?得啦,这些数不胜数的爱之花招啊。卢奇安书里的朱诺也曾向朱庇特抱怨伊克西翁①的所作所为——他总是那么痴情地看着她,有时还在她身旁哀叹哭泣——而且,我偶尔喝了杯酒,把杯子递给伽倪墨得斯后,他竟要拿我用过的杯子来喝,还在杯子上我嘴碰过的那处地方亲了亲,然后便目不转睛地望着我了,时而叹气,时而又冲我笑。哎,倘若双方无法靠近亲热,或因了无缘、不相熟、不相识而难以搭话聊天的话,则只要人在那里,他们的眼睛也就能表露其心意了。常言道,我往哪儿看,我就喜欢哪儿,而为我所喜欢的,也就是为我所爱的。只是他们却会迷醉于姑娘的美貌之中。

> 相互都以炯炯的目光投向对方的脸上,
> 　默默地索求传来我们爱的音信。②

他们实难将其目光从心爱的人身上挪开,他们要用双眼来夺取她的贞洁。他们总在那儿凝视,打量,偷瞥,痴笑,暗瞟,正如阿波罗之于琉科忒亚③,恩底弥翁之于月神——她为之而在卡里亚驻足久立,又在拉特莫斯把马车停了下来。他们必然会呆立仰望,而假如有心仪之人从身旁走过,他们还会目随其转,以期能看上几眼。正如阿那克里翁称其心上人的,她实乃灵魂之车的御者啊。他们若从其门前或窗边经过,他们的目光便总要受她牵引,就如同见了金刚石一般。此后,她虽已不在眼前了,但他们仍会忍不住将目光投向那边,回过头去望一望。而阿里斯塔勒特谈尤克西修斯,卢奇安在其

---

① 伊克西翁(Ixion),拉庇泰王,因追求天后,被主神缚在永远旋转的车轮上受罚。
② 语出奥维德。
③ 琉科忒亚(Leucothoe),巴比伦王俄尔卡磨斯之女,为阿波罗所爱,俄尔卡磨斯将她活埋,阿波罗在她死后把她变为香料树。

《肖像集》中谈自己，塔西佗谈克勒托丰，所言所述也皆是如此——他无法把眼睛从琉希佩的身上挪开。此外，许多为情所迷的人也坦言，只要其心上人在场，他们就把持不住自己的双眼，总忍不住会痴痴地、目不转睛地看着她——双眼眨也不眨，充满了渴望和贪婪，仿佛要把她看个透彻似的，或也可说他们怎也看不够，

  在那恒定的凝视中扎了根，纹丝不动。①

至于女子，她们也是会这般地注视男子的。她在用眼睛向他敬酒，哦不，是在把他喝干，是在吞他，咽他，正如印象中马提雅尔笔下的马莫拉所做过的那样，

  她看着那些俊美的小伙，用双眼吃光了他们。②

瓦托曼努斯即载录了一则与此相关的趣闻。话说阿拉伯萨那的苏丹之妻见瓦托曼努斯貌美肤白，便目不转视地盯着他看，从日出看到日落仍旧是抑制不住。某天，她竟把瓦托曼努斯请到了寝殿中，直溜溜地看了他两个钟头，于此期间，就连一眼也未曾移开过。她如此打量着他，好像他就是那丘比特一般。另据卢奇安之书，有一小伙爱上了维纳斯的画像，于是他每日清晨都要去到维纳斯的神庙里，从朝至晚地待在那儿，即便夜幕降临了也不肯回家。他就这样一直面对那女神的画像坐着，无休无止地望着她，并喃喃自语，也不知在说些什么。而倘若他们见不到为其所爱的人了，那他们就会在心上人的家门边徘徊苦等，抓住一切机会去看上几眼。据朗格斯·索菲斯塔记载，达佛涅斯与克洛伊乃一对恋人，两人即经常地会在对方的家门前流连盘桓。比如，达佛涅斯就从不错过任何时机前去接近克洛伊，在克

---

① 语出维吉尔。
② 语出马提雅尔。

第四部分   爱之忧郁   407

洛伊父亲宅邸的周围，他夏则狩猎，冬则于寒霜中捕鸟。如此一来，克洛伊便能看到他了，而他也能一睹克洛伊的芳容了。另据阿雷泰，其笔下的卢克丽霞曾言，我住罗马之时，慕名来我宅子看我的人数不胜数，就连国王的皇宫也不似这般频频地有人造访，那门廊和街道都挤满了人，有徒步的，也有骑马的，他们皆是专程前来看我的。他们路过的时候，眼睛总要盯着我家窗户看，而当走过去了之后，还要情不自禁地回头望望我的宅子。有时，他们也会哼两声，或是咳一咳，又或是莫名地大声说话，以期引我探出头来瞧瞧他们。而这在别的地方恐也一样吧，此实可谓恋爱中人身上的普遍情形了——能与她在一块，同她说说话，便是他最大的幸福。只要靠近了她，他就会感到无比地快乐。他甘愿在她所住的街上一天穿梭个七八回，或揽些鸡毛蒜皮的差事趁机去看看她。他的心里面总在盘算要在何地、何时，又要如何才能见上她，

> 如今就让傍晚薄暮中温软的絮语，
> 在相约的时刻再度升起。①

而在离开后，他还将感到时日漫长，分如时，时如日，十日如一年，直至再次见到她——

> 若你也能算一算我等恋爱中人算得无比细致的时日。②

如果你在恋爱中，想必你也是会这样说的，并在离别时喊道——别了，美人儿，再会了，宝贝儿！再见，我最亲爱的阿金尼丝，让我再道一声再见了，再见了。——虽已与女子相约再聚，不会分别太久，或许明日即可相见，但他还是会那样地恋恋不舍，不愿离开，道别再道别，接着又转过身，

---

① 语出贺拉斯。
② 语出奥维德。

远望，招手，脱帽挥别。在分开之后，未再聚之前，他是会思恋不休的，而她也会记挂着他——那时钟肯定是让人给往回拨了，相会的时刻早已过了。

> 我——你的女主人，我——你那色雷斯的菲莉斯，
> 好生奇怪，过了约定的时刻你仍未赶来。①

她一直就在窗边望着，看他是否来了。据传，那日菲莉斯到海边共去了九次，只为瞧一瞧她的岱莫芬②归来了没有。与之相仿，特洛伊罗斯也曾赶往多个城门不断地找寻过他的克瑞西达。而倘若她仍未见他来的话，那她便会坐立不安，烦恼憔悴了，并且还会变得易怒，不满，抑郁，悲伤——他为何还不来啊？他身在何处啊？他怎能不守约呢？他因何事而耽搁了这么久？他肯定倒了霉，他肯定遇了些意外，他肯定把他自己和我都给忘了——真是无休无止的猜疑啊。但是，不一会儿，她却又鼓起了勇气，振作了起来，接着向外眺望，谛听，探寻——凝神地听，往四下里看，仿佛每个远处的男子都是他，街上的一响一动都表示他就在那儿，那就是他了。她不禁哀叹道，这糟糕透顶的一天啊，最是漫长难熬。她就是这样胡言乱语着，心烦意乱，又焦急难耐，因为爱情容不得半点拖延。而若说到男子那方，其情形则是，倘能与心爱的姑娘相聚，那么两人共处的时光便会走得飞快，且那漫漫长路也将变短。——赶往她家，真是个快乐的旅途，无论什么天气都是好天。热也罢，冷也罢，就算冻到嘴里的牙齿直打颤，他都不为所动。或潮湿，或干燥，于他亦无甚差别，哪怕全身湿透，他也察觉不到，断不会去在乎一丝一毫。而以上种种，乃至更甚于此的，他都能轻易地忍受住，因为他是心甘情愿的，这全是为了他那心爱的姑娘啊。故而，就算身上的担子有千斤重，爱情也能叫它变轻了。话说雅各为娶拉结而足足服侍了七年，这七年时间虽长，但却因了他深爱拉结，眨眼的工夫便过去了。对男子来说，能够得到

---

① 语出贺拉斯。
② 菲利斯与岱莫芬为传说中的一对恋人。

心爱女子的温情相伴，实可谓世间最快乐的事——此时此刻的他恍如已登极乐。但若要他与女子分别，这却又会令他顷刻间就变得沮丧、孤苦、寡言起来，在那离别之时，他将又流泪，又恸哭，又哀叹，又抱怨。

至于恋爱中人在精神方面的症状，则近乎是无穷无尽的，且还花样繁多，就算你有任何高超的技艺也无法将之完全涵盖。虽然有时恋人们表现得快乐无比，欣喜若狂，但多数时候，爱终究是瘟疫、折磨、地狱，苦乐参半的感情，或曰一种甜甜的苦、舒服的痛、快乐的折磨，

> 让我乐的时候，比蜂蜜还甜；
> 让我烦的时候，比胆汁还苦。

爱就如夏蝇，如斯芬克司的双翅，也如五颜六色的彩虹，一时美丽，一时丑陋，变幻无穷，但多半还是惹人恼的，讨人厌的。总而言之，西班牙宗教法庭的残暴也不能与之比肩，正如那诗人笔下有人称之的，爱是折磨和酷刑，是无法浇灭的烈焰之类。另据奥古斯丁所言，由此便生出了那啃噬人心的忧虑、烦扰、情绪、悲伤、恐惧、猜忌、不满、争执、不和、争斗、背叛、敌对、谄媚、欺骗、暴乱、欲望、莽撞、残忍、狡诈，以及

> 痛苦与抱怨，悔恨与流不尽的眼泪，
> 厌烦与忧愁，苦楚与怖畏，①

而以上种种，也正是恋爱中人摆脱不掉的魔咒、普遍常见的症状，诚如那诗人所复述的，

> 陷入情网所生的坏处有：猜忌，
> 和睦又争闹，以及放肆、贬抑，
> 多梦、忧虑和犯错，恐惧惊叫，

---

① 语出马拉卢斯（Marullus），约15世纪希腊学者、士兵、诗人。

> 无耻的戏弄、诡计、花招和蹿跳，
> 心如火烧，贪婪、疏忽、昧良心，
> 长久的失落、精疲力竭和伤痕无尽。①

大凡诗人，都有一整套关于爱之症状的清单。不过，若将恐惧与悲伤列在首位，想必是无可非议的吧。虽赫拉克勒斯·德·萨克索尼亚把恐惧排除在了爱情忧郁之外，但我对此却不敢苟同。爱实是充满了恐惧、忧虑、疑惑、担忧、气恼和猜忌的，它能把男人磨成了女人，也能让赫西奥德将"恐惧"与"苍白"视作维纳斯的女儿，因为惧与爱始终紧密相连。此外，恋爱中人还极易陷入误解与夸大的泥淖，时而过于轻信，满怀着希望与信心，时而又提防心过重，难以相信或接受任何的好消息。那喜剧诗人在慈父米西欧与患相思病的儿子艾奇尼斯的对话中便勾勒了这么一段——米：看开点，我的儿，你就把她娶为妻吧。艾：哦，父亲，你在嘲笑我吗？米：我笑你作甚？艾：我一心想要的，恰是我所疑惧害怕的。米：回家去，把她找来当你的妻。艾：怎么做，娶为妻吗，哦，父亲……然凡此种种的疑虑、担忧、猜忌，也只是恋爱中人所受的折磨里最轻微的部分罢了。通常而言，他们还会因了激烈的情绪而行冲动之举——眼下虽花言巧语，谄媚恭维，无比地卑躬屈膝，殷勤周到，但不一会儿他们就会反目成仇，将开始争吵、打闹、互骂、斗嘴、大笑、大哭了。不过，在卢奇安看来，如果某人的行为不为其情感所役的话，则此人便还未完全触碰到那爱的磁石。故真正处于恋爱中的人，其行其情是两相交融的。而在那种种情绪中，悲伤所占的份额应属最大。爱情，对许多人来说，就等同于苦楚。柏拉图即称爱情为一剂苦药，一种痛苦、灾祸。

> 哦，快把这灾祸、这祸害从我身上拿开，

---

① 语出泰伦斯。

它如麻木之感，遍布我全身，
　　赶跑了我的快乐，也使我的灵魂沉重不堪。①

而菲德瑞亚在喊出如下之言时，想必也当真尝到了这种滋味，

　　哦，泰伊斯，愿你也能尝一点我的种种苦痛，
　　或者，如它现在待我这样，也让你身感剧痛。②

至于下面的小伙又因不满而呼号，恐亦是如此，

　　我苦恼且不安，在爱之轮上饱受磨难；
　　爱而不得，便这样；得之，方无此感。③

　　卢奇安书中的月神曾向维纳斯哭诉，她就要被爱情折磨致死了。在说完一大段关于爱情的经历后，月神突然话不成声，痛哭流泪——噢，维纳斯啊，你当明白我这可怜见的心。卢奇安笔下的查密迪斯也是为爱而心急火燎，哭泣哀叹，并还扯起了头发，说他情愿去上吊自杀——我形神俱灭了，哦，我的好妹妹提瑞弗娜，我再也受不了这些爱的痛苦了，我该怎么办？因了其灵魂的痛苦，忒奥克勒斯亦祈求道——哦，各路天神啊，请让我从这忧思和痛苦中解脱吧！故而，我能否说恋爱中人的一生里大多都充满了痛苦、不安、恐惧，以及悲伤、抱怨、哀叹、猜疑和忧虑（啊，我的心好痛），亦且充满了冷寂和那恼人的孤苦？

　　时常愤愤地来到阴暗的树荫里，
　　把无果的哭喊向空中宣泄一气。

　　哎，也只有在其情人对他展露笑颜，给出了个好脸色，送上亲吻之时，

---

① 语出卡图卢斯。
② 语出泰伦斯。
③ 语出普劳图斯。

或是当有什么暖心的消息捎给了他，他的殷勤得到了认可之类的时候，他才能享有清醒的间歇，说点开心的话语，或忽地就为之而转变过来。

此外，相较于上述的脆弱和糊涂，恋爱中人所表现出的盲目也是同样地严重和显见，或也可说盲目乃是与爱难分难离的伴随之症、一种爱的普遍症状。常言道，爱无不盲目——丘比特眼盲，故其追随者亦是如此。

爱上青蛙的人，会把青蛙看得与狄安娜一样美。

此即所谓情人眼里出美人，尽管她畸形得厉害，丑陋难看，满脸的皱纹、脓包，面色也或惨白，或猩红，或蜡黄，或褐黑，或带有菜色；尽管她的脸要么肿胀得有如滑稽小丑鼓起的大饼脸，要么又细又瘦、干瘪枯槁，上面带有黑斑，且她还形貌扭曲，皮干，头秃，眼珠外鼓，睡眼惺忪，又或怒目而视如一只受到挤压的猫，并总是把脑袋歪着，木讷，呆滞，双眼凹陷，眼周非黑即黄，或患有斜视；尽管她长了一张大嘴，鼻子或怪如鹰钩，或尖如狐狸鼻，或似酒糟鼻般红通通的，或像中国人的那样又扁又大，或鼻头上翘敞着两只大鼻孔，或长得好像海岬一样；尽管她是龅牙，一口牙齿又烂又黑，七出八进，或呈深褐色；尽管她长有粗浓外垂的眉毛、巫婆的胡须，吐口气能臭倒全屋，不论冬夏都鼻涕长流，下巴上还吊着个大囊肿，下巴尖尖，耳朵宽大，脖子细长如鹭颈，和脑袋一样歪斜着；尽管她双乳下垂，不是大如一对水罐，就是一马平川，空无一物；尽管她手指生有冻疮，未修的指甲又脏又长，手上或腕上都长了疥疮，皮肤黝黑，躯体腐臭，背驼腰弯；尽管她弓着背，瘸着腿，又是八字脚，腰部粗壮如母牛，腿患痛风，脚踝奇大，悬于鞋外，且脚有恶臭，身上还长了虱子，实乃一丑娃、怪物、妖精，处处皆是瑕疵；尽管她整副皮囊都有臭味，声音尖厉，动作粗野，步态难看，是个大泼妇或丑陋的荡妇，也是一懒妇、肥墩墩的胖妇，身形发胖走样，或是个又瘦又长的皮包骨头、骷髅架子，鬼鬼祟祟的（如那诗人所言，眼不见，心不厌）；尽管在你看来她就像掉在灯笼里的一坨粪便，哪能让你对之痴迷不已呢？只会令你憎之、恶之，往她脸上吐口水，朝她胸口擤鼻涕；尽管对别的男人而言，她是爱的解毒剂，是邋遢的女人、孟浪的骚货、骂街的泼妇，是个龌龊、难闻、臭气熏天、淫荡污秽、好似畜生般的婊子；尽管她或许不忠，下流，无耻，卑鄙，粗野，愚蠢，毫无教养，乖戾易怒，可戏称为艾鲁斯①的女儿、瑟赛蒂兹的姐妹、革罗毕安②的门徒——但只要一朝爱上了她，那情令智昏者便会为这一切而对她倾慕不已，上述种种现于身、心的不足或瑕疵他都将视而不见。

   这些东西令他着迷，
   正如阿格娜鼻上的瘤子，
   吸引了可怜的巴尔比努斯。③

  他便只愿要她了，世上别的女人他都不想要。倘若他当了国王，那就只有她才能当他的王后、皇后。哦，他真是恨不得把那东、西印度群岛的财富和珍宝统统都送给她，并连同一大船的钻石、一整串的珍珠、一条珠宝饰带（其实四便士一对的小牛皮手套或许更合适）以及其他诸如此类的玩意儿，也都送她当作信物，望她能因了他的真心实意而将之收下——他为了她实是可以千金散尽的。哪怕维纳斯、潘西娅、克娄巴特拉、塔克文④的塔娜奎尔⑤、希律王的米利暗或勃艮第女公爵玛丽都还在世，于他眼中，亦无法与她相比，

   她的美打败了海伦——此女
   曾挑起了特洛伊之战，

---

① 艾鲁斯（Irus，即 Arnaeus 的小名）希腊神话中一乞丐。
② 革罗毕安，一虚构的典型的日耳曼粗鄙之人。
③ 语出贺拉斯。
④ 塔克文（Tarquin，即 Tarquinius,? —578B. C.），传说中的罗马第五代国王，原为王子监护人，国王时候，篡夺王位，后被王子们杀死。
⑤ 塔娜奎尔（Tanaquil），塔克文的皇后。

即便请出帕里斯来当裁判，那著名的海伦仍是相形见绌，而色雷斯的菲莉斯、拉里萨的克罗尼丝①、巴比伦的提斯柏②、波吕克塞娜、劳拉、莉丝比娅……以及你那假想的夫人小姐，也都均不及她这般美丽。

> 无论什么漂亮、动人、有趣、称心的东西，
> 凡为潘多拉所有之物，她皆能将其比下去。③

狄安娜同样是不能与她相提并论的，朱诺、密涅瓦，乃至任何女神，亦是如此。西蒂斯的玉足如银一般光亮，赫柏④的脚踝如水晶般剔透，奥罗拉的双臂如玫瑰般红润，朱诺的酥胸如雪般洁白，密涅瓦有智慧，维纳斯有美貌，可这又如何呢？俏美人儿，快到我身边来！她总之是，

> 美中最美，又胜于美。⑤

然爱之症状终归是谈不完的，就像那无底洞一般。爱没有尺寸大小的约束，故不能用任何的手段或仪器来度量。此外，我也与海德持相同的看法，即倘若对于爱情没有亲手一试，或如艾伊尼阿·西尔维乌所补充的，从未有过一丁点儿的痴迷、疯狂或相思之情的话，那么也就谈不了情爱之事了，亦无法对之做出正确的评判。就此，我得承认我确属情场中的生手，不过是在凭空假想罢了，

> 我未落情网，亦不知情为何物。

仅沾染了些许爱的味道——关于这一点，我是无需说谎、遮掩或辩

---

① 拉里萨的克罗尼丝（Larrissaean Coronis），阿波罗的情人。
② 巴比伦的提斯柏（Babylonian Thisbe），巴比伦一女子，在与情人皮剌摩斯的一次约会中，皮剌摩斯误以为提斯柏已被一头母狮吞食，悲痛之极，在一株桑树下自杀，提斯柏发现其尸体后也自杀而死。
③ 语出利奇乌斯。利奇乌斯（Loechaeus，即 Leech），约 17 世纪讽刺短诗作者。
④ 赫柏（Hebe），青春和春天女神。
⑤ 语出斯宾塞。

解的。不过，身而为人，我对爱情这一主题却又并非全然地不在行。只是我实在算不上什么爱情的导师，我在此书中所说的全都是从阅读中得来，大概就是采自他人的种种愚行，而这依靠的是我自己的观察，还有别家的叙述。

四

爱之忧郁的疗法

尽管在是否可以治好爱之忧郁这一问题上还存有部分争议——毕竟爱之忧郁是那样难以抗拒、汹涌猛烈的一种激情，正如你也知道的，

> 通往地狱之路畅行无碍，
>
> 可一旦身处地狱，就难以折返回来。①

然毫无疑问的是，只要处理及时，爱之忧郁就将得到缓解，而如果用上多种良方，也便能使之有所好转了。阿维森纳曾列出七种简明扼要之法，用以减轻、改变并消除此症，萨沃那洛拉②则是提出了9条首要意见，而贾森·普拉腾瑟斯除开具药方外，还给出了8条关于如何驯服这一激情的医嘱，此外，劳伦修亦有他的两大规戒，他者如阿诺德③、瓦勒瑞欧拉、蒙塔图斯、赫尔德闲、兰格④等人也在以别样的方式教诲我们，不过他们都是殊途同归。诸家说法的要点，我将在本节中概而谈之（借别人火把点自家蜡烛），并适时对那些在我看来最佳且与我自己疗法相合的说法予以详述。说起抑制这一

---

① 语出维吉尔。
② 萨沃那洛拉（Girolamo Savonarola, 1452—1498），意大利宗教、政治改革家，多明我会宣教士，抨击罗马教廷和暴政，领导佛罗伦萨人民起义（1494），建立该城民主政权，被教皇阴谋推翻后判火刑处死。
③ 阿诺德（Arnoldus de Villanovanus, 1240—1311），西班牙医师、炼金术士、占星家，著有各类医学和炼金术方面的著作。
④ 兰格（Johannes Langius 或 Lange, 1485—1565），德国医学作家，著有《医学书简》。

难以驾驭、不受约束的激情，所需遵循的第一条准则即是辛勤劳作与节制饮食。常言道，缺了刻瑞斯和巴克斯，维纳斯也会变得冰冷①。既然生活闲散慵懒、饮食无度是爱之忧郁的主要成因，那么与之相反，劳作、饮食寡少而有节制，再加上不断地忙于事务，自然也就是预防爱之忧郁的最佳且最常用的方法手段。

>驱走了闲散，丘比特的伎俩
>就会溃退，他的火把便发不出光亮。②

密涅瓦、狄安娜、维斯太③和九位缪斯女神之所以未生情欲，正是因为她们从不闲散。

>徒劳啊，你所有的讨好，
>徒劳啊，你所有的花招、
>哄逗、诱骗、无礼、
>叹息、亲吻和诡计，
>以及为将恋人芳心蛊惑捕猎，
>你凭借恋爱之艺所做的一切。④

去侵扰忙碌之人终归是徒劳。萨沃那洛拉提出的第三条意见，即是要忙于做许许多多重大的事务，而阿维森纳所给的箴言则是，

>情爱屈服于工作，保持忙碌，你便安然无恙。⑤

---

① 刻瑞斯（Ceres）是谷物和耕作女神，巴克斯（Bacchus）是酒神，而维纳斯则是爱与美的女神，因此这句话的意思是，缺了粮食和酒，爱情也会冷掉。
② 语出奥维德。
③ 维斯太（Vesta），罗马神话中的女灶神和火神，在其神殿中点有维斯太贞女守护的永远燃烧的圣火。
④ 语出布坎南。
⑤ 语出奥维德。

你务必要做到时时忙碌，并遵循奎亚内瑞的告诫，如若可以的话，要为了大事要事而忙。马格尼努斯①还进而补充道，除在睡觉之时，千万不可闲着。

> 因为如果您不去翻读您的书，
> 借着烛光潜心钻研，
> 为实实在在之事而用心，
> 嫉妒或爱欲就将予您以折磨。②

看来，那最佳的疗法当莫过于总处在忙碌不休、全神贯注的状态之中。

> 您问，为何穷人往往自在逍遥，
> 而富家显贵却一直为情所扰？③

这无非是因为穷人所食粗粝，工作劳累，身穿以羊毛为内里的褴褛衣衫。

> "贫穷"是拿不出钱来喂养情爱的。④

故而奎亚内瑞才嘱咐他的病人，要贴身穿刚毛衬衣，在寒冷的天气里赤脚裸腿而行，并时不时地效仿修士去鞭打自己，但最重要的是要斋戒禁食。不可让为爱而忧郁者像饕餮之徒那样饮甜酒，食羊肉或喝浓汤，无论他们摆出了怎样一张因斋戒而变得瘦削的脸，也不管他们在如何地装虚作假，都不能给他们任何吃食。这禁食本身即为一种疗效十足的疗法，因为正如贾森·普拉腾瑟斯所说，饮食无度、生活闲散之人体内充满了恶灵、魔鬼和邪

---

① 马格尼努斯（Magninus），约14世纪意大利米兰医学作家，著有《养生法》一书。
② 语出贺拉斯。
③ 语出塞内加。
④ 语出奥维德。

思，对这类人而言，实在没有比禁食更好的疗法了。赫尔德闲则在饥饿之疗法的基础上，补充了经常沐浴、多锻炼、多流汗三项，但他仍是把挨饿与禁食列在了首位。而我们的救世主也的确有此神谕——"至于这一类的鬼，若不祷告禁食，他就不出来"。这神谕令神父们对禁食充满了溢美之词。圣安布罗斯就曾说，饥饿是贞洁之友，因此也可算是淫欲之敌，而饱食则会破坏贞洁，并滋养各种情欲。如果您的马儿情欲难耐了，那么哲罗姆就会建议您拿走一些它的粮草；正是通过此法，那些保罗①们、奚拉里②们、安东尼③们以及其他的著名隐士才制服了肉身的情欲；亦是通过此法，当魔鬼前来引诱依拉良④去触犯任何的淫邪之罪时，依拉良才能让他的驴子——他用"驴子"来称呼他自己的身体——停止了踢腿（哲罗姆在关于依拉良的传记中如此描写道）。而同样是通过此法，那些印度的婆罗门贵族僧侣才得以做到常年保持禁欲。他们赤着脚踏在土地上就跟在石南丛中赤脚而行的"红腿"高地人一样，并且他们还节制饮食只吃少少的一盘——奎亚内瑞即希望所有的年轻人都能将此种做法付诸实践。倘若这没有见效，郭多尼便会建议让他们饱受狠狠的鞭打，或将他们关在牢中以冷却其火热的心性，只给面包和水，直到他们认错并变换成另外一副心性为止。如果监禁加上挨饿仍旧不能让他们屈服，那么根据底比斯的克雷特的指点，时间肯定是能将情欲消磨殆尽的。而如果时间亦无能为力，那就只剩最后一招，即"套笼头"了。但你可能会觉得这是在说笑罢。

既然这一炽热的情欲或曰英豪之爱有着各色各异的成因，那么相应的也就存在着多种多样能予以缓解疗治的良方。这之中，好的忠告和劝说，是我本该摆在首位来谈论的，此疗法极为重要，诚不可略而不谈。尽管有许多人

---

① 指底比斯的保罗（Paul of Thebes），基督教最早的隐士。
② 指加莱阿塔的奚拉里（Hilary of Galeata，476—558），意大利隐士。
③ 可能指圣安东尼（Saint Anthony，251？—356？），古埃及隐士，据传是基督教隐修制度创始者。
④ 依拉良（St Hilarion，291—371），隐修士，效仿圣安东尼隐居在巴勒斯坦的沙漠中。

认为一番忠告对这种盲目又固执的激情是起不了作用的。

> 情爱之事既看不到尽头也见不出识断,
> 如何能靠建议或忠告来扭转改善？①
> 爱情又能有个什么界限呢？②

但毫无疑问，好的忠告和建议定然大有助益，而如果是出自一位明智、如慈父般、可敬且审慎的人，一位受到陷于情爱者尊重、敬畏的具有威信的人，或是出自一位见识高明的朋友，那就更是如此了，单单是这样的忠告建议就能让人趋避情爱，也足以治病疗疾。医师郭多尼即对此推崇备至，无论如何也要将之当作首选的疗法：若想让男子离开女子，那就请一个为男子所惧怕的人来给出劝告吧，以使男子知晓这世间的险恶、地狱的罪罚和天堂的极乐。郭多尼通常会在恋爱中人的火热情欲消耗掉了一些之后，或因久别而缓和下来之后，请一些审慎明理的人去开导劝解他们。因为一开始就进行劝解是不合时宜的，正如不应立刻就去宽慰那刚刚才痛失小孩的父母，而在这时候开具麻醉剂、强心剂、玉液琼浆、药水饮剂、荷马笔下的忘忧药或海伦的杯中之物③，等等，也是无济于事。她并不会因此而停止捶打她的胸口，她终究是要悲痛哀嚎一段时日的。还是暂且先让激烈的情绪驰骋一阵，然后再进行劝解，提前告诉他们沉迷情爱必定会遇到的不幸和危险，继续沿歧路而行所将招致的地狱的痛苦、所将失去的天堂的快乐之类。这劝解，真是一种适宜的方法、极佳的手段。因为塞内加是如何谈论"恶"的，我就可以如何谈论"爱"：虽能无师自通，但若无教师训导实在难以戒除。由此可见，找个看护人之类的，在一旁规劝并指明恋爱中人因盲目、狂热和疯癫而看不清，或因自身弱点而识不了的那些由爱而生的荒唐、烦扰、缺失、怨尤，也

---

① 语出泰伦斯。
② 语出维吉尔。
③ 即忘忧药（nepenthe）。

第四部分　　　　　　　　　　　　　　　　　　　　　爱之忧郁　　421

并无不当之处。敞开心扉，竖起耳朵倾听友善的劝告，这对他们来说是有益的。告诉我吧，心爱的宝贝（卢奇安笔下的特丽费娜向害了相思病的查米德斯说道①），究竟是什么在烦扰你？兴许我可以舒缓你的心绪，让你的追求更进一步。毫无疑问，她可以做到，而你也同样可以做到，只要那患病之人能够接纳友好的劝告，并至少愿意听一听可能需要说给他听的那些话。

然而如果他仍旧无法使自己松缓平静下来，那就只好让他先理智地权衡比较一下他们双方的条件是否般配了。如果他们年龄相差悬殊，女的年轻而男的年老，那这就注定将会成为怎样不般配的一段婚姻、怎样不相称的一次结合啊，正如卢奇安笔下的利希努斯告诉蒂马劳斯的，一个头秃、鼻弯的老流氓竟然娶了一个年轻的少妇，这是何等荒唐和有伤风化的一桩丑事啊，那老色鬼真是让人看了就生厌作呕。敢问一个秃子拿梳子来做什么，一个哑了的老糊涂拿乐笛来做什么，一个瞎子拿镜子来做什么，而您娶这样一个年轻的妻子又来做什么？至于一个年轻小伙为了一笔钱而去娶一个老妇，又是何等地荒唐可笑啊。不过，就算女子在岁数、出身、财产和其他相应的条件上都与男子匹配，而男子也极想与女子共结连理，迈入结婚成家这一光辉神圣的人生阶段，那也要问问男子这样做所看重的是什么？想来多半是看重女子的美貌，看重其模样的标致秀丽，而这通常就是男子主要关注的地方。她在他眼中至少是一个完美无瑕的形象，她拥有维纳斯所赐的美貌、美惠三女神所赐的魅力，然而其他的男子也会如此断言吗？他的判断是否有误呢？我们的双眼和其他感官通常会欺骗我们，如果你能更认真仔细地观察一番，或与她分开一小段时日后再来看她，也许即使在你眼中，她也不会如先前那般好看了。有些东西看起来是一回事，实际上却是另一回事。请把她拿来跟站在旁边的另一个女子比一比吧，这是检验她美丽与否的"试金石"——以手比手，以身比身，以脸比脸，以眼比眼，以鼻比鼻，以颈比颈……先是分

---

① 出自卢奇安《交际花的对话》。特丽费娜（Tryphena）是一交际花，查米德斯（Charmides）则是患上相思病的年轻男子。

开细细观察各个部分，接着又统观全貌，看她在各种姿态、不同场合下是何样子，如此检验之后，还请告诉我您觉得她怎么样。也许并不是她本人有多么漂亮，只是她的衣装漂亮罢了，而如果让其他女子套上她的衣装，想必看起来也会和她毫无二致，是一样的漂亮。正如那位大诗人过去所嘱咐的，务必要把女子本人和她的衣装分开来看。假如你看到她身穿低贱的乞丐才会穿的那种破衫，或是穿着过了时的毛糙糙的旧衣、脏兮兮的亚麻衣、劣质的粗衣，且那衣服沾有煤灰，显得黑黑的，同时又散发着一股愈伤草树脂、波斯阿魏树脂、普通阿魏树脂之类腐臭树脂的味道，而这样或那样的下流之行还在上面留下了脏污的印记；或者，你见到了医师布拉萨瓦拉在他的病人马拉塔斯塔身上所见到的那种症状——此人服下了他开的嚏根草药水后，竟双手撑地，屁股朝天（活像是阿里斯托芬笔下的那位苏格拉底的追随者，趴在地上画几何图形，仿佛是在采摘松露一样），从屁股里喷出了黑色的胆汁，喷到了白墙上，简直喷得满屋都是，还把自己弄得肮脏不堪……浑身都脏透了，甚或更糟；如果你看到这个样子的她（哎呀），你还会像现在这样喜欢她吗？假如你在一个有霜的清晨，于那寒冷的天气里，见到了情感激烈或心绪不宁的她，在那里痛哭流涕，气急败坏……皱着个脸，甚是难看，你又当如何？虽然很多时候她端庄娴静的样子看上去是那么地可爱诱人，但只要她开怀大笑或微微一笑，她就会挤出一张丑陋的大嘴脸，并露出一口参差不齐、令人作呕、腐坏破烂、恶臭难闻的牙齿。而她那黑黑的皮肤、因痛风而肿胀的双腿、畸形佝偻的躯体都藏在了光鲜亮丽的华服下面。她的种种昂贵的头饰，则可能是用来掩盖她的秃头的。虽在暗处、在烛光下，或隔着好大一段距离远远地看去，她显得非常漂亮，但就像卢奇安笔下的卡利克拉提达斯所指出的，若是走近了细看，或是等到早上天亮以后再看，她就会显得比野兽还要丑陋了。而如果你能仔细想想，从她的口、鼻孔和其他那些身体腔道中流出来的通常都是些什么，你就会觉得你将永远也不会见到比她更腌臜的东西。因此，还请遵循我的建议吧，去看看赤裸的她是何样子，如有可能的话，定要看看脱去了衣装、摘光了借来的华羽后的她。也许，她就如伊索笔下的那只松鸡或普林尼所记载的斑蟊，她真实的样子将会是恶心可厌、滑稽可笑的，你是断然不想再去看她一眼的。又或者，假如你见到的她是病病恹恹、苍白无力的，患了肺痨，躺在病床上生命垂危，瘦成了皮包骨头，甚或几近于死，那她就会像伯纳德所说的那样了，哪怕在过去她的拥抱最是让人愉悦，她也将变得不堪入目的。

> 从前她闻起来是那么香甜，
> 如今再闻，香甜已然不见。

就像是一束花，这一天最鲜最美，她闻起来自然很是香甜，但到了另一天，干枯萎谢后，她就恶臭扑鼻了。美丽的尼柔斯，曾受到荷马那般的赞赏，可一旦死去，竟变得比瑟赛蒂兹还要畸形丑陋；那死了的所罗门，则是跟马科福斯[①]一样的丑；而你那可爱的姑娘，你曾把她看得比你的双眼还要珍贵，然而一旦生病或死去，想必就会连污泥或粪堆也不如了。她的拥抱不再如当初那样受你喜爱，因为她如今的面容太过恐怖，你宁可看戈耳戈的蛇头，也不愿看海伦的死尸。

有些人认为，一睹女子的裸体，本身就足以使男子的爱慕之情得到转变。法国人蒙田在其随笔集中曾言，值得我们深思的是，那些最娴熟的情爱大师都将"看遍全身"当作了医治肉身情欲的一种良方。这一点，大诗人[②]也曾迂回巧妙地谈及，

> 全速运转的爱情，将会静止不动，
> 一旦那些不该显露的部位进入了它的眼中。

据传，叙利亚国王塞琉古在其妻斯特拉托尼丝脱衣卸装之际，偶然看到

[①] 马科福斯（Marcolphus），所罗门王的对话者，是一畸形丑陋却出奇聪明的侏儒。
[②] 指奥维德。

了她的秃头，此后就再也无法对她生情。医师雷蒙·卢尔则是在某日窥视到他那般深爱着的姑娘的乳房上竟长了一个溃疡或疮口，而自这日以后他便开始厌恶起她的容貌来了。法国国王腓力[1]，据纽伯里所述，曾娶丹麦国王之女为妻，可腓力才跟她同床共枕了一夜，就因她有口臭（据说是这样），或其他什么不为人知的缺陷，又把她送回到了她父王那里。彼得·马修斯[2]在路易十一的传记中指责我们英国的那些编年史是在胡编乱造，其理由则是里面记载了苏格兰王之女、法国国王路易十一之妻玛格丽特[3]如何因了口有恶臭而遭其夫厌弃。其实，许多这类婚姻的缔结，都是基于次要的考虑因素，或曰某种表面上的标致秀丽，然而等到过完了新婚蜜月，凡此种种都将演变成痛苦之源。因为炽烈的情欲不过是火光一闪，乃一种火药般的激情，往往随之而来的就是至深的怨恨，以及厌恶和蔑视。

当她的皮肤变得又松又干，
她的牙齿也开始发黑发暗。

当他们日渐衰老，变得丑陋难看，他们的爱人往往也许就不能再容忍他们了。

你现在真是让我厌恶不已。

滚开吧，既然他们已变得衰朽年迈、令人作呕、惹人生厌、可恶可憎，既然你就是个野兽般的、污秽肮脏的婊子，有着一张奋力拉屎之人才能挤出的面容，简直堪比萨杜恩[4]的屁股，是一副皱巴巴、干瘪瘪的样子，

---

[1] 指腓力二世。
[2] 彼得·马修斯（Peter Matthaeus），约17世纪佛兰芒教士、作家。
[3] 指苏格兰公主玛格丽特（Margaret of Scotland，1424—1445）。
[4] 萨杜恩（Saturn），罗马神话中的农神萨杜恩通常是一老者形象，因此，"萨杜恩的屁股"即指老旧而朽败之物。

> 如今皱纹毁了你的容颜，
>
> 灰色就在你头发上蔓延。

啊，滚开吧，门都大敞着，快滚！

虽说如此，你还是坚持认为你的姑娘完美无缺，拥有所有男子眼中至善至美的外形，她无可挑剔，增一分则多，减一分则少。她因了她的美丽、标致和优雅已成为所有女子借鉴的典范，她无法被模仿，她带有纯粹的风韵、纯粹的魅力，她是维纳斯的香膏盒、美惠三女神的珠宝箱，她简直就是一座存有各种天然之完美珍品的宝库，她集万般姿色和惠美于一身，她有千种风情、千种样貌，她每个部分都登峰造极、至美无瑕，

> 那美丽动人的脸庞、玫瑰色的红唇、含情脉脉的眼睛，

她因了外貌而受人倾慕赞赏，她真是举世无双、无与伦比的一件杰作，她是按神的形象造出的一个金色宠儿，她是一只凤凰，是吐蕊绽放、柔嫩幼小的维纳斯，她是一个仙子、一个精灵，她就是少女时期的维纳斯本尊。她美得无出其右，是一个纯粹的完美典范，一朵散发香气的鲜花、芬芳的墨角兰，一个奇迹般的女子。但就算她是这样，她的美又能持续多久呢？

> 花之美会日日消散，

她的美貌也会日日消减，这美堪称一件易碎的礼物，仅是一道闪光罢了，亦是那稍稍一用就会碎掉的威尼斯镜子，

> 美是一种靠不住的恩赐，
>
> 赏给了凡人，转瞬即逝。

美不能长存。由阿多尼斯所化的那种美丽的花朵，也就是我们所称的银莲花，仅能绽放短短的一个月，而那高贵雅致、不可一世的美也将这般的顷

刻凋谢。美是一件转眼就会丢失的珠宝，是画师所画的女神，似真实假，不过一幅画像罢了。"艳丽是虚假的，美容是虚浮的。"(《箴言》)

　　一颗易碎的宝石、一个泡沫，这苍白的美貌，
　　一朵玫瑰、一粒露珠，如雪如烟如风如气，虚无缥缈。

常言道，女人生得美丽，往往也就愚笨；如果恃美而骄，就会心怀轻蔑、不忠不诚；实难见到美丽与端庄守礼相结合，哪会有既漂亮又忠贞的女人？斯巴达王阿盖斯克利斯之子阿里斯托曾娶一斯巴达少女为妻，她虽是全希腊除海伦以外最美的女子，但就其品性而言，她却是这世间最可憎可厌、最兽心兽性的怪物。因此我要学塞内加那样，劝你莫要看重女子的外貌，而要看重女子的品性。难道你会说剑鞘上镶金嵌宝的剑就是一把好剑？不，只有剑刃剑尖皆锋利、锻造得恰到好处、能御敌的剑才算。其实，这种美单单只是肉体之美，它为何物？不正是纳西盎的格列高利[①]所告诉我们的，一个受时间与病痛嘲弄的对象吗？或者，也如波伊提乌所言，它就跟一朵花一样无常易逝，并且我们显得貌美并非是因为我们天生就有那姿色，而多半是因为观者眼力不济看不穿。不妨问问另一个人吧，人家所见的可就全然不是这样的美貌姿色了。阿里斯塔勒特书中有一女子曾向她的侍女问道，还请你告诉我你觉得我的心上人怎么样？我是那么地倾慕他，我觉得他是最温柔迷人的彬彬君子，是我所见过的最如我意的郎君。可我毕竟为情所迷，这一点我得承认（也不羞于承认），因而我无法做出准确明智的判断。这位女子信不过她自己的判断，她的确是该信不过的，而你也该如此才对。不过，即便你中意的姑娘当真很美，有着一头金色的秀发，就像阿那克里翁心爱的巴瑟鲁

---

① 纳西盎的格列高利（Gregory Nazianzen，即 Saint Gregory of Nazianus, 329？—389），卡帕多西亚神学家，凯撒里亚主教。

斯①那样，而且若是去细看她的各个部位，则她还有

> 亮晶晶的眼睛和奶白的脖颈，

光洁红润的面色、小小的嘴、珊瑚色的唇、白白的牙齿，以及柔嫩又丰腴的脖、身、手、足。她的一切都是那么的漂亮迷人、赏心悦目，简直汇聚了世间所有的美丽与优雅，她真是一件完美至极的作品，

> 就让我的梅丽塔拥有朱诺的眼睛，
> 密涅瓦的双手、维纳斯的胸脯，
> 安菲特里忒②的腿肚；

就让她的头来自布拉格，双乳出自奥地利，腹部来自法国，背部来自布拉班特，手出自英格兰，脚来自莱茵河，臀来自瑞士；就让她拥有西班牙人的步态、威尼斯人的服饰以及意大利人的热情好礼和天资天赋；

> 就让她的眼睛如星星那样闪耀，
> 她的脖子如玫瑰那样艳丽，她的头发比纯金更灿烂，
> 她的蜜唇展露出红润润的色泽，
> 就让她所有的一切都光辉璀璨，胜过维纳斯，
> 以及所有的女神……

就让她成为一个彻头彻尾的美人，就像卢奇安在其《人物特写集》中所刻画的那样，也如古时尤弗朗诺③在其画作中对维纳斯的呈现，以及阿里斯塔勒特对莱丝的描写，她简直就是另一个海伦、卡瑞克丽、琉希佩、卢克丽

---

① 巴瑟鲁斯（Bthyllus），一年轻漂亮的男子，曾数次作为心爱之人出现在希腊抒情诗人阿那克里翁残存的诗篇中。
② 安菲特里忒（Amphitrite），希腊神话中的海洋女神，波塞冬的妻子，特里同（Triton）的母亲。
③ 尤弗朗诺（Euphranor），约公元前4世纪希腊雕刻家、画家。

霞、潘西娅和潘多拉；就让她拥有一盒美容香膏可以用来不断地修复自己的容貌，这盒香膏也就是法昂[①]载维纳斯渡海之时维纳斯送给他的那盒；就让她拥有人工之艺与天然之力所能给予的一切帮助；就让她长得像她、她或任何一个你的梦中情人，甚至集她们所有人的美貌于一身。然而，一场小病、一次发烧，天花、伤口、疤痕，眼睛或手脚的缺失，一阵激烈的情绪、身体的冷热失调，均会在顷刻间将一切玷污，让一切都变得丑陋；怀孕、年老以及那时间的暴君，能把维纳斯也变成了厄里倪厄斯[②]；狂暴凶猛的时间、忧虑，能使她突然就皱纹满面；她婚后不久，便会像是被黑牛踩了脚趾似的厄运连连，她将容颜大变，她的美也将渐渐消散，以至你都无法认出她来。为人妻者，不是变得太胖，就是变得太瘦……那端庄的玛蒂尔达、美丽迷人的佩格、歌声甜美的苏珊、娇滴滴又乐呵呵的莫尔、翩翩起舞的多尔、洁净的南希、欢快的琼、灵巧的内尔、善吻的凯特、有着一双黑眼睛的活泼的贝丝、两只手又细又白的漂亮的菲利斯、爱拉提琴的弗兰克、高挑的缇布、苗条的希布……很快都将失去她们的优雅美丽，变得恶心可厌、污浊臭烂、悲伤沮丧、忧愁沉郁、呆滞迟钝、苦闷乖张，最终她们的一切皆将过时凋萎。那闪闪含情的眼神、迷人的风姿、诱人的微笑如今何在？那双漂亮的、亮晶晶的眼睛将变得呆滞，她的柔嫩的、珊瑚色的双唇将变得暗淡、干瘪、冰冷、粗糙、青紫，她的皮肤将变得皱皱巴巴，曾经柔软细嫩的肌肤将变得又硬又粗，她的整个肤色在瞬息间就变了，并且正如玛蒂尔达写给约翰王[③]的那段话，

　　此刻的我已不似你从前所见，

[①] 法昂（Phaon），莱斯博斯岛一船夫，曾载维纳斯女神从莱斯博斯岛渡海去往大陆，作为答谢，维纳斯便送给他一盒能恢复青春美貌的香膏。
[②] 厄里倪厄斯，或译依理逆司，复仇三女神之一。
[③] 见罗伯特·达文波特（1623—1639）所著悲剧《约翰王与玛蒂尔达》。约翰王（King John，1167—1216），英格兰国王，亨利二世之子，继其兄理查之位，在对法战争中失去大部分在法国的领地，因此被称为"无地王约翰"（John Lackland），玛蒂尔达（Matilda）是其情人。

>美貌转瞬成为过去消散不现；
>裹在百合谷中的玫瑰色的鲜红，
>如今生满了皮屑变得苍白不同。

而余下的部分也都是如此的，她们的美将会像冬天的树一样萧条凋零，那诗人笔下的黛安妮拉曾对此予以了优美的描绘，

>又如那绿树林中生长的一棵树，
>有果有叶，于夏日里繁茂炫目，
>然于冬日里，却似老树干一般畸形朽枯；
>我们的美貌也是飞奔而去，踏上了远途，
>已然是消减了，散去了，渐成过眼云烟，
>昔日所倾慕的，如今都回到了初生原点；
>自然之母已夺去了我的美丽风采，
>而弯腰曲背的老年正在快步赶来。

我将引克里索斯托的话作结，若你见到一个美丽漂亮的佳人，一个花枝招展的妓女或穿着考究的女子，一位惹得你流口水的漂亮女士，一个欢快的姑娘，一个让你轻松就会爱上的人，一个标致秀丽的女人，有那明眸、笑靥，光彩熠熠，优雅迷人，能绞痛你的灵魂，激起你的炽烈情欲，那你自己就得这样去想了，你所爱的不过是一堆尘土，让你那般欲火难耐、醉心倾慕的仅是一摊屎尿，若作如是想，你那狂热躁动的灵魂就将得以平息。若是揭去了她脸上的皮，你便会见到脸皮下面的一切恶心之物了，你便会认识到美原来不过是一张外皮罢了，下面藏有骨头、神经、肌腱；想想她病恹恹的样子吧，现已是皮肤皱缩、头发灰白、脸颊凹陷、垂老年迈了；在她体内装满了污秽的痰液以及恶心难闻的、腐臭的排泄物；她鼻里有鼻涕鼻水，嘴里有唾液，眼里有泪液，而她脑里又装着怎样的污秽之物啊……即或她的条

件是再好不过了，但如果在亮光下去细细地看她，如果站在她近旁、甚至更靠近一点，你所见到的就会和以上种种相差无几，你的爱也将消减一些，正如卡丹所写的妙语，看得清的人往往爱得浅，虽则他因此语受到了斯卡利杰的嘲笑。而如果男子能凑近了去看女子，或完完全全以这样的姿态去端详，即男子无论是谁，他都能依循对称和比例的真实法则，也就是阿尔布雷克特·丢勒、洛马修斯和泰斯尼尔[①]所说的那些法则，来细细观察她，其所见的当亦复如是。如果男子是个美貌的鉴赏家，那他就会发现她的面容有着许多的缺陷，她面色不好、面形也不好，一边脸可能比另一边脸大，或者鼻子歪曲，眼睛坏损，青筋凸显，眼周凹陷，脸上长有皱纹、丘疹、红印、雀斑、汗毛、疣子、黑痣、坑坑洼洼、粗糙不平，满是疥疮，还透着惨白、蜡黄，火鸡的颈羽有多少种颜色，她的那些部位就有多少个不得体之处。她总是缺了点儿你想要的，多了点儿你想砍去的，一个斜目，一个皱眉，一个又张口、眯眼……诚如他所说的，你很难找出一张完美无瑕的脸，此乃经验之谈；并且，也不仅仅是在脸上才能发现这类瑕疵和不匀称，在所有其他部分也都是能发现的，包括身体与心脑各部。她的确生得漂亮，但她却傻乎乎的；她虽然美丽、标致、端庄，散发着高贵的气质，但她却可能傲慢专横、不诚不忠、怨苦恶毒、固执任性；她虽富有，但却畸形丑陋；虽有一张甜美的面孔，但却举止不佳，毫无教养，是个下流放荡的卖俏女；她虽有着光洁的身子，但她实际上却是个肮脏龌龊的婊子、货真价实的荡妇，属于那堕落的一类。正如花园中的花，有些艳而不香，有些则香而不艳；有的花虽如芸香那样味道不佳，如苦艾一般苦，但它却是最具疗效、最提神醒脑的一种花，它也最合人肠胃。花如此，男女亦如此。有的人虽资质甚好，但却生得不匀称，且还穷苦微贱；她有一双漂亮的眼睛，但也有丑陋的手和脚、细条条的腿、朽烂的牙齿、硕大的身躯……还是仔细去查看身体与心脑的各个

[①] 泰斯尼尔（Taisnier，即 Jan Taisnier），约16世纪佛兰芒学者，著有关于面相学和手相学方面的著作。

部分吧,我劝你务必要探查一切。看看她生气、开心、欢笑、痛哭、火热、冰冷、生病、沉郁时的样子,看看她穿了衣服、未穿衣服的样子,看看她在各种穿戴、各种场合、各种姿势、各种情绪下的样子,看看她吃饭进餐的样子……这之中有一些必定是为你所厌恶的。而且,男子也不能只是去观察女子如何,还要观察女子的父母如何,看看他们是何言行举止,因为父母在这个岁数上所带有的那些身体与心脑方面的缺陷、瑕疵、障碍,女儿有可能会受其影响,会遭到相似的侵扰,并将变得越来越像父亲或母亲。此外,男子还要注意女子的友伴,就像格瓦拉①所嘱咐的,要注意她在与谁交谈。

<blockquote>一个人到底如何,若不能从他自身看出,也能从他朋友身上看出。</blockquote>

据修昔底德的说法,最不被广为谈论的女子往往最佳。因为假如她是那知名的寻欢者、闲荡者、歌者、欢跳者或舞者,那可就得留心她了。

不过,你要知道,我其实是不愿去怪罪女人的,因此还请注意莫要误解我,我没有把矛头指向任何已婚的女子,我和其他好男人一样也尊重女性,我该做的不是去惹她们的不悦,而是主动立下墨丘利·不列颠曾立过的那道誓言,即我永远也不会向那尊贵无比的女性使坏作恶,无论是在言语上还是在行动上……如果有什么说错了,那就让西蒙尼德斯、曼图安②、普拉提那、彼得罗·阿雷蒂诺③以及诸如此类的厌女者来承担罪责吧,我写的这点儿与他们这些人受鼓动后可能写出的相比,连十分之一也不及,而针对女子的所有猛烈抨击和讽刺已多到无法被装订在单单一卷书里了。虽然在这部论著中女子相较于男子被更频繁地提及,但实言以告,我所说的那些不只关乎女子也同样关乎男子。就让我一次说个清楚,我既没有对女子心存偏见,也没有

---

① 格瓦拉(Anthony Guevarra,即 Antonio de Guevara,1480—1545),西班牙编年史家、道德家。
② 曼图安(Mantuan,可能指 Baptista Spagnuoli Mantuanus,1447—1516),意大利人文学者、诗人。
③ 彼得罗·阿雷蒂诺(Peter Aretine,即 Pietro Aretino,1592—1556),意大利讽刺作家、诗人和剧作家,因敢于讽刺权贵而闻名。

因偏见而仇恨女子。我说的关于这个人的那些话，把名字一换，大多也可理解为是在说另一个人。我的种种言词就跟卢奇安在书中所写的帕索斯的那幅画一样——曾有一善人请帕索斯专门为他画一匹翻倒在地、四蹄朝天的马，可帕索斯却为他画了一匹踏步前行的马。这人前来取画时，看了后就勃然大怒，厉声说这画与他想要的完全相反。不过，帕索斯见状立即就把画颠倒过来呈给他看，画中的马自然也就有了他想要的那种姿势，故而也就让他满意了。倘若有任何人要来指责我说的那些话，那就请让他把话里的称呼都换一换吧，把"她"读作"他"，也完全是同一个意思。

还是言归正传。既然女人通常是如此的糟糕——男人或许更糟，那结婚岂不成了一桩祸事？男人到底要在何处才能寻到一个好妻子？而女人又到底要在何处才能寻到一个好丈夫？男人避得开女人，却避不开妻子。有人说"成亲"是"灭尽"，"结婚"是"招损"，"求爱"是"求灾"。妻子就是那痨病热，斯卡利杰曾如是称之，另据米南德所言，这无法根治，除非一死。而阿忒纳奥斯还补充道：

> 你简直是蹚入了那苦难不幸的汪洋。
> 虽在利比亚海和爱琴海，人人知之甚详，
> 共有三十艘而非三艘船遭遇船难。
> 可在这块礁岩上，要我说，则是无一生还。

关于伴随婚姻而来的尘世之烦扰、痛苦和不满，我要恳请你向有经验之人去询问了解，毕竟我对此是毫无经验。我将论著当作了孩子来孕育，书本即是我头脑的孩子。就我而言，我只能与他一道虚情假意地说，

> 离我远点儿，姑娘，你们这善骗的一伙，
> 休想把我引诱进婚姻生活。

有不少为人夫者都在大呼婚姻的痛苦，直狠狠地责骂妻子。我虽不曾有

此体会，但据我从他们中的一些人那里听来的说法，爱尔兰海也不似好争闹的妻子那般汹涌澎湃。

> 斯库拉与卡律布狄斯都没有这样危险，
> 从未见过有哪种野兽会如此可憎可厌。

或许就像大多数释经者所认为的，正是因此魔鬼才在夺去了约伯的财产、健康、子女、朋友后，留下了约伯的妻子，好让约伯去受更大的苦，皮内达[1]援引德尔图良、西普里安、奥古斯丁、克里索斯托、普洛斯珀、高登修斯[2]等人的说法论证道，魔鬼是懂得恶妻之恶的，相较于动用地狱中所有的恶魔，将恶妻留在家中能更深地折磨、烦扰约伯。西蒙尼德斯曾言，朱庇特给人降下的瘟疫般的灾祸没有更甚于此者。"宁愿与狮龙共处，不愿与恶妇同居。"（《旧约·德训篇》）"宁可住在旷野，不与争吵使气的妇人同住。"（《旧约·箴言》）"一切恶毒，与妇人的恶毒相比，都算轻微。"（《旧约·德训篇》）"恶妇使人意志颓唐，面带忧色，心受创伤，手弱膝软。"（《旧约·德训篇》）女人和死亡真是这世间最让人痛苦的两样东西。

> 说什么你今日必定要结婚娶妻，
> 这于我听来，就像是在说你要上吊自缢。

不过，尽管如此，我们这些单身汉还是渴望结婚；与贞洁处女在一起，是我们梦寐以求的，

> 幸福的新娘！还请让我死去，
> 除非我已尝到了婚姻的甜蜜。

结婚实乃世间最甜蜜之事，我想要有个老婆，他说道，

---

[1] 皮内达（Juan Pérez de Pineda），约16世纪西班牙神学家。
[2] 高登修斯（Gaudentius），约公元4至5世纪神学家、意大利北部城市布雷西亚（Brescia）主教。

> 我愿意告别单身生活,
> 若我能讨到个好老婆。

而女人也在嗨啕地呼唤着老公,有个坏老公,不,就算有个全天下最坏的老公也比没有老公强。啊,幸福的婚姻!啊,无比令人愉悦的婚姻!男女这样结成一对便会幸福。我们是在那么热切地追求婚姻,只要还未结婚成亲,我们永远也不会心满意足。可婚姻将带来何种命运呢?正如寓意画①中的那些在笼子周围觅得了食物的鸟儿,只要觅完食后能随心所欲地飞走,它们就对此很是喜欢;可一旦被关进笼里,无法逃脱了,即便投喂给它们的食物与之前无异,它们也会因了抑郁消沉而日渐憔悴,一口也不愿去吃的。而我们如此赞美婚姻,也只在我们都还是求爱者的时候,那时我们能随心所欲地亲吻、缠绵,真是再甜美不过了,我们简直觉得自己身处天堂之中;而我们一旦结为了夫妻,我们就失去了自由,婚姻也就变成了地狱,还请把我的黄色筒袜还给我②。相比之下,就连落入陷阱里的老鼠也算过得快乐,我们中的有些人根本就像是活在炼狱甚至地狱里。常言道,纸上谈兵易,亲征沙场难,还是莫要把婚姻想得甜蜜,只有试过了才会知道,正如战争往往危险、恼人至极,每分钟都让人身临死亡之门,婚姻亦然……据斯坦尼赫斯特③所说,那些粗野的爱尔兰贵族曾受到国王亨利二世的宴请(当时国王在都柏林过圣诞节),他们由此品尝到了国王才能享用的御膳、味道浓醇的佳酿以及珍馐美馔,见到了国王的珐琅嵌宝实心银盘金盘、镀金烛台、富丽非常的挂饰、华美的家具,听到了为国王奏响的号声、笛声、鼓声以及各种精致悦耳的音乐,也领略到了身穿紫袍、头戴王冠、手持权杖的国王坐在御座上所展现出的皇家威仪,此番景象让贫穷的爱尔兰贵族惊叹、迷恋、痴迷不已,都到了对自己眼下所过的那种破烂低贱的生活感到厌烦羞愧的地步。从那以

---

① 寓意画(emblem),流行于16至17世纪的常附有格言或寓意诗的画作。
② 英国民歌中的一句副歌,此歌表达了一已婚男子对失去单身汉之自由的悲叹。
③ 斯坦尼赫斯特(Richard Stanihurst, 1547—1618),英国诗人、历史学家、神学家。

后，他们就全都想当英格兰人了，非英格兰人不做！但在臣服于英格兰的统治之后，在失去了先前的自由之后，他们中的一些人却开始造反了，另一些人则开始后悔起他们当初所做的选择来了，只是一切为时已晚。而我们单身汉也是如此的，当我们见到看到女人所展露的那些甜美的面容、艳丽的外表，留意到她们的迷人身姿和风韵，聆听到她们那犹如是塞壬唱出的美妙歌声，观赏到她们翩翩起舞……我们就会以为她们的品性与她们的外貌一样精好，我们被这些脉脉含情的暗语所迷，我们飞冲过去拥抱她们，我们语无伦次，我们欲火焚身，一心就想着娶妻结婚。可当我们饱尝了伴随婚姻而来的种种痛苦、烦恼、不幸之后，我们中的许多人却在那儿哀叹连连、痛哭不休了，并且还无法得到解脱。

想想一个单身汉相比之下是怎样的自在、幸福、安定、如登极乐啊；正如他在那出喜剧中所说的，引得我所有的邻人都来赞美我、为我鼓掌的，被他们视为莫大的幸福的，是我从来没有一个老婆；想想看他过得是有多么满足、宁静、有序、多彩、甜蜜，是有多么快活啊！他不用为除他自己以外的人操心，不必去取悦任何人，无牵无挂，也没有任何人来管他，不必困居一地，没有分内之事要做，可以来去自由，不用考虑何时何地，他想住哪儿就住哪儿，他是他自己的主人，随心所欲想做什么就做什么。可一旦结婚了，那就请你自己想想看吧，这会是怎样的奴役啊，你将承受多么重的负担啊，你将被多么艰难的任务所牵累啊，因为正如哲罗姆所说，谁有了老婆，谁就成了欠债人，成了一个被老婆束缚的奴隶。并且，婚姻是多么的漫长，伴随婚姻而来的，是怎样的脏污、怎样的倦烦、怎样的债务，毕竟你的妻子儿女是一张永远也偿还不完的债单。此外，婚姻还将带来无数的忧虑、痛苦和烦恼，喜剧作家普劳图斯曾以风趣又不失真诚的口吻说过，若想自寻烦恼，那就必须得去当个船主，或娶个老婆。而有人则附和道，老婆和孩子已毁了我。与婚姻生活相伴的烦扰负担竟是那样的多、那样的无穷无尽。而且指不定那老婆还是个悍妇……或如他在那出喜剧中所说的，我娶了个老婆，可这给我带来了怎样的痛苦啊！儿子们出生了，其他的烦恼也就接踵而至。所有的送礼和邀请都停止了，不再有朋友会尊重你了，你只得去哀叹你的痛苦，并与那著名的桂冠诗人、维滕贝尔格①的希伯来语教授巴塞洛缪斯·斯格瑞乌斯一起发出你的呻吟：这部著作我早该完成的，只是（我直接引用他的原话）我遇到了许多几乎将我压垮的痛苦，而种种痛苦中，娶悍妇当老婆这项给我的精神带来了至深的折磨，是其他痛苦望尘莫及的。因此，你必定会忍不住抱怨叫苦，最终将和立法者弗洛纽斯②一起哭喊，我要是没老婆，我该多快活！

在劝说和其他疗法都不能奏效的情况下，许多人就会扑向非正统的偏方秘法，去使用魔药、护身符、魔咒、绑结术③、秘符、咒文，而这就跟治疗阿基里斯之矛④所造成的伤口一样，原是怎样造成导致的，就得怎样来治疗。帕拉切尔苏斯说，如果是受了魔咒和魔药的驱使，那就必须通过秘符、通过咒语来予以缓解。此又可参看费尔内琉的说法。而斯肯库斯⑤则给出了一些因魔法生情者被魔法治愈的实例，并称这都是巫术使然。巴普提斯塔·科多库斯亦是如此说法。尽管我也承认，这样的疗法不应获准使用，但的确经常会有人尝试，这方面可进而参看魏尔斯论魔鬼的把戏、论基于魔药的疗法这两篇著作，以及德尔瑞欧论魔法的著作。卡丹曾罗列了许多磁力感应疗法，比如将尿从指环中间撒过去之类；米扎尔都、巴普提斯塔·珀塔、贾森·普拉腾瑟斯、洛贝尔⑥、马修欧卢等人则开出了许多荒谬的医方，比如喝一杯曼德拉草根药水，吃几片环切下来的驴蹄甲，将男子意中人的粪便放在男子的枕头下且还不让那意中人知晓……当男子闻到恶臭后，其情欲自然也就会消

---

① 维滕贝尔格（Wittenberg），德国东部城市。
② 弗洛纽斯（Phoroneus），希腊神话中伯罗奔尼撒的古国王，据说他是第一位将家庭组织为城市的国王。
③ 古代医学中一种将动物或植物的某个部分绑结到病人身体上的医疗之术。
④ 阿喀琉斯之矛（Achilles' spear），此矛上面的铁锈能治愈为其所创的伤口。
⑤ 斯肯库斯（Sckenkius），《医学书简》一书的编辑。
⑥ 洛贝尔（Matthias de Lobel，1538—1616），法国植物学家。

散了。另据斐洛斯特拉图斯记载的那位印度天衣派信徒依阿卡斯的观点，吃下一颗猫头鹰的蛋，即可使人节制情欲。而饮下心上人的血，亦是能清除所有的爱之情感的——据尤利乌斯·卡庇托林努斯[①]所述，马可·奥勒利乌斯之妻福斯蒂娜曾被一角斗士迷得神魂颠倒，她后来遵照迦勒底术士的嘱咐，正是借助此法才使自己从中彻底解脱了出来。我们的一些占星家凭借魔符也取得了同样的效果，这些魔符源自赫尔墨斯、所罗门、卡尔[②]等人的图章，上面有女子披头散发的图案之类。我们古代的诗人和记异志怪的作家，又为那些患了相思病的人提供了许多神异的疗法，比如斐洛斯特拉图斯笔下的普罗特斯劳斯[③]之墓，这见于他所写的菲尼克斯与维尼托的对话之中——维尼托在谈到那处圣地的种种稀有功效时，告诉菲尼克斯说，普罗特斯劳斯的圣坛和圣墓几乎可以医治所有类型的疾病，如肺痨、水肿、三日疟、眼痛等等，而在各类病人中，患了相思病的病人在此处当能得到救治。不过，那最有名的还要数白岩崖[④]，亦即斯特拉博曾写到过的那座位于希腊的举世闻名的悬崖。据桑迪斯的说法，此悬崖距圣塔莫拉岛[⑤]不远。如有恋人能从悬崖上一头扎下去，那他立刻就能从情病中痊愈。话说维纳斯在阿多尼斯死后，她因爱难眠，

    熊熊欲火灼烧其心，

  于是，她就来到阿波罗神庙，想要知道她到底该如何做才能消除她的痛苦。阿波罗便把她送往了白岩崖，而她从那里纵身跃下后，随即就得到了解脱。当她执意向阿波罗询问个中原因时，阿波罗则告诉她说，他经常见到朱

---

① 尤利乌斯·卡庇托林努斯（Julius Capitolinus），约公元 3 世纪古罗马历史学家，著有罗马帝国皇帝传。
② 卡尔（Chael），古代希伯来医师，据说他制作了 32 枚图章用于治病。
③ 普罗特斯劳斯（Protesilaus），希腊神话中第一个在特洛伊阵亡的希腊人。
④ 白岩崖（Leucata Petral），希腊莱夫卡斯州（Lefkada）爱奥尼亚岛最南端岬角的白色悬崖。
⑤ 圣塔莫拉岛（Santa Maura），希腊伊奥尼亚海岛屿莱夫斯卡岛（Levkas）的意大利语名称。

庇特在陷入了对朱诺的迷恋后，到那里去将自己的情欲消除涤净，并且还有各种各样的人在效仿他。刻法罗斯[1]为摆脱对狄奥尼斯之女普特瑞拉[2]的一片痴情，即是从在那里跳下去的，而痛苦迷恋法昂[3]的莱斯博斯岛的萨福亦是如此。

> 燃着狂热的情欲，她纵身跃下了山峰。

她希望以此来舒缓自己的痛苦，使自己从情爱的巨痛中解脱出来。

> 丢卡利翁来到了这里，当时他对皮拉的爱
> 折磨着他，他便往下跳进了大海，
> 而这全然没有危害，只是没过多久，
> 他的爱就已散去，被驱除得一丝不留。

此一疗法，约瑟夫·斯卡利杰、萨尔慕斯等作家皆有提及。另据普利尼所述，库齐库斯人[4]有一口献给丘比特的圣井，恋爱中人只要尝了这口井里的水，其热烈的情欲就会消减。而安东尼·维杜里乌斯[5]则谈到，古人有忘川上的爱神，他会将燃烧着的火把浸入忘川中使之熄灭，他的塑像可见于供奉厄律克斯山维纳斯女神的神庙中。这座神庙奥维德曾提到过，他说，古时候想要摆脱爱之巨痛的为情所困的人都会去到那里朝圣。保萨尼阿斯在描写福基斯[6]的时候，亦写到过一座供奉维纳斯的神庙，它修建于地穴之中，坐

---

① 刻法罗斯（Cephalus），希腊神话中一年轻猎人，为曙光女神厄俄斯（Eos）所恋，并被其拐走。
② 据斯特拉博记载，刻法罗斯爱慕的应是传说中福基斯国王狄奥尼斯（Deoneus）之子普特瑞拉斯（Pterelas）。
③ 法昂（Phaon），据传萨福向法昂求爱被拒后，便从莱夫卡斯岛（Leucas）悬崖上纵身跃下。
④ 库齐库斯人（Cyziceni），指生活在库齐库斯（Cyzicus）的居民。库齐库斯乃小亚细亚西北部古希腊殖民地，位于马尔马拉海南岸今土耳其境内。
⑤ 安东尼·维杜里乌斯（Anthony de Verdeur 或 Verdurius），16世纪法国传记作家、书志学家。
⑥ 福基斯（Phocis），古希腊中部地区，德尔斐神庙所在地。

落在亚加亚的纳夫帕克托斯①（亦即现在的勒班陀②），那些想要拥有第二任丈夫的寡妇只需来此神庙向女神祈祷，情人间的各种求婚求爱之事就会在她们身上发生，她们的怨愤不满也就得到了排解。也还是这位作者，他在描写亚加亚③的时候，还谈到了希腊的塞勒蒙努斯河④，据说只要陷于情爱的人去那河里洗澡，借助河水的隐秘功效（可能是因为河水极度冰冷），爱情带来的痛苦就会得到治愈，看来导致和治愈爱之伤害的都是这同一样东西；而如果当真如此的话，那么水就会如他所认为的，将胜过任何的黄金了。可倘若这些疗法仍然无济于事，那我就真不知道还有什么别的疗法了，也就只能让所有的恋人都去效仿奥索尼厄诗中的恋人，都必须奋起反抗、起事造反，把丘比特钉在十字架上，折磨到他答应他们的要求或满足他们的愿望为止。

由此可见，婚姻乃最后最佳之手段，能治愈英豪之爱，能将一切疑虑扫清，将种种障碍移除。我得再说一遍，除了依从恋爱双方所愿，任其幸福地结合外，就别无他法了，因为情爱之病通过其他方式已是无法得到疗治的了。愿上帝赐佳妻给我们所有人吧，人人皆有此愿，我亦有此愿！

---

① 纳夫帕克托斯（Naupactus，即 Nafpaktos），希腊柯林斯湾北岸海滨城镇。
② 勒班陀（Lepanto），希腊西部港市。
③ 亚加亚（Achaia，即 Achaea），古希腊一地区，在伯罗奔尼撒半岛北部，相当于今之阿黑亚洲。
④ 塞勒蒙努斯河（Selemnus），位于伯罗奔尼撒半岛西北岸港市佩特雷（Patras）。

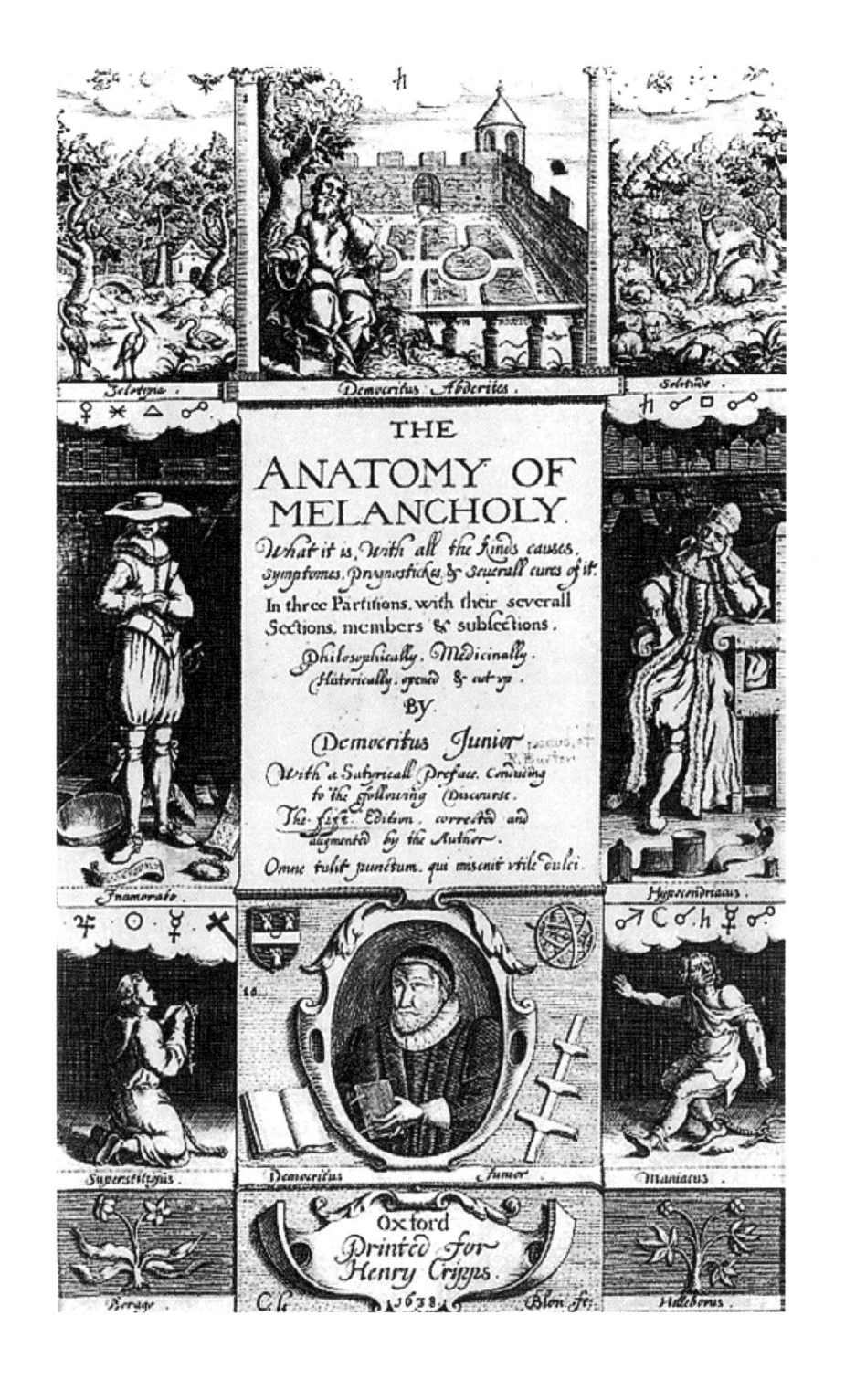

THE
ANATOMY OF
MELANCHOLY.
What it is. With all the kinds, causes, symptomes, prognostickes, & severall cures of it.
In three Partitions, with their severall Sections, members & subsections.
Philosophically, Medicinally, Historically, opened & cut up.

BY
Democritus Junior.
With a Satyricall Preface, conducing to the following Discourse.
The sixt Edition, corrected and augmented by the Author.
Omne tulit punctum, qui miscuit utile dulci.

Oxford,
Printed for
Henry Cripps.
1638.

《忧郁的解剖》（1638）卷首图，共由10幅小雕版画构成，各画的名称从左往右、从上而下依次为"嫉妒""阿夫季拉的德谟克利特""孤独""情人""气郁症""迷信""德谟克利特二世""疯癫""琉璃苣"和"嚏根草"。

《忧郁的解剖》原著目录

德谟克利特二世致读者

第一卷

第一部

第一章

第一节　人之卓绝、堕落、苦难、脆弱及其原因

第二节　疾病的定义、数量与划分

第三节　脑部疾病的划分

第四节　昏聩、狂热、疯癫、恐水症、变狼妄想狂症、圣维特斯舞蹈病、着魔

第五节　"性情中的忧郁"之称谓不当和语义不清

第二章

第一节　闲谈解剖学

第二节　人体、体液、精气的划分

第三节　同质部分

第四节　异质部分

第五节　谈灵魂及其功能

第六节　谈感官之魂

第七节　谈内在意识

第八节　谈活动功能

第九节　谈理性之魂

第十节　谈理解力

第十一节　谈意愿

第三章

第一节　忧郁的定义、称谓及相关分歧

第二节　谈人体受忧郁影响的部位、忧郁的影响及造成影响的原因

第三节　谈忧郁这种物质

第四节　谈忧郁的类别或种类

第二部

第一章

第一节　忧郁的成因，如上帝

第二节　闲谈幽灵、恶天使或魔鬼之本性，以及他们如何引发忧郁

第三节　谈巫婆和法师，以及他们如何引发忧郁

第四节　成因：星相，以及外相、面相和手相

第五节　成因：年老

第六节　成因：父母遗传

第二章

第一节　成因：饮食不当，兼谈食物的特性、品质

第二节　成因：饮食的多寡

第三节　饮食习惯，喜欢的味道、口味，饥不择食，以及它们如何引起或阻挡忧郁

第四节　成因：便秘和排泄，兼谈原理

第五节　空气不佳乃忧郁的成因

第六节　成因：过度锻炼，兼谈原理，以及孤独、懒散

第七节　成因：睡与醒

第三章

第一节　脑内情绪和烦愁，以及它们如何引发忧郁

第二节　谈幻想之力

第三节　烦愁的划分

第四节　悲伤乃忧郁的成因

第五节　成因：恐惧

第六节　成因：羞愧和耻辱

第七节　成因：嫉妒、恶意、怨恨

第八节　成因：争胜、仇恨、怨怼和报复欲

第九节　成因：愤怒

第十节　成因：不满、担忧、苦恼等

第十一节　成因：作为欲念的情欲，以及野心

第十二节　成因：贪婪

第十三节　成因：爱赌博等，以及贪欢

第十四节　成因：自恋或自负、虚荣、赞美、荣耀、吹捧、骄傲、赞颂等等

第十五节　好学或耽于学，兼谈学者之苦，以及缪斯为何总是忧郁

第四章

第一节　自找的、边远的、外来的、附带的或非主要的成因：以保姆为首

第二节　教育乃忧郁的成因

第三节　恐惧与惊吓乃忧郁的成因

第四节　讥讽、诽谤、挖苦如何引发忧郁

第五节　自由之失、奴役、监禁如何引发忧郁

第六节　贫穷与匮乏乃忧郁的成因

第七节　其他导致忧郁的意外因素，如友人之死、财物之失等等

第五章

第一节　自制的、内在的、主要的、次

要的成因，以及身体如何作用于大脑

第二节　成因：人体个别部位失调

第三节　头部忧郁的成因

第四节　腹部或肚中忧郁的成因

第五节　全身忧郁的成因

第三部

第一章

第一节　忧郁在身体上的症状或征象

第二节　忧郁在头脑上的症状或征象

第三节　星象、身体各部和体液所致的各种症状

第四节　教育、习俗、古风、自身环境所致的症状，夹杂有其他疾病，依情绪之突发、性情之倾向而生

第二章

第一节　头部忧郁的症状

第二节　腹部忧郁的症状

第三节　全身遍布忧郁的症状

第四节　女仆、修女和寡妇忧郁的症状

第三章

第一节　上述各症状的直接成因

第四章

第一节　忧郁症的预兆

第二卷

第一部

第一章

第一节　摒弃非正当疗法

第二章

第一节　正当疗法，首先求诸上帝

第三章

第一节　就忧郁症向圣人求助是否正当

第四章

第一节　医生、病人、医药

第二节　关于病人

第三节　关于医药

第二部

第一章

第一节　在质量上改善饮食

第二节　在数量上改善饮食

第二章

第一节　改善便秘和排泄

第三章

第一节　改善空气，兼漫谈空气

第四章

第一节　改善身体与头脑上的锻炼

第五章

第一节　改善失眠和噩梦

第六章

第一节　改善脑内的烦乱，如自我克制、向朋友诉苦等等

第二节　改善源自朋友的劝导、安慰，正规、歪斜的法子，高明的手段，心里的满足，人生之路的转变，不快之物的移除等等

第三节　音乐乃疗法

第四节　疗法：欢笑与欢聚，观览美好的事物

第三部

第一章

第一节　安慰性的闲谈，包含对治各种不满的疗法

第二章

第一节　身体的缺陷、疾病、出身卑微等各种关乎个人的不满

第三章

第一节　对治贫穷与匮乏，以及其他困窘

第四章

第一节　对治奴役、自由之失、监禁、放逐

第五章

第一节　对治友人之死或其他原因所致的悲伤，以及无端的恐惧等等

第六章

第一节　对治嫉妒、怨恨、好胜心、仇恨、野心、自负等各种情感

第七章

第一节　对治嫌弃、辱骂、侮辱、蔑视、羞辱、谩骂、诽谤、嘲笑等等

第八章

第一节　对治忧郁本身

第四部

第一章

第一节　谈以药治病的医药学

第二节　适用于忧郁症的单方，勿用异域单方

第三节　调理类单方，如草、其他植物等等

第四节　调理类单方：宝石、金属、矿物

第五节　调理类复方、对复方之批判，以及混合型医药

第二章

第一节　催吐类单方

第二节　靠催泻以排忧郁的单方

第三节　催导类复方

第三章

第一节　外科疗法

第五部

第一章

第一节　三类忧郁的相应疗法，先谈对

治头部忧郁

第一节　放血

第二节　预用剂和泻剂

第三节　导剂

第四节　调理剂和强心剂：协同作用，清除忧郁的残余，纠正机体的失调

第五节　调节其他成因助人入睡的药

第二章

第一节　全身型忧郁的疗治

第三章

第一节　腹部忧郁的疗治

第二节　用于排胀气的调理药，以及对治便秘等等

第三卷

第一部

第一章

第一节　前言

第二节　爱的缘起、对象、定义、划分

第二章

第一节　人之爱，随对象而变——有利的、美丽的、真纯的对象

第二节　美丽的对象

第三节　真纯的对象

第三章

第一节　仁爱——三类皆存于其中，即美丽、有利、真纯

第二部

第一章

第一节　英雄爱导致忧郁，其由来、威力及范围

第二节　爱如何欺压人，爱或英雄之忧郁，相关定义及受其影响者

第二章

第一节　英雄爱的成因，性情、饱食、闲散、地区、气候等

第二节　爱之忧郁的其他成因，目之所见，源自面部、眼部和其他部位的美，以及它如何刺穿人心

第三节　人造的爱之诱惑，撩起情欲的成因和挑逗，姿态、服饰、嫁妆等

第四节　求爱与机遇，时、地、幽会、交谈、唱歌、跳舞、音乐、情爱故事、对象物、亲吻、亲昵、信物、礼物、诱饵、诺言、誓言、眼泪等

第五节　成因：鸨母、春药等

第三章

第一节　爱之忧郁在身体、大脑中的症状或迹象，好、坏等

《忧郁的解剖》原著目录　447

第四章

第一节　爱之忧郁的预兆

第五章

第一节　爱之忧郁的疗治，通过劳作、节食

第二节　抵御爱的萌发，避开种种时机，改换居所，使用或真或邪的法子、相反的激情、巧妙的新招，找来新欢并鄙弃旧爱

第三节　通过忠告和劝导，事实的丑恶、男女的缺点、婚姻的痛苦、情欲之事等等

第四节　魔药，魔法的或传说中的疗法

第五节　爱之忧郁的最终最佳的疗法便是让他们如愿以偿

第三部

第一章

第一节　嫉妒，语义不清，名称、定义、范围、不同种类，君王、父母、朋友之妒，存于兽类、人类中，婚前，属情敌之妒，婚后，乃此中所论之妒

第二节　嫉妒的成因，谁最易生妒，闲散、忧郁、无能、久别、美貌、放荡、自身微贱，源自时、地、人的引诱，用之不当，皆属成因

第二章

第一节　嫉妒的症状，恐惧、悲伤、猜忌，奇怪的动作、举止、暴怒，把人关起来，咒骂、审讯、律法等

第三章

第一节　嫉妒的预兆，绝望、疯癫、自杀及杀人

第四章

第一节　嫉妒的疗治，避开种种时机，勿要闲散，听取好的劝告，对之不屑一顾，勿要紧盯他们或将他们关起来，将之掩盖等

第二节　婚前或婚后进行预防，柏拉图的公有制社会，娶妓女，魔药、魔汤，娶年龄相当、门当户对者，有好的家世、教养、地位，并善用之等

第四部

第一章

第一节　宗教忧郁，其对象乃上帝，上帝美在何处，如何诱人，受其影响之部位与人

第二节　宗教忧郁的成因，源自魔鬼——凭借奇迹、幽灵、神谕，其工具或帮手，政治家、神职人员、骗

	子、异教徒、眼盲的向导，受影响者的愚蠢、恐惧、盲目狂热、孤独、好奇、骄傲、虚荣、傲慢等，魔鬼的手段，禁食、孤独、希望、恐惧等
第三节	通常的症状，独尊己教、排斥他教，固执、刚愎自用，为之可以时刻经受危险或磨难，殉教者、盲目狂热、盲目顺从、禁食、起誓、相信不可信及不可能之事，细谈异教徒、伊斯兰教徒、犹太教徒、基督教徒，以及他们中的新旧异端者、分裂者、神学者、预言者、狂热者等
第四节	宗教忧郁的预兆
第五节	宗教忧郁的疗治

第二章

第一节	败坏的宗教忧郁，受此影响者，享乐主义者、无神论者、伪善者、世间安逸无惧者、耽于肉欲者、所有不虔诚之人、不知悔改之罪人等
第二节	绝望，各类绝望、语义不清、定义、受影响之部位与人
第三节	绝望的成因，魔鬼、忧郁、沉思、怀疑、信仰脆弱、严苛的牧师、误解圣经、心有愧疚等
第四节	绝望的症状，恐惧、悲伤、猜疑、焦虑、心中有惧、噩梦及恐怖之幻象
第五节	绝望的预兆，无神论、亵渎、横死等
第六节	绝望的疗治，通过医药、好的劝导、安慰等

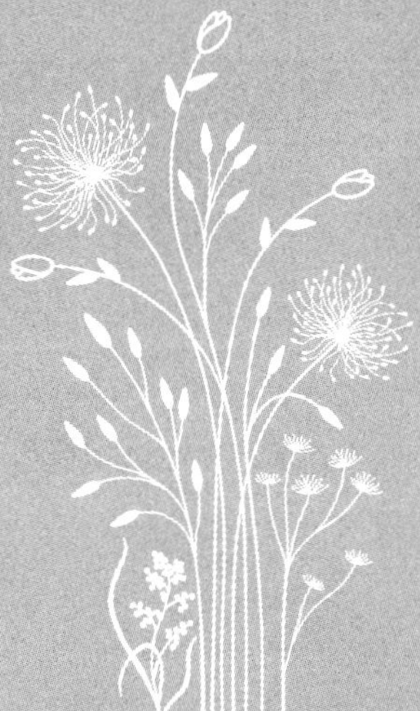

|增译本·译后记|

一①

"他说伯顿那部《忧郁的解剖》是唯一能引他早起两小时的书。"

——鲍斯威尔《约翰逊传》

1620年12月5日，43岁的英国学者、牧师罗伯特·伯顿（Robert Burton）在其位于牛津基督堂学院（Christ Church, Oxford）的书房里为一部名叫《忧郁的解剖》（*The Anatomy of Melancholy*）的专著画上了最后的句点。次年，《忧郁的解剖》首版问世，随即就受到了读者的热烈追捧。据统计，《忧郁的解剖》在伯顿生前共再版过四次，分别印行于1624年、1628年、1632年和1638年。对于此书的风靡一时，与伯顿同代的托马斯·富勒（Thomas Fuller）曾写道，"一部文献学书籍能在我国于如此短的一段时间里再版多次，实属罕见。"而富勒将《忧郁的解剖》归入文献学（philology）②一类里，称伯顿只是"把五花八门、浩如烟海的精深学问堆砌了起来"，虽有失偏颇，但也正说明了此书的内容更偏向于文学，其文字的生动有趣是枯燥的医学类专著所远远不及的。另据安东尼·阿·乌德（Anthony à Wood）的说法，《忧郁的解剖》的出版商还"借此而发家致富了"。故也难怪，在此书第五版正式由

---

① 这一部分主要依据劳伦斯·巴布（Lawrence Babb）研究伯顿《忧郁的解剖》的专著《众人皆醉我独醒》（*Sanity in Bedlam*）以及数部现当代版《忧郁的解剖》的编者导言和相关论文论著编译整理而成。
② 伯顿行文时常常引经据典，罗列各家说法，故与文献学的"辨章学术，考镜源流"相似。

牛津的亨利·克利普斯（Henry Cripps）刊印之前，会有盗版商名罗伯特·杨格（Robert Young）者在爱丁堡行所谓的盗印之事。1651 年，在伯顿去世 11 年后，《忧郁的解剖》第六版问世，于这一版中我们可以见到伯顿生前对此书所做的最后一次修订。伯顿虽曾言，"正如木匠的经验之谈，有时候与其修缮旧房子还不如去建个新的。"亦曾保证，"我现已下定决心不再推出这部专论的新版了——任何事都不要做过了头。我以后就不会再做任何的增补、修订或删削，该做的我已做完。"但在《忧郁的解剖》每次再版之前，伯顿却都要借机对其著做大幅的增订，以致最后使此书的字数从初版时的 30 余万字增长到了第六版时的近 50 万字，个中增幅竟达六成之多。

此后，《忧郁的解剖》在 17 世纪下半叶还再版过两次（1660 年、1676 年），而它的第九版则要待到 1800 年方才问世。由此可知，在进入共和政体与王政复辟时期后，《忧郁的解剖》便不再走俏了。究其因，或许是时代趣味的改变使然。在伯顿《忧郁的解剖》初版之时，书之主题"忧郁"正是当时读者的兴趣所在。——须知，自文艺复兴以来，就有一种理论认为，属于四大体液[①]之一的忧郁之液（即黑胆汁）会使人生出学术和艺术方面的非凡才能，故政治家、学者、诗人以及艺术家较常人往往更易陷入忧郁。而一旦忧郁与才智相互关联了起来，则忧郁之状态也就成为人们所向往的了。早在 16 世纪，英国旅行者便发现忧郁症在意大利文人圈中蔚然成风，于是将之引入了英国国内。1580 年，忧郁症如传染病一般在英国蔓延开来，并于此后持续了数十年之久。而在当时的伦敦，身染忧郁之人还一度泛滥成灾，竟足可构成一个独特的社会类别，人们常以"不满者"称之。此外，这忧郁症亦在伊丽莎白时代和斯图亚特王朝早期的文学中有所反映（最常见于戏剧作品里）。至于生活在这两个时代的文人，其中也不乏身患忧郁症者，如锡德尼（Sidney）、格林（Greene）、纳什（Nashe）、查普曼（Chapman）、布莱

---

① 中世纪生理学中所称对人的健康和性情起决定作用的四种体液，分别为血液、黏液、（黄）胆汁和忧郁之液。

顿（Breton）、多恩（Donne）以及布朗（Browne）等等。故我们大致可以说伯顿是为那忧郁的一代人写下了一部关于忧郁的书，仅凭书之主题也不难想见，《忧郁的解剖》于1621年面世后即会大获成功，一版再版。

然光阴荏苒，时过境迁，在18世纪的读者看来，伯顿书中的那些科学知识就未免显得陈旧落后了，而其冗杂绵长的行文风格也不能不说是老套过时的。由此之故，《忧郁的解剖》在18世纪便几乎处在了一种湮没无闻的状态里。直到19世纪浪漫主义时期，由于兰姆（Lamb）等文人的影响，《忧郁的解剖》才又掀起了新一轮的热销，百年之中，再版，重印共计40余次。不过，兰姆本人却是一心想要保存这部旧书的古味的。他反对把原本流传不广的页边印满旁注的厚重对开本换上现代装帧（1800年版）呈现在广大读者面前，认为这是对该书的一种亵渎。然颇具反讽意味的是，正因了兰姆的志在重现伯顿之文风，以及他和他的文人朋友对伯顿的热情追捧，才使得《忧郁的解剖》复又畅销起来[另据考证，此次伯顿的"复兴"实始于约翰·费瑞尔（John Ferriar）在其《解读斯特恩》（1798）一书中向世人揭示斯特恩确曾借用过《忧郁的解剖》的内容与文字。——该书甫一出版，对之感兴趣者便急急奔走于旧书肆中寻找《忧郁的解剖》旧版以一探究竟，而《忧郁的解剖》一书的价格也从曾经的1先令跃升至了1几尼①半]。除兰姆以外，浪漫主义文人中济慈（Keats）、柯勒律治（Coleridge）、骚塞（Southey）等人的部分创作亦曾受到过伯顿的影响，其中又以济慈为最。至于弥尔顿（Milton）的创作《欢乐者》和《沉思者》是否也受到过《忧郁的解剖》的启发，却是一件有待进一步考证的事了。不过，诚如霍尔布鲁克·杰克逊（Holbrook Jackson）在其为"人人文库"版《忧郁的解剖》撰写的导言中所称，"自此至今，人们对该书的兴趣便增而无减了"。举例说来，霍尔布鲁克本人即仿照《忧郁的解剖》写过一部

---

① 几尼（guinea）指1663年英国发行的一种金币，等于21先令，1813年停止流通；后仅指等于21先令即1.05英镑的币值单位，常用于规定费用、价格等。

《藏书癖的解剖》，从行文之风格与方式，乃至用语措辞上皆师法伯顿。而在我国，钱锺书的《管锥编》似也多少有点《忧郁的解剖》的影子，只是钱著更显内敛，精巧。此外，曾有人为杨周翰编选学术随笔集，亦取《忧郁的解剖》为其书之名。

然而，与《忧郁的解剖》那丰富、有趣的出版史形成鲜明对照的却是伯顿简陋而寡淡的个人史。现存的有关伯顿生平的资料是极少的，大致不出霍尔布鲁克那篇导言所谈及的范围。罗伯特·伯顿，生于1577年2月8日，出生地为英格兰莱斯特郡之林德利府（Lindley Hall in Leicestershire）。其家乃一古老世家，父母皆是虔诚的教徒，家中共育九子，伯顿排行第四。伯顿幼时上过当地的两所文法学校，后于1593年入读牛津大学布拉斯诺斯学院（Brasenose College，又译"铜鼻学院"），其兄威廉·伯顿（William Burton）亦就读于此。按当时的惯例，学院学生入学三年后便可完成学业，至多不超过四年。然伯顿却先是在1599年转入基督堂学院，而后要到1602年才获得学位，其时他已年满25岁。关于伯顿在1593年至1599年期间学业受阻的原因，至今尚无定论。有传闻说，伯顿曾于1597年夏前往伦敦就医，查出年仅20岁的他竟患了忧郁症。替他诊断的是西门·弗漫（Simon Forman），此人乃伊丽莎白朝著名的占星家、术士、草药医师。不过传闻终归不足信，更确切的说法是伯顿家中拮据，无法同时供养两个孩子读牛津。在当时，去牛津读书的开支并不小，伯顿家中只能先顾兄长威廉，于是弟弟罗伯特的学业就难免被迫中断。直到1599年，伯顿才转入牛津基督堂学院，自此以后这便成了他终身的居所。

据安东尼·阿·乌德在《牛津名人传》里的说法，伯顿素喜占星算命，生前曾卜算过自己的死期。1640年1月25日，伯顿死于牛津基督堂学院内，这日正好与他数年前所预卜之亡日相吻合，故难怪会有传言称他为证占卜无误而上吊自杀。

伯顿终身未娶，大半生只以书为伴。

二

在英国 17 世纪文学中，伯顿、布朗等所谓"次要作家"的作品向来是国内翻译界几块难啃的硬骨头。之所以难啃，多半是因为译者与原作者的水平相距太远，译者难以应付自如。伯顿这一代人接受的是"通才教育"，其知识结构没有各专业的框架限制，不分文理，不讲古今，但凡感兴趣者皆可涉猎。在这一代人留下的作品之中，诗歌、戏剧还能有一个体裁的限制，多的是想象力的表现，虚的成分较多，实的成分较少。至于散文，尤其是伯顿、布朗等学者所写的散文，则无不是以引经据典为其基本特性的了。除此之外，再加上这类作者于散文中所论之话题无所不包，神学、文学、历史、地理、科学……皆有涉及，其所用语言也是晦涩古奥，既有未定型的英文（约翰逊的词典还未出现），也有拉丁文原文（当时拉丁文是正统语言），凡此种种就更令眼下的"专才"译者手足无措了。

对于此类作品翻译的难度，同为译者的我深有体会。2010 年我刚大学毕业，怀着那份还未消减的对英国文学的热爱之情，硬着头皮开始翻译《忧郁的解剖》。随着对原文之艰深的进一步了解，我起初那誓要把全本译出来才肯罢休的"壮志雄心"，也逐渐被只愿选译内容越精越简为好的"畏缩怯懦"之情所取代。其实，伯顿原文总体上还是易读易解的，只是文中引文太繁杂，句法又太古旧，读着容易，译起来难。故译完仅十来万字的精简本就足足花去了两年时间。虽付出了时间和辛劳，但译出来的成果却是令我不甚满意的。首先，删削过多，精简过多，无法完全体现伯顿原文之风格；其次，理解上和翻译上的错误不少，曲解了伯顿原文的文意。我翻译精简本原先是想借此把伯顿和他的《忧郁的解剖》进一步引入中文世界中，引起更多人的关注，起到抛砖引玉的作用。但一年过去了，也未见到有新译本问世，而且除了网络上为数不多的专业人士帮我细心指出了不少错误外，便再没有听到什么别的声音了。

出于对伯顿原文的尊重，也想给自己一次"改过自新"的机会，我便只好再次拿起旧译，一字一句地予以增补修订。幸而此次手中多出了一部由弗洛伊德·戴尔和保罗·乔丹·史密斯共同编辑的"全英文本"《忧郁的解剖》。此本虽也对原文做过一些改动，但都是极小极微的细节处理，文本仍不失原汁原味。这一次的增订工作始于2013年，然仅是"成因与症状"部分的增订就足足花去了三年多的时间，实可见重译此书之不易。的确，虽为增订，实属重译。这一次翻译是完完全全按照原文选译出来的，字里行间不再有删削剪切，而我也认为唯如此才能再现伯顿原文之风貌。五年来的辛苦翻译还好没有白费，眼下这册增订本算是让我较为满意的一册了，即便译文中仍有误解误译，但我也要以惜己之作的心说这是"瑕不掩瑜"。

伯顿原作共分三大部分，分述忧郁的成因与症状、忧郁的疗法，以及爱之忧郁、妒忌、宗教忧郁和绝望。除此之外，全书还附一篇提纲挈领的讽刺性长文作为前言。在此次增订计划中，主要收录了"讽刺性前言""忧郁的成因与症状""忧郁的疗法"以及"爱之忧郁"部分的选译。选译前言是想展示伯顿全书之主题与范围，便于让读者管窥全豹。而"成因和症状以及疗法"诸节则可引领读者随伯顿一道去探寻忧郁症是如何生成的，它有何种表现，又该怎样疗治。最后"爱之忧郁"一节是我以为十分有趣的部分，足可见伯顿的幽默特性。虽然我选译的文字主要谈的是由心绪之烦扰所引起的忧郁症（这亦是伯顿全书的"中心思想"所在。此外，伯顿所称的"忧郁"实是指世人的"非理性"状态），但要在此言明的是，伯顿原作所涵盖内容远不限于此，只是我学识有限，无法穷尽罢了。

《忧郁的解剖》精简本初版，是在肖建荣老师的鼓励与鞭策下完成的，期间也离不开荣挺进编辑的关心与等候。而此次的增订工作，没有了老师的督导，难免"举步维艰"，能顺利完成实属意料之外的事。增订过程中，得感谢好友张少军兄的热心支持，虽然此次无缘与他合作，但今后当有更多的机会。责编杨超兄也为此书的出版付出了不少心血，感谢他对译者的体谅与包容。当然，最后还要感谢父母的理解与支持，他们是乐于见到我翻译的作品印成书本的，故也不再抱怨我买书过多过频了。

2018年1月22日　定稿于成都

|增补本·后记|

  2021年岁末，责编杨超兄告诉我，他打算将我的旧译作《忧郁的解剖》做成精装版，希望我能抓紧时间修订。而就在此前不久，我刚买到了苦等数年终于正式出版的由安格斯·高兰德（Angus Gowland）教授编辑的新版《忧郁的解剖》。该版应该是目前市面上最便于研读的一个版本了，因为它带有非常丰富且细致入微的注释，而原文中的拉丁文引文也都配有由编者重新翻译的英译文，这些内容无疑为我利用此次精装再版的机会全面修订我的旧译提供了极大帮助。顺带一提，高兰德教授于该版前言中谈到《忧郁的解剖》的影响已延伸到非英语国家时，还专门点出，《忧郁的解剖》除了日文、荷兰文、意大利文、德文、西班牙文、法文、捷克文、波兰文、斯洛文尼亚文译本外，现已有了中文译本。我的并不成熟的译本能够引起专门研究此书的国外权威学者的注意，于我而言实在是莫大的荣幸与鼓励。

  此次增订，我正是以高兰德教授的新版为底本，借助他的权威注释和英译文，对旧译进行了全面修订，改正了不少误译。与此同时，还新译了十余万字，主要是把"闲话空气"一章中之前因没有注释本而很难翻译的偏"科学"的内容进行了选译，并在"忧郁的疗法"中增加了"药物疗法"，在"爱之忧郁"中增加了"爱之忧郁的疗法"。至于其他零散的新译内容就不在此一一列出了。通过增订，这个选译本的结构和内容也就更加丰富和完善了，也弥补了旧译本的缺憾。当然，伯顿的《忧郁的解剖》还有很多有趣的内容是我想译出来的，但目前来说确实无暇翻了。但愿以后能有闲暇时间，可以把剩下的未翻译内容全都译出来，出一个全本的《忧郁的解剖》中译本。

在此增订本出版之际,要特别感谢金城出版社杨超编辑策划了该精装增补本,给了我增订译文的机会,也让这个译本有了文学经典的厚重感。其他支持我、鼓励我的亲友就不一一致谢了。

谨将此书献给你们以表谢忱。

2024 年 12 月 2 日　定稿于成都